Alicia Giménez-Bartlett

WILL ICH DICH LIEBEN UND BETRÜGEN

Roman

Aus dem Spanischen von Sybille Martin

BASTEI LÜBBE TASCHENBUCH
Band 16465

1. Auflage: August 2010

Vollständige Taschenbuchausgabe

Bastei Lübbe Taschenbuch in der Bastei Lübbe GmbH & Co. KG

Für die Originalausgabe:
Copyright © 2006 by Alicia Giménez-Bartlett
Titel der spanischen Originalausgabe: „Días de Amor y Engaños"
Originalverlag: Editorial Planeta, S.A.

Für die deutschsprachige Ausgabe:
Copyright © 2008 by Bastei Lübbe GmbH & Co. KG, Köln
Titelillustration: © Dennis Galante / CORBIS
Umschlaggestaltung: Nadine Littig
Autorenfoto: Horst Friedrichs
Satz: Kremerdruck GmbH, Lindlar
Gesetzt aus der DTL Documenta
Druck und Verarbeitung: GGP Media GmbH, Pößneck
Printed in Germany
ISBN 978-3-404-16465-3

Sie finden uns im Internet unter
www.luebbe.de
Bitte beachten Sie auch: www.lesejury.de

Der Preis dieses Bandes versteht sich einschließlich
der gesetzlichen Mehrwertsteuer.

Für Carlos,
den idealen Gefährten für mein zweites Leben

Erster Teil

Es war eine Geschichte ohne Substanz, seelenlos, reiz-
los. Ein paar Figuren mit ungewöhnlichen Namen trieben
fortwährend durch irgendein Stadtgeschehen. Liebe, Hass,
unerwiderte Leidenschaften, Einsamkeit. Ekelhaft. Nichts
davon interessierte oder berührte sie, also schleuderte sie
das Buch zu Boden. Es landete auf den aufgeschlagenen
Seiten, und nun sah es aus wie ein kleines Zelt. Wenn alle
Bücher, die sie in diesen Winkel der Erde mitgenommen
hatte, ähnlich langweilig sein sollten, würde sie früher als
geplant neue aus Spanien ordern müssen. So wie das Buch
auf dem Teppich lag, wirkte es, als sei es aus Versehen hi-
nuntergefallen. Luz Eneida würde es am nächsten Morgen
behutsam aufheben, ohne sie oder sich selbst zu fragen, wie
es dahin gekommen war. Sie würde es auf den Tisch legen
und bei dieser Gelegenheit gleich abstauben. Luz Eneida
staubte alles ab, selbst neue Bücher, die gar nicht verstaubt
waren. Auch die anderen Gegenstände im Haus weckten in
ihr keinerlei Neugier, sie interessierten sie einfach nicht.
Die Mexikanerin verrichtete ihre tägliche Hausarbeit heiter
und beflissen. Man hätte meinen können, dass sich in diesem Land niemand gegen sein gesellschaftliches Los auf-
lehnte. Und wenn doch, dann kam die gesamte revolutio-
näre Staffage zum Einsatz: Schnauzbärte, das »Viva México
libre!«, vermummte Gesichter und sowjetische Waffen im
Anschlag. Doch einzeln waren die Menschen fügsam und

sanft wie eine Frühlingsbrise. Zu Hause in Spanien war das anders. Auf ihren einsamen Streifzügen durch Madrid hatte sie manchmal die U-Bahn oder den Bus genommen, um Leute zu beobachten. Die meisten Fahrgäste waren Frauen, die von der Arbeit heimkehrten, immer gedankenverloren, geistesabwesend und mit einem schmerzlichen, bitteren Zug um den Mund. Müde Büroangestellte. Putzfrauen, deren Hände von scharfen Putzmitteln und heißem Wasser gerötet waren. Stumpfe Verdrossenheit im Blick. Ausländer mit sorgenvollem Gesichtsausdruck. Teilnahmslose junge Kassiererinnen. Sie alle würden ihr eine lange Zeit nicht mehr begegnen. Auch wenn sie es nicht sonderlich bedauerte, war es erst einmal vorbei mit derartigen anthropologischen Studien, durch die sie sich ein Bild vom Leben der Stadtbewohner gemacht hatte.

Sie zündete sich eine Zigarette an, aber als ihr einfiel, dass sie noch nicht gefrühstückt hatte, drückte sie sie wieder aus. Seit einem Monat lebte sie in Mexiko. Sie bedauerte zwar nicht, Santiago hierher begleitet zu haben, aber sie freute sich auch nicht darüber. Die belebende Wirkung, die sie sich von diesem Land versprochen hatte, hatte sich noch nicht eingestellt. Dennoch half ihr der Ortswechsel, sich selbst ein wenig zu vergessen, der beängstigenden Festung ihrer eigenen Persönlichkeit zu entkommen. Zumindest hoffte sie das, auch wenn sie nicht wirklich daran glaubte, denn im Grunde war ihr klar, dass sie bald wieder in dem engen, beklemmenden Raum ihres Geistes gefangen sein würde. Sie wusste ganz genau, dass ihre Hoffnung auf einen positiven Einfluss der neuen Umgebung aus der Luft gegriffen und illusorisch war. Sie begleitete ihren Mann nicht zum ersten Mal ins Ausland. Vor Jahren hatte sie mit ihm in Marokko gelebt, wo er am Bau einer Eisenbahnlinie mitgearbeitet hatte, und sie hatte drei der fünf

Jahre in Hongkong mit ihm verbracht, wo er Chefingenieur des U-Bahn-Baus gewesen war. Aber das hier war anders, viel ursprünglicher und provinzieller. Hier lebten sie mitten auf dem Land in einer regelrechten Expat-Kolonie, die eigens für die etwa zwanzig Ehefrauen der Angestellten am Rande der Kleinstadt San Miguel erbaut worden war. Die Männer waren über hundert Kilometer entfernt, wo der Staudamm entstand, in einem Camp aus Holzbaracken untergebracht. Die Ehepartner sahen sich nur am Wochenende. Die Kolonie wirkte irgendwie anachronistisch, wie eine Missionsstation aus dem neunzehnten Jahrhundert: für jede Familie ein getünchtes Haus mit einem eigenen umzäunten Gärtchen. Auch die Gemeinschaftseinrichtungen waren architektonische Imitationen längst vergangener Zeiten: Tennisplätze, gepflegte Parkanlagen und natürlich Gesellschaftsräume. Sie befanden sich in einem ebenerdigen, lang gestreckten Gebäude, in dem ein Lesesaal, ein Restaurant, ein Festsaal und eine Bar untergebracht waren. Als sie es zum ersten Mal sah, dankte sie insgeheim Gott: Danke, lieber Gott, eine Bar. Ein neutraler Ort, den sie allein aufsuchen konnte. Es wäre lästig gewesen, jedes Mal nach San Miguel gehen müssen, wenn sie etwas trinken wollte, und schrecklich, immer zu Hause trinken zu müssen. Eine Bar. Dem eigenen Haus fehlt die unpersönliche Ruhe einer Bar. Zu Hause verfolgen einen immer die eigenen Gespenster, sie sind wie ein taubstummer Hund, treu ergeben, aber ungehorsam.

Im vergangenen Monat hatte sie die Bar öfter aufgesucht und immer darauf geachtet, den anderen Ehefrauen nicht zu begegnen. Sie kannte sie kaum und beschränkte sich darauf, sie höflich zu grüßen. Frauen in Gruppen waren ihr unangenehm. Wenn sie zusammenhockten, plauderten und miteinander kicherten, hatte man immer den Eindruck, als wären sie in die Pubertät zurückgefallen. Als sie hier einzog, lebten diese Frauen schon über ein Jahr zusammen, und sie spürte, dass ihr Auftauchen mit großer Spannung erwartet worden war: Eine Neue würde Bewegung in das einförmige Leben in der Kolonie bringen. Es blieb ihr also nichts anderes übrig, als vom ersten Moment an vorsichtige Distanz zu wahren. So konnte sie sich einen Freiraum verschaffen, in den niemand eindringen würde. Und um die Frauen auf Abstand zu halten, schwenkte sie kräftig die Fahne der Arbeit. Unter dem Vorwand, hier in Ruhe an ihren Übersetzungen arbeiten zu können, war sie ihrem Mann ins Ausland gefolgt. Zu Hause in Spanien war es ihr zunehmend schwerer gefallen, Ruhe zu finden. Sie hatte den Literaturbetrieb als heuchlerisch empfunden: zu viele Verpflichtungen, jede Menge Veranstaltungen, bei denen man angeblich nicht fehlen durfte. Als sie von den Damen gefragt wurde, welches Buch sie gerade übersetze, konnte sie die frohe Botschaft verkünden: »Ich stelle eine Auswahl aus Tolstois Tagebüchern zusammen und übersetze sie. Das ist eine aufwendige Arbeit, die mich ein paar Jahre in Anspruch nehmen wird, eine Art Kulthandlung.« Das funktionierte immer, und es funktionierte auch diesmal. Tolstois Tagebücher zu übersetzen war eine ernsthafte Aufgabe und keine vorübergehende Laune. Dazu bedurfte es außergewöhnlicher Konzentration. Tolstoi war schließlich einer der Väter der Weltliteratur. Sie war nun sicher, in Ruhe gelassen zu werden, sich in der gewohnten Einsamkeit einrichten zu können und sich nicht auf zwanghafte Freundschaften einlassen zu müssen. Die Nachbarinnen würden sich nicht abgelehnt fühlen, und sollte sie in der Bar oder bei einem Spaziergang durch die Parkanlagen der Kolonie eine von ihnen treffen, konnte sie jederzeit behaupten, dass sie gerade eine besonders knifflige Tagebuchpassage in Arbeit habe, die absolute Weltentsagung verlange. Erwiesenermaßen war Tolstois Leben weder das eines Bohemiens noch eines Politikers gewesen, worüber man hätte leichthin plaudern können.

Gerade noch rechtzeitig warf sie einen Blick aus dem Fenster, um Susy durch den Garten auf ihr Haus zusteuern zu sehen. Susy war die Frau von Henry, dem jüngsten Ingenieur der Gruppe, und beide stammten aus den Vereinigten Staaten. Er arbeitete für denselben internationalen Baukonzern wie Santiago und die anderen und war aus New York gekommen, um sich dem spanischen Team anzuschließen. Susy dürfte kaum älter als dreißig sein und war gefährlich, sehr gefährlich. Man konnte sich gut ausmalen, wie langweilig sich ihre Tage an diesem Ort und in dieser Gesellschaft gestalteten. Susy schien die Absicht zu haben, sich mit ihr anzufreunden. Offensichtlich genügte Tolstoi nicht, um sie auf Abstand zu halten. Vielleicht hätte sie eine andere Koryphäe der Literatur vorschieben sollen, Wordsworth, Whitman, irgendeinen angloamerikanischen Dichter. Eine drohende Gefahr. Noch bevor Susy klingeln konnte, öffnete sie die Haustür und lächelte sie halbherzig an. Susy hielt einen mit einer Serviette abgedeckten Teller in Händen. Brachte sie ihr etwa selbst gebackenen Kuchen? Unglaublich, das war einfach zu dämlich, um wahr zu sein.

»Schau mich nicht so an! Willst du mich nicht hereinbitten?«

»Entschuldige, ich war in Gedanken … Was hast du denn da?«

Wie ein Zauberkünstler lüftete Susy das Tuch und zeigte ihr eine Art fettige Torte. Paula reagierte nicht gleich und zog womöglich gar eine Grimasse.

»Ist das für mich?«

»Du findest das vielleicht blöd, aber in den USA ist es Sitte, neue Nachbarn willkommen zu heißen. Du bist schon über einen Monat hier, und ich ...«

»Komm rein, gehen wir in die Küche. Möchtest du einen Kaffee?«

»Das genau gehört zu unserem Ritual.«

»Na, dann erfüllen wir doch das Ritual!«

Paula fühlte sich beobachtet, als sie in der Küche den Kaffee aufsetzte. Ihre Verstimmung zeigte sich in einem Stirnrunzeln, das sie zu verbergen suchte. Die junge Frau wollte nur freundlich sein. Niemand hatte sie gebeten, mit diesem schrecklichen Süßzeug hier aufzutauchen. Aber Susy wollte auch reden.

»Wie hast du dich in Mexiko eingelebt?«

Blinde Wut stieg in ihr hoch. Musste sie sich jetzt auch noch auf abgedroschene Phrasen einlassen? Kündigte man in den Vereinigten Staaten seinen Besuch etwa nicht an, wartete man dort nicht darauf, eingeladen zu werden, fielen alle einfach so in fremde Häuser ein und boten und verlangten Freundschaft? Nachdem sie die Espressomaschine auf den Herd gestellt hatte, setzte sie sich Susy gegenüber, stützte die Ellbogen auf den Tisch und den Kopf auf die Hände. Dann sah sie sie herausfordernd an.

»In Mexiko? Bist du dir sicher, dass wir in Mexiko sind? In dieser Art Ghetto könnten wir uns auch sonst wo auf der Welt befinden.«

Die Amerikanerin erschrak. So einen Einstieg hatte sie nicht erwartet. Dann errötete sie.

»Du findest es langweilig, stimmt's? Ja, du hast recht, das ist es. Aber man muss auch die positiven Seiten sehen: Wir können jederzeit nach San Miguel gehen, über die Felder spazieren ... Leider lässt man uns keinen großen Spielraum, wir dürfen auch nicht in die nächste Stadt fahren. Aus Sicherheitsgründen, man befürchtet Entführungen.«

Paula starrte sie weiter an, ohne dass ihrem Gesicht anzusehen war, ob sie ihr zugehört oder sie gar verstanden hatte. Die junge Frau wurde nervös, es sprudelte nur so aus ihr hervor:

»Natürlich gibt es manchmal kulturelle Veranstaltungen, auch Ausflüge, Partys ... Der spanische Konsul in Oaxaca veranstaltet häufig Feste, zu denen wir immer eingeladen sind, es ist ja nicht weit von hier ... Er hat ein wunderschönes Haus, du wirst sehen. Seine Partys sind wirklich klasse.«

»Ja, bestimmt sind sie das.«

Die Espressokanne begann zu brodeln, Paula lächelte, stand auf und nahm sie vom Herd. Aber sie hatte die freundliche Nachbarin schon so verunsichert, dass diese sich umsah, als suche sie nach einem Fluchtweg. Sie schenkte Kaffee ein und schnitt den Kuchen. Dann probierte sie ein Stück. Er schmeckte besser, als er aussah.

»Er ist sehr gut.«

»Das ist der einzige Kuchen, der mir gelingt.«

Sie aßen und tranken schweigend. Dann sah Susy sie mit ihren großen blauen Augen irgendwie verlegen an.

»Es war blöd, dir einen Kuchen zu bringen, oder?«

»Nein, warum?«

»Zuerst hatte ich den Eindruck, dass du ihn mir gleich ins Gesicht schleudern wirst, wie in einem alten Film.«

Paula lachte auf. Sie schob ihren Kuchenteller beiseite und zündete sich eine Zigarette an. Mit der gnadenlosen Aufrichtigkeit der Nordamerikanerin hatte sie nicht gerechnet.

»Vergiss es, ich bin heute nur schrecklich schlecht gelaunt. Vielleicht habe ich mich noch nicht richtig eingelebt.«

»Bereust du es, mit deinem Mann hergekommen zu sein?«

»Nein, ich kann auch nicht behaupten, dass ich in Spanien viel Interessantes zurückgelassen hätte. Dort hält mich nichts, aber seit ich hier bin, frage ich mich, was ich hier verloren habe.«

»Habt ihr Kinder?«

»Nein.«

»Wir sind noch nicht lange verheiratet und wollen welche haben. Aber erst, wenn Henry mit seiner Arbeit hier fertig ist und wir wieder in New York leben.«

Paula nickte, wusste aber nicht, was sie sagen sollte. Das Gespräch langweilte sie, also wechselte sie abrupt das Thema.

»Wie sind die anderen Frauen?«

»Ah, sehr freundlich. Nur leider ist keine in meinem Alter.«

»Es ist wohl nicht einfach, sich mit Älteren zu verstehen.«

»Das habe ich damit nicht sagen wollen.«

»Es stört mich nicht, um ehrlich zu sein.«

»Du wirkst anders.«

»Ich bin aber schon über vierzig.«

»Ja, aber du wirkst so … gleichgültig, als wäre dir nichts wirklich wichtig.«

»Ja, kann sein«, erwiderte Paula und lachte trocken auf.

»Seid ihr glücklich?«

Die Gefährlichkeit Susys hatte sich endgültig bestätigt. Es könnte verheerende Folgen haben, wenn sie zulassen würde, dass sie in ihr Privatleben eindrang.

»Nun ja, die Ehe ist eine komplizierte Sache.«

»Ja, du hast recht. Ich weiß das zwar nicht aus eigener Erfahrung, denn Henry und ich verstehen uns gut, aber von meiner Mutter. Ich werde ihr das Scheitern ihrer Ehen nie verzeihen.«

Paula tat, als habe sie nicht zugehört, als sei sie mit ihren Gedanken woanders. Sie musste dieses Gespräch so schnell wie möglich beenden, ohne die Nachbarin vor den Kopf zu stoßen. Sie durfte weder weitere neugierige Fragen beantworten noch sie barsch abkanzeln.

»Meine liebe Susy, ich würde liebend gerne den ganzen Tag mit dir plaudern, aber ich muss leider weiterarbeiten.«

»Du bist die Übersetzerin von Tolstois Tagebüchern, nicht wahr? Tolstois Ehe war ziemlich turbulent. Sie liebten und sie hassten sich, oder erst das eine und dann das andere.«

»So ähnlich.«

Selbst auf die Gefahr hin, unhöflich zu wirken, stand sie auf. Offensichtlich hatte sich Susy etwas mehr von diesem Besuch erwartet, und sie fragte sich, was das hätte sein können. Ihre Lebenserfahrung hatte sie gelehrt, dass in jeder zwischenmenschlichen Beziehung, selbst in einer sporadischen und oberflächlichen, immer etwas Eigennütziges steckte. Diese unbefangene junge Frau wollte etwas von ihr, vielleicht suchte sie nur eine Gesprächspartnerin für tiefschürfende Themen, vielleicht eine Vertraute, mit der sie sich in dieser Wüste über persönliche Probleme austauschen konnte. Doch sie hatte sich einen schlechten Zeitpunkt ausgesucht. Sie begleitete sie zur Tür, und als Susy ihr vorschlug, einmal zusammen nach San Miguel zu gehen, wich sie aus.

»Ich kenne einen Goldschmied, der macht silberne Armreifen, die ganz anders sind als der übliche Schmuck. Sie sind wirklich wunderschön. Wenn du Lust auf einen Einkaufsbummel hast, ruf mich an, ich komme mit.«

»Das werde ich, natürlich.«

Sie schloss die Tür und atmete tief durch. War es überhaupt möglich, in der Nähe von Menschen zu leben, ohne wahrgenommen oder angesprochen zu werden, ohne antworten und lächeln zu müssen? Natürlich ein absurder Anspruch. Noch war es ihr nicht gelungen, ganz auf menschliche Gesellschaft zu verzichten, sie mussten zwar auf Abstand, aber erreichbar sein. Der eine oder andere knappe Gruß, ein Lächeln von Weitem, eine banale Bemerkung beim Zeitungskauf oder in der Bar genügten ihr vollauf.

Sie ging in die Küche zurück und starrte auf die Kuchenreste, die leeren Tassen und den Aschenbecher mit ihrer glimmenden Zigarette. Es war dumm von ihr gewesen, die junge Frau hereinzubitten, aber sie abzuweisen wäre noch dümmer gewesen. So wie sie hier aufgetaucht war, wäre ihr nichts anderes übrig geblieben, als sie zur Hölle zu schicken. Es war auch egal, im Grunde war alles egal. Sie holte eine Flasche Whisky aus dem Schrank, schenkte sich ein Glas ein und trank.

Victoria stand am Fenster und sah Susy aus Paulas Haus kommen. Das war ein kurzer Besuch gewesen. Als sie vorhin zufällig die junge Amerikanerin mit einem Kuchen auf die Haustür der neuen Nachbarn zusteuern sah, hatte sie schon geahnt, dass Susy abgewiesen werden würde. Sie hätte nicht sagen können, wie sie darauf gekommen war. Möglichweise wegen Paulas Charakter, wegen dem wenigen, was sie bisher von ihr wusste. »Eine eigenwillige Frau«, urteilte jemand aus der Kolonie nach der ersten Begegnung. Vielleicht war sie eine eigenwillige Frau. Doch das Verhalten von Menschen ist immer auch davon geprägt, wie sie von den anderen wahrgenommen werden möchten, und Paula schien nicht sonderlich daran interessiert zu sein, nett gefunden zu werden.

Als sie vor einem Monat eingetroffen war, hatte sie über die anstrengende Reise geklagt und sich seither bemüht, so wenig wie möglich mit den anderen in Berührung zu kommen. Ihr Mann war freundlich und attraktiv, aber ebenso undurchschaubar wie seine Frau. Aus Neugier hatte sie Ramón gefragt, wie er auf der Baustelle mit den anderen Ingenieuren zurechtkam, und ihr Mann hatte geantwortet, er sei offen, teamfähig und sehr professionell bei seiner Arbeit.

»Also pflegt er mit allen anderen Kontakt.«

»Ja, natürlich.«

Diese Antwort war nicht besonders aufschlussreich. Ihr Mann, oder besser gesagt, Männer im Allgemeinen denken nicht über ihre Arbeitskollegen nach. Ihre Einschätzungen sind meist praktischer Art, persönliche Eigenheiten übersehen sie geflissentlich. Frauen wollen immer mehr über den Menschen wissen, dachte sie. Da die Frauen in der kleinen Welt der Kolonie nichts zu tun hatten, blieb ihnen viel Zeit zum Nachdenken, über die anderen Mutmaßungen anzustellen und ihre Neugier zu befriedigen. Bei diesem Gedanken fühlte sie sich schlecht, und zwar nicht zum ersten Mal. Sie hatte sich als Dozentin für Chemie für drei Jahre von der Fakultät beurlauben lassen und sich fest vorgenommen, für diese Zeit des vorübergehenden Müßiggangs keine Rechtfertigung zu suchen. Ramón nach Mexiko zu begleiten war eine wohlüberlegte Entscheidung gewesen, sie hatte weder unbedacht noch überstürzt gehandelt. Sie wollte diese Erfahrung machen und eine Zeitlang ihre Seminare, die alltäglichen Verpflichtungen, das sattsam bekannte Barcelona vergessen. Außerdem war sie keine impulsive Frau und neigte auch nicht dazu, den neuen Lebensabschnitt zu idealisieren. Als sie sich mit dem Gedanken, einige Zeit in Mexiko zu leben, auseinandersetzte, hatte sie sich weder vorgestellt, morgens im frischen weißen Laken durch Gitarrenmusik geweckt zu werden noch den Duft von Narden im Kreuzgang von alten spanischen Klöstern zu genießen. Und trotzdem war Mexiko so. Alles erschien ihr schön, außergewöhnlich, fast zauberhaft. Die Kolonie mit ihren geräumigen Häusern, die gepflegten Privatgärten, die schöne Parkanlage voller Blumen und Stille, es war fast der ideale Ort zum Leben. Natürlich nur dann, wenn man vergessen konnte,

19

dass diese paradiesischen Gefilde von einer hohen Mauer mit Stacheldraht umgeben waren und dass am Tor schwer bewaffnete Wachleute standen. Immerhin konnten sie sich bis zum nahe gelegenen Städtchen San Miguel frei bewegen. Sie hatte sich angewöhnt, jeden Morgen zu Fuß dorthin zu spazieren. Dann ging sie auf den Markt, betrat mal die Kirche, schlenderte ziellos durch die Straßen mit den einstöckigen Häusern, trank auf dem Rathausplatz ein Bier … Diese mehr oder weniger feste Gewohnheit bereitete ihr großes Vergnügen. Sie mischte sich unter die Leute, beobachtete die Indios, die aus den Bergen herunterkamen, um ihre Waren zu verkaufen … Sosehr sie sich auch von den Einheimischen unterscheiden mochte, wurde sie doch nie angestarrt. In dem einen Jahr, das sie hier lebte, war sie immer bemüht gewesen, eine gewisse Zeit außerhalb der Kolonie zu verbringen. Die Familie eines jeden Ingenieurs hatte eine Hausangestellte zugeteilt bekommen, die sich um alles kümmerte, putzen, einkaufen, kochen … Victoria bestand jedoch darauf, ein paar Dinge im Haushalt selbst zu erledigen. Anfangs konnte sie nur schwer ertragen, dass ihr jemand die alltäglichen Pflichten abnahm. Wenn sie sich nachmittags einen Tee kochen wollte und sofort Clarita auftauchte, um es für sie zu tun, fühlte sie sich abgedrängt. Sie hatten in Barcelona ein gutes Auskommen gehabt, doch ihr war nie in den Sinn gekommen, eine feste Haushaltshilfe einzustellen, die wie ein Schatten immer bereitstand, um ihr ihre Wünsche von den Augen abzulesen.

Trotz des verdienstvollen Versuchs, sich ihre Unabhängigkeit und ein gewisses Selbstwertgefühl zu bewahren, wurde ihr an diesem Morgen bewusst, dass das Leben in dieser Umgebung, in diesem abgeschlossenen, glückseligen Gehege eindeutig ihr Verhalten beeinflusste. Wann hatte sie sich früher erlaubt, aus dem Fenster zu schauen und zu beobachten, was eine Nachbarin tat oder nicht? Sie schämte sich ein wenig, doch Paula hatte etwas an sich, das ihre Neugier weckte: diese Geistesabwesenheit und dabei dieser wilde Gesichtsausdruck … Man hatte ihr erzählt, dass sie literarische Übersetzerin sei. Victoria stellte sie sich bei ihrer Arbeit so rebellisch und unabhängig vor, dass sie die Texte der Autoren, die sie übersetzte, absichtlich verfälschte. Sie glaubte, das müsste eine große Versuchung sein, und selbst wenn es sich nicht um gravierende Veränderungen handeln sollte, könnte sie zumindest kleine eigene Beiträge, einen Satz oder eine Idee einfügen. Würde sie statt Chemie Literatur unterrichten, hätte sie einen guten Vorwand gehabt, Paula aufzusuchen, um mit ihr über Literatur zu plaudern, doch ihr fehlte ein plausibler Vorwand, und sie verspürte auch keine Lust, wie Susy einen Kuchen zu backen, um sich persönlich vorzustellen.

Die arme Susy, so jung, so hübsch, so reizend, im Grunde so amerikanisch. Bestimmt langweilte sie sich, wahrscheinlich mehr, als sie erwartet hatte. Anfangs pflegte Susy bei allem, was typisch mexikanisch war, verzückt die Augen zu verdrehen. Aber diese Begeisterung hatte im Laufe der Monate sichtlich nachgelassen. Tatsächlich passierte das mehr oder weniger allen Koloniebewohnern. Deshalb hatte das Eintreffen von Paula und Santiago Erwartungshaltungen geweckt, neue Leute, auf die man sein Augenmerk richten konnte, ein neuer Gesprächsstoff, Quelle der Mutmaßungen, Entdeckungen und auch, warum es leugnen, des Tratsches. Sie schalt sich selbst. Wenn sie weiter derart banalen Gedanken nachhing, würde sie sich schon bald dabei ertappen, wie sie ihre Nachbarn ausspionierte, als wäre die ganze Kolonie eine große Peepshow. Sie entschied, augenblicklich etwas Vernünftiges, Praktisches und Anständiges zu tun. Sie ging in den Garten und goss ihre Pflanzen.

Als Manuela von ihrer Terrasse aus Victoria den Garten sprengen sah, dachte sie, das sei eine gute Idee. Doch aus einem nützlichen Blickwinkel betrachtet, wozu eigentlich? Die aus Spanien mitgebrachten Pflanzen waren nach wenigen Wochen eingegangen. Das Klima in San Miguel war zu trocken. Adolfo war außer sich gewesen, als er die Blumentöpfe in den Umzugskisten entdeckte. Denn bei jedem ihrer Umzüge versteifte sie sich darauf, nutzlose Dinge einzupacken, wie eine Lampe, an der sie besonders hing, oder bestickte Tischwäsche für Feiern, aber Pflanzen … »Verdammt noch mal, Manuela«, hatte er gesagt. »Nach Mexiko Pflanzen mitzunehmen ist wie Sandsäcke in die Sahara zu schaffen!« Aber er hatte natürlich nachgegeben und sich sogar selbst darum gekümmert, dass die Möbelpacker alles sorgfältig verstauten und entluden. Ein unwichtiger Disput. Wenn sie in über dreißig Ehejahren jedes Murren ihres Mannes ernst genommen hätte … Aber sie musste anerkennen, dass Adolfo ein Schatz war, ein echter Schatz, der zwar hin und wieder leicht aufbrauste, aber eben ein Schatz. Natürlich stand sie ihm in nichts nach. War sie etwa nicht auch ein Schatz für ihren Mann, behandelte sie ihn nicht wie einen König? Hatte sie seine Kinder nicht aufopfernd und bestens erzogen? Und die Haushaltsführung? Nur wenige Frauen konnten behaupten, dass in ihrer Familie ein Klima herrschte wie an einem unbeschwerten Kurort und einer straff organisierten Kaserne zugleich. Und nur wenige hätten ihren Mann zu einem Aufenthalt von mindestens drei Jahren in ein fremdes Land begleitet. Vor allem, wenn sie zu Hause genug zu tun hatten wie sie. Als Adolfo ihr den Vorschlag machte, war sie zunächst versucht

gewesen, ihn abzulehnen, aber dann hatte sie es sich noch
einmal überlegt und begriffen, dass der Platz einer Frau mit
bereits erwachsenen Kindern an der Seite ihres Mannes
war. Und in San Miguel hatte sie ebenfalls viel zu tun: ihren
Gatten versorgen, neue Orte kennenlernen, für die Koloniebewohner Partys und Ausflüge organisieren, schließlich war sie die Frau des Chefs. Und darüber hinaus musste
sie sich mit Blanca Azucena herumschlagen. Wie konnte
ein Hausmädchen nur so tollpatschig sein? Aber sie war
natürlich kein richtiges Hausmädchen. Keine Arbeit lässt
sich irgendwie improvisieren, so geringfügig sie auch sein
mochte. Dieses dunkelhäutige, schüchterne Mädchen war
aus einer erbärmlichen Hütte gekommen, um in der Kolonie zu arbeiten. Sie hatte zehn Geschwister! Ihre Eltern
waren so unverantwortlich gewesen, elf Kinder in diese
Welt zu setzen, obwohl sie sie kaum ernähren konnten. Mit
unendlicher Geduld hatte sie das Mädchen angelernt. Jetzt
arbeitete sie besser, wenn auch noch nicht ganz zufrieden-
stellend. Nach Fertigstellung des Staudamms würden die
Ingenieurs- und Technikerfamilien in ihre Heimat zurückkehren, und die Kolonie würde aufgelöst werden. Blanca
Azucena hätte gelernt, wie man ein Haus sauber hielt und
einen Haushalt führte, und ganz nebenbei auch noch or-
dentliches Benehmen. Allerdings würde es schwierig werden, ihr einen neuen Arbeitsplatz zu besorgen. Die reichen Familien in San Miguel hatten genügend Personal. Sie
würde mit dem Konsul in Oaxaca sprechen, oder mit En-
riqueta, der Frau des Konsuls. In der Familie dieser armen
Kreatur mit den vielen Geschwistern und einem Vater, der
sich ständig mit Mezcal betrank, war ein regelmäßiges Einkommen viel wert. Ja, das würde sie tun, sie würde mit dem
Konsul reden und sie weiterempfehlen. Schließlich fühlte
sie sich den Menschen dieses Landes gegenüber verpflich-

tet, weil sie selbst offenbar unfähig waren, aus eigener Kraft dem Elend zu entkommen. Sie holte ihren großen Kalender und notierte: »Blanca Azucena empfehlen«. Obwohl es möglicherweise noch zu früh war, sich an den Konsul zu wenden, aber wenn sie jetzt schon begann, ihm mit dem Thema auf den Wecker zu fallen, würde er in zwei Jahren wahrscheinlich auf sie hören.

Sie sah wieder zum Fenster hinaus. Victoria war mit ihren Blumen beschäftigt. Zumindest ließ sie sich freundlicherweise hin und wieder blicken, nicht wie diese neue Nachbarin, immer abweisend und irgendwie unsympathisch. Natürlich war es noch zu früh, ein Urteil über sie zu fällen, es konnten auch Eingewöhnungsprobleme sein, da sie erst zu ihnen gestoßen war, als alle anderen schon über ein Jahr zusammenlebten, konnte es sein, dass ihr die Umstellung schwerfiel. Und das Alter um die vierzig war eine schwierige Phase, sie erinnerte sich selbst nicht gerne daran. Sie sollte sich einen Ruck geben und ihr einen Besuch abstatten. So ungesellig, wie sie wirkte, konnte sie doch nicht sein. Laut Adolfo war ihr Mann ein ausgezeichneter Ingenieur und sehr umgänglich. Sie hatte mit keiner der Frauen, die hier lebten, je Schwierigkeiten gehabt, sie fand sie alle reizend. Vermutlich reine Glücksache, wenn auch ein bisschen eine Frage des guten Willens. Dieser Aufenthalt in Mexiko war für sie, offen gestanden, ein glücklicher Umstand, wie eine Rückkehr in ihre ersten Ehejahre. Adolfo sah sie nur am Wochenende, was durchaus eine Erleichterung war. Als sie sich bei diesem boshaften Gedanken ertappte, musste sie lächeln.

Plötzlich erinnerte sie sich daran, dass in der Garage noch der Kunstdünger stand, den sie unlängst im Dorf gekauft hatte. Sie würde ihn sofort holen und Victoria hinüberbringen. Denn so hingebungsvoll sich die Nachbarin auch um

ihren Garten kümmerte, befand er sich doch in einem zu-
gegebenermaßen jämmerlichen Zustand.

Die Frau des Chefs war mit einer Flasche in der Hand auf
dem Weg ins Nachbarhaus.
Konnten diese Frauen nie still sitzen, sich um ihre eigenen Angelegenheiten kümmern, sich zu Hause in irgendein Buch vertiefen oder Makramee knüpfen? Aber nein, sie
tanzten einem den lieben langen Tag auf der Nase herum
und gingen einem auf den Sack. Wenn er sie von einem
Haus zum anderen gehen sah, wurde er immer nervös.
Das bedeutete, sie langweilten sich, und das war ein ganz
schlechtes Zeichen. Letzten Endes führte ihre Langeweile
immer zu irgendwelchen Aufträgen, Unannehmlichkeiten,
Besorgungen oder Belästigungen für ihn. Die Gehaltsabrechnungen und die Kolonieverwaltung zu erledigen war
kein besonders großer Aufwand, doch der Umgang mit den
Señoras, zu sehen, was ihnen fehlte, welche Anliegen sie
hatten, welche Lösungen er ihnen anbieten konnte, das war
etwas ganz anderes. Immer noch befürchtete er, ins Fett-
näpfchen zu treten, obwohl ihm das nicht oft passiert war,
denn nach über einem Jahr hatte er den Bogen raus. Zu lächeln und nicht zu oft zu widersprechen, kam ganz gut an.
Wenn ihm etwas zu mühsam oder zu viel verlangt oder zu
nervig und absurd erschien, war die effizienteste Methode,
unvermittelt ein ernstes Gesicht aufzusetzen, als dächte er
konzentriert nach, mehrmals bestätigend mit dem Kopf zu
nicken und dann zu sagen: »Mal sehen, was ich tun kann.«
Mit ein wenig Glück vergaßen sie es wieder. Im Übrigen
war es eine angenehme und vor allem gut bezahlte Arbeit.
Er sparte fast sein ganzes Gehalt für die Rückkehr nach Spanien. Yolanda und er würden sich eine Wohnung kaufen
und heiraten oder zusammenziehen, sie verstanden sich

gut. Doch im Augenblick lebten sie getrennt, jeder in einem anderen Land. Yolanda hatte versprochen, ihn zu Weihnachten des zweiten Jahres zu besuchen, und bis dahin war nicht mehr lange hin. Er las noch einmal ihren letzten Brief, den er in der Nachttischschublade aufbewahrte. »Mein geliebter, einziger Mann unter Frauen ...« Spotten musste sie auch noch. Er lächelte. Seine Freundin war zweifellos wunderbar und dazu verdammt hübsch. Aber sie war weit weg, und er brauchte Sex. Drei Jahre oder länger nicht zu vögeln? Das hatte er nicht bedacht, als er die Stelle in Mexiko annahm. Niemand dachte mit kühlem Kopf an so etwas, vielleicht weil man erst darüber nachdenkt, wenn man das Bedürfnis hat. Und ob er das hatte! Schon nach zwei Monaten hatte er sein Verlangen kaum mehr aushalten können, hatte nur noch ans Vögeln gedacht, die ganze Zeit ans Vögeln. Er wälzte sich im Bett, sogar im Schlaf. Er onanierte wie verrückt, aber das half auch nichts, die Besessenheit ließ nicht nach, sie ließ ihn keine Minute in Ruhe. Es kam sogar so weit, dass er den Frauen der Ingenieure und Techniker hinterherstarrte, alles verheiratete Frauen, viele mit Kindern, die er zu versorgen und in gewisser Weise zu beschützen hatte. Eines Tages ertappte er sich dabei, wie er Doña Manuela, der Frau von Chefingenieur Don Adolfo, auf den Busen starrte. Doña Manuela musste Mitte sechzig sein, aber sogar sie erregte ihn. Verdammt, sie war nicht schlecht! Ein wenig füllig, aber straff, mit seidigem Haar und zwei riesigen Brüsten, die der Schwerkraft zu widerstehen schienen. Ein Alarmzeichen war gewesen, dass er eine Erektion bekam, als Doña Manuela ihn darum bat, ihr jemanden zu schicken, der das Gartentor reparierte. So konnte es nicht weitergehen, seine geistige Gesundheit stand auf dem Spiel. Zum Glück bekam er kurze Zeit später den Tipp mit dem El Cielito von einem spanischen Handwerker, einem Elektriker in

seinem Alter. Natürlich, wieso war er nicht selbst darauf gekommen? Alle Arbeiter der Baustelle, die ohne ihre Familien in Mexiko lebten, gingen in das Bordell. Sogar die Ingenieure, doch sie tranken nur gemeinsam ein Bier, gingen
aber nie mit den Frauen nach oben, zumindest behaupteten
sie das. Ein Trottel war er gewesen. Wer konnte ahnen, dass
es mitten in der Wüste ein Bordell voller lebenslustiger lär-
mender Menschen und mit schamlosem Treiben gab? Ein
riesiges, hässliches Freudenhaus ohne jeglichen Charme,
dessen Wände grün wie ein Hühnerstall gestrichen waren,
wo es Musik und Alkohol gab. Das war Mexiko, und die
Mexikaner waren ziemlich verrückt. Wenn man glaubt, sie
ein bisschen zu kennen, zeigen sie auf einmal ihr wahres
Gesicht, diese unglaublich mexikanische Art. So schweigsam, und plötzlich so redselig, mit dieser witzigen Sing-
sangaussprache. Inzwischen war er Stammgast im El Cielito. Das war nicht weiter schlimm, das Geheimnis bestand
darin, nicht zu viel zu trinken. Weder Pulque noch Tequila
noch Mezcal. Ein paar kalte Bierchen, das genügte. Und am
nächsten Tag wieder frisch an die Arbeit: Abrechnungen,
Verwaltung und – das war das Schlimmste – die Vergnü-
gungen der Señoras.
Er sah, wie Doña Manuela Victoria das Fläschchen reichte
und beide Frauen nach langer Vorrede – bei der Frau des
Chefs unvermeidlich – die Flüssigkeit über die Pflanzen
tröpfelten. Es schien sich um ein Insektenschutzmittel,
einen Dünger oder sonst welchen Blödsinn handeln, dieser Frau fiel immer etwas ein, sie konnte nie still sitzen, sie
musste ständig irgendwas organisieren, und das versetzte
ihn in Rage: »Darío, man müsste ein Geländer um den
Swimmingpool anbringen, wegen der kleinen Kinder, du
weißt schon ...« »Darío, du musst einen Maler bestellen,
die Wände des Clubhauses gehören gestrichen, ich habe

ein paar abgeblätterte Stellen entdeckt, das sieht nicht gut aus. Dabei ist es erst vor einem Jahr gebaut worden. Aber du weißt ja, wie die Leute hier sind, sie machen immer alles so nachlässig und benutzen minderwertiges Material ...« Sie gab Befehle wie ein General, war strenger als ihr Mann, der wahre Chef, ein ruhiger, eher wortkarger Mann. Aber sie war kein Unmensch. Sie fragte ihn oft nach Yolanda und hatte sie eingeladen, Weihnachten mit ihnen in der Kolonie zu verbringen. Yolanda. Er war wütend auf sie, auf seine Abenteuer im El Cielito und auf alles andere, aber was sollte er machen? Nichts, absolut gar nichts, er konnte nicht gegen seine Natur ankämpfen, außerdem, konnte man das überhaupt Untreue nennen? Das fand er wirklich übertrieben. Niemand hält es monatelang ohne Sex aus, besonders, wenn man ein regelmäßiges Sexleben gewohnt ist. Eine Schweißperle tropfte von seiner Stirn. Ob es Yolanda wohl auch so ging? Noch eine Schweißperle. Er war sich nicht sicher, ob Frauen genauso empfanden, wahrscheinlich nicht; sie gingen nur mit einem Kerl ins Bett, wenn sie verliebt waren. War es bei Yolanda auch so? Außerdem gibt es für Frauen keine Bordelle, wenn eine junge Frau ihrem Körper eine Freude machen will, muss sie einen Mann anbaggern, und wenn sie das tut ... erscheint alles in einem anderen Licht. Lieber nicht darüber nachdenken. Er war nicht zum Grübeln hier, sondern um Geld zu verdienen, viel mehr, als er in Spanien hätte verdienen können.

Plötzlich sah er die Frau des neuen Ingenieurs ihr Haus verlassen und auf sein Büro zukommen. Ja, sie kam zu ihm, es gab keinen Zweifel. Was, zum Teufel, wollte die denn? Verflixt, ausgerechnet bei der hatte er geglaubt, dass sie niemandem auf den Wecker fallen würde! Und das um diese Uhrzeit! Rasch suchte er ihren Namen in der Bewohnerliste.

»Hallo, Doña Paula, wie geht's Ihnen?«

»Nenn mich Paula oder ich kriege Bauchschmerzen. Ich erinnere mich nicht an deinen Namen.«

»Darío.«

»Darío Codomano, eine historische Figur. Hör mal, Darío, ich habe mich gefragt, ob es in der Nähe eine Bar gibt, eine, in der was los ist.«

»Die Clubbar kennen Sie schon, oder?«

»Ja, die kenne ich, aber ich meine eine richtige Bar.«

»Da gibt es die Bars auf der Plaza in San Miguel. Dort wird gutes mexikanisches und internationales Bier ausgeschenkt. Vor dem Essen ist da richtig was los.«

Paula zwinkerte ein paarmal affektiert, um ihm zu verstehen zu geben, dass sie langsam ungeduldig wurde.

»Also eine interessante Bar, eine, wo keine Mütter mit Kindern auftauchen?«

Darío wurde immer nervöser. Sie versenkte ihren Blick in seine Augen wie zwei Haken, die sich ins Fleisch bohren.

»Ich wüsste nicht, aber mal sehen, was ich tun kann, vielleicht außerhalb ... Ich werde mich mal umhören, ja, das werde ich.«

»Sehr gut, mein Junge, mach mal eine Umfrage und dann lässt du mich das Ergebnis wissen, ja?«

»Morgen sind wir alle zu einem Fest des Konsuls in Oaxaca eingeladen ... Das ist zwar keine Bar, aber diese Partys sind immer amüsant. Außerdem finden sie abends statt, ohne Kinder.«

Paulas Lächeln wirkte halb gewinnend, halb verächtlich.

»Wunderbar, Darío, ich werde kommen. Vielleicht kann mir wenigstens der Konsul einen Tipp geben, wo ich eine vernünftige Bar finde.«

Sie verließ das Büro und zog lustlos von dannen. Sie war groß, hatte ein breites Kreuz und schöne Beine. Verdammt!, dachte er. Das hat mir gerade noch gefehlt, eine Alte, die man nicht einschätzen kann.

Sie würde sich auf ihre erste Party in Mexiko gut vorbereiten. Drei Gläser vorab oder besser vier? Eine Linie Koks oder gleich zwei? Und dazu ihre weiblichen Reize. Ich komme, dachte sie. Ich komme.

Herr Konsul, Frau Konsul, wie geht es Ihnen? Wirklich ein fabelhaftes Fest, wie könnte es auch anders sein. Wir alle sind begeistert von diesem wunderbaren Land, wir sind glücklich in unserer Kolonie, sie ist sehr heimelig. Die Umgebung ist voller ... Folklore, das ist das richtige Wort, authentische Folklore jenseits aller Klischees. Ihr Fest bietet aber auch alles. Kanapees und Bohnen, die sind am besten. Schwarze Bohnen, die in einer schwarzen Suppe treiben wie sündige Seelen in der Hölle. Übrigens, ist kein Kardinal unter uns, oder wenigstens ein Bischof? Das ist wirklich ein Manko, das muss ich unumwunden sagen. Ein Kirchenvertreter gibt einer weltlichen Feier eine gewisse Würde, er verleiht ihr Glanz, vor allem hier in diesem Entwicklungsland. Ein Kardinal mit Tonsur und allem geistlichen Putz, womit der Mummenschanz komplett wäre. Obwohl uns natürlich klar ist, was eine solche Einladung für ein Dilemma darstellt, es wird immer schwieriger, jemanden zu finden, der den Kardinälen in ihre purpurfarbenen Ballerinas aus Seide schlüpfen hilft, Schuhe, wie sie Jovellanos auf Goyas berühmtem Porträt trägt, oder auch, wenn Sie mir die Freiheit erlauben, Schwulenpantoffeln. Das Leben in dieser Gegend ist wunderbar, auch wenn dieses Tal einem eine Heidenangst einjagt, es ist einfach monumental, wie die ganze Natur hier. Gewiss, die Eroberungszüge der Spanier sind nicht unumstritten, da wollen wir gar nichts beschönigen, aber niemand kann den Eroberern den Schneid und Mut absprechen, mit dem sie sich in diesen Urwald mit seinen Flüssen und Tiefebenen voller Gefahren und giftiger Pflanzen gewagt haben … Und wir sind ja nicht zum Erobern gekommen, sondern zum Bauen, genauer gesagt, unsere Männer, meine hochverehrten Konsuln … Ah, nebenbei bemerkt, ich fühle mich hier wie im römischen Senat, wie Caligulas Pferd bin ich ständig fehl am Platze, deplatziert. Seit Jahren passe ich einfach nirgendwo dazu, nicht einmal zu mir, wenn ich allein bin, in meinem friedlichen Heim, in der absoluten Einsamkeit. So ist das eben, ich wäre gerne Messalina, aber ich bin Caligulas Pferd. Was denken Sie über Messalina, meine liebe Konsulin? Nein, ich meine nicht die verunglimpfte Kunst dieser Femme fatale, auch nicht ihre Nymphomanie, obwohl es die nie gegeben hat. Ich meine Messalinas Fähigkeit, auf genitalem Weg gegen das Schicksal zu rebellieren. Wissen Sie, verehrte Frau Konsul, Sie sollten mich heute Abend nicht so ernst nehmen, denn ich bin ein wenig unpässlich. Eigentlich habe ich überhaupt keine Lust zu reden, und um meine trübe Stimmung zu heben, bleibt mir nichts anderes übrig, als zu trinken und mich zu betäuben, sodass die Worte ohne mein Zutun hervorsprudeln. Und wie sie sprudeln, wie Flüsse, die über die Ufer treten. Vielleicht schickt sich das nicht für eine Frau wie mich, der Gattin eines brillanten Ingenieurs und feinen Mannes. Aber was soll's, dieser orale Erguss, dieser verbale Durchfall ist eine der Geißeln, die wir ertragen müssen, vor allem Sie, meine liebe Konsulin. Obwohl Sie darauf vorbereitet sind und auf vieles mehr, nicht wahr? Alle Frauen sind das, sie sind imstande, alles zu geben, wenn Gott und die Gesellschaft es von ihnen verlangt. Schlecht ist nur, wenn die Gesellschaft etwas anderes von uns verlangt, als wir zu geben bereit sind. Von mir verlangt die Gesellschaft, eine gute Mutter und Ehefrau zu sein, und ich weiß nicht, aber ich lasse als Ehefrau ziemlich zu wünschen übrig und Kinder habe ich auch keine. Als Entschädigung schenke ich der Gesellschaft meine wunderbare Übersetzung von Tolstois Tagebüchern. Sie könnten mir antworten, *aimée consulette*, dass wir hier im spanischen Sprachraum auf die Neurosen des begnadeten russischen Grafen auch gut verzichten könnten. Doch da kann ich nicht zustimmen, ich widerspreche und werde bockig. Das fehlte noch! Große Männer kreieren ihre großen Werke im Stillen, und das Menschengeschlecht, welche Sprache es auch immer sprechen mag, muss unbedingt erfahren, wie sie ihren Tee gerne tranken, welcher Kummer ihre Seele peinigte und wie oft sie sich mit ihren Gattinnen gestritten haben. Graf Tolstoi hat mit seiner Frau übrigens viel gestritten, liebe Konsulin. So was aber auch! Man neigt gemeinhin zu der Annahme, ein Genie befasse sich ausschließlich mit philosophischen, ethischen oder historischen Themen, aber dann stellt sich heraus, dass sich selbst diese Privilegierten mit Nichtigkeiten herumschlagen und fuchsteufelswild werden, wenn ihre Gattinnen heimlich ihre Tagebücher lesen, worauf sie dann selbst in deren Tagebüchern herumschnüffeln, mutmaßend, sie könnten ihnen Hörner aufsetzen … Nun ja, eine lange Liste erbärmlicher Eitelkeiten. Ich war dazu berufen, ein Genie der Literatur zu werden, liebe Freundin, aber wie sagte schon unser Dichter Gott: »Viele sind berufen, aber wenige sind auserwählt.« Wie gemein, der Dichter Gott! Also wurde mir klar, dass ich mein Talent nicht verschwenden dürfte im Versuch, verstanden und akzeptiert, gar bejubelt zu werden. Das bringt viel Demütigung mit sich, obwohl es widersprüchlich klingt. Man muss an viele Türen klopfen und viele Ratschläge einholen, wird wiederholt Prüfungen ausgesetzt, als bliebe man ewig ein

Schüler. Um dann wie Tolstoi im Tagebuch zu vermerken, dass einem das Essen nicht bekommen ist? Oh nein, so weit wird es nicht kommen! Wir haben das weibliche Alltagsleben voller häuslicher Banalitäten nicht verflucht, um in diese Falle zu tappen. Wenn begnadete Talente irgendwann aus einem anderen Holz geschnitzt werden und sich erbaulicher darstellen, werden wir weitersehen. Man muss die Vorbilder von ihrem Sockel holen. Ich bin so genial, dass ich wegen der vielen darin enthaltenen, nicht genialen Komponenten auf das Genie verzichtet habe. Was kann ich, an diesem Punkt angelangt, also tun, Frau Konsulin? Ihnen einen hedonistischen Vortrag halten im Stile von: Denken wir alle, Brüder, an die vielen wunderbaren Gläser Wein, die es noch zu trinken gilt, die Sonnenuntergänge, die Blutwürste, die zischend auf dem Grill zerplatzen? Nein, um ehrlich zu sein, das Leben ist, wie es ist, und ich lebe es, so gut ich kann, aber mit Würde. Deshalb bin ich nach Mexiko gekommen, statt nach Moskau zu gehen. In Mexiko übersetze ich Tolstoi und will nicht ausschließen, dass ich Octavio Paz ins Russische übersetze, wenn ich nach Moskau gehe. Jedenfalls folge ich meinem Mann als gute Ehefrau bis zum bittren Ende.

Die Frau des spanischen Generalkonsuls von Oaxaca lächelte. Sie war dazu erzogen zu hören, ohne zuzuhören, zuzuhören, ohne etwas aufzunehmen, aber vor allem war sie dazu erzogen zu lächeln. Sie hatte eine gerade, zarte, fast perfekte Nase. Zum Abschluss ihres langen Vortrags hatte Paula ihr zugeprostet und war verschwunden.

Das Ganze war in eine Selbstbeweihräucherung mitsamt Erzengel und Teufel, die sich im Theater bekämpften, ausgeartet. Innerlich tobte Paula. Die Stimmung war angenehm. Alle lachten und wirkten glücklich. Woher hatten ihre Ghetto-Mitbewohnerinnen diese eleganten Kleider?

Waren sie mit Koffern voller Satin und Spitzen in diesen verlassenen Winkel der Erde gekommen?

Susy ging mit einem Papayacocktail in der Hand an ihr vorüber. Sie erwischte sie noch am Arm, denn sie konnte doch diese Bäckerin ritueller Kuchen, ihren einzigen Hoffnungsschimmer hier, nicht entwischen lassen.

»Susy, meine Liebe, kürzlich hast du doch deine Mutter erwähnt. Nun werde ich dir eine Geschichte von meiner erzählen, sie wird dir gefallen. Es ist ein Drama, das jeder gebildete angelsächsische Geist und demzufolge Dickens-Freund zu schätzen weiß. Also, meine Mutter stammte aus London. Ein Waisenkind. Sie lebte in einem bescheidenen Hotel, denn sie war vermutlich die Tochter einer Kellnerin, die sie nach der unehrenhaften Geburt dort zurückgelassen hatte, oder die Tochter einer ehemaligen Prostituierten, die zur Wiederherstellung ihrer Ehre inzwischen Betten machte und Staub wischte. Jedenfalls organisierte der Hotelbesitzer illegale Poker-Runden mit hohen Einsätzen, an denen auch der eine oder andere Hotelgast teilnahm. Eines Nachts verlor der Hotelbesitzer so hoch, dass er am Ende kein Bargeld mehr hatte. Da er jedoch nicht bereit war, sein Eigentum einzusetzen, setzte er einfach das Mädchen, das bei ihm lebte. Ein spanischer Herr, ebenfalls ein Mitspieler, drohte dem kaltherzigen Hotelbesitzer empört, ihn anzuzeigen. Er machte dem niederträchtigen Spiel ein Ende, indem er diesem Gauner unter vier Augen vorschlug, ihm das Mädchen als Pflegetochter zu überlassen. Nach aufwendigem Papierkram – obwohl das damals noch harmlos war – adoptierte er sie und nahm sie mit nach Spanien. So kann man sagen, dass ich eine importierte Mutter habe, oder besser gesagt, hatte, denn sie ist inzwischen tot. Wie findest du das?«

Susy sah sie an, als wäre sie ein Schreckgespenst. Dann lachte sie sehr amerikanisch auf.

»Aber Paula, was, zum Teufel, erzählst du denn da?«

»Ich habe dir vom Ver- und Einkauf meiner verstorbenen Mutter erzählt. Das ist eine meiner bevorzugten Familiengeschichten.«

»Bei allen Heiligen, du bist ja total abgedreht!«

»Wo willst du denn so eilig hin?«

»Ich suche Henry, aber bei den vielen Leuten ... Übrigens Paula, jemand hat vorgeschlagen, einen Ausflug zu machen, das kann sehr schön werden. Angeblich gibt es in der Nähe der Kolonie ein paar aztekische Ruinen. Alle Frauen werden nächste Woche mitfahren, kommst du auch mit?«

»Ja natürlich, klingt sehr lehrreich. Ihr Amerikaner denkt wohl, das einzig Schätzenswerte an uns Europäern seien unsere Ruinen und an den Mexikanern ihr Essen. Aber siehst du, hier gibt es auch Ruinen. Ist schon komisch, wir zivilisierten Völker leben glücklich in unseren Überresten wie die Schweine.«

»Du bist unmöglich, aber witzig. Ich hätte nicht gedacht, dass du so witzig sein kannst.«

»Das Trinken bekommt mir gut ... manchmal«, Paula malte einen übertriebenen Schnörkel in die Luft.

Susy lächelte und ging ihren Mann suchen. Offensichtlich hatte sie die Geschichte als Scherz aufgefasst, auch die schreckliche Behauptung, Paulas Mutter sei eine Handelsware gewesen. Sie interessierte sich nur für Ruinen. Vielleicht musste die Welt erst in Schutt und Asche fallen, um hinterher die noblen Errungenschaften des kulturellen Erbes lobpreisen zu können. Susy wirkte glücklich, alle wirkten glücklich, Paula selbst hatte ihre tote Mutter schon wieder vergessen. Leichen sollte man in ihren Gräbern ruhen lassen. Um den eigenen inneren Frieden zu finden, muss man den Toten verzeihen. Das soll angeblich zur Harmonie führen. Wenn man sie einmal erlangt hat, kann einem nichts mehr etwas anhaben. Die Felder ringsherum können in Flammen stehen, ohne dass es einen erschüttert. Oder man kann wie der Konsul opulente Feste veranstalten, während die Bauern in der Umgebung dahinvegetieren, Hunger leiden und Revolutionen anzetteln.

Beim Herumschlendern zwischen den Gästen fühlte sie sich schön. Das schlichte, weiße Kleid ohne Spitzen, das sie trug, verlieh ihr das distinguierte Aussehen einer Tennisspielerin aus den zwanziger Jahren. Sie entdeckte Doktor Méndez, den mexikanischen Arzt, der für die Gesundheit der Koloniebewohner zuständig war.

»Mein lieber Doktor, was halten Sie von dieser zweiten Flut der spanischen Eroberer, die Ihr Land heimsucht?«

»Es ist immer besser, von intelligenten Frauen erobert zu werden als von Heerscharen Galeerensträflingen.«

Sehr gut, Doktor, eine gute Antwort, Sie müssen allerdings wissen, dass intelligente Frauen wie wir uns hier wie Fische im Wasser tummeln, wie Bakterien im Zerfallsstadium. Unsere von den mexikanischen Behörden unter Vertrag genommenen Männer tragen zum Ruhm dieses schon an sich ruhmreichen Landes bei. Deshalb sind wir eine Art Gäste und müssen uns anständig benehmen. Ich werde kein einziges Glas mehr trinken und meinen Mann gleich darum bitten, nach Hause zu fahren. Ich bin erschöpft ... oder betrunken. Gute Nacht.

Die Parkanlage der Kolonie wirkte nachts schöner als bei Tageslicht. Doch selbst im Dunkeln erkannte man genau, dass dieser abgegrenzte, bepflanzte und gezähmte Ort noch immer Teil einer übermächtigen Natur war. Nicht alle Schönheit dieser Erde hatte der Gleichförmigkeit von englischem Rasen weichen müssen, zwischen den Blumenrabatten spross unbezähmbar das Unkraut. Sie atmete die trockene, fast kalte Luft ein und wünschte sich, von der nächtlichen Brise hinweggetragen zu werden, um mit dem Magma des Lebens zu verschmelzen, das in diesem Augenblick aus Stimmen, ferner Musik und Hundegebell bestand. Eines Tages, dachte sie, würde es ihr gelingen, sich selbst und ihren Namen zu vergessen, auf alles zu verzichten.

Santiago schloss die Tür hinter ihnen und folgte ihr ins Schlafzimmer. Schweigend zogen sie sich aus. Das Licht der Nachttischlampe war gedämpft. Als ihr Mann seine Pyjamahose anzog, sah sie sein schlaffes Glied. Warum sagte er kein Wort? Sie dachte nicht an einen Streit, sie könnten sich doch einfach über banale Dinge, die auf dem Fest geschehen waren, austauschen, wie alle Ehepaare es getan hätten. Aber das zu erwarten erschien inzwischen lächerlich. Sie hatten sich geliebt, und sie hatten zusammen gelacht, nachdem sie früher mit fast tierischer Wollust, einem ungesund heftigen Verlangen miteinander geschlafen hatten. Jetzt mussten sie sich im Bett den Rücken zudrehen, um friedlich einschlafen zu können.

»Du hast wahnsinnig viel getrunken«, sagte er schließlich.

»Ja, ich weiß. Aber ich habe dich nicht blamiert, keine Sorge. Ich glaube, ich war sogar ziemlich reizend.«

»Das ist mir nicht so wichtig. Du hast gesagt, wenn wir erst in Mexiko sind ...«

»Ich weiß, was ich gesagt habe, hör jetzt bitte auf damit.«

In dem Moment hätte sich Paula von ganzem Herzen einen deftigen, Hollywood-reifen Ehekrach zwischen betrunkenen Gatten gewünscht, einen Streit wie bei Hemingway und seiner *Lost Generation*, alle zusammen und betrunken, mit bösen Anfeindungen und Handgreiflichkeiten ... Aber nein, es breitete sich großes Schweigen aus und vom Fenster wehte ein frische Nachtluft herein, die zum Schlafen einlud.

Sie hatte ihn am Abend neugierig und aufmerksam beobachtet. Wie verhielt sich ein Mann, wenn seine Frau
solch einen Wirbel veranstaltete? Geschwätzig, amüsant,
brillant, aber offensichtlich mit ein paar Gläsern zu viel
intus hatte sich Paula in Tiraden ausgelassen, die einem
Groucho Marx alle Ehre gemacht hätten, wobei sie behände
von einem Gesprächspartner zum nächsten wechselte. Sie
hatte mit dem Konsul eine merkwürdige Polka getanzt und
sogar mit den Kellnern angestoßen. Beunruhigend daran
waren nur einzelne Sätze in ihrem Wortschwall, die Obsessionen und Gespenster, eine starre Hülle der Verzweiflung, erahnen ließen. Verstohlen, aber aufrichtig bestrebt,
Santiagos Reaktionen zu beobachten, hatte sie häufiger zu
ihrem Mann hinübergesehen. Er hatte keinen Moment irritiert gewirkt. Sie hatte lediglich feststellen können, dass
er die Grüppchen mied, die seine Frau mit ihren ausge-
flippten Erörterungen gerade beglückte. Und selbst das tat
er unauffällig, weder taktlos noch demonstrativ, er schlich
sich einfach davon, wie ein Passant der *Speakers' Corner*,
der einem Redner eine Weile sein Gehör schenkt und dann
weiterspaziert, um zu sehen, was ein anderer zu bieten
hat. Er hatte graue Schläfen und eine gerade Nase, er trug
eine randlose Brille und war groß. Vorbildliches Verhalten,
dachte Victoria. Weder missbilligt er das Verhalten seiner
Frau noch bringt er sie in Verlegenheit mit dem Hinweis,
sich zurückzunehmen. Doch in seinen Augen, in seinem
Blick, lag etwas Trauriges. Bevor er merkte, dass sie ihn anstarrte, und sie für ein lästiges Klatschmaul hielt, hatte sie
sich abgewandt. Das war auch gut so gewesen und hätte
womöglich peinlich werden können, denn jetzt standen
sie sich vor dem Kolonietor gegenüber, wo sie sich zufällig über den Weg gelaufen waren. Bisher hatte sich Victoria morgens immer vergewissert, dass niemand zur selben

Zeit die Kolonie verließ. Sie wollte niemanden treffen bei ihren einsamen Spaziergängen, sie mochte keine Begleitung. Wenn man sich mit jemandem unterhalten musste, schmälerte das den Genuss an einem Spaziergang beträchtlich. An diesem Morgen war es noch sehr früh, und gestern Nacht waren alle wegen des Festes spät zu Bett gegangen, weshalb sie nicht damit gerechnet hatte, jemandem zu begegnen. Doch sie hatte sich geirrt – am Tor lief ihr Santiago über den Weg.

Offensichtlich hatten beide die Absicht, einen morgendlichen Spaziergang nach San Miguel zu machen, was, zum Teufel, hätten sie sonst um diese Uhrzeit hier verloren gehabt? Es war eine missliche Lage, ein unglücklicher Zufall. Würden sie beide schon längere Zeit in der Kolonie leben, hätten sie sich vielleicht freundlich grüßen und jeder seines Weges gehen können, aber Santiago war erst vor kurzer Zeit zu ihnen gestoßen und kannte demzufolge die Gepflogenheiten noch nicht, und sie musste sich gegenüber einem Neuankömmling freundlich zeigen. Während ihr das alles durch den Kopf schoss, beschränkte sich Santiago darauf, sie anzulächeln und seinen Schritt einfach dem ihren anzupassen.

Gemächlich gingen sie die Landstraße nach San Miguel entlang, genossen die frische Luft und das Licht. Sie schwiegen, als hätten sie es vorab vereinbart. Victoria, die beim Gedanken an ein forciertes Gespräch mit peinlichen Pausen und albernen Bemerkungen nervös geworden war, beruhigte sich wieder. Das Schweigen tat ihnen gut. Ihr Begleiter roch angenehm nach einem milden Rasierwasser. Es ging eine gewisse Ruhe, vielleicht Teilnahmslosigkeit von ihm aus. Sie gelangten ins Dorf und gingen an einem Hotel vorüber. Alle Hotels der Region waren in ehemaligen spanischen Missionen eingerichtet worden. Aus dem Inneren

39

erklang Gitarrenmusik. In Mexiko gab es überall Mariachis, die landestypischen Trachtenensembles, die von morgens bis abends leise für die plaudernden Gäste in den Hotelfoyers aufspielten, und wenn man Lust dazu hatte, konnte man ihnen auch zuhören. Victoria fühlte sich wohl in dieser behaglichen Atmosphäre aus Musik, Morgenfrische, dem Geruch dieses Mannes und ihren eigenen leichtfüßigen Schritten, die sie ohne Eile, aber stetig weiterführten. Gelegentlich warf sie einen Blick auf seine gerade Nase und sein kräftiges volles Haar. Doch größere Neugier gestattete sie sich nicht, denn das hätte ihr intensives Empfinden seiner Nähe zerstört.

Als sie sich dem Ortskern näherten, begegneten sie mehr Menschen, alles Mexikaner, zu dieser Jahreszeit gab es kaum Ausländer. Die Tagelöhner wurden in offenen Pritschenwagen aufs Feld gefahren. Sie saßen nebeneinander wie Schlachtvieh, ernst und schweigsam. Santiago sagte plötzlich:

»Adolfo meinte gestern, die Gefahr von Entführungen hätte nachgelassen. Sollte das Risiko eines Bauernaufstands jedoch vorhalten, müssten wir unbequeme Vorkehrungen treffen.«

»Auf der Baustelle oder in der Kolonie?«

»Vermutlich an beiden Orten, aber das wird dir dein Mann bestimmt schon erzählt haben.«

»Wir reden nicht viel miteinander. Ich meine über die Arbeit.«

Sie bereute augenblicklich, das gesagt zu haben. »Wir reden nicht viel miteinander«, sagte man das in Begleitung eines Mannes, den man gerade kennenlernte? Sie verblödete wohl langsam, oder sie wurde verrückt.

»Wir werden ja sehen ... Im Moment sind es nur Mutmaßungen.«

»Glaubst du, dass es neue Aufstände geben wird?«

»Eigentlich nicht. Es ist noch nie etwas Ernstes passiert.«

Das war genau der Eindruck, den Santiago auf sie machte: Es ist noch nie etwas Ernstes passiert, und dennoch schien er sich an einem bedrohlichen Abgrund entlang zu bewegen. Und seine Frau war wie ein Vulkan kurz vor dem Ausbruch, gefährlich wie eine Bombe, explosiv, allgegenwärtig, mit wirren Ideen, provokant.

Schweigend gingen sie weiter, bis sie zum Marktplatz von San Miguel gelangten: Große Bäume und Tische vor den schäbigen, aber gemütlichen Bars und dem geschlossenen Rathaus, das stets ohne irgendein Anzeichen von Geschäftigkeit war.

»Wollen wir einen Kaffee trinken?«, schlug er vor.

Sie standen voreinander, nicht mehr nebeneinander wie beim Spaziergang. Zum ersten Mal, seit sie die Kolonie verlassen hatten, schauten sie sich an. Victoria fragte sich, ob er sie wirklich wahrnahm oder ob sein Blick gedankenverloren durch sie hindurchging. Sie sah ihm in die Augen. Ja, er sah sie. Sie lächelten sich an. Er ergriff ihren Arm und führte sie an einen Tisch. Victoria wurde klar, dass sie beide absichtlich geschwiegen hatten und er sich dessen ebenso bewusst war wie sie. Sie setzten sich. Jetzt war dieses Schweigen anders, verwirrend, angespannt, unhaltbar. Es war der Augenblick der Entscheidung: entweder redeten sie über neutrale, belanglose Dinge oder sie fragte ihn direkt, was sie wissen wollte.

»Bist du so, wie du wirkst?«

Die Entscheidung war gefallen, die Jägerin Diana hatte ihren Pfeil abgeschossen. Sie erschrak über ihre eigene Kühnheit, riss sich aber zusammen. Santiago sah sie an, diesmal im vollen Bewusstsein, dass sie Victoria war und nicht die Frau eines Kollegen, die ihm rein zufällig gegenübersaß.

»Vorzeitig gealtert oder voller Narben?«

»Nein, teilnahmslos und selbstsicher.«

Ihr wäre nie in den Sinn gekommen, dass sie so etwas sagen könnte, aber es war geschehen, sie hatte es geschehen lassen.

»Nein, ich bin nicht teilnahmslos. Selbstsicher ... ich weiß nicht.«

»Ich hatte den Eindruck«, sagte Victoria, sie war hilflos und nervös und spürte, wie ihr das Blut ins Gesicht stieg und ihre Augen feucht wurden.

In dem Moment hätte sie sich am liebsten zu ihm hinübergebeugt und ihn auf der Suche nach seiner heißen Zunge auf den Mund geküsst. So hätte er sie nicht ansehen und auch nicht mit ihr sprechen dürfen. Aber sie hatte nicht den Mut dazu. Den Anfang musste er machen, er tat es aber nicht. Er beschränkte sich darauf, sie lächelnd anzusehen. Ein riesiger Schmetterling flatterte über ihre Köpfe hinweg. Sie zuckte erschrocken zusammen. Beide lachten.

»Ich kann mich nicht daran gewöhnen, dass in diesem Land alles so groß ist.«

»Sieh mal«, er zeigte zu den Bäumen hinauf, unter denen sie saßen. »Alles voller Eichhörnchen.«

»Ja, und sie kommen nur herunter, wenn du etwas isst. Sie sind daran gewöhnt, von den Leuten gefüttert zu werden. Als das erste Mal eines herunterkletterte und näher kam, habe ich mich ein bisschen erschrocken, es wollte mir in den Zeh beißen!«

»Bist du öfter hier?«

»Ja, schon. Ich gehe lieber spazieren, als in der Kolonie ständig nur Tennis zu spielen.«

»Du bist doch schon länger in Mexiko, findest du es anstrengend, in der Kolonie zu leben? Es ist eine Art Harem, oder?«

»Wir alle wissen, dass es nur vorübergehend ist. Findest du die Baustelle anstrengend?«

»Wir sind mit dem verdammten Staudamm ziemlich beschäftigt. Was machst du in Spanien?«

»Ich bin Dozentin für Chemie an der Universität. Wenn der Aufenthalt hier zu Ende ist, werde ich meine Stelle wieder übernehmen.«

»Das ist witzig.«

»Warum?«

»Du machst etwas ganz anderes als wir. Ein Ingenieur beschäftigt sich mit Physik.«

»Es ergänzt sich.«

Er nickte mehrfach und sah sie dabei an, als wäre er zufrieden mit ihr. Es lag ein bitterer Zug in seinem Lächeln, in seiner Stimme, in seinem Blick, jetzt war sie sich sicher. Große Bitterkeit, die er still ertrug. Sie bohrte noch ein wenig nach.

»Der Vergleich der Kolonie mit einem Harem hinkt ein wenig, in der Kolonie gehört zu jeder Frau ein Ehemann.«

»*Comme il faut*«, erwiderte Santiago lakonisch.

Er starrte sie an. Sie ertrug die Spannung nicht mehr und begann ein oberflächliches Gespräch voller geistreicher, treffender Betrachtungen über Mexiko, sein Klima und die Schönheit seiner Landschaft. Seine Kommentare fielen knapp aus. Es kam der Moment, in dem es nichts mehr zu sagen gab. Victoria stand auf und erklärte, sie hätte im Dorf noch etwas zu erledigen. Er blieb zum Glück sitzen. Es war undenkbar geworden, wieder zu dem anfänglichen genussvollen Schweigen zurückzukehren. Es war nicht mehr möglich. Beide wussten das, und jetzt hieß es, einen Schritt weiter zu gehen oder sich zu trennen.

Sie verabschiedeten sich mit einem herzlichen »Bis bald«. Victoria setzte sich energisch in Bewegung, als hätte sie ein bestimmtes Ziel. Sie war froh, die ganze Zeit über kein einziges Mal seine Frau erwähnt zu haben. Sie war davon überzeugt, dass es unpassend gewesen wäre.

Als sie die Haustür öffnete, überraschte es sie keineswegs, Manuela vor sich zu haben, die sie fröhlich und ungeniert begrüßte; erstaunlich war eher, dass sie nicht schon früher vorbeigekommen war. Sie bat sie hinein, und sie setzten sich ins Wohnzimmer. Sie betrachtete sie aufmerksam. Manuela sah trotz ihres fortgeschrittenen Alters recht gut aus. Ihre Gesichtszüge verrieten, dass sie ein Leben frei von bösen Überraschungen führte. Sie erschien ihr vom ersten Augenblick an wie eine dieser Frauen, die einzuschätzen vermochten, was wichtig war und was nicht. Sie redete viel von ihrer Enkelin und holte ein Foto von einem hübschen Baby aus der Tasche, das beim Lachen zwei winzige Zähnchen zeigte. Paula wusste, dass es unter Frauen üblich war, über Kinder zu reden: Söhne und Töchter, Enkel, die Babys von welcher Frau auch immer. Doch sie hatte einen unfruchtbaren Schoß, sie würde nie Kinder gebären und fühlte sich frei genug, diese Art weiblicher Rituale zu vermeiden. Es war eine Verschnaufpause. Sie hoffte, schon eine unheilbare Alkoholikerin zu sein, wenn sie im Alter von Manuela – ideal für das erste Enkelkind – war. Sie mochte diese Kränzchen nicht, die sie manchmal in Cafés oder in Hotelhallen beobachtete: Grüppchen gesellschaftlich etablierter älterer Damen, die sich wild gestikulierend unterhielten. Die Söhne, die Töchter, die Enkel ... Alle schienen glücklich, sogar die Witwen, denen die Einsamkeit nicht zu schaffen machte, weil sie ihre Pflicht erfüllt hatten. Sie alle hatten ihre private Nische gefunden, in der sie jahrelang verweilen und sich nur um das Wohl der Familie kümmern konnten. Ein behütetes, gemütliches Nest, dessen Zutritt Außenste-

44

henden verboten war. Selbst Frauen aus einfachen Verhältnissen trinken ihren Milchkaffee in Bars, in denen es nach
Frittierfett stinkt. Sie treffen sich und unterhalten sich
lautstark. Sie lachen laut und scherzen mit dem Kellner, der
sich scharfzüngig und witzig zeigt wie ein Fernsehmoderator. Die Söhne, die Töchter, die Enkel ... Am Ende wird irgendein Portemonnaie herausgeholt, aus dem neben dem
abgegriffenen Personalausweis das Foto eines Enkelkindes
hervorgezaubert wird. Pflicht erfüllt. Paula hatte sich von
diesem selbstgefälligen Kreis immer ausgeschlossen gefühlt. Vielleicht glaubte sie deshalb, während ihrer Unterhaltung in Manuelas Blick einen Anflug von Mitleid aufgefangen zu haben.

»Wir wissen schon, dass du mit deiner Übersetzung sehr
beschäftigt bist, Paula, aber ich möchte dich im Namen aller
um einen Gefallen bitten. Also, unsere Kolonie braucht
vor allem kulturelle Anregungen. Wir können nicht drei
Jahre lang vor uns hinvegetieren, das ist klar; deshalb organisieren wir hin und wieder Kurzreisen, Ausflüge, Besichtigungen ... was sich natürlich immer im Rahmen von aztekischer Kunst oder spanischen Kirchen bewegt, wie du
dir vorstellen kannst. Die Literatur haben wir bisher sträflich vernachlässigt. Deshalb habe ich an dich gedacht. Ich
will dich nicht um eine Einführung in die Literatur bitten,
aber du könntest doch einen kleinen Vortrag über Tolstoi
halten.«

Paula lachte trocken auf, was Überraschung bedeuten
konnte, aber Manuela sprach weiter, als hätte sie es gar nicht
gehört.

»Jede von uns hat doch *Anna Karenina* und *Krieg und Frieden* gelesen, und da wir schon eine Übersetzerin des Autors bei uns haben, fände ich es unverzeihlich, wenn du
uns nicht ein wenig über ihn erzählen würdest. Ich denke

nicht an einen langen Vortrag oder eine förmliche Veranstaltung – eine Annäherung an seine Person und seine Bücher, so was in der Art würde reichen.«

»Der gute Don Leo! Glaubst du, das ist ein passendes Thema? Tolstoi in Mexiko?«

»Es könnte kein besseres geben!«

»Vielleicht gar keine schlechte Idee, ich denke darüber nach. Gib mir ein wenig Zeit für meine Entscheidung, ein oder zwei Tage. Ich muss mir erst überlegen, ob ich über das Thema auch was vortragen kann. Nicht jeder kann vor Publikum reden.«

»Du redest vor Publikum sehr gut. Außerdem kennen wir uns hier alle.«

»Das stimmt.«

Paula versprach, es sich ernsthaft zu überlegen, sie versprach es ihr tatsächlich. Als sie Manuela zur Haustür begleitete, ging ihr durch den Kopf, dass diese Bitte lediglich dem Zweck diente, sie in das Kolonieleben einzubinden. »Du redest vor Publikum sehr gut« – eine giftige Anspielung auf ihren Auftritt bei der Party im Konsulat. Diese schlaue und erfahrene Frau hatte an jenem Abend sofort begriffen, dass sie eine potenzielle Gefahr für das innere Gleichgewicht der Kolonie darstellte, und nun beabsichtigte sie, sie außer Gefecht zu setzen, sie ihre Waffen ausliefern zu lassen, sie zu domestizieren und in die Gemeinschaft einzugliedern. Wieder allein wurde ihr klar, dass sie ihre Lebensbedingungen in der Kolonie unterschätzt hatte. Natürlich, wie naiv von ihr! An so einem Ort konnte man sich nicht einfach zurückziehen. Das war nicht gestattet. Man würde darauf dringen, dass sie sich hin und wieder blicken ließ, ein Happening veranstaltete und wieder verschwand. Nein, kam nicht in Frage. Ihr würden schon die richtigen Ausflüchte einfallen, ohne die diplomatischen Beziehungen ganz abzubrechen. Vielleicht wäre eine Komplizin nicht schlecht, eine Person, die ihr etwas ähnlicher war, eine harmlose Person, die sich mit wenig, vielleicht ein paar Brotkrumen der Freundschaft zufriedengäbe. Eine Komplizin, die die Schläge der Gemeinschaft abfing, die sie deckte in ihrem Wunsch, zurückgezogen zu leben. Sie hatte die Umstände tatsächlich unterschätzt, denn niemand konnte sich hier willkürlich unsichtbar machen. Je kleiner, je gleichförmiger, je familiärer das Umfeld war, desto schwieriger wurde es.

Sie legte sich ihre Jacke über die Schultern und machte sich auf die Suche nach Susy, die sie beim Gewichtheben im Fitnessraum antraf, wo sich außer ihr niemand aufhielt. Susy trug einen bunten Trainingsanzug und schwitzte. Auf ihrer Oberlippe standen Schweißperlen, sie legte die Hanteln beiseite und hob lächelnd die Hand.

»He, willst du etwa Sport machen?«

»Ich wollte mit dir reden.«

»Woher wusstest du, dass ich hier bin?«

»Ich habe dich schon oft in den Fitnessraum gehen sehen.«

»Ich mache gerne Gymnastik, ich leide gerne ein wenig beim Gedanken, etwas für meine Gesundheit und mein eigenes Wohlbefinden zu tun.«

»Ich habe immer bezweifelt, dass Leiden Gutes schafft … aber was soll's, du wirst ja wissen, was du tust.«

Susy sah sie neugierig an und lachte offen und entspannt auf. Sie war ein wenig stolz, es war fast eine Ehre, dass Paula sie gesucht hatte, um mit ihr zu reden. Für sie war Paula die unkonventionellste Figur in der Kolonie, die subversivste und interessanteste, meilenweit entfernt von der allgemeinen Angepasstheit der anderen Frauen.

»Mir wurde der Vorschlag gemacht, den Damen dieser Zunft einen Vortrag über Tolstoi zu halten. Wie findest du das, he?«

Susy wusste nicht, was sie antworten sollte. Sie hatte schon begriffen, dass Paula nicht mal ihre eigenen Angelegenheiten ernst nahm, aber war diese rebellische, attraktive Frau wirklich imstande, alles niederzumachen, was sie in die Finger kriegte, sogar ihren eigenen Beruf? Sie fühlte sich von ihr verunsichert, wie sollte sie dem begegnen, was sollte sie sagen?

»Na ja, das ist doch gut, oder?«

»Du findest das gut?«

»Tolstoi ist ein großer Schriftsteller, und du weißt sehr viel über ihn.«

»Ja, aber ich frage mich, ob es einen Sinn hat, eine Handvoll Señoras zusammenzutrommeln, damit sie mir zuhören. Was macht das aus mir, was für eine komische Figur mache ich, wenn ich meine Kenntnisse vor der Gemeinschaft ausbreite? Warum sollte ich mich so abheben? Werden die anderen Frauen aus der Kolonie etwa auch Vorträge halten über Themen, von denen sie was verstehen?«

»Wer hat dir das vorgeschlagen?«

»Die Frau vom Oberboss natürlich.«

»Dann hättest du sie das alles fragen sollen.«

»Ich war zu faul.«

»Wirst du absagen?«

»Ich weiß nicht, ich muss es mir noch überlegen. In Tolstois Leben gibt es ein paar reizvolle Details. Wusstest du, zum Beispiel, dass Tolstoi wie ein Verrückter onanierte?«

»Nein!«

»Ja, er onanierte ständig, der Scheißkerl. Er spazierte durch den Garten seines Gutes Jasnaja Poljana in Begleitung seines treuen und stillen Hundes, blieb hin und wieder an einem Baum stehen und steckte die Hand in die Hose.«

Susy lauschte ihr fasziniert, mit einer Mischung aus Überraschung und Ungläubigkeit. Nahm Paula sie auf den Arm oder meinte sie das ernst? War auch egal. Ihr lautes Lachen hallte von den Wänden des leeren Raumes wider.

»Lach du nur, aber das ist eine historische Tatsache. Es steht in seinem Tagebuch: Wenn man dem Drang zum Onanieren nachgegeben hat, fühlt man sich hinterher wie ein gefühlloses, sündiges Tier.«

»Und das willst du in deinem Vortrag erwähnen?«

»Ja, gute Idee, genau das werde ich tun, ich lasse Manuela alle ganz feierlich einberufen, und dann erzähle ich den Damen, dass der Graf wichste, bis er blutete. Ein Einstieg mit saftigen Bildern: Das Blut des Unsterblichen fällt auf den weißen Schnee eines strengen Winters, sein wertvoller Samen verspritzt in Mütterchen Russlands weite Steppen … Ich denke, das könnte ein unvergesslicher Vortrag werden.«

Susy lachte und lachte und vergaß dabei, dass sie einen Trainingsanzug trug, schwitzte und zerzaustes Haar hatte, und sie vergaß auch, dass sie sich erst einen Moment zuvor besorgt gefragt hatte, wie sie mit Paulas Unberechenbarkeit umgehen sollte. Endlich ein wenig Spaß an diesem einsamen Ort! Nicht einmal ihre quirligen Kommilitoninnen an der Universität hatten so entmystifizierende und unverschämt ironische Kommentare gemacht. Sie lachte schallend.

Paula begriff in dem Moment, dass sie die kleine Komplizin, die sie brauchte, gefunden hatte, die zwar nicht so bequem war wie Tolstois Hund, aber als Gegenleistung wenigstens lachen konnte.

Darío versuchte, seiner Verlobten zu schreiben, zerriss den angefangenen Brief aber zum dritten Mal. Er wusste nicht, was er schreiben sollte. Ein Brief voller Liebesgeflüster war absurd, und außerdem fiel es ihm schwer, seine Gefühle zu

Papier zu bringen. Er hätte gerne gewusst, was Yolanda erwartete, was sie gerne lesen würde, aber nach über einem Jahr der Trennung hatte er vergessen, was sie sich wünschte. Auch ihren Briefen konnte er nichts entnehmen, sie berichtete ihm lediglich eine Reihe von Alltagserlebnissen, die ihn mit der Zeit immer weniger interessierten: dass sie mit ihren Freundinnen ausging, dass sie sich mit ihrer Mutter gestritten hatte, dass sie viel arbeitete, dass sie sich neue Schuhe gekauft hatte. Samstags telefonierten sie miteinander, aber die Gespräche waren auch nicht herzlicher: zu hektisch, um etwas Wesentliches zu sagen, um überstürzt ein paar Neuigkeiten auszutauschen, ich liebe dich sehr, ich denke an dich … Damit brachte man seinen Gemütszustand auch nicht zum Ausdruck. Sie hätten besser vereinbart, keinerlei Verbindung zu unterhalten, als er nach Mexiko ging. Drei Jahre Trennung, ohne sich zu schreiben oder anzurufen, und dann ein Wiedersehen nach allen Regeln der Kunst, das wär's gewesen. Dann hätten sie sich Wichtiges zu sagen gehabt und alle Erlebnisse erzählen können, die sie unabhängig voneinander gemacht hatten. Das hätte für einen ganzen Monat gereicht! Er zerknüllte den letzten Entwurf und warf ihn zu Boden. Heute war es unmöglich. Besser nichts schreiben als lauter Blödsinn.

Er hatte die Büroarbeit erledigt, die Verwaltung der Kolonie war bestens organisiert, die Abrechnungen auf dem letzten Stand. Wenn keiner dieser Verrückten in den Sinn kam, wegen irgendeiner Sache bei ihm im Büro aufzutauchen, könnte er gleich Feierabend machen. Er würde auf ein Bier ins El Cielito fahren. Zwei Stunden Autofahrt schreckten ihn nicht ab, und in seiner Freizeit konnte er tun, was er wollte. Das El Cielito befand sich auf dem halben Weg zwischen der Baustelle des Staudamms und der Kolonie, und wenn er dort die Mechaniker und Ingenieure traf, hatten auch sie zwei Stunden Autofahrt hinter sich. Sie würden ihn nicht dafür kritisieren. Er hatte dieselben Rechte wie alle anderen Männer und meinte, es müsse ihnen doch klar sein, dass er nicht wie ein Mönch leben konnte, wenn er den ganzen Tag von Frauen umgeben war, während die Elektriker und Mechaniker, Männer seines Niveaus, das Glück hatten, auf der Baustelle zu arbeiten und so manche Nacht ihrem Vergnügen nachgehen zu können. Selbstverständlich herrschte unter den Angestellten des Unternehmens eine strenge Hierarchie, weshalb sich die Arbeiter nie zu den Ingenieuren setzten, wenn sie sich im El Cielito trafen. Das war wunderbar, denn es erlaubte ihm, sich freier zu bewegen. Die Gepflogenheiten waren fest etabliert. Die Ingenieure gingen weder mit den Mädchen in deren Zimmer hinauf noch tanzten sie mit ihnen, es sei denn, sie waren betrunken oder hatten Lust, sich zu amüsieren. Normalerweise saßen sie zusammen an einem Tisch, tranken Bier und plauderten, begafften die Mädchen und lachten. Niemand urteilte über das Verhalten des anderen. Wenn mal einer zu viel getrunken hatte, wurde nie ein Vorwurf laut. Und natürlich gab es ein stillschweigendes Abkommen: Die verheirateten Männer redeten nie über ihre Frauen. Für die Frauen in der Kolonie gab es dieses Lokal nicht. Klar abgesprochen war ebenso, dass auch niemand über die Arbeit redete. Unter keinen Umständen. Nicht einmal der Baustellenchef durfte auf ihn zugehen und ihn fragen, ob er die Monatsgehälter schon fertig hätte. Das mochte für Außenstehende ein wenig seltsam klingen, aber alle diese diskreten Abmachungen wurden wie selbstverständlich eingehalten. Wie einfach das Leben unter Männern doch war! Wenn keiner die ungeschriebenen Regeln verletzte, funktionierte alles wunderbar. Es war viel leichter, als mit diesen Weibern zusammenzuleben, die ihn mit ihrem unberechenbaren Verhalten oft aus der Fassung brachten, die sich die absurdesten Dinge einfallen ließen, bei denen man nie ganz genau wusste, wozu sie gut sein sollten.

Er schloss, ohne aufzublicken – das war die beste Taktik, gar nicht erst wahrgenommen zu werden – sein Büro ab, ging zu seinem Landrover und ließ ihn an. Als er das Kolonietor hinter sich gelassen hatte, atmete er erleichtert auf und hatte das Gefühl, die Luft, die durch das Autofenster hereinwehte, sei besser zu atmen. Es störte ihn, sich aus seinem eigenen Haus wie ein Verbrecher davonstehlen zu müssen, aber er fand nun mal keine Ruhe, bevor er den Ort verlassen hatte. Selbst als er schon im Auto saß und durch die Parkanlage fuhr, fürchtete er noch, es könnte eine weibliche Stimme rufen: »Darío, einen Moment bitte!« In der Kolonie hatte er das Gefühl, von zwanzig Müttern umgeben zu sein, die ihn ständig an seine Verpflichtungen erinnerten oder irgendwelche Aufgaben für ihn hatten.

Er drehte die Musik auf volle Lautstärke und ließ seinen Körper von den vielen Schlaglöchern auf der Landstraße durchschütteln. Es war eine ziemlich ungemütliche Strecke, aber ihm kam sie vor wie der goldene Weg in die Freiheit.

In der weiten staubigen Ebene erkannte er schon von weitem das El Cielito, das nur von ein paar vertrockneten Bäumen umstanden war. Aus dieser Entfernung wirkte es wie ein zweistöckiges Lagerhaus aus rot gestrichenem Holz. In keinem anderen Land dürfte es ein so heruntergekommenes Bordell wie dieses geben, das wie ein Pferdestall aussah und irgendwo im Niemandsland stand. Aber der Besitzer hatte auf das richtige Pferd gesetzt, denn dieses gottverlassene Gehöft füllte sich jeden Abend mit Gästen, als wäre es das Moulin Rouge. Darío hatte sich oft gefragt, wo alle diese Männer herkamen, die wie Pilze aus dem feuchten

Waldboden schossen. Alleinstehende Bauern, Arbeiter-
trupps aus den umliegenden Dörfern …

Die Innenausstattung war auch nicht viel ansprechen-
der. Grün gestrichene Wände, ein langer Tresen und eine
schmutzige Tanzfläche, um die herum klapprige Tische
und Bänke standen.

In einer Ecke spielte in zweifelhafter Tonart das kleine
Orchester in fleckigen weißen Anzügen. Wenn es Pause
machte, erklang im Lokal Musik aus der Stereoanlage. Am
Tresen servierten schöne Mädchen die landestypischen
Getränke Tequila, Pulque, Mezcal und große Krüge mit
Bier. Das Essen war nicht sehr abwechslungsreich: Bohnen, Feuertopf, Schweinefleisch in Soße mit Reis. In dieser armseligen Umgebung waren die Mädchen die eigent-
liche Attraktion. Es waren viele. Darío bildete sich ein, es
seien hunderte von Lupes, Ágatas, Rositas, Estrellitas und
Dolores. Alle mit dunkelbraunem Haar, dunklem Teint
und strahlenden, schwarzen Augen. Alle trugen bunte
Blusen, auffälligen Schmuck, luftige Röcke, lange Ohr-
ringe und hin und wieder eine Blume im Haar. So viele
Mädchen an einem Ort anzutreffen war der Traum eines
jeden Mannes, der nach Mexiko kam. Aber sie waren nicht
der einzige Grund, warum sich die Männer im El Cielito
so wohlfühlten. Tatsächlich hatte das Zusammenspiel der
Elemente Musik, Gesellschaft, Getränke, ja selbst der Tische aus rohem Holz einen unleugbaren Charme. Deshalb
war es immer voll. Darío stellte sich vor, dass alle Gäste
vor anderen Frauen auf der Flucht seien, er selbst vor einer
Heerschar fremder Ehefrauen.

Er setzte sich an den Tresen und bestellte sein erstes Bier.

Victoria spielte jeden Dienstag mit Manuela Tennis. Trotz
des Altersunterschiedes war es ein ausgewogenes Spiel.

Manuela war mit Mitte sechzig gut in Form, sie hatte muskulöse Beine und eine schnelle Hand. An dem Morgen gewann sie das Match. Beim Duschen äußerte sie Zweifel an ihrem Sieg.

»Ich finde, ich habe zu leicht gewonnen. Ich hatte den Eindruck, du warst nicht ganz bei der Sache.«

Sie sprach laut, damit Victoria sie unter dem Wasserstrahl auch verstehen konnte. Diese war erschöpft, und um das Gespräch von Kabine zu Kabine zu unterbinden, lachte sie hörbar falsch auf, doch als sie sich vor den Duschkabinen abtrockneten, beklagte Manuela sich weiter.

»Du weißt, dass ich keine bin, die so ein Match überbewertet, aber ich habe es lieber, wenn meine Gegnerin mich richtig herausfordert, und du warst heute nicht bei der Sache. Du warst unkonzentriert. Hast du was?«

»Nein. Wohl nur einen schlechten Tag.«

»Und wenn du ausgerechnet heute ein wichtiges Endspiel in einer Meisterschaft hättest spielen müssen?«

»Lass mich mal nachdenken … vermutlich hätte ich mich gedopt.«

Manuela lachte kurz auf und begann, vor sich hinzusummen. Victoria betrachtete die Unterwäsche, die sie aus ihrer Tasche holte. Ein Slip und den dazu passenden Büstenhalter mit Blümchen und Spitzen, sehr sexy. Wo erstand eine Frau mit Kleidergröße sechsundvierzig solch verführerische Unterwäsche? Mehr noch, woher nahm sie den Mut und die Unbeschwertheit, so etwas zu tragen? Wurde man so wirklich glücklich?, fragte sie sich. Manuela schien es zu sein. Sie stellte die sogenannte natürliche Ordnung nicht in Frage. Sie fühlte sich privilegiert, weil sie einen Mann, Kinder und eine behagliche soziale Stellung hatte. Um glücklich zu sein, musste alles andere, ohne geleugnet zu werden, im Hintergrund bleiben: das Alter, die Gewissheit des

Todes, der fortschreitende Verlust, den das Leben in sich birgt.

»Ich werde dir noch einmal verzeihen, aber das nächste Mal schlägst du etwas energischer auf.«

»Das ist ja wohl die Höhe! Das wäre das erste Mal, dass ich eine Gegnerin für meine Niederlage auch noch um Verzeihung bitten muss.«

Manuela gab ein belustigtes Glucksen von sich und zog die Seidenbluse über ihren üppigen Busen.

»Wie fandest du denn Paulas Auftritt neulich?«

Victoria tat, als habe sie nicht verstanden.

»Auftritt?«

»Victoria, du fragst, als ob hier alle andauernd einen Auftritt hinlegen würden! Erinnerst du dich nicht, auf dem Fest des Konsuls?«

»Ach ja, das war doch harmlos. Und amüsant.«

»Amüsant? Sie hatte zu viel getrunken. Es ist ja nichts dabei, wenn die Leute ein wenig beschwipst sind und Blödsinn reden, aber ich glaube nicht, dass es sich schickt, so viel zu trinken und dann sämtliche Gäste zuzuquatschen. Außerdem war das ganze sinnlose Gerede unmöglich zu verstehen.«

»Mich hat es nicht gestört. Ich fand es witzig.«

»Meinst du das ernst? Die meisten Gäste waren schockiert. Und sie hat ihren Mann unmöglich gemacht.«

»Ihr Mann schien ziemlich gelassen damit umzugehen.«

»Vermutlich nur dem Anschein nach. Adolfo meint, er sei ein Mann, der sich nicht so leicht aus der Ruhe bringen lässt.«

»Jedenfalls, was sie macht oder nicht macht...«

»Also wirklich, Victoria, sei nicht so naiv! Auch wenn jede von uns ihr Privatleben und ihren Beruf hat, sind wir doch wegen unserer Männer hier. Das kannst du wohl kaum leugnen!«

Victoria fand die Wendung dieses Gesprächs beunruhigend. Sie konnte mit Manuela Tennis spielen und über die banalsten Themen mit ihr reden, aber sie identifizierte sich nicht mit den Vorstellungen dieser angepassten, glücklichen Hausfrau. Natürlich konnte Manuela das nicht ahnen. Da sie mit ihr absichtlich nie über tiefgehende Gefühle gesprochen hatte, war sie in ihren Augen wohl ebenfalls eine glückliche Ehefrau. War sie das nicht auch, eine Frau, Mutter zweier erwachsener Kinder und freigestellte Dozentin, die ihren Mann zu einer mehrjährigen Auftragsarbeit ins Ausland begleitete? In den Augen der anderen war sie eine von ihnen. Falls sie wirklich irgendwie aus dem Rahmen fiel, wusste nur sie selbst davon. Sie war nie durch irgendetwas aufgefallen. Sie war ausgesprochen diskret und neigte nicht zu Übertreibungen. Sie redete nicht viel, traf sich wenig mit anderen Leuten und kleidete sich nicht sonderlich extravagant. Sie war weder rebellisch noch unterwürfig. Das Schicksal hatte ihr ein Leben ohne besondere Höhen und Tiefen beschert. Ihre Kindheit war normal verlaufen, sie hatte liebevolle Eltern, absolvierte ihr Studium erfolgreich, sie pflegte Freundschaften zu Menschen desselben Niveaus und derselben Gesellschaftsschicht. Mit einundzwanzig Jahren hatte sie glücklich und verliebt Ramón geheiratet. Kurz darauf wurden ihre Kinder geboren: ein Junge und ein Mädchen. Bei der Erziehung der Kinder hatte es keine Schwierigkeiten gegeben, auch in ihrer späteren Entwicklung nicht. Beide waren nun im Begriff, ihr Studium zu beenden und würden schon bald ausziehen. Diese Zeit des Alleinseins in Spanien würde gewiss zur Abnabelung beitragen. Warum fühlte sie sich dann anders? Worin bestand dieses Anderssein? Wahrscheinlich in nichts, dachte sie, es war nichts weiter als ein privater Raum, den das Ego eines jeden Menschen brauchte und der nur ihm selbst einzigartig und außergewöhnlich erscheinen musste. Sie war gesund und ausgeglichen, beruflich qualifiziert und fest in der Gesellschaft verankert. Sie hatte keine Angst vorm Altern, auch nicht vor dem Tod oder der Einsamkeit. In den letzten zwei Jahren hatte sie lediglich die Zärtlichkeit vermisst. Es handelte sich nicht um Lieblosigkeit oder fehlende Sexualität, sondern um etwas viel Unreiferes, etwas Pubertäres. Wenn sie auf einem Bahnhof oder einem Flughafen ein Paar sah, das sich zum Abschied oder zur Begrüßung leidenschaftlich küsste, war sie den Tränen nahe. Sie wäre gerne diejenige gewesen, die verreiste oder heimkehrte und sich in den Armen eines liebevollen Mannes wiederfand. Sie hatte gegen diese Fantasien nicht angekämpft, aber sich darin zu suhlen, fand sie lächerlich. Mit vierzig Jahren sollte man keine pubertären Wunschträume mehr hegen. Ramón war ein freundlicher, verständnisvoller und treuer Ehemann. Ihr Leben als Ehefrau konnte man als erfüllt und sorglos bezeichnen. Etwas beschämt sah sie, wie Manuela sich summend weiter anzog. Ihr gingen bestimmt keine derart absurden, idealisierten Vorstellungen durch den Kopf. Ein Funke von Gerechtigkeitssinn ließ sie erkennen, dass sie kein Recht hatte, sich mehr zu wünschen, als sie bereits besaß. Warum war sie dann nicht so vollkommen glücklich, wie Manuela es zu sein schien? Und vor allem, warum ertappte sie sich seit dem morgendlichen Spaziergang mit Santiago ständig beim Gedanken an diesen Mann? Sie errötete, denn sie gestand sich dies zum ersten Mal selbst ein, aber auch, weil Manuela sie ansah in Erwartung einer Antwort auf ihre Frage, die Victoria nicht einmal gehört hatte.

»Aber Victoria, hörst du mir eigentlich zu?«

»Natürlich höre ich dir zu!«

»Das wirkt aber nicht so! Ich habe dich gefragt, ob du mit-kommst.«

»Ob ich mitkomme?«

»Zu den Ruinen von Montalbán.«

»Ja, natürlich komme ich mit.«

»Es ist unglaublich! Ich habe seit einiger Zeit das Gefühl, dass mir niemand mehr zuhört.«

»Ich höre dir zu.«

»Du? Du wirkst wie ein Ehemann!«

Sie lachte unsicher über ihren Einfall. Ehemänner hören nicht zu, für Manuela offensichtlich eine amüsante Wahr-heit.

»Ehemänner hören nicht zu?«

»Wie lange bist du schon verheiratet?«

»Sehr lange.«

»Na, dann ist die Frage eigentlich überflüssig. Es sei denn, eure Ehe ist die Ausnahme. Alle Frauen klagen darüber, und soll ich dir was sagen? Im Grunde ist das gut so.«

»Dass sie klagen?«

»Nein! Es ist gut zu wissen, dass dein Mann zwar an deiner Seite, aber mit seinen Angelegenheiten beschäftigt ist. Das zeigt zumindest dreierlei: Erstens, dass er mit dir zusam-men entspannt ist, zweitens, dass er an etwas Wichtiges zu denken hat, und drittens, dass ihm deine Stimme vertraut und nahe ist.«

»Das ist eine ziemlich gewagte Theorie.«

»Aber originell, das musst du zugeben.«

»Erzähl das bloß nicht unseren Ehemännern, damit gibst du ihnen das ideale Argument in die Hand, uns weiterhin nicht zuzuhören.«

»Paulas Mann zuckt bestimmt immer zusammen, wenn sie den Mund aufmacht! Er muss immer fürchten, dass sie etwas Schlimmes sagt, dass sie einen Streit vom Zaun bricht oder ihm etwas gesteht, was er lieber nicht wissen will.«

»Manuela, wir leben jetzt über ein Jahr hier, und ich habe nicht vergessen, was du kurz nach unserer Ankunft zu mir gesagt hast. Du hast gesagt, damit das Leben der Ehefrauen in der Kolonie ruhig verläuft, sei es ausgesprochen zweckdienlich, nicht zu tratschen.«

»Ich tratsche doch nicht! Es ist doch nicht alles gleich Getratsche … Ich sage nur, dass diese Frau Probleme machen könnte.«

»Ach, sie ist nur ein bisschen anders!«

»Ein bisschen anders? Kürzlich habe ich ihr vorgeschlagen, uns einen Vortrag über Tolstoi zu halten. Sie hat mir versprochen, darüber nachzudenken. Am nächsten Morgen kam sie zu mir und sagte, sie mache es, sie denke daran, uns von einer wenig bekannten Gewohnheit des Schriftstellers zu erzählen. Und weißt du, was das ist? Er hat zwanghaft onaniert, da hast du ihr Thema! Ein bisschen anders? Erlaube mal, die ist vollkommen gestört, und außerdem ist die Geschichte mit der Masturbation bestimmt nicht wahr. Jetzt weiß ich nicht, ob ich den Vortrag ankündigen soll oder nicht, denn ich glaube, die ist zu allem fähig, vor allem, wenn sie vorher ein paar Gläser Whisky getrunken hat.«

»Das ist doch ein originelles Thema. Ich habe gedacht, du schätzt das Originelle.«

»Ach Victoria, es reicht, heute widersprichst du mir ständig! Lass uns im Club etwas trinken, ich bin ganz ausgetrocknet.«

Warum war eine so unkonventionelle Frau wie Paula mit einem so unbeirrbaren, so vorsichtigen, so schweigsamen Mann verheiratet? Vielleicht, weil nur ein solcher Mann fähig ist, mit einer Frau wie ihr zusammenzuleben. Aber was für eine Frau war sie? Durfte man sie gleich als eine Art

59

Monster betrachten, nur weil sie ein bisschen zu viel trank?
Sie fand, das größte Problem des engen Zusammenlebens
in einer Kolonie bestand darin, dass man ganz allmählich
und unwillkürlich Vorurteile entwickelte.

Manuela setzte sich in Bewegung. Als sie durch den Park
zum Clubhaus gingen, sah Victoria verstohlen zu ihr hinüber: Sie summte wieder. Das Gespräch war schon vergessen.

Wenn er freitags von der Baustelle zurückkehrte, gingen
sie weder in den Club noch luden sie andere Nachbarn ein,
sondern aßen lieber gemütlich zu zweit an ihrem großen
Küchentisch. Sie waren erst seit zwei Jahren verheiratet,
und Susy übte sich gern als Köchin. An diesem Abend hatte
sie einen großen Topf Chili con Carne zubereitet. Beide
mochten die mexikanische Küche sehr, und Susy perfek-
tionierte Schritt für Schritt ihre Kochkunst. Gegen fünf
Uhr nachmittags wurde sie meist nervös. Sie freute sich
so, ihn zu sehen und mit ihm zusammen zu sein, dass
ihre Nervosität stieg und die Zeit nur langsam zu vergehen
schien. Sie befürchtete ständig, sich nicht mehr an das Gesicht ihres Mannes erinnern zu können, wenn sie ihn eine
Weile nicht gesehen hatte. Es war ihr unmöglich, im Geiste
seine Züge zusammenzusetzen, ihr Kopf war wie leer. Um
sich sein Gesicht vor Augen zu führen, musste sie sich an
konkrete Begebenheiten erinnern. Nur so fand sie sein Bild
wieder. Diese Anstrengungen machten sie verzagt, und sie
konnte sich erst wieder beruhigen, wenn sie ihn im Geiste
endlich vor sich sah. Dann erinnerte sie sich erleichtert an
den Glanz seiner Augen und war davon überzeugt, sein Gesicht nie wieder zu vergessen. Doch es gab noch etwas. Sie
musste mit ihm reden, ihm zuhören, sich bewegen, und all
das kam ihr schwierig vor, als hätte sie verlernt, mit jeman-

dem zusammenzuleben. Manchmal wäre ihr lieber gewesen, Henry bliebe in dem Bild eingefroren, das sie endlich wieder heraufbeschworen hatte. Ihm war das nicht entgangen, und er hatte einmal zu ihr gesagt: »Mir kommt es so vor, als würde ich dich stören.« Aber das stimmte nicht, sie brauchte nur eine Weile, bis sie richtig gewahr wurde, dass er tatsächlich da war und nicht nur die Erinnerung an ihn, wenn sie sich eine Woche lang nach ihm gesehnt hatte.

Während ihr Mann duschte, packte Susy seine Reisetasche aus. Sie brachte die schmutzige Wäsche in die Waschküche und warf sie auf den Boden. Ihrer Haushaltshilfe hatte sie erklärt, dass sie am Wochenende auf ihre Dienste verzichten könne. Das Mädchen war über die freien Tage am Wochenende, die sie bei ihrer Familie in San Miguel verbringen sollte, gar nicht erfreut gewesen, musste sich aber fügen. Susy fand, sie müsse gute Gründe dafür haben, wenn zwei freie bezahlte Tage kein Privileg für sie waren. Wahrscheinlich lebte sie in einem engen, bescheidenen Haus, wo sie mit ihren Geschwistern das Bett teilen musste. Aber Susy wollte sich darüber keine Gedanken machen. Sie war leicht zu beeindrucken und neigte dazu, sich die Probleme anderer viel zu sehr zu Herzen zu nehmen. Und sie war mit dem festen Vorsatz nach Mexiko gekommen, sich von den misslichen gesellschaftlichen Umständen, die sie dort vorfinden würde, nicht beeinflussen zu lassen. Als sie sah, wie das Leben in der Kolonie organisiert war, wusste sie sofort, dass sie wenig mit der Außenwelt in Berührung kommen würde. Später stellte sie erleichtert fest, dass die Mexikaner von San Miguel keinen erbärmlichen Eindruck machten. Sie wirkten sauber und schienen nicht zu hungern. Mehr wollte sie nicht wissen.

Die Abenddämmerung in diesem Landesteil Mexikos war mild und erfrischend, das Licht wunderbar. Nach diesem

Frieden würde sie sich vielleicht nie wieder an das New Yorker Stadtleben gewöhnen. Gelegentlich spielte sie mit dem Gedanken, sich mit Henry für immer in Mexiko niederzulassen. Das war keineswegs so abwegig. Wenn der Staudamm fertig wäre, müsste ein kleiner Trupp Techniker bleiben, um bei der Inbetriebnahme zu helfen. Möglicherweise sogar sechs Jahre. Alles deutete darauf hin, dass Henry sich freiwillig melden würde. Beim Gedanken daran war ihr aber auch klar, dass die Kolonie dann aufgelöst werden und ihr bisheriger Lebensraum verschwinden würde, und was sollte sie dann allein in San Miguel machen, mit wem sollte sie reden, wenn ihr Mann arbeiten war? Andererseits, warum sollte sie auf das Leben in ihrem Land und mit ihren Landsleuten verzichten? Dennoch war sie davon überzeugt, dass es ihr schwerfallen würde, sich von diesem kleinen Familienparadies zu verabschieden, wo alles reglementiert war, wo man über nichts nachdenken musste, wo sie sich außerhalb der Reichweite ihrer Mutter, ihrer ungelegenen Besuche und beunruhigenden Anrufe befand. Das war gewiss der größte Vorteil, sich frei von ihr zu fühlen und zu wissen, dass sie viele Kilometer trennten. Ihre Mutter mit ihrer Geltungssucht und ihrem ewigen Liebeskummer, ihrer Medikamentenabhängigkeit, die Mutter, die immer gefallen und im Mittelpunkt stehen wollte ... Ihre Mutter hatte sie während ihrer Kindheit ihrer komplizierten, gescheiterten Erwachsenenwelt ausgesetzt. Susy hätte sich gewünscht, dass sie ihr das erspart hätte. Es gab bestimmt auch andere Mütter mit einem komplizierten Leben, die aber dafür sorgten, ihre Kinder nicht mit ihren Problemen zu belasten. Aber bei ihr war das anders gewesen. Wie ihre Mutter selbst einräumte, hatte sie sie »eher wie eine Freundin und weniger wie eine Tochter behandelt«. Was bedeutete, dass ihr weder die Folgen ihrer gescheiterten Ehen noch ihre Nervenzusammenbrüche oder ihre neurotische Angst, ihre Attraktivität zu verlieren und allein zu bleiben, erspart geblieben waren. Hätte sie Geschwister gehabt, hätten wenigstens diese ihr helfen können, eine derartige Last zu tragen! Wäre ihr Vater nicht schon zwei Jahre nach der Scheidung gestorben! Aber nein, niemand hatte ihr zur Seite gestanden. Sie war das ganze Leben lang dieser Frau ausgeliefert, die zwar ihre Mutter war, die sie aber verachtete. Sie hatte ihr Schaden zugefügt, sie tat es immer noch, und trotzdem war sie unfähig, sich gegen sie aufzulehnen, ihr zu widersprechen, von ihr zu verlangen, sie in Ruhe zu lassen. Deshalb empfand sie ihren Aufenthalt in Mexiko als eine Flucht, auch wenn ihr natürlich bewusst war, dass es sich nur um eine vorübergehende Lösung handelte, weil sie nicht den Mut aufbrachte, endgültig mit ihr zu brechen.

Henry verstand ihre wirren Gefühle, er tröstete sie, er stand ihr bei, er half ihr, aber er neigte auch dazu, das Problem zu bagatellisieren, weil er diesen abgrundtiefen Hass nicht nachvollziehen konnte. Doch das war nicht seine Schuld, wahrscheinlich war es für einen ausgeglichenen Menschen schwer zu verstehen, welchen Grad diese Besessenheit erreicht hatte.

Er rief aus dem Badezimmer nach ihr. Das Hausmädchen hatte vergessen, neue Handtücher aufzuhängen. Susy kam mit dem sauberen Handtuch ins Bad und reichte es ihm. Er stand nackt vor der Dusche, das Wasser lief an ihm herunter. Sie musterte ihn von oben bis unten.

»Gefällt dir, was du siehst?«, fragte ihr Mann.

»Nicht schlecht.«

Er ergriff ihre Arme und zog sie an sich. Sie protestierte und versuchte, sich ihm zu entwinden.

»Lass mich los, du bist klitschnass!«

»Dann komm her und trockne mich ab!«

63

»Nein, jetzt nicht!«, erwiderte sie standhaft und ging ins Schlafzimmer.

Sie hörte noch, dass er ihr verärgert etwas nachrief. Sie sah nicht ein, warum sie jetzt miteinander schlafen sollten, ohne die angemessene Atmosphäre, ohne jegliche Überleitung! Es mochte wenig spontan wirken, aber sie hatte den Abend anders geplant und nicht damit gerechnet, dass Henry ihr einen Strich durch die Rechnung machen würde. Ihre Vorstellung war gewesen, bei Sonnenuntergang im Garten gemeinsam einen Aperitif zu trinken und danach lachend und scherzend letzte Hand beim Essen anzulegen. Ihr Mann sollte sich im Klaren sein, dass sie die ganze Woche allein gewesen war und sich Gedanken darüber gemacht hatte, was sie bei seiner Heimkehr Schönes zubereiten könnte. Und jetzt war alles dahin, und Susy wusste, wenn sie nicht gleich miteinander schliefen, wäre seine gute Laune dahin. Nicht, dass er ernstlich verärgert wäre, aber zwischen seinen Augenbrauen würde sich diese hässliche Falte bilden, das kannte sie schon. Sie würden also miteinander schlafen, sonst wäre das Wochenende vermasselt, auf das sie sich so gefreut hatte. Sie musste bedenken, dass Henry fünf Tage ausschließlich unter Männern zugebracht hatte. Grund genug für seine Eile, mit ihr ins Bett zu gehen. So betrachtet könnte ihm natürlich auch jede andere Frau dienen, nicht unbedingt seine Ehefrau. Sie schob diesen verleumderischen Gedanken beiseite. Wenn sie immer nur die negative Seite von allem sah, würde sie am Ende so unleidlich werden wie ihre Mutter.

Sie zog sich aus, legte sich ins Bett und zog das Laken über den Kopf. Kurz darauf hörte sie die Tür aufgehen und roch Henrys würziges Parfüm. Absolute Stille. Dann sah sie einen Schatten näher kommen und gleich darauf warf er sich auf sie. Sie alberten herum und schliefen miteinander.

Danach streichelte sie ihn zärtlich und glücklich darüber, dass ihr Mann so muskulöse und starke Beschützerarme hatte. Sie küsste ihn auf die Augenlider. Gut, diese Klippe haben wir umschifft, dachte sie, gleich werden wir auf der Terrasse ein Glas trinken und danach zusammen das Chili abschmecken. Wir werden mit zwei Kerzen auf dem Tisch zu Abend essen, und alles wird so ablaufen, wie ich es mir ausgemalt habe.

Es war kein Zufall, es konnte keiner sein, weil sie genau um dieselbe Zeit das Haus verlassen hatte. Da stand er. Was sollte sie tun? Überraschung vortäuschen? Das wäre geheuchelt, denn im Grunde hatte sie insgeheim gehofft, ihn zu treffen. Wäre er nicht aufgetaucht, wäre sie enttäuscht gewesen. Sie spürte, wie ihr das Blut ins Gesicht stieg und fühlte sich schrecklich eingeschüchtert. Statt ihn zuerst reden zu lassen, entschlüpfte ihr eine alberne Binsenweisheit, die ihre Nervosität nur allzu deutlich machte.

»Der Mensch ist ein Gewohnheitstier.«

Santiago lächelte nur und berührte sie auffordernd am Arm.

»Gehen wir spazieren?«

Seine natürliche Art, mit der Situation umzugehen, bewirkte, dass sie sich entspannte. Es war weder nötig, sich zu verstellen noch einen Grund für das Treffen zu suchen. Sie genossen die frische, trockene Morgenluft und atmeten sie tief ein. Schweigend neben diesem Mann zu gehen gab ihr ein Gefühl von Ruhe und Sicherheit. Seine Begleitung bewirkte keinerlei Spannung, sie musste nichts erklären und auch nicht über Banalitäten reden, um die Zeit zu füllen. Offensichtlich wollten beide nur die Erfahrung vom letzten Samstag wiederholen: spazieren gehen, zusammen schweigen, einen Kaffee trinken. Die Aussicht, die nächs-

65

ten zwei Stunden mit ihm zu verbringen, belebte sie. Sie sah lächelnd zu ihm auf.

»Wie fühlst du dich in Mexiko?«

»Die Arbeit ist hoch interessant. Ich habe schon am Bau anderer Staudämme mitgewirkt, aber das war immer in der Nähe von Großstädten. Hier haben wir keine Infrastruktur und müssen alles selbst machen. Wir können uns an niemanden wenden, unser Team muss vollkommen selbständig arbeiten. Das ist schwierig, aber sehr aufregend und ursprünglich. So als wären die Projekte damals nur Trockenübungen gewesen.«

»Wie Pioniere im Wilden Westen.«

»So ähnlich.«

»Und abgesehen von der Arbeit?«

»Führen wir ein einfaches Leben.«

»Ich meine, die Erfahrung, in diesem Land zu leben. Das Essen, die Leute, der Kontakt zur Natur ...«

»Die Köchin im Lager kocht uns andauernd Suppe. Ich weiß nicht, wie die Kollegen das aushalten, die jetzt über ein Jahr hier sind. Aber das Land ist faszinierend, es hat seinen eigenen Rhythmus, seine eigene Persönlichkeit.«

»Du hast dich schnell eingelebt.«

»Ich gewöhne mich immer schnell an Neues.«

Victoria wagte es nicht, ihn nach den Wochenenden in der Kolonie zu fragen. Das war zu persönlich. Er hätte ja davon anfangen können, wenn er gewollt hätte. Er redete von der Baustelle, als würde sie nichts darüber wissen, als gäbe es Ramón gar nicht. Waren sie stillschweigend übereingekommen, nicht über die Ehegatten zu reden und so zu tun, als existierten sie gar nicht? Wenn es so war, fand sie das ein wenig absurd, aber sie wollte das Thema auch nicht von sich aus anschneiden.

Sie waren auf dem Rathausplatz angelangt. Sie setzten sich

an denselben Tisch wie eine Woche zuvor, um einen Kaffee zu trinken. Victoria fühlte sich jetzt unbehaglich. Sie war eine pragmatische Frau und verfügte über einen naturwissenschaftlich geschulten Geist, weshalb ihr diese doppeldeutige Atmosphäre nicht behagte. Santiago und sie lebten unter außergewöhnlichen Bedingungen in einem geschlossenen Zirkel. Das hier war keine Großstadt, in der sie sich zufällig kennengelernt hatten. Alle wussten, wer sie waren, weshalb es lächerlich war, die jeweiligen Partner auszusparen. Sie fragte ihn direkt:

»Und Paula? Ist sie auch zufrieden hier?«

Sie sah ganz deutlich, dass er einen Augenblick die Stirn runzelte. Er schien aus einem andächtigen Zustand zu erwachen und sah kurz auf.

»Ja, ich nehme es an.«

Sein Gesichtsausdruck wurde verdrießlich. Paula war unvermittelt zum Gesprächsgegenstand geworden. Mit einem zerstreuten Lächeln fügte er hinzu:

»Paula ist nirgendwo besonders zufrieden.«

»Warum?«

»Das weiß niemand so genau. Unter anderem, weil sie nicht so genial ist wie Proust, vermute ich.«

Er lachte ironisch auf und sah sie dann voller Sympathie an, als wäre er wieder zu sich gekommen.

»Und du, bist zu zufrieden hier?«

Plötzlich stieg Panik in ihr auf. Sie war nicht vorbereitet auf dieses Gespräch, das ihr jetzt verfrüht erschien. Es war töricht gewesen, Privates anzusprechen, es hatte die noch unschuldige, vielversprechende und leuchtende Stimmung zerstört.

»Manchmal vermisse ich meine Studenten, aber dann sage ich mir immer, dass es ein Privileg ist, die Universität eine Zeit lang vergessen zu können.«

»Ach ja, deine Seminare! Ich finde es kurios, mit einer Dozentin für Chemie zu reden. Sucht man bei euch immer noch den Stein der Weisen?«

»Jeder sucht immer nach dem Stein der Weisen!«

»Stimmt, wir alle suchen ihn, und trotzdem ist es ganz einfach, ihn zu finden, er ist zum Greifen nah. Wir müssen nur aufhören, alles so kompliziert zu machen.«

Sie wollte nicht wissen, was er mit diesem rätselhaften Satz sagen wollte, und er schien auch nicht die Absicht zu haben, es zu erklären. Sie sahen sich in die Augen und lächelten ohne jede Verstellung. Eigentlich hatte sie keine Lust zu gehen, doch ihr wurde bewusst, wie rasch die Zeit vergangen war, und dass sie zurückkehren sollten.

Als Victoria heimkam, war sie bester Stimmung. Ramón hatte schon gefrühstückt. Sie fand ihn im Garten hinterm Haus, wo er Kniebeugen machte.

»Um diese Zeit Sport?«

»Ich bereite mich auf ein Tennismatch mit Adolfo vor.«

Er schwitzte und trug ein weißes T-Shirt, das seine sonnengebräunte Haut zur Geltung brachte.

»Ich begreife nicht, wie du etwas Vorbereitung nennen kannst, das dich vorab erschöpft.«

»Es ist nur zum Aufwärmen. Ich sage dir, Adolfo ist ziemlich gut in Form. Hör mal, essen wir heute im Club oder hast du schon etwas vorbereitet?«

»Nein, im Club ist in Ordnung.«

»Ich gehe davon aus, dass Adolfo und Manuela mit uns essen werden.«

Ihr fiel auf, dass sie immer in Gesellschaft waren. Als ihre Kinder größer wurden, hatte Victoria gehofft, mit Ramón wieder ein Leben als Paar führen und die Intimsphäre der ersten Ehejahre wiederherstellen zu können, mal ins Kino zu gehen oder ein unkompliziertes Abendessen zu im-

68

provisieren. Aber es war nicht dazu gekommen. In einem Psychologieratgeber hatte sie einmal gelesen »Man darf Situationen nicht idealisieren« und diese Formel immer beherzigt. Bald waren die Kinder erwachsen und würden in ihrem Beruf, ihrem sozialen Umfeld, in dem Leben, das sich andere für sie ausgedacht und in dem sie sich, ohne zu zögern, eingerichtet hatten, ebenso fest verankert sein wie sie selbst. Irgendwann hatte Victoria die Möglichkeit einer Verjüngungskur ihrer Ehe verworfen. Allen stehen im Leben mehrere Möglichkeiten zur Wahl, und sie hatte ihre getroffen. Dann gerät das meiste zur Routine, alles geht – nicht zuletzt durch unvermeidliche Abstumpfung – seinen Gang. Sie konnte sich über das Erreichte nicht beklagen: Sie hatten Geld, anständige Kinder, Arbeit und Harmonie, viel Harmonie. Diese Sehnsucht nach Veränderung war typisch für lebenshungrige Backfische, oder schlimmer noch, für gut situierte Matronen. Sie verachtete Menschen, die mit ihren Unzufriedenheiten den anderen das Leben schwer machten und unfähig waren, das zu schätzen, was sie aus eigener Kraft erreicht hatten und besaßen. Victoria war nicht gerade nachsichtig mit sich, sie unterzog sich strenger Selbstkritik, aber was ihr Verhalten gegenüber diesem Mann anbelangte, hatte sie sich nichts vorzuwerfen. Sie war unfähig zu denken, ihr war lediglich bewusst, dass ihr Herz bei seinem Anblick heftig zu klopfen begann, und sie war nicht willens, auf dieses unverfängliche Gefühl zu verzichten.

Sie fuhren mit einem gemieteten Minibus zu den Ruinen von Montalbán. Fröhliche, verheiratete Frauen auf dem Weg zu einem Picknick mit kulturellem Flair. Ihre Münder verströmten warmen Atem, der nach frischem Kaffee duftete. Es war kurz nach dem Morgengrauen, und noch zu früh zum Plaudern. Sie hatten die Stadt hinter sich gelassen und schlängelten sich auf einer schmalen Straße den Berg hinauf. Überall sahen sie erbärmliche Hütten mit engen Hinterhöfen stehen, die durch halb verfallene Steinmauern voneinander abgetrennt waren. Von dem Sitzplatz aus, aus der sich ihr dieses Panorama darbot, konnte Paula erkennen, wie es im Inneren aussah: große Tonkrüge, das eine oder andere Schwein, Hühner ... In einem Hinterhof entdeckte Paula eine alte Frau beim Baden, aber nur flüchtig, denn sie fuhren ziemlich schnell. Sie war mager und kniete in einer Zinkwanne. Sie sah sie nur von hinten, über ihren Rücken fiel ein langer Zopf bis zur Hüfte. Ihr wurde klar, dass sie dieses Bild nie im Leben vergessen würde, aber sie konnte sich nicht erklären, warum. Dieses Land schien sie verrückt zu machen. Obsessionen und seelische Erschütterungen, die sie begraben glaubte, trieben wie junge Keime wieder aus, als wären sie in fruchtbare Erde gepflanzt worden. Sie würde nie eine alte Frau in einem Kübel sein, eine alte Frau aber schon. Alte Frauen hatte sie immer schrecklich gefunden: stinkende Körperöffnungen und kleine stumpfsinnige Manien, wie etwas Unbestimmtes in einer Tasche voller sinnlosem Krempel zu suchen. Sie versuchte, sich auf die prächtige Natur zu konzentrieren, die viel zu immens war, um sie vollständig zu erfassen. Sie war davon überzeugt, dass Menschen eine Naturlandschaft nur zu schätzen wussten, wenn sie der ihrer Kindheit ähnelte, dort, wo sie geboren und aufgewachsen waren. Deshalb wollte es ihr nicht gelingen, diese Landschaft zu genießen: die breiten Täler, die Berge, die Ebenen ... alles riesengroß. Einen Moment lang wünschte sie sich, Landschaften vor sich zu haben, deren Ausmaße der gewohnten Wahrnehmung entsprachen: gepflegte Gärten, Weinreben an Bergrücken, Orangenplantagen. Als der Busfahrer immer

schneller in die Kurven fuhr, neigte sich Susys Körper zur
Seite. Sie wurde hin- und hergeschüttelt, den Hals schräg,
den Kopf schief. Paula kam plötzlich die absurde Idee,
dass sie unter diesen Umständen als Touristinnen sterben
könnten. Doch in diesem Land wäre jede Todesart absurd,
selbst ihr eigener Aufenthalt hier war es. Warum war sie
hergekommen, warum hatte sie eingewilligt, Santiago zu
begleiten? Wollte sie den Todeskampf ihrer Ehe hinaus-
zögern? Wollte sie die Gelegenheit nutzen, ihn noch ein
wenig länger zu quälen? Nicht einmal das tat sie mehr. Es
gab keine Zukunft mehr für sie. Sie waren seit fünfzehn
Jahren verheiratet. An diesen Aufenthalt hatte sie keinerlei
Hoffnung geknüpft. Mexiko würde weder eine Klammer
noch ein Ende sein. Trotzdem empfand sie es als merkwürdig wohltuend, in ihrer Eigenschaft als Ehefrau hier
zu leben. Die Pflichten einer Ehefrau zu erfüllen war einfach, eine seit Jahrhunderten eingespielte Rolle. Sie bestand
darin, ihm wohin auch immer zu folgen und Aspirin zur
Hand zu haben, sollte er Kopfschmerzen bekommen. Jetzt
gehörte sie zu einem Kollektiv von Ehefrauen, die ihr vorbildlich demonstrierten, dass die Ehe eine gute Sache war.
Obwohl es ihr unmöglich erschien, sich eine Zukunft an
Santiagos Seite vorzustellen, war sie gleichermaßen unfähig, sich eine Zukunft allein auszumalen. Diese buntsche-
ckige Herde aus Ehefrauen bescherte ihr einen gewissen
Seelenfrieden, so als habe ihr Leben plötzlich einen Sinn.
Würde sich die Herde der Lemminge die Steilküste hinabstürzen, würde auch sie hinabstürzen. Doch falls sie dann in
den Himmel kämen, in dem der Herrgott seine Schäfchen
persönlich betreut, würde sie zu den Auserwählten zählen
und seine erlesene, göttliche Fürsorge genießen, die nur
den Lilien auf dem Felde und den verlorenen gegangenen
und zurückgekehrten Schäfchen vorbehalten ist, geschützt

vor steilen Abhängen. Während die Damen auf dem Weg zur Weide waren, arbeiteten die Männer auf dem Feld an einem technischen Bauwerk – ein greifbares Werk, ein Monument des Fortschritts und der Nützlichkeit. Die Männer genießen das Privileg, sich den Raum untertan machen zu können, indem sie ihm einen realen Inhalt geben.

Susys Kopf rutschte durch das heftige Gerüttel auf ihre Schulter. Sie schreckte nur kurz hoch, entschuldigte sich und schimpfte auf Englisch über den Busfahrer. Schlafend entbehrte sie jeglicher Anmut. Völlig grundlos empfand sie plötzlich heftige Abneigung gegen sie. Sie war zu jung, sie musste noch viele Erfahrungen sammeln, und das machte sie schon per se zu einem dummen Wesen. Susys zukünftiges Leben beschränkte sich auf einen kleinen Garten, in dem sie sich mit Liebesdingen und Familienangelegenheiten die Zeit vertreiben würde. Sie würde, wie alle anderen, einem Irrtum nach dem anderen aufsitzen, bis sie in einem Alter war, in dem man nichts mehr gutmachen konnte. Missmutig schlief auch sie ein.

Als sie die Augen wieder öffnete, war sie vom strahlenden Grün der Berglandschaft zutiefst beeindruckt. Sie waren in Montalbán angekommen. Die Ausgrabungsstätte lag auf der weitläufigen Hochebene eines breiten Bergrückens. Sie war umgeben von geheimnisvollen bewaldeten Berglandschaften, die wie einer Sage entnommen wirkten. Es war ein ergreifender Anblick. Die Frauen im Bus ließen sich zu Ausrufen der Überraschung und Bewunderung hinreißen. Die von der Reise etwas zerzauste Manuela spielte die Ausflugsleiterin. Sie wankte durch den Bus, als litte sie an Klaustrophobie, und gab vor, es keine Minute länger in dem Gefährt aushalten zu können. Beim Aussteigen gluckste sie vor Begeisterung.

»Schaut nur, wie hinreißend, das ist ja unglaublich!«

Sie benahm sich wie eine Lehrerin, die versucht, ihre Schulklasse mit ihrer Begeisterung für die Natur anzustecken. Noch benommen von der Fahrt stiegen auch die anderen Frauen langsam aus. Es war tatsächlich ein einzigartiger, seltsamer Ort, der eine magische Unwirklichkeit ausstrahlte. Erst als auch sie ausstieg, entdeckte Paula, dass ein Reiseleiter dabei war. Er saß direkt hinter dem Busfahrer und trug ein Schild mit der Aufschrift »Reiseleiter« am Revers. Er war Mexikaner, Mitte dreißig und strahlte die typisch schamlose Attraktivität der einheimischen Machos aus. Sein Schnurrbart hing geringschätzig über den Mundwinkeln herab. Er trug einen Stetson, der ihn so lächerlich wie einen in der Sonne gegrillten Cowboy aussehen ließ. Breitbeinig und regungslos saß er da und wartete, bis die Frauen, die sich wie Klosterschülerinnen hysterisch über ihre wiedergewonnene Freiheit zu freuen schienen, ausgestiegen waren. Er musterte jede einzelne aufmerksam, als sie an ihm vorbeigingen, und er folgte ihnen nur mit den Augen, den Kopf bewegte er nicht. Höhnische Gleichgültigkeit erfüllte seinen Blick. Sie dachte, er sähe in ihnen bestimmt einen Haufen Hühner, verblühte Mädchen bei einer absurden Zeremonie wie dem Debütantinnenball, lächerliche Ausländerinnen, die man mit antiken Steinen bei Laune halten musste. Paula wünschte, sich diesen Mann kaufen zu können und ihn an Ort und Stelle zu vögeln, ihn zum Stricher zu degradieren, ihn auf seinen Penis zu reduzieren. Oder sie hätte ihm den Schwanz steif gemacht und dann einen wilden Hund darauf gehetzt, damit er ihn abbiss. Hinterher beim Picknick auf dem Lande den blutigen Fetzen von einer Dame zur nächsten zu reichen hätte gewiss ein amüsantes Spiel abgegeben.

Als alle Frauen auf der Hochebene angekommen waren, besichtigten sie die archäologischen Fundstätten: über Jahr-

hunderte von der Witterung schwer beschädigte Festungs-
bauten und Tempel, mit Gras überwucherte gelbliche
Grabhügel. Der Busfahrer wuchtete sich aus dem Bus und
beim Lockern seiner dünnen Faunsbeine wackelte und
hüpfte sein enormer Bauch beträchtlich. Erst dann stand
der Reiseleiter auf und setzte sich eine sehr dunkle Sonnenbrille auf die Nase, die seine Augen gänzlich verbarg. Er
bewegte sich wie ein großmäuliger Zuhälter, mit den Händen in den Hosentaschen. Sie hörte seine heisere Stimme
mit der schleppenden, sinnlichen Aussprache:
»Meine Damen, wir sind bei den Ruinen von Montalbán
angelangt. Eine wunderbare aztekische Siedlung, die ich
Ihnen jetzt zeigen werde. Kommen Sie bitte.«
Er verhielt sich, als spräche er mit einem Haufen ausgeflipp-
ter Touristen, statt mit einem Dutzend Frauen. Er hatte
leichte O-Beine, vielleicht ritt er viel. Die Arme waren gebräunt und kräftig, die Zähne schneeweiß. Susy hatte ihren
Fotoapparat gezückt und trampelte auf den Grabmalen
herum. Überall Grabsteine, Köpfe der aztekischen Gotthei-
ten, Krieger, Schlangen, viele dämonische Riesenschlan-
gen.
»Als diese Wilden solche Steinblöcke meißelten, hatten
wir in Europa schon die Gotik«, ließ sich eine der Frauen
leise vernehmen.
»Sehen Sie, Señoras, in diesen Reliefs können Sie die Gestalten nackter Frauen und Männer erkennen. Die Archäologen kamen zu dem Schluss, dass es sich um ein Krankenhaus, eine Art Krankenstation oder Ambulanz gehandelt
haben könnte.«
»Vielleicht war es ein Bordell«, rief Susy in aller Unschuld.
Alle lachten. Der Reiseleiter nahm seine Sonnenbrille ab,
um Susy besser sehen zu können. Er lächelte, doch es war
deutlich zu erkennen, dass er den Einwurf nicht witzig

fand. Eine dumme junge Gringa, die einfach die für Frauen geltenden Anstandsregeln übertrat. Paula spürte, dass sie einen Schluck Tequila brauchte. So ein Felsen am Arsch der Welt konnte zur bösen Falle werden. Weit und breit weder eine Cantina noch eine Bar. Wenn die Situation unerträglich wurde oder man eine Panikattacke erlitt, blieb einem nichts anderes übrig, als durchzuhalten. Die Uhr in ihr tickte bereits.

»Die aztekischen und zapotekischen Krieger pflegten einen Brauch, der uns heute ein wenig sonderbar erscheinen mag. Wenn sie in der Schlacht einen Feind getötet hatten, schnitten sie den Körper längs auf, häuteten ihn und hängten sich die Haut über wie einen Kapuzenmantel. So verrichteten sie ihre Alltagsarbeit und nahmen die Haut so lange nicht ab, bis sie völlig ausgetrocknet war. Es interessierte sie weder der Fäulnisgestank noch die Verwesung; die Ehre für ihren Mut war viel größer.«

Bei den auswendig gelernten Worten des Reiseleiters ging ein Schaudern durch die weibliche Versammlung. Paula fand das witzig. Sie wusste, wie die Frauen dieser Gesellschaftsschicht waren. Einige gingen nicht mehr ins Kino, weil sie die blutrünstigen Szenen nicht ertrugen, die in vielen Filmen unerwartet auftauchten. Sie waren behütete, vor der Welt abgeschirmte Frauen, die freiwillig entschieden hatten, in ihren ruhigen und eintönigen Kemenaten zu verweilen. Gepflogenheiten, Ordnung und das Leugnen des Unangenehmen bildeten die Grundlage der Zivilisation. Der Reiseleiter ließ sich angesichts der allgemeinen Bestürzung genüsslich über die Barbarei seiner Vorfahren aus. Das hatte er schon oft getan, davon war Paula überzeugt. Er hatte sensiblen Frauen schon oft Gänsehaut verursacht, die er unter ihren Blusen, die zu öffnen ihm verwehrt blieb, erkennen konnte. Auch der hektische Atem der Frauen entging diesem elenden Mistkerl nicht, er suhlte sich darin, als wäre er bereit zum sexuellen Angriff. Er zog alle ihm zur Verfügung stehenden Register, um sich überlegen zu fühlen.

»Was Sie hier sehen, war der Platz für das Ballspiel.«

Sie beugten sich über den Rand der Hochebene und konnten weiter unten eine eiförmige Plattform erkennen, die einem römischen Stadion ähnelte. Seufzer der Bewunderung, die in Wirklichkeit Seufzer der Erleichterung waren. Endlich ging es nach dem makabren Überzieher aus Feindeshaut nur um ein argloses Ballspiel. Doch der Reiseleiter führte Böses im Schilde. Paula erkannte es an dem leicht ironischen Lächeln, das um seine vollen Lippen spielte.

»Wir kennen die Regeln des Ballspiels nicht, sie sind uns nicht überliefert. Doch die Archäologen und Anthropologen konnten herausfinden, dass es sich um ein heiliges Spiel handelte. Die Gewinnermannschaft wurde in einem Ritualmord erstochen.«

Die Gruppe war einen Augenblick lang irritiert.

»Die Gewinnermannschaft? Nicht die Verlierer?«

»Nein, Sie haben richtig gehört. Die Spieler, die Krieger sein mussten, betrachteten es als große Ehre, den Göttern geopfert zu werden und ließen sich willig umbringen, sie strengten sich auch sehr an, um zu gewinnen. Das beweist zudem, dass es sich nicht um barbarische Völker handelte, sondern um mutige Männer mit einem hohen Grad an Spiritualität.«

Aus Angst, seinen Nationalstolz zu verletzen, mochte keine der Frauen dem Reiseleiter widersprechen, aber es gab leises Getuschel. Susy flüsterte Paula ins Ohr:

»Vermutlich ist das heute nicht mehr so.«

»Glaub das nicht, der Typ sieht aus, als würde er gerne geopfert werden.«

»Zu Ehren der Götter?«

»Von wegen Götter, auf dem Altar der Wollust.«

Die Amerikanerin lachte verhalten auf, und ihre Augen funkelten vergnügt. Wie schafft sie es, das Leben als pure Unterhaltung zu begreifen?, fragte sich Paula. War es nur ihre Jugend?

Die Frauen starrten furchtsam auf das verwaiste Spielfeld. Was hatte an diesem Ort voller Ruhe und Schönheit der Tod zu suchen? Ihr Eindruck war, dass die spanischen Eroberer zu Recht diese Völker überfallen und ausgeplündert hatten, womit sie ihnen ausgetrieben hatten, weiter solche brutalen Grausamkeiten zu begehen, und sie zu Museumskulturen gemacht hatten. Sie wechselten besorgte Blicke und fragten sich, wie viel von der Brutalität ihrer Vorfahren noch in der heutigen Landesbevölkerung stecken mochte. Der Tod hatte bei den Frauen in der Kolonie nichts zu suchen. Ihre Körper dienten dazu, gepflegt, gekleidet, parfümiert, massiert, rasiert und eingecremt zu werden. Kinder, Enkel, neue Häuser, Pläne und Einkaufslisten. Weihnachtsgeschenke und Spitzennachthemden. Plötzlich war sie dieser geballten Normalität, des Gehorsams und der Geduld, der Ausgeglichenheit und Diskretion, die eine gute Ehefrau, die sie nie gewesen war, ausmachten, mehr als überdrüssig. Doch die Seelen der gehäuteten Krieger kamen ihr zu Hilfe, denn sie entdeckte eine dieser kleinen, erbärmlichen Getränkebuden, die in Mexiko an Touristenorten überall aufgestellt werden. Sie löste sich aus der Gruppe und ging darauf zu. Ein kleines, sehr dunkelhäutiges Mädchen, das ihr nicht ins Gesicht zu schauen wagte, fragte, was sie wünschte.

»Hast du Tequila?«

»Tequila nicht. Nur Pulque und Bier.«

Sie trank den Pulque, schwer, trüb und heiß wie Samenflüssigkeit. Eine heiße Welle, so ersehnt, so belebend.

»Noch einen?«

»Wie kommst du hierher? Ich habe kein Auto gesehen.«

»Mein Papa bringt mich jeden Morgen mit dem Lieferwagen hoch, mit den Flaschen und allem, was man so braucht. Später holt er mich wieder ab.«

Paula stellte sich vor, dass sie in einer armseligen Hütte lebte und im Morgengrauen aufstehen müsste, um die Hühner zu füttern. Und sie stammte gewiss aus einer Großfamilie. Vielleicht war sie glücklich, vielleicht auch nicht, denn sie wusste bestimmt aus dem Fernsehen, wie die Gringos im Norden lebten. Vielleicht ließ sie das manchmal gegen ihr erbärmliches Schicksal aufbegehren und nach den Hühnern treten, oder gar in den Pulque spucken.

Schon munterer schlenderte sie zu Susy zurück. Der Reiseleiter ließ sich gerade über die Sitten und Gebräuche der Zapoteken aus und erklärte abschließend: »Ich bin Zapoteke.« Am eigenen Beispiel erläuterte er die typischen Körpermerkmale. Die Damen wussten nicht, wo sie hinschauen sollten, sie wandten den Blick ab von dem Hügel seiner Genitalien, der sich vielversprechend unter der Hose wölbte. Dann erklärte er die Führung für beendet und zeigte den Damen, wo sie ein Bier trinken könnten. Alle machten sich auf den Weg zu der Bude. Paula hatte sich bereits mit dem Pulque-Mädchen angefreundet und lächelte sie an, um nett zu wirken. Sie war nicht nett, eigentlich wusste sie schon lange, dass sie überall auf der Welt verhasst war. In Mexiko war es genauso, sie hatte sich schon ihre ersten Lorbeeren in der Gemeinschaft verdient. Warum war sie in dieses Land gekommen? Dieser Aufenthalt war nichts anderes als ein Stillstand ihres Lebens. Wenn sie nach Spanien zurückkehrte, würde sie genau an dem Punkt weitermachen, an dem sie aufgehört hatte, wenn sie denn an einem gewesen war.

Noch zwei Gläschen Pulque. Vier insgesamt machten alles viel erträglicher. Der Ausflug war an einem toten Punkt angelangt. Den fröhlichen Ausflüglerinnen wurde ein wenig Zeit gewährt, damit jede auf eigene Faust die Ruinen inspizieren konnte. Sie suchte mit dem Blick nach Susy. Sie war die Einzige, die sie im Augenblick ertragen konnte. Die euphorischen Anfälle der Amerikanerin, spontan und lautstark, hatten wenig mit den ihren gemein, die im Grunde immer düster ausfielen und immer vom Alkoholgenuss ausgelöst wurden. Sie sah Susy mit strafendem Blick die Getränkebude anstarren.

»Es ist eine Sünde, dieses Ding hier aufzustellen. Es zerstört das Landschaftsbild.«

»Was ist schlimmer: eine Sünde oder ein Fehler?«

Susy schob ihre Sonnenbrille nach oben, und ihr Blick verriet, dass die Frage sie überrascht hatte.

»Ich weiß nicht, die Sünde vermutlich. Einen Fehler kann man unabsichtlich begehen.«

»Falsche Antwort; das hat nichts mit Absicht zu tun. Es ist etwas Praktischeres. Eine Sünde kann man büßen, während man einen Fehler nie wiedergutmachen kann.«

»Das stimmt nicht. Du kannst versuchen, ihn wiedergutzumachen, für das nächste Mal lernen …«

»Nein, das geht nicht, Susy. Fehler lassen sich nicht in Ordnung bringen, sondern man schleppt sie mit sich herum, sie bestehen ein Leben lang fort, sie haben ungeahnte Folgen, führen zu weiteren Fehlern … Ich ziehe die Sünde eindeutig vor.«

»Alle machen Fehler, aber nicht viele Menschen sündigen.«

»Deshalb ist das Leben so langweilig und so beschissen. Da hast du ins Schwarze getroffen.«

»Ist dir das schon mal aufgefallen, Paula? Wir Frauen spielen immer die Rolle der Anstifterin, wenn es sich um eine schwere Sünde handelt. Außerdem sind wir nur beteiligt, wenn die Sünde mit Sex zu tun hat.«

»Gut beobachtet, meine liebe Gringa! Wir sind das empfangende Gefäß. Wenn sich ein Mann in dich ergießt, der nicht dein Ehemann ist: eine Ehebrecherin. Wenn alle Männer der Gesellschaft sich in dich ergießen: die große Hure von Babylon. Es scheint eine Frage der Quantität zu sein.«

»Entweder hast du zu viel Pulque getrunken oder du kannst nie ernst sein.«

»Im Gegenteil, ich bin immer ernst! Mehr noch, ich habe den Humor aus meinem Leben verbannt. Ich finde, er ist eine oberflächliche Art, die Dinge zu betrachten. Beantworte mir eine Frage: Bist du deinem Mann schon mal untreu gewesen?«

»Warum fragst du mich das gerade jetzt?«

»Es ist mir beim Anblick der Genitalien des Reiseleiters eingefallen. Hast du die Wölbung in seiner Hose nicht bemerkt?«

Sie hörte das ihr schon vertraute alberne Kichern.

»Paula, du bist unglaublich!«

»Du kannst sie unmöglich übersehen haben, sie ist sehr auffällig. Hast du nicht bemerkt, wie er sich vor uns aufplustert?«

»Ich schwöre dir, es ist mir nicht aufgefallen.«

»Was soll ich bloß mit dir machen, wenn dir so was nicht mal auffällt?«

»Du lässt dich von diesem Ort verhexen.«

Diese grüne, stille, gespenstische Landschaft, in der alte, herzzerreißende Schreie nachhallten. Menschenopfer. Sie sahen, wie ihnen Manuela in Begleitung von zwei anderen Frauen von weitem zuwinkte. Alle stiegen plaudernd zur Plattform des Ballspiels hinab. Vom Blut stigmatisierte Steine. Warum fühlten sich diese gleichmütigen

80

Frauen davon so angezogen? Die Gewinner sind eigentlich diejenigen, die verlieren. Ein Paradoxon voller Verheißungen.

»Als der Reiseleiter erzählte, dass sich die aztekischen Krieger die Haut der toten Feinde umhängten, habe ich mich an einen schrecklichen Traum erinnert, den Sigmund Freud beschrieben hat. Erinnerst du dich? Eine Frau träumt wiederholt den Albtraum, dass sie in der Leiche ihres Mannes begraben ist«, sagte Susy plötzlich.

Paula sah sie befremdet an. Sie verstand nicht, was Freud damit zu tun haben sollte.

»Vergiss Freud! Ich muss ständig an den Blick dieses dreisten Lüstlings denken. Wie würdest du seine Unverschämtheit bestrafen?«

»Ich würde ihn auf dem zapotekischen Altar opfern.«

»Nein, nein, ganz schlecht. Ich würde ihn vögeln, ich würde ihn einfach vögeln.«

»Ich glaube nicht, dass das sehr angenehm für dich wäre.«

»Und wer redet von Annehmlichkeit? Es handelt sich um eine Strafe. Ich würde ihn einfach vögeln.«

Susy sah sie wohlwollend und neugierig an, als erwartete sie noch wahnwitzigere Kommentare von Paula. Dann sah sie auf die Uhr.

»Ich habe gehört, dass wir gleich in einem Restaurant hier in der Nähe essen werden.«

»Ja, in einem wunderschönen Restaurant, das früher mal eine Mission war.«

»Alles in Mexiko war früher eine Mission. Glaubst du, dass dort auch amerikanische Touristen sind?«

»Ich hoffe nicht. Ich hasse sie. Bei denen wird mir übel.«

»Es heißt, wenn es in Mexiko ein Erdbeben gibt, laufen sie alle davon und machen erst mindestens ein Jahr später wieder Urlaub hier.«

»Das glaube ich sofort. Sie sind so pathetisch.«

Sie sah witzig aus mit ihrem extrem kurzen Haar und den unförmigen Sportschuhen. Paula packte sie an den Armen und schüttelte sie wie bei einem Erdbeben.

»Zittere, Gringa, zittere, verdammte Imperialistin, die Erde rast vor Wut auf dich!«

Susy schrie fröhlich auf. Die Frauen sahen zu ihnen herüber und winkten wieder. Der Reiseleiter beobachtete sie geringschätzig. Dem Busfahrer waren sie gleichgültig, er hörte über Kopfhörer Radio.

Sie ließen die umherirrenden Totengeister im heraufziehenden Dunst zurück und machten sich auf den Weg zu ihrem Trost verheißenden Bus. Die Damen lachten und scherzten, die Aussicht auf das Mittagessen sorgte für eine allseits aufgelockerte Atmosphäre.

Auf der Rückfahrt wurden begeisterte Meinungen über das Gesehene ausgetauscht. Dann folgten diverse Einzelgespräche. Susy ließ ihren Blick über die Berge schweifen.

»Heute ist Dienstag. Unsere Männer kommen erst in drei Tagen wieder.«

»Ah, unsere Gatten verbüßen ihre Strafe im Urwald, während wir uns mit Ausflügen die Zeit vertreiben. Frauen sind eben leichtfertige Wesen!«

»Du spinnst, Paula.«

»Man darf nie verweichlichen, Susy, nie. Ich erlaube mir das nie. Mein Verstand kurbelt und kurbelt, bis er mein Gewissen peinigt.«

Die Amerikanerin warf ihr einen ahnungsvollen Blick zu und fragte besser nicht nach.

Sie hielten in einem kleinen Dorf. Das Restaurant war ein hübsches weißes Häuschen. Es sah überhaupt nicht nach einer früheren Mission aus. Die Bergluft hatte die Ausflüglerinnen hungrig gemacht. Sie aßen mit großem Appetit die Fladensuppe und das Schweinefleisch mit Bohnen. Von ihrem Tisch aus konnte man in die Küche sehen. Paula beobachtete die dicke, schwitzende Köchin, deren dunkle Locken unter einer schmutzigen Haube hervorlugten. Auf dem Herd standen dampfende Töpfe. Als sie den Suppenlöffel zum Mund führte, bemerkte sie, dass der Reiseleiter, der mit dem Busfahrer an einem separaten Tisch aß, sie anstarrte. Sie hielt seinem Blick stand und initiierte damit für unbestimmte Zeit einen Zweikampf der Blicke. Dann erkannte sie in der Kellnerin, die ihnen die Suppe servierte, das Mädchen von der Getränkebude wieder.

»Ich bin schon wieder zu Hause«, sagte sie lächelnd.

Susy beugte sich zu Paula hinüber und flüsterte ihr ins Ohr:

»Das Mädchen hat mir vorhin erzählt, sie sei die älteste von fünf Geschwistern und stehe im Morgengrauen auf, um den ganzen Tag zu arbeiten.«

»Da hat sie wirklich Glück. So ein Leben verhilft gewiss zu großem geistigem Frieden.«

Die Amerikanerin zog ein verärgertes Gesicht, womit sie zum Ausdruck bringen wollte, dass sie Paulas Zynismus nicht guthieß, doch die starrte schon wieder den Reiseleiter an, weshalb ihr die Botschaft entging.

Auf dem Rückweg zur Kolonie machten sie kurz in San Miguel Halt. Als Paula den Reiseleiter aussteigen sah, stieg auch sie aus. Susy folgte ihr, ohne Fragen zu stellen. Paula drehte sich um und sah sie an, als hätte sie sie noch nie gesehen.

»Ich werde etwas trinken gehen«, sagte sie trocken.

»Dann komme ich mit, wenn's dir nichts ausmacht.«

»Ich hoffe, es macht dir nichts aus.«

Sie beschleunigte ihren Schritt und lief dem Reiseleiter hinterher, der schon ein Stückchen entfernt war.

»Können Sie uns irgendwo hinbringen, wo man Tequila bekommt? Ich werde Sie dafür bezahlen.«

»Ja, Señora«, sagte er ohne ein Anzeichen von Verblüffung. Er hatte seine herausfordernde Macho-Haltung vorübergehend abgelegt. Die Arbeit ging weiter, er lächelte dienstbeflissen, aber mit einer Spur teuflischer Ironie im Blick.

Paula wünschte sich, der Ort, an den er sie führen würde, möge dunkel genug sein, um sich von dem ganzen falschen Glück dieses Ausflugstags erholen zu können. Susy schien sie nicht in Ruhe lassen zu wollen. Es war ihr egal, sie würde sie eben nicht weiter beachten.

Die Bar, in die er sie führte, schien ihr ideal, ein wahres Schmuckstück. Über dem alten Holztresen hing so etwas wie getrocknete Blutwurst an einem Haken. An der Wand entlang reihten sich Flaschen, die mit der Zeit schwarz angelaufen waren, und nicht identifizierbare Liköre in unnatürlichen Farben. Der Wirt trug einen Schnurrbart so struppig wie eine Zypresse. Ein paar Gäste saßen auf Barhockern an hohen Tischen. Misstrauische Blicke. Zwei fremde Frauen. Paula flüsterte Susy ins Ohr:

»Hast du mal nach unten gesehen? Das ist ein fruchtbarer Nährboden, da wimmelt es bestimmt vor Bakterien, die der Wissenschaft noch völlig unbekannt sind.«

Einer der Gäste bestand nur aus Haut und Knochen, er wirkte, als säße er seit seiner Geburt auf dem Barhocker. Sie war überzeugt, dass das alles Susy eindeutig abschrecken müsste. Gut so, sollte die kleine Amerikanerin ruhig erschüttert sein, und dann könnte sie verschwinden.

Damit kein Zweifel an seiner Professionalität aufkam, setzte sich der Reiseleiter nicht zu ihnen. Er begann mit dem zerlumpten, schmutzigen Alten zu plaudern. Wie es schien, kannte er alle hier. Susy sah sich mit einer Mischung aus anthropologischer Neugier und Ekel um, und Paula spürte,

84

dass in diesem Umfeld das Abgleiten in die Hölle ganz einfach sein würde. Sie verglich diese Cantina mit allen erbärmlichen Spelunken, die sie in ihrem Leben aufgesucht hatte, und fragte Susy:

»Findest du es hier zu schäbig?«

»Nicht besonders. Vor zwei Jahren haben Henry und ich in New York mit einem seiner Freunde über grässliche Bars der Stadt geredet, und er bot uns an, uns ein paar zu zeigen. Ich schwöre dir, die waren schrecklich.«

»Warum?«

»Du kannst dir nicht vorstellen, wie viele kaputte Typen da rumhängen, Paula.«

»Wir wissen doch, dass es überall auf der Welt kaputte Typen gibt. Wirklich schaurig daran ist, dass sie an Orten zu finden sind, die extra dafür geschaffen wurden.«

»Ich glaube, ich verstehe dich nicht.«

»Ist egal. Es gibt viele kaputte Typen auf der Welt. Du hast es ganz richtig erkannt, und Schluss.«

Vielleicht war Susy so naiv, dass sie nur verstand, was sie gesehen oder erlebt hatte. Oder vielleicht war sie eine dieser jungen Frauen mit einschlägiger Erfahrung, wie es sie in den Vereinigten Staaten häufiger gibt, die drogenabhängig gewesen waren oder Sekten angehörten, die freien Sex predigten, sich ihre Unschuld aber trotzdem bewahren konnten. In diesem seltsamen Harem mehrerer Sultane wusste keine Ehefrau viel über die Vergangenheit der anderen. Sie hatte nicht die Absicht, in Susys Lebenslauf herumzustochern. Allein die Vorstellung, ihre Ghetto-Gefährtinnen besser kennenzulernen, ließen ihr die Haare zu Berge stehen. Gut, selbst wenn Susy eine aufgeschlossene, normale junge Frau war, würde sie sich wahrscheinlich entsetzt fragen, was, zum Teufel, sie in diesem Lokal verloren hatte und welche Gefahren hier lauern könnten. Selbst die

85

naivste Amerikanerin sollte wissen, dass in einem Land wie Mexiko überall der Tod lauerte. Sie hatte bestimmt schon die eine oder andere Geschichte gehört über Kneipenschlägereien, verirrte Kugeln, Touristen, die auf der Suche nach Abwechslung irgendwelche Spelunken aufsuchten und sie nicht mehr lebend verließen. Natürlich drohten hier dank der Anwesenheit des Reiseleiters solche Gefahren nicht, er würde kaum zulassen, dass sie ermordet wurden, oder sie gar aus einer plötzlichen Eingebung selbst umbringen. In dem Moment trat er an ihren Tisch und sagte:

»Ich empfehle Ihnen, Mezcal zu trinken. Er hat mehr Geschmack als Tequila, er wird Ihnen schmecken.«

Aus seinen Augen blitzte die Schlitzohrigkeit eines Bauern, der versucht, faule Eier zu verkaufen. Wunderbar, endlich war dieser Kerl direkt zum Angriff übergegangen und hatte nicht alle Munition mit Blicken verschossen. Er würde sie nicht umbringen, aber er würde versuchen, sie betrunken zu machen, möglicherweise ohne besonderen Grund, nur um einen persönlichen Sieg über sie, diese frivolen Ausländerinnen auf der Suche nach Ausschweifungen, zu erringen. Zwei Frauen, die sich in einer Spelunke mit Mezcal betranken. Paula kannte die Wirkung von Mezcal, seinen Mythos. Dieser Likör hatte intelligente, gebildete Männer zerstört, ganz ähnlich wie der Pariser Absinth. Einverstanden, Mezcal, jetzt war es an ihnen, den schwachen Frauen, Selbstzerstörung vorzuführen, nicht zu excessiv oder gefährlich, nur um es auszuprobieren. Ihr ging durch den Kopf, dass Susy eher unversehens auf diesen Pfad der Seelenqualen geraten war. War es unfair, sie auf Abwege zu bringen? Susy war nicht ihre Tochter, sie hatte sie nicht dank dieses bedauernswerten Fortschritts durch künstliche Befruchtung geboren. Es war ihr egal, ob sie sich betrank, bewusstlos zu Boden sank oder ob einer dieser schmierigen Dorfbewohner sie verge-

waltigte. Sie würde auch nicht Schneewittchens böse Stiefmutter spielen, sollte sie doch trinken, was sie wollte.

»Ja, ich werde den Mezcal probieren«, antwortete sie fröhlich. Susy schloss sich an.

Das Getränk war nicht besonders mystisch, es war hoch-
prozentiger Alkohol. Paula fühlte sich gut, es fehlte nur ein
wenig passende Musik, aber es gab nur ein Radio, aus dem
leise Fetzen einer undefinierbaren Melodie erklangen, vielleicht der junge Frank Sinatra. Susy trank ihr Glas in einem
Zug leer. Dann schüttelte sie den Kopf. Ihre fast perfekte
Nase lief sofort rot an. Paula konnte spüren, wie die Be-
freiung durch ihre Adern strömte.

Eine Frau kam aus der Küche und putzte energisch den Tresen. Sie sah sie nicht an, sie sah niemanden an, das Elend
hatte sich in ihren Augen eingenistet und ließ sie nichts
sehen. Sie tranken noch einen Mezcal. Was sollte sie mit
Susy machen? Ihre Gesellschaft wurde ihr langsam lästig.
Und was sollte sie mit dem Reiseleiter machen? Sie könnte
ihn bezahlen, damit er sich vor ihnen auszog. Obwohl es
vielleicht auch aufregend sein würde, wenn Susy versuchte,
ihn zu vögeln. Wäre ihre Seele reif für so eine waghalsige
Sache? Vielleicht könnte sie sie damit so erschrecken, dass
sie sie auf ihren Spaziergängen nicht mehr belästigte. Sie
fragte sie.

»Hättest du Lust, den Kerl zu vögeln?«

Natürlich verstand Susy die Frage hypothetisch und nicht
als realisierbaren Vorschlag.

»Nein danke, er ist nicht mein Typ.«

»Ich könnte ein oder zwei Stunden seiner Zeit kaufen und
ihn dir schenken. Ich glaube nicht, dass er ablehnen würde.
Man kann alles kaufen.«

»Nein, ich habe keine Lust.«

Susy verspannte sich. Endlich war es ihr gelungen, sie aus

87

der Ruhe zu bringen. Sie wusste nicht, wie weit Paula das
Spiel treiben würde. Besser so, als Gespielin bei anthropologischen Abenteuern fiel sie aus. Paula hatte keineswegs
die Absicht, sich eine Last aufzubürden. Die Zeit der harm-
losen Spielchen war vorbei. Aber die Amerikanerin ließ
nicht locker.

»Meintest du das ernst, Paula?«

»Ich bin mir ziemlich sicher, dass er keine Krankheiten hat,
er wirkt sehr sauber, das siehst du ja.«

»Wärst du imstande, mit einem Fremden zu vögeln?«

»Also hör mal«, erwiderte sie empört. »Ich habe niemals behauptet, eine ausgeglichene, glückliche Hausfrau zu sein.«
Die Amerikanerin wurde rot.

»Natürlich, das weiß ich schon. Entschuldige.«

»Ich habe auch nicht gesagt, dass *ich* ihn vögeln will. Hast
du das vielleicht gedacht?«

Susy wurde zusehends nervöser.

»Ich weiß nicht genau, was ich gedacht habe. Ich bin schon
etwas betrunken.«

Paula brach das Gespräch ohne Erklärungen ab. Sie wollte
noch einen Mezcal trinken.

»Susy, ich glaube, du solltest in die Kolonie zurückkehren.«
Susy nickte, sie hatte begriffen, dass für sie an diesem Tisch
zu hoch gepokert wurde.

»Der Señor wird dich begleiten.« Sie machte dem Reiseleiter ein Zeichen.

»Und du bleibst allein hier?«

»Genau das werde ich tun.«

Paula sah ihnen nicht nach, als sie gingen. Sie bestellte noch
ein Glas und kostete es diesmal richtig aus. Sie spürte, wie
der Alkohol trostreich in ihren Blutkreislauf eindrang. Man
musste ihn nur ohne Hast oder Gegenwehr auf sich wirken
lassen.

Eine Stunde später verließ auch sie das Lokal. Im trüben Licht betrachtete sie ihre Hände. Sie zitterten ein wenig. Mexiko schenkte ihr eine weitere frische, köstliche Nacht mit dem Duft der hochrankenden Jasminsträucher und fernem Hundegebell. Langsam machte sie sich auf den Weg zur Kolonie. Sie hatte sofort bemerkt, dass ihr in gewissem Abstand jemand folgte, aber sie beschleunigte ihre Schritte nicht. Als sie die Parkanlage der Kolonie betrat, duckte sich hinter den Büschen ein Schatten. Wahrscheinlich war sie in Gefahr gewesen. Umso besser.

Der erste Arbeitsschritt bestand darin, sich mit der Machete einen Weg freizuschlagen. Er würde sich nie an dieses brutale Vorgehen gewöhnen. Es faszinierte und entsetzte ihn gleichermaßen, bedeutete sowohl Sakrileg als auch Eroberung. Der Geruch nach Pflanzensäften aus berstenden Stümpfen verbreitete sich in der ganzen Umgebung. Er sah die Tagelöhner, mit blankem, braunem Oberkörper der sengenden Sonne ausgesetzt, schwitzen. Im Laufe seines Berufslebens hatte er auf vielen Baustellen gearbeitet: Straßenbau, Brückenbau ..., aber keine war in diesem urwüchsigen, wilden Zustand gewesen. Hier fand man alle Mythen versammelt: der Kampf des Menschen und die unberührte Natur, der konstruktive Fortschritt und der zerstörerische Zahn der Zeit. Die Realität war weniger metaphorisch, sie arbeiteten für ein Baukonsortium, das von der mexikanischen Regierung Aufträge erhielt. Interessant waren in erster Linie die hohen Dividenden. Keinerlei heroischer oder erhabener Anspruch, kein kultureller Idealismus. Es war nicht erklärtes Ziel, hier Spuren der Zivilisation zu hinterlassen. Er trank seinen Tee, das einzige Getränk, das ihn ein wenig erfrischte. Bevor er seine Runde über die Baustelle machte, trank er immer eine Tasse Tee. Er kontrollierte, wie die Arbeit vorankam, sprach mit den Vorarbeitern, Werkführern, Bereichsleitern. Manchmal nahm er einen Becher Tee mit, um ein wenig Zivilisation in das bedrohlich wirkende Gelände aus Schneisen und Erdaushub zu bringen. Er beobachtete immer wieder neugierig die mexikanischen Arbeiter. Sie waren wortkarg, arbeiteten konzentriert und demütig. Sie lachten nie und scherzten auch nicht lautstark miteinander, wie es Arbeiter in Spanien zu tun pflegen. Manchmal hatte er das Gefühl, so viel Stille könne gefährlich werden, als würden sich in diesen strapazierten Körpern stillschweigend Erschöpfung und Leiden ansammeln und in einem unvorhersehbaren Moment zum Ausbruch kommen. Doch ein Aufstand war eher unwahrscheinlich, schließlich waren diese Männer an ein hartes Leben gewöhnt und erwarteten nicht mehr, als sie bekamen. Vielleicht waren seine Befürchtungen unnötig, die Arbeiter waren bestimmt zufrieden und fühlten sich sogar privilegiert, weil sie für ein gut zahlendes Unternehmen arbeiteten. Die meisten von ihnen lebten im Baustellencamp, nur ein paar wenige kehrten nach getaner Arbeit in die umliegenden Dörfer zurück. Sie führten ein einfaches Leben, das vom Sonnenstand bestimmt wurde. Arbeiten und Ausruhen. Santiago kannte ihre Behausungen, kleine und ärmliche Häuschen auf den Feldern, über denen aber eine Art biblischer Segen zu hängen schien: spielende Kinder, pickende Hühner, Wäsche auf der Leine, Bäume ... Vor Jahren hatte er die spanischen Arbeiter um ihr einfaches Leben beneidet, frei von Problemen, abgesehen von Geldnöten oder plötzlichen Krankheiten. Manchmal hatte er sie beim Mittagessen lachen und scherzen gehört. Er hatte sich vorgestellt, wie sie freitags müde nach Hause zurückkehrten, wo sie von ihren Frauen, die sich um den Haushalt kümmerten, erwartet wurden. Sie aßen zu Abend.

Sie schliefen zusammen in einem Bett und liebten sich. Manchmal lachten sie, und ein andermal stritten sie. Sie sahen gemeinsam fern. Es war vielleicht nicht gerade die Vorstellung von einem großartigen Leben, aber es ließ in ihm den Wunsch nach einem gewöhnlichen und ruhigen Lebensentwurf aufkeimen. Er wäre gerne Bauer gewesen, mit einer großen, kräftigen Frau, die grundlegende Bedürfnisse hatte und das Leben liebte, wie es war. Das war das Ergebnis von fünfzehn Jahre Ehe mit Paula: Fantasien von einem ruhigen, einfachen Landleben. Er hatte sich oft in seine Arbeit geflüchtet, für viele in ihrer Ehe unglückliche Männer ist die Arbeit der ideale Fluchtweg. Das war er auch für ihn gewesen, aber schmerzlindernde Lösungen stellen sich irgendwann immer nur als Trostpflaster heraus, das sich mit der Zeit ablöst und die Wunde wieder offenlegt, vielleicht sogar eitriger als zuvor.

Paula. Ein Mann sollte über genügend Selbstschutzmechanismen verfügen, um so lange wie möglich in eine Frau verliebt zu bleiben. Er hatte aus Liebe geheiratet. Paula war faszinierend, motiviert, intelligent, hübsch gewesen. Er hatte geglaubt, dass sie für immer eine gewisse Komplizenschaft verbinden würde. Aber nach und nach hatte sich Paulas Geist als unergründlich erwiesen. In ihrem Innern tat sich ein schmerzlicher Abgrund auf, zu dem nichts und niemand Zugang hatte. Seine Frau sehnte sich nach etwas, das sich seinem Verständnis entzog, sie konnte es nicht einmal selbst benennen. Literarisches Talent? Sie hatte jede Menge Romanprojekte, die sie nie zu Ende führte. Weshalb? Weil ihre Versuche scheiterten oder sie die Arbeit mittendrin abbrach. Sie hatte ihm nie gestattet, etwas von ihr zu lesen, auch nicht zugelassen, dass ein anderer beurteilte, ob sie tatsächlich gescheitert oder ihre Arbeit doch etwas wert war. Niemand wusste, was sich in ihrem Kopf abspielte,

91

auch nicht, warum sie alles so schnell wieder verwarf. Paula, die unentwegt mit dem Leben haderte, die immer im Übergangsstadium zu einem noch schmerzlicheren Gemütszustand war, immer unruhig, verletzlich, hermetisch verschlossen, verhärtet.

Er hatte versucht, ihr zu helfen, zu verstehen, was in ihr vorging, aber man kann einem Menschen, der alles ablehnt, weder helfen noch Abhilfe schaffen für etwas, das man nicht versteht. Nach einiger Zeit beschloss Paula, Literatur zu übersetzen. Sie konnte Russisch und Englisch. Santiago dachte, das wäre eine ausgezeichnete Lösung, eine Möglichkeit, vielleicht schon bald die anhaltende Frustration zu überwinden, die Paula mit sich herumschleppte. Aber nichts dergleichen geschah. Diese neue schöpferische Arbeit förderte ein neues Gefühl zutage: Selbstverachtung. Sie wurde zynisch, verschlagen, unbarmherzig mit sich selbst und anderen. Die Zeit der Streitereien und Szenen, bei denen er die Geduld verlor, begann. Sie schrie nie, sie sah ihn nur eiskalt an und bewirkte damit, dass er sich unterschwellig schuldig fühlte an ihrem Leiden, was auch immer es sein mochte. Er wusste bis heute nicht, ob es eine Erklärung für diese Entwicklung gab. Egal, ob nun aus Enttäuschung oder aus einem anderen Grund, ihre Ehe war immer stärker ins Unglück abgedriftet. Bewusster, schmerzhafter Verfall. Sie redeten nicht mehr miteinander. Paula benutzte die Sprache nur noch, um andere und sich selbst zu verletzen. Und so war er fortgesetzt und ungeschützt ihren Entladungen ausgesetzt, die ihm niemand angekündigt hatte und die er nicht verstand. Er beschloss, so zu tun, als ginge ihn das nichts an. Es interessierte ihn nicht mehr, was seine Frau sagte oder machte. Eine Art Überlebensstrategie. Paula spürte es und respektierte seinen Rückzug. Eine Zeitlang funktionierte das. Doch als sie zu trinken begann, gab es neuerlich Probleme. Er sah sich genötigt, ihre Besäufnisse und deren Folgeerscheinungen geflissentlich zu übersehen. Obwohl sich die Gleichgültigkeit für Santiago als mächtiges und zunehmend nützlicheres Abwehrgeschütz erwies, klebte dieses Pflaster nur schlecht auf der Haut und darunter eiterte die Wunde weiter. Er hatte inzwischen das Gefühl, sich an diese Lebensumstände gewöhnt zu haben, und glaubte sogar, sie ein Leben lang ertragen zu können. Und plötzlich hatte sich unerwartet ein Silberstreif am Horizont gezeigt: Victoria. Die Frau eines Kollegen. Absurd. Er hatte gelegentlich ein Abenteuer gehabt, aber immer beschränkt auf eher mechanischen Sex. Er war kein Mann, der sich Hals über Kopf verliebte, und er neigte auch nicht zu Illusionen. Er war immer selbstgenügsam gewesen. Und plötzlich der Blick dieser Frau, ein Blick mit unbestimmtem Hoffnungsschimmer. Eine nicht mehr junge Frau aus seiner Welt. Eine Frau, die er hundert Male in seinem Leben hätte treffen können, eine Person, die keineswegs etwas Neues war: die Frau eines Kollegen. Und dennoch hatten die zwei gemeinsamen Spaziergänge mit ihr den Wunsch in ihm ausgelöst, sich treiben zu lassen, zuzulassen, dass sich alles ohne großes Nachdenken von selbst ergeben möge. Vielleicht war er jetzt reif für den Aufbruch, den er seit Jahren vermieden hatte.

In den letzten Tagen hatte er Ramón, Victorias Mann, neugierig beobachtet. Er war ein gelassener, in sich gekehrter und wenig kommunikativer Mann. Eine genaue Vorstellung von ihm konnte er sich allerdings nicht machen. Als Arbeitskollege erwies er sich als fleißig und kooperativ. Er schien einigermaßen glücklich und gut integriert zu sein ... Gab es in seiner Ehe Konflikte, war er im Privatleben ein untreuer, grober Mann? Warum machte seine Frau einem anderen Mann schöne Augen? In dem Moment sah er, wie

Ramón den Kopf hob, ihn entdeckte, und auf ihn zukam. Das ließ ihn zusammenfahren und fast erröten.

»Santiago, wenn du einen Augenblick Zeit hast, würde ich gerne mit dir einen Blick auf diese Maschine hier werfen.«

»Natürlich, gehen wir.«

Er ärgerte sich über sich selbst. Warum war er so nervös geworden? Der Schlaf der Vernunft gebiert Monster – und die Fantasie Schwachsinn. Es war nichts zwischen Victoria und ihm passiert. Wahrscheinlich würde es nie passieren. Die Frau eines Kollegen.

Sie ertappte sich dabei, den Verfall ihrer Brüste zu untersuchen. Sommersprossen über Sommersprossen – eine Landkarte von Polynesien. Die noch schönen, etwas blassen Brustwarzen hatten sich ihr jugendliches Aussehen bewahrt. Wenn das Fleisch erst einmal auferstehen würde, dieser glückliche Moment der Rückverwandlung in Materie, würden ihre Brüste nicht sonderlich hässlich wirken. Irgendwo im Haus erklang Musik. Im Radio wurden nie traditionelle mexikanische Folklorelieder gespielt, sondern die ausgesprochen kitschigen Popsongs junger lateinamerikanischer Interpreten. Sie folgte der musikalischen Spur in die Küche. Dort zerstampfte ihre Hausangestellte Clarita die gekochten Bohnen mit dem Mörser, als wäre die Zivilisation nie erfunden worden.

»Was machst du da, Clarita?«

»Ich mache Ihnen das Essen.«

»Bohnenmus?«

»Und ein bisschen Huhn mit Soße.«

»Das wird doch nicht zu scharf, oder?«

»Es wird nicht scharf, es wird so schmecken wie in Ihrem Land.«

»Clarita, bist du verheiratet?«

Die Hausangestellte drehte sich um und sah sie überrascht an. Seit sie für Victoria arbeitete, hatte sie ihr keine einzige persönliche Frage gestellt. Sie wandte sich wieder ihrer Arbeit zu und zögerte einen Moment mit der Antwort.

»Mein Mann ist vor Jahren gestorben.«

»Aber du bist doch noch so jung?«

»Mein Mann war auch sehr jung, als er starb.«

Das folgende Schweigen bedeutete wohl, dass Clarita keine weiteren Erklärungen geben wollte. Victoria erwog die Möglichkeit, sie zu fragen, wie er gestorben sei, aber das wäre zu weit gegangen. Clarita war nicht sehr gesprächig. Also schwieg sie lieber. Doch plötzlich fügte die Hausangestellte hinzu:

»Er ist durch eine Kugel gestorben, die nicht für ihn bestimmt war. Eine verirrte Kugel.«

»Hatte er sich in einen Streit eingemischt?«

Clarita seufzte. Sie unterbrach ihre Arbeit und wandte sich ihrer Señora zu.

»Die Polizei verfolgte einen tollwütigen Hund, der zwei Kinder gebissen hatte. Mein Mann überquerte gerade die Straße, als sie abdrückten, die Kugel traf ihn in den Kopf.«

Victoria schluckte. Was sollte sie zu so einem absurden, einem so brutalen Tod sagen?

»Das ist ja schrecklich!«

Clarita sah sie verständnislos an. Schrecklich, wieso? So war das Leben, nichts weiter. Victoria fügte hinzu:

»Es ist schrecklich, auf so zufällige Weise zu sterben.«

»Alles ist Zufall oder der Wille des Herrn, je nachdem, wie man es betrachtet.«

Victoria wusste nicht, ob ein so sinnloser Tod schwerer zu ertragen war, wenn er als Folge des unbeeinflussbaren Schicksals oder als grausames Zeichen eines höheren Wesens angesehen wurde.

»Tut mir sehr leid«, flüsterte sie.

»Das lohnt sich jetzt nicht mehr, Señora, es ist schon so lange her.«

Clarita streute großzügig Salz auf die dunkle Bohnenmasse.

»Hast du Kinder?«

»Nein.«

»Und du hast nicht wieder geheiratet?«

»Nein.«

»Hast du nie wieder daran gedacht?«

Clarita lachte auf.

»Wozu soll es nützen, daran zu denken? Das passiert oder eben nicht.«

Sie trug eine weiße Bluse mit rotem Blumenmuster, in ihrem Blick lag ein Anflug von Spott.

»Denken Sie darüber nach, ob Ihnen passieren könnte, was Sie wünschen, Señora?«

»Mir passiert nur wenig.«

»Jedem passiert etwas.«

Sie würden sich nie verstehen, auch wenn sie stundenlang reden würden. Clarita gehörte zu der Welt der vollendeten Tatsachen, Victoria zur Welt der Projekte. Clarita bewegte sich auf dem Feld der Folgeerscheinungen, Victoria auf dem Feld der Entscheidungen. War das die Wirklichkeit?, fragte sie sich. Sie glaubte, die Möglichkeit gehabt zu haben, ihren Lebensweg frei zu wählen. Obwohl das vielleicht nur eine Illusion war, oder einfach nur ein Satz. Sie hatte sich nie genötigt gefühlt, die getroffenen Entscheidungen anzuzweifeln. Ihr Leben war immer bequem gewesen: ein gesunder Körper, keine erklärten Feinde, ein verständnisvoller, anständiger Ehemann, Kinder, die nie irgendwelche Probleme gemacht hatten, ihre berufliche Karriere, wundervolle Reisen, ein sehr gutes finanzielles Auskommen ... Beim Gedanken an die Zukunft flüchtete sie sich in die tröstliche Gewissheit, in ihr schönes Landhaus fahren und vor dem offenen Kamin einen aromatischen Tee trinken zu können. Dennoch hatte sie manchmal den Eindruck, dass ihr etwas fehlte im Leben, etwas Neuartiges und Aufregendes. Aber dieses Gefühl verband sich mit der Gewissheit, dass es noch nicht zu spät dafür war. Warum verlor sie sich in dieses sinnlose Grübeln? Warum dachte sie seit ein paar Tagen so viel über ihr Leben nach? Das hatte sie früher nie getan.

»Wenn Sie sich Sorgen um die Zukunft machen, kann ich Sie zu einer Wahrsagerin bringen, sie liest sie Ihnen gratis«, sagte Clarita plötzlich.

»Eine Wahrsagerin?«

»Sie lebt in der Nähe von San Miguel. Viele Leute gehen zu ihr, damit sie ihnen sagt, was passieren wird. Eine Freundin von mir war auch bei ihr.«

»Und was hat sie ihr erzählt?«

»Die Wahrsagerin sagte ihr, dass sie vor großem Unglück verschont bleibt, dass sie heiraten und viele Kinder bekommen würde, dass ihr niemand den bösen Blick anhängen und dass sie sehr alt und friedlich sterben würde. Meine Freundin hat ihr fünf Pesos gegeben.«

»Für fünf Pesos kann man nicht mehr verlangen.«

»Aber als sie schon gehen wollte, sagte sie noch, sie soll sehr mit dem Wasser aufpassen.«

»Mit dem Wasser, warum?«

»Mehr hat sie nicht gesagt, aber meine Freundin, die klug ist, hielt sich vorsichtshalber von Gewässern und Flüssen fern. Und wissen Sie, was dann passierte? Eines Tages nach der Arbeit auf dem Feld trank sie völlig verschwitzt ein Glas sehr kaltes Wasser und verdarb sich damit den Magen. Sie musste sogar ins Krankenhaus. Die Wahrsagerin hatte recht behalten.«

Beide schwiegen. Clarita sah ihre Señora neugierig an.

»Wollen Sie mir nicht sagen, was Sie von der Geschichte halten?«

»Ich bin Chemikerin, Clarita. Die Chemie erklärt uns, aus was die Materie gemacht ist. Wie soll ich da an Wahrsagerinnen glauben?«

»Ich habe Ihnen nur erzählt, was passiert ist. Und meine Freundin ist keine Lügnerin. Wenn Sie wollen, kann ich Sie zu dieser Frau bringen. Wenn Sie nicht an ihre Kräfte glauben, dann haben Sie auch nichts zu verlieren.«

Claritas Logik ließ sie auflachen.

»Ist ja gut, einverstanden, wir werden zu ihr gehen.«

»Wenn ich hier fertig bin, gleich heute Abend.«

Sie war neugierig geworden. Das würde eine Art anthropologisches Experiment werden. Vielleicht würde irgendeine ihrer Freundinnen aus der Kolonie mitgehen, wenn sie ihnen davon erzählte. Dann würde es eher auf einen anthropologischen Ausflug hinauslaufen. Nein, sie ging besser allein und würde Clarita bitten, es geheim zu halten. Doch die Hausangestellten der Kolonie galten im Allgemeinen als nicht sehr verschwiegen.

Wäre sie nicht mit Clarita zu dieser Frau gegangen, hätte sie die Umgebung von San Miguel nie kennengelernt. Bevor sie nach Mexiko kam, wusste sie, dass sie arme Kinder, ungebildete Menschen und zerlumpte Straßenverkäufer vorfinden würde. Sie hatte sich vorgenommen, nur abstraktes Mitleid zu empfinden, genug, um zu verstehen, aber auf keinen Fall persönliches Mitleid, das Schuldgefühle hervorruft. Aber den Ehefrauen war der Anblick der Wirklichkeit bisher erspart geblieben. Das begriff sie jetzt auf den ungeteerten Straßen voller übel riechender Rinnsale, wo Kinder barfuß mitten im Schmutz spielten und wo vor den Krämerläden Bohnensäcke standen.

Das Haus, auf das sie zugingen, lag weitab vom allgemeinen Trubel an einer ruhigen Straßenecke. Es war frisch gekalkt und innen kühl und dunkel. In dem Moment begriff Victoria, warum sie hier war: Sie musste unbedingt das Irrationale in ihr Leben einlassen. Es gab keine andere Erklärung dafür, warum eine Frau wie sie einen solchen Ort aufsuchte. Sie wollte, dass eine törichte Tat etwas in Bewegung brachte. Die vernünftigen Fragen waren schon alle beantwortet.

Ihre Pythia war eine runzlige, alte Frau, die eine milde Würde ausstrahlte. Sie hatte hässliche, abgearbeitete Hände mit gelblichen Flecken. Die Wahrsagerin hatte mit Safran hantiert.

»Was wollen Sie von Ihrer Zukunft wissen?«, fragte sie.

»Ich weiß nicht, nichts Konkretes, das, was Sie sehen können.«

»Dann haben Sie also keinen Notfall.«

Diese Frau kannte die Ängste der Menschen, das dringende Bedürfnis ihrer armen Kunden, mittels okkulter Kräfte beruhigt oder stimuliert zu werden. Darin dürfte sich eine psychoanalysierte Stadtfauna wohl kaum von ihnen unterscheiden. Victoria verspürte Lust zu lachen, und nur weil sie die Gefühle der Wahrsagerin nicht verletzen wollte, floh sie nicht von diesem Ort.

Wie beim Würfeln warf die Alte ein paar bleiche Knöchelchen auf den Teppich und betrachtete sie dann lange mit halb geschlossenen Augen. Es hing etwas in der Luft, das Victoria beklommen machte. Sie hielt den Atem an.

»Dein Leben war bisher ein ruhiger Fluss, aber jetzt kommst du in einen riesigen, grünen Urwald voller Tiere und Pflanzen. Du wirst diesen Urwald für dich haben, wenn du willst, aber er wird so wild und so gefährlich und so undurchdringlich sein, dass du vielleicht Angst davor hast.«

Victoria konnte nicht sprechen. Was sie gehört hatte, war so schön, so poetisch, so irreal … Wer wollte in einem ruhigen Fluss weitertreiben, wenn er einen verheißungsvollen Urwald in Reichweite hat? Wer würde sich damit zufriedengeben, in die immer gleiche, vorbestimmte Richtung zu gehen, wenn sich die Unermesslichkeit vor ihm auftut? Sie fühlte sich seltsam glücklich und wollte nichts weiter hören. So war es auch.

»Sie haben mich darum gebeten, Ihnen zu sagen, was ich sehe, aber mehr sehe ich nicht.«

»Das ist gut, es reicht.«

Sie legte ihr zehn Pesos auf den Boden und verließ das Haus. Die Sonne stand noch hoch. Clarita wartete draußen auf sie und plauderte mit ein paar Frauen. Sie lächelte sie an. Dann machten sie sich wortlos auf den Rückweg. Nach einer Weile fragte die Hausangestellte:

»Wie war es?«

»Gut, sehr gut.«

»Dann hat sie Ihnen gesagt, was Sie hören wollten.«

Victoria nickte und achtete auf die Steine am Boden, um nicht zu stolpern. Sie lächelte vor sich hin. Sie war nun im Besitz einer außergewöhnlichen Hellsichtigkeit. Das Irrationale in ihr Leben zu lassen war die einzige Alternative. Wenn sie klug und vernünftig blieb, würde sie nie tun, wozu sie jetzt bereit war. Im Leben von Frauen wie ihr ist alles genau geplant, um vor jeder Gefahr gefeit zu sein. Darin gibt es weder tollwütige Hunde noch verirrte Kugeln, aber eben auch keinen wunderschönen Urwald zu entdecken.

»Wir wollen nur in die Zukunft sehen, wenn wir uns wünschen, dass sich etwas ändert«, sagte Clarita plötzlich.

Victoria sah beunruhigt auf. Dann zuckte sie die Achseln, um ihren Aufruhr zu verbergen.

»Ich muss jetzt gehen, Señora.«

»Sehr gut. Ich gehe zu Fuß nach Hause.«

»Können Sie den Topf in einer Stunde vom Feuer nehmen? Nicht, dass das Essen anbrennt.«

»Keine Sorge, das werde ich.«

»Werden Sie auch daran denken?«

»Ja, ich werde daran denken.«

Sie ging, eingehüllt in ein für ihr Alter viel zu schwarzes Tuch, und hinterließ einen Duft nach Gewürzen. Victoria ging leichtfüßig und aufgeregt ihres Weges, so als erwartete sie etwas Wichtiges. Plötzlich entdeckte sie Susy vor einem Geschäft für Saatgut. Sie hatte keine Lust, mit ihr zu reden, aber sie konnte sich nicht mehr davonstehlen. Susy hatte sie schon entdeckt und winkte ihr zu. Victoria ging zu ihr.

»Kaufst du ein?«

»Ja, Blumenzwiebeln. Ich will sie in den Vorgarten meines Hauses setzen. Ich mag nicht, dass unsere Gärtner einfach pflanzen, wozu sie Lust haben. Die denken wohl, wir sind nicht mal imstande, ein wenig Gartenarbeit zu machen.«

Sie sah die Amerikanerin an, als wäre sie ein Wesen von einem fremden Planeten.

»Das ist mir gar nicht aufgefallen«, murmelte sie.

Susy kümmerte sich um solche Dinge, sie wollte ihre eigenen Blumen pflanzen. Auch sie hatte sich um diese Dinge gekümmert, vielleicht sogar noch bis vor wenigen Tagen.

»Jawohl, Doña Manuela« antwortete er mit feierlicher Miene.

»Mein Gott, Junge, nenn mich bloß nicht Doña Manuela, das hört sich wirklich komisch an. Sag einfach Manuela, ja?«

»Das fällt mir schwer.«

»Dann nenn mich bitte Señora Romero, aber nicht Doña Manuela. Das klingt so altbacken und gefällt mir nicht.«

Die beiden gingen die Hauptstraße von San Miguel entlang, Bei ihrem Altersunterschied und ihrem Aussehen gaben sie ein seltsames Paar ab. Sie üppig und agil. Er mager und lustlos.

»Bist du dir sicher, dass das Geschäft hier ist, Darío?«

»Ja, wir sind gleich da.«

»Es soll ein richtiges Kinderfest werden, nichts Improvisiertes. Letztes Jahr haben wir überhaupt nichts für die Kinder der Kolonie veranstaltet, die Eltern fühlen sich bestimmt schon benachteiligt.«

»Ja.«

Sie sah ihn forschend an. Wo hatte die Firma ihres Mannes bloß diesen trotteligen jungen Mann aufgetrieben? Nicht, dass er seine Arbeit schlecht machte, aber er schien immer geistesabwesend zu sein, ständig vor sich hinzudämmern. Wenn er ihr Sohn gewesen wäre, hätte sie ihn gefragt, was er vom Leben erwarte, ob er sich für nichts begeistern könne. Seine Arbeit war wirklich bequem und einfach, er musste keine Schwerstarbeit auf der Baustelle verrichten. Er war der einzige Mann in der Kolonie, also musste er weder Anordnungen befolgen noch sich mit so rauen Gesellen wie Arbeitern abgeben. Er hatte ein eigenes Häuschen, das aus einem Büro und einem großen Wohnraum bestand. Was wollte er mehr? Nun gut, es war immer das Gleiche, wenn sie ihn bat, eine Party zu organisieren, zog Darío ein Gesicht wie ein zum Tode verurteilter Heiliger, der gleich als Märtyrer geopfert wird. Hatte er vielleicht ein persönliches Problem, vermisste er seine Verlobte? Wenn Adolfo am Wochenende nach Hause käme, würde sie mit ihm darüber reden. Vielleicht brauchte der Junge Hilfe oder er war schlicht unfähig zu erkennen, was für einen privilegierten

Posten er innehatte. Sie neigte eher zu Letzterem. Junge Menschen hatten keine ernsthaften Probleme. Außerdem ist heutzutage kein junger Mann so verliebt, dass er leidet, wenn er seine Freundin eine Weile nicht sieht. Das war früher einmal so, aber die modernen Männer sind pragmatischer und sehr viel nüchterner.

Sie blieben vor einem ziemlich heruntergekommenen Laden stehen. Manuela sah ihn sich skeptisch an.

»Und du glaubst, dass wir hier finden, was wir suchen?«

»Na ja, Señora Romero, hier decken sich alle Mariachis der Stadt ein.«

»Mariachis, Mariachis, das ist das Einzige, was sie in diesem verdammten Land können. Du hast doch nicht etwa daran gedacht, die Kinder als Mariachis zu verkleiden, oder?«

»Aber wenn sie diese Kleider haben, dann müssten sie auch andere Kostüme haben, meine ich.«

»Ich hoffe, du hast recht.«

»Dann gehen wir also rein, Señora Romero?«

»Ja, natürlich gehen wir rein!«

Es war ein großes Geschäft, das nicht nur Kleidung, sondern auch Fernsehgeräte, Fahrräder und sogar Möbel auslieh. Bedient wurden sie von einem älteren Mann, geduldig und ernst wie alle Mexikaner. Plötzlich wurde Manuela klar, dass es gar nicht einfach war. Sie wusste nicht, wie sie anfangen sollte, denn eigentlich wusste sie auch nicht genau, was sie wollte. Wie, zum Teufel, bereitete man ein Kinderfest vor? Ihre Kinder waren schon erwachsen, sie konnte sich nicht erinnern, wie das früher war. Der Geschäftsführer und sie sahen sich an, aber keiner wagte den ersten Schritt. Schließlich stieß Manuela hervor:

»Warum zeigen Sie uns nicht die Kleider, und dann sehen wir weiter?«

Er führte sie in eine Art Souterrain, der neben einem kühlen Innenhof lag. Manuela trocknete sich den Schweiß und atmete die frische Luft.

»Hier lässt es sich aushalten.«

Etwas enttäuscht sah sie die Kostüme durch, die an einem eisernen Kleiderständer hingen. In der Mehrzahl waren es tatsächlich Mariachi-Kostüme. Es gab auch traditionelle Frauenkleider.

»Und für Theateraufführungen, haben Sie da nichts?«

Der Mann brauchte einen Moment, bis er begriff, was sie meinte. Manuela versuchte, es besser zu erklären.

»Sie wissen schon, Clowns, Hexen, Gespenster... etwas, mit dem wir uns verkleiden und die Kinder unterhalten können. Oder etwas, womit wir die Kinder verkleiden können.«

Er ging gemächlich zu einem wackeligen Schrank und öffnete ihn. Manuela war mit einem Satz bei ihm und griff behände hinein. Energisch zog sie ein paar Kleiderbügel heraus.

»Was ist das?«

»Das sind Engel- und Teufelkostüme für ein Kirchenspiel, Señora. Die gibt es auch für Kinder.«

»Kirchenspiele. Das haben wir Spanier eingeführt. Obwohl ich nicht glaube, dass uns das jetzt viel nützt.«

Darío mischte sich zum ersten Mal ein.

»Was hatten Sie sich denn genau vorgestellt, Señora Romero? Denn vielleicht ist es gar nicht so schlecht, wenn sich die Kinder als Engelchen und Teufelchen verkleiden.«

»Ich weiß nicht, diese Kinder sind imstande, eine Schlacht zu veranstalten. Außerdem finde ich das ein bisschen altmodisch. Ich hatte daran gedacht, sie alle wie im *Sommernachtstraum* anzuziehen, Kobolde, Feen und so was.«

Verblüfft wie jemand, der sich wünscht, die Logik möge über diese absurde und unsinnige Welt herrschen, kratzte sich Darío am Kopf.

»Ich weiß nicht, Kobolde … Ich glaube nicht, dass wir da was finden.«

Manuela wandte sich in ihrer Verzweiflung an den Ladenbesitzer.

»Und Sie haben wirklich nichts anderes?«

»Ich habe noch die Skelette.«

»Die Skelette?«

»Die gibt's auch in Kindergrößen. Kommen Sie, ich zeige sie Ihnen.«

Er führte sie einen langen Flur entlang, bis sie in einen Raum kamen, in dem eine junge Frau nähte und dabei Radio hörte. Der Mann ging zu einem Regal, holte eine Plastiktüte heraus und öffnete sie. Was er ihnen zeigte, war das klassische Trikot, das manche Leute am Totensonntag trugen: schwarzer Stoff, auf den in Weiß ein menschliches Skelett gedruckt war.

»Und Sie sagen, Sie haben das auch für Kinder?«

»Für Kinder in allen Größen.«

Darío sah sie zögern. Es war der Augenblick, diese lästige Angelegenheit endlich hinter sich zu bringen. Also schlug er beherzt vor:

»Das ist doch eine wunderbare Idee. Wir verkleiden sie alle als Skelette und lassen sie einen Geistertanz tanzen. Das wird den Kindern gefallen.«

Manuela sah ihn zweifelnd an.

»Mag ja sein, dass es den Kindern gefällt, aber den Müttern … ein makabrer Tanz …?«

»Schließlich sind wir hier in Mexiko, und das ist Tradition hier.«

Señora Romero erwog die Argumente ihres Begleiters. Sie befingerte das Kostüm und nickte dann dem Geschäftsführer zu:

»Ist gut. Morgen gebe ich Ihnen Bescheid, wie viele wir in

welche Größen brauchen und für wann. Ich will neue, und ich werde sie nicht ausleihen, sondern kaufen. Einverstanden?«

»Ja, Señora, ich habe Sie genau verstanden.«

Darío atmete innerlich auf. Gut, die erste Hürde war genommen, obwohl das erst der Anfang war. Er fragte sich, was er noch alles für dieses verfluchte Kinderfest tun müsste. Mein Gott, es war unvorstellbar, wie viel Geduld diese Aufgaben ihm abverlangten, er hätte tausendmal lieber auf der Baustelle gearbeitet! Und zu allem Überfluss würde er heute Abend keine Zeit haben, im El Cielito ein Bier zu trinken, was er doch so nötig hatte. Die Kinder aus der Kolonie als Skelette verkleiden... was für ein Schwachsinn! Andererseits war es eine tolle Idee: Hoffentlich tanzten diese rotznasigen Zwerge bis ins Jenseits. Missmutig kickte er einen Stein weg.

Paula hatte ihr ein wenig Angst eingejagt. Sie bluffte nicht, jedenfalls reizte sie das Spiel bis an seine Grenzen aus. Und in diesem Land konnte jedes Spiel extrem gefährlich werden. San Miguel war zwar ein friedliches Städtchen, aber niemand wusste, was alles hinter den Fassaden vor sich ging und den Frauen aus der Kolonie verborgen blieb. Sie fragte sich oft, was hinter Paulas Fassade steckte. Seit dem Ausflug zu den Ruinen von Montalbán hatte sie ihr Verhalten in der Kolonie beobachtet. Sie verfügte über die überraschende Fähigkeit, plötzlich von einer normalen Frau zu einer provokativen Furie zu mutieren. Sie verließ das Haus nur selten, ging manchmal in den Club oder spazierte durch die Parkanlage. Sie grüßte alle höflich, fast ein wenig übertrieben, aber sie redete mit niemandem. Alle glaubten, es habe mit ihrer Tolstoi-Übersetzung zu tun, dass sie sich so von den anderen fernhielt. Susy war neugierig, aber ihre jetzige Beziehung gab ihr noch nicht das Recht, Paula persönlichere Fragen zu stellen. Sie war davon überzeugt, dass die Reaktion heftig ausfallen würde. Was war in der Nacht geschehen, als sie in dieser miesen Spelunke etwas getrunken hatten, was war passiert, als sie gegangen war? War der Reiseleiter in die Bar zurückgekehrt, nachdem er sie zur Kolonie begleitet hatte? Hatte ihn Paula wirklich dafür bezahlt, sich auszuziehen, hatte sie es gewagt, mit ihm zu schlafen? Sie glaubte es nicht, das wäre eine unerhörte Provokation gewesen. Sie konnte sich nicht einmal vorstellen, dass Paula Lust hatte, einem so widerwärtigen Kerl näherzukommen. Andererseits machte eben diese Widerwärtigkeit den Typen auch anziehend. Mit dem Reiseleiter zu schlafen würde bedeuten, alle Konventionen über Bord zu werfen, die eine Frau an die Realität binden, dachte sie. Es war gefährlich, diesen Weg zu beschreiten. Jedenfalls blieb da etwas, das sie nicht verstand: Warum war Paula nicht bereit, mit ihr über diese Dinge zu sprechen? Das genau hätte sich Susy gewünscht, miteinander reden, Vermutungen anstellen, Meinungen austauschen und Theorien entwickeln. Aber Paula schien nicht bereit zu sein, ihr irgendetwas Privates anzuvertrauen. Vielleicht sah sie in ihr nur eine Art willfährige Kameradin für ihre Streifzüge. Sie verhielt sich ihr gegenüber eindeutig geringschätzig und glaubte wohl, Susy sei nicht auf ihrem intellektuellen Niveau, sie sei nur eine einfältige, junge Amerikanerin. All diese Mutmaßungen regten sie auf. Ihre Selbstachtung hatte gelitten. Wenn sie Lust auf den Umgang mit Paula hatte, warum wurde sie dann nicht einfach aktiv, wozu die ganzen Vorsichtsmaßnahmen? War sie etwa nicht alt genug, einfach zu gehen, wenn Paula versuchte, sie in eine verfängliche Situation zu bringen? Doch wenn sie ginge, würde sie damit einen bis-

107

sigen Verweis von Paula riskieren, und es war genau diese zynische Kritik, die sie in Wahrheit fürchtete. Da sie sich aber vorgenommen hatte, sich nie wieder von dem Urteil anderer abhängig zu machen, weil sie das schon viel zu oft in ihrem Leben getan hatte, stand sie auf und wählte Paulas Telefonnummer. Es war fünf Uhr nachmittags, in der Kolonie war nicht mal das Summen einer Fliege zu hören. Paula nahm sofort ab, und ihre Stimme schien von weit her zu kommen.

»Was sagst du, einen Tee?«

»Ja, komm rüber, Paula, es ist ein langweiliger Nachmittag, und ich habe echten Ceylon-Tee.«

»Echten Ceylon-Tee, was soll der Blödsinn, bist du verrückt geworden?«

Sie legte einfach auf. Susy war sprachlos. Ihre Befürchtungen waren Wirklichkeit geworden. Wie sollte sie nach dieser Demütigung mit ihr umgehen? Aber gleich darauf klingelte das Telefon, es war Paula, diesmal umgänglich und ruhig.

»Hör mal, warum trinken wir nicht besser ein Bier in der Clubbar? Wir sehen uns in zehn Minuten.«

Es war ein guter Zeitpunkt, um in den Club zu gehen. Vor sechs Uhr würden die Mütter aus der Kolonie mit ihren Kindern nicht dort eintreffen.

Paula hatte nichts getrunken, sie schien auch nicht geschlafen zu haben, als sie sie anrief. Susy hatte keine Ahnung, warum sie so feindselig reagiert hatte, als hätte sie sie bei irgendetwas gestört. Jetzt lächelte sie, aber zynisch, dieses Lächeln kannte Susy schon. Sie ging ohne Vorwarnung zum Angriff über.

»Paula, ich habe dich nicht nur wegen des Tees angerufen, sondern um etwas zu klären. Ich habe immer das Gefühl, dass du mich intellektuell für minderwertig hältst, und wie du verstehen wirst, finde ich das überhaupt nicht witzig.«

»Aber hallo! Das glaubst du? Und wie kommst du auf diesen Gedanken?«

»Du willst nicht über wesentliche Dinge mit mir reden.«

»Wesentliche Dinge?«

»Ja, du weißt schon, unser Leben, unsere Gefühle … Eben alles, was uns persönlich betrifft.«

»In Wahrheit glaube ich nicht an Worte. Sie dienen nur der Lüge und der eigenen Rechtfertigung.«

»Und wie teilst du dich dann deinen Mitmenschen mit?«

»Ich habe kein Bedürfnis danach. Aber ich kann dir versichern, dass ich dich intellektuell respektiere, auch wenn wir über nichts Wesentliches reden, wie du es nennst. Wahrscheinlich viel mehr, als wenn wir darüber reden würden.«

»Ich weiß nicht, wie ich das verstehen soll.«

»Versteh es in seiner ganz allgemeinen Bedeutung.«

»Dann gibt es also nichts, was du von mir wissen willst?«

Paula beobachtete eine Fliege, die vorsichtig am Tischrand entlangkrabbelte. Sie dachte einen Augenblick nach.

»Doch, es fällt mir schon etwas ein, was ich wissen möchte.«

»Zum Beispiel?«

»Bist du deinem Mann schon einmal untreu gewesen?«

Susy war keine Sekunde überrascht. Diese Frage war zu erwarten gewesen.

»Die Antwort lautet Nein. Als ich noch allein war, bin ich ziemlich rumgeflippt, auch wenn du es nicht glauben magst. Es war eine … schwierige Zeit. Doch als ich dann Henry kennenlernte und mich in ihn verliebte, war das eine endgültige Entscheidung. Ich habe ihn nicht als Rettungsanker verstanden, sondern als einen neuen Weg, auf dem ich in guter Gesellschaft wäre.«

Sie blickte auf, um zu sehen, ob Paula ihr auch zuhörte, und sah einen aufmerksamen, wenn auch ungerührten Gesichtsausdruck vor sich. Sie schwieg einen Augenblick, um Paula Gelegenheit zu irgendeinem Kommentar oder einer Frage zu geben, doch als nichts kam, redete auch sie nicht weiter und sah sie nur an. Paula nickte mehrfach und sagte schließlich:

»Zweite Frage: Warst du schon mal bei einem Psychiater?«

Susy war irritiert. Mit einer Frage, die nichts mit der vorigen zu tun hatte, und mit einer Art Persönlichkeitstest, hatte sie nicht gerechnet. Ihr blieb keine Zeit zu antworten, denn Paula hob den Arm und lachte lauthals in Richtung Tür. Darío betrat soeben den Club, und als er sah, wie übertrieben sie ihn begrüßte, war er schon im Begriff kehrtzumachen.

»Mein lieber Darío, ich freue mich, dich hier zu sehen! Komm, setz dich zu uns, wir sind zwei einsame Frauen, die sich in diesem gottverlassenen Winkel der Erde langweilen. Noch ein Bier, José!«

Er konnte nicht ablehnen, er saß in der Falle. Um Himmels willen, dachte er, werde ich diesen Frauen denn nie entkommen, kann ich nicht einen Augenblick meine Ruhe haben? Er setzte sich zu ihnen und lächelte unverbindlich.

»Was macht denn unser Hahn im Korb, was für schwierige Herausforderungen muss er denn heute meistern? Wir hören dir zu, mein Junge, wir sind deine Sklavinnen.«

Susy begriff, dass die Aussicht auf ein ernsthaftes Gespräch mit Paula vergebens war, wenn sie einen ihrer entfesselten, geschwätzigen Auftritte hinlegte. Sie empfand Mitleid und Sympathie für diesen jungen Mann, der heftig errötet war. Er griff sich an den Hemdkragen, als schnürte eine nicht vorhandene Krawatte ihm die Kehle zu.

»Ich sehe schon, Sie sind heute besonders guter Laune.«

»Ich bin immer guter Laune, mein lieber Freund, Heiterkeit ist bei mir etwas Angeborenes, es ist, als würde sie meine anderen Stimmungen beherrschen. Aber erzähl doch mal, was gibt's denn so an schrecklichen Neuigkeiten in diesem schändlichen Harem?«

»Na ja, ich weiß ja nicht, ob diese Neuigkeiten Sie interessieren, da keine von Ihnen beiden Kinder hat, oder?«

»Oh nein, mein Junge, unsere Leiber sind unbesudelt, bereit für zukünftige heldenhafte und glorreiche Mutterschaften!«

Darío schüttelte lachend den Kopf. Verdammt, dachte er, die ist ja total durchgeknallt.

»Wir organisieren für kommenden Samstag ein Kinderfest.«

»Ich kann es nicht glauben, eine Party für die reizenden Kleinen! Aus welchem Anlass?«

»Das weiß ich nicht, Doña Manuela meint, dass den Kindern in der Kolonie zu wenig geboten wird ...«

»Doña Manuela ist eine Kämpfernatur. Kann man das so ausdrücken? Sagen wir besser, eine gutmütiger Engel. Wenn es Kindertheater gibt, übernehme ich den Part von Schneewittchens Stiefmutter, oder die Stiefmutter von Däumling, ist egal, halt irgendeine Stiefmutter ... Diese Rolle ist mir wie auf den Leib geschneidert.«

»Ich fürchte, auf dem Fest werden nur die Kinder verkleidet – als Skelette.«

»Ah!«, Paula stieß einen erstickten Schrei aus. »Eine ausgezeichnete Idee, der Totenkult dieses Landes soll ihnen schon in zartester Kindheit nahegebracht werden. Interessant. Dann erkläre ich mich zur Schwiegermutter des Teufels. Ich werde mich auch verkleiden, ich könnte mir einen Knochen durch die Nase stecken.«

Darío und Susy wechselten einen spöttischen Blick, sie

mussten notgedrungen einräumen: Paula war verrückt, aber witzig.

»Bring uns noch drei Bier, José, damit es nicht heißt, wir geben in diesem Lokal nichts aus!«

Er konnte es nicht fassen: Es war eine Sache, sich gezwungen zu sehen, hin und wieder Partys und Ausflüge zu organisieren, aber eine ganz andere, die Schrullen dieser hysterischen Weiber zu ertragen. Paula, die Frau des neuen Ingenieurs, war besonders gefährlich. Sie sah ihn an, als würde sie sich insgeheim über ihn lustig machen, und stellte Fragen nach interessanten Bars. Was verstand sie unter interessant? Darüber hinaus redete sie gelegentlich wie ein Wasserfall auf ihn ein und sagte Dinge, die keinen Sinn ergaben. An dem Nachmittag hatten sie die Clubbar schließlich verlassen müssen, weil sich der Raum mit Müttern und Kindern füllte. Doch sie hatte in San Miguel weitertrinken wollen. Die Amerikanerin war mitgegangen, er hatte sich unter dem Vorwand, arbeiten zu müssen, davonstehlen können. Warum hatte sich die Amerikanerin bloß mit einer solchen Frau angefreundet? Sie schien sich sehr über ihre unsäglichen Einfälle zu amüsieren, und in gewisser Weise war Paula auch amüsant, aber für ihn stellte sie nur eine weitere Problemquelle dar. Sie könnte jederzeit unerwartet mit irgendeiner absurden Bitte bei ihm auftauchen. Zu allem Überfluss war für diesen Samstag das verdammte Kinderfest der Skelette anberaumt. Er glaubte nicht, dass er bis zum Ende durchhalten würde. Manchmal hatte er Lust, seine Kündigung einzureichen und nach Spanien zurückzukehren.

Er setzte sich an seinen Schreibtisch. Er würde Yolanda einen Brief schreiben, das würde ihn ein bisschen trösten.

Meine geliebte Yolanda,
wie geht es dir? Mir geht's gut, obwohl es mir natürlich
noch viel besser ginge, wenn es nicht diese Frauen aus der
Kolonie gäbe, die manchmal nicht zu ertragen sind.
Einige sind anstrengender als andere, aber im Allgemeinen
finde ich sie alle unerträglich ...

Er las, was er gerade geschrieben hatte, und schüttelte mutlos den Kopf. Wie konnte er seiner Freundin das schreiben? Er zerriss energisch das Papier. Briefe dienten nicht dazu, seinen Frust loszuwerden. In seinen Briefen sollte er Yolanda den Alltag beschreiben und ihr seine Liebe beteuern. Er wusste ganz genau, wo er seinen Frust lassen konnte, aber dafür blieb ihm keine Zeit mehr. Es war schon fast acht, und er würde zwei Stunden brauchen, dann die zwei Stunden Rückfahrt ... Andererseits könnte er auch die Nacht dort verbringen und am nächsten Morgen sehr früh aufstehen. Er schätzte, dass er gegen zehn Uhr die Kinderkostüme abholen und das Essen in Auftrag geben müsste. Ja, das könnte er schaffen. Alles, nur nicht die Nacht in seinem Zimmer verbringen im Wissen, dass in allen benachbarten Häusern diese Weiber schliefen. Er stieg in seinen Wagen und fuhr ins El Cielito.
Beim Anblick der roten Holzbaracke beruhigte er sich sofort. An diesem heruntergekommen Ort gab es alles, was ihn in solchen Momenten friedlich stimmte: eiskaltes Bier, Gitarrenmusik und weibliche Gesellschaft. Denn die Mädchen aus dem El Cielito quälten ihn nicht mit Blödsinn, sondern befriedigten seine Wünsche, die wiederum schlicht und einfach waren. Sie wollten, dass er sich wohlfühlte.
Beim Betreten des Lokals stellte er zu seinem Unbehagen fest, dass die Ingenieure auch da waren. Er spürte ihre spöttischen Blicke sofort. Sogar Don Adolfo, der Chef,

hatte ein Glas Bier in der Hand. Er hoffte, dass sie anständig genug wären und ihm keine Fragen stellten. Das waren sie, sie grüßten ihn mit einem Kopfnicken. Nur Don Ramón rief ihm zu: »Wie läuft's denn so in der Kolonie?« »Gut, sehr gut«, antwortete er mit einem aufgesetzten Lächeln. Er war davon überzeugt, dass er ihn das nur gefragt hatte, um ihn zu ärgern. Es war Donnerstag, am nächsten Abend würden alle nach Hause zurückkehren und genau erfahren, wie es in der Kolonie so lief. Plötzlich hoben sie ihre Gläser und tranken auf sein Wohl. Reine Provokation. Sie dachten bestimmt, er käme nur zum Vögeln ins El Cielito. Er glaubte nicht, dass einer von ihnen auch nur ahnte, wie kompliziert es war, alle ihre Frauen auf einem Haufen zu ertragen. Ach, zum Teufel damit! Sollten sie doch denken, was sie wollten. In seiner Freizeit konnte er machen, wozu er Lust hatte. Er setzte sich an den Tresen, wo ihn die Mädchen schon erwarteten. Lupe, Ágata und Rosita, die ihn mit den süßen Worten begrüßten: »Mein Liebling, mein Schätzchen, mein Engelchen«, Kosenamen, die Spanierinnen nie so zärtlich aussprechen konnten.

Die Ingenieure am Tisch lachten verhalten. Ramón, der im beruflichen Umfeld durchaus Witze reißen konnte, sagte leise:

»Darío scheint's hier zu gefallen. Er fühlt sich im El Cielito wie ein Fisch im Wasser.«

»Er wird sich in San Miguel einsam fühlen.«

»Umgeben von all unseren Frauen.«

»Und die Verlobte in Madrid.«

»Ein echtes Trauerspiel.«

»Das der Bursche mit Würde trägt.«

»Für sein Leiden gibt es offensichtlich effektive Schmerzmittel.«

»Vorausgesetzt, die Nebenwirkungen sind nicht schlimmer als die Krankheit.«

»Tödlich.«

Angesichts des allgemeinen Gelächters sah Darío verstohlen zu ihnen hinüber. Es ihm war egal, sie konnten so viel lachen, wie sie wollten. Sie schliefen nie mit den Mädchen, bestimmt nur, weil es nicht gern gesehen war. Aber er, er würde gleich in eines der Zimmer hinaufgehen und dort die ganze Nacht verbringen, vom sanften Raunen einer Lupe, Ágata oder Rosita oder allen dreien auf einmal in den Schlaf gewiegt.

»Leg die schmutzige Wäsche dorthin. Hast du die Unterwäsche mitgebracht?«

»Ja, wie sollte ich die denn vergessen?«

»Wäre nicht das erste Mal. Komm, ich habe dir ein Bad eingelassen.«

»Das wird mir guttun.«

»Auf dieser Baustelle schluckt ihr ja noch mehr Staub als sonst wo. Ich dachte, diesmal würdest du mehr im Büro arbeiten.«

»Ich muss mich um alles ein wenig kümmern.«

»Die Firma weiß gar nicht zu schätzen, was sie an dir hat.«

»Ich erinnere dich daran, dass sie mich mehr als gut dafür bezahlt.«

»So viel sie dir auch zahlen mag, ich weiß, wovon ich rede. Wir sind langsam in einem Alter, in dem ...«

»Du weißt doch, dass dies meine letzte Entsendung ins Ausland ist.«

»Natürlich, und wenn nicht, lasse ich mich scheiden. Ich bin es leid, ständig umzuziehen.«

Sie sah ihren Mann nackt in die Badewanne steigen. Er hatte sich viele Jahre lang gut gehalten, aber jetzt einen ordent-

115

lichen Bauch angesetzt, und sein Brusthaar war ergraut. Sie kannte diesen Körper in- und auswendig und hatte nie einen anderen Mann nackt gesehen. Sein Anblick weckte ein Gefühl der Zärtlichkeit und Zuneigung in ihr. Von diesem Körper stammten ihre Kinder, jetzt ihre Enkelin. Sie setzte sich auf den Badewannenrand.

»Soll ich dir den Rücken einseifen?«

»Nein, ist nicht nötig.«

»Lass mich nur machen, ich weiß doch, wie sehr du das magst.«

Sie begann, mit dem Schwamm seinen Rücken zu massieren. Er schnurrte wie ein Kater.

»Adolfo, ich mache mir Sorgen.«

»Worüber?«

»Über diesen Jungen, Darío, er wirkt so lustlos und trübsinnig. Man sagt etwas zu ihm, und er braucht ewig, bis er es versteht, alles ist ihm zu viel. Ich würde sogar sagen, er ist ziemlich dünn geworden in den letzten Monaten. Bestimmt vermisst er seine Verlobte.«

Ihr Mann lachte trocken auf.

»Was ist los, warum findest du das komisch?«

»Ich an deiner Stelle würde mir keine Sorgen um ihn machen.«

»Ich verstehe dich nicht.«

»Ich habe dir doch schon vom El Cielito erzählt.«

»Ja, das verruchte Haus, in das ihr geht.«

»Genau. Na ja, er geht da auch hin, aber nicht nur zum Biertrinken, sondern wegen der Huren.«

»Ja, und deine Kollegen auch, sogar du.«

»Manuela, bitte! Du weißt doch, wie Baustellencamps aussehen.«

»Natürlich weiß ich das, wenig anheimelnd!«

»Und dieser Junge verbringt seine Freizeit im El Cielito, es gefällt ihm dort, er mag den Laden, ich glaube sogar, dass er öfter bei den Mädchen übernachtet.«

»Wahnsinn, wer hätte das gedacht! Bei dieser Unschuldsmiene, mit der er immer herumläuft!«

»Deshalb wird es besser sein, wenn du nicht die Mama für ihn spielst.«

»Ihr Männer aber auch immer!«

»Mich brauchst du gar nicht einzubeziehen. Und vom El Cielito kein Wort zu niemanden, du weißt schon.«

»Die Frau des Chefs soll schweigen.«

»Und genießen ...«

Er ergriff die Hand seiner Frau und legte sie auf seine Genitalien. Sie tat empört.

»Lass mich los, du bist unmöglich ...!«

Sie ging und zog verärgert eine Schnute. Er saß lachend in der Wanne, was seinen Bauch im schaumigen Wasser wippen ließ. Schweigen und genießen, dachte Manuela. Als Scherz wäre das witzig gewesen, aber er gefiel ihr gar nicht.

Diesmal verließ sie das Haus später. Es war ein Experiment. Was würde sie tun, wenn er nicht da wäre? Vielleicht war sie im Begriff, ein Kartenhaus zu bauen, das zusammenfiel, bevor es eine Form bekam. Sie nahm sich vor, den Turbulenzen in ihrem Kopf mit ein wenig gesundem Menschenverstand Einhalt zu gebieten. Deshalb hatte sie später das Haus verlassen. Er stand nicht am Tor. Es war eine kleine Enttäuschung, doch was hatte sie eigentlich erwartet? Er konnte kaum am Gittertor stehen bleiben in der Hoffnung, die Dame möge endlich auftauchen. Wer garantierte ihm, dass sie zu einem Zeitpunkt auftauchte, den niemand vereinbart hatte? Sie machte sich auf den Weg. In welche Richtung? Sie fühlte sich absolut dämlich. Sie war zu alt für solche Spielchen, auch dafür, romantische Luftschlösser zu

117

bauen. Sie schlug denselben Weg ein, den sie zusammen gegangen waren. Als sie auf dem Rathausplatz ankam, saß er am selben Tisch wie an den letzten beiden Wochenenden. Er lächelte sie an. Sie fühlte sich so eingeschüchtert, dass sie fast nicht weitergehen konnte, und überlegte, was sie sagen sollte, aber es fiel ihr partout nichts ein. Als sie vor ihm stehen blieb, stand er ebenfalls auf und sagte:

»Ich habe auf dich gewartet.«

Mehr brauchte nicht gesagt werden. Das Spiel hatte wieder begonnen, so schnell. Victoria verspürte plötzlich Angst. Sie hatte den kindischen Wunsch, nach Hause zu gehen und ganz für sich diesen Satz auszukosten: »Ich habe auf dich gewartet«. Sie spürte, dass ihr Gesicht verkrampft war, und wusste nicht, wo sie hinschauen sollte. »Ich habe auf dich gewartet«. Sie könnte diesen Satz stundenlang wiederkäuen, seine Nuancen und Lichtpunkte ausloten. Aber sie konnte nicht einfach wieder gehen, Santiago war kein Mann, mit dem man pubertäre Spielchen spielte. Trotzdem war sie an dem Tag noch nicht bereit, sich auf ein Liebesabenteuer einzulassen. Sie wünschte nur, er würde sie verstehen und ließe sie noch ein wenig länger dieses Vorspiel genießen. Denn die tatsächliche Affäre, die zweifelsohne folgen würde, bedeutete Nachdenken und natürlich – Leiden. Noch nicht, dachte sie, noch ein wenig mehr Leichtfertigkeit, Verrücktheit, Aufregung.

»Ich bin heute etwas später weggekommen.«

»Aber jetzt bist du da.«

»Ja.«

»Victoria, glaubst du nicht auch, wir sollten …«

Sie ließ ihn nicht aussprechen.

»Heute nicht, heute genießen wir diesen sonnigen Morgen.«

»Gemeinsam.«

»Ja.«

»Aber das nächste Mal reden wir.«

»Ich denke, es wird uns nichts anderes übrig bleiben.«

Santiago nickte lächelnd. Er hatte sie verstanden, sie beruhigte sich. An diesem Morgen würden sie nicht reden, sie würden ihren vielleicht letzten unschuldigen Morgen genießen, bevor sie sich auf eine schwierige und schmerzhafte Verbindung einließen und eine Entscheidung trafen, die auf alles Mögliche hinauslaufen konnte, die sie zerstören könnte oder wieder aufleben ließe.

Sie tranken schweigend ihren Kaffee. Victoria empfand die Luft wie einen zärtlichen Schleier. Sie strich ihr leicht und sanft über die Haut. Von weitem waren Musik und das gedämpfte Gemurmel menschlicher Stimmen zu hören. Alle ihre Sinne waren hochempfindlich, als hätte sie bewusstseinserweiternde Drogen genommen, die ihre Wahrnehmung verstärkten. Diese Eindrücke verwandelten sich in Vergnügen, zunächst in ein Vergnügen ohne Furcht, ohne Wünsche, ein unwiderstehliches, vielversprechendes Vergnügen.

Ohne ein einziges Wort zu wechseln, schlenderten sie durch San Miguel. Sie spürte seine Nähe, seinen Körper, er verströmte Wärme. Neugierig schnupperte sie diesen Geruch, einen neuen Geruch, seinen. Ihr Schweigen war weder unangenehm noch peinlich. Sie hatte das Gefühl, sich in einer Seifenblase zu befinden. Vielleicht war dies der beste Augenblick ihres Lebens.

Eine Stunde später verabschiedeten sie sich in den Parkanlagen der Kolonie. In Santiagos Augen spiegelte sich Wahrhaftigkeit, als er sagte:

»Wir sehen uns am nächsten Samstag. Um neun Uhr morgens hier. Und dann reden wir.«

»Wir werden reden.«

119

Sie gaben sich zwei flüchtige, aber glühende Abschieds-
küsse auf die Wangen. Benommen kam Victoria nach
Hause. In der Küche saß Ramón und frühstückte. Es duftete nach Kaffee und Toast.

»Wie war dein Spaziergang?«

»Schön.«

»Ich nehme an, wir müssen heute Nachmittag nicht auf
dieses Kinderfest. Ich habe keine Lust darauf. Ich will erst
mit Adolfo Tennis spielen und dann zu Hause bleiben und
lesen.«

»Das kannst du ruhig machen. Manuela erwartet immer,
dass wir zu allen Partys kommen, aber da wir keine kleinen Kinder haben, ist das ein bisschen lächerlich. Trotzdem
wird es besser sein, wenn ich mich mal sehen lasse. Ich
trinke was und gehe wieder.«

»Keine schlechte Idee. Hast du die Zeitung mitgebracht?«

»Tut mir leid, das habe ich völlig vergessen.«

»Macht nichts, dann fahre ich nachher kurz nach San Miguel.«

Als sie zugeben musste, die Zeitung vergessen zu haben, die
sie in unausgesprochenem Einvernehmen immer besorgte,
eine von der Pflicht diktierte Gewohnheit, erwachte sie aus
ihrem Traum und begann augenblicklich zu leiden. Sagen
zu müssen, dass sie die Zeitung vergessen hatte, klang nach
einer abgeschmackten Lüge.

Sie sah die ersten Skelette mit ihren Müttern ins Clubhaus
kommen. Einige waren so klein, dass man unwillkürlich
lächeln musste. Es gab nur fünfzehn Kinder in der Kolonie,
aber in dieser seltsamen Verkleidung wirkte es plötzlich so,
als seien es mehr. Santiago hatte sie nicht begleiten mögen.
Als sie darauf bestehen wollte, hatte er ziemlich heftig reagiert. Ungewöhnlich für ihren Mann. Wahrscheinlich

dachte er, dass seine Angetraute auch bei dieser Gelegenheit wieder zu viel trinken würde. Aber nein, sie wusste sehr gut, wie man sich auf einem Kinderfest zu benehmen hatte. Sie würde nur beobachten. Kinder waren noch nie ein Thema gewesen, über das sie sich Gedanken gemacht hatte, es interessierte sie nicht. Santiago wollte früher einmal Kinder, doch sie hatte sich geweigert. Sie hatte andere Zukunftspläne, und Kinder hätten ihre Freiheit viel zu sehr eingeschränkt. Dummerweise waren es keine konkreten Pläne gewesen, sie wollte sich einfach einen Freiraum bewahren, in dem sich ihre strahlende Zukunft ohne Hindernisse frei entfalten könnte. Sie hatte sich als Auserwählte gefühlt, von den Göttern berührt. Alles war ihr beschieden: höheres Wissen, Vortrefflichkeit und Zugehörigkeit zu einer exklusiven Gruppe von Menschen. Sie würde eine große Schriftstellerin werden. Aber immer war es zu spät, das Talent gedieh nicht, oder sie wusste nicht, wie sie es zum Blühen bringen sollte. Die Götter hatten ihr anscheinend weniger Begabung geschenkt, als sie geglaubt hatte, und die war von eher geringer Bedeutung. Doch diese Erkenntnis hatte nicht bewirkt, dass sie sich mehr anstrengte, um ihr Talent trotzdem Früchte tragen zu lassen. Sie durfte sich also auch nicht beschweren. Es fehlte ihr an Ausdauer, und die Muse der unsterblichen Literatur küsste sie nicht. Am meisten quälte sie, so lange gebraucht zu haben, bis sie endlich begriffen hatte, dass sie in Wirklichkeit nicht dazu berufen war, den Parnass zu bevölkern. Ein ziemlich schlechter Scherz. Aber immerhin lag es nun auf der Hand, endlich war sie imstande, sich einzugestehen, dass nichts von all dem, was sie erhofft hatte, je eintreffen würde. Sie war eine Ignorantin gewesen, das ließ sich nicht wiedergutmachen. Eine Größenwahnsinnige in blindem Glauben an sich selbst, zum Teufel damit!, dachte sie. Sie würde nie wieder an etwas glauben, die vernünftigste Entscheidung, die sie je in ihrem Leben getroffen hatte. In diesem Augenblick war eine Kinderparty genau das, wozu sie am meisten Lust hatte. Wunderbar. Kinder und Mamas und Papas und alle feierten das Glück, der Menschheit anzugehören. Verkleidet als Poltergeister des Todes. Perfekt, selbst wenn sie es tausendmal geprobt hätten, wäre kein surrealerer und zugleich wahrhaftigerer Auftritt dabei herausgekommen.

Susy kam angelaufen und schlenderte mit ihr weiter.

»Hallo, meine Liebe! Henry kommt später. Kommt Santiago nicht?«

»*No, my dear*, Kinder sind nicht Gegenstand seiner Verehrung, sie sind etwas, das andere haben und er nicht, deshalb interessieren sie ihn auch nicht.«

»Bist du nicht ein bisschen hart mit deinem Mann?«

»Alle Männer sind so, sie lassen sich nur von dem motivieren, was sie besitzen.«

»Henry möchte irgendwann Kinder haben.«

»Und du?«

»Ich bin noch jung, es wäre nicht schlecht. Aber meine Mutter...«

»Was ist mit deiner Mutter?«

»Es ist ihre Schuld, dass das Thema Mutterschaft bei mir so negativ besetzt ist.«

»Ihr Amerikaner seid wirklich unglaublich, ihr bezieht euch immer auf die Generation vor euch. Wenn wir in Spanien dasselbe täten, wären alle traumatisiert und das Land paralysiert.«

»Ich verstehe nicht, warum.«

»Bei uns waren die Eltern immer abscheulich, seit Menschengedenken, ekelhafte Eltern, schlicht eine Schweinebande.«

Susy schüttelte hilflos ihren hübschen blonden Kopf.

»Nimmst du nie was ernst oder nimmst du nur mich nicht ernst?«

»Ich nehme dich ernst, natürlich nehme ich dich ernst! Es ist nur so, dass ich meinen Gemütszustand auf eine Kinderparty einstelle und leicht, anmutig, nett sein will ... Ich sollte kindisch sein, das ist das Wort, kindisch!«

Als sie den Club betraten, hallte das helle Lachen der Amerikanerin, die immer wieder überrascht war von Paula, an den Wänden wider. Es waren alle Kinder mit ihren Eltern da und natürlich auch Manuela, die Zeremonienmeisterin. Sie sah Paula irritiert an. Offensichtlich hatte sie nicht erwartet, sie hier zu sehen. Paula erforschte ihren Gesichtsausdruck und konnte eine Mischung aus Überraschung und Argwohn ausmachen. Das freute sie, ihr Ruf eilte ihr bereits voraus. Ja, sie würde für ein wenig Stimmung sorgen, aber auf der Party wurde kein Alkohol ausgeschenkt. Ihre reizenden Ghettogefährtinnen würden endlich verstehen, dass ihr Zuckerwatteleben unter ihrer Würde war, sie war ein Wesen im Naturzustand, dessen Herz lärmende Glückseligkeit und Partyerfahrung ausstrahlte. Sie war eine Gesandte des Schicksals, eine Perle im Kollier der Weiblichkeit.

»Meine liebe Manuela, wie geht's dir? Ich sehe, du kümmerst dich auch um die zarten Kleinen. Gut, sehr gut. Wie sagte schon Gott: Lasset die Kindlein zu mir kommen. Übrigens weiß ich gar nicht, ob ich auch eingeladen bin, ich habe kein Kind.«

»Natürlich bist du eingeladen, Paula! Ich bin dir sehr dankbar, dass du gekommen bist. Wenn ich ehrlich bin, habe ich mich mit diesem Kinderfest ein bisschen übernommen.«

»Ach was, ich glaube, es war eine gute Idee. Und die Kinder als Skelette zu verkleiden, schlicht genial, eine reizende Art zu lernen, dass auch sie eines Tages sterben werden. Ein

Memento mori, wie es so schön heißt.«

»Na ja, das war eigentlich nicht gerade meine Absicht, Paula.«

»Ehrlich nicht? Ich fand, dass ist ein wunderbar lehrreicher und tiefgründiger Einfall, sehr typisch für ehrenwerte Leute.«

Manuela wurde hellhörig und versuchte, dem Gespräch seine Schärfe zu nehmen.

»Nun komm schon, es wird gleich etwas zu essen geben.«

Es erklangen Kinderlieder, die Paula lächerlich vorkamen. Die Trikots schnürten die Körper der Kleinsten derart ein, dass ihre Bäuche hervorstanden. Susy plauderte mit ein paar Müttern. Paula stellte fest, dass sie keine einzige kannte. Es waren die Frauen der Techniker, die in dieser streng hierarchisch gegliederten Gesellschaft kaum Kontakt zu den Ingenieursfrauen hatten.

»Hast du das gesehen? Kleine dickbäuchige Skelette, völlig gesunde Skelette mit einer hoffnungsvollen Zukunft. Natürlich nur anfangs, denn später werden sie wirklich nur noch bleiche Gerippe sein. Vielleicht stirbt eines von ihnen jung. Jedenfalls werden wir schon lange verwest sein, bis es bei ihnen so weit ist.«

»Paula, warum sagst du so schreckliche Dinge, warum schockierst du mich so gerne?«

Susy zog ein leidendes Gesicht, ihre herrlich blauen Augen waren weit aufgerissen.

»Ich provoziere doch nur ein wenig falsche Empörung bei dir, allgemeine Empörung. Ich dachte, das würde dir gefallen.«

»Mir? Warum sollte mir das gefallen? Es macht mir Angst, du lässt mich an die dunklen Seiten des Lebens denken.«

»Denkst du immer an die dunklen Seiten im Leben, wenn jemand seinen Senf zu etwas dazugibt?«

»Was bedeutet *seinen Senf dazugeben?*«

Sie sah die Amerikanerin beinahe wohlwollend an. Zu oft vergaß sie, dass nicht jeder die Last der Enttäuschung mit sich herumschleppte. Es gibt Menschen, für die das Leben ein wunderbares Geschenk ist, eine Chance, glücklich zu werden. Manuela zum Beispiel, eine Frau fortgeschrittenen Alters, für die das Leben bestimmt etwas ganz Normales war. Sie hatte sich mit allem abgefunden: den biologischen Stadien, den familiären Rollen, den sozialen Strukturen, den Zeitläuften. Alles, wie es zu sein hatte. Sie hätte alles dafür gegeben, um so zu sein, um jeden Morgen völlig unbedarft mit dem Bewusstsein eines Tieres aufzuwachen. Aber niemand wollte etwas von ihr, geschweige denn alles.

»Willst du es mir nicht sagen?«

»Was?«

»Was *seinen Senf dazugeben* bedeutet.«

»Das ist ein sehr interessanter spanischer Ausdruck. Es bedeutet, etwas zum Verzehr beizutragen. Unsere Gesellschaft hat immer Hunger gelitten, Susy. So wie die Kälte Thema der norwegischen Geschichte und Literatur ist, ist der Hunger ein grundlegender Bestandteil der spanischen. Aber du verstehst das nicht, weil du Amerikanerin bist.«

»Ich fürchte, du lügst mich an.«

»Damit musst du leben, wenn du mit mir sprichst. Schau, da kommt ein Kellner mit einem Tablett voller Biergläser, stopp ihn mal. Ich kann diese absurde Party ohne Bier langsam nicht mehr ertragen.«

Sie schnappte sich ein Glas und trank einen großen Schluck, der sie mit der dringend benötigten Wärme erfüllte. Die Kinder tanzten inzwischen einen Reigen. Sie hielten sich an den Händen und zogen wie Kobolde und Gespenster bedrohliche und schreckliche Grimassen. Sie lachten und hüpften. Sie dachte, wenn dieses Ritual von Kindern aus-

125

geführt wurde, bekam es zusätzlich eine beunruhigende Facette. Bonbons, Konfetti, Kuchen ..., all das hatte nichts mit ihr zu tun. Es war nicht ihr Fest. Seit langem war kein Fest mehr ihr Fest. Schon vor Jahren hatte sie oft das Gefühl gehabt, dass sie dauernd auf der falschen Party war. Sie war eingeladen, aber sie konnte nicht hingehen. Sie wusste nicht, aus welchem Grund. Vielleicht aus Angst. Angst wovor? Diffuse Angst vor dem Leben, vor sich selbst, vor dem Wahnsinn. Angst vor dem Wahnsinn? Der Wahnsinn als greifbare Grenzlinie zu einem nahen, schrecklichen Territorium. Aber sie hatte sich geirrt; ihr Selbstzerstörungstrieb war nicht so groß, wie sie geglaubt hatte. In den letzten Etappen ihrer Biografie hatte sie für sich selbst eine Art Freispruch erwirkt. Sie hatte sich nicht selbst abgeurteilt, aber sie war auch weder wahnsinnig geworden noch in einen Abgrund gestürzt. Sie war noch immer mehr oder weniger normal. Vielleicht war Santiagos Gegenwart ihr Schutzschild, eine Bastion der Wirklichkeit, und deshalb hatte sie ihn nicht verlassen.

Die Kinder tanzten und stolperten vor sich hin. Einige hatten sich Totenkopfmasken vor die kleinen Gesichter gesetzt, die vor lauter Anstrengung und Aufregung ganz verschwitzt waren. Die Mütter beobachteten sie stolz und auch ein wenig besorgt, dass der Totentanz aus dem Ruder laufen und in einem Debakel enden könnte. Aber die Sorge war unbegründet, die Kinder wussten, dass sie den Erwachsenen eine Komödie vorführten, und benahmen sich wie dressierte Äffchen.

Susy? Wo war Susy? Sie schaute verzückt den Miniskeletten zu. Was war Susys Problem? Hatte sie überhaupt eines? Nein, hatte sie nicht. Offensichtlich hatte ihre Mutter sie vernachlässigt. Jeder hat sein Problem oder sucht sich eines. Es gibt Probleme, die helfen, sich angesichts von Flutwellen und Stürmen ans Leben zu ketten, sie schützen einen, sie verhindern, dass man ins Boot steigt und hinausrudert. Das Meer ist gefährlich, tief, schwarz, und man rudert immer allein, ohne zu wissen, ob das Material, aus dem das Boot gemacht ist, standhält, oder ob man beim ersten Windstoß untergehen wird. Nein, besser ein konkretes Problem. Paula hatte nie gewusst, ob sie das Talent zum Schreiben, zum Leben hatte. Jetzt erkannte sie es. Sich bewusst zu werden, dass man niemanden die Schuld am eigenen Scheitern geben kann, ist eine immense Erleichterung. Es macht einem nichts mehr aus, sich sein restliches Leben nur noch auszuruhen. Es gibt Menschen, die dieses Ziel erreichen: gescheiterte Maler, die sich als Bildereinrahmer verdingen, untalentierte Musiker, die Werbejingles komponieren, frustrierte Schriftsteller, die Literatur unterrichten. Natürlich gibt es auch bequemere Lösungen: sich mit halb geschlossenen Augen von den Lebensumständen treiben lassen. Deshalb hatte sie Santiago nach Mexiko begleitet, deshalb lebte sie in der Kolonie, umgeben von glücklichen Frauen und als Toten verkleideten Kindern.

Sie holte sich noch ein Bier und fing dabei einen strafenden Blick von Susy auf. So was wie: Du willst dich doch jetzt nicht betrinken, oder? Susy sorgte sich um sie oder vielleicht fürchtete sie nur einen peinlichen Auftritt, der bewirkte, dass sich die Anwesenden unbehaglich fühlten. Nicht einmal die berühmten Säufer hatten Charme: Faulkners Suff, Hemingways großspurige Ausfälle, Fitzgeralds berühmte Delirien waren unangenehm für diejenigen, die sie ertragen mussten. Ganz zu schweigen von den weiblichen Schnapsdrosseln, die immer ins Pathos abglitten, was sie besonders grässlich machte. Zarte, dem Verfall anheimgegebene Frauenkörper. Susy. Warum ließ sie sich Susy nennen, warum nicht Susan, das klang doch viel würdiger und schöner? Warum verfolgte Susy sie überall hin, was wollte sie von ihr? Im Grunde war es angenehm, eine Augenzeugin zu haben, die sich empörte. Unbeachtet durchs Leben zu gehen ist viel schwieriger, aber auch verdienstvoller und schmerzlicher. Was wollte Susy von ihr? Vertraulichkeiten austauschen. Der Austausch von Vertraulichkeiten unter Frauen war ein Klassiker, aber Paula fiel es ziemlich schwer, Vertrauliches preiszugeben. Ihr Ehemann, der zuverlässige Santiago, distanzierte sich immer mehr von ihr. Erst heute Morgen war er spazieren gegangen, ohne ihr auch nur ein Wort zu sagen, ohne sich zu verabschieden. Natürlich hatte sie um diese Uhrzeit noch geschlafen, aber noch vor ein paar Wochen hätte er sich übers Bett gebeugt, um zu sehen, ob sie wirklich noch schlief. Sie wusste, dass sie in den letzten Jahren den Bogen überspannt hatte, aber Santiago schien viel auszuhalten. Das hatte sie am Ende doch irritiert. Santiago war wie Atlas, der auf seinen Schultern die Last des Ehelebens trug, aber hinter seiner Fähigkeit, Schläge wegzustecken, konnte auch Gleichgültigkeit stecken. Sie war Santiago nur noch gleichgültig. Offensichtlich. Wahrscheinlich war seine Entscheidung, nach Mexiko zu gehen, eher ein Fluchtversuch gewesen. Doch sie hatte ihn vereitelt, indem sie mitgegangen war. Versuch gescheitert. Armer Santiago! Sie hatten es so lange Zeit miteinander ausgehalten, sie hatten es gar bis über die Zeit hinaus ausgehalten. In Anbetracht der menschlichen Unzulänglichkeit schien eine langlebige Ehe ein wichtiges Gut zu sein. Susy würde im Laufe ihres Lebens bestimmt zwei, vielleicht sogar drei Ehemänner verschleißen, der Optimismus der Amerikaner ist bekanntlich nicht unterzukriegen.

»Susan, wie oft war deine Mutter verheiratet?«

»Mein Gott, was für eine Frage auf einem Kinderfest! Und warum nennst du mich plötzlich Susan?«

»Susy ist lächerlich, klingt nach japanischem Essen.«

»Zweimal, sie war zweimal verheiratet, das erste Mal mit meinem Vater. Beide Ehen sind geschieden. Meine Mutter ist eine dieser Frauen, die Männer sinnlos leiden lassen, sie ist ein Quälgeist.«

»Wie sieht sie aus?«

»Stellst du sie dir etwa sinnlich und sexy vor, wie eine Femme fatale? Ich fürchte nein, sie ist ... gewöhnlich: gute Figur, etwas füllig, schöne Haut, blaue Augen wie ich. Dass sie ihre Männer gerne quält, heißt noch nicht, dass sie Mae West ist. Im Sommer trägt sie Kleider mit Blumendruck ... Ich würde sagen, sie wirkt wie eine Hausfrau der amerikanischen Mittelschicht.«

»Sie ist bestimmt so alt wie ich.«

»Nein, sie ist älter! Über fünfzig. Willst du, dass wir gehen, wollen wir in San Miguel was trinken?«

Taktischer Fehler. Das unerfahrene junge Frauchen glaubte, es sei der ersehnte Augenblick gekommen, um über ihre Mutter zu reden, um ein wenig Einzeltherapie zu nehmen, um ein paar Kindheitstraumata auszukotzen. Aber nein, sie irrte sich, heute nicht, vielleicht ein andermal, wenn sie genug getrunken hätte, wenn alle anderen Themen erschöpft und alle Gläser leer waren.

»Nach San Miguel, jetzt? Kommt nicht in Frage! Wir sind doch auf dem Höhepunkt des Hausballs. Komm, lass uns mit den Gören tanzen.«

Paula lief zu den Kindern, nahm einem von ihnen die Maske ab und stülpte sie sich selbst über. Dann reihte sie sich übertrieben gestikulierend und hüpfend ein. Die Kinder lachten, die Mamas klatschten. Einige fingen ebenfalls an zu tanzen. Alles gipfelte in lebhaftem Treiben. Wunderbar, ihr Ruf einer Skandalnudel war in den Augen der Gemeinschaft wiederhergestellt.

Als sie eine halbe Stunde später sah, dass Susy sich mit Victoria unterhielt, die gerade eingetroffen war, stahl sie sich davon. Diesmal würde sie ihr nicht nachlaufen. Sie machte sich auf den Weg nach San Miguel. Es wurde bereits dunkel. Dort suchte sie nach der Bar, die ihr der Reiseleiter gezeigt hatte. Sie fand sie ohne Schwierigkeiten in einer Gasse und trat ein.

Die Gäste glichen dem Inventar: alt, ausgebleicht, erbärmlich. Es roch nach abgestandenem Alkohol und angekokeltem Holz. Sie fand den Ort wunderbar, er hatte literarische Qualitäten. Sie setzte sich in die dunkelste Ecke und bestellte Mezcal. Beim Eintreten hatten sie alle angestarrt, doch als sie sich setzte, das Interesse an ihr verloren. Sie kostete einen Schluck und trank dann das restliche Glas in einem Zug. Der Alkohol floss heiß durch ihre Adern. Langsam fühlte sie sich besser, ohne Gewissensbisse. Die Intimität in schäbigen Bars war wunderbar. Sie genoss die Einsamkeit.

Nach einer Weile ging die Tür auf, und sie erkannte den Reiseleiter. Er warf ihr einen langen Blick zu und ging zum Tresen, wo er ihr den Rücken zudrehte und etwas bestellte. Sie griff nach der Halbliterflasche, die man ihr auf den Tisch gestellt hatte, und schenkte sich nach. Entweder war dieser Mann ein Stammgast oder es hatte ihn jemand darüber informiert, dass sie da sei. Dieser Kerl war ein streunender Hund, der jeden Moment zubeißen könnte. Paula dachte, endlich erlebte sie etwas, das ein wenig abenteuerlich zu werden versprach und nicht so voraussehbar war wie das eintönige Leben in der Kolonie. Amüsiert stellte sie fest, dass er sich auf seinem Barhocker umgedreht hatte und sie anstarrte. Sie hielt seinem starren, merkwürdig überheblichen und leicht provokativen Blick stand. Das Trinken hatte ihre Nerven vollständig beruhigt, das wilde Treiben und ihre Selbstkritik vom Kinderfest waren wie weggeblasen. Vielleicht würde sie nach einem weiteren Glas diesen Bastard auffordern, sich zu ihr an den Tisch zu setzen. Aber das Reden würde sie ihm verbieten. Ein Gespräch mit ihm hätte sie nicht ertragen. Man ruft einen Hund an seinen Tisch, um ihm einen Happen zu geben, aber der Hund weiß ganz genau, dass sein Gekläff stört.

Plötzlich ging wieder die Tür auf, und im dunklen Türrahmen zeichnete sich deutlich Susys Silhouette ab. Wie, zum Teufel, hatte sie sie gefunden? Logische Schlussfolgerung vermutlich. Überrascht stellte sie fest, dass ihr Auftauchen sie keineswegs störte. Sie hatte schon genug getrunken, um solcherart Überraschungen ohne Murren hinzunehmen.

»Ich war mir sicher, dass ich dich hier finde! Was trinkst du, Mezcal? Hör mal, Paula, ich weiß schon, dass du gleich böse wirst mit mir, aber ich frage mich, warum du allein in dieser schrecklichen Kaschemme dieses Gift trinken musst.«

»Setz dich. Freut mich, dich zu sehen. Hast du gesehen, wer auch da ist?«

Der Reiseleiter bedachte jetzt die beiden Frauen mit einem vieldeutigen Grinsen. Er prostete ihnen mit seinem Tequila zu und trank ihn dann in einem Zug.

»Dieser Typ! War der schon da, als du gekommen bist, oder hast du ihn rufen lassen?«

»Du traust mir aber auch alles zu, was? Einen Kerl kommen lassen und ihn lebendig vernaschen. Ich hatte ihn dir doch zuerst angeboten.«

»Hör auf, Paula, fang nicht schon wieder damit an.«

»Noch nicht. Setz dich und trink was mit mir.«

Susy war ihr gefolgt, um sie vor den schrecklichen Folgen des Alkoholkonsums zu bewahren, aber nun setzte sie sich widerspruchslos an den Tisch und bestellte ein Bier.

»Du bist im richtigen Moment gekommen. Ich werde dich einladen.«

Paula holte ein winziges Tütchen aus ihrer Tasche und legte es auf den Tisch. Die Amerikanerin schüttelte ungläubig den Kopf.

»Hast du das in San Miguel gekauft?«

»Das habe ich aus Spanien mitgebracht und damit ein Mordstheater beim Zoll riskiert. Ich habe es für den geeigneten Moment aufgehoben.«

»Für Überraschungen bist du immer gut.«

»Das gehört zu meinen unwiderstehlichen Reizen.«

Sie öffnete das Tütchen und schüttete sich eine Linie Kokain auf den Handrücken. Ohne sich darum zu kümmern, ob es jemand sehen konnte, zog sie es durch die Nase. Dann reichte sie Susy das Tütchen, die es bereitwillig annahm.

»Du bist wirklich zu allem fähig, nicht wahr, Paula? Und wenn das stimmt, werde ich dich bitten, meine Mutter umzubringen.«

»Gut, wir werden sehen, was sich machen lässt. Ich meine gehört zu haben, dass es in deiner Heimat sehr qualifizierte Profikiller gibt. Hast du immer noch keine Lust, mit diesem Kerl zu bumsen? Früher musste eine Frau in einem gewissen Alter auf einen Gigolo zurückgreifen, wenn sie einen jungen Kerl flachlegen wollte. Heutzutage kannst du dir für ein einziges Mal jemanden kaufen. Die Männer haben ihre Tarife runtergesetzt. Das ist bequem.«

»Ich bin mir nie sicher, ob ich dich richtig verstehe.«

»Besser so, wer will denn schon einen Menschen richtig verstehen? Ich verstehe dich auch nicht. Du bist gekommen, um mich aus den Klauen des Lasters zu befreien, und da sitzt du nun und schniefst meinen Koks und trinkst mit mir. Wenn du weiter meine Gouvernante spielst, wirst du bald deine eigene Tugendhaftigkeit verlieren. So was passiert, es gibt Menschen wie mich, die auf andere schlechten Einfluss haben. Geh in die Kolonie zurück, dein Mann wird sich schon Sorgen machen.«

»Ohne dich gehe ich nicht. Schrecklich, wenn du in dieser deprimierenden Kaschemme allein bleibst.«

»Mir gefällt sie. Außerdem, was geht es dich eigentlich an, wo ich herumhänge?«

»Du bist meine Freundin, Paula.«

»Bist du so dumm, Schätzchen, oder glaubst du wirklich, dass ich etwas unterlasse, so schädlich es auch für mich sein mag, nur weil du dich darauf versteifst, mich zu retten?«

»Du musst nicht gleich so gemein werden.«

»Antworte mir, im Ernst, antworte mir. Ich bin neugierig, ich will wissen, ob du nur naiv oder dumm bist.«

»Ich weiß nicht, was mit dir los ist, und ich weiß auch nicht, warum du trinkst, aber wenn ich nicht wenigstens versuche, dich davon abzuhalten, habe ich das Gefühl, mich schuldig zu machen.«

»Was für ein ehrenwertes Gewissen du hast! Das rührt mich, das erwärmt mein Herz vor lauter Dankbarkeit. Du stammst ohne Zweifel aus einem großartigen Land, du bist das perfekte Mitglied einer anständigen Gesellschaft.«

»Das bin ich.«

Während ihres Disputs war der Reiseleiter lächelnd an ihren Tisch gekommen. Das weiße Gebiss beherrschte seinen Gesichtsausdruck vollkommen.

»Benötigen Sie heute keinen Führer, Señoras?«

Paula antwortete eisig:

»Nein, heute nicht.«

»Ich gebe Ihnen meine Telefonnummer, damit Sie mich anrufen können, sollten Sie mich brauchen. In der Umgebung gibt es noch viel zu sehen und viele schöne Dinge zu tun.«

Er hielt ihr einen schmutzigen Zettel hin, den Paula ihm abnahm.

»Sehr schön, danke.«

Er blieb noch einen Moment stehen und starrte ihr in die Augen. Dann verließ er langsam die Bar, wobei er seinen sehnigen Körper zur Schau stellte. Susy saß mit verdattertem Gesichts da.

»Hast du gesehen, wie der uns anstarrt? Das macht mir Angst.«

»Er will nur ein bisschen Geld verdienen, weiter nichts.«

»Ich würde nicht mit ihm reden. Sag mal, Paula, hast du das schon mal gemacht, wovon du vorhin geredet hast?«

»Was?«

»Dir einen Mann gekauft.«

»Das würdest du gerne wissen, was? Du würdest es auch gerne mal ausprobieren.«

»Überhaupt nicht.«

»Werd nicht gleich so feierlich. Ich dachte, deine Neugier wäre nicht nur Koketterie.«

»Hast du es nun gemacht, ja oder nein?«

»Du hast mir noch nichts bewiesen, liebe Susy, damit ich dich als eine von uns betrachten könnte. Du gehörst noch nicht zum Club. Tut mir leid, vielleicht später, wenn du dich verdient gemacht hast.«

»Du bist eine taktlose Frau, die sich nur amüsiert, wenn sie andere in peinliche Situationen bringt.«

»Gehen wir nach Hause? Ich habe einen Mann, um den ich mich kümmern muss. Dir ist das Glück deines Mannes vielleicht scheißegal, aber ich habe meine häuslichen Verpflichtungen.«

»Du bist einfach unmöglich. Ich werde allein heimgehen. Adiós.«

Susy stand auf und verließ eiligst die Bar. Paula lachte sich ins Fäustchen. War Susy diesmal wirklich sauer? Nein, natürlich nicht, sie würde nie ernsthaft sauer sein, sie hätte sie weiterhin an den Hacken, auf der Suche nach etwas anderem als dem langweiligen Leben, das sie führte. Wenn sie sie eines Tages wirklich loswerden wollte, bliebe ihr nichts anderes übrig, als sie auf eine sehr harte Probe zu stellen.

Manuela war ein unerschöpflicher Quell, eine unermüdliche Organisatorin. Als Victoria von ihrem Spaziergang zurückkehrte, eröffnete ihr Ramón, dass sie zum Abendessen eingeladen seien. Sie freute sich darüber, weil sie nicht mit ihrem Mann allein sein wollte. Manuela hatte außerdem eine Mitarbeiterin der spanischen Hilfsorganisation NRO in Oaxaca, zu der sie Kontakt aufgenommen hatte, dazugebeten. Das kam ihr ebenfalls gelegen, denn sie wusste nicht, ob sie ein konventionelles Abendessen zweier Ehepaare ertragen hätte. Sie war neugierig auf diese Mitarbeiterin, Frauen, die fähig sind, Schwierigkeiten zu meistern, hatten sie immer fasziniert: Missionarinnen, Krankenschwestern, Ehrenamtliche ... Sie alle entgingen den misslichen Umständen des eigenen Lebens, indem sie sich um die Nöte anderer kümmerten. Dennoch war sie von dieser Frau enttäuscht. Etwas naiv hatte sie sich eine Art Florence Nightingale mit klobigen Schuhen, opferbereitem Gesicht und nach Veilchenseife duftend vorgestellt. Aber nein, es handelte sich um eine gewöhnlich aussehende Frau um die dreißig, die einräumte, sich nur um die Verwaltung der Organisation zu kümmern. Sie verwandelte das Leid der Menschen in Zahlen und Genehmigungen.
Beim Essen berichtete sie von ihrer Arbeit und erläuterte ihnen die schlechte wirtschaftliche und soziale Lage der Provinz: Armut, Bildungsnotstand, Bauern, die kaum genug

zum Überleben hatten. Der Aufstand in Chiapas hatte keine greifbaren Ergebnisse zur Folge gehabt, und den Menschen blieb nicht anderes übrig, als mutlos abzuwarten. Victoria fiel ihr entschlossener Tonfall, diese über jeden Zweifel erhabene Bestimmtheit auf. Einen Moment lang beneidete sie sie: gewissenhaft, nüchtern wie eine Nonne, offensichtlich vor jeglichen Gefühlswirren gefeit, ohne Zeit, viel über sich selbst nachzudenken. Während sie der jungen Frau zuhörte und auf ihr eindeutig schlecht geschnittenes Haar aufmerksam wurde, fragte sie sich plötzlich, wie wohl ihr Privatleben aussehen mochte. War sie verheiratet? Hatte sie schon mal unter Entbehrungen gelitten? Was hatte sie veranlasst, eine solche Arbeit zu übernehmen? Plötzlich fühlte sie sich ein wenig schuldbewusst, weil sie ihren letzten Ausführungen keine Aufmerksamkeit geschenkt hatte, als würden sie die Probleme dieser Menschen nicht interessieren. Was war sie eigentlich, ein selbstbezogenes Haustierchen? Sie lebte in einem Land voller Leid und Wirren, interessierte sich jedoch nur für ihr kleines privates Umfeld. Würde auch sie sich eine humanitäre Aufgabe suchen, ließe sich das, was auf sie zukam, vielleicht verhindern. Sie spürte einen Stich im Magen. Fantasierte sie sich eine Geschichte zusammen, für die es keinerlei Anhaltspunkte gab? Sie betrachtete ihren Mann, der der Frau aufmerksam, ernst und nachdenklich, wie es sich gehörte, zuhörte. Ramón hatte ihr nie Kummer gemacht. Erbitterte Streitereien hatte es bei ihnen nie gegeben. Er war ein guter Ehemann und ein guter Vater gewesen, wenn auch kein besonders leidenschaftlicher Liebhaber oder aufgeschlossener Mann. Alles Tiefergehende, was er gedacht oder gefühlt haben mochte in diesen Ehejahren, hatte er für sich behalten. Es war wohl ein anerzogenes Verhalten: Männer zeigen ihre Gefühle nicht, sie reden nicht von ihren Zweifeln, sie verlieren sich nicht in Träume. Männer sind wie aus einem Guss. Sie war auch keine schwierige Frau gewesen und hatte nie zu viel von ihm verlangt. Würde sie es wagen, ihm etwas vorzuwerfen, das ihre Entscheidung, ihn zu verlassen, rechtfertigte? Würde sie ihn wirklich verlassen? Sie hatte mit Santiago kaum vier Sätze gewechselt, aber das war unwichtig, es war schon alles gesagt, alles entschieden, ein unabwendbares Schicksal trieb sie an. Zumindest wollte sie das glauben, als wäre ihr die Fähigkeit, verantwortlich zu handeln, abhandengekommen. Würde sie genug Kraft haben, ihren Mann zu betrügen? War *betrügen* das richtige Wort, oder nur eines von vielen Klischees? Selbst wenn ein anderes Wort zutreffender wäre, änderte das nichts an einer Tatsache: Sie würde ihn wegen eines anderen Mannes verlassen. Sie war sich nicht einmal sicher, ob Ramón sie noch liebte, von Liebe war schon lange keine Rede mehr. Es war also nicht zutreffend, das Beenden ihrer Beziehung als Betrug zu bezeichnen, höchstens vielleicht als Verrat an den vielen Jahren zusammen, an der gemeinsamen Lebensplanung, die nicht vollendet werden würde. Die Mitarbeiterin erläuterte noch immer das Leid der Bauern. Das war wirklich ein guter Grund für Schuldgefühle: Sie und ihre Nachbarinnen in der Kolonie lebten isoliert in einem kleinen luxuriösen Mikrokosmos mit lächerlichen Kinderfestchen, während draußen die Menschen, die hier ihre Heimaterde beackerten, kaum genug zum Leben hatten. Und dennoch schmerzte das Schuldgefühl, das diese Erkenntnis in ihr weckte, nicht sehr. Sie war nicht dazu erzogen worden, angesichts sozialer Ungerechtigkeit Gewissensbisse zu empfinden, ihr Schamgefühl bezog sich eher auf Liebe und Sexualität.

Adolfo nickte ernst und feierlich, aber aus seinen vereinzelten Kommentaren ließ sich heraushören, dass die schwierige Situation der Mexikaner seiner Meinung nach einen

137

gewissen Kausalzusammenhang mit ihrer Mentalität aufwies. Sie seien unfähig, ihre Trägheit zu überwinden, was eine praktische und zugleich überhebliche Haltung sei und sie zudem von jeder Schuld freispräche. Manuela warf hin und wieder lautstark etwas ein, als wäre das, was den Bewohnern dieses Landes passierte, unvermeidlich, eine Art Naturkatastrophe. Und Victoria hing ihren persönlichen Gedanken nach. Ramón war am schweigsamsten, er stellte lediglich ein paar vernünftige und intelligente Fragen.

Beim Nachtisch entspannte sich die Mitarbeiterin und trank ihren Kaffee wie ein Lebenselixier. Manuela fragte sie, ob sie verheiratet sei und Kinder hätte.

»Nein, ich glaube nicht, dass ich jemals heiraten werde. Das lässt sich nur schwer mit dieser Arbeit vereinbaren, sie bringt zu viele Verpflichtungen mit sich.«

»Du bist bestimmt empört zu sehen, wie wir hier in dieser Kolonie leben, ohne uns um etwas anderes zu kümmern«, sagte Victoria.

»Nein, warum? Eure Männer leisten gute Arbeit hier, und ihr leistet ihnen Gesellschaft. Es ist wie eine Weiterführung eures Lebens in Spanien.«

»So ausgedrückt klingt es noch schlimmer.«

Alle lachten. Die Mitarbeiterin zündete sich eine Zigarette an, lehnte sich zurück und blies zufrieden den Rauch aus.

»Es ist auch nicht so, dass ich auf wunderbare Dinge verzichtet hätte, um das zu tun, was ich jetzt mache. Mein Leben vorher war ziemlich sinnlos.«

»Wenn alle, die ein sinnloses Leben führen, dieselbe Entscheidung träfen wie du, würde die NRO sich vor Freiwilligen kaum retten können.«

»Das wird sie auch allmählich. Niemand wird nach seinen Beweggründen gefragt.«

Manuela rief enthusiastisch:

»Adolfo, warum tun wir nichts, um den Bauern der Region zu helfen?«

»Wir haben mit dem Bau des Staudamms viele Arbeitsplätze geschaffen.«

»Ich meine etwas Konkreteres.«

»Wohltätigkeitsarbeit?«

Zum Zeichen ihres Protests gab Manuela ihrem Mann einen zärtlichen Klaps auf den Arm und sagte zu der jungen Frau:

»Hör nicht auf ihn, Männer kümmern sich immer nur um ihre eigenen Angelegenheiten. Aber wir werden etwas tun, du wirst schon sehen, eine Wohltätigkeitsveranstaltung in der Botschaft, eine Spendenaktion ... Ich weiß noch nicht, aber mir wird schon was einfallen.«

»Ich habe diese Essenseinladung wirklich nicht angenommen, um euch um etwas zu bitten.«

»Das weiß ich doch, aber ich möchte, dass wir deine Organisation unterstützen. Wir bleiben in Kontakt.«

Die junge Frau lächelte. Dann setzten sich alle zum Digestif auf die Veranda. Die Sonne warf ihr warmes Licht auf das leuchtende Grün der Pflanzen. Victoria war traurig geworden. Vielleicht sollte sie, um sich nicht schuldig zu fühlen, ein Ehrenamt übernehmen, ein Leben jenseits der eigenen Existenz, sich aus diesem kleinen Kreis befreien, in dem sich die Schuld eingenistet hatte?

Als sie durch den Park nach Hause gingen, fragte Ramón:

»Wir leben also alle ein sinnloses Leben, denkst du das wirklich?«

»Ich habe nicht von mir gesprochen.«

»Vermisst du deine Seminare?«

»Ich habe nicht von mir gesprochen, Ramón!«

»Ist ja gut, aber vermisst du sie?«

139

»Ich kann dir versichern, dass ich keinen einzigen Tag an meine Studenten oder die Fakultät gedacht habe. Manchmal habe ich das Gefühl, nie unterrichtet zu haben.«

»Dann ist es ja gut.«

Sie hatten sich geliebt. Henry drehte sich keuchend zur Seite. Susy richtete sich auf und sagte vorwurfsvoll:

»Man kann dich hören.«

»Die Häuser stehen weit auseinander.«

»Aber in der Stille der Nacht...«

»Na und? Ich bin ein Ehemann, der nach einer Woche harter Arbeit wieder bei seiner Frau ist. Darüber wird sich niemand wundern.«

»Sei nicht so primitiv.«

»Primitiv? Das nennt man Liebe.«

Susy stand auf und schloss das Fenster. Es wurde kühl. Sie zog einen leichten Morgenmantel über und ging in die Küche. Sie schenkte sich gerade ein Glas Milch ein, als Henry auch in die Küche kam und das Licht einschaltete. Geblendet drehte sie sich um.

»Warum machst du das Licht an?«

»Ich habe Hunger.«

»Um diese Zeit?«

»Ich habe mich gerade verausgabt, das müsstest du doch wissen«, scherzte er.

Nackt, wie er war, suchte er etwas im Schrank. Schließlich griff er zu einer Pfanne und öffnete den Kühlschrank.

»Willst du nackt kochen?«

»Warum nicht?«

»Sieht komisch aus. Außerdem könntest du dich verbrennen.«

Er heulte spaßeshalber auf und hantierte dann ungerührt weiter.

140

»Ich will ja kein Soufflé machen. Du genierst dich doch nicht etwa?«

»In der Küche ist man nicht nackt zugange.«

»Du bist neuerdings so verklemmt! Mir scheint, das ist der Einfluss deiner spanischen Freundinnen. Die Spanier sind sehr religiös.«

»Deine Kollegen auch?«

»Nicht besonders.«

»Dann wüsste ich nicht, warum es ihre Frauen sein sollten.«

»Warum bist du gleich so eingeschnappt? Ich habe doch nur gescherzt. Darf man erfahren, was, zum Teufel, mit dir los ist?«

»Nichts, ich habe nur manchmal den Eindruck, außer deiner Arbeit nimmst du nichts wichtig. Die Welt in unserer Kolonie scheint dich nicht besonders zu interessieren, lächerlich. Aber ich möchte dich daran erinnern, dass ich meine ganze Zeit hier zubringe.«

»He, wo gehst du hin?«

Sie war schon verschwunden. Verständnislos stand Henry mit der leeren Pfanne in der Hand mitten in der Küche. Er änderte seine Meinung, er würde sich kein Omelett zubereiten, sondern ein Glas Rotwein trinken. Er schenkte sich ein und trat auf die Terrasse hinaus. Die Nachtluft verursachte ihm Gänsehaut, doch das störte ihn nicht. Er nahm eines der Kissen von der Bank und warf es auf den Boden. Dann setzte er sich mit seinem Glas hin. Ach, die Frauen! Man wusste nie, was mit ihnen los war. Er hatte gehofft, Susy würde sich in Mexiko, weit weg von ihrem allzu versnobten Umfeld und dem negativen Einfluss ihrer Mutter wohlfühlen. Und so war es in der Anfangszeit auch tatsächlich gewesen, aber jetzt wirkte sie wieder nervös. Wahrscheinlich brauchte sie etwas ganz für sich allein, etwas

Reales und Eigenes. Vielleicht war das der geeignete Zeitpunkt für ein Kind. Er trank einen großen Schluck. Frauen waren merkwürdig. Er dachte, er hätte lieber einen Whisky trinken sollen.

Lupe blies ihm einen, langsam, heiß, innig. Rosita umkreiste seine Brustwarzen mit der Zunge. Er hatte es lange hinausgezögert, aber jetzt konnte er sich nicht mehr beherrschen. Ein unterdrückter Aufschrei, der aus seiner Körpermitte aufstieg, von der Stelle aus, wo der Strahl seines heißen Samens herausschoss. Lupe schlang die Arme um seine Hüften und legte ihre Wange auf seinen zuckenden Penis. Sie wiegte ihn.

»Ja, mein Kleiner, ja.«

Die beiden Frauen trockneten und säuberten ihn wie ein Neugeborenes. Er ließ sie gewähren und schnurrte dabei wie ein zufriedener Kater.

»Und jetzt bleibt unser Kleiner schön entspannt hier liegen, und wir gehen wieder hinunter, heute ist viel Kundschaft da. Es ist Samstag, mein Liebster, und wir müssen uns beeilen. Später, wenn sie alle weg sind, kommen wir wieder herauf und schlafen bei dir, ja?«

»Ich bin noch nicht müde.«

»Dann kommst du auch gleich runter und trinkst ein Bierchen.«

»Ja, das tue ich.«

Er sah sie den Raum verlassen, dunkelhaarig und süß, aufmerksam und zärtlich wie Mütter. Dann zog er sich langsam an. Hemd und Hose würden reichen, er könnte barfuß gehen. Samstags tauchten die Ingenieure gewöhnlich nicht auf, sie mussten sich um ihre verrückten Gattinnen kümmern.

In der heruntergekommenen Bar El Cielito ging es ausgesprochen lebhaft zu. Die Mädchen tanzten und plauderten mit den Gästen. In der Luft hing der Dunst von Alkohol und appetitanregendem Essen. Sein Magen knurrte. Er setzte sich an den Tresen und bestellte einen Teller Bohnen und dazu ein Bier. Rosita und Lupe bedienten die Männer, Tagelöhner, Arbeiter und Bauern aller Altersgruppen. Er hörte sie lachen. Diese Mädchen waren Gold wert, wirklich prächtig, die zärtlichsten Frauen, die er je kennen gelernt hatte, und es gab noch jede Menge ebenso reizende. Als sein Essen serviert wurde und ihm der Duft der Bohnen in die Nase stieg, fühlte er sich rundum wohl. Mehr brauchte er nicht, um glücklich zu sein. Er wollte sich gerade mit großem Heißhunger über seinen Teller hermachen, als ihm jemand die Hand auf die Schulter legte. Santiago Herrera stand hinter ihm. Verflucht, das durfte nicht wahr sein, war das eine Halluzination? Hatte man denn nie seine Ruhe? Was hatte der Ingenieur an einem Samstagabend hier verloren? Hatte er sich mit seiner Frau gestritten? Und warum setzte er sich zu ihm, statt ihn wie üblich von weitem zu grüßen?

»Kleine Stärkung?«

Fast hätte er sich verschluckt.

»Nun ja, wie Sie sehen, es ist Samstagabend.«

Santiago bestellte ein Bier, trank einen großen Schluck und seufzte.

»Ist doch in Ordnung, und das ist der beste Ort dafür.«

»Ja, aber ...«

»Aber was ich hier verloren habe?«

»Das wollte ich nicht fragen, Señor Herrera.«

Santiago lachte auf und klopfte dem jungen Mann auf die Schulter.

»Nenn mich Santiago, wir sind doch Saufkumpane, oder?«

Ihm rutschte das Herz in die Hose, der Ingenieur hatte die

143

Absicht zu bleiben. Saufkumpane, was sollte das bedeuten?

»Findest du nicht auch, dass Frauen kompliziert sind, Darío?«

»Komplizierter als alles andere auf der Welt, Señor.«

Er hatte richtig vermutet. Paula und er hatten gestritten, sie hatte ihn hinausgeworfen ... Er wusste nicht warum, aber es hatte bestimmt einen Ehekrach gegeben.

»Und obwohl wir Männer vor ihnen flüchten, geraten wir doch kurz danach wieder einer von ihnen in die Fänge.«

Darío wurde etwas munterer. Er würde also plaudern, wenn das von ihm erwartet wurde. Schließlich hatte er nichts zu befürchten, das hier war ein öffentliches Lokal und außerhalb seiner Arbeitszeit.

»Das liegt wohl in unserer Natur, wir halten es ohne eine Frau nicht aus. Doch es gibt viele Arten, mit einer Frau zusammen zu sein. Ich fühle mich hier wohl, weil sie mich in Frieden lassen.«

»Ja, hierherzukommen ist eine Möglichkeit, aber man ist immer versucht, sie zu lieben, sie ins Herz zu schließen.«

Der Ingenieur war angetrunken, warum hatte er das nicht gleich bemerkt? Besser, so ließ sich der Überfall leichter ertragen.

»Ich verstehe schon, was Sie sagen wollen, aber manchmal muss man auch an sich selbst denken.«

»Du bist noch nicht verheiratet, oder?«

»Ich habe in Spanien eine Freundin, und wenn der Staudamm fertig ist und wir zurückkehren, werde ich sie heiraten.«

»Siehst du? Und trotzdem zweifelst du an der Liebe.«

»Frauen sind sehr fordernd und nie zufrieden.«

»Nie. Das stimmt.«

Beide tranken einen Schluck von ihrem Bier. Schon waren

sie einer Meinung. Am Ende war es gar nicht so schlimm, sich hier getroffen zu haben.

»Was meinen Sie, trinken wir noch ein Bier, Santiago?«

Santiago trank sein Glas aus. Schweigend prosteten sie sich mit dem vollen Glas zu. Darío wagte zu fragen:

»Ist etwas mit Ihrer Frau?«

»Sie hat ziemlich viel getrunken und darauf bestanden, allein zu schlafen.«

»Aha.«

Er bereute es sofort, so neugierig gewesen zu sein, diese Frage hätte er sich verkneifen sollen. Das schien eine Ehe zu sein, in der allenthalben ein Sprengsatz explodierte. Santiagos folgende Worte bestätigten es ihm.

»Weißt du, wie lange ich schon nicht mehr mit einer Frau geschlafen habe, Darío?«

Das nahm eine Wendung, die ihm gar nicht gefiel. Wie sollte er dem Ingenieur ins Gesicht sehen, wenn sich die Auswirkungen des Alkohols verflüchtigt hatten? Aber für Reue war es zu spät, er hatte selbst das Gespräch darauf gebracht.

»Warum gehen Sie nicht mit einem der Mädchen nach oben?«

»Das ist keine Lösung.«

»Warum?«

»Weil ich im Begriff bin, mich in eine andere Frau zu verlieben und die ganze Zeit an sie denke. Es ist wie eine Krankheit.«

Dieses Geständnis traf Darío, in dessen Kopf es auf Hochtouren zu arbeiten begann, wie ein Peitschenhieb. In eine andere Frau verliebt. Wo kam diese Frau her? Aus der Kolonie natürlich, der Ingenieur meinte keine mexikanische Bäuerin, auch keine Brieffreundin. Und wenn es sich wirklich um eine Frau aus der Kolonie handelte, waren die Probleme vorprogrammiert, denn diese Frauen waren alle verheiratet. Hatte er sich in die Frau eines Kollegen verliebt?

»Sie sollten trotzdem hochgehen, auch wenn Sie verliebt sind.«

Santiago lachte laut auf. Darío erinnerte sich nicht daran, ihn je lachen gehört zu haben.

»Ja, du hast recht, ich sollte hochgehen und mich amüsieren, mich von einem dieser Mädchen vernaschen lassen. Aber es ist zu spät, um Dinge zu lernen, die mir guttäten. Ich tauge nicht dafür.«

Er wusste nicht, was er darauf sagen sollte. Santiago war ungefähr zwanzig Jahre älter als er und hatte bestimmt Erfahrungen gemacht, die er sich nicht einmal vorstellen konnte.

»Gehen wir zu Tequila über?«

»Wenn es Ihnen nichts ausmacht, bleibe ich lieber beim Bier.«

Er sah ihn mit einem Ausdruck der Bitterkeit den ersten Schluck Tequila trinken. Es war eindeutig, dass er beabsichtigte, sich vollaufen zu lassen. Der Ehekrach musste heftig gewesen sein. Bei der Frau wunderte ihn das nicht: »Kannst du mir eine interessante Bar empfehlen, mein Junge?«, keine normale Frau fragt so etwas.

»Es kommen harte Zeiten auf mich zu«, sagte Santiago unvermittelt.

»Wenn ich Ihnen helfen kann ...«

Der Ingenieur sah ihn voller Sympathie an und schenkte sich Tequila nach.

»Was passiert so der Kolonie, wenn die Männer nicht da sind? Erzähl mal.«

»Das ist schwer zu beantworten! Und ich sage das nicht, weil die Señoras ... Die Señoras sind reizend, und ich finde sie alle nett, aber ...«

»Erzähl schon, ich werde schweigen wie ein Grab.«

»Offen gestanden machen sie mich manchmal wahnsinnig. Darío hier, Darío dort ... Frauen haben wirklich ein besonderes Talent zum ... Ich weiß nicht, wie ich es ausdrücken soll ...«

»Na los! Wozu haben sie ein besonderes Talent?«

»Einem auf den Sack zu gehen, wenn ich ehrlich sein soll. Wenn sie dich um etwas bitten, dann klingt das immer, als hättest du es bereits getan haben müssen. Es ist, als würden sie einen ständig bei einem Fehler erwischen, obwohl einem gar keiner unterlaufen ist. Stimmt schon, dass wir Männer manchmal ziemlich unmöglich sind, aber die nutzen das auch aus, ehrlich.«

Santiago lachte leise vor sich hin, seine Augen waren verdreht, das Reden und der Alkohol hatten ihn von seinem Kummer abgelenkt. Darío fühlte sich von seiner positiven Reaktion zum Weitersprechen animiert, er wurde immer selbstsicherer, zügelloser, witziger.

»Am Ende sagt man sich: Kann sein, dass sie recht haben und ich eine Katastrophe bin, aber ich werde ihnen nicht die Genugtuung gönnen, mich zu verändern, denn dann werden sie einen anderen Schwachpunkt finden, auf dem sie herumhacken können. Also bleibe ich, wie ich bin, und wenn es ihnen gefällt, gut, wenn nicht ... Also wirklich, Santiago, warum hören Sie nicht auf mich und gehen mit einem der Mädchen nach oben? Ich kann Ihnen ein paar empfehlen, die sind ein Wahnsinn. Ich meine nicht nur den Sex, sondern ihre sanfte und zärtliche Art. Also, Sie können noch so verliebt sein, das verpflichtet Sie doch zu nichts.«

Aber sein Gesprächspartner war plötzlich ernst geworden, er starrte in sein Glas und murmelte:

»Sanft und zärtlich.«

147

Darío fügte hinzu:

»Und sie sind verständnisvoll. Mehr verlangen wir doch gar nicht, nicht wahr, Santiago?«

»Glaubst du das? Ich werde diesmal alles verlangen.«

Der junge Mann sah ihn von der Seite an. Santiago wurde jetzt richtig trübsinnig. Vielleicht sollte er ihm vorschlagen, mit dem Trinken aufzuhören, er hatte die Karaffe mit dem Tequila fast ausgetrunken, aber er wagte es nicht. Bei dem Gedanken daran, wie das Ganze ausgehen könnte, stieg eine diffuse Angst in ihm auf. So oder so, wenn es Probleme geben sollte, müsste er dafür bezahlen.

Sie tranken weiter und redeten eine halbe Stunde lang kein Wort. Dann rieb sich Santiago kräftig das Gesicht.

»Ich bin am Ende, mein Junge, seelisch am Ende, wie es so schön heißt.«

»Ich sagte Ihnen ja schon, wenn ich Ihnen helfen kann …«

»Du hast die ganze Zeit nur Bier getrunken, oder?«

»Ja, nur Bier.«

»Dann kannst du mir vielleicht helfen. Ich fahre mit dir zurück in die Kolonie, in meinem Wagen oder deinem, ist mir egal. Ich glaube, ich kann nicht mehr fahren.«

»Warten Sie einen Augenblick, ich bin barfuß. Ich muss nur meine Schuhe holen.«

Er war schon auf der Treppe, als ihm etwas einfiel und er zurückkehrte.

»Hören Sie, Santiago, wenn wir es machen, wie Sie sagen, muss ein Wagen hier bleiben.« Der Ingenieur sah ihn verständnislos an. »Ich meine, dann werden zumindest Ihre Kollegen erfahren, dass Sie heute Abend hier waren.«

»Das ist egal, verglichen mit dem, was kommen wird, ist das egal.«

»Dann fahre ich besser Ihren Wagen und lasse mich am Montag von jemand herbringen, um meinen abzuholen.

So verhindern wir wenigstens, dass sich Ihre Frau aufregt. Wenn Sie mich fragen …«

Sein angeschlagener Gesprächspartner zeigte mit dem Finger auf ihn, als wolle er auf ihn schießen.

»Du hast es erfasst.«

Als er seine Schuhe anzog, begann er im Geiste zu hadern. Verdammt, dieser Typ war völlig besoffen oder völlig verrückt! Ja, besoffen oder verrückt, aber wer dran glauben musste, war er. Er hatte ihm den Abend verdorben, denn er hatte bei den Mädchen schlafen wollen, und darüber hinaus musste er sich auch noch darum kümmern, dass der Ingenieur nicht von seiner Frau im El Cielito erwischt wurde. Dieser Job würde ihn noch umbringen! Aber außer Ärger verspürte er noch etwas anderes: Neugier, gefräßige Neugier, fast eine Gier zu erfahren, was los war. Was würde passieren? Doch was auch immer, würde er davon erfahren? Er hörte die sanfte Gitarrenmusik aus dem unteren Stockwerk, aber nicht einmal die konnte ihn beruhigen.

Sie sah verstohlen zu ihrem Mann hinüber. Ramón las konzentriert ein Buch. Victoria fragte sich, ob auch er sie manchmal aufmerksam betrachtete, wenn sie abgelenkt war, so wie man jemanden ansieht, den man gerade erst kennenlernt. Sie glaubte es nicht. Er dürfte sie immer im Rahmen eines bestimmten Kontextes sehen, wie etwas Vertrautes und Gemütliches, das zur Wohnungseinrichtung gehörte. Und sie hatte sich nie darüber beklagt. Sie war keine kokette Frau, keine von denen, die sich dauernd beklagen oder schmollen. Sie waren gute Freunde, und es gab Dinge, über die zu sprechen lächerlich zu sein schien. Warum sollte sie ihn kindisch am Ärmel zupfen und fragen: Liebst du mich noch? Ramón war kein verspielter oder leichtsinniger Mann, sondern ernst und vernünftig. Sie hatte seine Vernunft immer als eine Garantie für Stabilität empfunden, mit der man lebte, eine sichere Wertanlage, auf die man sich verlassen konnte. Sie hatten sich nie gestritten. Hätte sie ihre Ehe beschreiben sollen, hätte sie gesagt, dass es viele Jahre auf einem Fundament von Klugheit und Vernunft waren: Das Zusammenleben, die Erziehung der Kinder. Sie war selbständig genug, um ihren Beruf auszuüben, und auch die Kindererziehung war kein Problem gewesen. In ihrem Leben als Ehefrau war alles gut gelaufen, wozu es leugnen? Sie sollte aufhören, eine Rechtfertigung dafür zu suchen, dass sie im Begriff war, ihrem Mann untreu zu werden. Das war erstens nicht ihre Art, und zweitens verwerflich, besonders, wenn Ramón ahnungslos neben ihr saß und seelenruhig ein Buch las.

Gut, jedenfalls war noch nichts passiert, das man hätte wiedergutmachen müssen. Bis zum nächsten Wochenende blieb ihr noch eine Galgenfrist. Sie brauchte diese Frist, um allein zu sein, um in Ruhe nachzudenken. Die Gedankenflut, die wie ein Strudel in ihrem Kopf kreiste, machte sie wahnsinnig. Sie hatte den Appetit verloren. Wenn es ihr zeitweise gelang, ihre Alltagsgewohnheiten beizubehalten, und zur Ruhe zu kommen, tauchte plötzlich Santiagos Bild in ihrem Kopf auf und gleich darauf ergriff sie eine grenzenlose Unruhe. War das die leidenschaftliche Liebe, das überschwängliche Gefühl, über das sie andere reden gehört und in Büchern gelesen hatte, von dem sie ahnte, wie es sein könnte, es aber nie gespürt hatte? Konnte man Leidenschaft für jemanden empfinden, ohne ihn richtig zu kennen, ohne ihn je geküsst oder gar berührt zu haben? Sie war ein Glückskind, zweifelsfrei ein Glückskind, sie spürte einen Stich des Verlangens und des Glücks. Sie kam mit der Lektüre des Buches, das sie in Händen hielt, nicht weiter und klappte es zu. Wie sehr sie sich wünschte, dass es

Montag sein und Ramón zur Baustelle fahren würde! Dann könnte sie endlich allein ihren Gedanken nachhängen, sich von ihnen martern lassen und sich zugleich an ihnen ergötzen. Sie stand auf. Wenn sie nicht den Verstand verlieren wollte, musste sie sich beschäftigen.

»Soll ich einen Tee machen?«

Ramón sah von seinem Buch auf, rieb sich die Augen und sah auf die Uhr.

»Ich weiß nicht, wir sitzen schon den ganzen Nachmittag zu Hause herum. Wollen wir in den Club gehen und dort etwas trinken? Nur kurz. Ich muss morgen früh raus.«

Das war eine großartige Idee. Im Club würden sie wahrscheinlich Manuela und Adolfo treffen und könnten mit ihnen plaudern. Es wäre eine Erleichterung, nicht ständig mit Ramón allein zu sein, und außerdem würde sie nicht unablässig grübeln.

»Ich bin gleich wieder da. Ich hole mir nur schnell einen Pulli.«

Als sie im Schlafzimmer stand, betrachtete sie sich im Spiegel. Nein, ihr Gesicht verriet nichts von ihren wirren Obsessionen, das war beruhigend. Sie ging zu ihrem Mann zurück, der auf der Veranda den Sonnenuntergang betrachtete.

»Was für ein wunderbarer Abend!«, meinte er. »Wenn wir nach Spanien zurückkehren, werden wir diese milden Abende in Mexiko vermissen.«

»Ja«, flüsterte Victoria mit beklommenem Herzen.

Sonntagnachmittags war der Club kaum besucht. Die jungen Techniker, die Kinder hatten, blieben lieber zu Hause. An diesem Abend waren Manuela und Adolfo sowie Henry und Susy die einzigen Gäste. Sie begrüßten sie herzlich.

»He, gesellt euch zu den Heimatlosen!«

Sie setzten sich und tranken Tee, das Gespräch drehte sich

151

um banale Themen. Victoria hätte am liebsten die Augen geschlossen vor Behagen. Dieses völlig spannungsfreie Plaudern verschaffte ihr Erleichterung, Wohlbefinden und das belebende Gefühl von Normalität. Während hinter den großen Fensterscheiben das wunderbare Licht draußen langsam erlosch, sah sie Ramón heiter und gesprächig. Endlich bekam die Zeit wieder ihren gewohnten Rhythmus, statt sich unerträglich langsam dahinzuschleppen, wenn sie von Schuldgefühlen geplagt wurde! Es waren die typischen Unterhaltungen bei Treffen von Ehepaaren, voller Allgemeinplätze und Humor, Scherze über den Geschlechterkampf auf der Basis wechselseitiger Vertrautheit und Toleranz.

Es war dunkel geworden. Manuela, die Unermüdliche, verschaffte sich mit Armschwenken Gehör.

»Eine Frage an die Damen: Wollt ihr jetzt zu Hause noch Abendessen zubereiten? Das ist doch eine grauenhafte Vorstellung, findet ihr nicht? Warum essen wir also nicht hier im Club?«

»Wenn der Koch uns etwas zaubern kann?«

»Ich werde mal nachfragen.«

Manuela stand auf und ging energischen Schritts hinaus, was eine Reihe von Kommentaren über ihre Vitalität zur Folge hatte. Adolfo seufzte und mimte das Opfer:

»Stimmt, stimmt schon, ihre Vitalität ist umwerfend. Das kann ich beschwören.«

Er war unübersehbar stolz auf sie. Victoria dachte, es sei beneidenswert, wie bei diesem erfahrenen Paar die Liebe oder zumindest die Zuneigung überlebt hatte. Der Gedanke beruhigte sie. Es wäre völlig übereilt, Ramón jetzt zu verlassen. Und es war ungesund, sich dem Würgegriff überreizter Nerven auszuliefern, sie sollte das unterbinden. Einen Augenblick später war Manuela zurück.

»Alles klar: Guacamole, Rührei und Fleisch in Soße. Hat jemand mehr zu bieten? Und bis das Mahl auf den Tisch kommt, trinken wir einen Martini. Wer schließt sich an?«

Niemand lehnte diesen wunderbaren Vorschlag ab. Dank des Aperitifs verging eine weitere Stunde in angenehmer Stimmung, bis sie sich zu Tisch setzten. Das Abendessen zog sich hin und war unterhaltsam. Victorias Kummer war wie weggeblasen, sie aß mit großem Appetit, und mit dem Wein verdrängte sie ihr Hadern. Zu später Stunde sah Ramón auf die Uhr.

»Das Schlechte am Feiern mit dem eigenen Chef ist, dass du am nächsten Morgen in entsetzlichem Zustand zur Arbeit erscheinst und nicht mal eine überzeugende Ausrede hast.«

Adolfo lachte herzlich auf.

»Ihr habt großes Glück, dass euer Chef der Älteste ist, vielleicht bin ich es ja, der morgen nicht hochkommt! Macht euch keine Hoffnungen, morgen um sieben geht's los. Unangenehm, wenn die mexikanische Regierung findet, der Staudammbau komme nicht voran, und uns rauswirft.«

Plötzlich stand er vor ihr, mit zerzaustem Haar und geröteten Augen. Henry rief:

»He, Santiago, du kommst ein bisschen spät!«

»Ich habe Stimmen gehört und wollte mal sehen, was los ist.«

Ramón stand auf und wollte einen Stuhl holen.

»Setz dich und trink was mit uns, du bist unser Vorwand für ein letztes Glas. Der Chef hat schon mit dem Frühaufstehen gedroht.«

Santiago hielt ihn zurück, indem er ihm höflich die Hand auf den Arm legte.

»Nein danke, es ist schon sehr spät. Ich gehe schlafen. Wir sehen uns morgen. Gute Nacht allerseits.«

Er hatte keine Sekunde den Blick von ihr abgewandt, er brannte auf ihrer Haut. Aber niemand schien etwas bemerkt zu haben, auch nicht, wie sehr sie sich anstrengen musste, um normal zu atmen und das Herzklopfen in ihrer Brust zu bändigen. Als Santiago gegangen war, breitete sich ungemütliches Schweigen aus, denn es war nicht zu übersehen gewesen, dass er betrunken war. Paulas Schatten hing so spürbar im Raum, dass Susy sich zu der Mitteilung genötigt sah:

»Ich habe heute Nachmittag Paula getroffen … sie fühlte sich nicht wohl. Ich glaube, sie ist früh schlafen gegangen.«

»So, so!«, entfuhr es Manuela, die jegliche Peinlichkeit umschiffen wollte.

Adolfo stand auf.

»Herrschaften, der Abend ist zu Ende, zumindest für mich.«

Alle machten sich auf den Heimweg. Als sie neben Ramón herging, hatte sie das dringende Bedürfnis, irgendetwas zu sagen, um das Schweigen zwischen ihnen zu brechen.

»Es war doch eine gute Idee, in den Club zu gehen! Wir haben ein paar schöne Stunden verbracht.«

»Das sage ich dir morgen früh, wenn der Wecker klingelt.«

Sie zogen sich aus. Ramón ließ immer leise das Radio laufen, wenn sie sich zum Schlafengehen fertig machten. Er gab seiner Frau einen Kuss auf die Wange. Sie löschte das Licht.

»Liest du nicht mehr?«

»Ich bin müde.«

»Gute Nacht, bis morgen.«

Es hatte sie immer amüsiert, dass er sich jede Nacht so förmlich verabschiedete, als würden sie nicht dasselbe Bett teilen. Er wälzte sich unruhig herum und rutschte dann zu ihr hinüber. Victoria wartete. Sie wusste, was kommen, wo und wie er sie anfassen würde. Bewusst dachte sie an San-

154

tiago, vertauschte im Geiste diesen vertrauten Körper, der sie umarmte, gegen den, den sie nie berührt hatte, und entbrannte vor Verlangen.

Luz Eneida fragte sie, ob sie im Wohnzimmer staubsaugen sollte. Eigentlich sei das nicht nötig, es lag nicht so viel Staub, um gründlich sauber zu machen. Andererseits würde es dem Boden nicht schaden, einmal aufgewischt zu werden, bevor sich noch mehr Schmutz ansammelte. Paula sah von ihrem Buch auf und musterte sie neugierig. War das ihr Ernst, nahm sie das Putzen wirklich so wichtig, dass sie sogar Strategien dafür entwickelte? Warum gab es Menschen mit so vielen praktischen Fähigkeiten? Diese Frau erledigte ihre monotone Arbeit, führte hier am Ende der Welt womöglich ein erbärmliches Leben und kümmerte sich auch noch darum, den Staub in ihrem Wohnzimmer zu bekämpfen. Was motivierte sie dazu: ihr Arbeitseifer, die angenehme Arbeitsstelle? Was auch immer, Luz Eneida verfügte anscheinend über ein sonniges Gemüt. Vermutlich war sie religiös. Sie wusste, dass andere Frauen aus der Kolonie regelmäßig mit ihren Hausangestellten redeten und über deren Lebensumstände und Situation Bescheid wussten. Doch mit ihr hatte Luz Eneida kein Glück gehabt. Oder doch? Immerhin überhäufte sie sie nicht mit Arbeitsaufträgen, eigentlich sagte sie ihr nie, was sie tun sollte. Obwohl die junge Frau womöglich für mehr Aufmerksamkeit von ihr dankbar wäre, selbst wenn das mehr Arbeit bedeutet hätte, denn so war es üblich und logisch. Darin bestand das Glück: auf das Übliche und Logische zu warten. Deshalb hatte für sie selbst nie die geringste Aussicht aufs Glücklichsein bestanden. Sie verstand nicht, was logisch war, und sie hatte sich auch nie dafür interessiert herauszufinden, was üblich war. Dafür hätte sie ihre Barrikaden niederreißen und die selbstgesetzten Grenzen verletzen müssen, aber das hatte sie nicht gewollt. Angst. Das Logische pflegte immer mit dem Üblichen einherzugehen. Logisch wäre gewesen, wenn Santiago und sie sich getrennt hätten, als er den Auftrag in Mexiko annahm. Angesichts des allmählichen, aber unaufhaltsamen Verfalls ihrer Ehe wäre das logisch und auch üblich gewesen. Ein wunderbarer Vorwand, um dieser Situation zuvorzukommen. Logisch wäre zudem gewesen, dass ihr Santiago, als er erfuhr, dass sie ihn nach Mexiko begleiten wolle, geantwortet hätte: Nein, meine Liebe, du nicht, ich glaube, es ist Zeit, das Spiel zu beenden. Aber er hatte es nicht gesagt. Hegte sie etwa die leise Hoffnung, dass diese elende Ruine ihrer Ehe noch zu restaurieren war? Warum war sie in Mexiko, aus welchem Grund war sie hier? Und wer, verdammt noch mal, interessierte sich für das Wiedererwachen der Liebe, wenn das eigene Leben schon nach Verwesung stank? Manchmal glaubte sie, all die Jahre bei ihrem Mann geblieben zu sein, weil sie für den Höhepunkt ihres Scheiterns einen Zeugen brauchte. Sollte sie nicht lieber versuchen, statt ihrer Ehe sich selbst zu retten? Hier, in diesem Land, so weit entfernt von ihrem gewohnten Umfeld, bestünde die Möglichkeit. In Mexiko könnte sie sich von ihren Gespenstern befreien, sie einfach vergessen, sich als ehrenamtliche Mitarbeiterin einer NRO bewerben oder als Kellnerin arbeiten. Gewiss, sie hatte sich das Trinken angewöhnt, und es fiel ihr ein bisschen schwer, damit aufzuhören und abstinent zu werden, aber wenn sie ernsthaft an ihrer moralischen Sanierung arbeitete, würde ihr ein Gläschen hin und wieder bestimmt nicht schaden. Wegen eines Katers den halben Sonntag zu verschlafen war falsch. Von jetzt an würde sie sich ändern. Solange die Veränderung nicht verlangte, die Vergangenheit anzuerkennen, konnte das doch nicht so schwierig sein. Sie würde ihren früheren Charakter abstreifen und wiedergeboren werden. Vielleicht gab es in Mexiko einen Platz für sie, den sie noch nicht gefunden hatte. Die größte Schwierigkeit bestand darin, sich nicht von den langen Schatten der Vergangenheit einholen zu lassen: Erlebnisse, Erinnerungen, Verzweiflung, Fragen, Antworten, Gewissensbisse, Rachsucht, der Eindruck, es gäbe nur ein Leben und das sei schon zu Ende.

Luz Eneida lächelte sie an. Sie hatte entschieden staubzusaugen, auch wenn es nicht unbedingt nötig war. Sie hatte schöne Augen. Und sie trug immer Kleider in leuchtenden Farben. Paula hatte Lust, ihr vorzuschlagen, einen Monat lang ihr Leben mit ihr zu tauschen, nur als Test. Doch da war die Vergangenheit, die Vergangenheit mit all ihren entstellenden Narben. Und Erinnerungen, die über einen herfallen, wenn man es am wenigsten erwartet, wie gefräßige Tiger, die auf satte Eingeweide aus sind. Wie die vorwitzige Susy fragte: Hast du es schon einmal gemacht, hast du dir schon einmal einen Mann gekauft? Nein, Susy, wie enttäuscht du wärst, wenn ich dir sagen würde: Ich habe es noch nicht gemacht, aber jetzt wäre ich imstande dazu. Ein Einheimischer würde sich gut eignen. Warum wollte sie sich eigentlich unbedingt ändern? Sie veränderte sich doch schon: Aus dem Spiel war bereits Ernst geworden, die Besäufnisse verdienten diesen Namen, es waren nicht mehr vereinzelte Schwipse wie in Spanien. Plötzlich schlug ihre Stimmung um und wurde richtig ätzend. Jetzt machte es ihr nichts mehr aus, einen gehörigen Skandal zu provozieren. Jetzt würde sie sich einen schönen Mexikaner kaufen, um ihn sexuell zu benutzen. Und sie dachte nicht an den Reiseleiter, den hob sie sich für eine besondere Gelegenheit auf. Sie musste aus der lähmenden

Untätigkeit herausfinden, entweder sie erholte sich oder sie ging zugrunde.

In Luz Eneidas Blick lag kein Argwohn. Wahrscheinlich glaubte sie, alle Ausländerinnen täten, wozu sie gerade Lust hatten, und dass sie es deshalb taten, weil ihnen ihre Ehemänner gleichgültig waren. Santiago. Der stumme Zeuge. Nachdem sie sich alles gesagt, genug gestritten und gekämpft hatten, fehlte nur noch der eine Satz, den beide bisher nicht auszusprechen gewagt hatten: Ich liebe dich nicht mehr. In krankhafter Beharrlichkeit hielten sie trotz alledem aneinander fest.

»Luz Eneida, ich gehe ein bisschen spazieren.«

»Gut, Señora, soll ich was kochen, damit Sie warm essen können, wenn Sie zurückkommen?«

»Ich weiß noch nicht, wann ich zurückkomme. Vielleicht komme ich gar nicht mehr zurück.«

»Wie Sie immer reden! Wo gehen Sie denn hin?«

»Ich werde die Kolonie nicht verlassen, keine Angst.«

Besorgt um das Wohl ihrer exzentrischen Señora schimpfte sie kopfschüttelnd vor sich hin. Paula war nervös, aber so früh wollte sie noch nicht trinken. Sie machte sich auf den Weg zu Daríos Büro, und sein entgeisterter Gesichtsausdruck bei ihrem Auftauchen entging ihr nicht. Warum hatte der verflixte Bursche solche Heidenangst vor ihr? Wovor fürchtete er sich? Dass sie eine peinliche Nummer abziehen könnte oder sich ihm in die Arme werfen würde?

»Darío, ist dir eine Bar eingefallen, die du mir empfehlen kannst?«

»Nein, ich sagte Ihnen ja schon, dass es mit den Bars in diesem Dorf nicht gut aussieht. Vielleicht gibt es welche, aber ich kenne keine.«

»Du hast mir versprochen, jemanden zu fragen.«

»Sie wissen doch, wie die Leute hier sind, sie antworten

nicht, sie reagieren nicht. Sie lächeln, sie schweigen und gut. Aber nächste Woche sind wir alle vom Gouverneur von Oaxaca zu einer Guelaguetza eingeladen.«

»Was, zum Teufel, ist denn eine Guelaguetza?«

»Das ist ein typisches Fest dieser Region. Es wird in einer Klosterruine stattfinden, die ...«

»Du brauchst mir gar nicht mehr zu erklären, ich kann's mir schon vorstellen! Ein Kloster der Franziskaner, der Augustiner, der jungfräulichen Mönche ...«

»Mir wurde gesagt, dass es sehr unterhaltsam sein soll, was ganz besonders ...«

»Ja, davon bin ich überzeugt, spektakulär. Aber du hast nicht herausgefunden, wo es eine gute Bar gibt.«

»Ich ...«

»Nicht zaudern, ein Mann darf niemals zaudern, eher stirbt er.«

Er schwitzte. Er schwitzte, als säße er in der Sauna, als habe man ihm sein Todesurteil verkündet. Das machte ihn attraktiv, so jung noch, verkrampft und erschrocken. Sie packte ihn am Hemdkragen, zog ihn zu sich heran und gab ihm einen innigen Kuss, einen Zungenkuss, der nichts bedeutete, nur Hitze, Feuchtigkeit, Zungennerv. Dann ließ sie ihn los und ging zur Tür. Dort drehte sie sich noch einmal um. Sein Gesicht war schneeweiß, und seine Augen waren vor lauter Überraschung weit aufgerissen.

»Vergiss nicht, nach einer Bar zu fragen.«

Am liebsten hätte sie laut aufgelacht. Sie fühlte sich besser. Das war der Vorteil, wenn man in einem Mikrokosmos lebte, man konnte seine innere Unruhe schneller loswerden und musste nicht erst ziellos in der Stadt umherirren oder ein verkrampftes Gespräch mit dem Kellner führen. Es reichte, die geeignete Person zu finden und hemmungslos zu sein. Jetzt würde sie Susy abholen, mit ihr auf dem

Rathausplatz ein Bier trinken und ein wenig entspannen. Mexiko war eine Auszeit, die ihr das Leben gönnte, eine Auszeit, die sie friedlich und mit Gottvertrauen, Liebe und Alkohol nutzen würde.

Darío brauchte eine ganze Weile, bis er sich von dem Schock erholt hatte. Er schloss sogar die Tür ab. Dann lief er ins Bad und rieb sich das Gesicht mit kaltem Wasser ab. Das alles war langsam überhaupt nicht mehr witzig. Wahrscheinlich hatte Paula herausgefunden, dass ihr Mann sie mit einer anderen betrog. Mehr noch, sie ahnte bestimmt, dass er in jener Nacht zu einer Art Komplizen geworden war, und hatte sich vorgenommen, ihn jetzt nach Lust und Laune zu quälen. Oder sah er Gespenster? Die Frau des Ingenieurs hing lediglich an der Flasche, und Schluss. So wie sie gekommen war, um ihn zu provozieren, hätte sie sonst was anstellen oder jeden anderen küssen können. Er wurde langsam hysterisch, also versuchte er sich zu beruhigen. Sollten sie doch allein klarkommen, er durfte sich nicht zum dummen August machen lassen, und er musste sich für das Verhalten dieser Leute auch nicht verantwortlich fühlen. Vielleicht wäre es nicht die schlechteste Idee, Santiago vom Auftritt seiner Frau zu erzählen, damit er seine eigenen Schlussfolgerungen daraus ziehen konnte, als Warnschuss sozusagen. Doch ihm wurde sofort klar, dass das ein großer Fehler wäre. Er konnte ihm doch nicht einfach an den Kopf werfen: Ihre Frau hat mich abgeknutscht. Ob sie wohl was ahnt? Vielleicht wäre ihm der Ingenieur sogar dankbar, es war jedoch auch möglich, dass er ihm eine reinhauen würde. Santiago war ein großer, kräftiger Mann. Kam nicht in Frage, von jetzt an lautete seine Devise wie die der drei weisen Affen: nichts hören, nichts sehen, nichts sagen. Das wäre eine kluge Taktik, denn irgendwann würde es hier ordentlich knallen, und er durfte nicht in die Schusslinie geraten. Wer konnte die Frau sein, in die Santiago sich verliebt hatte? Die Amerikanerin, eine der jungen Technikerfrauen mit Kindern? Blödsinnig, sich solche Fragen zu stellen, er wusste ja nicht, was die Ingenieure während der Woche machten. Vielleicht arbeiteten sie nicht die ganze Zeit auf der Baustelle, vielleicht fuhren sie hin und wieder nach Oaxaca, und der Ingenieur hatte dort eine schöne Frau kennengelernt, oder zumindest eine, die nicht so viel trank und nicht so durchgedreht war wie seine Ehefrau.

Das Telefon klingelte. Menschenskind, er schien langsam irre zu werden, denn er brauchte einen Moment, bis er begriff, dass Yolanda dran war. Eine Frau konnte noch so viele Kilometer von einem entfernt sein, sie merkte immer sofort, wenn etwas nicht stimmte – als wäre sie im Zimmer nebenan.

»Du weißt doch noch, wer ich bin, oder?«

»Yolanda, was dir auch immer einfällt!«

»Mir fällt gar nichts ein. Ich bleibe bis spät in der Nacht auf, um dich zu einer vernünftigen Uhrzeit in Mexiko anzurufen, und du tust, als würdest du mich nicht kennen.«

»Verdammt, ich habe deinen Anruf nicht erwartet, ich war in Gedanken.«

»Natürlich, du rufst mich ja nie an ...«

»Wir haben vereinbart, dass wir nicht so viel telefonieren, um zu sparen, oder etwa nicht?«

»Nicht so viel ist was ganz anderes als gar nicht.«

»Also wirklich, Yolanda, schreibe ich dir nicht regelmäßig, schicke ich dir keine E-Mails?«

»Ja, aber ...«

»Aber was?«

»Meine Freundinnen sagen, wenn die Männer weit weg

sind, vergessen sie dich, nach dem Motto: Aus den Augen, aus dem Sinn!«

»Deine Freundinnen spinnen.«

»Red nicht so über sie, sie sind die Einzigen, die mich trösten. Mit wem soll ich deiner Meinung nach denn reden, mit meiner Mutter vielleicht?«

»Deine Mutter hat bestimmt mehr gesunden Menschenverstand als diese dummen Gänse.«

Er hörte sie am anderen Ende der Leitung weinen.

»Yolanda, bist du noch da? Verdammt, da telefonieren wir einmal, und ich werde mich hinterher schlecht fühlen.«

»Ja, entschuldige, du hast recht, aber wir haben uns so lange nicht gesehen, dass ich mir über nichts mehr sicher bin. Zudem rufe ich dich an, weil ich eine Überraschung für dich habe.«

»Welche?«

»Ich werde Weihnachten zu dir kommen.«

»Weihnachten, wann ist denn Weihnachten?«

»Merkst du jetzt, dass du nichts mitkriegst? Du weißt ja nicht einmal, wo du lebst. In einem Monat ist Weihnachten! Und mach dir keine Sorgen um die Kosten, meine Eltern zahlen mir den Flug. Ich werde neun Tage bleiben, das ist mein Urlaub.«

»Oh, wie schön.«

»Du freust dich gar nicht.«

»Natürlich freue ich mich! Ich habe Weihnachten nur vergessen, weil es hier nicht kalt ist und alle Tage gleich sind ... Aber ich freue mich natürlich. Wirklich, ich habe große Lust, dich zu sehen.«

»Ist ja gut. Schick mir heute Nacht eine Mail, ja?«

»Ganz bestimmt.«

Als er auflegte, war er so müde, als hätte er tagelang nicht geschlafen oder einen langen Marsch hinter sich. Weih-

162

nachten, noch mehr Komplikationen. Wenn er Glück hatte, würden die meisten Koloniebewohner über die Feiertage nach Spanien fliegen, aber die Ingenieure würden bestimmt bleiben, sonst hätten sie ihn längst darum gebeten, sich um die Flugtickets und alles Weitere zu kümmern. Und jetzt Yolandas Besuch, noch etwas, an das er denken musste. Natürlich hatte er Lust, sie zu sehen, schließlich war sie seine Freundin, aber sie schien zu vergessen, dass er sich weder in seinem vertrauten Umfeld noch in seiner Stadt befand. Außerdem ging seine Arbeitszeit über die normale Stundenzahl hinaus. Und er lebte hier, umgeben von all diesen Frauen, die ihn fortwährend piesackten.

Plötzlich erinnerte er sich daran, dass er die Tür abgeschlossen hatte, und ging sie wieder öffnen. In einer Viertelstunde war er mit dem Koch verabredet. Er sollte ihn auf seine Einkaufstour mitnehmen und beim El Cielito absetzen. So könnte er ein paar Stunden mit den Mädchen verbringen und sein Auto abholen. Diese Aussicht heiterte ihn auf.

Susy war immer bereit, mit ihr die Kolonie zu verlassen. Allein zu Hause langweilte sich die Arme tödlich. Aber sie war nicht naiv, sie wusste ganz genau, dass es beim Weggehen mit Paula immer unerwartete Überraschungen geben konnte, die einen schlichten Spaziergang bereicherten und die andere als gefährlich einstufen würden. An diesem Morgen blendete die Sonne, und es wehte ein trockener, frischer Wind. Die Plaza von San Miguel war ausgesprochen belebt. Paula trank Bier, schloss die Augen und genoss die wärmenden Sonnenstrahlen. Plötzlich fragte Susy:
»Wie kommst du mit deiner Übersetzung voran? Arbeitest du?«
»Mit größter Hingabe. Erst gestern ist Graf Tolstoi über sein Gut Jasnaia Poljana geritten. Es hat geschneit. Er blickte

über seine schneebedeckten, bis zum Horizont glitzernden Felder und fühlte sich so direkt mit Gott verbunden.«

»Wunderschön.«

»Genial. Doch auf der nächsten Tagebuchseite erzählt er von seiner Frau, und da wendet sich das Blatt beträchtlich.«

»Bei seiner Frau muss er nicht an Gott denken?«

»Bei ihr denkt er das Schlimmste, das Gemeinste. Und er gelangt zu der Erkenntnis, dass nicht die äußeren Umstände für sein Elend und seine Nöte verantwortlich sind, sondern dass sie in ihm stecken. Die Ehe lässt das Widerwärtige in ihm zutage treten.«

»Das klingt nicht gerade beruhigend.«

»Keinesfalls.«

»Ich teile Tolstois Überzeugung nicht.«

»Warum nicht? Tatsächlich ist die Ehe eine häusliche Einrichtung, etwas, das man benutzt wie Hausschuhe oder einen Besen. Sie hat wenig Großartiges an sich. Tolstoi war herausragend als Schriftsteller und als Mystiker, aber als Ehemann war er ein erbärmlicher Wicht.«

»Kann es nicht auch genau umgekehrt sein? Dass jemand mittelmäßig in seinen Ideen ist und ein Genie in der Ehe?«

»Ein Genie in der Ehe? Was soll denn das sein? Was bedeutet das? Gut, verständnisvoll und ein ausgezeichneter Liebhaber zu sein?«

»Das und vieles mehr, all das, was ein Ehemann sein soll.«

Paula betrachtete sie aufmerksam, wobei ihr auffiel, dass sie sie sonst nur selten ansah. Ihre strahlend blauen Augen sprühten vor Neugier und Vorwitzigkeit mit einer Spur Naivität. Ärger stieg in ihr auf. Was bezweckte sie mit ihren Fragen? Hatte sie etwa noch nicht begriffen, dass sie verkorkst, verdorben, verbraucht, richtig fertig war?

164

»Ich würde gerne wissen, was du von einem Ehemann verlangst, meine liebe Susan.«

»Von einem abstrakten Ehemann könnte ich allerhand verlangen, von Henry verlange ich möglichst gar nichts. Geht es dir nicht ähnlich?«

Sie trank ihr Bier in einem Zug aus. Dann bestellte sie mit einer herrischen Armbewegung bei dem trägen Kellner, der im Türrahmen der Bar lehnte, ein neues.

»Da irrst du dich aber gewaltig. Ich verlange von Santiago mehr, als er mir je geben kann. Ich verlange alles von ihm, verstehst du? Ich fordere es direkt ein. Und was ich von allen Dingen am meisten wünsche, ist, dass er mich erträgt, dass er meine Schikanen, meine Untreue und meine miesen Stimmungen aushält.«

Sie klang ernst und gereizt. Susy sah sie einigermaßen irritiert an.

»Warum regst du dich so auf? Ich verstehe dich nicht, Paula, glaub mir, es fällt mir schwer, dir zu folgen.«

»Dann folgst du mir eben nicht, lass mich in Ruhe. Wer bist du eigentlich, die Mutter Theresa des Ehebunds, eine selbstlose, genügsame Gattin? Erzähl das diesen dämlichen Weibern in der Kolonie, aber nicht mir. Bei mir bist du an der falschen Adresse.«

Susys Augen füllten sich mit Tränen. Sie schüttelte den Kopf, als könnte sie nicht glauben, was sie gerade gehört hatte. Sie murmelte etwas auf Englisch, stand auf und stapfte mit großen energischen Schritten davon. Paula lächelte vor sich hin und blickte ihr nach. Ohne Hast bezahlte sie und folgte ihr. Susy war auf dem Weg in die Kolonie. Sie lief ein wenig schneller, um sie einzuholen. Als sie bei ihr ankam, passte sie sich dem Schritt der Amerikanerin an, die sich zu ihr umdrehte.

»Lass mich in Ruhe, Paula. Du machst mich krank.«

»Ich? Ich wüsste nicht, warum. Wir haben über ein interessantes Thema geplaudert und waren nicht derselben Meinung, das war alles.«

»Geplaudert? Wie zynisch! Dann sagen wir eben, dass mir deine Art zu plaudern nicht gefällt.«

»Ich kann manchmal ziemlich heftig sein.«

»Etwas mehr als heftig. Du warst ... beleidigend, das ist das richtige Wort.«

»Gut, einverstanden, beleidigend, was auf Spanisch auch angriffslustig heißt, kennst du diese Wortbedeutung? Hör doch auf mit dem Blödsinn und lass uns noch was in der Bar trinken, die wir kürzlich entdeckt haben.«

»Du kannst Menschen nicht einfach kränken und dann so tun, als sei nichts passiert!«

Paula blieb stehen und sah Susy giftig an.

»Wenn du nicht mitkommen willst, dann lass es. Aber ich möchte, dass du etwas ein für alle Mal begreifst: Wenn du jetzt nicht mit in diese Bar kommst, will ich nichts mehr mit dir zu tun haben. Nie wieder, hörst du? Nie wieder. Und du weißt, dass es mir ernst ist.«

Sie sah einen Anflug von Verzweiflung in Susys Blick. Schließlich zog sie wie ein beleidigtes kleines Mädchen eine Schnute und ließ den Kopf hängen. Dann sagte sie bedrückt:

»Du bist widerlich. Ich hoffe, dass in dieser verdammten Bar mehr los ist als neulich, andernfalls ...«

Paula lächelte triumphierend, legte ihr einen Arm um die Schulter und drehte sie um.

»Bestimmt, es wird bestimmt mehr los sein, und wenn nicht, dann machen wir einen drauf.«

Sie kehrten nach San Miguel zurück. Paula wusste jetzt, dass Susy ihr vollkommen hörig war.

166

Ramón warf das Maschinenteil auf die Erde. Mehrere Arbeiter standen daneben und sahen ihn erwartungsvoll an. Er wandte sich an den Chefmechaniker:

»Ohne dieses Teil können wir also nichts machen.«

»Ich kann es irgendwie zusammenflicken, bis das Originalersatzteil eintrifft, aber dafür muss ich Material in San Miguel besorgen.«

»Wir dürfen keine Zeit verlieren. Schreib mir eine Liste, und ich besorge alles; du montierst inzwischen ab. Wenn ich mich gleich auf den Weg mache, könnte ich am Abend wieder zurück sein. Wirst du das bis morgen Nachmittag hinkriegen?«

»Ich werde es versuchen.«

Wie ein Dinosaurier im Museum stand die riesige Maschine mitten auf dem Hügel. Die kleine Versammlung löste sich auf. Ramón ging zu den Bürobaracken. Adolfo besprach etwas mit Santiago, beide waren über Pläne gebeugt.

»Adolfo, es gibt Probleme. Die Maschine oben am Hang ist kaputt. Wir müssen Material aus San Miguel besorgen.«

»Verdammt, es ist, als würden wir mit gebrauchten Geräten arbeiten!«

»Felipe kann sie vielleicht reparieren, aber bis das Ersatzteil eintrifft, braucht er Material aus San Miguel.«

»Hoffentlich funktioniert das, denn wir sind schon ziemlich in Verzug. Wer fährt nach San Miguel?«

Santiago erbot sich.

»Ich fahre, heute Nachmittag habe ich kaum was zu tun.«

»Mir ist lieber, wenn einer von euch fährt, denn wenn der Vorarbeiter einen seiner Männer schickt, kommt der womöglich erst in drei Tagen zurück.«

»Ich müsste eigentlich fahren«, sagte Ramón. »Aber wenn Santiago das übernimmt, tut er mir einen Gefallen, auf meinem Schreibtisch stapelt sich die Arbeit.«

»In Ordnung«, sagte Adolfo abschließend. »Wir sollten das Problem schnellstmöglich lösen.«

Ramón verließ das Büro, und Santiago lauschte weiter den Ausführungen seines Chefs über die Pläne. Doch er konnte sich nicht mehr konzentrieren. Seine Stimme drang wie durch Watte zu ihm durch, und er hatte jedes Interesse an den Einzelheiten des Arbeitsvorgangs verloren. Er ließ ihn zu Ende reden, notierte oder tat so, als notiere er etwas in sein Notizbuch, und machte Anstalten zu gehen. Adolfo schnaubte schlecht gelaunt:

»Tut mir leid, dass du das jetzt auch noch machen musst. Bleib zum Abendessen in der Kolonie und trink viel Kaffee. Fehlte noch, dass du am Steuer einschläfst und einen Unfall baust.«

»Mach dir keine Sorgen, das macht doch nichts.«

»Natürlich macht es was! Es ist schrecklich, unter diesen Bedingungen zu arbeiten, mitten im Niemandsland, ohne vernünftige Logistik ...«

»Wir sind Pioniere im Wilden Westen.«

»Mach keine Scherze und fahr vorsichtig!«

Er ging zu den Ingenieursbaracken und betrat seinen Raum. Nachdem er geduscht hatte, griff er zu einem Päckchen Zigaretten, einem sauberen Hemd und der Brille, die er zum Fahren brauchte. Er warf einen Blick auf seinen Tisch: Arbeitsberichte und eine leere Teetasse. Er betrachtete alles, als würde er es nie wiedersehen. Als er schon im Gehen begriffen war, machte er noch einmal kehrt und holte seine Jacke. Nachts wurde es kalt. Er stieg in den Geländewagen und fuhr los. Das Radio war eingeschaltet, und es gab mexikanische Volkslieder. Er legte eine CD ein, Rossinis Ouvertüren klangen heiter und übermütig, was ihn vor Vergnügen lächeln ließ.

Schon bald hatte er das zermürbende Hämmern der Baustelle und das Camp hinter sich gelassen. Auf der Landstraße wunderte er sich über das herrliche Nachmittagsdämmerlicht. Es war kurz vor Einbruch der Dunkelheit. Er gab sich der Musik und einem großen Glücksgefühl hin. Am Lenkrad seines Wagens findet ein Mann den wahren Frieden, dachte er. Wie lange war es her, dass er sich so wohlgefühlt und so tiefen Frieden empfunden hatte? Er war immer sehr geduldig gewesen, nur ein- oder zweimal in seinem Leben hatte ihn die Verzweiflung gepackt. Er konnte mit Schwierigkeiten umgehen, er brauchte auch nicht die Aussicht auf ein schnelles Glück, um weiterzumachen. Er war ziemlich heil geblieben und alles, worunter er gelitten hatte, würde mit der Zeit verblassen. Er sah die Sonne rotglühend hinter den Bergen versinken. Im Laufe der Jahre hatte er gelernt, weniger zu reden, denn Schweigen ist ein einzigartiger Schutzschild gegen den Schmerz. Das wiederum hatte zur Folge, dass er sich nur noch ungeschickt ausdrücken konnte. In diesem Augenblick hätte er nicht in Worte fassen können, was mit ihm los war. Aber es war auch gar nicht nötig, er sah ruhig und entschlossen und mit absoluter Gewissheit seinem Schicksal entgegen. Sein Tag war gekommen. Er empfand eine Mischung aus Gefühlen, die aus einer fernen Vergangenheit zu stammen schienen, obwohl er davon überzeugt war, dass er diese Empfindungen bisher nicht verspürt hatte. Dennoch war nichts Magisches daran, sie waren zweifelsohne so real wie alles, was auf der Welt geschah. Er sah es deutlich vor sich, obwohl er es nicht zu benennen vermochte. Leidenschaft gebiert zweifelsohne Hellsichtigkeit, sie ist gar nicht die Mutter des Chaos, wie man uns immer hatte einreden wollen, sondern die Wahrheit im Urzustand. Er gab sich diesem Wohlbehagen hin, das nichts anderes war als das Vorstadium zum Glück.

Auf halbem Weg kam er am El Cielito vorbei. Daríos Wagen

war nirgends zu sehen, er hatte ihn also abgeholt. Beim Gedanken an den Jungen musste er grinsen. Komischer Vogel. Die Männer auf der Baustelle machten sich ständig über ihn lustig, über seine häufigen Bordellbesuche, auch über die Diskretion, mit der er seine sexuellen Bedürfnisse ohne Angeberei oder anzügliche Bemerkungen auslebte. Aber dann entdeckte er den Wagen an anderer Stelle. Darío hatte ihn also noch nicht abgeholt, doch er brauchte sich keine Gedanken zu machen, er würde es schon noch tun.

Als Santiago am El Cielito vorbeifuhr, war Darío mit Rosita oben in einem Zimmer. Er saß mit geschlossenen Augen im Sessel vor dem Fenster, weshalb er Santiago nicht sehen konnte. Rosita massierte ihm den Nacken. Eine frische Brise wehte ihm ins Gesicht, und von unten erklang Musik.

»Bist du jetzt etwas entspannter, mein Liebling?«

»Es geht mir besser, aber ich muss gleich wieder los, ich wollte nur den verfluchten Wagen holen.«

»Oh, schade, wie schade, mein Kleiner. Lassen sie dir keine Ruhe?«

Ihre Worte waren ein sanftes und unwiderstehliches Raunen, es unterstrich die kreisenden Bewegungen ihrer braunen Finger, die jetzt seinen nach hinten gebeugten Kopf massierten.

»Mach die Augen auf und schau zum Fenster hinaus, mein Liebling, schau mal was für ein schöner roter Abendhimmel.«

Rot und leuchtend, wie ein Edelstein, das stimmte. Er wünschte sich, dass dieser Augenblick nie enden möge, dass er aus diesem Traum nie erwachen müsste: Das große Haus für ihn ganz allein, und alle Mädchen würden ihn Tag und Nacht verwöhnen. Doch er wusste, dass er gleich in die Kolonie zurückfahren musste, und sofort war das ganze Wohlbefinden wie weggeblasen.

»Ist es nicht schön, mein Liebling?«

»Ja, Rosita, aber ich muss jetzt los, es ist schon spät.«

»Warte, warte noch ein wenig, ich möchte, dass du zufrieden gehst.«

Das Mädchen drückte seine Beine auseinander, kniete sich vor ihn nieder und öffnete seinen Hosenschlitz. Darío lehnte sich zurück und stützte den Kopf an die Rückenlehne des alten Sessels. Er begann zu stöhnen.

Santiago drückte nur kurz auf den Klingelknopf, es erklang metallenes Vogelgezwitscher. Er wartete, und als sie öffnete, spürte er das Feuer in seiner Brust. Victoria sagte nichts, sie versuchte auch nicht, sich von ihrer Überraschung zu erholen. Sie trat einfach beiseite und ließ ihn eintreten. Schweigend starrten sie sich an. Dann umarmte sie ihn. So verharrten sie eine ganze Weile. Santiago küsste sie und hatte dabei das Gefühl, dass die Welt ein viel zu großer, wüster Ort sei, doch er hatte eine Nische gefunden, in die der eisige Wind nicht eindringen konnte. Als sie sich aus der Umarmung lösten, war er einen Augenblick orientierungslos. Er folgte ihr ins Wohnzimmer und merkte, dass Victoria ein wenig schwankte.

»Mir ist schwindlig.«

»Mir auch.«

Beide lachten nervös auf, doch plötzlich brach Victoria in Tränen aus. Santiago redete mit ruhiger Stimme auf sie ein.

»Es wird schwer werden, ich weiß. Aber hab keine Angst, es wird alles gut gehen.«

»Bist du dir sicher?«

»Ja. Es ist noch zu früh, mach dir keine Sorgen. Wir wissen, dass wir zusammen weggehen, nur den Zeitpunkt wissen wir noch nicht. Dieser Gedanke wird dich beruhigen.«

»Das ist egal, ich denke an meinen Mann, ich denke ...«

»Denk nicht so viel, es wird sich alles wie von selbst ergeben. Hab keine Angst und denk nicht so viel.«

»Wie soll ich denn meine Gedanken abstellen?«

»Dann denk nur an mich.«

»Ich denke doch die ganze Zeit nur an dich!«

»Das ist das einzig Wichtige, der Rest erledigt sich von selbst.«

»Wie kannst du dir so sicher sein?«

»Weil Gott bei uns ist.«

Victoria sah ihn ungläubig an. Er lachte auf, und sie fiel in sein Lachen ein. Santiago trocknete ihr mit der Hand die Tränen.

»Hier können wir uns nicht treffen, Santiago, das ist zu viel für mich.«

»Ich werde etwas finden, einverstanden?«

Sie zog ein widerwilliges Gesicht.

»Ja, ich weiß schon, untreu zu sein ist nicht schön. Aber es handelt sich nur um eine Übergangslösung, es wird nicht lange dauern. Wir werden nicht zulassen, dass es sich in etwas Schäbiges verwandelt.«

»Ich bitte dich darum.«

»Aber du hab keine Angst. Du musst dir darüber im Klaren sein, wohin uns das führt.«

»Wann sehen wir uns wieder und wo?«

»Ich kümmere mich darum, mach dir keine Sorgen. Bleib ruhig und denke immer daran, dass ich dich sehr liebe.«

»Wir kennen uns überhaupt nicht.«

»Aber du liebst mich doch auch.«

»Ja.«

»Bist du sicher?«

»Ja.«

Sie umarmten sich wieder und gingen umschlungen zum Sofa. Santiago zog sie langsam aus. Victoria hatte die Augen geschlossen. Sie liebten sich an Ort und Stelle, er über ihr, im einzigen Wunsch, miteinander zu verschmelzen.

Als er im Morgengrauen das Haus verließ, achtete er darauf, nicht gesehen zu werden. Jeder Schritt, der ihn von dem Haus entfernte, verursachte ihm körperlichen Schmerz. Er ließ den Wagen an und plötzlich verwandelte sich das Bedauern, gehen zu müssen, nahtlos in Euphorie. Er suchte rhythmische mexikanische Musik im Radio und trommelte im Takt auf das Lenkrad. Ja, das war der erste Tag seines neuen Lebens. Alles lief gut, aber hatte er auch nur einen Augenblick daran gezweifelt? Hatte er in Betracht gezogen, dass Victoria ihn abweisen könnte? Nein, natürlich nicht, eine solche Leidenschaft entstand nicht einfach aus dem Nichts und auch nicht einseitig: Eine Leidenschaft wie diese entsteht durch die Anziehung zweier Pole, und beider Zusammentreffen bewirkt unendliche Kraft.

Als er zum El Cielito kam, drosselte er die Geschwindigkeit. Die Fahrt war wie im Flug vergangen.

Und Daríos Wagen stand noch immer da, er parkte seinen daneben. Es war schon hell. Und es duftete nach Jasmin.

Beim Eintreten sah er Darío am Tresen sitzen. Um diese Uhrzeit waren noch keine Gäste da. Er ging näher und legte ihm die Hand auf die Schulter. Der junge Mann zuckte erschrocken zusammen.

»Entschuldige, ich wollte dich nicht erschrecken.«

»Mit Ihnen habe ich hier nicht gerechnet, zumindest nicht um diese Uhrzeit.«

»Ich musste in San Miguel Material kaufen. Jetzt bin ich auf dem Rückweg und wollte frühstücken.«

»Dann leisten Sie mir Gesellschaft, ich habe Eier und Kaffee bestellt.«

»Bist du hier, um den Wagen abzuholen?«

»Der Koch hat mich gestern Abend hergebracht, aber ich war zu müde und wollte nicht mehr fahren.«

»Das ist doch in Ordnung.«

Sie bestellten noch ein Frühstück für Santiago und schwiegen, bis es serviert wurde. Dann aßen beide mit großem Appetit. Als sie fertig waren, sah Santiago dem jungen Mann in die Augen.

»Du bist doch ein diskreter Mann, nicht wahr, Darío?«

Er verschluckte sich fast. Hätte er sich ja denken können, dass der Ingenieur etwas von ihm wollte. Er täuschte Gelassenheit vor.

»Santiago, Sie können sicher sein, dass das, was Sie mir erzählt haben, unter uns bleibt. Ich werde niemandem etwas sagen, auch nicht, dass wir uns hier getroffen haben.«

»Das weiß ich, und weil ich von deiner Diskretion überzeugt bin, wollte ich dich um einen Gefallen bitten.«

Die Tasse in Daríos Hand zitterte ein wenig.

»Was immer Sie wünschen.«

»Du kennst doch die Mädchen hier gut, oder?«

»Na ja, Sie wissen ja, dass ich allein in Mexiko bin, und die Einsamkeit...«

»Ich will keine Erklärungen hören, ich will nur wissen, ob du einer von ihnen vertraust, ob eine von ihnen dir klug erscheint.«

»Mit dem einen und anderen Mädchen bin ich vertrauter, das will ich nicht leugnen.«

»Wohnt eine von ihnen in der Nähe vom El Cielito?«

»Alle. Einige in den umliegenden Dörfern und andere auf den Ranchos weiter draußen.«

»Ich suche jemanden, der mir an einem unauffälligen, ruhigen Ort ein Zimmer vermietet.«

»Ja.«

»Ich will dir nichts vormachen. Ich brauche es, um mich mit

einer Frau treffen zu können. Die Hotels von Oaxaca sind zu weit entfernt, und San Miguel ist nicht sicher genug, da könnte uns jemand sehen, verstehst du?«

»Ja, ich verstehe.«

»Das alles ist weder ein Spiel noch ein Bubenstreich, Darío ...«

»Sie sind mir keinerlei Erklärung schuldig.«

»Einverstanden, aber ich möchte, dass du weißt, wie ernst es mir ist, deshalb ist es wichtig, dass ihr beide absolut verschwiegen seid. Ich werde sie großzügig bezahlen, sage ihr das wörtlich.«

»Keine Sorge.«

»Hör mal, mein Junge. Du kannst mir diesen Gefallen auch abschlagen, ich könnte das gut verstehen.«

»Wirklich, das ist kein Problem für mich, nur ... Na ja, wenn jemand ... wenn Ihre Frau ... ich meine, wenn das Ganze auffliegt, verzeihen Sie mir den Ausdruck, bitte ich auch Sie darum, niemandem zu sagen, dass ich Ihnen das Zimmer besorgt habe.«

»Darauf kannst du dich verlassen.«

»Dann ist ja alles klar. Ich werde meine Freundinnen fragen.«

Sie wechselten ernste Blicke. Zwischen ihnen herrschte die verschwörerische Stimmung von Geheimbündlern. Wenige Minuten später fuhr Santiago ins Camp weiter. Als Darío wieder allein war, bestellte er einen Tequila. Er trank ihn in einem Zug. Verdammt, dachte er, warum mussten solch merkwürdige Dinge immer ihm passieren? Dann überlegte er weiter, hätte er nicht diesen guten Kontakt zu den Huren, hätte der Ingenieur ihn auch nicht um seine Hilfe gebeten. Kleine Sünden bestraft der liebe Gott sofort, wie der Volksmund sagt. Obwohl diese respektablen Leute, die er ertragen musste, theoretisch eine Bande lasterhaf-

175

ter Heuchler war, das hatte er gleich gemerkt. Aber jetzt musste er in die Kolonie zurück. Er suchte in seiner Hosentasche den Autoschlüssel.

Santiago traf auf der Baustelle ein und brachte das Material gleich zum Mechaniker. Dann ging er in die Ingenieursbaracke und fand seine Kollegen beim Frühstücken vor. Sie begrüßten ihn scherzend.

»Auf den Erfolg deiner heldenhaften Mission!«

Ramón, Adolfo und Henry hoben ihre Kaffeetassen. Santiago lächelte flüchtig.

»Die Teile sind schon drüben. Mal sehen, ob der Mechaniker das hinkriegt und wir heute Nachmittag weiterarbeiten können.«

»Der ist sehr geschickt, der kriegt das hin«, erwiderte Adolfo.

Henry fragte, ob er schon gefrühstückt hätte.

»Ja, auf dem Weg.«

»Er hat bestimmt besser gegessen als wir.«

»Das ist keine große Kunst.«

»Trink noch einen Kaffee.«

Er lehnte Ramóns Angebot ab.

»Nein danke, ich bin ziemlich müde. Ich glaube, ich lege mich bis zum Mittagessen hin.«

»Wie du willst.«

Er verabschiedete sich mit einem kurzen Gruß. Auf dem Weg in sein Zimmer fühlte er sich ziemlich unbehaglich. Er hasste es, mit der Frau eines Kollegen ein Verhältnis zu haben. Ramón war ein friedfertiger, freundlicher Mann, der nie so etwas unterstellen würde. Dann stellte er solche Gedanken ab, so konnte es nicht weitergehen. Bis die Geschichte bekannt wurde, müsste er mit Ramón zusammenarbeiten. Wenn er Gewissensbisse verspürte oder gar

Schuldgefühle zeigte, könnte alles den Bach runtergehen, und das wollte er auf keinen Fall. Er hatte das alles nicht voraussehen können. Das Leben ist, wie es ist.

Nach dem Duschen legte er sich nackt ins Bett. Er erinnerte sich an Victorias Haut, an das Ziehen in seinem Unterleib, als er in sie eindrang, er ließ die jüngsten Empfindungen, Gerüche und Berührungen noch einmal aufleben. Das erregte ihn erneut, er hatte das Gefühl, von dieser Frau nie genug zu bekommen. Er lächelte. In seinen Ohren klang noch immer ihr leises lustvolles Stöhnen nach. Er versuchte sich zu beruhigen, griff zu einem Buch und begann zu lesen, aber erst der Schlaf besänftigte sein Verlangen.

Nach Santiagos Abfahrt fiel Victoria in einen süßen Halbschlaf, sie spürte das Erlebte noch auf der Haut. Doch als sie das Bett verließ, stieg eine diffuse Unruhe in ihr auf. Sie ging mehrmals im Wohnzimmer auf und ab, setzte sich dann zum Frühstücken in die Küche und versuchte sich zu verhalten, als wäre dies ein ganz normaler Tag. Doch sie hatte vergessen, was ein ganz normaler Tag ist. Sie setzte sich in ihren Lieblingssessel und versuchte zu lesen, konnte sich aber nicht konzentrieren. Paradoxerweise waren ihre Gedanken glasklar: Sie wusste, was sie tun würde. Sie war sich bewusst, was sie wollte. Dann fiel ihr ein, dass sie ihre Kinder anrufen musste, und rechnete nach, wie spät es in Barcelona sein mochte. Doch sie verwarf den Gedanken sofort wieder, denn dieser Anruf sollte nur ihre Gewissensbisse beschwichtigen. Wenn sie mit Santiago zusammenlebte, würden ihre Kinder vom ersten Platz verdrängt sein. Dann wurde ihr bewusst, dass diese Einstellung in ihrem Alter absurd war.

Sie ging wieder in die Küche und überlegte, ob sie etwas Alkoholisches trinken sollte. Eigentlich trank sie nicht gerne so früh, aber es kamen schwere Zeiten auf sie zu, ein Schlückchen Alkohol könnte durchaus hilfreich sein. Sie trank einen Likör und empfand seine Wärme wie Balsam. Wenn das alles wenigstens in ihrer Stadt, in ihrem Land geschehen wäre, aber hier, weit weg von ihrem vertrauten Umfeld, in dem ihr bisheriges Leben stattgefunden hatte, wirkte alles irreal, als lebte sie in einer anderen Wirklichkeit, die nur in Mexiko Gültigkeit hatte. Wenn Santiago und sie zusammen weggingen, was würden sie tun, wohin sollten sie gehen, was würde aus ihrem Leben in Spanien und ihren Kindern werden? Sie trank noch einen großen Schluck und stellte leise Musik an. Mozart. Die in der Luft vibrierenden Töne besänftigten ihre Nerven rasch. Mozarts Musik war aufmunternd, weil sie Freude ausdrückte und einen glauben ließ, es existiere auf der Welt eine Harmonie, die allen Dingen einen Sinn verlieh. Sie musste verrückt sein, ganz ohne Zweifel, es war ihr das wunderbare Geschenk der Liebe gemacht worden. Ein attraktiver und selbstbewusster Mann liebte sie so sehr, dass er bereit war, alles für sie aufzugeben. Ihr wurde geschenkt, was sie sich immer gewünscht hatte: Erregung, innige und intime Verschmelzung aus Liebe, und das alles in einem Alter, in dem sie nie geglaubt hätte, dass es für sie noch eine Zukunft gäbe. Und was tat sie angesichts dieses Geschenks des Schicksals? Sie zitterte wie Espenlaub beim Gedanken an die auf sie zukommenden Schwierigkeiten, an den Schmerz, an die Reaktionen der anderen. Nein, im Augenblick sollte sie ausgiebig und unbeschwert genießen, was sie rein zufällig gefunden hatte.

Sie spürte den frischen Windhauch, der durchs Fenster hereinwehte, den Alkoholnebel im Kopf. Bei der Erinnerung an die Berührung von Santiagos Körper erschauerte sie. Beim Gedanken daran, dass sie in Santiagos Gedankenwelt eindeutig großen Raum einnahm, musste sie lächeln. Das alles war noch so neu, so verhalten, so geheimnisvoll. Sie hätte Stunden um Stunden damit zubringen können, ihren Gefühlen nachzuspüren.

Manuela legte den Hörer auf die Gabel. Nach dem Telefonat mit ihrer Tochter beschlich sie das Gefühl, dass etliches schiefging, wenn sie sich nicht selbst darum kümmerte. Natürlich brauchten ihre erwachsenen und verheirateten Kinder sie nicht mehr, aber sie hatte so ihre Bedenken an deren Lebensführung: Lösten sie die Alltagsprobleme richtig? Ach, als sie noch in Spanien lebte und sie gelegentlich besuchte, hatte sie gesehen, dass ihr Familienleben alles andere als perfekt war. Es fehlte noch an vielem, die Haushaltsgründungen waren überstützt und schlecht organisiert vonstattengegangen. Nichts Wesentliches, ihre Kinder waren fleißig und vernünftig, aber sie war der Meinung, da ließe sich noch einiges verbessern. Manuela war eine Perfektionistin. Ihr Mann und sie hatten gleich zu Beginn einen Pakt geschlossen: Er sorgte für den Unterhalt, und sie kümmerte sich um Haus und Kinder. Alles hatte, wie vorherzusehen gewesen war, bestens funktioniert, denn hatte man sich erst einmal für eine bestimmte Rolle entschieden, sollte man keine Zeit damit verschwenden, sich über das zu beklagen, was man nie hatte tun können. Ihr Haushalt hatte immer präzise wie eine Schweizer Uhr funktioniert, alles unterlag den Regeln eines logischen und vernünftigen Ordnungsprinzips. Niemand suchte Ausflüchte, um gegen seine Rolle im Familienverbund aufzubegehren. Die Kinder waren verantwortungsbewusst, freundlich, fleißig und ausgeglichen. Damals hörte sie von ihren Freundinnen oft: Du hast großes Glück mit deinen Kindern, Manuela. Sie hatte zustimmend gelächelt, doch insgeheim gedacht, dass Er-

179

ziehung nichts mit Glück zu tun hatte. Kinder zu erziehen war nicht wie ein Lotteriegewinn oder der Kauf eines Elektrogeräts, das wirklich gut funktionierte und nicht kaputt zu kriegen war. Nein, sie würde sich nie damit brüsten, aber ihre Kinder waren ihr großes Lebenswerk, ihre ganz persönliche Leistung. Und dennoch schien niemand zu erkennen, dass zur Bewältigung dieser Aufgabe ein hohes Maß an Selbstbeherrschung und eiserne Selbstdisziplin vonnöten waren. Sie hatte sich nie die geringste Nachlässigkeit oder die kleinste Schwäche erlaubt. Das war der Grund ihres Erfolgs als Mutter. Sie war nie selbstgerecht, träge oder faul gewesen und hatte sich nie selbst bemitleidet. Die Opfer, die man seinen Kindern bringt, müssen im Rahmen des Gesamtprojekts gesehen werden, innerhalb einer Struktur, in die die Einzelteile des Ganzen so eingefügt werden müssen, dass man sich das Endprodukt vorstellen kann. Dass sie ihren Beruf nicht ausüben konnte oder nicht über genügend Zeit für sich verfügte, hatte sie weder als Last noch als Frustration empfunden. Ihr war vom Leben eine wichtige Aufgabe zugeteilt worden, und sie hatte sie erfüllt. Jetzt hatte sie nur noch wenige Verpflichtungen: Sie versorgte ihren Mann, sie leistete ihm Gesellschaft, und sie erledigte die Aufgaben einer Frau des Chefs. So war sie zugleich Seele und Motor der Kolonie, ohne den persönlichen Freiraum der Bewohner zu beschneiden.

Als sich ihre älteste Tochter nach Heirat und Geburt ihres Kindes darauf versteifte, als Architektin weiterzuarbeiten, und sie die vielen Probleme sah, die damit einhergingen, musste sie sich auf die Zunge beißen, um nicht zu sagen: Übernimm dich nicht, meine Liebe, genieße das Wertvolle, was du hast: einen wunderbaren Mann, der viel Geld verdient, ein Leben, das du nach deinen Vorstellungen und Bedürfnissen gestalten kannst. Aber ihre Tochter hätte sowieso nicht auf sie gehört, und wenn sie sie besuchte, sah sie Dinge, die ihr überhaupt nicht gefielen: ein kleines Kind, das aß, wann es ihm in den Sinn kam, und eine Wohnung voller Babysitter und Haushaltshilfen, die nicht einmal imstande waren, die Kleiderschränke vernünftig in Ordnung zu halten. Und ihre Tochter hetzte von einem Termin zum nächsten mit dem Gefühl, nie genug Zeit für das Kind zu haben, immer krank vor lauter Schuldgefühlen. Die Frauen der jüngeren Generation schienen nicht zu merken, dass die Welt ihren eigenen Rhythmus hat, den ändern zu wollen sinnlos war. Aber schließlich war es nicht mehr ihre Aufgabe, diese Ideen zu verbreiten, deshalb machte sie sich keine allzu großen Sorgen um die Zukunft ihrer Kinder. Sie hatte ihre Pflicht erfüllt.

Ihre Gedanken wanderten zu Adolfo. Sie hatten ein paar Krisen überstanden, nichts Ernstes, wie eben jedes Paar, das sehr lange verheiratet ist. Sie glaubte, dass er sie nie betrogen hatte, aber es plagte sie auch nicht der Gedanke, ob es stimmte. Er war ein guter Ehemann gewesen, liebevoll, nachsichtig und sehr fleißig, ein guter Vater, der sich nie in ihren Erziehungsstil eingemischt und sie mit dem größten Vertrauen hatte gewähren lassen. Auch wenn es für Außenstehende sonderbar klingen mochte, konnte sie mit Fug und Recht behaupten, dass ihr Mann mehr Probleme gelöst als verursacht hatte. Eine ausgesprochen positive Bilanz.

Manchmal fragte sie sich, was ihre Nachbarinnen in der Kolonie über all diese Dinge dachten. Sie hatte es nie gewagt, sie offen darauf anzusprechen. Alle waren jünger, sie hatten bestimmt andere Vorstellungen oder konnten sich an der traditionellen harmonischen Ordnung nicht mehr erfreuen. Schade, denn sie war ein Geschenk, das allen Frauen gemacht wurde. Natürlich nur denen, die über genügend finanzielle Mittel verfügten, so war das eben. Als sie in Mexiko eingetroffen waren, hatte sie sich gewünscht, eine der Frauen wäre in ihrem Alter, denn der Gedankenaustausch mit Altergenossinnen war ihr wichtig. Natürlich waren diese Frauen alle reizend, aber wer wusste schon, worüber sie sich wirklich Gedanken machten? Anfangs hatte sie das Gefühl gehabt, Victoria stünde ihr am nächsten. Ihre Kinder waren erwachsen, sie war ausgeglichen, hilfsbereit und nie schlecht gelaunt. Doch sie war in Gedanken immer woanders. Und die Amerikanerin war sympathisch und enthusiastisch, aber zu jung und aus einer ganz anderen Kultur! Ganz zu schweigen von Paula. Was hatte diese Frau zu verbergen? Die Lebenserfahrung hatte sie gelehrt, nicht vorschnell zu urteilen, es konnte böse Überraschungen geben, wenn man ein Urteil fällte, ohne die Umstände eines Menschenlebens zu kennen, aber diese Frau wirkte eindeutig verzweifelt. Manuela verstand nicht, warum. Ihr Mann verhielt sich tadellos, und abgesehen davon, dass sie zu viel trank, bewies sie Intelligenz und einen großen Sinn für Humor, wenn auch einen etwas eigenwilligen. Natürlich, sie hatten keine Kinder, und das ist immer ein Reibungspunkt in einer Ehe. Vielleicht kam Paulas Verzweiflung daher. Sie wusste es nicht, aber so wie sie trank, und diese verrückte Geschwätzigkeit, in die sie dann verfiel ... Nun ja, das ging sie nichts an. Sie betrachtete sich als eine Frau, die Glück gehabt hatte, und genau das machte sie so verständnisvoll in Bezug auf andere. Und verständnisvoll bedeutete tolerant zu sein, denn in der ganzen Tragweite zu erfassen, was jüngere Frauen dachten oder fühlten, mochte ihr nicht gelingen. Es war, als steckten die Menschen in einem Prozess der Verkomplizierung von Dingen, die im Grunde ganz einfach waren. Die Welt konnte sich zwar verändern, aber es existierten unabänderliche Vorgaben. Es würde immer Eltern und Kinder geben, Menschen würden sich immer verlieben, Paare würden zusammenziehen und Kinder bekommen, die heranwachsen und die man erziehen musste, und immer würde ein neuer Tag anbrechen, an dem man aufstehen, zur Arbeit oder zur Schule gehen und essen musste, das, was man Alltag nennt, mit seinem unumstößlichen Kanon aus Verpflichtungen und Bedürfnissen. Immerhin, auf der Strukturierung der kleinen Dinge ruhte das Gewicht der großen, und das nahm kaum jemand wahr. Hetzen, eilen, schaffen, anhäufen, sich im Beruf beweisen. Ach, die armen Frauen, sie verloren das Gefühl für das wirklich Wesentliche! Mehr noch, sie verloren ihr Reich und die Macht, die sie darin zweifelsohne immer besessen hatten. Doch sie schätzte sich glücklich, und wenn sie abends neben ihrem Mann im Bett lag, seinen ruhigen und entspannten Körper spürte und ihn regelmäßig atmen hörte, war sie besonders stolz und dankbar dafür, ihren Platz an seiner Seite zu haben. Zumindest war es bisher immer so gewesen. Erst in letzter Zeit dachte sie öfter, ihr fehle ein wenig Freiheit. Doch Freiheit wozu? Um sich wie Paula zu betrinken? Sie schloss die Augen und zwang sich, diese Gedanken zu verscheuchen. Alles lief gut, oder etwa nicht? Doch, alles lief gut. Jeder hatte seine Lebensumstände, und ihre hatten sie friedlich bis hierher geführt.

Susy machte sich allein auf den Weg nach San Miguel. Sie brauchte Bewegung. In der Kolonie fühlte sie sich wie ein Tier im Käfig. Am Morgen hatte ihre Mutter angerufen und zu Weihnachten ihren Besuch angekündigt. Susy fand die Nachricht schrecklich. Sie hatte überlegt, über die Feiertage nach Boston zu fliegen, wenn Henry ein paar Tage Urlaub bekäme. Aber ihre Mutter war ihr zuvorgekommen. Sie hätte ihren Besuch ablehnen und den Vorschlag machen sollen, sie ihrerseits zu besuchen, aber sie hatte es nicht über sich gebracht. Wie üblich war sie blockiert, wenn sie eigent-

183

lich standhaft sein müsste. Zu viele Jahre des Nachgebens und zu viel unausgesprochener Hass. Sie hatte nie den Mut aufgebracht, ihrer Mutter zu sagen, wie sehr sie sie verachtete. Sie hatte geglaubt, im Laufe der Zeit genügend Abstand zu gewinnen, um ihren Widerwillen zu überwinden. Und irgendwie war es auch so gekommen, die Zeit hatte zwar ihre Abneigung nicht gemindert, aber sie hatte geholfen, ihr Verhalten zu ändern, weniger blockiert zu reagieren und vernünftiger zu handeln. Eine jahrelange Therapie hatte vor allem ihre Wahrnehmung gestärkt. Es lag auf der Hand, dass ihr der Kontakt zu ihrer Mutter nicht guttat. Ihr wurde empfohlen, sich so wenig wie möglich mit ihr zu treffen, aber auch zu versuchen, die Mutterfigur zu akzeptieren, ihr ihre Fehler zu verzeihen und sie nicht ändern zu wollen. Obwohl sie sich Mühe gegeben hatte, war es nicht immer einfach, diesen Rat zu befolgen. Ihre Mutter konnte ziemlich aufdringlich sein, sie ständig anrufen oder ohne Vorankündigung bei ihr auftauchen. Dann wieder vergingen Monate, ohne dass sie etwas von ihr hörte, und wenn Susy sie ihrerseits anrief, bekam sie eine barsche Antwort.

Henry hatte wesentlich zu ihrer Stabilisierung beigetragen. Ihm fiel der Umgang mit seiner Schwiegermutter nicht sonderlich schwer. Den Gewitterfronten wich er geschickt aus, er konnte Susys Ablehnung ihrer Mutter zwar nicht nachvollziehen, versuchte sie aber auch nicht zu ergründen. Er respektierte diesen Konflikt, hatte sie aber nie nach den Ursachen gefragt. Besser so, denn Susy bezweifelte, dass er sie verstanden hätte. Er war ein aufrichtiger, gradliniger, zufriedener Mann und Spross einer vorbildlichen Familie, deren Mitglieder sich liebten und respektierten, ein umkomplizierter Partner. Er liebte seine Arbeit, er mochte Rugby und Folkmusik und war von klein auf der Beschützer seiner kleinen Schwester gewesen. Er war taktvoll und höflich, sinnenfreudig und herzlich. Obwohl sie sich glücklich schätzen konnte, einen so perfekten Ehemann zu haben, hatte sie manchmal ein ungutes Gefühl. Er war einfach zu tugendhaft. Er nahm nicht einmal Medikamente, weil es ihm nie schlecht ging. Er rauchte nicht, trank nie zu viel, hatte nie schlechte Laune und auch keine auffälligen Macken. Er kümmerte sich um sie und spielte auf ihren eigenen Wunsch ihren Beschützer. Dass sie schwächer war als er, aber dank seiner Unterstützung ihren Weg machen würde, hätte sie nie in Frage gestellt. Deshalb fühlte sie sich leider manchmal auch von ihrem Mann abhängig. Gäbe es einen Nobelpreis für den perfekten Ehemann, dann hätte ihn Henry auf jeden Fall verdient.

Und Weihnachten also mit ihrer Mutter. Damit hatte sie nicht gerechnet. Sie hatte sie noch nie in Mexiko besucht. Was war der Beweggrund? Wieder Liebeskummer wegen eines untreuen Verehrers? Eltern sollten ihren Kindern ihre Schwächen lieber vorenthalten, dachte sie, ihre Mutter hatte sie stets in ihr inneres Chaos mit einbezogen. Und dennoch gab es Momente, in denen ihre Persönlichkeit geradezu schillernd zum Vorschein kam. Dann zeigte sie sich selbstsicher, fröhlich, einfallsreich und tiefsinnig. Dann hatte man den Eindruck, einer Person wie ihr müsste die Welt zu Füßen liegen. Aber so war es keineswegs, ihre Mutter hatte die Welt zu einer glitzernden Bühne umfunktioniert, auf der man sehr leicht stolpern konnte.

Immer mehr Einwohner von San Miguel kreuzten ihren Weg, denn sie hatte den Wochenmarkt angesteuert. Frauen mit Körben, Indios mit undurchdringlichen Gesichtern, wunderschöne Kinder wie Miniaturen. Plötzlich entdeckte sie an einem Kräuterstand Victoria. Sie war sich nicht sicher, ob sie ihr begegnen wollte, ging aber trotzdem auf sie zu, sie musste ihre düsteren Gedanken verscheuchen. Als sie

185

ihr eine Hand auf die Schulter legte, fuhr Victoria erschrocken herum.

»Habe ich dich erschreckt?«

»Ich war in Gedanken.«

Sie gab der Marktfrau ein paar Münzen, und sie gingen zusammen weiter.

»Lass mal sehen, was du gekauft hast.«

»Eine Gewürzmischung. Ich wollte ein paar Tütchen nach Barcelona schicken. Ein paar Freunde haben mich telefonisch darum gebeten. Das ist wirklich absurd! Die finden sie bestimmt in jedem Feinkostladen, aber so ist es eben, alle sind auf der Suche nach der Exotik, die es längst nicht mehr gibt.«

»Die hier sind bestimmt besser. Komm, ich lade dich zum Kaffee ein.«

Sie gingen plaudernd weiter zum Rathausplatz, setzten sich an einen Tisch und bestellten Kaffee.

»Weißt du, was ich manchmal denke?«, sagte Susy. »Ich glaube, wir leben hier, ohne uns wirklich richtig klarzumachen, wo wir sind. Wir haben unsere Gepflogenheiten mitgebracht, unsere Leute ... Wenn wir nach Hause zurückkehren, werden wir das Gefühl haben, unseren Aufenthalt in Mexiko nicht sinnvoll genutzt zu haben.«

»Dieses Gefühl hat man immer, egal an welchem Ort.«

»Die Zeit vergeht sehr schnell.«

»Vielleicht nutzen wir unser Leben insgesamt nicht richtig.«

»Hast du heute deinen pessimistischen Tag?«

Victoria lachte auf und schüttelte den Kopf. Sie trank einen Schluck Kaffee.

»Hör nicht auf mich. Wie kann man an so einem schönen Morgen pessimistisch sein?«

»Kommst du oft hierher?«

»Nein, nicht oft.«

»Ich schon. Manchmal mit Paula.«

»Du hast dich mit Paula angefreundet, nicht wahr?«

»Ich weiß nicht.«

»Du weißt es nicht?«

»Sie ist eine sehr intelligente und eigenwillige Frau, aber ich weiß nicht, ob wir Freundinnen sind.«

»Das verstehe ich nicht.«

»Ach, ist auch egal, bei Paula weiß man nie! Im Grunde glaube ich, sie mag Menschen nicht.«

»Fühlt sie sich in der Kolonie nicht wohl?«

»Sie fühlt sich eher nicht wohl in ihrer Haut.«

»Vielleicht wollte sie ihren Mann nicht begleiten oder vielleicht kann sie hier nicht vernünftig arbeiten.«

Susy sah sie überrascht an. War Victoria etwa eine Klatschbase, die sie über Paulas Privatleben aushorchen wollte? Den Eindruck hatte sie bisher nicht gemacht. Natürlich erregte Paula die Neugier der anderen. Sie war später zu diesem bereits bestehenden Mikrokosmos gestoßen und zudem eine bemerkenswerte Frau. Es schmeichelte Susy, wenn andere glaubten, sie stünde ihr so nahe, dass sie mehr über sie wusste. Aber das stimmte nicht, sie wusste gar nichts.

»Ich glaube, Paula hat keine greifbaren persönlichen Probleme«, sagte sie. »Aus irgendeinem Grund, den ich nicht kenne, ist das Ganze universeller, für sie scheint die bloße Tatsache zu leben schon ein Problem zu sein.«

»Das klingt sehr geheimnisvoll, ist aber wahrscheinlich richtig. Ich habe immer angenommen, dass der Charakter eines Menschen sein Leben bestimmt, und nicht das, was ihm widerfährt.«

»So etwas in der Art. Mal was anderes: Weißt du etwas über die Guelaguetza?«

»So viel wie du. Sie findet am Samstag statt, und die ganze Kolonie ist eingeladen.«

»Dann müssen wir wohl oder übel dort aufkreuzen.«

»Ich finde es fantastisch, wie gut du Spanisch sprichst.«

»Ich lerne es, seit ich zehn bin! Das ist die einzige Anstrengung, für die ich meiner Mutter echt dankbar bin. Übrigens, meine Mutter kommt uns Weihnachten besuchen.«

»Oh, wie schön!«

»Fliegt ihr nach Spanien?«

»Nein, Ramón ist nicht dafür, ständig nach Spanien zu fliegen.«

»Werden eure Kinder kommen?«

»Glaube ich nicht, sie waren im Sommer hier.«

»Was ist das für ein Gefühl, erwachsene Kinder zu haben?«

»Ich weiß nicht, kein besonderes.«

Susy sah sie enttäuscht an. Es war unmöglich, etwas Tiefgründigeres von ihr zu erfahren. Sie versuchte ein letztes Mal, sie aus ihrer ewigen Reserve herauszulocken.

»Victoria, bist du gerne eine Frau?«

Victoria lachte auf. Sie begriff nicht, worauf die Amerikanerin hinauswollte. Hatte sie etwas erfahren?

»Diese Frage stelle ich mir nie, Susy, ich bin eine Frau! Jedenfalls ist das immer noch besser, als zum Beispiel eine ... Schnecke zu sein.«

Susy lächelte. Sie war ernüchtert. Victoria war eindeutig eine ganz gewöhnliche Frau. Früher war sie ihr gar nicht so langweilig vorgekommen. Warum hatte sie plötzlich das Bedürfnis nach außergewöhnlichen Menschen, die das Leben aus einem anderen, originelleren Blickwinkel betrachteten? Paulas Eintreffen hatte sie verändert, Paulas Eintreffen hatte die ganze Kolonie verändert. Sie konnte nicht sagen, warum.

Am meisten ärgerte ihn, dass er an den Partys, die er ja selbst bis ins Detail organisiert hatte, auch noch teilnehmen musste. Doch er wagte es nicht, seinen Unwillen laut auszusprechen, das war unmöglich, man hätte es ihm sicher übelgenommen. Doch worüber beklagte er sich eigentlich? Er konnte nicht behaupten, dass er Schwerstarbeit verrichten musste, und sein Leben in Mexiko war auch nicht gerade eine Qual. Trotzdem verschlechterte sich seine Stimmung täglich, er wurde schwermütig und ungnädig mit sich selbst und anderen. Er war immer ein sogenannter fröhlicher Bursche gewesen, nach dem Motto: Was kostet die Welt? Doch jetzt verhielt er sich ständig wie ein Opferlamm. So konnte das nicht weitergehen, es gab keinen Grund für seine miserable Gemütslage. Ging es ihm wirklich so schlecht? Überhaupt nicht. Er hatte seine gut bezahlte Arbeit, er verfügte über genügend Freizeit, er ließ sich von den Mädchen im El Cielito verwöhnen, ah, und dann gab es natürlich noch Yolanda, seine fabelhafte Freundin! Was war es dann? Dass er diese manchmal ziemlich lästigen Ehefrauen ertragen musste? So schlimm waren sie nun auch wieder nicht. Und jetzt sollte er auch noch den Kuppler in einer Liebesgeschichte spielen … Eigentlich schmeckte ihm die ganze Angelegenheit nicht. Er fand es verblüffend, dass sich Menschen unabhängig von ihrem Alter offensichtlich ihr ganzes Leben lang mit Liebesdingen, Sexualität oder was auch immer herumschlugen. Immerhin war der Ingenieur in den besten Jahren und verheiratet, er pflegte einen beneidenswerten Lebensstil, warum hatte er sich in ein derartiges Abenteuer gestürzt? Wenn man erst einmal verheiratet war und sich im Leben eingerichtet hatte, so dachte Darío, ließ das Interesse am Sex automatisch nach. Nun gut, das war vielleicht ein Irrtum. Vielleicht hörte dieses Verlangen aus dem Unterleib nie auf. Wie dem auch sei, es blieb ihm

189

nichts anderes übrig, als sich mit den Tatsachen abzufinden, in den sauren Apfel zu beißen und seine beruflichen Verpflichtungen wieder etwas ernster zu nehmen. Sonst würde er noch in der Psychiatrie landen, und die mexikanische Psychiatrie war bestimmt kein angenehmer Ort.

Die Stadtverwaltung von San Miguel veranstaltete zu Ehren der Ingenieure und ihrer Familien eine Guelaguetza. Er war mit Gemeinderat Berto Méndez verabredet, mit dem er schon einmal zu tun gehabt hatte. Der Typ nervte ihn, weil er ewig brauchte, bis er auf den Punkt kam und darüber hinaus sehr schleppend sprach. Schlechte Aussichten, aber er hegte die Hoffnung, bald wieder verschwinden zu können.

Berto zeigte ihm den Ort, wo die Guelaguetza veranstaltet werden sollte. Es war eine Kirchenruine außerhalb San Miguels, von der nur noch die Grundmauern und das Dach standen.

»Was die Sicherheitsvorkehrungen anbelangt, Darío, ist es hier eigentlich unmöglich, jemanden zu entführen.«

»Aber es ist sozusagen im Freien.«

»Genau, jeder, der näher kommt, ist sofort zu sehen. Wir werden auf allen Seiten Wachen postieren und auch ein paar auf den Zufahrtswegen. Dort wird das Orchester sitzen. Die Tanzgruppen treten auf der freien Fläche auf, und dann bewegen sie sich durch die Sitzreihen.«

»Durch die Sitzreihen?«

»Sie müssen doch die Leute zum Tanz auffordern, das ist üblich bei einer Guelaguetza.«

»Und das ist sicher?«

»Natürlich, die Tänzer werden wohl kaum eine Waffe unter ihren Trachten verstecken.«

»Aber die Wachen sind bewaffnet?«

»Ja, natürlich. Ich werde auch eine Waffe tragen, und wenn Sie wollen, besorge ich Ihnen ebenfalls eine.«

190

»Sind Sie dazu autorisiert?«

»In Mexiko ist das Tragen von Waffen eigentlich nicht erlaubt...«

»Also?«

»Was nicht erlaubt ist, ist nicht erlaubt. Aber es ist nur eine kleine Waffe...«

Er ließ sich über Kaliber und Modelle aus, während Darío nervös auf die Uhr schaute.

»Ich will keine Waffe. Außerdem hoffe ich, dass es auch nicht nötig sein wird.«

»Gut, dann müssen Sie mich in mein Büro begleiten und ein Formular unterschreiben, auf dem Sie sich mit unseren Sicherheitsvorkehrungen einverstanden erklären.«

»Aber jetzt habe ich es ein bisschen eilig, vielleicht ein andermal.«

»Nein, tut mir leid, aber dieses Formular brauchen wir. Ich sagte Ihnen ja schon, was in Mexiko nicht erlaubt ist, ist nicht erlaubt.«

Er hatte Bertos Beharrlichkeit unterschätzt und durfte ihn nicht vor den Kopf stoßen. Schließlich fielen die diplomatischen Beziehungen in seine Zuständigkeit, wenn sich der Chef nicht persönlich darum kümmern konnte, und seine Anordnungen waren eindeutig: Die mexikanischen Autoritäten hatte man, unabhängig von ihrem Rang, immer höchst respektvoll zu behandeln. Also begleitete er Méndez aufs Rathaus, unterschrieb und lauschte den ausufernden Erläuterungen des bedächtigen Mexikaners. Nach Erfüllung der diplomatischen Vorschriften musste er das Ganze auch noch mit einem Bier besiegeln, wie es hierzulande üblich war. Das alles zog sich viel länger hin, als er eingeplant hatte, weswegen er unweigerlich zu spät zu seiner Verabredung kommen würde.

Er stieg in seinen Geländewagen und gab Vollgas. Die Mäd-

191

chen hatten ihm Wegbeschreibungen zu ihren Häusern gegeben, aber er hatte nur eine davon mitgenommen. Für jede von ihnen wäre das Vermieten eines Zimmers eine hochwillkommene zusätzliche Einnahmequelle. Wahrscheinlich hatten sie etwas übertrieben, was den Zustand ihrer Häuser anbelangte. Diesbezüglich war ihm Rosita am glaubwürdigsten erschienen. Keines der Mädchen lebte allein, sondern alle mit ihrer vielköpfigen Familie, die auch Onkel und Tanten einschlossen, zusammen. Doch Rosita hatte lediglich drei Brüder, die von früh bis spät auf dem Feld arbeiteten, eine Garantie für Verschwiegenheit und Diskretion. Ihr Ranchito bestand aus weitläufigen Gebäuden und einem großen Hinterhaus mit eigenem Zugang. So könnten der Ingenieur und seine geheimnisvolle Geliebte ungesehen kommen und gehen.

Er brauchte eine Weile, bis er es gefunden hatte – sehr gut, damit war die Möglichkeit, gesehen zu werden, noch geringer. Rosita wartete vor der Haustür auf ihn. Es handelte sich um eines dieser Häuschen, von denen es viele in der Gegend gab: dicke Bruchsteinmauern, die an manchen Stellen ausgebrochen waren. Die Reste unterschiedlicher Farbschichten bewiesen, dass sich jemand Jahr für Jahr ohne sichtbaren Erfolg bemühte, den äußeren Verfall aufzuhalten. Im Innenhof pickten ein paar Hühner, und etliche schwarze Schweine grunzten missmutig. Rosita lächelte ihn an.

»Hallo, mein Liebling, ich dachte schon, du kommst nicht mehr.«

»Ich muss von einem Ort zum nächsten hetzen. Und ich habe Kopfschmerzen.«

»Mein armer Kleiner! Mit ein bisschen Massage sind die gleich verflogen.«

»Keine Massage jetzt. Ich hab's eilig. Zeig mir das Zimmer.«

Sie führte ihn ums Haus in den Hinterhof. Er stellte zufrieden fest, dass man mit dem Auto bis vor die Tür fahren und es in einem nicht einsehbaren Winkel parken konnte.

»Deine Brüder sind nicht da, aber wer wohnt noch im Haus?«

»Meine Mama und mein Großmütterchen.«

»Zu viele Leute!«

»Ich kann sie wohl kaum aus ihrem eigenen Haus werfen. Aber sie stören doch nicht. Sie kümmern sich um ihre Angelegenheiten, sie werden sich nicht blicken lassen.«

»Das musst du ihnen sagen. Und die Schweine?«

»Die Säue stören dich auch?«

»Also wirklich, sie sind nicht gerade romantisch! Das macht einen schmutzigen Eindruck.«

»Oh nein, so nicht! Diese Säue sind reines Gold wert, und die werden nirgendwohin gebracht. Es reicht schon, wenn meine Mama und mein Großmütterchen in der Küche bleiben müssen, aber die Säue dürfen sich frei bewegen.«

»Schlachtet ihr die nicht?«

»Sie schlachten? Ich kenne sie seit Jahren. Sie sind hier groß geworden. Sie schützen den Besitz und leisten uns Gesellschaft.«

Darío sah sie ungläubig an und schüttelte den Kopf. Diese Mexikaner waren alle ein wenig verrückt. Sie sahen sich den Raum an, der ihm für diese Verhältnisse ganz ordentlich erschien: unebene, grün gestrichene Wände, vor dem Fenster dicke bunte Vorhänge, ein Bett, ein Tisch und zwei Stühle ... Als einziger Raumschmuck hing ein vergilbtes Bild der Jungfrau von Guadalupe neben der Tür. Darío betrachtete es kritisch.

»Findest du das Bild passend?«, fragte er und zeigte mit dem Finger darauf.

»Warum nicht?«

»Du kannst dir doch bestimmt vorstellen, wozu das Zimmer benutzt werden soll.«

»Bist du heute hier, um mich zu beleidigen? Zuerst störst du dich an meiner Familie, dann an den Säuen und jetzt an der Jungfrau. Also, die Madonna wird ihnen nichts tun, vielleicht beschützt sie sie sogar.«

»Einverstanden, mach mich nicht verrückt. Wenn sie das Bild nervös macht, können sie es ja umdrehen. Hier hast du zwei Monate im Voraus. Zähl es nach.«

»Ich werde es nicht nachzählen. Ich vertraue dir und beleidige dich nie.«

»Gut, mein Täubchen, wir wollen uns doch jetzt nicht wegen so eines Blödsinns streiten.«

Die schöne Mexikanerin schenkte ihm ein strahlend weißes Lächeln. Dann umarmte sie ihn schmeichlerisch.

»Komm schon, komm, lass uns mal ausprobieren, ob das Bett gut ist für den Mieter, den du mir besorgt hast.«

»Mit deiner Mutter und deiner Großmutter nebenan? Kommt nicht in Frage!«

»Sie sind weit genug weg. Außerdem ist ihnen das egal, ich habe ihnen gesagt, dass du ein guter Mensch bist. Na komm schon.«

Sie saugte sanft an seinem Ohrläppchen, als wäre es ein Bonbon. Darío spürte, wie ihm ein Schauer über den Rücken lief und stöhnte leise auf. Und während er sich ihren Verführungskünsten hingab, machte er sich Vorwürfe, weil er anschließend wie ein Verrückter zurück in die Kolonie fahren müsste.

Sie hatte schon lange keine Lust mehr zum Vögeln. Ob Santiago eine Geliebte hatte oder nicht, wollte sie lieber nicht wissen. Sollte er doch eine haben, warum auch nicht? Seit fast einem Jahr rührte er sie kaum noch an. Wenn sie hin und wieder miteinander schliefen, hatte sie nichts gefühlt und sich auch nicht bemüht, so zu tun, als würde sie etwas empfinden. Ihre Sexualität war ein abgenutztes Spielzeug, das seinen Reiz verloren hatte. Wie sollte sie sich für etwas begeistern, dessen Abläufe sie in- und auswendig kannte? Sie hätte sich andere Männer suchen, irgendetwas Perverses ausprobieren können, aber auch dazu verspürte sie keine Lust, viel zu anstrengend. Sie betrachtete sich im Badezimmerspiegel und lächelte ihr Spiegelbild verächtlich an. Eine der unabdingbaren Voraussetzungen fürs Vögeln war sie selbst, aber sie gefiel sich nicht mehr. Auch ihres Körpers war sie überdrüssig, sie kannte seinen Mechanismus, das Knacken der Ventile und das Quietschen der Schrauben auswendig. Der weibliche Körper im Allgemeinen erschien ihr zunehmend widerwärtig, selbst wenn er jung und schön war. Die Schenkel, der Bauch und die lächerlichen Wölbungen der weiblichen Brüste widerten sie an. Dem weiblichen Körper fehlte es an Edlem, an Harmonie. Er wirkte wie ein Machwerk aus einfachen, billigen Materialien wie Ton, Schnur und Stroh. Kümmerliches Kunsthandwerk: Krüge, die mit nahrhafter Milch gefüllt werden konnten, Bäuche, die als Körbe zum Tragen von Embryos dienten. Ein Körper, der für den Hausgebrauch bestimmt war. Eine Zeit lang hatte sie ein Fitnessstudio besucht, musste es aber wieder sein lassen, weil sie den Anblick der vielen nackten Frauen in den Umkleidekabinen nicht ertrug. Es war jedes Mal eine visuelle Tortur, wenn sie sie unter der Dusche sah. Egal, wie alt sie waren, das Beleidigende an ihrer Nacktheit war nicht der Verfall, sondern die Struktur, die Materie. Sie hatte sich oft gewünscht, ein Mann zu sein, aber ohne die Rohheit und Beschränktheit der meisten Männer. Sie hätte gerne einem dritten Geschlecht angehört, einem vergeistigten Geschlecht, das verworrene, unrealisierbare Denkmodelle ersann. Das wäre das Richtige für sie gewesen. Sie hätte sich mit irgendetwas beschäftigt, vielleicht mit Literatur, und sich von dieser Arbeit so vereinnahmen lassen, dass sie nicht mehr über sich selbst nachdenken musste. Gab es diese übersteigerte Leidenschaft, sich ausschließlich einer Sache zu widmen? Ganz bestimmt, es gibt Naturwissenschaftler, die sich ihr Leben lang mit einem Molekül beschäftigen. Sie jagen ihm jahrelang nach und vergessen dabei, zu essen und zu schlafen. Dieses verdammte Molekül, das ihnen unbarmherzig immer wieder entwischt, hält sie von der wirklichen Welt, den Begierden, dem Verlangen, dem Körper, den Körpern, vor den Verirrungen des Geistes fern. Sie leben glücklich in der Seifenblase ihrer Wissbegier.

Um gute Bücher zu schreiben, dachte sie, brauchte es so vieles: Intelligenz, Bildung, technische Kenntnisse, Talent, Inspiration, Willen, Leidenschaft und die fast religiöse Bereitschaft, bis an die eigenen Grenzen und die der Besessenheit zu gehen. Es bedurfte geradezu der Selbstaufgabe, um vollständig in einer Religion aufzugehen, deren Untiefen erst noch ergründet werden wollten. Erst dann vergaß man seinen Körper und dessen unsägliche Bedürfnisse.

Sie hörte häufig Beethovens Sonaten und Klavierkonzerte. Manchmal trank sie dabei etwas, genau so viel, damit die Sinneswahrnehmung optimal war. Sie drehte die Musik auf volle Lautstärke und lauschte. Das war es, was sie sich wünschte, solche kreativen Ergüsse, solche Wirbelstürme, solche Leidenschaft. Sich selbst etwas ähnlich Gewaltiges wie diese Musik zu entreißen, die menschlichen Eingeweide in einem überbordenden Strom, in einer mitreißenden Welle ausbluten zu lassen. Noch nie hatte sie ein so unbändiges Verlangen nach etwas verspürt. Alles andere verblasste angesichts solcher Erhabenheit: die Liebe, die Kinder, der Alltagsfrieden, die Sonnenuntergänge. Aber es hatte sich kein Talent eingestellt, vermittels dessen sich so etwas hätte ausdrücken lassen. Die erlösenden Worte blieben aus, sie kamen nicht, sie zeigten sich weder erkennbar noch getarnt. Und sie wollte sich nicht mit leeren Phrasen aus ihrer Feder zufriedengeben. Sie war das Opfer der Unbarmherzigkeit! Sie konnte den Gipfel, den sie erklimmen wollte, schon erkennen, sie konnte sogar die reine Luft seiner Kuppe schnuppern, die durchdringende Kälte spüren, die einem den Atem nahm, aber sie sah sich an die Steilwand geklammert und ohne Kraft, auch nur ein winziges Stück weiterzuklettern. Sie hätte alles dafür gegeben, wenigstens einen Augenblick auf diesem höchsten Gipfel zu verweilen, wo die Lungen vor olympischer Glückseligkeit bersten. Sie hätte alles dafür gegeben. Und tatsächlich hatte sie alles gegeben und nichts dafür bekommen.

Es war eine dieser köstlichen mexikanischen Nächte, die die Stimmung heben: klarer Sternenhimmel, milde Luft und Blumenduft. Die Kirchenruine war hell erleuchtet, was sie zu einer prächtigen Kulisse machte. Üppige Gardeniensträuße säumten die Bühnenränder, und die großen runden Tische waren mit weißen Tischdecken und Kerzen gedeckt. Als sie näher kamen, begann Ramón, die Hintergrundmusik mitzusummen. Sie konnte kaum atmen, weil sie wusste, dass sie ihn sehen würde, sich aber nicht sicher war, ob sie Haltung bewahren könnte. Gleich darauf entdeckte sie ihn unter den Leuten: groß, gebräunt, blaue Augen, muskulöser Oberkörper. Erst in dem Moment wurde ihr bewusst, wie gut er aussah, aber was machte es für einen Unterschied, ob er attraktiv war oder nicht? Sie liebte ihn, sie liebte ihn verzweifelt, sie wäre am liebsten zu ihm gelaufen, um ihm ganz nahe zu sein, um stumm neben ihm zu stehen und seine Körperwärme zu spüren. Es war kein sexuelles Begehren, es reichte ihr, ihn anzusehen, bei ihm zu sein, zu spüren, dass sie denselben Raum teilten und dieselbe Luft atmeten. Ihn so zu lieben verursachte ihr körperlichen Schmerz. Sie steuerten auf das trinkende und plaudernde Grüppchen zu. Als Ramón stehenblieb, um jemanden zu grüßen, kam Santiago direkt auf sie zu. Sie glaubte, ohnmächtig zu werden, unfähig zu sein, mit der Situation umzugehen. Sie war benommen, sie war verrückt, sie war äußerst angespannt. Sie küssten sich förmlich auf die Wangen, aber sie spürte seine Leidenschaft in der Berührung, in der Kraft seiner Hände, als er ihre Arme ergriff und kräftig drückte. Ihr sprang fast das Herz aus der Brust. Abgesehen von diesem sturzbachähnlichen Gefühl der Liebe erfüllte sie ein Staunen. Dieser Mann war ihr völlig unbekannt, noch vor kurzer Zeit konnten sie beide entspannt und gelassen zusammen spazieren gehen. Er war ein Koloniebewohner. Und jetzt ließ seine bloße Anwesenheit ihr Herz schneller klopfen und sie nicht vernünftig denken. Was war geschehen? Und vor allem, wann? Wann hatten sie aufgehört, zwei normale Menschen zu sein, um sich in zwei physikalische Kräfte zu verwandeln, die sich magnetisch anzogen? In der Absicht, ihm all ihre Liebe zu vermitteln, sah sie ihm einen Augenblick lang tief in die Augen.

Victoria, es war Victoria, er war sich ganz sicher, die Frau von Ingenieur Ramón Navarro. Verdammt, was für eine Geschichte! Santiago Herrero hatte recht, als er sagte, es kämen schwere Zeiten auf ihn zu. Aber es wirkte nicht danach, als hätten sie sich vorgenommen, besonders diskret zu sein: dieser Blick! Natürlich war er im Bilde, er hatte Santiago genau beobachtet, wahrscheinlich hatte er es deshalb bemerkt. Jedenfalls hätte er nicht geglaubt, so schnell herauszufinden, wer die geheimnisvolle Geliebte war, aber er hatte es auf den ersten Blick erfasst. Dieser Blick ließ keinen Zweifel offen. Victoria, ausgerechnet, Victoria! Hätte ihn jemand gefragt, auf wen er tippe, wäre er nie auf sie gekommen. Die diskreteste und schweigsamste aller Ehefrauen, die ihm eher wie ein Mauerblümchen vorgekommen war. Sie hatte ihn noch nie mit Bitten oder Aufträgen genervt. Und genau besehen war sie wirklich keine hässliche Frau, eigentlich könnte man sagen, sie sah gut aus, auch wenn sie nicht mehr ganz jung war. Er wusste nicht, warum er sich eingebildet hatte, Ingenieur Herrero müsse eine junge Geliebte haben. Aber nein, sie war in seinem Alter, sie hatte erwachsene Kinder in Spanien, die einmal zu Besuch gekommen waren. Den Frauen ist nicht zu trauen! Sie haben es alle faustdick hinter den Ohren, und je friedfertiger sie wirken … Herreros Frau Paula, so schrecklich sie sich geben mochte, war gar keine Mata Hari und führte sich nur so auf, um Aufmerksamkeit zu erregen. Frauen! Plötzlich fiel ihm Yolanda ein, die allein und weit weg von ihm tun und lassen konnte, was sie wollte. Na, was auch immer das sein mochte, schließlich waren sie noch nicht verheiratet. Er hoffte nur, dass sie ihm nach der Heirat treu sein würde, alles andere würde er ihr ziemlich übelnehmen. So wie Ramón es seiner Frau übelnehmen würde, wenn er davon erfuhr. Victoria, unglaublich! Eine Frau mittleren Alters und gut situiert! Wann hören Liebe und Sexualität endlich auf, so wichtig zu sein? Bestimmt nie. Eine Gemeinheit! Und was hatten die beiden vor, zusammen abzuhauen oder nur eine Zeitlang in dem Zimmer, das er ihnen besorgt hatte, zu vögeln? Vielleicht lag es an diesem Land, an dem Klima, an dem Mangel an Moral und Anstand der Einheimischen? Wären sie alle in Spanien geblieben, hätte sich keiner von ihnen so gehenlassen, und auch er hätte nicht die halbe Zeit im El Cielito verbracht. Im Grunde war es auch egal, er war schließlich kein Mönch. Zum Teufel damit!, dachte er und erwischte einen Kellner, der ein Tablett mit Whiskygläsern trug.

Man setzte sich zum Abendessen. Am Honoratiorentisch nahmen der Bürgermeister von San Miguel, ein paar Gemeinderäte, die Ingenieure und ihr Chef, ein bei solchen Gelegenheiten meist aufgekratzter Adolfo, Platz. Seine Gattin war Tischpartnerin des Bürgermeisters und plauderte angeregt mit ihm. Sie trug ein rotes Seidenkleid, vielleicht etwas unpassend in ihrem Alter, aber es verlieh ihr ein effektvolles, flammendes Aussehen. Das Mariachi-Orchester spielte mit munterer Stierkampfmusik auf und eine vielköpfige Volkstanzgruppe mäanderte über die Bühne. Victoria und Santiago wechselten kaum einen Blick. Es blieb ihnen nichts anderes übrig, als zu lächeln und zu essen wie alle anderen. Aber Victoria hatte keinen Hunger. Seit sie sich verliebt hatte, war ihr Appetit deutlich zurückgegangen.
Susy und Henry, die wegen der Gemeinderäte keinen Platz bei den Honoratioren hatten, saßen bei den Technikern. Sie waren die Jüngsten, und so war es von dem starren ungeschriebenen Kolonie-Reglement vorgeschrieben. Susy war weiß gekleidet, mit ihrer blonden Kurzhaarfrisur und dem jungfräulich anmutenden Kleid sah sie wie eine Vestalin der Neuzeit aus. Henry, ebenso blond und unbefleckt wie sie, plauderte und lachte mit ein paar mexikanischen Beamten. Das Essen bestand aus einem warmen Buffet, an dem sich jeder Gast bedienen konnte. Ein großer Topf schwarzer Bohnen dampfte neben Avocadosalaten und gegrilltem Schweinefleisch. In der Luft hing der verführerische Duft von Maistortillas. Als Victoria bemerkte, dass Santiago mit einem Teller in der Hand hinter ihr in der Schlange stand, fürchtete sie, ihre Beine würden nachgeben. Er lächelte sie an und bat sie mit den Augen, Ruhe zu bewahren.

»Ein wundervolles Fest«, sagte er.

Hastig säuselte sie:

»Ja, ganz wundervoll.«

»Komm, wir lassen uns ein bisschen gegrilltes Fleisch geben.«

Er ergriff ihren Ellbogen und führte sie zum anderen Ende des Buffets, wo ein Kellner das goldbraune Fleisch in dicke Scheiben schnitt. Als er ihnen die Portion auf den Teller legte, flüsterte er ihr, weiterhin höflich lächelnd, ins Ohr:

»Ich warte am Montag um drei Uhr nachmittags in der Kirche Perpetuo Socorro von San Miguel auf dich. Wirst du können?«

Victoria brachte kaum einen Ton heraus. Sie musste sich sehr zusammenreißen und sagte, ohne ihn anzublicken:

»Ich glaube schon.«

»Wenn etwas dazwischenkommt, kann ich dich nicht benachrichtigen. Sollte ich nicht auftauchen, dann hat es mit einer dringenden Angelegenheit auf der Arbeit zu tun. Ich möchte, dass du das weißt. Wenn du deine Meinung änderst…«

Sie unterbrach ihn so energisch, dass sie selbst überrascht war:

»Ich werde meine Meinung nicht ändern, nie! Wenn ich nicht komme, dann geht es um Leben oder Tod.«

Santiago lächelte. Ein tiefer Seufzer verriet seine Erleichterung. Victoria spürte eine Welle der Euphorie in sich aufsteigen, und ihm schien es ähnlich zu gehen, denn er sagte lachend zu dem jungen Kellner:

»Geben Sie uns noch ein Stück, wir haben heute einen Bärenhunger!«

Sie kehrten an den Tisch zurück und setzen sich auf ihre Plätze. Plötzlich war alles anders, Victoria fühlte sich kraftvoll, entschlossen und mutig, voller Freude. Die Verliebtheit bewirkte, dass selbst Belanglosigkeiten ihren Gemütszustand beeinflussten und sie von einem Extrem ins andere katapultierten. Sie begriff, dass sie sich Hals über Kopf verliebt hatte, dass sie weder zurückwollte noch -konnte. Sie begriff auch, dass sie auf diesem Weg, welche Richtung sie auch immer einschlagen mochte, sehr stark sein musste. Jetzt betrachtete sie Santiago beherzt über den Tisch hinweg. Er war ein gut aussehender Mann, von einer vollkommenen, männlichen Schönheit. Wieso war ihr das bisher entgangen? Sie sah, wie seine hellen Wimpern mit der gebräunten Haut kontrastierten, wenn er den Blick senkte. Die dichte blonde Linie am Lidrand war das Erotischste, was sie je gesehen hatte. Sie begehrte ihn wahnsinnig. Die Musik und der Wein verstärkten ihr Verlangen, seine Brust zu streicheln und diese Kinderwimpern zu küssen. Aber die Euphorie wirkte leider nicht appetitanregend, sie brachte kaum einen Bissen hinunter. Santiago hingegen machte sich wie ein hungriger Wolf über seinen Teller her. Als sie das sah, brach sie in ein fröhliches Lachen aus.

Manuela war glücklich. Diese Guelaguetza, oder wie sich das nannte, schien ein voller Erfolg zu werden. Die Leute wirkten zufrieden, plauderten und aßen, genossen die Auftritte der Tänzer, die sich keine einzige Pause gönnten. Das bestätigte ihre Theorie erneut: Gerade wenn Menschen fern von ihrer Heimat leben, sind Feste ausgesprochen wichtig. Ihr Mann hatte ihr vorgehalten, zu viele Veranstaltungen könnten frivol wirken, aber sie wusste ganz genau, wovon sie sprach. Man musste den Leuten abwechslungsreiche, gesellige Ablenkung bieten, um zu verhindern, dass sie in Lustlosigkeit und Isolation verfielen. Es verstärkt das Zugehörigkeitsgefühl zu einem sozialen Netz am aktuellen Wohnort und erstreckt sich auf Freunde und

Verwandte bis hin zum Kioskverkäufer, bei dem man jeden Morgen seine Zeitung kauft. Niemand konnte ihr ein gewisses psychologisches Talent absprechen, ja, ein soziales Fingerspitzengefühl. Überdies bewirkte die Guelaguetza, dass die Honoratioren von San Miguel durch diese Form des Zusammentreffens ebenfalls besser eingebunden wurden. Sie atmete die Nachtluft ein und nahm einen großen Schluck mexikanischen Biers, leicht und sprudelnd wie das Licht. Sie fühlte sich wohl in diesem Kleid, das sie in Mexiko City gekauft hatte. Vielleicht war es etwas zu auffallend für ihr Alter, aber sie konnte es noch tragen. Warum nicht? Ihre Figur war noch tadellos, und ihrem Mann gefiel es, oder zumindest glaubte sie das, denn eigentlich machte er ihr zu ihrem Aussehen nie Komplimente. Er war viel zu beschäftigt, das war alles. Ah, wie wichtig es war, einen Mann zu haben, auf den man zählen konnte! Sie hatte großes Glück gehabt und dankte Gott oft dafür. In Anbetracht der vielen verlassenen Ehefrauen, der Ehen, die nur aus praktischen Gründen aufrechterhalten wurden, der unverheirateten Frauen ... Gott hatte es zweifellos gut mit ihr gemeint. Gott war auch in dieser Nacht der feurigen Musik und bunten Röcke der Tänzerinnen anwesend. Sogar Paula, der sie nie ganz über den Weg traute, zeigte sich heute Abend zurückhaltend. Wahrscheinlich war sie noch verkatert. Und dabei hatte sie einen so attraktiven Mann! Es gibt Menschen, die das Geschenk, das ihnen gemacht wurde, nicht zu schätzen wissen, deshalb können sie es auch nicht hegen und pflegen. Sie beobachtete Paula verstohlen. Sie aß lustlos und warf teilnahmslose Blicke in die Runde, als wäre sie mit ihren Gedanken woanders. Die freie Frau denkt!, sagte sich Manuela und hätte einiges dafür gegeben, diese Gedanken zu erfahren.

Sie fragte sich, was sie hier verloren hatte. Ihr war nicht nach Feiern zumute. Sie wusste nicht warum, aber unter Menschen zu sein, behagte ihr immer weniger. Heute verschaffte ihr nicht einmal der Alkohol Erleichterung. Santiago hatte sie ausdrücklich um ihre Begleitung gebeten. Sie hatte geglaubt, dass er mit ihr als Ehefrau nicht mehr rechnete, aber offensichtlich hatte sie sich geirrt. Hatte er noch nicht die Nase voll, fürchtete er nicht, dass sie wieder einen peinlichen Auftritt in der Öffentlichkeit hinlegen könnte, dass sie sich vor aller Augen sinnlos besaufen und in den Punsch kotzen oder noch Schlimmeres tun könnte? Nein, ihr Mann benahm sich wie ein buddhistischer Mönch und spielte klaglos weiter den Ehemann. Nichts schien ihm etwas auszumachen, und wenn doch, verbarg er es hinter seiner stoischen Maske. Sie hatte einen Mann, der war wie eine Statue auf den Osterinseln. Wenn sie doch wenigstens abhauen und allein etwas trinken gehen könnte, aber sie hätte es nicht gewagt, Santiago einfach sitzen zu lassen. Sie besaß noch einen Funken Respekt. Jedenfalls verbrachten sie seit Jahren so wenig Zeit miteinander, dass es einer unnötigen Provokation gleichgekommen wäre, sich von einem Fest davonzuschleichen, zu dem sie gemeinsam gekommen waren. Das wäre das Letzte, was sie tun würde, ansonsten hatte sie ihm schon alles zugemutet. Manchmal hatte sie sich gefragt, warum er sich nie beschwerte. Es lag doch auf der Hand, dass ihre Ehe auf einem Abstellgleis gelandet war. Sie hätte es ihm in einem vernünftigen Gespräch mitteilen können, aber sie hatte es nicht getan, er auch nicht. Beide hatten anscheinend Angst vor Worten, vielleicht, weil sie sie an ihre frühere Liebe erinnerten. Irgendwann würde einer von ihnen die Entscheidung treffen, es war idiotisch, wie sie bei ihrer erloschenen Ehe Totenwache hielten. Sie steckte sich eine Erdnuss in den Mund und

fluchte vor sich hin: Warum mussten die Mexikaner alles
so scharf machen?

Nach dem Nachtisch forderten die Tänzer das Publikum
zum Tanz auf, was großen Trubel und allgemeinen Bei-
fall hervorrief. Zu Beginn des Festes hatte sich Santiago
gewünscht, es möge nie zu Ende gehen, denn solange es
andauerte, konnte er sie wenigstens sehen. Doch seit-
dem sie das Treffen verabredet hatten, sah er ständig auf
die Uhr, wünschte, die Zeit möge schneller vergehen, dass
schon Montag wäre. Das Warten würde hart werden. Seit
er sich verliebt hatte, stand er im Konflikt mit der Zeit.
In der Woche schleppten sich die Stunden unerträglich
dahin und trieben ihn zu langsam auf ein unbestimmtes
Ziel zu. Er würde in die Kolonie zurückkehren, ja, aber was
dann? Würde er sie sehen? Wann? Unter welchen Umständen, nur flüchtig, ein Weilchen? Wer würde bei ihr
sein? Würden sie sich allein treffen können, wenn auch
nur für fünf Minuten? Mit dieser bohrenden Ungewiss-
heit konnte er nur schwer umgehen. Er war daran gewöhnt, nach einem vorgegebenen Zeitplan zu leben und
mit soliden Elementen wie Stahl und Beton zu arbeiten.
Seine Aufgabe als Ingenieur bestand darin, monatelang
vorauszuplanen. Andererseits fürchtete er, Victoria zu erschrecken, wenn er allzu direkt auf ihre gemeinsame Zukunft zu sprechen käme. Doch es blieb ihnen nichts anderes übrig, als es zu tun, denn die Dinge entwickelten
sich immer weiter, und man konnte es beschleunigen, antreiben. Dass sie heute Abend ausgesprochen selbstsicher
wirkte, hatte ihn etwas beruhigt. Er sah auf, und da saß sie,
sie atmete dieselbe Luft wie er, sie hatte dasselbe gegessen,
sie dürfte denselben Geschmack im Mund haben. Manche
Menschen erfüllt die Liebe mit Zweifeln, ihn erfüllte sie

mit Gewissheit. Er würde diese Frau nicht gehen lassen, er würde sie nicht mehr aufgeben. Wie sollte er jeden Morgen in den Spiegel sehen, wenn er sie verlieren würde? Manche Männer flüchten sich in ihre Arbeit, in ihre Illusionen und Hobbys, wenn ihnen die Liebe fehlt. Er aber hatte die Hoffnung nie aufgegeben, er wusste, eines Tages würde die Frau auftauchen, die seinem Leben wieder einen Sinn gäbe. Ein Leben ohne diese Hoffnung war unvorstellbar, etwas für Dummköpfe und Feiglinge. Er war ein zäher, ausdauernder und gelassener Mann gewesen. Er hatte sein Unglück überwunden, und jetzt war er davon überzeugt, dass es ohne Victoria kein Leben mehr für ihn geben würde. Er trank einen Schluck Wein, seufzte und lächelte. Er war ein Glückspilz. Er hatte in vielem Glück gehabt, jetzt in allem.

Susy riss überrascht die Augen auf, als ein Tänzer auf sie zusteuerte und sie unter seinem breitkrempigen Hut fast vollständig verschwand. Er schleppte sie zur Tanzfläche. Eine Tänzerin drückte ihr im Vorbeigehen ein Seidentuch in die Hand. Der Tanz bestand darin, dem Tanzpartner das Seidentuch zuerst um die Hüfte und dann um den Hals zu schlingen. Sie sollte ihn herausfordern und reizen, aber im letzten Moment einen Kuss verweigern. Nach einem kurzem Blick auf die anderen begriff sie, welcher Part ihr zugedacht war, und sie tanzte entzückt und begeistert mit. Der Rhythmus war kraftvoll und mitreißend. Sie amüsierte sich, sie amüsierte sich wirklich sehr. Das war genau das, was sie brauchte: heiter sein, lachen, nicht so viel grübeln. Bei der abschließenden Pirouette endete der Versuch des geraubten Kusses fast in einem echten. Der Tänzer näherte seinen Mund ihren Lippen, streifte sie aber nur leicht mit seinem Schnurrbart. Dann begleitete er sie zu ihrem Platz zurück und küsste ihr die Hand. Alle klatschten, sie auch, glücklich wie ein kleines Mädchen. Henry klopfte ihr anerkennend auf den Rücken.

»Das hast du sehr gut gemacht, Glückwunsch.«

»Mein Gott, bin ich erschöpft! Es ist kaum zu glauben, aber dieser Tanz ist ganz schön anstrengend.«

»Es sah aus, als hättest du dein Leben lang mexikanischen Volkstanz geübt.«

»Ich habe immer gerne getanzt! Ich glaube, das sollte ich tun, den ganzen Tag tanzen, tanzen.«

»Und warum nicht, Schatz? Mach es doch, wenn du willst.«

Sie sah ihren Mann an, und ihr Lächeln erlosch. Er behandelte sie ständig wie ein kleines Mädchen. Die kleine Susy möchte tanzen – Musik für sie! Hinter diesem momentanen Glück lauerte offenbar etwas anderes, ein verborgener Kummer, ein alter Schmerz, der Wunsch, albern zu sein, sich gehen zu lassen. Plötzlich spürte sie, dass jemand von hinten auf sie zukam. Es war Paula. Sie tat, als ob sie ihr gratulieren wollte, und flüsterte ihr ins Ohr:

»Du hast dich richtig schön lächerlich gemacht, meine Liebe. Wie eine hysterische Touristin im Rausch. Ich an deiner Stelle hätte den Tänzer gleich auf der Bühne vor aller Augen gevögelt.«

Sie gab ihr einen flüchtigen Kuss auf die Wange und ging weiter in Richtung Toiletten. Susy war den Tränen nahe. Sie hasste sie, sie hasste diese gallige Säuferin.

Die Toiletten befanden sich in einem der Pavillons neben der Küche, die an einer Seite der Kirchenruine aufgebaut waren. Paula hatte ihn sofort gesehen. Dort stand der Reiseleiter, ein großer Sombrero verdeckte seine Augen. Sie ging zu ihm.

»Was machst du hier? Du bist wohl überall!«

207

»Ich fahre eines der Autos, mit denen die Gäste hergebracht wurden, Señora.«

»Arbeitest du auch als Chauffeur?«

»Alle kennen mich, und ich kenne alle Welt. Ich mache alles, wie Sie sehen.«

»Ja, das sehe ich.«

Sie ließ ihn stehen mit seinem ironischen Lächeln im dunklen, undurchdringlichen Gesicht.

Der Bürgermeister von San Miguel hielt eine feierliche Ansprache. Er freue sich darüber, dass die Kolonie so nah bei seiner Gemeinde liege. Die Anwesenheit der Ingenieure, ihrer ehrbaren Gattinnen und aller anderen Mitglieder des Bauunternehmens hätten die Konjunktur im Ort belebt und ihm Fortschritt gebracht. Es sei eine Ehre für das Dorf, sie hier willkommen zu heißen. Der Applaus brandete hoch bis ins Kuppeldach, wo etliche Vögel nisteten. Dann hielt Adolfo eine Rede. In den vielen Jahren als Chef hatte er sich große Autorität erworben, was man schon bei seinen ersten Worten spürte. Alle Mitglieder seines Unternehmens fühlten sich geehrt, in diesem großartigen Land sein zu dürfen. Der neuerliche tosende Applaus schreckte die Vögel endgültig auf. Paula, die gerade von der Toilette kam, fügte daraufhin laut und deutlich hinzu:

»Wie werden wir Spanier in Mexiko genannt? Ich meine, Paellafresser, stimmt's?«

In der Kirche hielt sich nur eine alte Frau auf, die den Boden vor dem Hochaltar fegte. Von oben fiel ein einzelner heller Lichtstrahl auf sie, der Rest lag im Halbdunkel. Sie setzte sich in die letzte Kirchenbank. Außer dem Scharren des Besens auf den Fliesen war nichts zu hören. Eigentlich war es ziemlich blasphemisch, sich in einer Kirche zu treffen. Sie war nicht religiös. War sie es einmal gewesen? Sie war sich nicht sicher. Jetzt wurde ihr klar, dass es vieles gab, über das sie nie nachgedacht hatte. Ihr ganzes Leben hatte sie sich mit unmittelbaren Problemen auseinandergesetzt: die Kinder, die Seminare, ihr Mann ... Und plötzlich tauchten viele neue Fragen auf, die sie beantworten musste. Hatte sie Angst, hatte sie Schuldgefühle? Sie hatte früher geglaubt, eine Frau würde sich wie eine Mörderin nach ihrem Verbrechen fühlen, wenn sie ihren Mann betrog. Aber so war es nicht. Sie empfand keine Schuld – im Gegenteil, sie sah die Dinge so klar wie nie zuvor. Ihr bisheriges Leben war in festen Bahnen verlaufen, streng nach vorgegebenen, fremdbestimmten Regeln organisiert. Doch man könnte es auch für ein Leben im Gefängnis halten. Bei diesem Gedanken musste sie lächeln, war das etwa ihre kleine persönliche Revolte? Nein, sie hatte sich einfach verliebt, und sie durfte diesen Umstand nicht als etwas Fatales oder gar Katastrophales einstufen. Zu lieben war wunderbar, wozu es leugnen? Seit einiger Zeit hatte sie keinen Appetit mehr und wachte jeden Tag im Morgengrauen auf. Anfangs fand sie das etwas lästig und sogar krankhaft, aber das Gefühl der Wachheit und Lebendigkeit, das dieses Ess- und Schlafdefizit mit sich brachte, verdrängte alles andere. Sie war glücklich. Plötzlich wurde sie gewahr, dass es fast schon die vereinbarte Zeit und Santiago noch nicht eingetroffen war, aber das bereitete ihr keine Sorgen. Ihre einzige Gewissheit war, dass dieser Mann sie liebte. Ein Mann, von dem sie nichts wusste, von dem sie weder seine Vergangenheit noch seine Vorlieben noch seine familiären Zusammenhänge kannte. Ein Mann, mit dem sie kaum gesprochen hatte. Ein Mann, mit dem sie weder getanzt noch in einem Restaurant gegessen hatte. Ein gut aussehender Mann mit kräftigen Händen, die sie nie in den Abgrund stürzen lassen würden. Er liebte sie, mehr brauchte sie nicht zu wissen. Dieser Mann hatte das Leben mit Ramón, ihren liebevollen Umgang, ihre Verbundenheit und die gemeinsamen Interessen einfach aus ihrem Kopf und ihrem Herzen verdrängt. Alles war wie weggeblasen, als würde sie ein neues Leben beginnen, ohne etwas zurückzulassen. Das war ebenso ungerecht wie unabwendbar, es war einfach so. Wie alle Frauen hatte sie von maßloser Leidenschaft gehört und darüber gelesen, sich aber eingebildet, sie habe nichts mit ihr zu tun. Sie wurde als mitreißendes, starkes, tiefes und unheilbringendes Gefühl beschrieben, gegen das man sich wappnen müsse. Besonders als Frau, weil die Leidenschaft erst alles verschlinge, aber nach einiger Zeit wieder verschwinde und nur Schmerz zurückließe. Leidenschaft, die Leiden schafft? Um Gottes willen, sie war bereit, alles aufzugeben, sie aß nicht, sie schlief nicht, sie saß in einer dunklen Kirche und wartete auf einen Mann, um mit ihm zu schlafen. Wenn das keine Leidenschaft war, dann wusste sie nicht, was es sonst sein sollte. Sie spürte einen Druck auf den Schultern. Es war der Druck zweier Hände, die Trost, Liebe, Verständnis, dauerhaften Schutz bedeuteten. Sie erinnerte sich nicht an seine Gesichtszüge, es war unmöglich, sie heraufzubeschwören. Ängstlich drehte sie sich um, stand auf und umarmte ihn. Dauerhafter Schutz. Hände können sprechen, sie sagen mehr aus als Worte.

Er hatte sie beim Betreten des Gotteshauses gleich gesehen: Sie wirkte so klein und zerbrechlich auf der kalten Kirchenbank, dass ihm der Ort plötzlich düster und gespenstisch vorkam. Victoria sollte keine Angst bekommen und sich nicht schäbig fühlen, wie es bei heimlichen Treffen häufig vorkommt. Hätte er die Möglichkeit, wäre er jetzt sofort mit ihr geflohen, er hätte sie einfach entführt. Nur mit dem Reisepass in der Tasche und alle Zeit der Welt vor sich. Doch ihm durfte kein einziger Fehler unterlaufen. Alles musste genau geplant und gezielt durchgeführt werden. Er war unsicher, ob sie stark genug war, um sich wenigstens teilweise um die praktischen Aspekte der Angelegenheit zu kümmern. Nein, er würde den Löwenanteil übernehmen. Im Augenblick war vor allem wichtig, dass sie sich nicht von der Angst vor dem schwierigen Schritt, der ihr bevorstand, lähmen ließ. Sie hatte mehr zu verlieren als er, sie hatte Kinder. Als sie sich umarmten, beruhigte er sich wieder, sollte ihr der Mut fehlen, würde er ihn ihr geben.

Auf der Fahrt redeten sie wenig und sahen sich auch nicht an. Was sie vorhatten, erschien ihnen merkwürdig, irgendwie beklemmend … In ein paar Minuten würden sie in einem fremden Haus miteinander schlafen.

Zum Glück war bei ihrer Ankunft niemand im Hinterhof, auch aus dem Hausinnern waren keine Stimmen zu vernehmen. Darío hatte gute Arbeit geleistet, der Ort war ideal. Die Schweine rekelten sich faul unter den Bäumen. Er drückte Victorias Hand.

»Mach dir keine Sorgen. Das Zimmer hat sogar eine Tür! So was Luxuriöses hast du bestimmt noch nicht gesehen.«

Victoria fand den Raum weder bescheiden noch luxuriös, sie nahm ihn gar nicht wahr. Er schloss die Tür. Sie lächelten sich an, sie umarmten sich, sie zogen sich langsam aus, ohne Zögern, ohne Eile. Dann legten sie sich eng umschlungen aufs Bett. Endlich konnte sie beruhigt aufatmen und seinen Geruch genießen, der ihr neu und vertraut zugleich erschien. Als sie ihn zwischen ihren Beinen spürte, entspannte sie sich völlig. Santiago war weder wollüstig noch zögerte er, er wollte nur in ihr sein, sich in ihr verlieren, in ihr verharren. Nach Regen und Kälte war sie sein warmer Zufluchtsort, ein Kaminfeuer, der Nabel der Welt. Victoria fühlte ihn in sich, und es war, als wäre eine

211

schmerzhafte offene Wunde endlich verheilt. Alles bekam einen Sinn, alles hatte zum ersten Mal einen Namen. Sie hatte noch nie jemanden so geliebt, noch nie. Santiago offenbarte sich ihr, er gab sich hin, er gab ihr alles. Sie hörte ihn stöhnen.

Sie blieben ineinander verschlungen auf dem Bett liegen, gehüllt in einen Frieden, der aus ihnen selbst kam. Da begann Victoria zu weinen. Santiago richtete sich auf und sah sie an. Er trocknete mit der Hand ihre Tränen und lächelte.

»Was ist los, hat es dir denn gar nicht gefallen?«

Sie weinte und lachte gleichzeitig. Sie hatte Angst, dass ihr die Stimme versagte.

»Das alles wird sehr hart werden.«

»Das stimmt, es wird hart, aber wir brauchen keine Angst zu haben. Denk an den Tag danach, wenn das Schlimmste vorbei ist.«

»Du redest, als handle es sich um eine einfache bürokratische Maßnahme.«

»Wir werden andere Menschen verletzen, aber das lässt sich nicht vermeiden. Und es stimmt, dass wir bürokratisch vorgehen müssen, es bleibt uns nichts anderes übrig. Ich habe angefangen, in Spanien Arbeit zu suchen, ganz diskret. Wir werden schon bald von hier weggehen müssen. Es ist völlig ausgeschlossen, hierzubleiben, bis der Staudamm fertig ist. Wir können uns nicht jahrelang heimlich treffen, ich will das nicht und du vermutlich auch nicht. Und wenn erst mal alles bekannt wird, werde ich unmöglich weiter mit deinem Mann zusammenarbeiten können, und etwas für uns beide anzumieten … ist undenkbar. Aber mach dir keine Sorgen, ich habe Beziehungen, es wird nicht schwierig sein, eine andere Stelle zu finden. Ingenieure werden überall gebraucht.«

»Du bist so pragmatisch, so schnell …«

»Das ist ein Schock, ich weiß schon, aber wir müssen an alles denken. Wir brauchen von Anfang an einen soliden Plan, Geld, einen angenehmen Ort zum Leben. Wenn wir einfach so zusammen weggehen, wird alles viel schwieriger, das sollten wir vermeiden. Oder kannst du dir etwa vorstellen, in einer armseligen kleinen Wohnung zu leben? Wir sind beide nicht daran gewöhnt, es würde nicht gutgehen.«

»Es erschreckt mich ein bisschen, dich so reden zu hören.«

»Die Realität muss dich nicht erschrecken. Du willst doch auch wieder arbeiten und nach Barcelona zurück, oder?«

»Und hin und wieder meine Kinder sehen.«

»Das ist kein Problem, das wirst du bestimmt.«

»Wie soll ich ihnen das alles aus dieser Entfernung erklären?«

»Ich weiß nicht, lass sie herkommen, wenn es so weit ist, oder flieg du hin, schreib ihnen. Du wirst schon eine Lösung finden. Obwohl ich nicht weiß, was ich dir raten soll, ich habe keine Kinder.«

»Ja«, flüsterte Victoria bedrückt. »Da kommt was auf uns zu.«

»An festen Strukturen muss man kräftig rütteln, damit sie einstürzen.«

»Also, meine Struktur ist ausgesprochen solide, daran muss man schon ungeheuer rütteln.«

»Möchtest du vielleicht auf das, was du hast, nicht verzichten?«

»Ich möchte bei dir sein, das weiß ich ganz sicher.«

»Dann müssen wir stark sein und dürfen keine Angst haben.«

Er umarmte sie, und sie kuschelte sich an seine Brust. So verharrten sie lange Zeit. Victoria sah zu ihm hoch.

»Weißt du, was absurd ist? Seit du mich zum ersten Mal

umarmt hast, weiß ich, dass ein Mann mit solch kräftigen und beschützenden Armen mich immer vor allem Schlimmen bewahren wird.«

»Absurd? Das ist die reine Wahrheit!«

»Bist du nicht ein wenig eitel?«

»Doch.«

Sie lachten, befreit von der Last der Gedanken und Probleme. Santiago war glücklich, sie scherzen zu hören. Er drückte sie fest an sich.

»Victoria, ich liebe dich sehr. Ich habe so ein Gefühl noch nie gehabt, niemals. Jetzt verstehe ich vieles, das ich früher nicht verstanden habe: die leidenschaftliche Liebe in Romanen, großen Symphonien, es ist wie … eine andere Dimension des Bewusstseins, wie eine bewusstseinserweiternde Droge.«

»Aber die Wirkung von Drogen vergeht.«

»Und wenn sie vergeht, öffne ich die Augen, und du bist da.«

»Ich werde da sein. Bestimmt, das werde ich.«

Eine Stunde später setzte er sie vor der Kirche ab und fuhr zur Baustelle zurück. Als sie sich trennten, hatte sie das Gefühl, innerlich zu zerreißen. Noch einen Moment, noch einen Moment, dachte sie beim Abschied, und als sie ihn davonfahren sah, schmerzte ihre Brust. Sie setzte sich wieder in die letzte Bankreihe. Jetzt waren Gläubige da: Frauen, die ihren Kopf mit Schleiern oder Tüchern bedeckt hatten, Männer, die im Stehen beteten. Santiagos Worte hallten in ihrem Kopf nach: »Jetzt verstehe ich vieles, das ich früher nicht verstanden habe: die leidenschaftliche Liebe in Romanen, großen Symphonien.« Sie hatte sich nur nach ein wenig Zärtlichkeit oder einem liebevollen Empfang nach einer Reise gesehnt – und eine neue Dimension der Liebe entdeckt. Sollte das leidenschaftliche Liebe sein, war sie es wert, alles zu riskieren, alles Vorherige zu zerstören und sich von ihr mitreißen zu lassen.

»Verstehen Sie mich nicht falsch, Doña Manuela, aber ich weiß nicht, ob das eine gute Idee ist.«

»Darío, mein Junge, man könnte glatt meinen, das sei unser erstes Weihnachten in Mexiko!«

»Eben deshalb, letztes Jahr haben wir auch keine solchen Umstände gemacht.«

»Weil im letzten Jahr viele nach Spanien geflogen sind, aber dieses Weihnachten bleiben fast alle hier, und außerdem bekommen wir jede Menge Besuch, auch deine Verlobte, wenn ich mich richtig erinnere.«

»Ja, ich weiß schon. Aber ich meine, wir sollten auf die spanische Dekoration verzichten ..., weil eigentlich weder Lichterketten noch Tannenbäume wirklich spanisch sind, das ist doch aus Nordeuropa importiert worden.«

»Hör mal, Darío, lass uns nicht über Weihnachtsbräuche streiten, wenn du Zeit hast, fahr nach Oaxaca und erkundige dich, wo man diese Dinge kaufen kann. Ich will die Kolonie mit Tannen, Kerzen, Kunstschnee und bunten Kugeln schmücken. Und natürlich auch eine Krippe aufstellen. Einverstanden? Sonst muss ich annehmen, dass dir die Arbeit zu viel wird.«

»Nein, Señora, das ist es nicht, Sie wissen doch, dass ich immer alles tue, was erforderlich ist. Ich habe nur bezweifelt, ob es gut aussehen wird.«

»Das wird es, ganz bestimmt. Und die Hausangestellten, der Koch, alle werden dir helfen. Bis später, mein Junge.« Sie drehte sich um und ging. Unglaublich!, dachte sie. Die jungen Leute heutzutage sind dermaßen lahm, in allem sehen sie unlösbare Probleme und lassen sich kaum noch für irgendetwas begeistern. Darío war zweifelsohne ein

215

guter Junge, zuverlässig, fleißig …, aber wenn man ihn um einen besonderen Gefallen bat, zeigte er sich ziemlich widerspenstig. Natürlich war sie nicht seine Chefin, weder seine noch die von sonst wem, aber sie fühlte sich in gewisser Weise für die seelische Gesundheit und Stimmung aller Koloniebewohner verantwortlich. Und dieses Datum war wichtig, bekanntermaßen neigten viele Menschen gerade in der Weihnachtszeit zu Schwermut. Im letzten Jahr hatten sich diejenigen, die nicht nach Spanien geflogen waren, mit der einheimischen, kalten und traurigen Dekoration zufriedengeben müssen. Das durfte sie nicht noch einmal zulassen, diese phlegmatischen Mexikaner waren imstande, ein Schwein als Weihnachtsmann zu verkleiden! Oh nein, wenn er sich ein bisschen anstrengte, würde Darío bestimmt eine schöne Tanne für den Garten finden, das war seine Aufgabe. Man konnte ja geradezu meinen, er ersticke in Arbeit. Plötzlich entdeckte sie Victoria und rief ihr zu:

»Wo gehst du hin?«

»Ich gehe nur ein bisschen spazieren.«

»Zieh dich um und lass uns eine Runde Tennis spielen.«

»Jetzt?«

»Victoria, du jetzt auch?! Es scheint, als litte die Kolonie hier unter einer allgemeinen Lähmung.«

»Ich verstehe dich nicht.«

»Ist auch egal, mein Tick. Komm, ziehen wir uns um, es wird uns beiden guttun, ein wenig Sport zu treiben. Ich bin die Älteste in der Kolonie und muss alle anderen immer antreiben.«

»Du bist aber auch wirklich außergewöhnlich dynamisch.«

»Wenn ich das zu oft höre, glaube ich es am Ende noch selbst, aber es stimmt nicht, das liegt nur daran, dass ich mich noch immer für das Leben begeistern kann.«

»Wie lange bist du jetzt verheiratet?«

»Was für eine Frage! Ich weiß nicht genau, ich glaube, über dreißig Jahre. Aber jetzt ist nicht der richtige Zeitpunkt zum Plaudern. Spielen wir ein Runde, und danach erzähle ich es dir.«

Victoria willigte achselzuckend ein. Es war nicht einfach, sich Manuelas energischen Vorschlägen zu entziehen. Vielleicht würde es ihr guttun, ein wenig zu schwitzen und die Gedanken auszublenden. Ihr rauchte schon der Kopf vom vielen Grübeln und Sehnen nach Santiago.

Manuela gewann das Match haushoch und schimpfte zu allem Überfluss mit ihr, weil sie nicht konzentriert genug gespielt hatte. Es stimmte, in Wirklichkeit hatte sie ihre Niederlage provoziert, um reden zu können. Seit neuestem verspürte sie einen großen Drang, über Liebesdinge zu sprechen. Sie konnte niemandem die Wahrheit anvertrauen, aber das Reden über die Liebe beruhigte sie. Nach dem Duschen kam sie in der kleinen Umkleidekabine auf das Thema zurück.

»Liebst du deinen Mann noch?«

Manuelas erste Reaktion war ein schallendes Lachen. Sie strich sich die nassen Haarsträhnen aus dem Gesicht und sah sie an.

»Was, zum Teufel, ist denn mit dir los?«

»Nichts Besonderes, ich frage nur.«

Sie zog sich weiter an, hielt dann aber inne:

»Ich weiß nicht, was ich dir antworten soll. Vermutlich schon, und ich nehme an, dass ich dir etwas sagen werde, das du schon tausendmal gehört hast. Die Liebe verändert sich mit der Zeit. Sie wird immer freundschaftlicher, geschwisterlicher, sie verliert an Leidenschaft.«

»Warst du am Anfang leidenschaftlich verliebt?«

»Warum fragst du mich das alles?«

»Tut mir leid, ich weiß schon, dass dir das zu persönlich ist, aber wir leben schon so lange hier, weit weg von zu Hause, und wissen kaum etwas voneinander. Wir reden nie über persönliche Dinge.«

»Da hast du recht, aber in meinem Fall gibt's nicht viel zu erzählen. Ich habe Adolfo im letzten Semester an der Universität kennengelernt. Er war kein besonders hübscher Junge, aber er gefiel mir. Ich fand ihn ernst, förmlich, charakterstark, eben jemand, dem man ein Leben lang vertrauen kann. Frag mich nicht, woher ich das wusste, wahrscheinlich war es reine Intuition, aber ich habe ins Schwarze getroffen. Ich dachte: Das ist mein Mann. Doch offen gestanden hat er mich kaum beachtet. Wir gingen mit Freunden aus, machten dies und jenes, flirteten ein wenig miteinander, tauschten den einen oder anderen tiefen Blick..., bis ich entdeckte, dass ihm beim Anblick eines baskischen Mädchens, das ein Semester bei uns in Madrid verbrachte, fast die Augen herausfielen. Da ging ich zum Angriff über. Ich zeigte ihm meine amüsante, verführerische Seite ... und gestand ihm eines Tages, dass ich verrückt nach ihm sei.«

»Wie hat er darauf reagiert?«

»Kein Mann bleibt gleichgültig, wenn ihm das gesagt wird, seine große Eitelkeit weckt sofort Interesse an dir. Außerdem schien es ihn nicht sonderlich zu überraschen, denn er glaubte es mir. Und wie du siehst, war es ein voller Erfolg. Wir verstehen uns gut, wir haben das Leben zusammen genossen, wir haben Kinder, und wenn wir alt werden, was ja nicht mehr lange hin ist, leisten wir uns Gesellschaft und kümmern uns umeinander. Ist das leidenschaftliche Liebe? Ist sie es nicht? Ich habe keine Ahnung, aber ich bin zuversichtlich, dass die Aussicht, jemanden an deiner Seite zu haben, von dem du weißt, dass er dieselben Interessen, dieselben Erinnerungen, dieselben Neigungen hat wie du ... Na ja, ich bezweifle, dass es etwas Besseres gibt.«

»Ich verstehe dich sehr gut. Was du erzählst, unterscheidet sich nicht wesentlich von dem Leben, das Ramón und ich gelebt haben. Es ist nur so, dass wir uns im Kreis bewegen: die Arbeit, die Verpflichtungen, die Kinder ... Und am Ende hast du das Gefühl, nur wegen der Sachzwänge mit deinem Mann zusammenzuleben, nur deshalb.«

»Das mag so aussehen, ist aber nicht so. Natürlich stumpft das Alltagsleben ab, und jeder kümmert sich um seine Angelegenheiten, abgesehen davon, dass die Männer einen Großteil ihrer Zeit der Arbeit widmen, aber du musst wachsam bleiben und dir bewusst machen, dass du einen Gefährten hast, das darfst du nicht vergessen. Ich bin davon überzeugt, dass wir Frauen das Bindeglied sind. Es ist unsere Aufgabe, fürsorglich und gütig darüber zu wachen, dass alles gut läuft. Aber deine Fragerei hat mich ganz ernst werden lassen, obwohl ich Ernsthaftigkeit gar nicht mag.«

»Na ja, wir sind etwas abgeschweift. Zum Ausgleich lade ich dich im Club zu einem Bier ein. Und ich verspreche dir, keine weiteren Fragen zu stellen. Und du erzählst mir nur von deinen Weihnachtsvorbereitungen.«

Sie tranken ein Bier. Manuela ließ sich ausführlich über ihre Pläne zum Fest aus, aber Victoria hörte sie nur von ferne, gerade genug, um bestätigend zu nicken, zu lachen, Kommentare einzuwerfen und ihr vorgebliches Interesse echt wirken zu lassen. Dann verabschiedeten sie sich voneinander, und sie ging in ihr Haus zurück. Ja, die Gemütsruhe, das friedliche Zusammenleben Jahr für Jahr, die gemeinsamen Pläne, die Kinder, alles, was Manuela gesagt hatte, mochte nach abgedroschenen Binsenweisheiten klingen, aber ihr war klar, dass es durchaus vernünftige Argumente waren. Die Gemütsruhe war genau das, was sie verloren hatte, seit sie in diesem Irrgarten der Gefühle und Gedanken steckte. War Gemütsruhe etwa kein wertvolles Gut? Lohnte es sich wirklich, ein Eheleben über den Haufen zu werfen, in dem es weder Leid noch Betrug noch Schmerz gegeben hatte? Vielleicht neigen wir dazu, das, was wir haben, zu unterschätzen, doch wenn wir es eines Tages verlieren ... Die Zukunft mit Santiago war ungewiss, und sie konnte nicht damit rechnen, dass sie sich auf Gemütsruhe begründete, sondern eher auf Liebe und Leidenschaft. Würden sie nach den auf sie zukommenden Schwierigkeiten auch ein wenig Ruhe finden? Wie würde sich ihr Zusammenleben gestalten?

Wieder zu Hause ging sie in den Garten. Kurz nach ihrer Ankunft in der Kolonie hatte sie entschieden, auf die Hilfe eines Gärtners zu verzichten und sich selbst darum zu kümmern. Aber sie hatte seit Wochen nichts mehr getan. Überall wucherte Unkraut, die Rosen hatten ihre Blütenblätter abgeworfen und waren hässliche Stümpfe. Sie fand, das Aussehen des Gartens spiegelte ihren Gemütszustand wider und sie nahm sich vor, am nächsten Vormittag mit Hacke und Rosenschere zur Tat zu schreiten. Sie konnte nicht weiter wie besessen ihren Gedanken nachhängen, das laugte sie vollkommen aus. Sie wollte nicht mehr grübeln.

Sie ging ins Haus zurück und rief, einem Impuls nachgebend, ihre Kinder an. Die junge, lebendige Stimme ihrer Tochter ließ sie einen Augenblick aufatmen. Aber wie gewöhnlich hatte sie keine Zeit zum Reden, sie war gerade auf dem Sprung, sie hatte es wie immer eilig, viele Verpflichtungen und Pläne. Früher war ihr das normal erschienen, jetzt fühlte sie sich ein wenig gekränkt. Doch mit welchem Recht verlangte sie absolute Aufmerksamkeit für ihre Person, wenn sie das früher auch nie getan hatte? Sie fragte sie, ob sie über Weihnachten nach Mexiko kommen wolle.

»Dieses Jahr nicht, Mama, das habe ich dir ja schon gesagt. Außerdem haben wir uns doch erst kürzlich gesehen. Du hast selbst gesagt, dass wir nicht ständig den Atlantik überqueren können. Ich denke, du verstehst das.«

Und sie verstand es, natürlich, ebenso wie sie verstanden hatte, dass ihr niemand helfen würde, aus dieser Gefühlsverwirrung herauszufinden. Es war, als stünde sie als Angeklagte vor Gericht. Die Zeugen, die für ihr Festhalten an der Ehe plädierten, redeten ununterbrochen, diejenigen, die sich für Santiago aussprachen, waren stumm. Aber unglücklicherweise funktioniert das Leben nicht wie ein Gerichtsprozess, man ist immer Richter, Staatsanwalt und Verteidiger in einer Person. Nach dem Telefonat sah sie sich um und fand nichts, was sie hätte ablenken oder trösten können. Wenn sie den Mut gehabt hätte, Manuela zu erzählen, was mit ihr los war, hätte sie vielleicht einen guten Ratschlag bekommen. Obwohl sie schon wusste, wie der lauten würde: »Bist du verrückt geworden, Victoria? Du willst deinen Mann, deine Kinder, dein bequemes Leben, deine Gemütsruhe aufgeben? Und das alles für einen Mann, dessen Ehe mit einer zynischen Trinkerin offensichtlich gescheitert ist? Er will sie bestimmt nur loswerden und schafft es nicht allein! Also wirklich, diese Verliebtheit ist eine typische Midlife-Crisis!« Das würde sie sagen und käme der Wahrheit damit sehr nahe. In all den Ehejahren mit Ramón war sie nie verliebt gewesen. Es waren tausend Dinge zu erledigen gewesen, die Arbeit, die Kinder, die Alltagsroutine … Außerdem war sie keine Frau, die zu Abenteuern neigte. Im Gegenteil, sie bezeichnete sich selbst als ein nüchternes, realistisches Wesen. Genau deshalb neigte sie zur Überbewertung ihrer Gefühle, was eine leichter zu entflammende Person erkannt und eingedämmt hätte. Und es stimmte auch, dass Santiago bei einer Flucht weniger zu verlieren hatte als sie. Bestimmt hatte er von Paula genug. Wenn es sie nicht gäbe, hätte er sich wahrscheinlich auch mit jeder anderen Frau eingelassen.

221

Und an allem war dieser Aufenthalt in Mexiko und die Tatenlosigkeit schuld. Sie war nicht daran gewöhnt, keine beruflichen Verpflichtungen zu haben. Nur als Ehefrau zu fungieren lag ihr nicht. Würde man sie jetzt in ihr gewohntes Umfeld in Barcelona mit ihrer Familie, ihren Studenten und Freunden zurückverpflanzen, würde ihr all das wie ein ziemlich lächerlicher Traum vorkommen. Sie ließ sich in einen Sessel fallen. Es war schrecklich, dass die Mobiltelefone auf der Baustelle des Staudamms kein Netz hatten. Sonst hätte sie jetzt entweder Ramón oder Santiago angerufen, einen von beiden.

»Nein, nein, keine elektrischen Lichterketten. Ich werde dieselbe Beleuchtung benutzen wie beim Sommerfest. Fehlt gerade noch, diese kleinen Birnchen in die Bäume zu klemmen.«

»Aber in den Lichterketten sind auch Weihnachtsmannfiguren, und ihr Spanier mögt den Weihnachtsmann doch so!«

»Das sind die Franzosen. Zum Teufel mit dem Weihnachtsmann. Ich nehme zwei Schachteln bunter Kugeln, die Sterne, den künstlichen Schnee, das Lametta ...«

Darío und Rosita besorgten im großen Kaufhaus von Oaxaca die Weihnachtsdekoration. Er hatte sie gebeten, ihn zum Einkaufen zu begleiten. Er bezahlte, und sie gingen zum Auto, wo sie ihm half, die Kartons zu verstauen.

»Wollen wir noch ein Bier trinken oder musst du gleich ins El Cielito zurück?«

»Wenn es dir nichts ausmacht, mit mir gesehen zu werden ...«

»Nicht im Geringsten. Komm schon, vielleicht hebt das meine Laune.«

Sie setzten sich an einen Tisch auf der Plaza und bestellten

Bier. Rosita war begeistert. Darío betrachtete sie aufmerksam. Es war das zweite Mal, dass er sie außerhalb des El Cielito und am helllichten Tag sah. Sie war hübsch in dieser weißen Bluse und dem gepunkteten Rock. Sie konnte kaum älter als fünfundzwanzig sein. Ihm fiel auf, dass sie sich in nichts von jeder anderen jungen Frau ihres Alters unterschied. Aber sie war eine Prostituierte. Natürlich war es etwas anderes, in Mexiko eine Prostituierte zu sein als in Spanien. Die Armut auf diesen kleinen Ranchos war unvorstellbar, und die Mädchen mussten irgendwie Geld verdienen. Auch war in Mexiko die Prostitution nicht so verpönt wie in Spanien. In diesem Land herrschten weniger strenge Moralvorstellungen, im Grunde war alles doppeldeutiger, freier. Was würde Doña Manuela sagen, wenn sie erführe, dass er regelmäßig zu Prostituierten ging? Sie fände es bestimmt schrecklich und abartig. Der Gedanke an die Frau seines Chefs brachte ihm wieder in Erinnerung, aus welchem Grund er hier war, und das verdüsterte seine Stimmung erneut: Weihnachtsdekoration, Kinderfeste … Scheiße! Das bedeutete eine Menge Zusatzarbeit und zwar ausgerechnet Arbeit von der Sorte, die er nicht mochte. Auf dass sich Weihnachten von seiner schönsten Seite zeigen möge! Er wusste nicht einmal, ob er genug Zeit für Yolanda haben würde. Da sie sich so lange nicht gesehen hatten und sie eine lange und teure Reise auf sich nahm, wäre sie bestimmt beleidigt, wenn er sich nicht ständig um sie kümmerte.

»Woran denkst du, mein Liebling?«

»Ach, nichts weiter, Privatangelegenheiten!«

»Deine Angelegenheiten scheinen wirklich nicht gut zu sein, denn du machst ein ziemlich saures Gesicht.«

»Lassen wir's, es lohnt sich nicht, darüber zu reden. Wie geht's dem Liebespaar bei dir zu Hause?«

»Dem dürfte es gut gehen, aber eigentlich hat es niemand gesehen. Da du uns so eingeschärft hast, uns nicht blicken zu lassen, vermeiden es meine Mama und meine Brüder, sich dem Hinterhaus auch nur zu nähern.«

»Ich weiß nicht, ob ich dir das glauben soll.«

»Du kannst mir ruhig glauben, es ist wahr. Meine Mama interessiert sich nicht für die Angelegenheiten anderer Leute und außerdem ...«

»Außerdem was?«

»Ist da noch das viele Geld, das sie uns zahlen. Meine Mama hat gesagt, ich soll dich fragen, wie lange sie noch bleiben wollen.«

»Das weiß ich nicht. Kommt darauf an, wie lange es anhält.«

»Ach, hoffentlich sind sie noch lange scharf aufeinander und haben weiter Lust zum Vögeln!«

Darío lachte laut auf. Diese Mädchen schafften es immer, seine Stimmung zu heben. Ganz besonders Rosita. Rosita war eine Optimistin, er hatte sie noch nie traurig erlebt, nicht einmal müde. Wahrscheinlich deshalb, weil sich ihr Leben nicht unbedingt einfach gestaltete. Aber so war es meistens: Frauen, die alles hatten, waren weder ausgeglichen noch zufrieden, doch diese Mädchen, von klein auf an Kummer gewöhnt, waren glücklich, weil sie alles schätzen konnten und dankbar dafür waren. Das beste Beispiel waren die Weiber aus der Kolonie: eine ausgeflippte Alkoholikerin, eine affektierte Amerikanerin, eine andere betrog ihren Mann ... und die übrigen langweilten sich zu Tode und brauchten jede Menge Abwechslung, um sich wohlzufühlen. Doch Rosita war immer fröhlich, obwohl sie auf einem kleinen Hof lebte und ihr halbes Leben lang tanzen und mit hässlichen, alten Männern vögeln musste.

»Warum kommst du nicht mit mir ins El Cielito, Schätzchen? Wir könnten eine Siesta machen, das wird dich entspannen. Wir rufen María, sie soll uns ein wenig Gesellschaft leisten.«

Sie sah ihn verschmitzt an. Dieses Mädchen hatte Spaß am Vögeln, ganz bestimmt!

»Du vögelst gerne, stimmt's, Rosita?«

»Nicht mit allen. Aber du bist was Besonderes, mein Kleiner. Wenn ich mit dir verheiratet wäre, würde ich kein Zimmer mieten, um dort mit einem anderen zu vögeln. Niemals.«

»Würden wir uns nicht langweilen, du und ich, Hand in Hand als Ehefrau und Ehemann?«

»Bestimmt nicht! Wozu habe ich denn gute Freundinnen? Sie kämen hin und wieder zu uns, und wir würden ein nettes Beisammensein veranstalten, so wie wir es jetzt auch tun, es ist doch nichts dabei.«

Darío erstarrte. Meinte sie das ernst, wäre sie imstande, ihren Mann mit ihren Freundinnen zu teilen, damit der sein Vergnügen hätte?

»Und gäbe es in diesem Bett auch andere Männer?«

»Was du manchmal für merkwürdige Fragen stellst! Natürlich nicht! Wir wären doch verheiratet! Sag mir, was für eine Ehefrau ich wäre, wenn ich mit anderen Männern ins Bett ginge?«

War das die wahre Zivilisation?, fragte sich Darío. Wie dem auch sei, ihre Lebenseinstellung gefiel ihm.

»Möchtest du eines Tages heiraten, Rosita?«

»Ach, ich weiß nicht, Schätzchen. Für Frauen bedeutet die Ehe arbeiten und immer arbeiten. Ich habe meine Mama und meine Großmutter immer nur arbeiten und sich um die Kinder, das Haus, die Tiere, den Mann, die Feldarbeit kümmern sehen ... Wenn man mich eines Tages im El Cielito nicht mehr haben will, denke ich vielleicht darüber nach. Aber vielleicht gefällt mir dann keiner als Mann oder

225

ich ihm nicht … Schau mal, Darío, warum sollen wir darüber nachdenken, was wir später tun werden? Lassen wir doch die Zukunft. An die Gegenwart zu denken ist schon anstrengend genug.«

»Du hast recht, und du hast mich überzeugt. Ich bringe dich jetzt ins El Cielito und dort trinken wir einen Tequila. Danach sehen wir weiter.«

Rositas schöne Augen strahlten vor Freude. Sie lächelte und stand auf, leicht wie ein Windhauch. Auch Darío fühlte sich leichter, aufgekratzt und voller Tatendrang. Er schloss den Wagen auf, und als er die auf dem Rücksitz gestapelten Kartons sah, verzog er das Gesicht. »An die Gegenwart zu denken ist schon anstrengend genug.« Ein genialer Satz.

Mit dem eigenen Auto in dieses Haus zu fahren war schlimmer, als sich mit Santiago in San Miguel zu treffen oder zusammen hinzufahren. Sie fand die ganze Heimlichtuerei noch schäbiger und niederträchtiger als erwartet. Es führte ihr vor Augen, wie erbärmlich ihr Tun war. Die Fahrt nahm ihr jegliche erotische Vorfreude, denn im Auto rief sie sich unwillkürlich das jüngste Gespräch mit Manuela ins Gedächtnis: Ordnung, Vernunft, Wunsch nach Frieden und Beibehaltung ihres gewohnten Lebens. Wer war Santiago eigentlich? Sie hatten sich kaum unterhalten, er hatte ihr nichts Persönliches erzählt, nicht einmal, woran seine Ehe gescheitert war. Das alles war eine große Dummheit. Am Vernünftigsten wäre es, Santiago zu sagen, dass sie sich nicht mehr treffen könnten. Sie würde ihm erklären, dass sie sich kaum kannten und dass sie ihren Seelenfrieden nicht einfach für eine ungewisse Zukunft aufs Spiel setzen könnte. Sie würde darauf hinweisen, dass sie womöglich nicht zusammenpassten, dass sie vielleicht nicht verliebt, sondern nur verblendet seien und sich Illusionen machten.

Santiagos Geländewagen stand schon da, als sie hinter dem Haus parkte. Heiß stieg ihr das Blut ins Gesicht, und ihre Beine wurden schwach. Sie wurde gewahr, dass sie ihn augenblicklich sehen musste und ihm nahe sein wollte. Er kam schon auf sie zu. Sie umarmten sich, und die liebevolle Wärme seiner Arme bescherte ihr das bereits bekannte Gefühl: Sicherheit, Zuneigung. Dann erinnerte sie sich an ihre Vorsätze und sagte mit bebender Stimme:

»Santiago, wir müssen reden.«

Verblüfft und besorgt sah er sie an.

»Ist was passiert?«

»Nein, aber … Ich habe nachgedacht …«

»Komm, lass uns reingehen.«

»Ja, aber versprich mir, dass du mich drinnen nicht küsst.«

Lächelnd hob er die Hand zum Schwur.

»Ich verspreche es.«

»Ich habe nachgedacht und … was ist, wenn du mich nicht wirklich liebst?«

Er lachte gutmütig auf. Dann ergriff er ihre Hände und küsste sie abwechselnd. Sie war bemüht, ihre Worte ernst klingen zu lassen.

»Nein, hör mir zu. Du hast mir nie von deiner Beziehung zu Paula, von eurer Ehe erzählt. Es ist nicht zu übersehen, dass ihr ein … problematisches Leben führt, um es mal so zu nennen. Ich nehme an, du hast schon oft über eine Trennung nachgedacht und jetzt …«

»Und jetzt bist du mir zufällig über den Weg gelaufen, und ich habe mir gedacht, ich sollte mich besser mit dir zusammentun.«

»So ausgedrückt klingt es absurd, aber es ist auch etwas dran.«

Er ergriff ihre Hand und führte sie zum Bett. Sie setzten sich.

»Selbst wenn ich die Absicht gehabt hätte, meine Ehe zu beenden, bräuchte ich dafür nicht unbedingt eine andere Frau. Sieh mich an. Komme ich dir vor wie ein Mann, der nicht allein leben kann?«

»Nein, so kommst du mir nicht vor.«

»Ich könnte auch noch lange weitermachen wie jetzt. Paula und ich haben uns so auseinandergelebt, dass es ist, als wären wir gar nicht mehr zusammen. Es ist bequem. Ich könnte mich auch von ihr trennen und mein Leben allein führen. Ich liebe meinen Beruf und bin ein ausgeglichener Mensch, ich habe nicht mehr Angst vor der Einsamkeit als jeder andere auch. Aber ich habe mich in dich verliebt, Victoria, eindeutig in dich, in dich mit deinem Gesicht, deinem Haar, deiner Stimme, so wie du bist.«

»Aber wir kennen uns kaum, wir haben keine Zukunftspläne wie andere Paare!«

»Wenn du etwas genauer hinschaust, dann wirst du erkennen, dass sich die Zukunftspläne der meisten Paare auf Materielles beschränken: eine Wohnung kaufen, den Kindern eine Zukunft ermöglichen ...«

»Und wenn wir uns nicht verstehen? Beim Zusammenleben können viele Schwierigkeiten auftauchen, die erst einmal lächerlich wirken, eine Beziehung aber langfristig zerstören können.«

»Wir werden uns verstehen, unsere Persönlichkeiten sind nicht kompliziert, wir sind beide ausgeglichen und liebevoll, realistisch und trotzdem leidenschaftlich. Und wenn wir uns anstrengen müssen, uns aneinander zu gewöhnen, dann tun wir es eben, denn wir haben viel zu verlieren.«

»Anscheinend muss ich hier die Anwältin des Teufels spielen.«

»Nein, aber du bittest mich um etwas Unmögliches. Ich kann dir nicht sagen, ob äußere Umstände auf meine Gefühle Einfluss genommen haben, und ich kann es nicht, weil ich es nicht weiß. Glaubst du, ich kann kühl analysieren, warum ich mich in dich verliebt habe? Niemand kann das, niemand. Ich kann dir nur versichern, dass ich dich sehr liebe, mehr, als ich je glaubte, lieben zu können.«

Victoria klammerte sich mit der Macht der Verzweiflung an ihn.

»Verzeih mir, Geliebter, verzeih mir. Alles, was ich gesagt habe, war dumm. Hör nicht auf mich. Ich will doch nur, dass alles schon vorbei ist, dass ich mit dir woanders sein und dich jeden Tag sehen kann. Im Grunde habe ich schreckliche Angst, dass etwas schiefgeht.«

»Vielleicht hast du auch Angst davor, dein bisheriges Leben aufzugeben.«

»Das ist es nicht, ich habe Angst, mich dem zu stellen, was kommt, Angst wehzutun. Es wird sehr hart werden, zu Ramón zu sagen: Ich liebe dich nicht mehr.«

»Wenn er das noch nicht gemerkt hat, dann stimmt was nicht.«

»Das ist vermutlich so, aber trotzdem ...«

»Später, wenn alles vorbei ist, werden wir herausfinden, ob und was schiefgegangen ist. Wir erklären uns unsere Fehler selbst. Jetzt ist nicht der richtige Zeitpunkt dafür.«

»Und den anderen, wie sollen wir es den anderen erklären?«

»Das wird gar nicht nötig sein. Unglücklicherweise kennen sie die Gründe nur allzu gut, wenn sie von unserer Liebe erfahren.«

»Es macht mir Angst, dich so reden zu hören. Hast du dir schon ernsthaft Gedanken darüber gemacht, wie Paula reagieren wird?«

»Es gibt viele Möglichkeiten, wie sie reagieren könnte, bei ihr weiß man nie.«

»Ramón ist wenigstens ein konventioneller Mann.«

»Und wie reagiert ein konventioneller Mann, wenn ihm seine Frau verkündet, dass sie ihn wegen eines anderen verlässt?«

»Sei still, bitte. Santiago, glaubst du, es ist richtig, was wir tun?«

»Nach wessen Maßgabe?«

»Lass das, darüber zu reden macht mich nervös.«

»Wenn du möchtest, können wir einen Spaziergang machen, statt hierzubleiben.«

»Das wäre wunderbar. Aber was ist, wenn man uns sieht?«

»Wir gehen querfeldein.«

»Gut. Ich glaube nicht, dass ich heute mit dir schlafen kann.«

Sie gingen schweigend. Es war heiß, eine trockene, erholsame Hitze. Santiago setzte seine Sonnenbrille auf. Sie konnte seine Augen nicht sehen, als er sagte:

»Es geht nicht darum, dass ich nicht über meine Beziehung mit Paula sprechen möchte. Wir können es tun, wenn du willst, aber es wird nicht viel nützen. Ich bin dabei, sie völlig zu vergessen, sie aus meinem Leben zu verbannen.«

»Wirst du das schaffen?«

»Ich habe schon angefangen, sie zu vergessen. Und du?«

»Ich weiß es nicht, Ramón völlig zu vergessen ist...«

»Ich verlange es nicht von dir, aber ich möchte, dass es dich nicht wundert, wenn ich es tue. Jeder hat seine eigene Art, mit den Dingen umzugehen.«

»Ja, aber...«

»Wenn wir jetzt den Reisepass dabeihätten, würde ich dich bitten, mit mir zu fliehen.«

»Ohne jemandem etwas zu sagen?«

»Das würden wir später nachholen. Es wäre doch wunderbar, jetzt einfach ohne Erklärungen alles hinter uns zu lassen, ohne Zukunftspläne einfach verschwinden zu können…«

»Genau das sollten wir nicht tun, hast du gesagt.«

»Und wenn ich meine Meinung geändert habe? Schlecht ist nur, dass wir den Reisepass nicht dabeihaben. Oder hast du ihn dabei?«

Sie sah ihn an und wusste nicht, ob er es ernst meinte. Überrascht zog sie die Augenbrauen hoch.

»Wenn du so redest, machst du mir noch mehr Angst.«

»Wenn wir erst zusammen sind, wirst du nie wieder Angst haben, du wirst sehen.«

Sie kehrten in das Haus zurück und liebten sich, denn ineinander verschlungen zu sein unterlag keiner freien Entscheidung mehr, sondern war für beide zu einem inneren Bedürfnis geworden.

Wieder im Camp eingetroffen, zuckte Santiago einen Moment zusammen. Auf seinem Tisch lag eine Notiz von Ramón, auf der stand: »Ich muss dringend mit dir reden.« Nicht unbedingt alarmiert, sondern nur ein wenig beunruhigt, machte sich Santiago auf die Suche nach ihm. Einer der Vorarbeiter wies ihm die Stelle, wo er ihn finden konnte.

Dort stand er in Schaftstiefeln und Helm und redete mit dem Bauleiter. Er ging zu ihnen, bemüht, sich nichts anmerken zu lassen.

»Ramón, du wolltest mich sprechen?«

»Ach ja, Santiago, schau dir das mal an. Das Erdreich hier ist härter als angenommen.«

Es folgten ein paar technische Daten. Santiago sah ihn an, ohne sich auf das geschilderte Problem konzentrieren zu können. Er hatte keine Schuldgefühle und betrachtete den Kollegen aufmerksam. Ramón war ein Mann, der völlig in

231

seiner Arbeit aufging. Seine Frau war im Begriff, ihn zu verlassen, und er merkte es nicht einmal. Wahrscheinlich hatte er die letzten Jahre an Victorias Seite verbracht, ohne zu merken, dass sie sich entfernte, dass sie seine Aufmerksamkeit gebraucht hätte, dass sie ihn nicht mehr liebte. Wir Männer sind so vernagelt, dachte er, wir brauchen viel zu lange, bis wir mitkriegen, was los ist, wir sehen nichts, bis es nicht mehr zu übersehen ist. Wir sind viel zu selbstbezogen und unfähig, die Augen aufzumachen. Wie beim Segeln, da achten wir zwar darauf, dass das Boot nicht untergeht, aber wir ahnen nicht, dass die Besatzung eine Meuterei plant oder dass an Bord der Proviant ausgegangen ist. Auch er war unfähig gewesen, sich auszumalen, wie Paula sich entwickeln könnte. Am Anfang gefiel ihm ihr Talent, ihre geistreiche Art, sich auszudrücken, die Überzeugung, dass sie keine gewöhnliche Frau war. Wie hatte er ihre abgrundtiefe selbstzerstörerische Verzweiflung übersehen können? Doch auch wenn er sie erkannt hätte, was hätte er dagegen tun können? Sie mit ihrem Feuer speienden Ungeheuer allein lassen, damit es sie verschlingen konnte? Er war verliebt gewesen, und ein verliebter Mann rettet seine Dame vor jedem finsteren Ungeheuer. Aber diese Rettungsversuche hatte er schon lange aufgegeben. Es war eine Frage des Überlebens gewesen. Er hatte begriffen, dass das Ungeheuer gierig war und nach immer mehr Eingeweiden und Blut lechzte, es hätte auch ihn aufgefressen. Genug. Er hatte schon vor langer Zeit aufgehört, begreifen zu wollen, was in Paula vorging. Er konnte es nicht verstehen, er war nicht fähig dazu, er hatte nicht einmal das Recht, sich diesem Fürsten der Finsternis zu nähern, der seine Frau beherrschte. Und jetzt war er im Begriff, sie zu verlassen, sie mit ihrem Schmerz alleinzulassen. Ja, es nützte nichts, ihr unbegreifliches Leid zu teilen. Selbstzerstörung ist heroisch, wenn sie einer Sache dient, und absurd, wenn es keinen greifbaren Grund dafür gibt.

»Nein, nein, meine Liebe. Es ist lächerlich, dass du dir Sorgen um mich machst. Ich bin gut untergebracht in diesem Hotel in San Miguel. Mir wurde gesagt, es war früher eine Mission.«

»Alle Gebäude hier waren früher Missionen, Mama, zumindest wird das behauptet. Ich glaube, du wirst es bequemer haben, wenn du bei uns wohnst.«

»Aber du kennst mich doch, ich bin ein unruhiger Geist, ein unabhängiges Wesen. Ich brauche meine Privatsphäre. Ich werde euch in der Kolonie besuchen kommen, ich werde an den Feiertagen mit euch essen, und wir werden Weihnachten feiern. Aber hin und wieder will ich mich in mein Hotel zurückziehen und über meine Angelegenheiten nachdenken können. Du weißt doch, dass ich tief in einer persönlichen Krise stecke und von großen Zweifeln geplagt werde. Natürlich ist das mein Dauerzustand. Ich hatte gehofft, das würde sich mit dem Alter bessern, aber ich habe mich geirrt.«

Susy merkte, dass ihr Gespräch eine unerwartete Wendung nahm. Sie musste sie mit einem Trick zum Ausgangspunkt zurückbringen. Ihre Mutter würde die ganze Weihnachtswoche in Mexiko verbringen, wie oft würde sie sie wohl davon abhalten müssen, immerzu nur von sich zu reden? Das wäre unmöglich, klar, sie würde wie gewohnt, auch ganz ungeniert vor allen anderen, Chaos verbreiten. Sie glaubte nicht, dass sie wegen der Koloniebewohner davor zurückschrecken würde. Nein, im Glauben, dass alle sich dafür interessierten, würde sie sich endlos über sich selbst auslassen. Sie würde der erlesenen Gesellschaft ihre Probleme vortragen und wieder einmal erreichen, dass sich ihre Tochter schämte und erbärmlich fühlte.

»Ist gut, Mama, bleib im Hotel, wenn dir das lieber ist, aber du weißt, dass Henry und ich uns freuen würden ...«

»Um Himmels willen, Susy, das weiß ich doch! Gütiger Himmel, Henry ist der freundlichste und gutmütigste Mann der Welt! Wenn ich so einen Mann gefunden hätte, wäre mein Leben anders verlaufen, es hätte sogar glücklich sein können. Natürlich bin ich nicht du, du bist eine Frau voller Tugenden, selbstlos und fähig, dich in einer Institution wie der Ehe wohlzufühlen.«

»Was willst du damit sagen?«

»Nichts Besonderes, meine Liebe, nur was ich gesagt habe.«

»Lassen wir es lieber, Mama. Komm, ich zeige dir unsere Anlage.«

»Ich habe dir noch gar nicht gesagt, dass ich dieses Haus ganz entzückend finde. Es wirkt, als wärt ihr Gutsbesitzer mit einem großen Herrenhaus im Kolonialstil. Man merkt, dass ihr unter Spaniern seid, die Spanier haben noch immer eine Schwäche für den Kolonialismus.«

»Ich hoffe, du kommst nicht auf die Idee, das jemandem zu sagen.«

»Mach dir keine Sorgen, Susy, deine Mutter ist eine Katastrophe, aber immer noch diplomatisch genug. Obwohl ich verstehe, dass es dir nicht egal ist, was die anderen denken. Ich vermute, ich habe dir nicht genug Selbstvertrauen vermittelt.«

»Hör auf damit, Mama, bitte.«

Sie gingen in den Garten, wo das Sonnenlicht blendete. Grace suchte nervös ihre Sonnenbrille.

»Tut mir leid, meine Liebe, ich mache schon wieder alles falsch, ich habe meine Sonnenbrille im Haus vergessen. Gib mir bitte den Schlüssel, ich hole sie.«

»Wir schließen nie ab, geh sie dir holen. Ich warte hier auf dich.«

234

»Tut mir leid, ich bin so dusselig …«

Sie glaubte, sie würde es nicht ertragen. Nicht eine ganze Woche lang. Kurz vor der Ankunft ihrer Mutter hatte sie sich eingeredet, es hätte sich etwas verändert und der Besuch würde normal verlaufen. Schließlich befanden sie sich in Mexiko, ein für beide unbekanntes Terrain. Es gäbe Neues, andere Leute und genügend Ablenkung, damit ihre Mutter nicht andauernd um sich selbst kreiste. Aber sie hatte sich geirrt, ihre Mutter ließ sich durch nichts davon abhalten, nur das eigene Ego zur Schau zu stellen. Damit hätte sie sich eigentlich längst abfinden müssen. Na schön, sie würde sich damit abfinden, aber wäre es dann nicht besser, den Kontakt völlig abzubrechen? Ihre Zusammentreffen schadeten ihr nur. Doch auch wenn sie nicht zusammen waren, konnte sie sich ihrem Einfluss nicht entziehen. Selbst wenn sie tot wäre, würde sie sie noch immer als Gefahr begreifen, wie ein schwarzes Loch, in das sie hineinzustürzen drohte.

Als sie endlich wieder auftauchte, trug sie eine riesige Sonnenbrille, die ihr halbes Gesicht verdeckte. Sie hatte sich gut gehalten: Groß, lange Arme und Beine, straffer und schlanker Körper. Und sie wirkte noch immer wie ein naives kleines Mädchen, das sich im Wald verlaufen hatte. Aber war sie wirklich naiv? Eine Frage, die sich Susy seit Jahren stellte. Ihre ständigen Probleme, die schamlose Zurschaustellung derselben … War ihr Wesen unkontrollierbar oder wusste sie im Gegenteil ganz genau, wie quälend ihr exzentrisches Verhalten für ihre Tochter sein konnte? Sie wusste es bestimmt. Mit über fünfzig war niemand mehr naiv. In dem Alter verirrte sich niemand mehr im Wald. Ihre Mutter hasste sie. Sie hatte nicht mit einer Tochter wie ihr gerechnet, oder vielleicht hatte sie nicht damit gerechnet, überhaupt eine Tochter zu haben.

Die Parkanlage und der Club wirkten mit Daríos Weihnachtsdekoration fremd. Der Glanz der goldenen Lichterketten schien im strahlenden Sonnenschein irgendwie fehl am Platze zu sein. Ein heimischer Baum war zu Tannenform gestutzt worden. Auf seinen Ästen lagen Wattebäusche, die Schnee darstellen sollten. An den Clubfenstern hingen im nordeuropäischen Stil große Strümpfe voller Päckchen, die als Geschenke verpackt waren. Susys Mutter war entzückt, das war der originellste naive Weihnachtsschmuck, den sie je gesehen hatte. Vor jedem kitschigen Detail blieb sie entzückt stehen. Das brachte Susy fast zur Verzweiflung. Doch sie selbst hatte den Fehler gemacht, die Aufmerksamkeit ihrer Mutter auf die Umgebung zu lenken. Was immer sie tun würde, sie verachtete sie. Der Gedanke erschreckte sie.

Sie betraten den Club, dessen Räume ebenfalls mit großen Schleifen und silbernen Zapfen geschmückt war. Es war noch früh, und die Bar war noch leer. Sie zeigte ihr alles, den Fernsehraum, den Festsaal …

»Das ist ja reizend, mein Kind, wirklich reizend. Ich dachte schon, du würdest im mexikanischen Urwald in einer Holzhütte mit Chemieklo leben. Aber ich sehe, es ist alles perfekt organisiert, die Firma hat daran gedacht, was für eine Umstellung es für die Familien bedeutet, der Heimat jahrelang fern zu sein. Und Henry, ist er gut untergebracht? Ich nehme an, auf der Baustelle ist es nicht so komfortabel. Zum Glück ist er nicht sehr anspruchsvoll. Hättest du nicht mit ihm im Camp wohnen können? Das wäre bestimmt hart für eine Frau, aber andererseits könnte das auch sehr romantisch sein, was? Die junge Ehefrau begleitet ihren Mann an einen Ort fernab jeglicher Zivilisation, wo die beiden in einer kleinen Hütte leben.«

»Mama, du idealisierst das. Henry wohnt mit seinen Kollegen in Baracken. Jeder hat einen eigenen Raum. Ich habe da nichts verloren.«

»Natürlich, das hätte ich mir denken können. Siehst du? Du sagst es ja selbst: Ich idealisiere alles, natürlich auch die Menschen. Deshalb habe ich immer so schreckliches Pech. Aber in meinem Alter ist es bereits zu spät, dagegen anzukämpfen. Schrecklich, nicht wahr?«

»Komm, ich zeige dir das Billardzimmer.«

Sie würde es nicht aushalten. Im Grunde war es besser, dass sie sich im Hotel einquartiert hatte, aber auch so noch ... Doch was sollte sie tun? Behaupten, sie sei krank, damit man sie ins Krankenhaus einlieferte, solange sie in Mexiko war? Sie begutachteten das Billardzimmer und gingen dann in die Bar, in der in diesem Moment auch Paula auftauchte. Susy spürte Unruhe und freudige Erleichterung zugleich in sich aufsteigen. Sie hatte das törichte Gefühl, Paula könnte ihr auf wundersame Weise aus der Klemme helfen.

»Paula, wie geht's dir? Komm, ich will dir meine Mutter vorstellen.«

Ihre Freundin wirkte nüchtern, aber geistesabwesend. Trotzdem huschte ein ironisches Lächeln über Paulas Lippen, als sie ihrer Mutter die Hand reichte.

»Sprechen Sie Spanisch?«

»Tut mir leid, nicht sehr gut.«

»Glaub ihr nicht, sie spricht ziemlich gut, und außerdem versteht sie fast alles.«

»Was für ein Glück! Ich verstehe fast nichts von dem, was geredet wird, weder auf Spanisch noch in einer anderen Sprache. Und das wird immer schlimmer, glauben Sie mir.«

Grace lachte irritiert auf und sah sie bewundernd an. Susy mischte sich ein. Die beiden Frauen durften sich nicht allein unterhalten. Sie wollte nicht, dass ihre Mutter ihre Nase in diese Freundschaft steckte.

237

»Willst du was trinken?«

»Ich wollte mir Eis für einen Whisky in meinem gemütlichen Heim holen. Was glaubst du, was ich vorgefunden
habe, als ich den Kühlschrank aufmachte? Ein gärendes
Warmbiotop im Zustand der fortgeschrittenen Verwesung. Vermutlich ist mein unsägliches Hausmädchen daran
schuld – wahrscheinlich hat die den Stecker rausgezogen,
um den Staubsauger anzuschließen. Aber so was bringt
mich nicht aus der Fassung. Wir alle machen Fehler, finden
Sie nicht auch, Señora?«

»Nennen Sie mich Grace.«

»Ganz wie Sie wollen. Wo ist der Kellner?«

Susy war erleichtert darüber, dass Paula noch nichts getrunken hatte, sie würde es also nicht zu weit treiben. Als
sie sie mit ihrer Trophäe, einem Krug voller Eiswürfel, da-
vonziehen sah, beruhigte sie sich. Trotzdem musste sie auf
der Hut sein, denn ihre Mutter meinte, sie fände sie sehr
originell, eine außergewöhnliche Frau. Besser, die beiden
voneinander fernzuhalten.

Sie stellte den Krug auf den Küchentisch. Dann gab sie
ein paar Eiswürfel in ihr Whiskyglas und betrachtete es
im Gegenlicht. Ein beruhigender Anblick. Als sie mit dem
Trinken angefangen hatte, hatte sie nicht an ihre körperliche Verfassung gedacht. Sie hatte keinen Alkoholikerkör-
per, er verarbeitete den Alkohol nur schlecht. Manchmal
schmerzte ihre Leber, und ihr war schwindlig. Der Kater am
nächsten Tag wurde immer schlimmer. Die Arbeit ruhte
schon seit Monaten. Tolstois Tagebücher, die angefangene
Übersetzung und die Wörterbücher lagen unberührt im
Arbeitszimmer. Sie erinnerte sich an ihren Enthusiasmus
zu Beginn ihrer Arbeit, denn sie hatte geglaubt, durch die
Übersetzung würde ein wenig von der Größe dieses Man-

238

nes auf sie übergehen. Die wunderbaren Geistesblitze des Genies von Jasnaja Poljana, seine heroischen Bekenntnisse: die Leibeigenen zu befreien, ein ruhiges Leben zu führen, sein innerer Kampf gegen alles erbärmlich Menschliche. Einige Seiten seiner Tagbücher hatten ihr so aus der Seele gesprochen, dass sie sich selbst als Urheberin empfand. Durch ihre kongeniale Übertragung würde sie den Sätzen des Schriftstellers einen neuen Sinn geben und sich auf diese Weise mit ihm verbunden fühlen. Aber der Zauber hatte nicht funktioniert. Sie hätte wissen müssen, dass ein Zauber nie funktionieren kann, wenn man der Wahrheit zu unbarmherzig ins Auge schaut. Sie hatte keine Muschiks befreit, sie war auch nie mit ihrem treuen Hund durch den Schnee gestapft. Sie hatte die Hälfte ihres Lebens in Erstarrung verbracht. Erstarrt vor Angst. Angst vorm Scheitern, davor, ihre eigenen Grenzen zu erkennen, in sich selbst hineinzuhorchen und die Wahrheit zutage treten zu lassen. Angst davor, die Grenze der Vernunft zu überschreiten und dahinter einfach abzustürzen. Eine Hand, die nicht schreibt, und eine Frau, die nicht handelt. Sie hatte sich auf Santiagos tröstlichen Schatten verlassen, der sie nährte und sie vor kaltem Wind und Gewittern schützte. Aber geduckt in einer Ecke zu verharren, hatte auch nichts genützt, denn die Gewitter entstanden in ihrem Kopf. Wenn bodenlose Angst über sie hereinbrach wie eine gewaltige Sintflut, benötigte sie nur ein wenig Ruhe, mehr verlangte sie gar nicht. Sie geißelte ihre Seele, bis die Erschöpfung größer war als der Schmerz. Der Alkohol spendete keinen Trost, sondern zerstörte ihre Organe, und ihre einzige Krücke, der Zynismus, drohte auch langsam zu zerbrechen.

Sie sah zum Fenster hinaus: Palmen und Oleander. Nichts lag ferner von russischen Steppen, von Landschaften, die einen an Gott denken ließen. Warum war sie in Mexiko? Sie erkannte keinen Sinn darin. Plötzlich sah sie Victoria durch den Park schlendern. Eine Ehefrau wie sie. Ihr Haar glänzte, es war immer seidig und glänzend. Sie war eine ausgeglichene, nicht sehr gesprächige Frau, sie wusste nichts von ihr. Sie wusste von niemandem etwas, weil sie nicht zuhörte. Wenn sie es täte, würden zu viele Fragen auftauchen: Warum hatten die anderen ihren Platz in der Welt gefunden und sie nicht? Gab es überhaupt einen Platz für sie in dieser Welt? Bestimmt gab es einen, aber man musste nach ihm suchen oder ihn in sich selbst finden, doch sie war starr vor Angst. Sie mochte sich nicht bewegen, jede Bewegung schmerzte. Sie erinnerte sich an die Kindermärchen: Wie sich Hänsel und Gretel im Wald verliefen und in ein Haus eingesperrt wurden, das aus Lebkuchen gemacht schien, es aber nicht war. Alices Sturz in den Kaninchenbau, worauf sie in einer absurden Welt landete, die sie verächtlich und grausam behandelt: »Kopf ab mit ihr!« Entweder viel zu klein oder viel zu groß, die arme Alice, nie in der angemessenen Größe. Und dann die hübsche Coppelia, die schrecklichste Geschichte, die sie immer verfolgt hatte: Eine Gliederpuppe, die mit ihrem Erfinder tanzt, aber nicht lebt. Ihr Nacken schmerzte, und sie trank einen Schluck Whisky, wobei ihr ein Tropfen aus dem Mundwinkel lief. Sie wischte ihn ab, verließ das Haus und lief Victoria hinterher.

»Hallo, liebe Nachbarin, wo, zum Teufel, willst du denn hin?«

»Mein Gott, Paula, hast du mich erschreckt!«

»Ich beschwöre den Teufel und du Gott.«

Victoria lachte, sie wirkte nervös. Es war das erste Mal, dass sie sie nervös sah. Sie hatte den Eindruck, ihr falle das Reden schwer.

»Hast du die Warnung gehört?«

»Die Warnung?«

»Es heißt, wir sollen beim Verlassen der Kolonie aufpassen. Es ist wieder von Entführungen die Rede.«

»Meine liebe Victoria, die wollen uns doch nur Angst einjagen.«

»Vielleicht ist aber doch was dran. Die Wachen wurden verstärkt.«

»Blödsinn, es gibt doch gar keine organisierte Kriminalität hier, und der Comandante Marcos hat sich schon seit längerem auf die Werbung in den Medien verlegt. Jedenfalls würde es mir nichts ausmachen, wenn sie uns alle entführten. Zum Beispiel während dieses schrecklichen Weihnachtsessens, an dem wir teilnehmen müssen. Kannst du dir das vorstellen? Ein Trupp Spanier schmort im eigenen Saft. Genial: Wir konfiszieren diesen gefüllten Truthahn im Namen der Revolution!«

»Erzähl mir bloß nichts von diesem Essen! Manuela hat vorgeschlagen, jede von uns soll etwas Typisches aus ihrer Region zubereiten.«

»Wie reizend! Diese Frau wird irgendwann zur UN-Botschafterin ernannt werden.«

»Du bist gemein! Manuela macht sich die ganze Mühe doch nur, damit wir uns hier wohlfühlen, auch wenn ihre guten Absichten manchmal lästig sein können. Denn ich bin eine mehr als mittelmäßige Köchin.«

»Keine Sorge, ich werde was für uns beide zubereiten. Ich backe einen prima Haschkuchen.«

»Das wäre toll«, sagte sie lachend. »Du musst aber darauf achten, dass die Kinder nichts davon essen.«

»Im Gegenteil, die Kinder zuerst! Ermöglichen wir ihnen ein wenig Lebenserfahrung in diesem Ödland.«

»Tut mir leid, Paula, aber ich muss jetzt los. Wir sehen uns später.«

»Ich hoffe, du wirst nicht entführt.«

»Nicht, bevor ich deinen Kuchen probiert habe.«

Sie verabschiedeten sich voneinander, und sie sah Victoria davoneilen. Sie weicht mir aus, dachte sie, weil ich die Abweichung bin und sie die Regel. Diese Frau ist die Regel, wiederholte sie sich, ich sollte ihr vierundzwanzig Stunden auf den Fersen bleiben und beobachten, was sie tut, damit ich ihrem Beispiel folgen kann. Vielleicht könnte ich mit Hilfe einer solchen Bedienungsanleitung endlich der Welt die Stirn bieten und muss nicht immer fürchten, einen Teil dieses geheimnisvollen Räderwerks kaputtzumachen.

Die Männer trafen ein, um mit ihren Familien Weihnachten zu feiern. Jetzt ruhte diese verflixte Baustelle drei Tage lang, ohne dass die Welt unterging oder der Himmel einstürzte. Es war alles vorbereitet. Darío hatte nachgegeben und im Park sogar Lautsprecher aufgehängt, aus denen von sechs bis acht Uhr abends Weihnachtslieder erklangen. Das war vor allem für die Kinder. Einigen Koloniebewohnern war dieser Schmuck anfangs zwar sinnlos erschienen, aber tatsächlich verlieh er der Kolonie eine heimelige, traditionelle Weihnachtsatmosphäre. Kaum waren die Parkanlage und die Gemeinschaftsräume festlich geschmückt, kamen auch schon die Kinder angelaufen, um alles zu bestaunen. Bekanntlich treiben Erwachsene diesen ganzen Aufwand nur für die Kinder, um ihnen eine bessere Welt vorzugaukeln. Manuela dachte wehmütig an ihre Enkelin. Dieses Jahr würde sie sie nicht sehen, und beim nächsten Mal wäre sie schon kein Baby mehr. Sie würde ihre früheste Kindheit versäumen. Für sie waren kleine Kinder das Schönste auf der Welt. Sie erinnerte sich an einen Nachmittag auf der Veranda ihres Sommerhauses. Ihre drei Kinder waren noch klein, der Jüngste gerade ein paar Monate alt. Er quietschte lustig vor sich hin, es klang wie fröhliche Musik. Die anderen beiden spielten. Damals war ihr bewusst geworden, dass dies der glücklichste Zeitpunkt ihres Lebens war. Es war ein Gefühl großer Erfüllung gewesen. Sie war auf dem Gipfel angekommen. Konnte sein, dass sie so etwas nie wieder empfinden würde, aber in jenem Moment hatte der Himmel die Erde geküsst, großer Frieden hatte sie erfüllt. Nur wenige Menschen konnten das von sich behaupten. Sie war dem Leben dankbar, es hatte es gut mit ihr gemeint.

Sie seufzte. Doch sie hatte kein Recht, traurig zu sein. Die wunderbare Landschaft ihrer Vergangenheit war Grund genug zum Leben, und es waren ihr viele aufregende Erlebnisse vergönnt gewesen. Ach, ihre kleine Enkelin mit den blauen Äuglein, wenn sie sie jetzt im Arm halten könnte...! Am Abend würde sie ihre Tochter anrufen und bitten, dem Kind den Hörer zu geben, sie wollte, dass die Kleine die Stimme ihrer Großmutter hörte.

Die Kinder waren natürlich der Mittelpunkt. Wenn alles wie geplant lief, würden die Kinder in der Kolonie dieses Jahr sogar Besuch vom Weihnachtsmann bekommen. Es hatte sie einige Mühe gekostet, Darío zu überreden, sich als Weihnachtsmann zu verkleiden. Es war ein Kreuz mit diesem Jungen! Als wäre das Weihnachtsmannspielen eine Katastrophe. Adolfo hätte es liebend gern gemacht, aber er würde am Abend zu spät von der Baustelle zurückkehren und hätte vor dem Essen gerade noch Zeit, sich zu duschen und umzuziehen. Und sie wollte nicht riskieren, dass etwas schiefging. Hatte sie nicht ihr Leben lang versucht, immer alles perfekt zu machen? Sie seufzte wieder. Sie war davon überzeugt, die Dinge recht gut gemacht zu haben im Laufe dieser Jahre. Man konnte ohne Übertreibung sagen, dass in den Kreisen, in denen sie gewirkt hatte, immer eine gewisse Harmonie herrschte. Obwohl sie sich plötzlich müde fühlte. Es stimmte schon, sie hatte sich ihr Leben lang für andere abgemüht. Klar liebte ihr Mann sie! Sie hatte ihm den Rücken freigehalten, sie war eine Art Friedenstaube für ihn. Doch was wäre geschehen, wenn sie eine freiheitsliebende, rechthaberische oder gar trinkende Ehefrau gewesen wäre, launisch und bissig, so wie Paula? Hätte Adolfo sie ebenso geliebt? Um Himmels willen, lieber nicht darüber nachdenken!

Lange vor der Ankunft des Flugzeugs saß er in der Flughafen-Cafeteria. Nervös war er nicht, eher verstimmt. Wie gern hätte er ein paar Tage Urlaub genommen. Damit hätte er zwei Fliegen mit einer Klappe geschlagen: Einerseits hätte er sich diese ganze Sache mit Weihnachten erspart, einschließlich dem schlechten Scherz, den Weihnachtsmann zu spielen. Andererseits hätten Yolanda und er allein und in Ruhe eine Woche in einem Hotel in Oaxaca verbringen können. Aber nein, Yolanda hatte den Vorschlag kategorisch abgelehnt. Sie wollte die Kolonie kennenlernen, den Ort, wo er in Mexiko arbeitete und lebte. Auch wenn sie es nicht offen zugab, steckte dahinter natürlich auch das Bedürfnis, ein wenig Klatsch zu hören, um sich nach der Reise in Madrid wichtigmachen und erzählen zu können, dass sie mit den Chefs ihres Verlobten und deren Frauen zusammen Weihnachten gefeiert hatte. So war Yolanda, und er glaubte nicht, dass sie sich in letzter Zeit geändert hatte. Sie hatten sich so lange nicht gesehen! In den Telefongesprächen und Briefen seiner Freundin häuften sich die Vorwürfe. Sie warf ihm vor, dass er sich kühl verhielte, dass er nicht genug an sie dächte, dass er nicht genügend Interesse für sie zeigte. Er stritt das immer ab, obwohl sie wahrscheinlich recht hatte. Aber man kann unmöglich eine normale Beziehung führen, wenn man so weit entfernt voneinander lebt. Wenn Yolanda wieder abreiste, würde er bestimmt ein komisches Gefühl haben. Und wozu das alles? Dann müsste er sich wieder in der Einsamkeit einrichten und sich mit seinen Gewissensbissen herumschlagen, wenn er aus dem El Cielito zurückkehrte ... So sehr er Yolanda auch liebte, wäre es ihm doch lieber gewesen, wenn sie nicht in diesem Flugzeug sitzen würde.

Über Lautsprecher wurde die Landung durchgegeben, und er ging zu dem angegebenen Ausgang. Sein Herz schlug nicht heftiger, und er suchte die eintreffenden Fluggäste auch nicht mit angehaltenem Atem ab. Er sagte sich, dass Yolanda nicht dabei sein würde. Etwas könnte sie in Spanien aufgehalten haben und das Flugzeug verpassen lassen. Aber nein, jetzt hatte er sie entdeckt: Sie winkte ihm mit triumphierendem Lächeln zu. War sie es wirklich? Er merkte, dass er sich überhaupt nicht an sie erinnerte, als würde er sie gar nicht kennen. Sie kam auf ihn zugelaufen und umarmte ihn, dann küsste sie ihn leidenschaftlich auf den Mund.

»Darío, mein Liebling, wie geht's dir?«

Es hatte ihm die Sprache verschlagen, er wusste weder was er sagen noch wie er mit ihr reden sollte. Absurderweise fragte er:

»Hast du deine Haare gefärbt?«

»Nur ein paar blonde Strähnchen, gefällt es dir nicht? Die hat mir Conchi gemacht, meine Freundin, die Friseurin. Erinnerst du dich an sie? Sie sagte, es würde meine Züge weicher machen und mich lebendiger aussehen lassen. Ich hab mir schon gedacht, dass du so ein Gesicht ziehen würdest! Du hast Veränderungen noch nie gemocht.«

Stimmte das, hatte er Veränderungen noch nie gemocht? Yolanda redete mit ihm, als hätten sie sich vor einer Woche zuletzt gesehen.

245

»Nein, nein, du siehst sehr gut aus.«

»Wirklich? Wenn es dir nicht gefällt, kann ich sie umfärben lassen, es gibt doch bestimmt einen Friseur bei euch in der Nähe.«

»Nein, komm, lass uns gehen.«

Sie schoben den Kofferkuli zum Parkplatz und luden das Gepäck in seinen Wagen. Als er hinterm Lenkrad saß, stieg ihm der Geruch seiner Freundin in die Nase. Ja, sie war es. Ihm schossen Bilder von Diskothekbesuchen und Nächten, in denen sie in der Wohnung eines gemeinsamen Freundes gevögelt hatten, durch den Kopf.

»Was ein Glück, dass du dein Parfüm nicht gewechselt hast.«

»Riechst du das?«

Er küsste sie auf den Mund und verspürte sofort heftiges Verlangen danach, in seinem Haus anzukommen und mit ihr zu schlafen. Sie wirkte glücklich.

»Deine Eltern lassen dich herzlich grüßen. Sie haben mir auch etwas für dich mitgegeben. Deine Schwester hat es kürzlich vorbeigebracht. Sie sind ganz aufgeregt und beneiden mich darum, dass ich ans andere Ende der Welt fliegen kann. Alle würden dich gerne sehen: deine Familie, deine Freunde. Sie sagen, vielleicht machen sie was Verrücktes und tauchen nächsten Sommer auch hier auf. Da du ja nie nach Hause kommst ... Meine Eltern lassen dir auch ganz herzliche Grüße ausrichten.«

Er hörte ihre Stimme, als wäre sie weit entfernt. Was sie ihm erzählte, ergab nur wenig Sinn für ihn. Sie sprach von einer Welt, die er hinter sich gelassen hatte, die er sich kaum noch vorstellen konnte. Er wollte nur mit ihr schlafen.

»Gibt es heute Abend ein Essen?«

»Ja, tut mir leid, ich weiß nicht, ob du dir Hoffnungen gemacht hast, dass wir Weihnachten allein feiern, aber es gibt ein Galadiner für alle Koloniebewohner, und uns bleibt nichts anderes übrig, als daran teilzunehmen. Hoffentlich können wir uns schnell davonstehlen.«

»Aber, was sagst du denn da? Ich finde das toll! Ich habe schon so was geahnt und mir ein wunderschönes Kleid gekauft. Ich zeige es dir später. Ich möchte all die Leute kennenlernen und den Ort sehen, an dem du lebst.«

»Erwarte nicht zu viel. Da ich alleinstehend bin, habe ich kein richtiges Haus, sondern nur ein Büro und ein Zimmer. Es ist zwar sehr geräumig, aber nicht gerade luxuriös.«

»Auf den Fotos, die du mir geschickt hast, sah es aber sehr fein aus.«

»Das war wohl der Club. Die Häuser der Ingenieure sind auch schön. Der Rest ist einfach, aber in Ordnung.«

Zum Glück begegneten sie bei ihrer Ankunft niemandem. Das Büro und das Zimmer gingen ineinander über, also zeigte er ihr beides: seinen Schreibtisch, seine Bücher, unter denen der Schriftsteller Noah Gordon einen Sonderplatz einnahm ... Yolanda stellte ihre Koffer neben das Bett und sah sich um. Sie öffnete das Fenster.

»Das ist aber nüchtern hier!«

»Auf meinem Schreibtisch steht ein Bild von dir.«

»Immerhin.«

Er umarmte sie und küsste sie hektisch atmend hinter den Ohren. Sie schob ihn sanft weg.

»Jetzt schon? Es ist helllichter Tag! Kann niemand vorbeikommen?«

»Glaube ich nicht.«

»Ich dachte, wir drehen eine Runde, und du zeigst mir alles.«

»Später.«

Darío drückte sie sanft aufs Bett, zog sie aus und betrachtete sie. Da er inzwischen an die Körper der Mädchen im

247

El Cielito gewöhnt war, fand er seine Verlobte extrem weiß.
Dann zog er sich hastig selbst aus. Yolanda beobachtete ihn
dabei amüsiert.

»Du hast dich keinen Deut verändert, wie? Das Wichtigste
ist immer noch das Wichtigste.«

»So soll es sein ...«, erwiderte er lächelnd.

Sie liebten sich überstürzt, in der Luft hingen Seufzer und
Stöhnen. Dann lagen sie schweigend nebeneinander auf
dem Bett. Yolanda richtete sich auf und stützte den Kopf
auf den angewinkelten Arm. Sie sah ihm in die Augen.

»Liebst du mich noch?«

»Hast du das nicht gerade gemerkt?«

»Darío, ich muss dir etwas Wichtiges sagen.«

Er rückte ein wenig ab, um sie besser sehen zu können.

»Was denn?«

»Ich habe eine Wohnung angezahlt.«

»Wie bitte?«

»Du hast mich genau verstanden.«

»Und wieso?

»Es war eine günstige Gelegenheit, die ich mir nicht entgehen lassen konnte. Es sind tolle Wohnungen, die die Bank
bauen lässt, bei der mein Onkel arbeitet. Sie hat uns Vor-
zugskonditionen eingeräumt. Die Wohnung hat hundertvierzig Quadratmeter, und die Bausubstanz ist erstklassig.
Wir können das locker bezahlen. Ich habe nachgerechnet
und mit dem, was du sparst und was ich spare ...«

»Aber Yolanda, ich dachte, das machen wir gemeinsam,
wenn ich zurück bin«, sagte er frostig.

»Wenn du zurückkommst, ist die Chance vielleicht vertan.
Ich habe eine Menge Fotos mitgebracht, damit du sie siehst.
Der Innenausbau ist noch nicht ganz fertig, das kannst du
dir im Internet ansehen.«

Voller Unbehagen wusste er nicht, was er sagen sollte. Dann

sprang er aus dem Bett und zündete sich eine Zigarette an. Sie wurde plötzlich ernst.

»Hör mal, wenn du dich an dem Kauf nicht beteiligen willst, brauchst du es nur zu sagen. Ich werde sie auf meinen Namen eintragen lassen und sie behalten. Meine Eltern werden mir schon helfen, sie abzuzahlen. Sie sind begeistert. Du wirst doch verstehen, dass ich nicht mein Leben lang in einer Mietwohnung oder in meinem Elternhaus bleiben will. Ich will etwas Eigenes.«

»Das ist es nicht, Yolanda, sei nicht sauer. Es ist nur so, dass ich das jetzt ein wenig überstürzt finde.«

»Ich habe die Papiere schon vor einem Monat unterschrieben, aber ich wollte dich überraschen, es dir persönlich sagen. Und jetzt ist die Überraschung eher zum Ärgernis geworden.«

»Aber nein, es ist schon in Ordnung. Wir haben doch immer gesagt, dass wir das, was wir während der Trennung verdienen, in eine Wohnung stecken. Und wenn dir diese so gut gefällt..., dann besser früher als später. Im Ernst.«

»Soll ich dir die Fotos zeigen?«

»Ja, zeig mal her.«

Sie öffnete ihren Koffer und holte einen leichten, geblümten Morgenmantel heraus, zog ihn über und griff zu einer Mappe, die sie vor Darío aufschlug.

»Schau sie dir an, ich habe sie in meiner Begeisterung selbst gemacht...«

Er sah sich ein Foto nach dem anderen an, alle von der leeren Wohnung, man sah nur Wände und Decken.

»Wenn du bei der Küche ankommst, sag mir Bescheid.«

»Hier ist sie.«

»Schau mal genau hin: Deckenhoch geflieste Wände, Massivholzmöbel und Induktionskochfeld. Essecke. Das ist doch wunderbar, oder?«

»Sieht wirklich gut aus, ja.«

»Ich bin völlig begeistert.«

»Ich kann deine Begeisterung verstehen, die Wohnung ist wirklich schön.«

»Uff, endlich, ich dachte schon, du würdest es nie sagen!« Sie stürzte sich auf ihn und küsste ihn ab. Dann stand sie auf und hüpfte herum wie ein kleines Mädchen.

»Und jetzt gehen wir raus, du musst mir alles zeigen.«

»Ich habe nicht viel Zeit für dich. Ich muss vor dem Essen noch so einen Blödsinn machen.«

»Was für einen Blödsinn?«

»Ich muss für die Kinder in der Kolonie den Weihnachtsmann spielen. Die Frau des Chefs will, dass ich ihnen die Geschenke austeile.«

»Das ist doch herrlich! Das heißt, dass sie dir vertrauen. Ich nutze die Zeit, um mich für das Essen zurechtzumachen. Ich werde mein neues Kleid anziehen. Ich will nicht, dass man denkt, deine Freundin mache nichts her.«

»Das denkt bestimmt keiner.«

Fast heimlich unternahm sie gegen neun Uhr einen Spaziergang durch die Parkanlage. Ramón duschte, und eigentlich hätte sie sich für das Abendessen umziehen müssen, aber sie wollte sich vorher noch ein bisschen bewegen. Der Park war verwaist, alle bereiteten sich auf das Weihnachtsessen vor. Sie mied die beleuchteten Wege und konnte so ungesehen das rege Treiben in den Häusern beobachten. Sie hörte Musik und Gesprächsfetzen, Kindergeschrei. Ihr Haus war einmal ganz ähnlich gewesen, ein sicherer, von der restlichen Welt abgeschotteter Ort, ein Schlupfwinkel, zu dem nur einige wenige Zugang hatten. Wenn sie abends die Haustür abschlossen, hatte sie das Gefühl gehabt, alles, was es zu bewahren galt, sei in Sicherheit. Die Welt blieb draußen, sie war eher bedrohlich als einladend. Ihr Mann und ihre Kinder waren da, wo sie hingehörten, in ihrem höchstpersönlichen Schatzkästlein. Aber dieses Gefühl des bewahrten Schatzes, der absoluten Harmonie, des eigenen Familienverbunds hatte sich fast unmerklich verflüchtigt. Nach und nach hatten die Familienmitglieder das warme Nest verlassen. Und jetzt war sie bereit, den letzten Schritt zu tun und das zu zerstören, was davon übrig geblieben war. Die Kinder führten ihr eigenes Leben, aber Ramón, was würde Ramón tun? Würde die Arbeit das Leben ihres Mannes ausfüllen, wenn sie ihn verließ? Im Augenblick schien es so zu sein. Es grauste ihr davor, sagen zu müssen: Ich habe mich in einen anderen verliebt, und ich werde mit ihm weggehen, Ramón! Und wenn sie erst Santiagos Namen aussprächte. Ihr grauste vor dem Augenblick, wenn alle Welt erfuhr, dass sie mit einem anderen wegginge. Aber sie wollte mit Santiago zusammen sein, es war das Einzige, was sie wirklich wollte: mit ihm zusammen sein. Sie schob die schmerzlichen Gedanken beiseite und kehrte in die Wirklichkeit zurück. Heiligabend in Mexiko. Es war merkwürdig, alles war merkwürdig. Es war, als würde sie schon ihr eigenes Leben führen.

Sie sah die weihnachtlichen Lichterketten, die Darío aufgehängt hatte, und musste lächeln. Der Arme, er war das Mädchen für alles. Dabei fiel ihr wieder ein, dass Darío ihnen als Kuppler gedient und das Zimmer, in dem sie sich trafen, besorgt hat. Es tat wieder weh. Aber es war schon spät, und sie beschloss zurückzukehren. Auf dem Weg redete sie sich ein: Es wird schon alles gut gehen, und wiederholte: Es wird schon alles gut gehen.

»Meinen Sie wirklich, dass das nötig ist, Doña Manuela?«
»Ach Darío, mein Junge, du raubst mir wirklich den letzten Nerv!«

»Aber schauen Sie doch, wie ich aussehe. Das ist für die Kinder doch eher kontraproduktiv! Wenn eines noch an den Weihnachtsmann glaubt, verliert es bei meinem Anblick garantiert seinen Glauben.«

»Mach dir darüber mal keine Gedanken. Du siehst sehr gut aus. Ich habe den Eindruck, es würde noch echter wirken, wenn wir dir ein Kissen um den Bauch binden würden. Du bist aber auch dünn! Isst du nicht genug? Als du in die Kolonie gekommen bist, warst du nicht so mager.«

»Das ist meine Veranlagung.«

»Aha«, sagte sie und sah ihn verschmitzt an.

Wenn sie die Freiheit gehabt hätte, offen zu reden, hätte sie diesem Burschen mal ein paar Dinge über seine Veranlagung erzählt. Sie gab ihm ein Kissen, und Darío stopfte es widerwillig in seine Hose.

»Und deine Verlobte, warum ist sie nicht mitgekommen, um zu sehen, wie wir dich verkleiden?«

»Sie richtet sich für das Fest her.«

»Siehst du? Alle Welt freut sich auf das Fest, nur du nicht.«

»Ich bin ja auch der Einzige, der wie eine Vogelscheuche rumläuft.«

»Vogelscheuche! Lass dir gesagt sein, dass es in den nobelsten Kreisen als Privileg gilt, für die Kinder den Weihnachtsmann zu spielen. Mein eigener Mann hätte es getan, wenn er rechtzeitig hier gewesen wäre.«

»Ich finde es jedenfalls nicht witzig.«

»Du wirst dafür schon belohnt werden, aber mehr verrate ich nicht, es soll eine Überraschung sein.«

»Aber ich bitte doch um gar nichts, Doña Manuela, es ist nur...«

»Sei endlich still! Ich muss dir noch den Bart umbinden, und du machst ihn mit deinem Gerede noch kaputt.«

»Kann ich etwa nicht sprechen, wenn ich den dranhabe?«

»Das musst du auch nicht.«

»Und was soll ich dann machen, wenn ich vor den Kindern stehe?«

»Ihnen die Geschenke austeilen und hin und wieder laut auflachen, je voller, desto besser. Hast du etwa noch nie einen Weihnachtsmann gesehen?«

»Meine Familie ist sehr traditionell, wir feiern immer die Ankunft der Heiligen Drei Könige.«

Du mit deiner traditionellen Familie, dachte sie. Wenn dieses arme und hübsche Mädchen, das gerade angekommen ist, wüsste, was ihr Verlobter für ein Lotterleben führt, hätte sie sich die lange Reise vielleicht erspart. Aber was soll's, man konnte nur hoffen, dass er nach der Heirat zur Vernunft kommen und ein treuer Ehemann werden würde und aufhörte, sich ständig über alles zu beklagen, wie er es jetzt tat. Man konnte ihr wirklich nicht den Vorwurf machen, kein Verständnis zu haben. Ihr war schon klar, dass sie Darío oft um einen Gefallen bat, der nicht zu seinen Aufgaben gehörte. Deshalb hatte sie mit ihrem Gatten gesprochen, und er hatte bei der Firma für dessen Zusatzarbeit einen Ausgleich beantragt. Unter anderem, ihm und seiner Verlobten für die restlichen Weihnachtstage ein Hotelzimmer in Oaxaca zu bezahlen. Was sollten zwei junge Menschen denn auch in der familiären Atmosphäre der Kolonie tun? Außerdem war Daríos Zimmer sehr bescheiden ausgestattet. Für ihn reichte es, aber wenn schon mal seine Verlobte da war ... Und dann war da noch das Problem, dass die ganze Kolonie erfuhr, dass sie ein Bett teilten, wenn sie da war. Sie hätten sich gegenüber den anderen unbehaglich fühlen können. Zwar wusste sie, dass sich junge Leute heutzutage nicht daran störten, doch andererseits war die Arbeiterschicht in der Regel schamhafter und mochte kein Gerede. Jedenfalls waren mit diesem Geschenk sämtliche Probleme mit einem Federstrich gelöst. Sie trat ein paar Schritte von dem fertig verkleideten Weihnachtsmann zurück, um sich das Ergebnis besser anschauen zu können.

»Alles in allem siehst du richtig gut aus. Machen wir mal eine Probe, lach mal laut auf. Ich will sehen, ob der Bart auch dranbleibt.«

Die buschigen Wattebrauen ließen ihn die Augen zusammenkneifen. Er seufzte geduldig, dann lachte er dreimal laut auf. Manuela hätte beinahe selbst einen Lachkrampf bekommen, aber sie beherrschte sich, um den Jungen nicht noch mehr zu frustrieren.

»Gut, Darío, sehr gut! Du wirkst wie Santa Claus höchstpersönlich.«

Zufrieden mit ihrem Werk klopfte sie ihm ermutigend auf die Schulter und ging. Niemand ist perfekt, sagte sie sich, doch selbst die Hyänen in den National-Geographic-Fernsehreportagen hatte sie schon anmutiger lachen gesehen.

Sie war fertig angezogen. Das Kleid hatte sie eine Stange Geld gekostet. Hätte das Weihnachtsessen in ihrem Land stattgefunden, hätte sie sich von einer Kosmetikerin schminken lassen können, aber leider war sie hier in Mexiko. Alles erschien ihr zu bescheiden für solch einen Anlass. Immerhin nahmen Daríos Chef und alle Ingenieure des Unternehmens mit ihren Frauen daran teil. Niemand sollte denken, Daríos Freundin sei ein armes Mädchen. Sie sollten sehen, dass sie hübsch war und vor allem Stil hatte. Keine ihrer Kolleginnen aus dem Supermarkt hatte eine so gute Figur. Natürlich hatte auch keine von ihnen einen Freund wie sie. Das waren alles Mechaniker oder Klempner, Handwerker eben. Keiner von ihnen hatte wie Darío mit so wichtigen Leuten Umgang. Sie hatte ihr Haar zu einem Chignon hochgesteckt, eine komplizierte Frisur, die sie in Spanien mit Hilfe ihrer Friseurin geübt hatte. Ihre zwei Jahre ältere Schwester Sonia hatte ihr ihre Hochzeitsohrringe ausgeliehen, Goldringe mit eingelegten Brillanten. Das Kleid war rot, aber kein schrilles, vulgäres Rot, sondern dunkelrot wie Blut. Bevor sie sich auf den Weg zum Clubhaus machte, betrachtete sie sich noch einmal abschließend im Spiegel. Sie sah hübsch, elegant und gediegen aus, passend zum Anlass dieses Weihnachtsessens, aber wahrscheinlich auch für andere wichtige Zusammenkünfte.

Als sie den Raum betrat, spürte sie alle Blicke auf sich gerichtet. Statt sich einschüchtern zu lassen, genoss sie die Aufmerksamkeit in vollen Zügen. Die Frau des Chefs kam zu ihr und stellte sie den anderen vor, die mit Sektgläsern in der Hand herumstanden. Sie grüßte alle, wie sie es im Fernsehen gesehen hatte. Schließlich wurde auch ihr ein Glas Sekt in die Hand gedrückt und jetzt kam das Heikelste: Sie musste plaudern. Sie stand nur kurz allein, schon bald war sie umringt von ein paar Frauen, die sie in ein Gespräch verwickelten. Sie erklärten ihr, dass die Kinder im Nebenraum aßen. Wenn sie fertig wären, würden sie in den Salon kommen, wo ihnen der Weihnachtsmann die Geschenke austeilen würde. Dann würden die Kindermädchen sie nach Hause und zu Bett bringen. Erst danach würden die Erwachsenen essen. Bis dahin blieb nichts weiter zu tun, als zu reden und Sekt zu trinken. Sie nahm sich vor, sich mit dem Alkohol besser zurückzuhalten, sie durfte auf keinen Fall drauflosplappern. Neugierig betrachtete sie die älteren Frauen, die Ehefrauen der Ingenieure. Nur eine war etwas jünger, diese blonde, hübsche Frau mit dem ausländischen Akzent, die sie so freundlich begrüßt hatte. Die anderen waren schön und dezent, aber zweifellos stilvoll gekleidet. Diejenige, die man ihr als Paula vorgestellt hatte, wirkte exzentrisch, ein wenig provokant und wild. Sie hatte ihr nicht wie die anderen zwei Küsse auf die Wangen gegeben, sondern ihr lediglich mit einem spöttischen Lächeln die Hand gereicht. Die Männer waren attraktiv. Obwohl ebenfalls sonnenverbrannt, waren sie nicht mit den einfachen Arbeitern zu verwechseln. Sie redeten mit gedämpfter Stimme. Man hätte sagen können, alle waren entspannt und bester Laune. Falls dem Fest irgendwelche Aufregungen vorangegangen waren, war jedenfalls nichts davon zu spüren. Wie sie es sich vorgestellt hatte, schienen die Menschen dieses Niveaus ihren Gemütszustand nie offen zur Schau zu tragen. Wenn sie sich amüsierten, verhielten sie sich genau so, wie wenn sie sich langweilten. Darin dürfte der Begriff *Lebensart* bestehen, von dem sie so viel gehört hatte. Die Atmosphäre gefiel ihr. Sie dachte, bei diesem Lebensstil würde sich jeder schnell Lebensart aneignen. Keine der anwesenden Frauen musste sich um das Einkaufen oder Kochen kümmern. Die Kinder, die immer ein Problem sein konnten, aßen unter Aufsicht der Kindermädchen im Nebenraum, und wenn sie hereinkämen und zu stören begännen, würde man sie ganz zivilisiert wegbringen. Das alles hatte wenig mit den Weihnachtsfeiern bei ihr zu Hause zu tun. Dort saßen sie dicht gedrängt mit ihren Neffen, den kleinen Kindern ihres Bruders, am Tisch, die von der Vorspeise bis zum Nachtisch allen auf den Wecker fielen. Sie hatte diese Familienfeiern nie gemocht, und jetzt begriff sie, warum. Woanders gab es andere Formen des Weihnachtsessens. Sie würde es eines Tages auch so machen. Die Wohnung, die sie gekauft hatte, war groß genug, und das war für sie ausschlaggebend. In ein paar Jahren könnten Darío und sie dann in ein eigenes Haus mit Garten umziehen. Darío würde beruflich weiterkommen, denn er hatte einen guten Einstieg gemacht und war noch jung. Sie würde in Kürze zur Filialleiterin befördert werden und eines Tages wäre sie Geschäftsführerin. Allerdings nur, wenn sie sich nicht von einem konkurrierenden Supermarkt, der ihr einen besseren Posten mit mehr Gehalt anbieten würde, abwerben ließ. Sie war für ihre Effizienz, ihre Höflichkeit und ihr gutes Aussehen bekannt. Viel mehr brauchte es nicht, um weiterzukommen. Vielleicht war heutzutage die Konkurrenz größer, aber es stimmte auch, dass sich nur wenige mit solchem Eifer in die Arbeit stürzten. Das Land war voll von Einwanderern, die alles zu langsam oder falsch verstanden oder sich nicht genug anstrengten. Darío und sie, das wusste sie ganz genau, würden es schaffen, langsam und beharrlich, aber sie würden es schaffen. Und dann würden sie genauso leben, wie die Menschen hier lebten, genauso.

Plötzlich traf im Club eine ältere Dame ein. Sie trug ein auffälliges, silbernes Kleid und ein ebenfalls silbernes Diadem auf dem Kopf, das eher zu einem Debütantinnenball gepasst hätte.

Beim Anblick ihrer Mutter, vollgehängt mit Silber wie ein Weihnachtsbaum, dachte Susy: Na fein, da kommt die Hauptdarstellerin. Und sie irrte sich nicht. Mit diesem Auftritt zog Madam Brown die Aufmerksamkeit aller auf sich. Dafür schenkte sie jedem, der ihr vorgestellt wurde, ein paar Worte. Sie erinnerte sich an einzelne Bemerkungen ihrer Tochter und nutzte sie diplomatisch und schmeichlerisch: »Ah, Manuela, die Frau, die ganz allein die Olympiade ausrichten könnte!« »Paula, sind Sie nicht diejenige, die es mit dem alten Tolstoi aufgenommen hat?« Sehr schön, Mama, jetzt hast du die allgemeine Sympathie auf deiner Seite, nur weiter so, sagte sich Susy. Sie kannte den mitreißenden Charme, den ihre Mutter in der Öffentlichkeit zur Schau zu tragen pflegte, zur Genüge. Beim ersten oberflächlichen Kontakt fand sie jeder reizend. So fing die Spinne ihre Opfer; wenn diese später den Fehler begingen, sich auf eine Freundschaft einzulassen, wurden sie in ein Netz aus Klagen,

Weinkrämpfen, Hilferufen und anderer Darbietungen ihres seelischen Dramas verstrickt. Susy fand das widerlich. Diese Frau, die scherzte, plauderte und sich so selbstsicher zeigte, hatte erst ihren Vater und dann noch zwei weitere Männer ins Unglück gestürzt, dieselbe Frau, die im Morgengrauen heulend einen Psychiater angerufen, Beruhigungsmittel genommen und sie gebeten hatte, bei ihr zu bleiben, nicht das Zimmer zu verlassen, bis sie eingeschlafen wäre. Ein schwache, hysterische Frau, unfähig, in Würde zu leben und zu altern, ihrem Leben einen Sinn zu geben. Sie trank ihren Sekt in einem Zug aus.

Paula hatte das beobachtet, hob ihr Glas und tat es ihr gleich. Prost, kleine Amerikanerin, dachte sie, was hast du für ein Glück mit deiner mütterlichen Nervensäge, endlich ein konkretes Problem. Dann ging sie lächelnd zu ihr. Susy dankte ihr für diese Unterstützung auf ihre Weise. Als sie neben ihr stand, flüsterte sie ihr ins Ohr:

»Siehst du? Meine Mutter, *the queen of glamour*.«

»Ja, ich hab's gesehen, sie hat einen fabelhaften Auftritt hingelegt! Ich neige zu der Annahme, dass du dich aus reinem Selbstmitleid beklagst. Wie kann eine so reizende Dame eine boshafte und brutale Hexe sein, wie du behauptest? Ist es nicht eher so, dass du eine schlechte Tochter bist?«

»Ich habe nie gesagt, dass sie brutal ist. Brutal wäre ich zu ihr ... wenn ich mich trauen würde.«

»Was würdest du tun? Ihr sagen, dass du sie für eine pathetische, alte Kuh hältst?«

»Ich würde körperliche Gewalt bevorzugen.«

»Eine Ohrfeige im Stil von Rita Hayworth?«

»Ich würde ihr mit dem Baseballschläger ordentlich einen überziehen.«

Paula lachte herzlich. Sie fand Susys aufrichtige, zwanglose Ausdrucksweise im Spanischen wirklich amüsant.

»Mach dir keine Sorgen, wir werden einen hiesigen Schläger beauftragen. Das dürfte hier nicht schwierig sein. Doch wenn der Profikiller schon mal dabei ist, sollte er sie dann nicht gleich umbringen? Nur ein Schlag wäre Geldverschwendung.«

»Du hast ja so recht.«

Susy war von Paulas Verhalten begeistert. Sie kam ihr zum Thema Mutter-Tochter-Beziehung nicht mit Plattitüden. Im Gegenteil, sie machte mit ihr zusammen makabre Scherze. In ihr hatte sie eine Komplizin gefunden.

Schließlich kamen die Kinder in den Saal. Hinter ihnen die Kindermädchen, herausgeputzt und mit rosigen Wangen. Die Erwachsenen hießen sie lautstark willkommen, was wenig natürlich klang, wie man eben in der Öffentlichkeit mit Kindern umgeht. Sie kamen im Gänsemarsch, stolperten fröhlich vor sich hin und sahen sich schüchtern um, als würden sie keinen der Anwesenden kennen. Doch so klein sie auch sein mochten, keines lief zu seiner Mutter, um sich an deren Rockzipfel zu klammern. Man hatte sie angewiesen, sich vor dem großen Papierweihnachtsbaum aufzustellen. Manuela, entzückt von dem Schauspiel, lief zu ihnen und brachte Ordnung in das Chaos, damit ein Gruppenfoto gemacht werden konnte. Als sie endlich standen, blitzte eine beachtliche Zahl an Fotoapparaten auf, die entzückten Eltern schossen jede Menge Fotos. In dem Augenblick trat der dicke Weihnachtsmann ein, klingelte mit seiner Glocke und lachte übertrieben laut auf. »Kinder, schaut mal, der Weihnachtsmann ist da!«, rief Manuela jubelnd. Die Männer begannen laut zu pfeifen. Der Weihnachtsmann nickte den einzelnen Grüppchen zu, kaum einer konnte sich einen spaßigen Kommentar verkneifen. Als Darío an den Ingenieuren vorbeikam, meinte Ramón halblaut zu ihm: »Der Weihnachtsmann könnte auch Geschenke an einem ganz anderen Ort verteilen, die großen Mädchen dort wären bestimmt begeistert.«

Alle lachten herzlich auf. Darío konnte trotz seines Ärgers nicht anders als mitlachen, obwohl man es seinem in Watte gehüllten Gesicht nicht ansah. Santiago kam ihm zu Hilfe: »Wollt ihr wohl still sein? Seine Verlobte ist hier.«

Der Weihnachtsmann begann, Bonbonschachteln und Spielzeug an die Kinder zu verteilen, was zu einem beträchtlichen Durcheinander führte. Diese Aufregung nutzte Santiago, um Victoria zuzuflüstern:

»Geh mal kurz in den Park hinaus. Das merkt jetzt keiner.«

Sie gehorchte nervös und erschrocken. Sie sah ihn verschwinden und verließ den Raum ein paar Sekunden später. Als sie durch die Büsche ging, spürte sie eine Hand auf dem Arm und zuckte zusammen. Santiago zog sie ins Dickicht und küsste sie.

»Ich habe es nicht mehr ausgehalten, dich zu sehen, aber nicht berühren zu können.«

»Wir müssen wieder rein, das ist zu gefährlich.«

»Vielleicht wäre es ein guter Augenblick, um es bekannt zu machen.«

»Bist du verrückt? So nicht.«

»Küss mich, Victoria, küss mich.«

Sie küssten sich innig. Schließlich löste sie sich widerstrebend aus seiner begehrlichen Umarmung.

»Am Dienstag um zwölf Uhr im Haus, wirst du können, Liebste?«

»Ja, ich werde da sein.«

Als sie zurückging, rief ihr Santiago noch leise hinterher:

»Victoria, liebst du mich?«

»Mehr als alles andere auf der Welt.«

»Bist du sicher?«

»Ja.«

Victoria kehrte zur Festgesellschaft zurück, wo die Kinder noch immer unter Jubelschreien und Klatschen Geschenke auspackten. Sie war verwirrt, ihr Herz klopfte heftig. Sie sah zu ihrem Mann hinüber, der dem Weihnachtsmann lachend beim Verteilen der letzten Geschenke half. Er ahnte nichts. Bei diesem Gedanken fühlte sie sich erbärmlich. Obwohl er es schon bald erfahren sollte. Sie erschrak zutiefst. Für sie war diese Tatsache noch immer nicht fassbar. Sie sah Santiago zurückkommen und folgte ihm verstohlen mit dem Blick. Er ging an den Tresen und bat den Kellner um einen Whisky. Er verhielt sich ganz natürlich. Dann blieb er mitten im Raum stehen und beobachtete lächelnd die Kinderbescherung. Victoria fand sein Verhalten überraschend ruhig, fast schon zynisch. War es wirklich so einfach für ihn? Gewiss nicht, aber offensichtlich einfacher als für sie. Santiago hatte keine Kinder, und seine Ehe war kaputt. Wenn er Paula die Wahrheit sagte, wären beide wahrscheinlich sogar erleichtert. In ihrem Fall war das anders, ganz anders.

Die Kindermädchen brachten die aufgeregten Kinder nach Hause. Der Weihnachtsmann ging sich umziehen. Als er zurückkehrte, dankten ihm die bereits sitzenden Tischgäste mit einem tosenden Applaus für seinen gelungenen Auftritt. Das Essen konnte beginnen. Es war schon spät, und alle hatten großen Hunger, sodass sie sich in bester Stimmung auf den ersten Gang stürzten, als er endlich aufgetragen wurde. Alle außer Susy. Susy hatte keinen Appetit mehr. Sie war überrascht und verwirrt von etwas, von dem sie im Park unfreiwillig Zeugin geworden war. Es stiegen viele Fragen in ihr auf, aber eine kehrte immer wieder: Sollte sie es Paula erzählen? Eine heikle Frage, die jede Generation je nach Landessitten und Alter unterschiedlich beantwortet.

Zweiter Teil

Sie war regelrecht zur Furie geworden, zu einer wilden Furie. Das bestätigte ihm, was er immer geahnt hatte: Frauen sind unmöglich zu verstehen, sie sind seltsame Wesen, die in einer anderen Dimension leben. Der Verstand von Frauen und Männern war wirklich grundverschieden, sie entwickelten eine andere Wahrnehmung der Welt. Mehr noch, sie lebten nicht in derselben Welt. Wenn irgendein Mensch, der bei Verstand ist, sechs Tage Urlaub in einem wunderbaren Hotel geschenkt bekommt, wo einem alles bezahlt wird und man Zeit für sich selbst hat, pflegt er sich darüber riesig zu freuen. Logisch, oder? Aber nein! Als er Yolanda von dieser Aufmerksamkeit der Firma erzählte, war sie vor lauter Empörung die Wände hochgegangen. Es stellte sich heraus, dass sie in der Kolonie bleiben wollte, das wunderbare Angebot, in ein Hotelzimmer in Oaxaca zu ziehen, war für sie geradezu eine Beleidigung. Es war zum Verrücktwerden! Sie hatte ihm sogar unterstellt, das Ganze selbst eingefädelt zu haben, um sie von allen fernzuhalten. Der Grund dafür? Er schäme sich für sie, er fürchte, sie könne ihn blamieren, er glaube, sie sei nicht imstande, mit wichtigen Menschen Umgang zu pflegen. Er versuchte verzweifelt, sie davon zu überzeugen, dass er weder von der Idee noch von der überraschenden Initiative gewusst hatte, die außerdem als Belohnung für ihn gedacht war. Sie ließ ihn nicht zu Wort kommen und überhäufte ihn mit Vorwürfen, was

265

wiederum ihn kränkte. Aber worin bestand eigentlich das Problem? Wollte sie etwa eine ganze Woche mit dieser unerträglichen Doña Manuela verbringen, statt mit ihm allein zu sein? Zu ihrer Verteidigung führte Yolanda Gründe an, die keinerlei Sinn ergaben: Sie wollte das Umfeld kennenlernen, in dem er lebte, sie empfand es als unhöflich, sie in einem Hotel unterzubringen, sie hatte die richtige Kleidung mit, um in Gesellschaft zu sein, sie hatte erwartet, ihren Eltern erzählen zu können, wie der Alltag in der Kolonie aussah ... So ein Blödsinn! Was sollten denn diese Spinnereien von der besseren Lebensart, was hatte sie sich denn unter seinem Arbeitsplatz vorgestellt, glaubte sie etwa, es wäre immer wie am Heiligabend? Als er genug von ihren Anschuldigungen hatte, sagte er klar und deutlich zu ihr:

»Ich bin hier nur ein kleiner Angestellter, kapierst du? Nur die Hausangestellten und die Arbeiter stehen noch eine Stufe unter mir, und das sind alles Mexikaner. Du kannst dir also deine Fantasien, mit den Ingenieursfrauen Umgang zu pflegen, aus dem Kopf schlagen. Vielleicht hast du es noch nicht bemerkt, aber in dieser Kolonie ist es wie beim Militär: Die Techniker sind nicht auf dem Level der Ingenieure, und Verwaltungsangestellte wie ich sind der letzte Dreck, der letzte! Es ist eine Sache, wenn sie mir um den Bart gehen, damit ich mich als Vogelscheuche verkleide, denn sie wissen ganz genau, dass das nicht zu meinen Aufgaben gehört, und sie wollen mir damit nur die bittere Pille versüßen. Aber es ist eine ganz andere Sache, mich als einen der ihren anzusehen. Das tun sie nämlich überhaupt nicht, verstehst du das? Überhaupt nicht.«

Daraufhin brach sie verzweifelt in Tränen aus und fragte unter Schluchzern:

»Und warum habe ich diese ganze Mühe auf mich genommen und bin ans andere Ende der Welt geflogen?«

Darío verfluchte sich selbst. Er, der sonst nie die Stimme erhob, hatte sie angeschrien wie eine Feindin. Es stimmte, war die arme Yolanda etwa dafür hergekommen? Nach der langen Zeit, die sie sich nicht gesehen hatten, blieben ihnen nur die paar Tage zusammen, und dann mussten sie sich auch noch streiten. Aber es war noch Zeit, es wiedergutzumachen. Er ging zu ihr und sagte versöhnlich:

»Komm schon, Schatz, nun wein doch nicht. Ich sage dir, warum du hergekommen bist. Du bist hier, weil du mit mir zusammen sein wolltest, im besten Hotel in einer der schönsten mexikanischen Städte. Wir zwei ganz allein, in Ruhe und glücklich, und wir können nach Lust und Laune vögeln.«

Sie trocknete sich die Tränen und antwortete entschlossen:

»Ich denke nicht daran zu vögeln. Ich versichere dir, dass ich nicht die geringste Lust dazu habe.«

Darío konnte seine aufsteigende Wut nicht beherrschen und verließ mit großen Schritten den Raum.

»Zum Teufel noch mal! Ich gehe spazieren.«

Er stieg in seinen Geländewagen und machte sich instinktiv auf den Weg ins El Cielito. Na, klasse! Spitze! Fröhliche Weihnachten! Yolanda hatte ganz recht, sie hätte nicht nach Mexiko kommen dürfen. So viel Geld auszugeben, um zu streiten und einen Aufstand zu machen ... Ihre Eltern hätten sich das Geld sparen können. Selbst wenn sie darauf bestanden hatten, ihr die Reise zu finanzieren, hätte sie das Geld auch in die verdammte Wohnung investieren können, die sie eigenmächtig gekauft hatte, was er überhaupt nicht witzig fand. Tolle Aussichten, nach Spanien zurückzukehren, um zu heiraten und von einem höllischen Kredit geknebelt zu sein, der ihr Einkommen bis auf den letzten Cent verschlingen würde! Die Gute machte sich ganz

267

schön wichtig! Sie hätte Weihnachten besser bei ihrer Familie verbracht, das stimmte, dann hätte er außerdem ein paar ruhige und friedliche Tage mit seinen Mädchen im El Cielito verbringen können.

Vor sich hin schimpfend fuhr er mit Vollgas noch ein paar Kilometer weiter. Plötzlich drosselte er die Geschwindigkeit, sein Ärger verrauchte langsam. Der Wagen wirbelte große Staubwolken auf. Aber was tat er denn? Die Frau, die er weinend in der Kolonie zurückgelassen hatte, würde eines Tages seine Ehefrau sein. Und was seine Mädchen anbelangte ... Sie waren Prostituierte, die für Geld mit jedem ins Bett gingen! War er denn völlig verrückt geworden, hatte ihm dieses verflixte Land den Schädel aufgeweicht? Er bremste ab und suchte eine Stelle zum Wenden. Dann fuhr er nach Hause.

Vor ihrem Abflug nach Amerika hatte ihre Mutter sie wie üblich gedemütigt. Sie war jeden Tag in die Kolonie gekommen. Dennoch hatte sie wenig Zeit bei ihr verbracht, sie hatten kaum miteinander geredet und waren selten allein gewesen. Sie wollte sich nur zur Schau stellen. Und das tat sie mit dem größten Vergnügen. Sie entfaltete ihr ganzes, in jahrelangen Auftritten einstudiertes theatralisches Repertoire und erzählte jedem, der es hören wollte, von ihren gescheiterten Liebesgeschichten. Sie sprach in aller Offenheit von ihren Ehemännern und dozierte lang und breit über ihren ewigen Kampf gegen Vorurteile und das Schicksal einer Frau, die nicht nach konventionellen Vorstellungen leben mochte. Sie musste wieder einmal unter Beweis stellen, dass sie kein Hausmütterchen war, sondern ein kapriziöses Wesen, eine interessante und bemerkenswerte Frau, eine Art unverstandene Heldin.

Susy hatte keine Kraft, sie darum zu bitten, das zu unterlassen. Nicht mehr. Sie war es leid und hatte aufgehört, sich zu entrüsten, sich zu widersetzen, zu versuchen, Einfluss auf sie zu nehmen. Ihre Mutter war, wie sie war, und würde sich nie ändern. Sie war so in ihrer Erinnerung und in der Gegenwart, und sie würde sich nicht ändern, weil sie es gar nicht wollte. Ihr blieb nichts anderes übrig, als ihr zu verzeihen und sie einfach zu akzeptieren. Das genau war ihr tausendmal geraten worden: von ihren Freundinnen, von ihrem Therapeuten, sogar von ihrem eigenen Mann. Aber sie hatte sich, genau wie ihre Mutter, auch nicht geändert, wahrscheinlich wollte sie das ebenfalls nicht. Sie hatte ihr nie verziehen und sie würde ihr nie verzeihen. Wenn sie es sich vornahm, tauchte im Hinterkopf immer diese hartnäckige, kategorische, unumstößliche Weigerung auf. Sie wollte es nicht, sie wollte sie einfach nicht akzeptieren. Trotzdem war es ihr mit viel gutem Willen gelungen zu schweigen. Dabei hatte ihr die Erschöpfung geholfen. Sie hatte es satt und gelernt, sich zu distanzieren, und sie hatte es fertiggebracht, ihren Hass nicht lautstark zum Ausdruck zu bringen und sich wie ein Vulkan durch einen Ausbruch zu erleichtern. Deshalb hatte sie in diesen nicht enden wollenden Tagen dafür gesorgt, nicht dabei zu sein, wenn sich ihre Mutter mit den Leuten der Kolonie unterhielt. Der wiederum schien das nichts auszumachen. Im Gegenteil, vielleicht fühlte sie sich allein freier, um sich in blumigen Ergüssen über ihre Biografie auszulassen. Am schlimmsten waren nicht die kitschigen Berichte ihrer gescheiterten Liebesgeschichten, sondern die Abschweifungen, in denen Susy die Hauptrolle spielte. Vor Jahren hatte sie ihr noch zugehört und sich wie der erbärmlichste und duldsamste Mensch auf Erden gefühlt, als würde man sie in einer Freak-Show ausstellen, als würde ihre Mutter sie wie eine Puffmutter zwingen, sich nackt in einem Bordell zu zeigen.

Als sie einmal bei ihr zu Besuch war und schon im Bett lag, hatte sie sie zu ein paar Freunden sagen hören: »Die arme Susy hat meine emotionale Wankelmütigkeit immer mitbekommen. Ich bin davon überzeugt, das hat ihren Charakter beeinflusst. Obwohl sie eigentlich ein recht ausgeglichenes Mädchen ist, ausgeglichener als sie mit einer Mutter wie mir eigentlich sein dürfte. Trotzdem ist sie extrem schwach, verletzlich, kindisch, ihre angebliche Zurückhaltung ist nichts anderes als die Furcht, so verletzt zu werden, wie ihre Mutter verletzt wurde. Nun ja, das Leben ist eben ungerecht! Sie wird nie so selbstsicher und reif sein wie andere junge Frauen, die eine traditionelle Mutter haben, eine Mutter, die an Thanksgiving einen Truthahn brät. Natürlich sind die Töchter von solchen Müttern auch langweiliger, leichter zu durchschauen und haben keine eigene Meinung. So trägt eben jeder sein Päckchen.« Sie kannte dieses Gewäsch auswendig und wollte es nicht mehr hören. Trotzdem machte es sie krank zu wissen, dass ihre Mutter es weiterhin von sich gab.

Damals hatte sie wie immer mit Henrys Unterstützung rechnen können. Er hatte sie aus ihren langen schmerzlichen Schweigephasen herausgelockt und versucht, die Situation herunterzuspielen. Aber auch Henry war es langsam leid, diese Prozedur ständig zu wiederholen, und manchmal gab er vor, nicht zu merken, wie sie litt. In den letzten Tagen dieses Besuches schien er vergessen zu haben, dass sie ein grundlegendes Problem mit ihrer Mutter hatte.

»Was, zum Kuckuck, ist denn los mit dir, Susy?«

»Ich wünsche mir, dass meine Mutter endlich abreist.«

»Sie fliegt doch morgen, oder?«

»Ja, aber heute ist sie noch da und quatscht mit allen.«

Henry sah sie nachdenklich an und lenkte dann sanftmütig ein:

»Susy, Darling, du hast selbst oft gesagt, dass deine Mutter sich nie ändern wird. Einverstanden, ich glaube, du hast recht, sie wird sich nie ändern. Und das ist schrecklich, auch darin bin ich deiner Meinung. Aber es wird langsam Zeit, dass du sie endgültig aus deinem Kopf verbannst. Wir leben so weit weg von ihr, wir führen unser eigenes Leben. Das Schlimmste, was passieren konnte, ist diese Weihnachten passiert: Sie taucht hier vier oder fünf Tage auf und verschwindet wieder. In der ganzen Zeit hat sie sich dir nie aufgedrängt, sie hat sogar in einem Hotel gewohnt. Soll sie doch den Leuten ihre Geschichten erzählen! Egal! Du weißt ganz genau, dass die Leute sie sympathisch finden. Sie enthüllt auch keine so schrecklich privaten Dinge. Sieh einfach darüber hinweg. Weißt du, was sonst passieren wird? Du wirst eine unlösbares Problem haben, das du dir selbst zuzuschreiben hast.«

»Ich habe dieses Problem schon, das dürfte dir nicht neu sein.«

Henry verlor für einen Augenblick die Geduld.

»Und was willst du tun? Dein ganzes Leben damit verbringen, es wie einen Schatz zu hüten, es dir einverleiben? Es reicht, Susy, mein Gott, es ist unerträglich! Du bist in Mexiko, und wenn du nicht willst, kehren wir nie wieder in die Vereinigten Staaten zurück. Wir können von Land zu Land ziehen, und wenn wir irgendwo sesshaft werden wollen, tun wir das, die Firma gestattet mir zu arbeiten, wo ich will. Wir können die ganze Welt bereisen, wenn du möchtest, aber was wir nicht können, ist, vor dir selbst zu fliehen. Ich bin nicht bereit, mein Leben lang dieses kindische Spiel weiterzuspielen.«

Susy stiegen Tränen in die Augen, aber sie bemühte sich, sie zurückzuhalten. Ihre Wut siegte über den Ärger. Diesmal nicht. Diesmal war sie nicht bereit, ihre Rolle des kleinen Mädchens, das von einem verantwortungsvollen, überlegenen Erwachsenen getadelt und beraten wird, weiterzuspielen.

»Du bist ziemlich ungerecht, und was du gerade gesagt hast, klingt irgendwie nach Drohung.«

»Es ist aber keine.«

»Doch, das ist es! Und damit du es weißt: Mein Schweigen hat nicht damit zu tun, dass ich mir Sorgen um meine Mutter mache.«

»Das hast du doch gerade gesagt.«

»Aber es stimmt nicht. Ich habe versucht, mich von dem, was mich wirklich beunruhigt, abzulenken.«

Sie sah in den Augen ihres Mannes Interesse aufflackern.

»Und was beunruhigt dich?«

»Ich weiß nicht, ob du das wissen solltest.«

»Susan, bitte, hör jetzt auf mit dem Blödsinn!«

»Schrei mich nicht an!«

»Ich schreie nicht!«

»Doch, du schreist!«

Henry atmete tief durch, schob seine Brille hoch und senkte die Stimme.

»Du hast recht, verzeih mir. Kann ich jetzt erfahren, was dich beunruhigt?«

»Ich habe beim Weihnachtsessen etwas Ungeheuerliches beobachtet.«

Jetzt hatte sie wirklich seine Neugier geweckt. Sie kostete die neue Situation aus. Sie dachte, Henry sei genauso gewöhnlich wie alle anderen, und ihr wurde bewusst, dass sie allein auf der Welt war, dass sie nicht wirklich auf ihn zählen konnte. Dann redete sie endlich, diesmal ruhiger.

»Santiago und Victoria haben sich im Park leidenschaftlich geküsst.«

Henry riss überrascht die Augen auf.

»Das kann nicht sein!«

»Ich bin weder blind noch verrückt.«

»Sei nicht so gereizt, ich bitte dich. Was genau hast du gesehen?«

»Als mir das Kindergeschrei zu viel wurde, bin ich einen Moment hinausgegangen. Ich lehnte an einer Palme, als ich sie entdeckte. Obwohl sie ziemlich nah waren, habe ich sie nicht gleich erkannt. Damit sie mich nicht hören, habe ich den Atem angehalten und gesehen, wie sie sich küssten, umarmten und miteinander flüsterten. Zum Glück habe ich nichts verstanden.«

»Zum Glück?«

»Mehr wollte ich nicht wissen. Es ist schon mit dem, was ich gesehen habe, schwierig genug für mich.«

»Für dich, warum denn für dich?«

»Paula und ich verstehen uns ziemlich gut, das weißt du ja. Jetzt stecke ich in dem Dilemma, ob ich es ihr sage oder nicht.«

»Wovon redest du eigentlich? Du darfst es ihr auf keinen Fall sagen, hörst du, auf gar keinen Fall! Und noch viel weniger hier, wo wir alle in diesem Ghetto leben.«

»Aber ich glaube, sie verbirgt unter ihrer harten Schale eine sehr zerbrechliche Persönlichkeit.«

»Ein Grund mehr, den Mund zu halten.«

»Findest du nicht, dass das aussehen würde, als würde ich sie nicht respektieren?«

Henry sah sie streng an.

»Susan, wir sind alle erwachsen, das hier ist kein Internat, wo die Schüler nur das Schuljahr zusammen verbringen. Jeder trägt seine eigene Verantwortung. Wenn du etwas sagst, könnte das zu Schwierigkeiten mit ungeahnten Folgen führen.«

»Ich weiß schon, wer und wo wir sind! Aber glaubst du etwa, dass sie es nicht so oder so erfahren wird?«

»Das geht dich nichts an, es ist nicht dein Problem.«

Sie sah ihren Mann vorwurfsvoll an. Das Schlechte daran, von jemand gefühlsmäßig abhängig zu sein, ist, dass sich derjenige seiner Überlegenheit bewusst wird und einen am Ende wie ein dummes Kind behandelt, das man ständig ermahnen muss. Sie schwieg. Sie hätte nie gedacht, dass Henry so reagieren würde. Das war im Grunde die Lebensphilosophie, die er auf alles anwandte: Leben und leben lassen. Sie war davon überzeugt, dass Henry sie nicht ernst nahm, er teilte ihre Probleme nicht ernsthaft, er versetzte sich nie in ihre Lage. Deshalb zeigte er sich ihr immer so ausgeglichen. Aber war diese Ausgeglichenheit echt? Wenn man sich nicht gründlicher mit etwas beschäftigt, ist es sehr leicht, gelassen zu bleiben, ebenso leicht, wie nichts davon wissen zu wollen, was den anderen beschäftigt. In all den Jahren ihrer Ehe hatte sie das noch nie so deutlich erkannt wie in diesem Augenblick.

Als er gegangen war, spürte sie, wie Panik in ihr aufstieg. Sie war allein. Niemand stand ihr bei, niemand. Henry hatte ihr enthüllt, was er immer von ihr gehalten hatte. Für ihn war sie ein dummes kleines Mädchen, mit dem er zum Glück nur wenig Zeit verbringen musste. Sie war wie eine Hochseilartistin auf einem dünnen Drahtseil balanciert in der Erwartung, dass Henrys kräftiger Arm sie stützen würde, aber das war falsch gewesen, unter ihr tat sich der Abgrund auf, ohne Netz. Zu Angst und Verzweiflung gesellte sich jedoch eine diffuse Erkenntnis, die sie zur Heldin machte: Sie war allein mit ihren Problemen und ihrem Schmerz. Sie war immer allein gewesen, seit ihrer Geburt. Und sie hatte dennoch durchgehalten. Lange genug hatte sie die emotionalen Erpressungsversuche ihrer Mutter und die Schwäche ihres Vaters ertragen. Aber sie hatte es überstanden. Und sie würde es weiterhin tun. Sie war kein dummes, kleines Mädchen, bestimmt nicht.

Sie trafen sich vor dem Haus und gingen in ihr Zimmer. So nannten sie es jetzt: ihr Zimmer. Wenn sie sich trafen, überwog der verzehrende Wunsch, sich zu lieben, miteinander zu verschmelzen, sich zu spüren. Dann folgte der Moment des Gesprächs. Beim Reden konnten sie den entspannten, nackten Körper des anderen am eigenen spüren. Victoria sagte:

»Dieses Bett ist wie unsere Insel. Hier fühlen wir uns wohl, die Probleme bleiben draußen. Im rauen Meer da draußen wird das Leben allmählich schwieriger.«

»Für mich ist es vielleicht leichter, obwohl es etwas gibt, das ich nur schwer aushalte.«

»Ramón zu sehen.«

»Wenn ich ihn nur sehen müsste ... Aber wir arbeiten Hand in Hand und kooperieren in konkreten Aufgabenbereichen.«

»Habt ihr jemals über Persönliches gesprochen?«

»Nein, niemals, die üblichen Floskeln, die man mit allen austauscht.«

»Was für ein Mann ist er deiner Meinung nach?«

»Er ist freundlich, schweigsam, höflich. Er streitet nie.«

»Er mag keinen Streit. Darf ich dich fragen, warum du dich in Paula verliebt hast?«

»Das habe ich dir schon erzählt. Sie war verführerisch, intelligent und hatte eine Menge Zukunftspläne. Und dann? Sie hat ihre ganze Kraft gegen sich selbst gerichtet und wird nie wieder da rauskommen.«

»Fürchtest du nicht, dass es schlimmer wird für sie, wenn du sie verlässt?«

»Ist möglich, ich weiß es nicht. Aber wir sind alle erwachsen, und jeder ist für sein eigenes Leben verantwortlich. Punktum.«

Wenn sie ihn so reden hörte, beschlichen sie Zweifel. Einerseits sah sie erleichtert, wie sicher und entschlossen er war. Andererseits verspürte sie ein gewisses Unbehagen, wenn er mit solcher Härte über die Frau sprach, mit der er viele Jahre zusammengelebt hatte. Es war ihre Schuld, sie hätte nicht auf ihre Ehepartner zu sprechen kommen dürfen, aber sie verspürte einen unerklärlichen Drang dazu, er aber offensichtlich nicht. Er redete nicht gern über Paula. Santiago war genauso verschwiegen wie Ramón. Hatte sie sich in einen ähnlichen Mann wie ihren eigenen Ehemann verliebt? Schon der Gedanke entmutigte sie.

»Woran denkst du?«, fragte Santiago.

»An nichts, absurdes Zeug. Ich habe mich in Ramón verliebt, weil er mir zuverlässig erschien. Was wir Frauen alles machen! Wir bleiben bei einem Mann aus demselben Grund, aus dem man ein Auto kauft: Es soll nicht mitten auf der Landstraße liegen bleiben. Lach nicht! Genau so ist es doch. Erst zeigt man uns den Weg, und dann sagt man uns, mit wem wir ihn gehen sollen. Das wird uns eingeschärft.«

»Glaubst du, für uns Männer ist das anders?«

»Ihr genießt mehr Freiheit.«

»Freiheit ist unteilbar, man hat sie oder nicht.«

»Dann hatte ich sie nicht. Vielleicht habe ich sie auch jetzt nicht. Vorhin dachte ich, dass Ramón und du irgendwie ähnlich seid. Vielleicht beurteile ich die Liebe auch nur mit anerzogenen Kriterien.«

Er sah sie ironisch an.

»Willst du damit sagen, dass dir jeder Mann recht gewesen wäre, der deinem ähnelt?«

»Sag doch nicht so was, bitte!«

Santiago täuschte zärtlich Widerstand vor, als sie sich innig küssten.

»Jedenfalls solltest du eines tun, Victoria: Du musst aufhören, in der Vergangenheit zu denken.«

»In der Vergangenheit? Sie ist noch Gegenwart!«

»Die Gegenwart existiert nur, wenn wir uns in diesem Bett befinden. Außerdem meine ich, wir sollten auch an die Zukunft denken.«

»Das tust du doch immerzu!«

»Ist das ein Vorwurf?«

»Nein, aber es macht mich ganz schwindlig.«

»Dann klammere dich an etwas Solides, an mich, zum Beispiel. Ich habe mich bei mehreren Bauunternehmen in Spanien beworben, und eines hat bereits geantwortet. Sie wollen mir die Leitung eines Straßenbauprojekts in der Nähe von Barcelona übertragen. Wenn ich zusage, beginnen wir mit den Vertragsverhandlungen. Das würde bedeuten, dass wir spätestens in drei Monaten zurückfliegen und unser neues Leben beginnen könnten.«

Sie schwieg.

»Bist du stumm vor Schreck?«

»Drei Monate ist, wie wenn man sagt, jetzt.«

»Nein, in drei Monaten haben wir Zeit, unsere Sache gut zu machen, unseren Partnern alles zu erklären, uns auf die Abreise vorzubereiten, zusammen zurückzufliegen und von vorne anzufangen.«

»Mir wird noch schwindliger.«

»Du hast selbst gesagt, dass außerhalb dieses Bettes das Leben immer schwieriger wird. Je länger die Heimlichtuerei dauert, desto demütigender ist sie für alle Beteiligten.«

»Ja, wenn alles auffliegt, werden sie sich fragen, wann und wo wir uns getroffen haben.«

»Das lässt sich nicht verhindern.«

»Ich bin müde, Santiago.«

»Schlaf nicht ein, Liebste, wir müssen bald gehen.«

»Kannst du dir vorstellen, wie es sein muss, eine ganze Nacht zusammen zu verbringen?«

»Wir werden bald jede Nacht unseres Lebens miteinander verbringen.«

Ist schon komisch, dachte sie, sie hatte die Absicht, sich jeden Abend den Pyjama anzuziehen neben einem Mann, den sie kaum kannte. Es war absurd, aber nicht absurder, als ihn weiter neben einem Mann anzuziehen, von dem sie schon alles wusste.

Zerstreut starrte Paula auf die aufgeschlagenen Bücher auf ihrem Schreibtisch. Ihre Arbeit war in den letzten Monaten stagniert. Der Herausgeber von Tolstois Tagebüchern hatte nicht mehr angerufen, um nachzufragen, wie weit sie sei. Sie war davon überzeugt, schon bald einen Brief mit der Mitteilung zu erhalten, dass ihr der Auftrag entzogen werde. Auch egal. Sie hatte keinen Vorschuss bekommen und brauchte das Geld auch nicht. Sie war mit einem Mann verheiratet, der mehr als gut verdiente. Sie fragte sich, ob die finanzielle Sicherheit, die sie immer genossen hatte, für ihr kreatives Scheitern ausschlaggebend gewesen sein könnte. Hätte sie ihren Lebensunterhalt aus eigener Kraft bestreiten müssen, hätte sie sich vielleicht mehr angestrengt, um etwas zu erreichen. Sie fragte sich, ob das stimmte. Reduzierte sich alles auf das Auspressen des Gehirns, um sich den Lebensunterhalt zu sichern? Nein, James Joyce hatte eine ganze Familie zu ernähren, jedoch keinen Moment daran gedacht, seinen langweiligen *Ulysses* nicht zu schreiben. Er lebte auf Pump. Nein, ihr Scheitern hatte andere Gründe. Es hatte mit dem Ganzen zu tun. Die Literatur war eine Göttin, die alles verlangte, und

278

dieses Alles war so umfassend wie unergründlich, dass schon der Gedanke daran beängstigend war. »Alles« bedeutete, sein absolut Letztes zu geben, aus sich selbst herauszuholen, was man in zwanzig Jahren Psychoanalyse nicht aus sich herauszuholen vermag. »Alles« bedeutete, sich für nichts anderes als für die verdammte Literatur zu interessieren. »Alles« bedeutete, die Liebe, das Vergnügen und sogar die Alltagserfahrungen zu opfern. »Alles« bedeutete, sich nur für den Erfolg zu interessieren. »Alles« war alles, und der Rest war Scheiße. Selbst der gute Graf Tolstoi hatte zu viel in seine literarische Sphäre einfließen lassen, viel zu viel Nächstenliebe, ein Übermaß an Mystik. Sogar mit den Streitereien mit seiner Frau und mit seiner Eifersucht hatte er es übertrieben. Zu viele Schlachten in *Krieg und Frieden*, ganz zu schweigen von dem Gemetzel in *Auferstehung*. Lediglich Graf Wronskij in *Anna Karenina* war eine nachhaltige Figur, und auch nur, weil er sich opfert und so schön ist.

Erschöpft lehnte sie sich in ihren Sessel zurück. Es bedurfte auch körperlicher Kraft, um Zwangsvorstellungen zu ertragen. Die heilige Teresa von Ávila war eine Mystikerin, und wäre sie keine verrückte Klosterschwester gewesen, wäre ihr nie in den Sinn gekommen, auch nur ein Wort zu schreiben, schon gar nicht die ganze Pornografie, die sie geschrieben hat. Das Klosterleben hinderte sie daran, sich gemütlich hinzusetzen und Verslein über das Herz Jesu und anderes schwer Verdauliches zu schreiben, denn sie hatte den genialen Einfall, auf den Berg zu steigen, auf dessen Gipfel sie zu ihrer Inspiration von sämtlichen Engelein mit aufgestellten, flammenden Flügeln in Empfang genommen wurde. »Alles« war alles, auch der Mut oder die Gleichgültigkeit, um ans Ende zu gelangen, um bis zur letzten Konsequenz zu gehen. In jedem guten Buch verbirgt sich Bitterkeit, das Allerschwärzeste, das bodenlose Loch, der Abgrund, der Ozean der Finsternis. Und so weit muss man hinabsteigen, ohne Sauerstoffflasche, nur mit der eigenen Luft in den Lungen, bis einem die Brust birst im Wissen, dass man dieses Eintauchen nicht unbeschadet überstehen wird. Ein makabrer Scherz! Zu dem beruhigenden Schluss, dass sie kein Talent hätte, war sie nie gekommen. Stattdessen nur Zweifel und Selbstvorwürfe, das dringende Bedürfnis, den Krankheitserreger zu finden: fehlender Mut, mangelnde Intelligenz …, zu großes Interesse am Leben. Aber das Schlimmste, das wirklich Teuflische war die Hoffnung gewesen, der Glaube, es doch noch zu können, eines Tages unverhofft von einer inneren Stimme den großen Roman diktiert zu bekommen. Denn sie hatte schon öfter sein Echo in ihrem Kopf vernommen, sie hatte ihn als Fragment, als zuverlässige und geniale Intuition, wie der Hauch von etwas Höherem, gespürt. Es waren weder Einbildung oder schillernde Trunkenheit noch lichte Momente mit Scharfsicht, sondern echte Bruchstücke eines erhabenen, perfekten, vollendeten, unsterblichen Werkes gewesen. Aber der Funke der Inspiration im Urzustand war sofort wieder erloschen, und alles, was ihr Kopf und ihre Hand hervorbrachten, klang abgegriffen, es klang und roch nach etwas, das schon von jemand anderem geschrieben worden war.

Sie glaubte, es sei der Moment gekommen, sich ein Gläschen Tequila einzuschenken, nur einen Finger breit, wie man hier sagte, ein Schlückchen, das sie aus dieser Gefangenschaft in Mexiko befreite, diesem Land, das ihr wie eine große Nervenheilanstalt vorkam. Eine ausgewählte Klientel von Hysterikern, Neurotikern und Verdrossenen, die die Orientierung und den Verstand und die Selbstbeherrschung und die Vernunft verloren hatten, die aber in diesem Land alles wiederfanden. Dieses Land konfrontiert dich mit dir selbst, dachte sie.

Sie spürte, wie die glühende Lava ihre Speiseröhre hinablief. Wie sich ein inneres Feuer in Wellen ausbreitete. Sie schnupfte auch eine Linie Koks. Dann legte sie sich auf den Teppich und betrachtete einen Druck von Frida Kahlo, den irgendein hirnverbrannter Dekorateur an die Wand gehängt hatte. Sie stand wieder auf, weil dort zu liegen bedeutete, verzweifelt zu sein. Sie ging in den Park hinaus. Noch ein Glas wäre gut, aber nicht im Club. Sie machte sich auf den Weg nach San Miguel, als plötzlich jemand neben ihr auftauchte. Missgelaunt erkannte sie, wer es war.

»Susan, *honey*, ich bin heute nicht in Stimmung, meine Liebe. Ich will allein sein.«

»Wenn du allein sein wolltest, wärst du zu Hause geblieben. Wo gehst du hin?«

»Ich will meine Seele verrohen.«

»Aber hallo, heute bist du ja richtig inspiriert, wie schön! Ich komme mit.«

»Ich möchte dich mit aller mir zu Gebote stehenden Höflichkeit bitten, mich in Ruhe zu lassen.«

»Ich riskiere es, deine Höflichkeit auszunutzen.«

»Verschwinde endlich und lass mich in Ruhe!«

»Bah, ich dachte, du könntest ausfallender werden.«

Überrascht von ihrem ungerührten, scherzhaften Tonfall sah Paula sie zum ersten Mal an.

»Ich werde nie verstehen, was du von mir willst, Susy.«

»Deine Freundin sein.«

»Es gibt viele Frauen in der Kolonie.«

»Die langweilen mich. Du bewegst dich auf einem Terrain, das ich noch nie betreten habe.«

»Und nie betreten wirst.«

»Was lässt dich das glauben? Denkst du etwa, ich sei ein dummes Mädchen, das keine Probleme hat?«

»Ich habe keine Zeit, an dich zu denken, meine Liebe.«

»Du glaubst auch, dass du mich mit deinen Antworten verletzen kannst. Das stimmt aber nicht.«

Paula starrte sie an. Na gut, einverstanden, warum nicht, warum nicht zu zweit statt allein trinken. Ohne ein weiteres Wort zu wechseln trafen sie in San Miguel ein. Dieses Mädchen mit oder ohne Probleme, das war ihr egal, wollte mit ihrer Hilfe ein paar Erfahrungen machen. Gut, sehr gut, warum nicht? Sie führte sie zu der erbärmlichen Kaschemme, die sie zusammen entdeckt hatten. Paula fragte den immer verdrießlichen und schmuddeligen Wirt, wo sie den Reiseleiter finden könnten.

»Er hat ein Häuschen in der Straße, weiter hinten. Das blaue.«

Ganz einfach also. Eine enge Straße. Ein halb verfallenes Haus. Sie klopften, es war niemand da. Paula setzte sich auf die staubige Straße, denn es gab keinen Gehweg. Sie starrte in die Luft. Susy setzte sich daneben. Paula musste anerkennen, dass das dumme Mädchen Mut hatte.

»Was glaubst du, wird passieren, wenn uns jemand hier sitzen sieht und wiedererkennt, kleine Gringa?«

»Sie werden denken, dass wir zwei Touristinnen sind, die sich ein wenig ausruhen.«

»Ganz falsch. Ich bin eine unsterbliche Künstlerin, die sich als Übersetzerin verkleidet hat und Material für ein neues, ebenfalls unsterbliches Buch sammelt. Und du … du bist mein Schutzschild.«

»Das gefällt mir. Hast du was genommen?«

»Ein paar Tequilas und eine Linie. Nicht genug, um die Mauern von Jericho einzureißen.«

»Hast du was dabei?«

»Ja.«

»Kannst du mir was geben?«

»Ja, geh aber um die Ecke und versteck dich ein bisschen. Sich auf die Straße zu setzen, ist eine Sache, aber uns beim Koksen erwischen zu lassen und ein Bestechungsgeld blechen zu müssen ...«

Susy tat, wie Paula ihr aufgetragen hatte, kam zurück und setzte sich wieder.

»Warum warten wir auf den Reiseleiter, Paula?«

»Eindeutig, um ihn zu vernaschen.«

»Wir beide gleichzeitig?«

»Du schockierst mich, Kindchen, wirklich. Wir vögeln ihn schön nacheinander, wie es Brauch ist. Spanien hat nicht das Evangelium in dieses Land gebracht, damit hier jetzt Gruppensex veranstaltet wird. Das würde Isabel der Katholischen die Schamesröte ins Gesicht treiben.«

»Wird er es mit uns beiden aufnehmen können?«

»Sonst setzt er die Ehre seiner Landsleute aufs Spiel.«

Susy lachte auf. Ihr Lachen hallte an den armseligen, abgeblätterten Hauswänden wider. Es verging eine weitere Stunde, aber der Mann tauchte nicht auf. Sie schnieften noch mehr Koks. Susy befand sich in euphorischem, hellsichtigem Zustand, sie war redselig wie nie zuvor. Paula lauschte ihr wortlos. Dann kam der Reiseleiter endlich die Straße entlang. Er schwenkte die Hüften wie ein Cowboy aus einem drittklassigen Western und trug wie immer seine Sonnenbrille, weswegen Paula nicht sehen konnte, ob ihr Anblick ihn überrascht hatte. Er blieb vor ihnen stehen und entblößte seine schneeweißen Zähne zu einem unverbindlichen Lächeln.

»Wie geht's denn so?«

Paula stand langsam auf und sah ihn verächtlich an.

»Uns wurde gesagt, dass du hier wohnst.«

283

»Kommen Sie herein, ich lade Sie zu einem Glas Pulque ein.«

»Nur ganz kurz. Wir sind beim Einkaufen und haben uns gedacht, du hast vielleicht was zu verkaufen.«

Er starrte schweigend zu Boden und versuchte, die Situation einzuschätzen.

»Hat Ihnen das jemand gesagt oder haben Sie sich das nur gedacht?«

»Reine Intuition.«

»Kommen Sie rein, mal sehen, was wir dahaben.«

Susy stand auch auf und folgte ihnen ins Hausinnere. Sie war verstummt. Das Haus bestand aus einem einzigen Raum mit Zementboden und gekalkten Wänden. Auf einer Seite befanden sich ein Gasherd, ein Tisch und ein Wandschrank. Auf der anderen standen eine Pritsche, ein Kleiderschrank und eine Munitionskiste mit Eisenbeschlägen. Weiter hinten gab es eine Tür, die wohl zum Hinterhof führte. Der Mann stellte drei Gläser auf den Tisch. Als er einschenkte, sah Paula, dass er unter seiner Jacke eine Pistole am Gürtel trug. Nichts Besonderes, dachte sie, in Mexiko scheinen alle eine Waffe zu tragen.

»Trinken wir einen kleinen Pulque.«

»Hör mal, ich habe schon erwähnt, dass wir was kaufen wollen. Lassen wir den Alkohol für eine andere Gelegenheit.«

»Man kann nicht nur kaufen oder verkaufen. Man muss verhandeln, und ich verhandle nicht ohne ein Gläschen.«

»Ich finde euch Mexikaner wunderbar, immer so feierlich!« sagte Susy blöderweise.

»Ist gut, trinken wir einen, aber dann verhandeln wir.«

Er ging zu der Munitionskiste und zog einen Schlüsselbund aus seiner Jacke. Er schloss sie auf und kam mit einem Tütchen weißen Pulvers zurück.

»Ich vermute, das ist es, was Sie wollen, aber ich habe auch noch anderen Stoff, leichteren und stärkeren.«

Paula wollte nach dem Tütchen greifen, aber er entzog es ihr.

»Wie viel willst du dafür?«

»Ich schreibe es Ihnen auf. Über Geld spricht man nicht, das bringt Unglück.«

Es schrieb die Summe auf ein Stück Papier und reichte es ihr. Paula las und nickte. Dann gab sie ihm das Geld, und sie tranken. Susy lächelte entzückt.

»Wir gehen.«

»Wollen Sie nicht Platz nehmen?«

»Nein, aber vielleicht wollen wir später noch mehr kaufen.«

»Für gute Kunden habe ich immer guten Stoff.«

»Und wenn wir etwas wollen, das nicht in der Munitionskiste ist?«

»Wenn es sich um etwas handelt, das ich Ihnen anbieten kann ...«

»Ich hoffe doch.«

»Sie wissen, dass ich mit anständigen Leuten immer ein Geschäft mache.«

Sie verließen das Haus ohne ein weiteres Wort. Als sie schon ziemlich weit entfernt waren, begann Susy in die Hände zu klatschen.

»Bravo, dein Stil gefällt mir! Ich habe mich wie in einem dieser amerikanischen Independence-Filme gefühlt.«

Paula blieb abrupt stehen und sah sie geringschätzig an.

»Für dich ist alles ein Spiel, stimmt's? Sogar das Leben. Es gibt nichts, was sich nicht in einen fröhlichen Zeitvertreib verwandeln ließe.«

Susy verzog das Gesicht, ihre Augen füllten sich mit Tränen der Wut. Sie biss die Zähne zusammen. Die Euphorie war wie weggeblasen.

285

»Du hingegen bist die erfahrene Frau, die alles weiß und alles richtig einschätzt.«

»Na so was, was ist denn das? Das Schoßhündchen fletscht die Zähne? Ich komme dir eher wie eine schreckliche Hexe und weniger wie eine erfahrene Frau vor, stimmt's?«

Sie standen mitten auf der Straße einander gegenüber. Paula sah die Amerikanerin mit einem spöttischen Lächeln auf den Lippen an. Susy lächelte ebenfalls spöttisch.

»Du hast doch von nichts eine Ahnung, Paula.«

»Glaubst du? Vielleicht hast du recht, nichts zu wissen ist ein Privileg der Weisen.«

»Ich meine es ernst, sehr ernst. Du ziehst überall deine Schau ab, während Victoria deinen Mann aufreißt. Wusstest du das, wusstest du es?«

Paula verstand sie nicht gleich. Sie musste das eben Gehörte verdauen. Ohne ihre Verwirrung zu überspielen, fragte sie: »Wovon redest du?«

»Ich rede von etwas, das ich ganz genau weiß. Victoria und Santiago sind ein Liebespaar.«

»Stimmt das wirklich?«

Susy lächelte immer noch und kostete das Ergebnis ihres Dolchstoßes weidlich aus.

»Antworte mir, stimmt das, was du sagst?«

»Beim Weihnachtsessen war ich im Park und habe gesehen, wie sie sich küssten. Ihr wart alle drinnen, ich bin einen Moment frische Luft schnappen gegangen und da habe ich sie entdeckt. Sie haben mich nicht bemerkt, aber ich stand ganz nahe, das schwöre ich dir, nahe genug, um die Szene genau zu beobachten.«

Beim Anblick von Paulas entstelltem Gesicht erschrak sie. Ihre Wut war verraucht.

»Also, das habe ich gesehen, ob sie miteinander schlafen oder nicht …«

Paula flüsterte wie zu sich selbst:

»Natürlich schlafen sie miteinander, natürlich. Wir sind doch keine pubertären Schüler.«

Susy war nun wirklich besorgt. Erst jetzt erfasste sie die Reichweite ihrer Worte. Ungeschickt bemühte sie sich, sie abzuschwächen.

»Ich an deiner Stelle würde mir keine Sorgen machen oder es nicht so wichtig nehmen. Wir hatten alle viel getrunken und so was...«

»Spar dir deine Ratschläge, meine Liebe, Santiago und ich gehen schon lange getrennte Wege.«

Susy fragte sich, ob das stimmte. Sie glaubte ihr nicht. Paula hatte sich lediglich wieder im Griff. Sie schlüpfte in die vertraute Rolle zurück und hatte sich die bekannte Maske übergestülpt. Gut, sie mochte ihr so viel vormachen, wie sie wollte, aber Susy war sich sicher, dass sie ihr einen schmerzhaften Schlag versetzt hatte, genau den, den sie schon lange brauchte. Jetzt war es genug, sie hatte es satt, das brave Mädchen zu spielen. Jeder hat seinen Schwachpunkt, einen Teil von sich selbst, der Wind und Wetter ausgesetzt war. Von jetzt an wäre sie stärker. Bis jetzt hatte sie versucht, Hilfe, Zuwendung, Freundschaft und Liebe zu bekommen. Jetzt würde sie auch zu den Arschlöchern gehören wie alle anderen, denn wenn man allein durchs Leben geht, musste man ein Arschloch sein. Man musste sein Terrain abstecken, das Brot verweigern, auch wenn man es nicht selbst essen will, misstrauen, betrügen. Sie war zufrieden mit sich. Wenn ihre Mutter das nächste Mal anrufen würde, würde sie es endlich wagen, ihr zu sagen, was sie von ihr hielt: Mama, ich bin nach Mexiko gegangen, um dir zu entkommen. Ich verachte dich. Ruf mich nicht mehr an. Und solltest du Henry anrufen und ihn anflehen zu vermitteln, oder mit Selbstmord drohen, wird dir das nichts nützen. Auch er wird kein Verständnis haben. In Wirklichkeit brauchen weder du noch er mich, und ich habe festgestellt, dass ich euch auch nicht brauche.

Nachdem sie diesen Vorsatz in Gedanken formuliert hatte, fiel ihr auf, dass sie das zum ersten Mal getan hatte. Schon beim Überprüfen ihres Gemütszustandes fühlte sie sich stärker und mächtiger als früher. Diese Zeit in der Kolonie, tagelang von ihrem Mann getrennt mit anderen Menschen zusammenzuleben, war ihr gut bekommen. Sie hatte gelernt, dass alltägliche Ereignisse überstürzte Reaktionen hervorrufen und dass Menschen sich nicht ewig in ihren Problemen einkapseln können. Sie hatte vor allem begriffen, dass ein Mensch immer allein ist. Man muss sich also notwendigerweise weiterentwickeln und eingestehen, dass die Verzweiflung einen auf unbekannte Pfade führt.

Manuela probierte das typisch mexikanische Kleid an und fand, dass sie wie verkleidet aussah. Außerdem hatte sie keine schlanke Taille mehr, und der eng anliegende Rock betonte diesen, für ihr Alter typischen Mangel noch. Sie plante einen traditionellen Benefiz-Ball zugunsten der Waisenkinder der Region. Diese Idee ging ihr schon seit langem durch den Kopf. Sie wollte etwas tun, um das Leid vor Ort zu lindern. Und Waisenkinder eigneten sich dafür perfekt, und es musste hier irgendwo Waisenkinder geben. Waisenkinder gab es überall, und wenn die Gegend arm ist, erst recht. Selbst reiche Waisenkinder brauchen Zuwendung und Verständnis. Keine Eltern zu haben ist das Schlimmste, was einem Kind passieren konnte. Die Eltern sind diejenigen, die wirklich über uns wachen, wenn also ein Kind keine hatte, musste sich ein wohltätiger Mensch moralisch verpflichtet fühlen, etwas zu tun. Und dabei dachte sie natürlich an eine Frau, es ist kein Geheimnis, dass Frauen diese Welt ein wenig gastlicher machen, ohne im Austausch etwas dafür zu verlangen. Ihre wohltätige Ader hatte sich schon im Kindesalter gezeigt. Sie hatte ausgesetzte, schmutzige Hunde aufgenommen, was ihrer Mutter den letzten Nerv raubte, und sie hatte sich für Wohltätigkeitsveranstaltungen angemeldet, die in ihrer Klosterschule organisiert wurden: »Kein Kind ohne Spielzeug zu Weihnachten!«, »Babykörbchen« und so weiter. Wäre sie nicht eine voll ausgelastete Familienmutter gewesen, wäre ihr Traum gewesen, eine Hilfsorganisation zu leiten. Sie wäre auch nicht davor zurückgeschreckt, eine Zeit lang in einem afrikanischen Land zu leben. Niemand konnte leugnen, dass sie über großes Organisationstalent verfügte und starkem Druck standhalten konnte, selbst wenn es einen langen Arbeitstag zu bewältigen galt. Doch ihr Leben war anders verlaufen. Als sie ihre eigene Familie gründete, hatte sie eine Verantwortung übernommen, die jede andere Möglichkeit ausschloss. Deshalb könnte sie sich jetzt, seit ihre Kinder ihr eigenes Leben führten, endlich ein wenig um andere kümmern. Dies war der geeignete Ort, ein Land, in dem es den Menschen noch an vielem fehlte. Als sie rekapitulierte und feststellte, dass sie seit knapp zwei Jahren tatenlos gewesen war, hatte sie sofort ein schlechtes Gewissen. Auch ohne Berücksichtigung ihrer Talente war das die reinste Energieverschwendung. Sie hatte beschlossen, die spanische Sozialarbeiterin anzurufen, die vor einiger Zeit bei ihnen zu Abend gegessen hatte, und ihr ihre Mitarbeit anzubieten. Obwohl sie ein gewisses Risiko einging, wenn sie ihr kein klar definiertes Angebot machen konnte. Die junge Frau könnte ihr antworten, dass sie nur Geld brauchten, oder ihr Aufgaben übertragen, die ihr nicht lagen. Und Gott allein wusste, dass Unterordnung wahrlich nicht zu ihren Stärken zählte, denn hätte es ihrem Charakter entsprochen, ohne Murren zu folgen, wäre sie Nonne geworden. Jedenfalls war ein folkloristisches Fest keine gute Idee. Sie würde nicht wie die in die Jahre gekommene Marketenderin Adelita verkleidet auftreten. Sie würde eine Lösung finden und mit Adolfo reden.

Als Yolandas Flugzeug abgehoben hatte, schlenderte er zu seinem Wagen auf dem Parkplatz. Mit jedem Schritt fühlte er sich leichter. Es war keine angenehme und genüssliche Weihnachtswoche geworden, wie er gehofft hatte. Im Gegenteil, seine Freundin war ständig beleidigt, enttäuscht und ungeduldig gewesen. Der Plan mit der privaten Zurückgezogenheit im Luxushotel hatte sie eindeutig frustriert, und diese Frustration hielt die ganzen Feiertage über an.

Auf der Fahrt zur Kolonie ließ er seinen Gedanken freien Lauf. Es war nicht nur Yolandas Enttäuschung über die geänderten Pläne, die ihm das Glück getrübt hatte. Da war noch mehr. Für sie schien alles nach einer Art Drehbuch verlaufen zu müssen. Er verstand das nicht, schließlich befanden sie sich in Mexiko, einem Land von unbeschreiblicher Schönheit, und man sollte doch annehmen, dass sie ein junges verliebtes Paar waren. Diese Voraussetzungen genügten eigentlich, um die gemeinsamen Tage als eine Art Gottesgeschenk zu begreifen. Aber für Yolanda hatte sich die Liebe in eine reine Formsache verwandelt, in ein Vorzimmer für das, was danach kommen würde: ihr tägliches Zusammenleben in der neuen Wohnung, das Eheleben. Zugegeben, getrennt zu leben war nicht erstrebenswert, große räumliche Entfernung führte zu gefühlsmäßiger Distanzierung, was bei ihrem Wiedersehen wiederum absurde Spannungen und Missverständnisse ausgelöst hatte, aber, zum Teufel noch mal, wenn sie schon eine Woche zusammen hatten, warum konnten sie sie dann nicht einfach genießen? Es hatte ihnen alles dafür zur Verfügung gestanden: ausgezeichnetes Essen, uneingeschränkte Getränkeauswahl, Erholung und die Möglichkeit, nach knapp zwei Jahren Trennung so oft zu vögeln, wie sie wollten. Doch es war unmöglich gewesen, das alles zu genießen. Als die Gewitterwolken, die in der Kolonie aufgezogen waren, sich endlich aufgelöst hatten, redete sie andauernd über die Hochzeitsvorbereitungen und Wohnungseinrichtung sowie über ihre Zeiteinteilung und ihre Verpflichtungen bei seiner Rückkehr. Das alles schien ihm verfrüht und vor allem unnötig. Seit er hier in diesem abgelegenen Winkel der Erde arbeitete, hatte er gelernt, dass man Probleme löst, wenn sie auftauchen, man musste nicht alles im Vorfeld berücksichtigen. Yolandas Planungen schienen ihm abwegig, absurd, fast gespenstisch: Hochzeitsbankett, Gästeliste, Geschenke, Brautausstattung und Möbelkauf. Wozu das alles? Wenn es schon eine Wohnung gab, würden sie dort eines Tages einziehen und gut. Doch Yolanda hatte einen Anfall bekommen, als er ihr das sagte. Sie hatte ihn unsensibel, egoistisch und brutal genannt und war dann in Tränen ausgebrochen. Na schön, wegen des ganzen Blödsinns mussten sie ja nicht gleich streiten. Was diese lächerlichen Vorbereitungen anbelangte, hatte er eingelenkt, aber dass sich seine Freundin ausschließlich für diesen Humbug interessierte, brachte ihn wirklich auf die Palme. War Yolanda immer so gewesen, auch schon, als er sich in sie verliebte? Oder hatte vielleicht er sich verändert?

Als er merkte, dass der Wagen hochtourig fuhr und zu viel Staub aufwirbelte, nahm er den Fuß vom Gas. Er versuchte sich zu beruhigen und das Ganze herunterzuspielen. In Wirklichkeit war es doch so, dass sie beide in unterschiedlichen Welten lebten: Yolanda lebte weiter in der spanischen Realität, während er sich an einem Ort befand, an dem sich das Leben weder besonders förmlich noch kompliziert gestaltete. So gesehen war es eigentlich noch schlimmer. Er verspürte wenig Lust, wieder zu den alten Gewohnheiten zurückzukehren, und tatsächlich hatte die Distanzierung zu seinem Land bewirkt, dass er sie inzwischen absurd und widersprüchlich fand, also ... Na gut, wahrscheinlich würde er in Spanien seine Gewohnheiten wieder aufnehmen. Er malte sich aus, was für ein Leben ihn erwartete: verheiratet mit Yolanda, in Ruhe arbeiten und leben, hin und wieder mit den Freunden ein Bierchen trinken, am Sonntag in einem guten Restaurant essen. Er hatte nie große Ansprüche gehabt. Doch angesichts von Yolandas Ansprüchen wäre das Geld schnell verbraucht, zumindest anfangs: Kauf von Möbeln und Einrichtungsgegenständen, Rückzahlung der Hypothek ... Und dann wollte sie natürlich Kinder, das hatte sie schon einmal erwähnt. Es würden nicht nur Monate, sondern Jahre vergehen, bevor sie das ruhige Leben führen könnten, von dem er träumte. Immer vorausgesetzt, dass sie es überhaupt eines Tages führen könnten, denn nach der Geburt eines Kindes hat ein Paar normalerweise kein Intimleben mehr, und alles ist nur noch Verantwortung. Das wusste er von einigen seiner bereits verheirateten Kollegen. Größere Verantwortung und natürlich höhere Kosten, denn Kinder kosteten bis mindestens zum fünfundzwanzigsten Lebensjahr unentwegt Geld. Üble Falle. Aber er hatte es so gewollt und würde es so haben. Wenn man sich verliebt, denkt man nicht daran, dass man damit einen Vertrag unterschreibt, und wenn man es schließlich tut, vergisst man, das Kleingedruckte zu lesen. Aber das Leben wurde anscheinend überwiegend von dem Kleingedruckten bestimmt.

Er kurbelte das Fenster herunter und atmete die glühende Luft ein. Es war zu heiß. Schon der Gedanke an diese Widrigkeiten deprimierte ihn. Und doch sollte er den Ereignissen nicht vorgreifen, das war schließlich eine Frauendomäne. Im Augenblick befand er sich in Mexiko, war wieder allein und hatte Durst. Er sah auf seine Armbanduhr. Wenn er sich beeilte, blieb ihm noch Zeit, im El Cielito ein Bier zu trinken, nur eines: kühl und schäumend, dazu die richtige Hintergrundmusik und die Freude der Mädchen bei seinem Auftauchen nach der einwöchigen Pause. Ob es richtig war, nach Yolandas Besuch wieder zu den Mädchen zurückzukehren, fragte er sich nicht. Warum sollte er darauf verzichten? Noch blieb ihm eine Gnadenfrist, wenn der Staudamm erst fertig wäre und er nach Spanien zurückkehren müsste … würde alles wieder seinen normalen Lauf nehmen.

Sie betrachtete ihre Fingernägel im Gegenlicht. Sie waren gelblich. Eine ekelhafte Begleiterscheinung des Alters. Sie erinnerte sich daran, dass sie früher rosafarben und ihre Hände glatt gewesen waren, ohne hervortretende Adern und dunkle Flecken. Sie befand sich eindeutig in der Phase des unaufhaltsamen Verfalls. Eine Talfahrt mit zunehmender Geschwindigkeit. Das war die Metapher, die Quevedo benutzte. Quevedos Vergleiche für den Tod waren exakt und viel zutreffender als die für die Liebe. »Staub werden sie sein, doch verliebter Staub.« Nach dem Sterben gibt es keine Liebe mehr, dieses erhabene Gefühl gibt es nicht einmal im Leben. Santiago schlief mit einer anderen Frau. Die Tatsache an sich war keine Überraschung, aber dass er es gewagt hatte, sie hier zu betrügen, wunderte sie. Aller Wahrscheinlichkeit nach war er ihr öfter untreu gewesen, vielleicht so oft, wie sie ihm, aber so viel hatte er bisher nicht riskiert: An einem ghettoähnlichen Ort, wo sich alle kannten, und mit der Frau eines Kollegen. Riskant, die beiden riskierten wirklich viel. Das war merkwürdig, denn Santiago war ein diskreter Mann, der nie Anlass für Gerede gegeben hatte. Sie war davon überzeugt, dass Susy es nur ihr erzählt hatte, aber was sie im Park beobachtete, hätte jeder andere auch sehen können. Schlecht, teurer Gatte, ganz schlecht. So dringend war sein Bedürfnis zu vögeln? Und wenn ja, warum konnte er dann nicht mit einem einheimischen Mädchen vorliebnehmen? Das wäre weniger kompromittierend und taktvoller gewesen. Ihr Göttergatte beging einen Akt der Rebellion, das war mehr als ein kleiner Seitensprung. Vielleicht hatte er sich verliebt, warum nicht? Obwohl er nie ein besonderes Bedürfnis nach Liebe gezeigt hatte. Er war ein kühler Mensch und hätte sich in den langen quälenden Ehejahren tausendmal verlieben und sie wegen einer anderen verlassen können. Aber ausgerechnet hier musste er es tun, am unpassendsten Ort und mit einer verheirateten Frau. War Victoria so unwiderstehlich? Das hätte sie nie gedacht. Sie war ihr immer wie eine ganz normale Frau vorgekommen. Gebildet, nicht allzu kommunikativ, zurückhaltend im Gespräch und dezent in der Kleidung … Sie glaubte sich zu erinnern, dass sie Dozentin für Chemie war. Eine von tausend Frauen desselben Zuschnitts. Sie überlegte, ob ihr am Verhalten Victorias und ihres Mannes etwas aufgefallen war, irgendeinen zu langen Blick, einen etwas längeren Händedruck … Nein. Das Ganze kam wirklich überraschend für sie. Es war eine echte Erkenntnis für Paula, dass einem das Leben immer unvorhersehbare Überraschungen beschert. Sie waren Stolpersteine auf dem Weg, damit die Monotonie einem das Herz nicht schwer machte.

Und nun, was wurde jetzt von ihr erwartet? Sie könnte Santiago eine klassische Szene machen, ihn anrufen und ihn fragen: »Gibt es wirklich eine andere Frau?« Sie könnte ihm ein Mordstheater aufführen mit Vorwürfen, Geschrei und der ausdrücklichen Forderung nach sofortiger Scheidung. Sie hatte noch nie die Opferrolle gespielt, vielleicht würde sie ihr ja zusagen. Sie könnte auch klammheimlich nach Spanien zurückkehren, und schließlich könnte sie schweigen und abwarten, was geschehen würde, ihren Trumpf im Ärmel behalten und das Spiel mitspielen. Sie kam zu dem Schluss, dies sei im Augenblick wohl das Beste. Wenn Santiago Victoria wirklich liebte, würde er es ihr irgendwann sagen, und auch, wenn er mit ihr wegginge. Welch melodramatischer Effekt! Gut möglich, dass sich Gott in Seiner unendlichen Weisheit etwas ganz Besonderes für sie ausgedacht hatte, beispielsweise folgende Geschichte: Die frustrierte Schriftstellerin wird von ihrem Mann verlassen, wodurch ihr bewusst wird, wie sehr sie ihn liebt. Sie leidet, sie leidet entsetzlich, sie ist am Boden zerstört. Als Folge dieses traumatischen Erlebnisses beginnt sie wieder zu schreiben. Das Talent bricht sich Bahn, und es gelingt ihr, einen wundervollen Roman zu schreiben, einen Bestseller. Publikums- und Kritikererfolg, höchste innere Befriedigung. Und von da an ginge es aufwärts, ein Buch würde besser als das andere, denn wenn sie sich erst einmal ihren Platz unter den unsterblichen Schriftstellern gesichert hatte, würde sie sich immer wieder selbst übertreffen. Gott war sehr eigenwillig, aber immer gerecht, er gewährte ihr nicht Liebe und Talent zugleich. Leiden war immer ein Motor für das Genie gewesen. Ein neuer Horizont tat sich auf. Sie war schon im Begriff, niederzuknien und den Allmächtigen zu lobpreisen. Aber nein, die Klugheit siegte. Bevor sie in andächtige Huldigung verfiel, müsste sie ein paar Zeilen schreiben, um zu sehen, ob ihr Geist tatsächlich nicht mehr blockiert war, sie wollte keine gegenstandslosen Danksagungen. Sie würde ihr Wissen für sich behalten und die pathetische Komödie des Liebespaares aus dem Hintergrund beobachten. Sie würde ungeduldig darauf warten, dass Santiago ihr mit Tränen in den Augen gestand: »Ich liebe sie, was soll ich tun? Ich liebe sie, auch gegen meinen Willen, und ich kann nicht ohne sie leben.«

Eine Freundin, die vor langer Zeit von ihrem Mann verlassen wurde, hatte ihr damals erzählt, wie das ist. Ihre Schilderung schwankte zwischen Schmerz und Lächerlichkeit. Der Mann als Witzfigur: der zwanghaft Verliebte, der eingebildete Verliebte, der unfreiwillig Verliebte, der lächerliche Verliebte. Ein Kerl, der Mitleid verdiente. Es war, als könne die Ehefrau, die seine Schwächen, seinen Materialismus, seine Feigheit, seine Maßlosigkeit beim Essen kannte, nicht glauben, dass er imstande wäre, sich leidenschaftlich zu verlieben und eine schöne, tief gehende Liebesgeschichte zu leben. Die Herabwürdigung des Betrügers machte den Betrug erträglicher. Und trotzdem erzählten diese Frauen immer tränenreich und linderten damit ihren Kummer. Wir Menschen sind kompliziert, dachte sie, und diese Kompliziertheit besteht aus einer Vielzahl von zerbrechlichen Einzelteilen.

Henrys Gedanken kreisten ständig um das, was ihm seine Frau erzählt hatte. Seither fühlte er sich unbehaglich, wenn er mit Santiago zu tun hatte. Er war davon überzeugt, dass die Situation hochgradig explosiv war. Hätte irgendein anderer die beiden gesehen, wäre es vielleicht dabei geblieben, aber Susy würde den Mund nicht halten, er kannte sie gut genug. Sittliche Reife gehörte nicht zu ihren Stärken. Ihr kindliches Wesen machte sie witzig, sogar sexy, es wurde jedoch allmählich zum Problem. Sie hatte ihre traumatischen Erfahrungen nicht verarbeiten können, und er glaubte inzwischen, dass es ihr nie gelingen würde. Bei ihrer Heirat war er fest davon überzeugt gewesen, Einfluss auf sie nehmen zu können, er hatte gar geglaubt, dass sich die Ehe positiv auf sie auswirken würde. Eine verheiratete Frau hatte einen Status, der große Verantwortung mit sich brachte. Sie hätte eine gute Organisatorin werden können, eine starke, selbstsichere Hausfrau. Doch sie waren bereits zwei Jahre verheiratet, und in ihrem Verhalten war keinerlei Fortschritt zu erkennen. Das Problem mit ihrer Mutter, das ihm anfangs lächerlich vorgekommen war, schien ihre Entwicklung vollständig zu blockieren. Er hatte immer Geduld mit ihr gehabt und glaubte zudem, sehr viel Verständnis aufgebracht zu haben, weit mehr als jeder andere Mann das getan hätte. Aber irgendwann mussten sie sich weiterentwickeln, irgendwann musste ihre Ehe eine gewissen Reifegrad erlangen. Alles schien sich auf unbestimmte Zeit hinzuziehen, in Erwartung von etwas Diffusem, das nie eintreten würde. Von einem Baby hatte Susy nichts hören wollen. Sie sei noch nicht so weit, sie fühle sich noch nicht bereit. Davon hatte er sie trotz seiner Bemühungen nicht abbringen können. Er hatte das Thema mit wohldosierter Diplomatie und gutem Willen häufiger angeschnitten, aber Susy interessierte sich für Familienplanung überhaupt nicht. Ihre Egozentrik hatte fast krankhafte Züge angenommen. Im Grunde war er mitschuldig, er hätte sagen sollen: »Es reicht!«, er hätte sich ohne Angst vor Verletzung ihrer Hypersensibilität mit seiner Frau auseinandersetzen müssen. Denn er hatte nicht damit gerechnet, dass die Flutwelle von Susys inneren Eruptionen auch auf andere, nahestehende Menschen überschwappen könnte. Dieser heimliche Kuss, dessen Zeugin sie unfreiwillig geworden war, könnte verheerende Folgen haben. Wenn sie sich in dieser kleinen abgeschlossenen Gemeinschaft, in der sie lebten, verplapperte, wäre ihre wohlgeordnete harmonische Struktur dahin. Obwohl er sich vielleicht übertriebene Sorgen machte – vielleicht war Susy gar nicht so unbesonnen? Bestimmt würde sie erkennen, was auf dem Spiel stand, und sich für das Klügste entscheiden. Doch irgendwie hatte er seine Zweifel, er kannte seine Frau zu gut. Er hatte sogar daran gedacht, Santiago zu warnen, aber wie? Sollte er etwa zu ihm gehen und sagen: »Ich fürchte, Susy könnte ausplaudern, was sie gesehen hat«? Womöglich würde er ihm antworten: »Sie ist doch deine Frau, warum verhinderst du es nicht?« In diesem Falle würde er sich genötigt sehen, ihm zu erklären, dass sein Einfluss auf seine Frau nur gering sei, dass sie im Grunde noch ein kleines Mädchen war. Nein, es war besser, den Mund zu halten und abzuwarten. Schließlich hatte ja nicht er sich des Ehebruchs schuldig gemacht. Auch verstand er nicht, wie sich die beiden auf dieses gefährliche Abenteuer einlassen konnten. Verfügten sie denn über kein bisschen gesunden Menschenverstand, kein Taktgefühl? Merkten sie denn gar nicht, dass sie auf einem Pulverfass saßen? Unter diesen Bedingungen ein Verhältnis anzufangen war reiner Wahnsinn, ein unfaires Spiel mit den jeweiligen Ehepartnern, eine hässliche und gefährliche Geschichte. Aber vielleicht hatten sie sich ineinander verliebt. In Santiagos Fall würde ihn das nicht überraschen. Das Zusammenleben mit Paula musste unerträglich sein, ausgerechnet mit ihr hatte sich Susy anfreunden müssen! Eine rücksichtslose Frau und provokante Trinkerin, die gern Aufmerksamkeit erregte, die immer darauf aus schien, Leute aus der Fassung zu bringen. In dieser Ehe musste es stürmisch zugehen, und die aufgewühlte See dürfte alles Strandgut vom Meeresgrund an die Oberfläche spülen. Wahrscheinlich

298

fühlte sich Santiago deshalb von Victorias friedfertigem Wesen angezogen. Sie wirkte ruhig, ausgeglichen, sprach leise, lachte entzückend und gab nie kategorische Meinungen von sich, die peinlich wirken könnten. Sie hatte eine völlig andere Ausstrahlung als Paula. Und trotzdem betrog sie sie mit ihrem Mann. Was steckte bei ihr dahinter, war ihre Ehe auch kaputt? Merkwürdig, Ramón schien ein zuverlässiger, ausgesprochen zurückhaltender und fleißiger Mann zu sein. Er hätte schwören können, dass er keinerlei Laster hatte, er hatte weder etwas von einem Schläger noch von einem Spieler oder Don Juan, all das, was traditionell männliches Gift für eine Beziehung zu sein pflegt. Aber, wer konnte schon wissen, was zwischen Eheleuten wirklich stattfindet? Viele dürften Susy und ihn für ein wundervolles und vielversprechendes junges Paar halten, und trotzdem ... Das Eheleben ist schwierig, alte Verletzungen, schlecht verheilte Wunden, die irgendwann aufbrechen ... Sollte sich Victoria nur aus Langeweile und Überdruss, wie sie sich in langjährigen Ehen häufig einstellen, darauf eingelassen haben, verdiente sie eine Ohrfeige. Denn bekanntermaßen lassen sich Überdruss und Mangel an Anreizen mit gegenseitigem Verständnis und Toleranz überwinden. Ausdauer lautet das Schlüsselwort für eine langlebige, glückliche Beziehung. Henrys Eltern waren praktizierende Katholiken in einem Stadtviertel gewesen, wo fast alle Familien protestantische Wurzeln hatten. Sie waren fast ein ganzes Leben lang verheiratet. Er hatte sie immer in völliger Harmonie erlebt, sie waren mit Körper und Seele einander und ihren Kindern verbunden. In seinem Elternhaus galt Scheidung als fataler Irrtum. Er erinnerte sich daran, wie er einmal aus der Schule kam und erzählte, dass sich die Eltern eines Schulkameraden getrennt hätten. Seine Mutter nahm sich das damals sehr zu Herzen und sagte zu ihm und seinen Geschwistern: »Betet heute Abend dafür, dass Gott diesen Jungen auf seinem Weg begleiten möge, und dankt ihm für die Familie, die ihr habt.« Er lächelte flüchtig bei der Erinnerung an seine Mutter mit ihren altmodischen Kleidern, ihren veralteten Werten, ihren klaren blauen Augen und ihrem Geruch nach Lavendel. Dieses beruhigende Bild konnte er heraufbeschwören, wenn ihm etwas unerträglich schien. Doch die Welt, zu der seine Eltern gehörten, existierte wahrscheinlich gar nicht mehr. Manchmal blieb eben nur die Möglichkeit, sich scheiden zu lassen und mit einem anderen Partner oder allein neu anzufangen. Andernfalls würde man die Freiheit des Menschen beschneiden und ihm die Chance vorenthalten, aus seinen Fehlern zu lernen.

Hoffentlich hielt Susy den Mund, denn das Geheimnis sollte nur ans Licht kommen, wenn die Beteiligten es selbst wünschten! Er hasste Spannungen, Streitereien, Skandale. Es würde ihm ziemlich schwerfallen, in einer vergifteten Atmosphäre arbeiten zu müssen. Doch das Wissen darum hatte die Atmosphäre für ihn schon erheblich verschlechtert.

Nachdem sie sich geliebt hatten, schmiegte sie sich an seine behaarte Brust. Das war das Einzige, was ihre innere Unruhe besänftigte, die sie jetzt ständig umtrieb. Auch wenn sie davon überzeugt war, dass noch niemand von ihrem Geheimnis wusste, fühlte sie sich bereits verurteilt.

»Lass uns nach Spanien zurückkehren, Santiago, jetzt gleich. Lass uns nicht länger warten.«

»Hab noch ein bisschen Geduld. Eines der Unternehmen, die ich angeschrieben habe, hat doch bereits geantwortet. Ich bin mir sicher, dass wir uns schon bald einig werden.«

»Das kannst du doch auch in Spanien erledigen. Zum Leben haben wir doch mein Gehalt.«

Er richtete sich auf, stützte den Kopf auf die Hand und sah sie mit einer Mischung aus Sorge und Belustigung an.

»Soll ich dich entführen wie in einem alten Ritterroman? Wir können nicht einfach so verschwinden. Wir müssen mit unseren Ehepartnern reden, und wenn wir es getan haben, müssen wir noch ein wenig länger durchhalten, denn dann wird es richtig kompliziert: Erklärungen, Streit, und schließlich müssen wir eine Lösung für unsere Trennungen finden, eine Grundlage schaffen, auf der wir später miteinander umgehen können. Aber einfach zu verschwinden ist unmöglich, ist dir das nicht klar?«

»Doch, das ist es. Aber ich weiß nicht, ich habe Angst, ich werde jeden Tag hysterischer. Ich habe sogar schon Befürchtungen, dass etwas schiefgehen könnte.«

»Alles wird gut gehen.«

»Warum reden wir dann nicht jetzt mit Ramón und Paula? Worauf warten wir? Je früher, desto besser.«

»Damit alles gut geht, müssen wir uns klug verhalten und vorausschauend handeln. Es geht doch nur noch um ein paar Wochen, Victoria, ich bin mir sicher, dass ich den Job bekomme.«

»Wie kannst du nur so kaltblütig sein?«

»Ich bin kaltblütig, weil ich unser zukünftiges Leben plane, während du noch im vergangenen steckst. Ich beschäftige mich mit unserem neuen Leben, ich gebe ihm Gestalt, damit nichts schiefgeht. Nur so kann ich verhindern, dass die Sache doch noch aus dem Ruder läuft.«

»Ich fühle mich so schuldig.«

»Ich weiß, es ist unangenehm und belastend, aber wir müssen trotzdem einen klaren Kopf behalten. Es ging alles sehr schnell, das kannst du nicht leugnen. Wir haben uns in wenigen Tagen verliebt und die Entscheidung getroffen, unsere Ehepartner zu verlassen und zusammenzuleben. Es gibt Menschen, die brauchen dafür Jahre.«

»Das ist es ja! Dass alles so schnell geht, macht mir solche Angst.«

»Also, noch mal ... Einerseits möchtest du den Prozess beschleunigen und andererseits macht es dir Angst, dass es so schnell geht. Kannst du mir das erklären? Das ist doch ein absoluter Widerspruch.«

»Ich habe dir ja gesagt, dass ich hysterisch bin.«

»Gegen Hysterie kenne ich ein altes Hausmittel. Es besteht darin, der Hysterikerin ein paarmal kräftig in den Nacken zu beißen, in etwa so ...«

Er fiel über sie her und biss sie in den Nacken. Victoria protestierte nicht, sie versuchte nur lachend, sich ihm zu entwinden. Dabei rutschte sie zu Boden, wurde aber sofort dafür entschädigt. Sie liebten sich auf den nackten Bodenfliesen, die frisch und nach feuchter Erde rochen. Dort unten fanden sie ihre tiefsten Gefühle. Sie konnte sich nicht erinnern, schon einmal etwas Ähnliches gefühlt zu haben. Die Unerschöpflichkeit ihres Körpers überraschte sie. Danach war sie glücklich und wollte nur noch schlafen.

Sie hatten zu zweit im Club zu Abend gegessen. Das war nichts Außergewöhnliches, es war Freitag, und die meisten Familien kamen erst samstags. Wenn die Männer am Freitagabend von der Baustelle heimkehrten, blieben die meisten lieber gemütlich zu Hause. Doch er hatte keine Lust, den Abend allein mit seiner Frau zu verbringen. Auch wenn er sich gegenüber Victoria nichts anmerken ließ, belastete die Situation auch ihn zunehmend. Im Club zu essen bedeutete, an einem neutralen Ort zu sein, wo alles leichter wirkte. Außerdem hatte er Paula ausgesprochen heiter und gelassen vorgefunden.

Beim Essen tauschten sie sich über die Vorfälle in der Kolonie und auf der Baustelle aus. Paula war so entspannt, dass er einen Augenblick glaubte, das wäre eine gute Gelegenheit, ihr die Wahrheit zu sagen. Er war allerdings überzeugt, dass sie sein Geständnis kaum gelassen und vernünftig hinnehmen würde, ihre Reaktion war unvorhersehbar, würde aber höchstwahrscheinlich übertrieben und heftig ausfallen. Am meisten fürchtete er einen ihrer typischen Ausfälle. Nein, sie würde ein Riesentheater veranstalten, und selbst das war noch das kleinere Übel. Ihre Reaktion hinge von ihrem Alkoholpegel ab. Er wusste, sie würde sich keinesfalls wie eine normale Frau verhalten: zuhören, streiten, weinen und wütend werden. Paula nicht. Obwohl es die ideale Gelegenheit gewesen wäre, verwarf er den Gedanken, es war noch zu früh. Er musste sich gedulden. Auch machte er sich Sorgen, denn wenn er die angestrebte Stelle nicht bekäme, müssten sie in eine andere Stadt, vielleicht sogar in ein anderes Land ziehen. In dem Falle fürchtete er, Victoria könnte sich weit weg von ihrer Arbeit und ihrer vertrauten Umgebung nicht an das neue Leben gewöhnen. Daher seine Überzeugung, dass es besser sei, wohlüberlegt vorzugehen und nichts dem Zufall zu überlassen.

Auf dem Heimweg durch den Park trafen sie niemanden. Überraschenderweise hatte Paula weder vorgeschlagen noch ein Glas in der Clubbar zu trinken, noch war sie, wie so oft, allein zurückgeblieben. Als sie nach Hause kamen und sich zum Lesen auf die Veranda setzten, verzichtete sie auf die Whiskyflasche und ging auch nicht in ihr Arbeitszimmer unter dem Vorwand, an ihrer Übersetzung zu arbeiten. Die Nacht war mild und duftend, wie es nur die

303

Nächte in Mexiko sind. Was theoretisch ein Idealzustand hätte sein können, an den er nicht gewöhnt war, behagte ihm jetzt überhaupt nicht. Was hätte er vor Jahren dafür gegeben, eine ähnliche Atmosphäre zu genießen! Er hatte nie zu viel verlangt: einen geruhsamen Abend mit seiner Frau ohne Spannungen oder Misstrauen mit Lesen zu verbringen. Einen Abend, von dem man schon weiß, wie er enden wird: Eine leichte Brise weht zum Fenster herein, bis ein neuer Tag anbricht. Aber es war zu spät, er würde keinen Versuch mehr machen, um noch etwas zu retten. Es gab keine Zukunft für sie beide. Er klappte sein Buch zu.

»Ich gehe schlafen, Paula, ich bin müde.«

»So früh?«

»Ich bin morgen um neun Uhr mit Henry zum Tennisspielen verabredet. Ich möchte ausgeruht sein.«

»Schade. Es ist eine so laue Nacht ...«

»Bis morgen.«

Er ging ins Schlafzimmer hinauf und dann zum Duschen ins Bad. Das lauwarme Wasser entspannte ihn, aber als er ins Schlafzimmer zurückkehrte, musste er zu seiner Überraschung feststellen, dass Paula schon im Bett lag und las. Obwohl sie noch immer das Bett teilten, waren sie lange nicht mehr zur gleichen Zeit schlafen gegangen. Einer von beiden blieb gewöhnlich im Wohnzimmer und legte sich erst hin, wenn damit zu rechnen war, dass der andere schon schlief.

»Ich habe es mir anders überlegt. Ich will morgen auch früh aufstehen.«

Santiago nickte, griff zu seinem Buch und versuchte zu lesen, obwohl böse Vorahnungen in ihm aufstiegen. Nach einer Weile spürte er, wie Paulas Hand unter der Bettdecke nach seinem Penis tastete. Er rührte sich nicht, schob lediglich ihre Hand beiseite. Es war über ein Jahr vergangen, seit sie das letzte Mal miteinander geschlafen hatten. Er lächelte sie traurig an.

»Hör auf damit, Paula, bitte.«

Sie verspannte sich und setzte sich im Bett auf.

»Was ist los, ist unsere wunderbare Ehe nicht einmal mehr dafür gut?«

In Santiago stieg Bitterkeit auf, er hatte die Ironie, die Doppeldeutigkeit, die sinnlosen dialektischen Debatten satt.

»Ich dachte, wir wären stillschweigend übereingekommen, dass die Zeit der Streiterei hinter uns liegt.«

»Ich habe nicht die Absicht zu streiten, ich will nur vögeln! Oder findest du es eine Zumutung, mit mir zu vögeln?«

Santiago schlug energisch das Leintuch zur Seite, stand auf und zog sich an. Paula beobachtete ihn.

»Was tust du?«

»Ich verbringe das Wochenende im Camp. Ich habe keine Lust zu streiten. Ich kann nicht mehr, wirklich nicht.«

»Und was sagst du deinen feinen Kollegen?«

»Nichts, gar nichts werde ich ihnen sagen. Ich glaube kaum, dass ich ihnen was erklären muss. Sie kennen dich, sie sehen, wie du dich aufführst, wie du geworden bist, das reicht, um zu verstehen, dass man es an deiner Seite nicht aushält. Wir sehen uns nächste Woche. Adiós.«

Mit großen Schritten verließ er das Schlafzimmer. Er war wütend, wütender, als es dem Vorfall angemessen war. Nach und nach wurde ihm klar, dass er, wenn auch unbewusst, große Lust hatte, grausam zu Paula zu sein, ihr alle ihre Verletzungen heimzuzahlen. Er warf ihr die quälenden letzten Jahre vor, und obwohl er es sich nicht eingestehen mochte, steckten hinter seinem Verhalten eindeutig Rachegelüste. Er versuchte sich zu beruhigen, das führte zu nichts. Er würde sein Schweigen schon brechen, aber nur, wenn er ruhig und Herr seiner selbst war.

Er ließ den Wagen an, und das Fahren zusammen mit der frischen Luft, die ihm ins Gesicht schlug, beruhigte ihn langsam. Zu lange hatte er für die inneren Konflikte, die Unzufriedenheit und die ständigen Krisen seiner Frau den Blitzableiter gespielt. Aber damit war jetzt Schluss, er musste seine Gedanken in die Zukunft richten und durfte sich nicht vor lauter Groll zum Zorn hinreißen lassen. Er musste seine Ehe so schnell wie möglich beenden, Victoria hatte recht. Gleich am Montag würde er noch einmal das spanische Bauunternehmen anrufen und auf eine schnelle Entscheidung drängen. Unter dem Vorwand, dass es Spannungen auf der Baustelle gäbe, das klang einleuchtend. In der Branche kannten sich alle, er hatte einen guten Ruf, der seinen Wunsch rechtfertigte. Auch durfte er nicht vergessen, morgen Henry anzurufen und das Tennisspiel abzusagen. Die Kolonie einfach zu verlassen und das Wochenende auf der Baustelle zu verbringen verdammte ihn dazu, Victoria nicht einmal von ferne sehen zu können, aber er musste weg von Paula, die wieder in Kriegsstimmung war und ihr fruchtloses, aufreibendes Spiel spielen wollte, obwohl er nicht verstand, warum sie das plötzlich tat. Er hatte es satt, wirklich satt, und er konnte seine Wut nicht beschwichtigen, eine Wut, von der er nicht einmal gewusst hatte, dass sie in ihm rumorte.

Paula lächelte im einsamen Schlafzimmer vor sich hin. In der Luft hing noch das Eau de Cologne, das er nach dem Duschen benutzt hatte. Wahrscheinlich war dieser flüchtige Duft das letzte Intime, das ihr von ihrem Mann blieb. Die Probe hatte ein positives Ergebnis ergeben: Es stimmte, was die dämliche Amerikanerin ihr erzählt hatte. Es stimmte auch, was sie daraus abgeleitet hatte: Santiago hatte sich verliebt. Seine heftige Reaktion hatte es bewiesen. Noch nie zuvor hatte er das Wochenende woanders verbracht. So unverschämt sie sich auch verhalten haben mochte, so viel sie auch getrunken haben mochte. Nun ja, mal was Neues. Wie hieß es noch in alten Kitschromanen: Jetzt besaß eine andere sein Herz. Nach vielen Jahren des Aufrechterhaltens der Fassade wurde Santiago jetzt aktiv und würde wahrscheinlich mit seiner neuen Liebe verschwinden. Machte ihr das etwas aus? Mehr, als sie vermutet hätte. Keiner von ihnen beiden hatte genug Mut aufgebracht, dem anderen ins Gesicht zu sagen: Ich liebe dich nicht mehr. Sie schliefen sogar noch im selben Bett. Es war, als wollten sie den Schein wahren, obwohl sie sich im Grunde viel zu sehr verletzt hatten. Vermutlich war es aus Angst geschehen. Angst vor der Einsamkeit, vor dem Bruch, Angst davor, ihr Scheitern offen einzugestehen, Angst vor der Zukunft. Aber jetzt hatte er dank einer anderen Frau den Mut dazu. Eine weit verbreitete Lösung in Fällen wie dem ihren, einem im Nichts abgekapselten Zusammenleben. Überraschend war nur, dass es nicht früher passiert war. Von jetzt an war alles vorhersehbar, gewöhnlich. Sie konnte Santiago sogar dankbar sein, dass er sich nicht ein hirnloses junges Ding angelacht hatte, sondern eine anständige Frau mit Kindern, mit einem vernünftigen Beruf und ausgeglichenem Wesen. Perfekt, sehr gute Wahl, wenn auch ziemlich kompromittierend in diesem geschlossenen, familiären Rahmen. Aber nichts, was die Liebe nicht überwindet. Santiago könnte jetzt nicht mehr behaupten, das Leben habe es nicht gut mit ihm gemeint. Das Schicksal entschädigt am Ende immer diejenigen, die den Mut haben, das eigene Schiff in Brand zu stecken.

Sie ging ins Wohnzimmer hinunter und schenkte sich einen doppelten Whisky ein.

Mit dem festen Vorsatz, ein eiskaltes Bier zu trinken und nur an die Decke zu starren, machte er es sich in dem einzigen Sessel bequem. Er hatte den ganzen Tag die Gehaltsabrechungen gemacht, und sein Schädel war wie leergefegt, er hatte weder Lust zu lesen noch fernzusehen. Er wollte nur still dasitzen und das erfrischend bittere Getränk seine Kehle hinabrinnen lassen. Das Leben war ein Scherz. So wie die Gesellschaft es eingerichtet hatte, war es ein böser Scherz. Es galt, eine Etappe nach der anderen hinter sich zu bringen. In der Kindheit musste man die Eltern, in der Jugend die Schule ertragen. Dann folgte das Arbeitsleben. Später kamen die Ehe, die Kinder, die Enkel hinzu! Und das alles, um immer zum selben Endpunkt zu gelangen: dem Tod. Natürlich war nicht einmal der Tod frei von Verpflichtungen, man muss vorab sein Grab und seine Beerdigung bezahlen, man sollte seine Unterlagen ordnen und keine Schulden hinterlassen, wenn man nicht will, dass die Nachkommen einen auf ewig verfluchen. Dieses Lebensmuster schien sich ein Sadist ausgedacht zu haben. Besonders überraschend war, dass sich alle Welt ohne großen Protest in ihr Schicksal zu fügen schien. Na ja, nicht alle Welt, es gab auch Menschen, die sich geweigert hatten, die ihren eigenen Weg gefunden hatten und ihn nach den eigenen Vorstellungen gegangen waren. Aber ihm war immer eingeschärft worden: Entweder wirst du reich oder durch Ausgrenzung unweigerlich traurig, arm und unglücklich. Wenn du nach deinen eigenen Vorstellungen lebst, wirst du wie ein Hund sterben, verlassen im Straßengraben, ohne dass dir jemand eine Träne nachweint. Er trank einen großen Schluck von seinem Bier. Er war sich nicht sicher, ob es so bedauerlich wäre, wenn ihm niemand nachweinte. Erst einmal tot, war das eigentlich egal, beweint oder nicht, du landest immer unter der

Erde. Was für Ammenmärchen! Reich würde er sowieso nie werden, konnte man mit wenig nicht auch glücklich werden? Wie hieß es noch in dieser Fabel oder was auch immer es war, die seine Großmutter ihm als Kind erzählt hatte: Nährt der himmlische Vater nicht auch die Vögel? Er erinnerte sich nicht genau, was Gott ihnen zu fressen gegeben hatte, aber die Moral von der Geschichte war doch, dass man ohne Nahrung, was man so ohne Nahrung nennt, nicht überlebt, wenn du also nicht zu viel verlangst, überlebst du wenigstens. Und ihm persönlich war es egal, ob er sich von Reis und Linsen oder von mehrgängigen Menüs ernährte ... solange er ein bisschen Geld fürs Bumsen übrig hatte – das tat ihm gut und war durch nichts zu ersetzen. Sex zu haben war viel besser als gutes Essen. Er dachte an die Mädchen im El Cielito und wie gut es mit ihnen im Bett war. Was machte es schon, dass er dafür bezahlen musste? Wenn er es genau betrachtete, hatte er bei Yolanda auch manchmal das Gefühl, dass er bezahlte, nur einen viel höheren Preis: hundertvierzig Quadratmeter Wohnung, Möbel, Lampen, Hochzeitsbankett ... Sie dachte sogar daran, einen Innenarchitekten mit der Wohnungseinrichtung zu beauftragen. Eine Freundin hatte das vor ihrer Heirat getan und war von dem Ergebnis begeistert. Einen Innenarchitekten! Ein Kerl, der dein Haus einrichtet, ohne dich zu kennen, ein Fremder, der dir vorschreibt, wie du zu leben hast! Das war doch alles Blödsinn! Wer hatte Yolanda diese Flausen in den Kopf gesetzt? Konnte sich seine Freundin in den zwei Jahren, die er nun in Mexiko lebte, so verändert haben? Es sei denn, sie war im tiefsten Innern immer so gewesen, und er hatte es nicht bemerkt. Öffnete ihm die räumliche Distanz die Augen? Sofort erschrak er über sich selbst. Weg mit euch, ihr niederträchtigen Gedanken! Yolanda war die Frau, die er heiraten würde, und basta. Das war die unabänderliche Realität. Er konnte ihr jetzt, wo sie sich schon mit den Hochzeitsvorbereitungen beschäftigte, nicht diesen üblen Streich spielen. Doch wenn man mit großen Zweifeln heiratet, passiert später, was passieren muss. Das zeigte das Beispiel des Ingenieurs, der mit einer anderen Frau schläft, die zudem auch verheiratet ist. Bestimmt hatte er auch gezweifelt, bevor er den Schritt zur Heirat wagte. Aber genug jetzt! Er wollte nicht mehr darüber nachdenken, sondern sich noch ein Bier holen.

Sichtlich verwirrt setzte er sich wieder. Er musste an etwas anderes denken, an etwas Angenehmes, beispielsweise an Rosita. Noch war er frei, um zu denken, wozu er Lust hatte. Vor seinem inneren Auge tauchten ihre großen braunen Brüste auf, die fast schwarzen Wölbungen ihrer Brustwarzen. Als er sich in die Hose griff, klopfte es an der Tür. Er fluchte leise. Aus gutem Grund, denn er kannte dieses nachdrückliche, energische Klopfen. Um seine Erektion zu verbergen, zog er sich ein langes Hemd über und ging öffnen.

»Darío, mein Junge, was machst du denn um Gottes willen an einem so schönen Abend im Haus? Du trinkst Bier? Ich würde auch eins trinken, keine schlechte Idee. Ich muss mit dir reden.«

»Kommen Sie herein, Doña Manuela.«

»Wir setzen uns besser auf die Veranda.«

»Ich hole Ihnen das Bier.«

Als er mit der Flasche zurückkehrte, bemühte er sich, nicht allzu deutlich werden zu lassen, dass er große Lust hätte, die Frau seines Chefs umzubringen.

»Tut mir leid, dass ich dir ständig auf den Wecker falle, mein Junge, aber du weißt ja, dass hier die Arbeitszeiten nicht so streng eingehalten werden. Hast du dich ausgeruht?«

»Ich habe mich etwas abgekühlt.«

Im Glauben, seinen Gemütszustand zu verstehen, sah sie ihn voller mütterlicher Sympathie an.

»Du bist ein bisschen traurig, stimmt's?«

Darío wusste nicht, worauf sie hinaus wollte, also antwortete er vage:

»Nun ja ...«

»Mach dir keine Sorgen, mein Junge. Ihr werdet nicht mehr lange getrennt sein. Dann könnt ihr immer zusammenbleiben, euer ganzes Leben lang. Wenn man dich nach der Heirat wieder ins Ausland schickt, dann rate ich dir, Yolanda mitzunehmen. Selbst wenn ihr kleine Kinder habt, ist es besser, wenn sie bei dir sind. Mein Mann und ich haben das immer so gemacht, und es hat gut geklappt. Lange Trennungen sind nicht gut, sie bringen einen auf die seltsamsten Gedanken, vor allem euch Männer. Für eine Frau ist es in solchen Fällen ein kleines Opfer, ihren Mann zu begleiten, weil es bedeutet, das Zuhause aufzugeben und sich eine Zeit lang in einem Leben ohne die gewohnten Bequemlichkeiten einzurichten, aber es lohnt sich, das kann ich dir versichern. Man muss Prioritäten setzen, und die Ehe ist etwas sehr Wichtiges.«

»Ja«, sagte Darío eingeschüchtert und wenig überzeugt.

»Aber ich bin nicht hier, um dir Vorträge zu halten. Ich wollte dich etwas fragen.«

»Schießen Sie los.«

»Es handelt sich um eine Feier. Keine richtige Feier, sondern eher um eine Benefizveranstaltung. Ich glaube, eine Benefizveranstaltung wäre sehr gut, aber ich weiß nicht, in welcher Form. Fällt dir etwas ein?«

»Benefizveranstaltung?«

Manuela sah die Verblüffung im Gesicht ihres Gesprächspartners.

311

»Mir ist klar geworden, dass wir nicht als Touristen in Mexiko sind. In gewisser Weise sind wir über eine längere Zeitspanne Mitbewohner dieses Landes, und ich glaube, wir haben vergessen, dass hier an vielem großer Mangel herrscht. Wir müssen etwas tun, ihnen irgendwie helfen, zu unserer Verantwortung stehen. Zu dem Fest würden wir natürlich die üblichen Leute einladen, aber diesmal müssten sie Eintritt bezahlen.«

»Und was tun wir mit dem Geld?«

»Wir geben es dem Priester von San Miguel, damit er es unter den Leuten verteilt, wie er es für nötig erachtet.«

»In San Miguel gibt's einen Priester?«

»Darío, wundert dich das ernsthaft? Natürlich gibt's einen Priester in San Miguel. Die Menschen hier kommen vielleicht ohne Krankenhaus aus, aber nicht ohne Priester.«

»Natürlich, und was für eine Art Benefizveranstaltung soll das werden?«

»Genau deshalb bin ich hier, ich wollte dich fragen, ob dir was einfällt, mir ist nichts eingefallen. Es muss etwas Besonderes sein, etwas Originelles.«

»Wie wär's mit einem Kostümfest?«, schlug Darío vor, weil er keine Lust zum Nachdenken hatte.

»Schon wieder?«

»Das andere war für Kinder.«

»Vielleicht wäre das gar nicht schlecht, aber dann haben wir dasselbe Problem wie bei dem Kinderfest. Wo bekommen wir schöne Kostüme her?«

»Nehmen wir doch wieder die Skelette?«

»Oh nein, kommt nicht in Frage! Das fehlte mir gerade noch, mich in ein Knochen-Trikot zwängen zu müssen!«

»Und wie wär's mit Gespenstern? Wir könnten uns alle weiße Leintücher überhängen. Weiße Leintücher finden sich bestimmt.«

»Also wirklich, Darío, heute bist du nicht gerade einfallsreich! Wie sollen wir … Obwohl, warte mal, vielleicht hast
du ins Schwarze getroffen. Wir könnten ein Fest veranstalten, zu dem alle weiß gekleidet kommen müssen. Ich
glaube, so was Ähnliches veranstalten sie in einem der
kleinen europäischen Länder, wo es nur eine reiche Gesellschaftsschicht gibt. Was meinst du?«
»Das könnte gut passen«, antwortete Darío, der das Gespräch zum Ende bringen wollte.
»Genial! Wenn einem allein nichts einfällt … wir sind ein
perfektes Team! Ich werde mit meinem Mann reden und
ihm alles erklären, und du sprichst schon mal mit dem
Koch und den Lieferanten. Das Menü besprechen wir später. Für die Dekoration des Parks können wir das benutzen,
was von Weihnachten übrig ist. Mach dir keine Sorgen, ich
werde dir schon helfen. Es ist ganz einfach.«
»Wenn es nicht im letzten Moment wieder kompliziert
wird …«
»Ich sorge dafür, dass du dich nicht überanstrengst. Darüber
reden wir später im Einzelnen. Ich gehe jetzt, danke für das
Bier.«
Sie ergriff seinen Kopf und schmatzte ihm einen Kuss auf
die Stirn. Dann zog sie würdevoll und zufrieden von dannen. Darío sah ihr nach, ihre üppigen, wohlgeformten Hüften wippten hin und her wie der Schwanz eines glücklichen
Hundes. Sie konnte ja ziemlich anstrengend und ein Quell
ständiger Probleme für ihn sein. Sie konnte ihn halb verrückt und das Leben unnötig schwer machen, aber niemand
konnte leugnen, dass sie ihn freundlich und sogar liebevoll
behandelte. Ja, dachte er, wenige Frauen von Vorgesetzten
hätten so viel Vertrauen gehabt und diese Vorliebe für ihn
gezeigt.

313

Am Morgen nach seinem furiosen Abgang aus der Kolonie erwachte er in seiner Baracke und wusste erst nicht, wo er war. Es dauerte einen Moment, bis er sich an die Auseinandersetzung mit Paula erinnerte. Das alles war merkwürdig gewesen: wie sich seine Frau im Bett benommen hatte, ihr Verhalten am Abend ... Es hatte seit langem keine sexuelle Annäherung mehr gegeben, warum ausgerechnet jetzt? Auch ihr Gesichtsausdruck, als sie ihm zuhörte, war anders gewesen, er hatte verhalten ironisch gewirkt, das war neu. Selbst wenn sie eine unberechenbare Frau war, kannte er sie doch nach all diesen Jahren sehr gut. Wusste Paula etwas, hatte sie seine Liebe für eine andere gerochen wie ein Tier, das auch alles wittert? Der Gedanke war absurd, lediglich eine Folge seines Schuldbewusstseins. Aber so war es nun mal, dachte er, wir glauben, unsere Ängste überwunden zu haben, müssen aber feststellen, dass sie noch immer in uns stecken. Untreue kann man nicht riechen. Wenn Paula etwas wusste, dann hatte sie es von jemand erfahren, und nur Darío kannte die Wahrheit. Die halbe Wahrheit, denn er hatte ihm nicht gesagt, wer seine Geliebte ist. Jedenfalls konnte er sich nicht vorstellen, dass Darío seiner Frau etwas gesagt hatte. Es sei denn, sie hatte es aus ihm herausgelockt, aber wie und warum? Nein, er ließ sich von seiner Nervosität hinreißen, genau das, was er als größte Gefahr in dieser Situation bezeichnet hatte.

Am folgenden Dienstag trafen sich alle Ingenieure nach der Arbeit im El Cielito zu einem Bier, auch Darío war da, er saß am Tresen. Adolfo sagte:

»Da sitzt der Kerl wieder. Der Besuch seiner Verlobten hat eindeutig keine Wirkung gezeigt.«

»Alles zu seiner Zeit und am richtigen Ort«, merkte Henry an.

»Ist nicht zu übersehen, dass er die Mädchen hier zum Fressen gernhat, aber heiraten wird er die Verlobte«, stellte Ramón klar.

»Und das wird in die Hose gehen. Dann kommt's zur Scheidung«, fügte Adolfo hinzu.

Santiago wurde es angesichts dieser Kommentare ungemütlich.

»Wollt ihr endlich mit der Lästerei aufhören? Ihr wirkt wie alte Weiber beim Kaffeeklatsch. Ich werde ihm Guten Abend sagen.«

»Ja, tu das, und sag ihm auch, er soll seiner Verlobten schreiben, wie sehr er sie vermisst.«

Alle lachten, als Santiago zum Tresen ging. Er setzte sich neben Darío, der mit Rosita plauderte.

»Was darf ich Ihnen bringen, Señor?«

»Bringen Sie den Herren am Tisch da drüben noch eine Runde.«

»Wird sofort erledigt.«

Darío sah ihn verschlafen an.

»Wie geht es Ihnen, Santiago?«

»Gut, und dir?«

»Wie immer, ich trinke ein paar Bierchen zum Abkühlen.«

»Darío, du hast doch niemandem von unserem Geheimnis erzählt, oder?«

Der junge Mann verspannte sich, sein Gesicht drückte Bestürzung und Überraschung aus. Mit weit aufgerissenen Augen erwiderte er:

»Natürlich nicht! Ist was passiert?«

»Ich habe befürchtet, dass meine Frau dich diesbezüglich ausgefragt hat.«

»Nein, überhaupt nicht, Sie können ganz beruhigt sein. Ich habe den Schnabel gehalten und werde ihn auch nicht aufmachen.«

»Falscher Alarm. Ich hatte so ein komisches Gefühl. Vergiss

315

es, es ist alles in Ordnung. Darf ich dich heute einladen? Es wäre mir ein Vergnügen. Ich muss wieder zu den Kollegen zurück. Uns reicht es nicht, den ganzen Tag zusammen zu arbeiten, wir müssen abends auch noch zusammenhocken.«

Er lachte etwas übertrieben auf und ging an den Tisch zurück. Hin und wieder lächelte er über die Kommentare seiner Kollegen, aber im Geiste war er ganz woanders. Er fühlte sich verunglimpft und gedemütigt. Sich in Machenschaften wie Betrug und das Aushorchen von Komplizen verwickelt zu sehen ... Das war keine sehr rühmliche Vorstellung. Sein Gefühl, dass sein Verhalten langsam niederträchtige Züge annahm, wurde immer stärker, es war unerträglich. Er musste diese schändliche Maskerade so schnell wie möglich beenden. Am nächsten Tag würde er das Unternehmen anrufen, bei dem er sich beworben hatte, und auf eine Antwort drängen. Sollte es nicht möglich sein, Mexiko mit einem neuen Arbeitsvertrag zu verlassen, müssten sie sich eben ins Abenteuer stürzen, war auch egal. Etwas würde er finden, es war eine gute Zeit für Großprojekte auf der ganzen Welt.

Zwar beabsichtigte sie nicht, das Spiel auffliegen zu lassen, aber sie musste ihre fast krankhafte Neugier befriedigen. Sie hatte ihr viel zu wenig Beachtung geschenkt. Victoria war keine Frau, die die Aufmerksamkeit auf sich zog, und schien völlig in ihrer Rolle aufzugehen. In der Kolonie kannte man sie als ganz normale Ehefrau. Sie stach weder durch Schönheit noch Überschwänglichkeit oder andere Eigenschaften hervor. Eine Ehefrau, als wäre das von Geburt an ihre Natur. Wahrscheinlich zog genau das Santiago an. Von eigenwilligem und originellem Verhalten hatte er genug. Eine gewöhnliche, diskrete und kluge Frau.

Sie überlegte, mit welcher Ausrede sie bei ihr vorbeischauen und sie ein wenig aushorchen könnte. Sie durfte nicht argwöhnisch werden. Da fiel ihr etwas Einfaches und ziemlich Glaubwürdiges ein. Sie hatte in der Zeitung einen Artikel über die Entwicklung der chemischen Industrie in Mexiko gelesen. Ein Thema, das sie interessieren könnte. Sie schnitt den Artikel aus und steckte ihn in die Hosentasche.

Als Victoria ihr die Tür öffnete, fand sie sie schöner, als sie sie in Erinnerung hatte. Entweder hatte sie nicht genau hingesehen oder ihr Strahlen war dem neuen Liebhaber zu verdanken. Sie bemerkte eine gewisse Furcht in ihrem Blick, doch das konnte auch eine Mutmaßung ihrerseits sein.

»Ich habe dir einen Artikel ausgeschnitten, der dich interessieren könnte. Er war in der letzten Sonntagsbeilage.«

»Oh danke, wie aufmerksam! Komm rein, ich habe gerade Kaffee gekocht.«

Sie setzten sich in die Küche, und nachdem Victoria den Kaffee eingeschenkt hatte, überflog sie den Artikel. Sie nickte zustimmend.

»Klingt interessant, ich werde ihn nachher lesen. Freut mich, dass du an mich gedacht hast. Hier hat man am Ende das Gefühl, nur noch eine traditionelle Hausfrau zu sein. Du mit deinen Übersetzungen dürfest an diesem Syndrom nicht leiden ...«

»Meine Übersetzungen!«, rief Paula höhnisch. »Der Herausgeber wird wahrscheinlich in den nächsten Tagen anrufen und mir verkünden, dass ich nicht weiterzumachen brauche.«

»Warum?«

»Weil ich mit dieser Tolstoi-Übersetzung nicht weiterkomme. Frag mich nicht nach dem Grund, ich kann es mir selbst nicht erklären. Vermutlich hat es etwas mit dem Autor zu tun.«

317

»Hast du vorher noch nie etwas von ihm übersetzt?«

»Nicht seine Tagebücher. Das ist das Problem, ich lerne ihn als Menschen immer besser kennen, und was ich sehe, gefällt mir nicht besonders. Ich weiß nicht, ein verrückter Typ. Im Grunde interessierte er sich mehr für die Religion als für die Literatur. Und dieser ausgeprägte Hass auf seine Frau, obwohl er sich nicht von ihr trennen wollte! Das Übersetzen seiner Tagebücher hat etwas Kontraproduktives. Wenn man den Menschen hinter dem Werk kennenlernt, ist man enttäuscht, oder?«

»Vermutlich.«

»Schließlich neigen wir alle dazu, die unangenehmen und dunklen Seiten unserer Persönlichkeit zu verbergen.«

Victoria lächelte verkrampft.

»Na ja, ich bin keine gute Psychologin. Ich kenne mich mit dem Gefühlsleben von Menschen nicht aus.«

»Auch ich lasse mich leicht täuschen.«

»Dann ist Tolstoi das offensichtlich nicht gelungen.«

»Warum hast du Chemie studiert?«

»Das ist so lange her! Offen gestanden wollte ich eigentlich Medizin studieren, hatte aber Angst davor. Ich bin nicht sehr stark und fürchtete, der ständige Umgang mit kranken Menschen könnte mich am Ende deprimieren.«

»Das verstehe ich sehr gut! Mich deprimiert es schon, mit gesunden Menschen Umgang zu haben!«

Victoria wirkte irritiert, hatte aber wenig Lust zu reden. Paula sah sie mit einem rätselhaften Lächeln an.

»Möchtest du noch einen Kaffee?«, fragte Victoria etwas zu hastig.

»Nein danke. Ich gehe wieder. Es klingt unglaubwürdig, aber ich habe noch eine Menge zu tun.«

Victoria hatte nicht die Absicht, sie aufzuhalten. Sie wollte nur, dass Paula schnellstmöglich wieder verschwand. Es war eindeutig, dass sie etwas wusste oder argwöhnte. Welchen Grund sollte dieser Überraschungsbesuch mit dem Zeitungsartikel als Vorwand sonst haben? Das Auffälligste waren ihre doppeldeutigen Sätze voller dunkler Anspielungen gewesen. Auch ihr ironisches Lächeln, der prüfende Blick. Ganz ruhig, damit hatte sie ja rechnen müssen. Waren es haltlose Unterstellungen? Sie sollte sich beruhigen. Sie griff zu einem Buch und versuchte, sich auf die Lektüre zu konzentrieren, doch sie sprang von einem Absatz zum nächsten, ohne viel aufzunehmen. Sie schickte Santiago eine SMS: »Ruf mich an, so schnell du kannst.« Irgendwann hätte er Verbindung und würde sie lesen. Kaum hatte sie sie abgeschickt, stiegen Zweifel in ihr auf, das klang zu dramatisch für etwas, das sich nur auf Vermutungen stützte. Er würde glauben, dass etwas Schlimmes passiert war. Sie griff erneut zum Handy und schrieb: »Es ist nichts Ernstes.« Schon besser. Sie merkte, dass ihre Hände zitterten. Sie war hochgradig nervös, durfte aber nicht die Nerven verlieren. Das Schlimmste, was passieren konnte, war, dass Paula es irgendwie erfahren hatte und ein wenig spielen wollte. Solch eine Reaktion würde zu ihr passen. Vielleicht wollte sie erst später zum tödlichen Schlag ausholen. Alle würden die Wahrheit sowieso erfahren, das Risiko bestand lediglich darin, die Konsequenzen ein wenig vorwegzunehmen, weiter nichts. Sie entspannte sich langsam. Sie musste Santiago vertrauen. Er war ein Mann, der mit beiden Beinen fest auf dem Boden stand. Er wusste immer, was zu tun war. Sie griff wieder zu ihrem Buch und konnte endlich lesen. Nach einer Weile schlief sie ein.

Das Telefonklingeln ließ sie hochschrecken, doch Santiagos Stimme erfüllte sie mit Freude. Sie war verwirrt und verschlafen.

»Victoria, ich habe deine Nachrichten gelesen. Ist was passiert?«

»Ich weiß nicht, ich bilde mir das wahrscheinlich nur ein. Und ich bin nervöser, als mir lieb ist.«

»Und?«

»Paula hat mich besucht. Sie hat mir einen Zeitungsartikel vorbeigebracht. Wir haben Kaffee getrunken und ... Na ja, ich hatte den Eindruck, dass sie etwas weiß, dass sie Katz und Maus mit mir spielt.«

»Ich glaube nicht, dass du dir das nur einbildest. Ich hatte am Wochenende denselben Eindruck, deshalb bin ich auf die Baustelle gefahren. Jemand muss es ihr gesagt haben.«

»Aber wer? Darío?«

»Ist egal, ist nicht so wichtig. Hab keine Angst, wir müssen wohl notgedrungen jetzt eine Entscheidung treffen. So können wir nicht weitermachen. Am nächsten Wochenende müssen wir mit ihnen reden, wir müssen ihnen sagen, dass wir uns ineinander verliebt haben und zusammen weggehen werden. Dann haben sie Zeit zu reagieren, wir können es ihnen erklären. Und kurz danach reisen wir ab, ob ich den neuen Job habe oder nicht. Denk darüber nach und sag mir, ob du einverstanden bist.«

Victoria schwieg, der Augenblick der Wahrheit war gekommen. Sie hörte Santiagos feste Stimme:

»Hast du mich verstanden, Victoria?«

»Ja, ich habe dich verstanden. Ich brauche nicht viel nachzudenken, ich glaube nicht, dass wir eine Alternative haben.«

Nachdenken, nachdenken ... Was bedeutete nachdenken, was sollte sie noch weiter nachdenken, wenn sie doch immer zum selben Schluss kam? Schmerz. Großer Schmerz bei dem Gedanken, Ramón etwas so Ungeheuerliches sagen zu müssen wie »Ich liebe dich nicht mehr«. Kalte Panik bei der Vorstellung, ihm gestehen zu müssen, dass sie sich in einen anderen Mann verliebt hatte und mit ihm weggehen und alles aufgeben würde: ihre Ehe, ihre Kinder, ihr Haus ... alles. Es erschien ihr unmöglich, diese Worte auszusprechen. Er würde nichts verstehen, er könnte nichts verstehen, weil es keinerlei Vorwarnungen, keinen vorangegangenen Konflikt, weder einen Übergang noch einen Bruch gegeben hatte. Das langsame, fast unmerkliche Einschlafen ihrer Beziehung war nicht Vorwarnung genug für dieses brutale Ende. Dennoch war dieses Gespräch unumgänglich. Sie konnte nicht ohne Weiteres verschwinden und ihm einen Zettel an der Kühlschranktür hinterlassen. Sie musste ihrem Mann klarmachen, dass sie schon seit Jahren keine Liebe mehr verband, sondern Verständnis, Zärtlichkeit, Kameraderie, nichts, was mit dem mitreißenden Strom der Leidenschaft zu tun hatte. Dieses Gespräch könnte den Anstoß für ein späteres Analysieren ihrer Situation geben. Ramón würde merken, dass sie diese Entscheidung nicht leichtfertig getroffen hatte, sondern dass sie eine Folge der Leere war, die sich zwischen ihnen beiden aufgetan hatte. Alles würde gut gehen, sie musste sich nur gut zureden. Santiago hatte an alles gedacht. Er war ein stabiler und selbstbewusster Mann, dem sie vertrauen konnte. Bestimmt handelte er in allem so. Sie würde sich nie wieder allein fühlen. Oder würde sich nach ein paar Jahren wieder solche Entfremdung einstellen? Nein, diesmal nicht. Diesmal wäre alles perfekt.

Susy nahm das Telefon nicht ab, denn sie wusste, dass es ihre Mutter war. Sie hatte beschlossen, eine Zeit lang nicht auf ihre Anrufe zu reagieren. Das wäre der erste Schritt ihrer »Umerziehung«. Der zweite Schritt bestünde darin, den Telefonhörer abzunehmen und ihr zu sagen: Lass mich in Ruhe. Ich will nicht mit dir sprechen. Es gibt nichts zu reden. Ich melde mich später wieder. Im Augenblick brachte sie nicht den Mut für eine solche Konfrontation auf, doch indem sie die Annahme der Anrufe verweigerte, hatte sie lediglich erreicht, dass ihre Mutter jetzt Nachrichten an Henry schickte und anfragte, was los sei. Schließlich wurde ihr Mann ärgerlich und rief sie an.

»Schatz, kannst du bitte verhindern, dass mir deine Mutter andauernd auf den Geist geht? Was ist los, warum nimmst du nicht ab? Ruf sie endlich zurück, ich habe viel zu tun.«

»Ich habe beschlossen, eine Weile nicht mit ihr zu reden. Und wenn sie das verdaut hat, werde ich ihr sagen, dass ich sie nicht wiedersehen möchte.«

»Du glaubst wirklich, das ist die Lösung, stimmt's? Wann hörst du endlich auf, dich wie ein kleines Mädchen zu benehmen, Susan, wann? Ich versichere dir, meine Geduld hat Grenzen.«

»Lass mich in Ruhe.«

Dann legte sie einfach auf und war zufrieden, es getan zu haben. Zu rebellieren war viel einfacher, als sie gedacht hatte. Und viel befriedigender. Henry glaubte, das Recht zu haben, sie anzurufen und sie zu maßregeln wie ein Schulmädchen. Aber die Dinge änderten sich, und Mexiko veränderte sie. Es lebe das freie Mexiko!, rief eine innere Stimme, und sie musste fast auflachen. Eigenmächtig und nach den eigenen Bedürfnissen zu handeln war eigentlich gar nicht so schwer. Es kam vor allem darauf an, sich nicht mehr vor dem zu fürchten, was sie in ihrem Inneren entdecken könnte. Adiós, Angst, Adiós.

Victoria hatte die letzten Nächte nicht gut geschlafen. Für sie war das bevorstehende Wochenende nicht der Beginn eines neuen Lebens, sondern ein schreckliches Datum. Freitagmittag brachte sie keinen Bissen hinunter. Sie verspürte einen Knoten im Hals, der ihr das Atmen erschwerte. Sie konnte sich nur mit Mühe zusammenreißen, nie zuvor war sie so nervös gewesen. Sie hätte gerne eine Beruhigungstablette genommen, aber sie hatte keine zur Hand. Tatsächlich konnte sie sich nicht daran erinnern, jemals Beruhigungstabletten genommen zu haben. Normalerweise war sie eine ausgeglichene Frau, aber jetzt hatte die Nervosität sie fest im Griff. Sie dachte, in diesem Zustand könnte sie unmöglich mit Ramón das wichtigste Gespräch ihres Lebens führen. Nein, das konnte sie nicht, sie würde an diesem Wochenende nicht mit ihm reden, sie würde es auf später verschieben. Aber was erfand sie für Ausreden? Es gab kein Zurück mehr! In diese Geschichte waren alle verwickelt. Sie konnte jetzt nicht mehr zurück.

Als Ramón um sieben Uhr eintraf, küsste er sie auf die Wange, ohne ihr blasses verzerrtes Gesicht zu bemerken. Er fragte, ob sie mit jemandem zum Abendessen verabredet seien, und erklärte, er sei sehr müde. Dann ging er duschen. Sie mixte mechanisch zwei Aperitifs und stellte die Gläser auf den Verandatisch, wo schon die Tageszeitungen bereitlagen. Das war die Freitagabendroutine, die ihr jetzt wie ein schreckliches Ritual vorkam. Ihren ersten Martini trank sie in einem Zug wie Medizin. Der Kampf ging weiter, und in ihrem Inneren suchte sie nach einer Rechtfertigung: Ihre Ehe schien perfekt, aber war die Kälte ihres Mannes etwa normal? Wenn alles so tadellos funktionierte, warum fühlte sie sich dann schon so lange allein? Wer sagt, dass man ohne Liebe leben kann? Schließlich kam ihr der Versuch, im letzten Moment nach Gründen, die in Ramóns Person lagen, zu suchen, selbst pathetisch vor. Sie stellte sich darauf ein, einfach nur ungerecht, ausgesprochen ungerecht zu sein. Von einem Augenblick zum nächsten würde sie Ramón tief verletzen. Na schön, das musste sie in Kauf nehmen, so ist das Leben. Das Leben ist kein Geschenk, manchmal gibt es, manchmal nimmt es. So ist es eben: Geben und Nehmen.

Ramón hatte sich kurze Hosen und ein frisches T-Shirt angezogen, sein Haar war noch feucht. Als er auf die Veranda kam, lächelte er sie an. Dann setzte er die Sonnenbrille auf und griff zu dem Martini.

»Ich sehe, du hast schon einen getrunken. Wie war die Woche?«

»Gut, alles okay.«

»Hat euch Manuela keine Partys oder Ausflüge organisiert?«

»Zum Glück nicht.«

»Dann ist sie brav gewesen.«

Er trank einen Schluck, schlug die Sportseiten der Zeitung auf und vertiefte sich in die Lektüre. Sie saß regungslos da. Einen Augenblick später sah Ramón auf und fragte:

»Liest du nicht?«

»Ich möchte mit dir reden, Ramón.«

Einigermaßen überrascht über den ernsten Tonfall seiner Frau ließ er die Zeitung in den Schoß sinken.

»Gut, schieß los.«

»Nimm die Brille ab und hör mir zu.«

Victoria fühlte sich stark und ruhig, sie hatte sich selbst und die Situation im Griff. Die ganze Nervosität war wie weggeblasen. Großer Frieden erfüllte sie, sie hatte sogar ein angenehmes Körpergefühl.

»Es ist sehr schmerzhaft, was ich dir sagen werde. Für dich, aber auch für mich.«

Er sah sie so verdattert an, als könnte er nicht glauben, was er gerade gehört hatte.

»Was ist denn los? Du machst mich unruhig.«

»Ramón, ich habe mich in einen anderen Mann verliebt.«

Ganz bewusst brach sie an diesem Punkt ab. Sie konnte die Wucht des Hiebes in seinem Gesicht ablesen. In Bruchteilen von Sekunden sah sie seine Bemühungen, ihre Worte und seine Überraschung zu begreifen, seinen Versuch, diesen Schlag wegzustecken.

»Na, das ist ja mal eine Neuigkeit! Darf ich auch erfahren, in wen?«

»Santiago Herrera.«

Jetzt veränderte sich sein Ausdruck deutlich. Er lief rot an, und sein Gesicht verzerrte sich.

»Was sagst du? Bist du verrückt geworden?«

»Ich bin nicht verrückt. Wir haben uns verliebt. Tut mir wirklich leid, Ramón.«

Er schwieg eine ganze Weile. Dann sah er sie wütend an.

»Wunderbar, du hast dich in einen meiner Kollegen verliebt, und das ausgerechnet hier, an einem solchen Ort, in einer geschlossenen Kolonie. Ich finde das … niederträchtig, unfassbar … Ich weiß nicht, wie ich es nennen soll, wirklich.«

»Es ist noch ganz frisch. Wir wollten es euch gleich sagen, um euch nicht länger zu hintergehen.«

Er stand auf, warf die Sonnenbrille auf den Tisch und schritt wutschnaubend auf und ab.

»Sehr schön, wie rücksichtsvoll! Man muss euch wirklich beglückwünschen. Und wo habt ihr gevögelt? Denn ihr habt natürlich gevögelt. Wird wohl hier gewesen sein, nehme ich an, denn in seinem Haus ist ja seine Frau.«

»Wenn das alles ist, was dich stört, kann ich dich beruhigen, es war nicht hier.«

»Oh, danke, vielen Dank, wie taktvoll! Habt ihr euch die Wohnung eines mexikanischen Freundes geliehen oder seid ihr ins Hotel gegangen?«

»Ist das wirklich das Einzige, was dich interessiert? Glaubst du nicht, dass du darüber nachdenken solltest, warum das alles passiert ist, was mit unserer Ehe geschehen ist, wie es dazu kommen konnte?«

»Oh nein, meine Liebe, *du* hast dich verliebt und *du* bist dafür verantwortlich! Mich brauchst du da nicht reinzuziehen, um dein Gewissen zu entlasten. Wie konntest du nur...!«

Ein Schluchzer brach ihm die Stimme. Um die Tränen zu unterdrücken, presste er die Fäuste auf die Augen. Dann stürzte er davon.

»Ramón, wo willst du hin?«

»Lass mich!«

Sie blieb allein zurück, völlig entspannt, ruhig. Sie hatte geglaubt, sie würde am eigenen Leib all die Gefühle spüren, die in ihrem Mann aufsteigen würden, aber so war es nicht gewesen. Im Gegenteil, sie sah ihn aus großer Distanz, als wäre er ein Fremder. Sie war so entspannt, dass sie hätte einschlafen können. Plötzlich war sie müde, wohltuende Erschöpfung bemächtigte sich ihrer Muskeln und entkrampfte sie. Einen Augenblick später kam Ramón zurück.

»Ich vermute, du hast es mir gesagt, weil ihr Zukunftspläne habt.«

»Ja, wir wollen zusammenleben.«

»Und ihr verlasst natürlich Mexiko.«

»Ja.«

»Je schneller ihr verschwindet, desto besser.«

»Wir gehen, wenn es so weit ist, und nicht, wann du es bestimmst«, erwiderte sie entschlossen.

»Und deine Kinder, wissen es deine Kinder schon?«

»Sie wissen es noch nicht, und ich wäre dir dankbar, wenn du es mich ihnen selbst sagen lassen würdest.«

»Ich werde tun, was ich für richtig halte. Erwarte keinen einzigen Gefallen von mir, Victoria, von jetzt an keinen einzigen mehr. Ich gehe.«

»Wohin?«

»Was trinken. Mir graust davor, mit jemandem wie dir zusammen zu sein.«

Als sie wieder allein war, begann sie bitterlich zu weinen, fasste sich aber schnell wieder und versuchte, seine Worte zu verdrängen. Dann rekapitulierte sie. Diese Reaktion hätte sie von Ramón, diesem ruhigen, gemäßigten und wenig angriffslustigen Mann nicht erwartet. Sie hatte etwas anderes erwartet: Fragen, Schweigen ..., aber er war geradezu explodiert. Am meisten schien er sich an der Tatsache zu stören, dass es sich um einen Arbeitskollegen handelte, und als Nächstes, dass es in der Kolonie passiert war. Und natürlich interessierte ihn, wo sie miteinander geschlafen hatten. Es wirkte, als störten ihn die Umstände des Ganzen mehr als die Tatsache, dass sie ihn nicht mehr liebte. Gut, diese Reaktion machte es ihr leichter. Sie brauchte keine Schuldgefühle mehr haben. Von jetzt an trug jeder sein eigenes Päckchen. Diese sachlichkühle Betrachtungsweise überraschte sie. Aber so war offensichtlich das Leben.

Sie ging in die Küche und füllte sich etwas von dem Essen, das sie für sie beide zubereitet hatte, auf einen Teller. Eigentlich hatte sie gar keinen Appetit, meinte aber, ihre normalen Gewohnheiten aufrechterhalten zu müssen. Nach knapp zehn Minuten kehrte Ramón zurück. Sein Gesicht war blass und derart entstellt, dass sie ihn fast nicht wiedererkannte. Er sah sie an mit einem Blick des blanken Hasses.

»Ich fahre ins Camp zurück. Ich kann nicht mir dir unter einem Dach schlafen. Außerdem bist du womöglich noch verabredet, ich will dir nicht deine Pläne vermasseln.«

»Ich bitte dich, rede doch nicht so.«

»Wieso? Verletzt das etwa die Sensibilität der verliebten Frau?«

»Wenn du nicht willst, dass wir vernünftig miteinander reden – in Ordnung, aber ich glaube nicht, dass du mich so respektlos behandeln musst. Das hast du früher auch nie getan.«

»Du hast offensichtlich nicht verstanden, Victoria! Ich werde tun, was ich will, denn das hier ist mein Haus, und ich wiederhole dir, je früher du hier verschwindest, desto besser für alle.«

Er schlug die Tür hinter sich zu. Sie hörte seine Schritte im Schlafzimmer, wo er wahrscheinlich seine Sachen packte. Kurz darauf hörte sie ihn über den Kiesweg im Garten zum Auto laufen. Sie hielt sich die Augen zu. Sie war entsetzt, das konnte nicht wahr sein! Noch nie hatte sie ihren Mann in einem derartigen Zustand erlebt. Aber was hatte sie erwartet? Für Ramón war dies ein Ausnahmezustand. Sie hatte das Schlimmste getan, was eine Frau ihrem Mann antun konnte, das Allerschlimmste. Sie hatte doch von Anfang an gewusst, dass es für beide sehr schmerzhaft werden würde. Sie musste nur die erste Erschütterung aushalten, standhaft bleiben und so wenig wie möglich daran denken. Sie ging ins Wohnzimmer und legte sich aufs Sofa. Sie war davon überzeugt, dass sie sofort einschlafen würde, wenn sie die Augen schlösse. Welch wohltuende Zuflucht.

Santiago konnte erst am Samstagmorgen ernsthaft mit seiner Frau sprechen. Ursprünglich hatte er es am Freitagabend tun wollen, aber es war nicht möglich gewesen. Paula hatte darauf bestanden, in einem Restaurant in San Miguel zu essen, wahrscheinlich ahnte sie, dass Santiago dieses Gespräch führen wollte. Er kannte sie gut, wie sich alle Eheleute gut kennen.

Beim Essen hatte sie sich sehr gesprächig und zufrieden

gezeigt. Sie wollte es ihm nicht zu leicht machen. Inzwischen war sie fest davon überzeugt, dass es ihm mit dieser Liebesgeschichte ernst war. Er hatte diesen Abend für sein »Geständnis« ausgewählt, aber sie würde ihm einen Strich durch die Rechnung machen. Als sie sah, wie er ihr zerstreut und im Wunsch, sich von seiner Schande zu befreien, gegenübersaß, fand sie ihn sehr mutig. Er war im Begriff, an seinem Arbeitsplatz einen gehörigen Skandal zu provozieren, er müsste sich mit Ramón auseinandersetzen, er müsste in Kauf nehmen, von allen moralisch verurteilt zu werden … Er hätte auch warten können, bis der Staudamm fertig war und die Kolonie aufgelöst wurde. Aber nein, er machte sich lieber lächerlich und sie gleich mit. Sie hatte nicht damit gerechnet, dass ihr das etwas ausmachen würde, aber das tat es. Sie vor aller Augen zu verlassen, zwang sie zu einem beispiellosen Rollenwechsel: Von der unbezähmbaren Intellektuellen, jenseits aller Normen und Konventionen, bliebe ihr nur noch der Part der verschmähten Ehefrau. Diese Demütigung hätte er ihr ersparen können. Offensichtlich wollten die beiden zusammen weggehen. Dann müsste sie auch gehen, ihr Aufenthalt in der Kolonie war an den Arbeitsvertrag ihres Mannes geknüpft. Doch vielleicht gewährte ihr die Firma noch eine Gnadenfrist, ein großzügiges Angebot des politischen Asyls im Namen des Bauunternehmens. Bei dem Gedanke musste sie lächeln und schnatterte weiter unentwegt von der Schönheit der mexikanischen Nächte. Santiago hätte mehrmals Gelegenheit gehabt, sie zu unterbrechen und ihr zu sagen: Genug mit dem Theater! Hör zu, was ich dir zu sagen habe. Aber er tat es nicht. Er hörte zu, er aß, er beantwortete ihre banalen Fragen, und zu Hause legte er sich wie immer ins gemeinsame Ehebett. Es dürfte nicht einfach sein, einem Ehepartner das zu sagen, sosehr sich beide auch auseinandergelebt hatten, so kaputt die Beziehung auch sein mochte. Oder vielleicht war ihr Mann auch ein Judas, der nur den geeigneten Moment abwartete, um seinen Verrat zu begehen.

Als sie am nächsten Morgen aufwachte, war er schon aufgestanden. Vom Kaffeeduft angelockt ging sie im Morgenmantel nach unten. Sie fühlte sich frisch und in guter Verfassung, weil sie am Abend fast nichts getrunken hatte. Santiago saß angezogen am Küchentisch und frühstückte. Er nickte ihr zu und sagte sofort:

»Paula, wir müssen reden.«

»Tust du das lieber morgens, damit dir keiner vorwerfen kann, ihm den Abend zu verderben?«

»Lassen wir die Spielchen, du weißt schon, was ich dir sagen will, stimmt's?«

»Ja, ich weiß es schon.«

»Umso besser, weil...«

»Einen Moment, einen Moment, glaub ja nicht, dass ich es dir so leicht mache. Ich erwarte eine Erklärung.«

»Na gut, einverstanden. Die Erklärung ist ganz einfach: Ich habe mich in Victoria verliebt, und wir wollen zusammenleben. Das ist alles.«

Paula bemühte sich, ihre Mimik zu kontrollieren, um ganz neutral zu wirken. Sie antwortete langsam:

»Reichst du mir bitte den Kaffee?«

Santiago tat, worum er gebeten wurde, und sah sie in Erwartung einer Antwort an. Sie schenkte sich gemächlich Kaffee ein, gab Zucker hinzu und trank einen Schluck.

»Den hast du gut hingekriegt, ganz nach meinem Geschmack, kräftig und aromatisch.«

Er schlug auf den Tisch, worauf die Kaffeelöffel klirrten.

»Es reicht, Paula, es reicht! Wir sind am Ende, kapierst du das nicht? Ich will deine Spielchen nicht mehr. Ich meine es ernst. Ich werde mit Victoria weggehen. Sie ist taktvoll, sensibel und zärtlich, Eigenschaften, die dir gewiss nichts bedeuten.«

»Ich weiß schon, Liebster, ich weiß. Susy hat euch am Heiligabend knutschen sehen. So was zu tun und zu riskieren, dass euch jemand sehen könnte, zeugt von großem Taktgefühl. Und großer Sensibilität. Hast du eine Ahnung, was ihr Mann von so viel Sensibilität hält?«

»Es ist natürlich sinnlos. Mit dir vernünftig zu reden war all die Jahre sinnlos, warum sollte es jetzt anders sein.«

»Du bist ein Märtyrer.«

»Glaubst du, es war einfach für mich, diese ganze Zeit deine selbstzerstörerische Art zu ertragen?«

»Warum bist du dann nicht früher gegangen?«

»Weil ich immer die Hoffnung hatte, dass sich etwas ändern würde.«

»Verstehe. Du hast so lange auf die rettende Veränderung in unserer Ehe gewartet, bis diese Frau aufgetaucht ist.«

»Du hast recht. Ich hätte schon viel früher gehen sollen. Gefällt es dir so besser?«

»Du warst zu feige. Du hast nicht mit mir gebrochen, weil du niemanden hattest, mit dem du zusammenleben konntest.«

»Kann sein, dass sie mich aus einem bösen Traum geweckt hat. Plötzlich habe ich mich gefragt: Was tue ich hier? Was erwarte ich? Glaube ich wirklich, dass noch etwas zu retten ist?«

»Deine Ausdrucksweise ist wirklich grässlich, Santiago. Und wenn du mir einen fachlichen Kommentar gestattest, würde ich zu deiner Entlastung sagen, dass der Stil immer leidet, wenn man von der Liebe spricht. Die Sprache der Liebe ist beschissen.«

Santiago lachte lustlos auf und schüttelte den Kopf.

»Ich mache einen Spaziergang, wir reden später weiter.«

»Du wirst nirgendwo hingehen. Ich habe ein Recht darauf, sofort zu erfahren, was jetzt geschehen soll.«

»Was willst du wissen?«

»Ich will wissen, welche Pläne du für dein neues Glück hast. Vor allem, weil es mich auch betrifft, ich weiß nicht, ob dir das klar ist.«

»Da du so großen Wert auf stilistische Fragen legst, bitte ich dich, auf Ironie zu verzichten.«

»Ich rede immer so, das solltest du inzwischen wissen.«

»Na schön, ich wiederhole: Was willst du wissen?«

»Unwichtiges Zeug. Zum Beispiel: Wann muss ich dieses Haus und dieses Land verlassen? Zum Beispiel: Wo gedenkst du hinzugehen?«

»Es gibt erst vorläufige Pläne, aber wir werden auf jeden Fall bald zurückkehren, wahrscheinlich in ihre Stadt.«

»Oh, wie reizend, du willst deine Geliebte nicht aus ihrer Umgebung reißen!«

»Ich bin nicht bereit, dieses absurde Gespräch weiterzuführen, Paula. Ich habe dich so lange ertragen, wie ich konnte.«

»Wirst du mir eine Abfindung zahlen?«

»Wir werden schon zu einer Einigung kommen. Das Haus in Spanien kannst du behalten. Solltest du es eines Tages verkaufen, bekomme ich die Hälfte des Erlöses. Ich glaube nicht, dass es diesbezüglich viel zu besprechen gibt.«

»Deine Abfindung kannst du dir sparen. Ich kann selbst für mich sorgen. Was das Haus anbelangt …, das werde ich verkaufen, sobald sich die Möglichkeit bietet. Es birgt nur schlechte Erinnerungen. Und jetzt verschwinde, wir haben genug geredet.«

»Ich frage mich, was du so schlimm findest, Paula. Dass ich glücklich sein will? Denn ich kann nicht glauben, dass du den Verlust unserer Liebe bedauerst. Sie ist schon vor Jahren verloren gegangen.«

Paula griff zur Zuckerdose und warf sie nach ihrem Mann. Er wich aus, und sie zersprang auf dem Boden, wo sich die Scherben und der Zucker verteilten. Santiago sah sie verächtlich an und verschwand. Sie blieb sitzen und lächelte. Dann sagte sie laut:

»Das klassische Finale eines Ehekrachs.«

Dann stand sie auf und zündete sich eine Zigarette an. Sie war weder nervös noch durcheinander. Sie betrachtete die kaputte Zuckerdose und zählte nach, in wie viele Scherben sie zersprungen war. Neugierig musterte sie die Form, die der verstreute Zucker gebildet hatte. Sie musste alles genau speichern, denn dies war das Ende von fünfzehn Jahren Ehe. Ein ausgesprochen symbolisches Bild: Die süße Liebe in tausend Scherben. Vielleicht wäre sie jetzt, als offiziell verlassene Frau, imstande, gute Romane zu schreiben. Genau genommen könnte das Ganze stimulierend, ein Ansporn für ihre Karriere sein. Sie wäre allein und müsste sich selbst um ihren Unterhalt kümmern. Die Vorsehung eilte ihr zur Hilfe, damit sie nicht ins Unglück stürzte. Gottes Weisheit war grenzenlos, und er vergaß seine verlorenen Schäfchen nie. Sie würde zur Herde zurückkehren. Vielleicht würde der Oberhirte ihr einen eigenen Stall gewähren, damit sie nicht im stinkenden Massengehege leben musste. Dort würde sie sich einrichten, geschützt vor den verheerenden weltlichen Stürmen, sicher vor allem Unglück und allen Versuchungen. Ein Luxusstall mit Arbeitszimmer zum Schreiben, mit einem gut gefüllten Kühlschrank und einer Bar.

Sie verließ die Küche und holte aus dem Wohnzimmer die Tequilaflasche, die sie am Vortag gekauft hatte. War es noch zu früh zum Trinken? Früh, spät? Sie sollte sich langsam an ein Leben ohne Blick auf die Uhr angewöhnen. Niemand wartete auf sie. Sie füllte sich das Glas randvoll: Auf das Wohl aller verlorenen Schäfchen, die wie sie aus der Not eine Tugend zu machen wussten.

Santiago konnte Darío nirgendwo in der Kolonie finden. Womöglich trieb er sich schon am frühen Morgen im El Cielito herum. An einer Wegbiegung im Park stieß er fast mit Henry zusammen, der Tenniskleidung trug.

»Hallo, Santiago, was hast du denn mit deiner Stirn gemacht? Du blutest.«

Ihm fiel die Zuckerdose wieder ein.

»Das ist nichts weiter.«

»Wie, das ist nichts weiter? Da tropft Blut. Warum lässt du dich nicht im Sanitätsraum verarzten?«

»Hast du Darío gesehen?«

»Nein, ich bin mit Ramón zum Tennisspielen verabredet gewesen, aber er ist überraschend ins Camp zurückgefahren.«

»Warum?«

»Er sagte, er hätte vergessen, etwas Wichtiges fertig zu machen. Welch Pflichtbewusstsein, was? Am Wochenende zu arbeiten.«

»Ja, welch Pflichtbewusstsein.«

»Lass mich die Wunde wenigstens desinfizieren.«

Er begleitete ihn in den Sanitätsraum. Besser, den Schnitt zu säubern, damit ihn niemand mehr danach fragte. Henry nahm ein Stückchen Mull und tränkte es mit Alkohol. Dann tupfte er ihm vorsichtig die Stirn damit ab.

»Henry?«

»Ja?«, antwortete er zerstreut.

»Du bist auf dem Laufenden, nicht wahr?«

»Ich verstehe dich nicht.«

»Bitte hör auf, mir was vorzumachen. Es fällt mir schwer zu

glauben, dass Susy Paula erzählt hat, dass sie mich mit Victoria im Park gesehen hat... und dir nicht.«

Henry zuckte zusammen, als wäre er geschlagen worden. Gleich darauf lief er rot an.

»Unglaublich, dass Susy es deiner Frau gesagt hat. Tut mir wirklich leid, Santiago. Ich habe noch versucht, es zu verhindern, aber Susy ist so ... eigenwillig und verhält sich manchmal richtig kindisch. Wir haben schon oft darüber gestritten, aber es hat nichts genützt.«

»Es ist unwichtig, wir wollten es ja selbst bekannt geben. Ich weiß nicht, was dir Susy gesagt hat, aber es ist...«

»Du bist mir keine Erklärung schuldig, ich bitte dich.«

»Ich will es aber. Ich will, dass du weißt, dass Victoria und ich uns ineinander verliebt haben. Wir werden bald von hier weggehen. Trotzdem können wir nicht von heute auf morgen einfach verschwinden, als täten wir etwas Verwerfliches. Außerdem besteht für mich die Möglichkeit, in Barcelona zu arbeiten. Verstehst du das?«

»Ja, natürlich.«

»Ich möchte dich um einen Gefallen bitten.«

»Sag schon.«

»Ramón hat es gerade erfahren. Ich möchte nicht der Baustelle fernbleiben müssen, aber ... wenn es zu einem Zusammentreffen kommen sollte, wäre es wichtig, jede Art von Auseinandersetzung zu verhindern. Könntest du dafür sorgen, dass wir beide nie allein sind?«

»Ich habe nichts dagegen einzuwenden, doch wenn ihr es sowieso bekannt geben wollt, wäre es dann nicht besser, mit Adolfo zu sprechen? Er ist ein aufgeschlossener und verständnisvoller Mann und kann dir als Chef auch besser helfen. Er könnte euch beispielsweise unterschiedliche Aufgabenbereiche zuteilen, damit ihr nicht zusammentrefft.«

335

»Ja, du hast recht. Ich hätte es gerne noch ein bisschen hinausgezögert, aber das hat keinen Sinn.«

»Das soll aber nicht heißen, dass ich für den Fall der Fälle nicht zur Verfügung stehe, wozu auch immer, um Spannungen aufzulösen oder so ... Tut mir wirklich leid, Santiago, Susy ist diesmal zu weit gegangen. Ich finde ihr Verhalten beschämend und hoffe, sie ändert sich, denn andernfalls...«

»Ist schon in Ordnung, Henry. Frauen tauschen miteinander Vertraulichkeiten aus, es ist wirklich nichts Ungewöhnliches. Ich glaube, ich werde mich übers Wochenende in einem Hotel einquartieren. Für heute hatte ich genug Aufregung.«

Henry lächelte ihn betroffen an und sah ihn mit großen Schritten davongehen. Was für ein mutiger Mann, dachte er, er hat sich unter sehr schwierigen Bedingungen verliebt und steht unter großem emotionalen, sozialen und familiären Druck. Und trotzdem ist er nicht bereit, auf diese Liebe zu verzichten, er wartet auch nicht ab oder vertuscht etwas, er spielt nicht nach den Spielregeln der anderen. Dieser Santiago hatte wirklich Mut, denn die Atmosphäre auf der Baustelle könnte extrem ungemütlich werden: ein abgeschlossener, enger Arbeitsplatz, an dem der Ehemann und der Geliebte zusammenarbeiten müssen ... Wie ging man damit um? Ihm wäre es lieber gewesen, nicht als möglicher Vermittler fungieren zu müssen. Schließlich war er Ausländer, und die spanische Mentalität war ihm nicht besonders vertraut, weshalb er auch nicht wissen konnte, was zu sagen oder zu argumentieren ratsam wäre, wenn das Ganze richtig hässlich werden sollte. Aber wegen Susys unglückseliger Indiskretion hatte er Santiago seine Bitte nicht abschlagen können. Wie konnte sie es wagen, Paula davon zu erzählen, vor allem, nachdem er sie ausdrücklich davor gewarnt hatte? Bisher hatte die Unreife seiner Frau nur ihr beider Leben betroffen, aber jetzt wirkten sich dieses leichtfertige Verhalten und seine Folgen auch auf andere aus. Das war nicht zu tolerieren. Susy musste begreifen, dass sie nicht allein auf der Welt war, dass sie die Menschen in ihrem Umfeld nicht einfach ihren lässigen Entscheidungen und ihrem mangelnden Einschätzungsvermögen aussetzen konnte. Er musste ernsthaft mit ihr reden, obwohl er es ziemlich leid war, den gestrengen Vater zu spielen, eine unangenehme, unpassende Rolle. Jetzt riss ihm der Geduldsfaden. Im Laufe ihrer kurzen Ehe war er mehr als einmal versucht gewesen, sie zu beenden. Er wollte eine reife Beziehung mit einer erwachsenen Frau. Nur die Hoffnung, dass Susy sich ändern würde, hatte ihn weitermachen lassen. Susy konnte reizend sein . . ., doch jetzt war sie zu weit gegangen, und er kam zu dem Schluss: Seine Frau würde nie erwachsen werden.

Santiago ging zurück ins Haus. Als er am Wohnzimmer vorbeikam, sah er Paula im Morgenmantel auf dem Teppich sitzen und trinken.

»Es wird das Beste sein, wenn ich in ein Hotel ziehe, Paula.«

»Und wir werden nicht reden?«

»Worüber?«

»Über unsere Ehe.«

»Dafür ist es ein bisschen spät.«

»Ich habe aber etwas zu sagen.«

»Wir werden reden, aber erst, wenn wir beide uns wieder beruhigt haben.«

Er ging ins Schlafzimmer und packte seine Sachen in eine Tasche. Paula war ihm gefolgt und lehnte mit dem Glas in der Hand am Türrahmen. Er packte ungerührt weiter.

»Willst du mich hier allein und mich betrinken lassen?«

»Ich werde dich allein lassen, ob du dich betrinkst oder nicht, ist deine Sache.«

»Du spielst mit hohem Einsatz, was, Muchacho?«

»Jeder ist für sein Leben selbst verantwortlich.«

»Ich bin beeindruckt, ganz John Wayne! Du gibst der betrunkenen Gattin den Gnadenschuss, ohne dass deine Hand dabei zittert. Du solltest sagen: Du hast es so gewollt, Puppe! Dein Stil gefällt mir, ehrlich.«

»Besser so.«

»Wartet sie im Hotel auf dich?«

»Hör auf damit, Paula.«

»Oh, Verzeihung! Wie kann ich nur etwas gegen diese tugendhafte Frau sagen. Sie trinkt nicht, stimmt's? Nein, bestimmt nicht. Sie ist bestimmt klug, zärtlich und kann sogar vegetarisch kochen.«

Santiago packte schneller. Er wollte augenblicklich weg von hier. Jedes Gespräch in diesem Tonfall würde sie in eine Auseinandersetzung treiben, die er hatte vermeiden wollen. Er zog den Reißverschluss zu und wollte gehen, aber Paula blieb ungerührt stehen und ließ ihn nicht durch.

»Du brauchst nicht ins Hotel zu gehen. Du kannst unten im Gästezimmer schlafen, ich werde dich nicht belästigen.«

»Ich komme wieder, und dann reden wir, ich habe nicht die Absicht davonzulaufen. Aber ich glaube, dass alles, was wir heute sagen, unter keinem guten Stern steht. Es ist besser, wenn ich jetzt gehe.«

»Ja, du willst, dass alles kühl und zivilisiert abläuft.«

»Soweit das möglich ist, ja.«

»Perfekt. Du nimmst dein Leben selbst in die Hand, aber meines betrifft das auch. Du haust mit einer anderen ab und entscheidest darüber hinaus, wie sich der Abschied gestalten soll.«

»Vermutlich ist das die ausgleichende Gerechtigkeit für die vielen Jahre, die ich dein Benehmen respektiert habe, oder vielleicht sollte ich besser sagen, dein Nicht-Benehmen.«

»Glaubst du, es gefällt mir, wie ich bin? Kannst du dir nicht vorstellen, dass ich Probleme habe, dass ich leide, dass ich auch nicht mit mir zufrieden bin?«

»Du hast mir nie gesagt, was du für Probleme hast, Paula, ich habe nur unter den Auswirkungen gelitten. Du hast mir keine Chance gegeben, dir zu helfen.«

»Du wolltest mir doch gar nicht helfen!«

»Es ist ungerecht, dass du das sagst! Du hast dich immer in dich selbst verschlossen, du hast mich zurückgewiesen, du hast deutlich gemacht, dass in deinem Innenleben kein Platz für mich ist! Im Grunde hast du immer gedacht, dass ich zu dämlich, gewöhnlich und unfähig sei, deine erhabenen Ängste zu verstehen!«

Santiago verstummte plötzlich. Ihm wurde bewusst, dass sie sich anschrien. Er stellte die Tasche ab, sah ihr in die Augen und versuchte, sich zu beruhigen.

»Sollen wir ins Wohnzimmer gehen, uns hinsetzen und über alles in Ruhe sprechen?«

»Nein«, antwortete Paula mit eisigem Lächeln.

Da nahm er seine Tasche, schob sie beiseite und verließ rasch das Schlafzimmer.

Als er langsam durch das Kolonietor fuhr, rief er Victoria an.

»Victoria, bist du allein?«

»Ja.«

»Hast du mit Ramón gesprochen?«

»Ja, er weiß es.«

»Hat er es sehr schlecht aufgenommen?«

»Sehr schlecht. Er ist ins Camp gefahren.«

»Ich habe auch mit Paula gesprochen.«

»Und?«

»Sie wusste es. Susy hat uns am Heiligabend im Park gesehen und es ihr erzählt. Ich weiß nicht, wann das war.«

»Mein Gott, was für eine Katastrophe!«

»Es ist überhaupt keine Katastrophe. Alles ist in Ordnung und so weit vorhersehbar gewesen. Hör mal, ich verbringe das Wochenende in San Miguel. Ich werde mir ein Zimmer nehmen. Wenn du allein bist, warum kommst du dann nicht mit?«

»Ich will die Kolonie nicht verlassen. Ich weiß, dass Ramón zurückkommt, ich kenne ihn. Er wird kommen, und wir werden reden.«

»Könnten wir wenigstens einen Kaffee zusammen trinken?«

»Ja, ich komme später auf die Plaza. Dort treffen wir uns.«

»Victoria, warte mal. Geht's dir gut?«

»Mir geht's gut.«

»Und du bist fest entschlossen?«

»Fest entschlossen, mach dir keine Sorgen.«

Manuela strich Butter auf eine Scheibe Toastbrot und reichte sie geistesabwesend ihrem Mann.

»Du brauchst mir keinen Toast mehr zu machen, ich habe genug.«

»Entschuldige, ich war mit meinen Gedanken ganz woanders, denn das Thema bringt mich ganz schön durcheinander.«

»So schlimm ist es nun auch wieder nicht.«

»So schlimm auch wieder nicht? Es ist ja nicht deine Bewegungsfreiheit, die eingeschränkt werden soll!«

»Das ist doch nur vorübergehend. Man glaubt, es bestünde erhöhte Gefahr von Entführungen, das bedeutet aber nicht, dass die Warnung lange vorhält.«

340

»Ja, natürlich, die Entführer informieren vorab die Polizei: Vorsicht, wir werden jetzt jemanden entführen! Und wenn sie genug haben, rufen sie wieder an: Herrschaften, beruhigen Sie sich, die Gefahr ist vorüber!«

»Man hätte was erfahren, man hätte ihnen einen Wink gegeben ...«

»Einen göttlichen Wink! Nein, es ist doch so: der Comisario hat mich in den Armenvierteln gesehen und will nicht, dass ich ihm das Leben schwer mache.«

»Ich verstehe nicht, warum du dich so aufregst. Eigentlich verstehe ich auch nicht, was du dort verloren hast. Bleib im Zentrum von San Miguel, wie du es bisher auch getan hast. Dort wird niemand deine Bewegungsfreiheit einschränken.«

»Adolfo, um wohltätig zu sein, ist es unumgänglich, aus erster Hand von den Bedürfnissen dieser Menschen zu erfahren. Außerdem begleitet mich manchmal die Delegierte der spanischen NRO, diese nette junge Frau, die neulich bei uns zum Essen war. Sie hat mir gezeigt, wo ich hingehen muss.«

»Na, dann soll sie dir doch gleich sagen, wo Bedarf besteht, und Schluss!«

»Ich werde nicht wie eine alte Henne im Stall bleiben, weil ein machohafter Comisario das anordnet! Ich bitte dich, sprich mit ihm und sag ihm, dass mich seine Männer in Ruhe lassen sollen. Auf dich wird er hören.«

»Ich denke nicht daran. Stell dir mal vor, wie ich dastehen würde, wenn man dich tatsächlich entführt. Akzeptiere auch einmal die Autorität von anderen, Manuela!«

Sie verzog das Gesicht und trank schweigend ihren Kaffee. Dann stand sie auf. Bevor sie die Küche verließ, verkündete sie mit hoch erhobenem Haupt:

»Du brauchst kein Lösegeld zu bezahlen, wenn man mich

entführt. Vielleicht wäre es das Beste für alle. Ich bezweifle,
dass mich jemand vermissen wird.«

Adolfo blieb allein mit der angebissenen Toastscheibe
in der Hand zurück. Er warf sie missmutig auf den Teller
und zündete sich eine Zigarette an, die erste am Morgen.
Ein paar Zigaretten täglich waren sein einziges Laster. Er
kratzte sich am bereits ziemlich kahlen Schädel und spürte,
wie Ärger in ihm hochstieg. Das hatte ihm gerade noch
gefehlt. Er verbrachte die ganze Woche auf der Baustelle,
wo er komplizierte Probleme lösen musste, und nicht einmal zu Hause hatte er seine Ruhe. Mitten im Urwald einen
Staudamm zu bauen war extrem kompliziert. Es gab keine
Hilfe von außen, keine Infrastruktur, man musste sich auf
die eigene Logistik verlassen können. Alles musste aus
dem Nichts entstehen, Werkstätten für Reparaturen der
Maschinen, Erste-Hilfe-Räume, Verwaltungsdienste und
Küche ... Alle möglichen Verzögerungen durch Behörden
sowie die technischen Schwierigkeiten, die mit dem Bau
einhergingen, fielen letztendlich in seinen Verantwor-
tungsbereich. Da war es auch schon egal, wenn er darüber
hinaus noch persönlich die Hostien im Vatikan zählen
müsste, selbst dann hätte sich seine Gattin seiner nicht er-
barmt. Ein Problem kommt selten allein! Probleme auf der
Arbeit und Probleme zu Hause. Manchmal fand er, Manuela sei die schwierigste und herrischste Ehefrau der Welt.
Er hatte sich aber nie für eine andere interessiert, und zwar
deshalb, weil sie immer seine Favoritin gewesen war. Sie
hatte ihre Aufgaben stets so gut gemeistert, dass er sich um
nichts zu kümmern brauchte. Auch was die Kindererziehung anbelangte: Tadellos! Er konnte sich wirklich nicht
beklagen. Hätte er die Kinder erzogen, wären sie womöglich kleine Gauner geworden. Als ihre Kinder klein waren,
hielt er es nie länger als eine Stunde mit ihnen aus. All das

342

war er bereit, zuzugeben und bei einem Notar zu unterschreiben, aber seit Manuela keine größeren Verpflichtungen mehr hatte ... neigte sie immer stärker dazu, das Leben
der anderen zu organisieren. Oder vielleicht zeigte sich erst
jetzt ihr wahrer Charakter, sie war eine besitzergreifende
und unbezähmbare Frau, die gerne Befehle erteilte, selbst
aber unfähig war, einer Anordnung Folge zu leisten. Aber
nun war es zu spät zum Klagen. Er beschloss, sie zu suchen,
um sich wieder zu versöhnen. Er hasste es, wenn sie verärgert war, aber vor allem hasste er, ein ganzes Wochenende
in angespannter Atmosphäre zu verbringen. Gewöhnlich
reichte es, ein Weilchen über ein belangloses Thema zu
reden, und die Gewitterwolken verzogen sich wieder. Das
würde er tun. Jedenfalls hatte er nicht die geringste Absicht, den Comisario um eine Blankovollmacht für seine
Frau zu bitten, damit sie sich nach Lust und Laune in den
Elendsvierteln von San Miguel herumtreiben konnte. Außerdem würde er Darío überall in der Kolonie gut sichtbar
Warnplakate mit dem Hinweis auf die Entführungsgefahr
aushängen lassen. Alle Anwohner sollten von sich aus die
Vorsichtsmaßnahmen verstärken, wenn sie die Kolonie
verließen. Schon beim bloßen Gedanken, dass man eine
der Frauen entführen könnte, standen ihm die Haare zu
Berge. Das wäre eine Katastrophe! Schlimmer könnte es
nicht kommen.

Henry spielte stattdessen mit einem der Mechaniker Tennis.
Er hatte gehofft, durch die körperliche Anstrengung würde
er sich im Verlauf des Matchs beruhigen, doch er irrte leider. Nach dem Duschen in der Umkleidekabine, als er seinen von der Arbeit auf der Baustelle sonnengebräunten Rücken abtrocknete, musste er wieder an Susys Taktlosigkeit
denken. Er wusste nicht, wie er ihr gegenübertreten sollte.

343

Würde er ihr Verhalten tadeln, riskierte er, ein Drama auszulösen, dessen Dauer nicht abzusehen wäre. Am bequemsten wäre es zu schweigen, aber dazu war der Vorfall zu ernst. Susy nicht wenigstens seine Meinung darüber zu sagen, widerstrebte ihm zutiefst. Es war schon schrecklich genug, dass er den Menschen kritisieren musste, der ein Leben lang seine Gefährtin und engste Gesprächspartnerin sein sollte. Er würde sich bei seiner Frau nie geborgen fühlen. Eigentlich konnte er nur selten seine Sorgen, seine eigenen Gedanken und Erfahrungen bei ihr loswerden. Er fürchtete ständig, sie zu beunruhigen oder irgendwie zu verletzen. Dieses Verhalten war jedoch nicht nur großmütig und uneigennützig, es hatte auch eigennützige Motive: Wenn Susy nervös wurde, konnte sie regelrecht neurotisch werden. Dann rief sie ihn alle fünf Minuten an oder glaubte, er verheimliche ihr schreckliche Dinge.

Beim Nachhausekommen fand er Susy im Garten. Sie lag mit Kopfhörern im Liegestuhl und las. Sie lächelte ihn fröhlich an.

»Hallo, Schatz. Du wirst es nicht glauben, aber ich kann fünf Dinge gleichzeitig tun.«

»Fünf?«

»Ja, sieh mal: Ich lese, höre Musik, sonne mich, im Backofen brutzelt ein Braten, und ich ruhe mich aus.«

»Ich kann mir gar nicht vorstellen, dass du dich bei all diesen Aktivitäten ausruhen kannst.«

»Weil ich eine praktisch veranlagte Frau bin. Machst du uns einen Aperitif? Sonst muss ich sechs Dinge gleichzeitig tun.«

Henry ging in die Küche und gab Vermouth, Gin und gestoßenes Eis in den Cocktailshaker. Er füllte zwei Gläser und ging damit zu seiner Frau in den Garten, wo er sich zu ihr setzte und schweigend trank.

»Warum bist du so still? Hat dich Ramón besiegt oder bist du nur müde?«

»Ramón hat nicht spielen können. Ich habe mit Marcos gespielt und gewonnen. Obwohl Ramón schwerer zu besiegen ist.«

»Warum konnte er nicht spielen?«

Er schwieg einen Augenblick, bevor er sie ansah.

»Susy, du hast Paula erzählt, was du Weihnachten im Park gesehen hast, stimmt's?«

»Nein … na ja, vielleicht habe ich was angedeutet.«

»Du hast vielleicht was angedeutet? Wie kann man bei diesem Thema nur was andeuten? Ist dir gar nicht klar, welche Konsequenzen das hat?«

»Natürlich ist mir das klar! Deshalb habe ich es ihr ja gesagt. Sie ist meine Freundin.«

»Hör mal, Paula ist keine Busenfreundin, der man seine Geheimnisse anvertraut. Sie ist eine erwachsene Frau, deren Ehe den Bach runter geht.«

»Red nicht in diesem Tonfall mit mir! Ich bin doch nicht blöd. Ich weiß, dass Paula eine erwachsene Frau ist, deren Mann sie ungeniert betrügt. Wenn Santiago seine Ehe nicht hätte gefährden wollen, hätte er diskreter vorgehen müssen.«

»Das geht dich überhaupt nichts an! Außerdem hättest du bedenken müssen, dass Paula eine sehr schwierige Frau ist, das sieht doch jeder.«

»Genau, sie macht andauernd Schwierigkeiten wie ein schlecht dressierter Hund, nicht wahr? Ehefrauen sollen keine Probleme machen, sie sollen sich nur anständig benehmen und zu Hause auf ihren Ehemann warten. So wie ich, nicht wahr, Henry?«

»Kein Hund ist so neurotisch wie du.«

Unter normalen Umständen wäre Susy bei solch einer Be-

345

merkung in Tränen ausgebrochen, aber es waren keine normalen Umstände. Zum ersten Mal fühlte sie sich selbstsicher, stark und hatte große Lust, diese Auseinandersetzung auf ihre Weise zu führen.

»Da hast du vollkommen recht. Ich bin kein Hund. Ich bin eine erwachsene Frau, die Dinge tun kann, zu der kein Hund fähig ist.«

»Willst du mir drohen?«

»Keineswegs. Du solltest dich nicht bedroht fühlen von dem, was ich tue. Du bist nicht mein Herrchen.«

»Es reicht, Susy, wir kommen vom Thema ab! Dieses Gespräch führt zu nichts.«

»Ich erinnere dich daran, dass du damit angefangen hast, und das freut mich, denn dabei ist mir einiges klar geworden.«

Sie stand auf und verschwand im Wohnzimmer. Henry blieb mit dem Gefühl zurück, zu hart mit ihr umgesprungen zu sein. Nach ein paar Minuten kam sie wieder heraus, sie hatte sich umgezogen.

»Ich gehe.«

»Wohin?«

»Ein bisschen spazieren. Ich muss mich entspannen, ich bin nervös.«

»Susy, ich ... ich bitte dich um Verzeihung, wenn ich dich verletzt habe.«

»Mach dir keine Sorgen, ist egal.«

»Es ist nicht egal. Ich habe gesagt, dass es mir leidtut.«

»In Ordnung, mir tut es auch leid. Wir sehen uns später, Adiós.«

»Soll ich dich begleiten?«

»Nein, danke. Ich brauche Ruhe.«

Das Verhalten seiner Frau überraschte Henry. Was war geschehen? Warum reagierte sie plötzlich nicht mehr so emotional wie sonst? Wenn diese peinliche Angelegenheit dazu diente, dass sie erwachsener wurde, konnte er das nur begrüßen. Aber er war zu hart mit ihr umgesprungen. Er kannte sie gut genug, um zu wissen, dass seine Vorhaltungen sinnlos waren. Doch wie man es auch betrachtete, er war immer noch davon überzeugt, dass ihre Indiskretion dazu geführt hatte, dass sich die Ereignisse überstürzten. Das hätte verhindert werden können.

Sie umarmten sich lange und innig. Victoria lächelte ihn matt an. Sie wirkte erschöpft und besorgt.

»Die Würfel sind gefallen«, sagte er, fasste unter ihr Kinn und sah ihr in die Augen. »Du wirst es doch nicht bereuen, mit einem Kerl wie mir durchzubrennen?«

»Ich will immer bei dir sein.«

»Diesen Wunsch kann ich dir leicht erfüllen, denn ich habe die Absicht, dich keinen Moment mehr allein zu lassen.«

»Ich habe mir eingebildet, dass ich mich nicht trauen würde, mit Ramón zu reden, und wie du siehst, habe ich es ganz einfach gemacht. Er war völlig aufgebracht.«

»Man kann nie wissen, wie jemand auf so eine Eröffnung reagiert.«

»Aber er ist sonst ein ganz ruhiger Mann.«

»Es wird vorübergehen.«

»Nein, das wird es nicht. Es ist, als hätte ich ihm ein Messer in den Rücken gestoßen.«

»Du hast ihm lediglich die Wahrheit gesagt, und die Wahrheit ist, dass du ihn nicht mehr liebst. Das lässt sich nicht lange verheimlichen. Angeblich sind ein Mann und eine Frau doch aus Liebe zusammen.«

»Aber es gibt auch noch Loyalität.«

»Lügen ist aber nicht loyal.«

347

»Ich möchte lieber glauben, dass ich es tun musste, und es ist getan. Wie war's mit Paula?«

»Nichts, was nicht zu erwarten gewesen wäre. Sie tut, was sie bisher auch getan hat: trinken und sich zerfleischen. Nur dass ihr jetzt ihr wichtigster Zuschauer fehlt.«

»Hast du keine Angst, dass sie etwas ... Unbedachtes tun könnte?«

»Du meinst, sich umbringen? Ach was! Sie wird schon jemanden finden, der ihr ihre destruktiven Auftritte abnimmt. Sie hat großes Schauspieltalent. Es geht mich nichts mehr an, was sie tut.«

»Es ist alles so schwierig!«

»Nein, es ist nicht schwierig. Sag, es ist schmerzhaft oder unangenehm oder schrecklich, aber nicht schwierig. Seit wir uns kennen, sind wir immer geradeaus gegangen, und das werden wir bis zum Ende tun. Wir müssen jetzt tapfer sein, dann läuft alles wie von selbst.«

»Mit dir zu reden richtet mich immer auf, aber wenn ich dann wieder allein bin ...«

»Es wird alles gut gehen. Es kann gar nicht anders sein, merkst du denn nicht, dass Gott auf unserer Seite ist?«

Victoria lachte auf. Er lächelte erleichtert darüber, sie zumindest einen Moment lang glücklich zu sehen.

»Wie schön, dass du wenigstens lachst! Wir dürfen das Ganze nicht dramatisieren. Vor allem, weil die Hälfte der Dramen, nämlich die Tragödien, immer schlecht ausgeht.«

»Tut mir leid, Santiago, ich weiß, dass ich dir keine große Hilfe bin, aber du wirst sehen, wenn diese ... erste Phase vorbei ist, werde ich wieder wie früher sein. Frohgemut und gut gelaunt.«

»Dafür sorge ich schon. Lass uns jetzt einen Kaffee trinken. Ich möchte mich mit dir an meiner Seite zeigen und mich nicht mehr verstecken müssen.«

348

»Ich muss bald wieder nach Hause. Ich bin davon überzeugt, dass Ramón zurückkommt.«

»Einverstanden, aber das wird das letzte Mal sein, dass wir uns trennen.«

»Ich verspreche es dir.«

Er las entspannt die Zeitung, als das Telefon klingelte. Er dachte, es sei eines seiner Kinder aus Spanien, aber es war Santiago.

»Ich muss dringend mit dir sprechen, Adolfo.«

»Kein Problem, ich bin zu Hause. Warum kommst du nicht mit Paula zu einem Aperitif rüber?«

»Wenn es dir nichts ausmacht, würde ich gerne unter vier Augen mit dir reden.«

»Dann treffen wir uns im Club.«

»Adolfo, ich weiß, es ist gleich Zeit zum Abendessen, aber ... entschuldige, ich bin in San Miguel und möchte dich bitten, kurz herzukommen. Es wird nicht lange dauern.«

»Ja, natürlich. Ist etwas mit der Baustelle?«

»Nein, keine Sorge. Ich trinke auf der Plaza ein Bier und warte dort auf dich.«

»Ich bin gleich da.«

Er legte auf und ging in die Küche, wo Manuela gerade einen gemischten Salat zubereitete.

»Ich muss noch mal kurz weg.«

»Wohin?«

»Santiago möchte, dass ich mich in San Miguel mit ihm treffe.«

»Ist was mit der Baustelle?«

»Glaube ich nicht, ich vermute, es handelt sich um Meinungsverschiedenheiten auf der Arbeit, und deshalb will er mich auf neutralem Boden sprechen, wo man uns nicht sieht.«

349

»Und dann sollst du ausgerechnet zur Essenszeit nach San Miguel fahren! Das finde ich nicht in Ordnung, Adolfo, ehrlich. Diese Jungs haben dich doch die ganze Woche, und dann glauben sie, dass du ihnen in deiner Freizeit auch noch zur Verfügung stehst.«

»Es ist doch nur für einen Moment, meine Liebe. Ich bin gleich wieder da, er hat mir versprochen, dass es nicht lange dauern wird.«

Die Plaza wirkte verschlafen wie immer am Samstagabend. Nur ein paar Touristen und Bewohner von San Miguel tranken auf den Terrassen Bier oder standen in Grüppchen zusammen und plauderten. Adolfo sah, wie Santiago ihm zuwinkte. Er ging zu ihm, und sie begrüßten sich.

»Was ist los? Ich bin beunruhigt.«

»Setz dich, Adolfo, soll ich dir ein Bier bestellen? Ich komme so schnell wie möglich zur Sache, wenn ich dich schon extra herbitte.«

Sie riefen den Kellner, der sofort ein großes eisgekühltes Bier brachte. Adolfo versuchte, seine Neugier zu verbergen. Er trank genüsslich und sagte dann:

»Schieß los, mein Junge.«

»Adolfo, ich werde in vierzehn Tagen die Baustelle verlassen.«

»Verdammt, was sagst du da? Du bist doch erst seit ein paar Monaten bei uns!«

»Ja, ich weiß, und ich versichere dir, dass ich nicht gehen würde, wenn ich keinen guten Grund dazu hätte.«

»Hat es irgendwelche Schwierigkeiten gegeben, irgendeinen Streit?«

»Nein, auf der Baustelle herrscht eine gute Atmosphäre, und die Arbeit war immer interessant, anständige Kollegen ... Du bist ein guter Chef, jetzt kann ich dir das sagen, ohne dass es nach Einschmeichelei klingt ...«

»Warum dann?«

»Es ist eine persönliche Angelegenheit. Es ist so … Also, Victoria, Ramóns Frau, und ich haben uns ineinander verliebt.«

»Verdammt!«, entfuhr es Adolfo leise. Dann verstummte er. Verwirrt trank er einen Schluck Bier, wagte aber nicht, seinen Gesprächspartner anzusehen. Schließlich sah er doch auf: »Bist du dir sicher?«

Santiago konnte nicht anders, er musste lachen.

»Worüber? Ob ich sie liebe oder ob sie mich liebt?«

»Nein, Blödsinn, das meine ich nicht. Eigentlich gibt es gar nichts zu fragen. Nur … das ist ein verfluchter Mist, was Junge?«

»Ein ganz verfluchter Mist. Victoria hat es Ramón gesagt und ich meiner Frau. Wir werden in zwei Wochen zusammen zurückfliegen. Es ist praktisch sicher, dass ich bei einer Firma in Barcelona anfangen kann. Aber auch ohne Stelle werden wir gehen. Du verstehst das doch, nicht wahr?«

»Natürlich verstehe ich das! Mehr noch, unter diesen Umständen wäre es besser, wenn du gar nicht mehr auf der Baustelle auftauchst.«

»Das ist genau das, was ich nicht will. Es gibt keinen Grund, sich zu verstecken. Ich muss auf die Baustelle zurück, mich von den Leuten verabschieden, die mit mir zusammengearbeitet haben, eben die vierzehn Tage noch arbeiten.«

»Ja, aber mit Ramón zusammenzuarbeiten …«

»Genau, da kommst du ins Spiel. Ideal wäre es, wenn du uns getrennte Aufgabenbereiche zuteilen könntest, wenn du dafür sorgst, dass wir so weit wie möglich voneinander entfernt arbeiten.«

»Ja, das ließe sich machen … Das werde ich tun. Wie ist die Situation im Augenblick?«

»Keine Ahnung, du weißt ja, wie so etwas läuft.«

351

»Offen gestanden habe ich keine Ahnung, wie so etwas läuft. Ich bin seit über dreißig Jahren mit Manuela verheiratet, sollte sie eines Tage zu mir kommen und sagen, dass sie mit einem anderen weggeht ... Ich weiß nicht, wie ich reagieren würde, ganz ehrlich.«

»Ich will Ramón nicht aus dem Weg gehen, ich trage mich sogar mit dem Gedanken, mit ihm zu sprechen. Vermutlich macht man das so, doch wenn ich ehrlich sein soll, muss ich dir sagen, dass ich mir nicht sicher bin, ob ich es wirklich tun soll.«

»Wundert mich nicht, was willst du ihm denn sagen? Mein Bester, ich habe mich in deine Frau verliebt, es tut mir unendlich leid? Das ist eine ganz heikle Situation.«

»Es wird sich alles ergeben. Jedenfalls ist es eine Entscheidung, die wir nicht bereuen werden. Ich kann inzwischen nicht mehr ohne diese Frau leben. Du verstehst mich doch, oder?«

»So ist das mit der Liebe, ja. Aber man wird es erfahren, Santiago. Es wird nicht leicht sein, es geheim zu halten.«

»Das weiß ich, es ist auch nicht nötig.«

Beide wussten nicht, was sie noch hinzufügen sollten. Sie sahen sich feierlich an. Adolfo zuckte die Schultern. Dann gaben sie sich die Hand.

»Santiago, du sollst wissen, dass ich es sehr bedaure, dich zu verlieren. Ich habe dich immer für einen tüchtigen Mann gehalten, und wir haben uns gut verstanden. Ich werde dir helfen, wo ich kann, und ich wünsche dir Glück, ganz ehrlich.«

Sie umarmten sich kurz, aber herzlich. Dann ging jeder, ohne sich noch einmal umzusehen, seines Weges.

Auf der Fahrt zur Kolonie konnte sich Adolfo kaum von seiner Verblüffung erholen. Da kam ja was auf sie zu! Er fragte sich, wie er diese diplomatische Aufgabe würdevoll lösen sollte. Denn das betraf ihn als Chef eindeutig stärker, als es auf den ersten Blick erschien. Er versuchte sich zu beruhigen. Schließlich waren sie alle zivilisierte Menschen, es war also kaum zu erwarten, dass es zu unschönen Auftritten kommen würde. Außerdem waren sowohl Ramón als auch Santiago jünger als er, sie gehörten zu einer Generation, in der die Sexualität lockerer gehandhabt wurde. Er glaubte nicht, dass es zu Handgreiflichkeiten oder gar Messerstechereien kommen würde. Beide waren ruhige Männer, abgesehen von einer ungemütlichen Atmosphäre, wenn sich beide im selben Raum aufhielten, würde nichts weiter passieren. Seine Aufgabe bestand darin, sie möglichst selten zusammentreffen zu lassen. So etwas passierte eben, dafür musste man Verständnis haben. Er schweifte einen Augenblick ab. Hätte er Verständnis, könnte er verstehen, wenn sich Manuela in einen anderen Mann verlieben würde? Er war sich nicht sicher, auch wenn es ziemlich unwahrscheinlich schien, dass ihm das passieren würde. Und wenn es umgekehrt wäre, wenn er wegen einer anderen Frau den Kopf verlieren würde? Diese Möglichkeit erschien ihm nicht so abwegig. Er hatte nie daran gedacht, untreu zu werden, es hatte allerdings auch keine Gelegenheit dazu gegeben, ganz einfach, weil er sie nicht gesucht hatte. Die Arbeit hatte ihn immer voll und ganz in Anspruch genommen, und jetzt, in seinem Alter ... Natürlich fühlte er sich noch nicht zu alt und auch nicht so verbraucht, um es sich nicht wenigstens hypothetisch vorstellen zu können. Er hatte keine Affären gehabt, weil er keinerlei Initiative ergriffen hatte. Etwas ganz anderes wäre es, wenn sich eine Frau unsterblich in ihn verliebte und er dieses Gefühl erwidern würde ... Aber auch dann noch hätte ihm der nötige Mut gefehlt, um mit ihr wegzugehen, schon gar nicht vor aller Augen unter Lebensumständen wie in dieser Kolonie. Eindeutig nein. Er war anders erzogen und würde sich nicht mehr ändern. Er musste anerkennen, dass Santiago großen Mut bewies, oder, um es etwas salopper auszudrücken, ein ganzer Kerl war. Das war er ohne Zweifel, wenn er es wagte, die gesellschaftlichen Zwänge zu überwinden, wenn er es riskierte, ohne Arbeit dazustehen, und damit bewies, dass es ihm egal war, was die anderen denken mochten. Sein Verhalten war eher lobenswert denn kritikwürdig. Ein ganzer Kerl, ja wirklich, das war der richtige Ausdruck. Seine Gefühle mussten sehr stark sein. Plötzlich war er irgendwie stolz darauf, als Erster von dieser Geschichte erfahren zu haben, und genoss es, in gewisser Weise Komplize des Liebespaars zu sein. Nein, er war kein moralinsaurer Tattergreis, der diesen jungen Leuten Schwierigkeiten machen oder sie kritisieren würde. Zu seiner Aufgabe als Chef gehörte es nicht, seinen Männern die Leviten zu lesen. Jeder hatte sein eigenes Gewissen. Er würde sein Möglichstes tun, um ihnen zu helfen, was allerdings nicht heißen sollte, dass er öffentlich als ihr bedingungsloser Verbündeter auftrat. Und was Victoria anbelangte ... Wer hätte das gedacht! Eine so diskrete, in keiner Hinsicht auffällige Frau. Wie würde sie es ihren Kindern beibringen? Dazu wäre Manuela nicht imstande, davon war er überzeugt. Seine Frau hätte nie ihre Kinder im Stich gelassen, um mit einem anderen wegzugehen. Allein diese Vorstellung hätte ausgereicht, auf jegliche Affäre zu verzichten. Richtig bedacht war das nicht gerade schmeichelhaft für ihn: Wenn Manuela sich wirklich einmal in einen anderen verliebt und nur wegen ihrer Kinder auf ihn verzichtet hatte, hätte er es natürlich gar nicht bemerkt. Welch ein Hirngespinst! Was dachte er da eigentlich für einen Blödsinn? Gerade jetzt musste er einen klaren Kopf behalten, und wenn er so weitermachte, wäre er am Ende selbst ein Nervenbündel.

Sollte er es Manuela erzählen? Natürlich würde er es ihr erzählen, aber nicht heute Abend, diesen Abend wollte er das Geheimnis mit den Verliebten teilen. So hatte er das Gefühl, etwas Verbotenes und Angenehmes zu tun, als wäre er es selbst, der sich auf ein Abenteuer eingelassen hatte.

Wie sie vermutet hatte, kehrte Ramón zurück. Am Sonntagmorgen um sieben hörte sie, wie die Haustür geöffnet und wieder geschlossen wurde. Ramón kam ins Schlafzimmer, wo sie angezogen auf dem Bett lag.

»Hast du nicht geschlafen?«, fragte er.

»Ich bin hin und wieder eingenickt.«

»Ich mache Kaffee. Wenn du magst, komm runter frühstücken, und wir reden.«

»Ich komme gleich.«

Sie wusch sich das Gesicht mit kaltem Wasser. Eigentlich hätte sie lieber geduscht, aber sie wollte ihn nicht warten lassen. Sie betrachtete sich im Badezimmerspiegel und erkannte sich nicht wieder. Die Entschlossenheit in ihrem Blick überraschte sie, sie überlagerte sogar die Spuren der Müdigkeit.

In der hellen Küche sah sie, dass Ramón blass war und dunkle Schatten unter den Augen hatte. Sie beobachtete ihn beim Zubereiten des Frühstücks und empfand unendliche Trauer. Warum, warum war es nötig, ihn leiden zu lassen? Ihr Mann stellte alles, was er vorbereitet hatte, auf den Tisch und setzte sich ihr gegenüber.

»Schön stark, wie immer, nicht wahr?«

»Ja«, flüsterte Victoria aus Angst, in Tränen auszubrechen. Er begann unerwartet lebhaft zu reden.

»Gut, meine Liebe, ich glaube, zuerst sollte ich mich bei dir entschuldigen. Meine Reaktion und mein Abgang gestern

waren ... unangemessen, wir brauchen uns nichts vorzumachen.«

Sie wünschte sich sehnlichst, er möge nicht in diesem ver-
söhnlichen, irgendwie heuchlerischen Tonfall weitersprechen. Sie wollte es schnell hinter sich bringen. Sie dachte
an Santiago und stellte sich beide zusammen ganz weit weg
vor. Ramón fuhr fort:

»Außerdem habe ich die ganze Nacht nachgedacht, und ich
glaube, Victoria, du hast recht. Ich habe lange Zeit irgendwie über unserer Realität geschwebt, ohne zu merken, wie
wichtig sie ist. Ich habe mich in die Arbeit gestürzt, in die
Routine, und ich weiß, dass ich ein Mann bin, der nicht
gerade durch Originalität oder Lebhaftigkeit hervorsticht,
und ...«

Victoria unternahm den schwachen Versuch, ihn zu unterbrechen.

»Ramón, sag das nicht, es handelt sich nicht ...«

»Nein, lass mich ausreden. Es stimmt, dass ich als Mann ein
Trottel bin, warum andere Begriffe benutzen, wenn dieser
doch genau zutrifft? Manchmal sehe ich keine Notwendigkeit, mich mitzuteilen, mit dir zu sprechen und dir zu
sagen ... Na ja, dass alles in Ordnung ist, dass ich dich von
ganzem Herzen liebe. Also gut, es war ein Fehler, dass ich
den Mund nicht aufgemacht habe, man muss sich immer
bemühen, das Zusammenleben lebendig zu halten, ihm
einen Anreiz und Abwechslung bieten.«

Still liefen ihr die Tränen übers Gesicht – sie konnte sie
nicht länger zurückhalten.

»Darüber hinaus macht unsere derzeitige Situation alles noch
schlimmer. Dieser Staudammbau ist schwierig und zeitauf-
wendig. Zu allem Überfluss sind wir die ganze Woche getrennt, und wenn ich nach Hause komme, grüble ich weiter über die verdammten technischen Probleme nach. Und

dieses Land ... so anders in seinem Rhythmus als unseres, so feindlich uns Spaniern gegenüber ... Weißt du, was ich mir überlegt habe? Die Baustelle kann mir gestohlen bleiben, verdammt noch mal. Ich werde zu Adolfo gehen und ihm sagen, dass wir nach Spanien zurückkehren. Meine Stelle in der Firma ist mir sicher. Mir wurde gesagt, dass ich jederzeit zurückkommen kann, wenn ich genug habe. Und jetzt habe ich genug.«

Plötzlich verstummte er und sah sie an.

»Warum weinst du, Victoria?«

Sie schüttelte den Kopf, doch der Kummer ließ sie kein Wort hervorbringen.

»Warum weinst du so? Antworte mir.«

»Ich werde gehen, Ramón, ich werde gehen«, flüsterte sie. Er stand auf, ging zu ihr und ergriff ihre Hand.

»Aber Victoria, was willst du mit diesem fremden Mann? Du benimmst dich wie ein Schulmädchen, merkst du das nicht? Mein Mädchen! Komm schon, hör auf zu weinen und lass uns Zukunftspläne machen. Ja?«

Da stieg plötzlich Wut in ihr auf. Merkte er denn gar nichts? Begriff er nicht, dass es sinnlos war, ihr auf den Rücken zu klopfen und zu versprechen, dass alles wieder gut werden würde? Nahm er sie nicht ernst oder war er unfähig, das Ausmaß der Liebe, die sie für einen anderen Mann empfand, und den Ernst der Situation zu erkennen? Sie zuckte heftig zusammen und schrie:

»Nein!«

Ramón trat zwei Schritte zurück und sagte mit kaltem hasserfülltem Blick:

»Na schön, du gehst, aber ich werde jetzt sofort die Kinder anrufen und ihnen sagen, dass ihre geliebte Mama mit einem anderen abhaut. Adiós.«

Er rannte ungestüm hinaus. Große Verzweiflung überkam

357

sie. Was sollte sie tun, wie eine Irre zum Telefon laufen, um ihm zuvorzukommen? Nein, sie blieb sitzen und weinte trostlos. War das alles, was Ramón mit ihr besprechen wollte? War dies das Ergebnis seines nächtlichen Nachdenkens? Und dieser abrupte Wechsel in seinem Verhalten? Besonders überzeugt von seiner Strategie für einen Versöhnungsversuch konnte er nicht gewesen sein. Sie trocknete sich die Augen. Er war außer sich und würde zudem nie begreifen, warum ihre Ehe gescheitert war. Sie putzte sich die Nase. Sie war davon überzeugt, dass er seine Drohung wahr machen und die Kinder anrufen würde. Es war egal, wenn der richtige Zeitpunkt gekommen war, würde sie ihnen ihre Version schildern. Das Mitleid mit ihrem Mann war wie weggeblasen. Ihr wurde bewusst, dass die gemeinsame Vergangenheit und die guten Augenblicke ihres Ehelebens von heute an kaum noch zählten. Und sie begriff, dass sie von hier auf jetzt Gegner geworden waren.

Am folgenden Montag waren sowohl Adolfo als auch Henry sichtlich nervös. Die Ingenieure pflegten sich morgens immer zu treffen und die Arbeitswoche durchzusprechen. Adolfo hatte die Besprechung jedoch abgesagt. Hinterher fragte er sich, ob das richtig gewesen war. Vielleicht hätten die Besprechungsroutine und die ausschließlich auf die Arbeit bezogenen Themen das erste Zusammentreffen von Ramón und Santiago gar nicht so dramatisch ausfallen lassen. Diese Gefahr war im Augenblick gebannt, aber irgendwann würde es passieren. Deshalb war es besser, den geeigneten Zeitpunkt bewusst zu wählen, statt ihn dem Zufall zu überlassen. Natürlich könnte er sich das alles auch ersparen, er könnte den Ahnungslosen spielen und die beiden das untereinander ausmachen lassen. Wozu sollte er sich einmischen? Er hatte nicht versprochen, bei möglichen Aus-

358

einandersetzungen zu vermitteln, sondern nur, die beiden Männer auf der Baustelle voneinander fernzuhalten.

Die Maßnahme, ohne Vorankündigung oder Erklärung die wöchentliche Teambesprechung ausfallen zu lassen, überraschte auch Henry. Er schloss daraus sofort, dass sein Chef bereits von der Geschichte wusste, und als er feststellte, dass Santiago laut Arbeitsplan zum nördlichen und Ramón zum südlichen Abschnitt der Baustelle versetzt worden waren, fand er seine Vermutung bestätigt. Das waren nicht ihre üblichen Einsatzgebiete.

Ramón kam zum selben Schluss. Gut, Adolfo war also gewarnt worden und hatte beschlossen, einen Affront zu unterbinden. Eine vernünftige und kluge Entscheidung, typisch für ihren Chef. Bald würden es alle wissen, aber das war ihm inzwischen gleichgültig. Anfangs dachte er mit Entsetzen an die Kommentare, die diese Affäre auslösen würde, aber das war jetzt egal. Das Getratsche würde das monotone Leben im Camp und in der Kolonie beleben. Eigentlich müsste man ihm einen Extrabonus dafür zahlen, weil er zur Hebung der Stimmung in der Kolonie beitrug. Natürlich würde er sich nicht verstecken, als wäre es seine Schuld. Er würde sich auf keinen Fall verkriechen, sondern mit hoch erhobenem Haupt bleiben, wo er war. Schämen sollten sich Victoria und Santiago. War ihnen ihre Liebe so wichtig, dass sie nicht einmal warten konnten, bis der Staudamm fertig war? Er lächelte bitter. Zu einem Zeitpunkt, zu dem er es am wenigsten erwartet hatte, hatte seine keusche Gattin Victoria alles aufs Spiel gesetzt. Und darüber hinaus versuchte sie nun, ihren Ehebruch mit dem Argument zu rechtfertigen, ihre Ehe sei am Ende. Als wäre die Ehe ein ständiges Fest, ein fröhlicher Tanz, ein romantischer Film aus goldenen Hollywood-Zeiten. Doch sie würde ihn nicht an der Nase herumführen. Er wusste, dass er ein guter Ehemann gewesen war. Er hatte sie jeden Tag ihrer Ehe geliebt und respektiert. Das würde er sich nicht in die Schuhe schieben lassen, denn offenbar ging es hier nur um Sex, was ihn überraschte. Aber es überraschte ihn noch mehr, dass der Auserwählte Santiago war. Was war so besonders an ihm? Wahrscheinlich hatte er sie so lange umworben, bis sie dahingeschmolzen war. Vermutlich hatte er sie mit abgedroschenen Phrasen über die unbezähmbare Leidenschaft, die Kraft der Liebe im Alter und so weiter erobert. Frauen sind für diesen Schmu bekanntlich sehr empfänglich. Obwohl er geglaubt hatte, Victoria sei gegen solch leeres Gewäsch immun, sie sei ausgeglichner und vernünftiger als andere Frauen, war sie ihm augenscheinlich doch auf den Leim gegangen. Dieser Santiago, dieser Gemütsmensch, was für ein Scheißkerl! Er hatte ja auch nichts zu verlieren mit dieser peinlichen Frau. Vermutlich hatte er in Victoria den Himmel auf Erden entdeckt: eine ruhige, nachdenkliche, ganz normale und angepasste Frau, keine verrückte Alkoholikerin, die ihn kontinuierlich lächerlich machte. Seine Ehe musste die reinste Hölle gewesen sein, denn Paula verhielt sich bestimmt nicht erst seit gestern so. Nein, es musste fortschreitender Verfall gewesen sein. Er konnte auch nicht begreifen, wieso sie zusammen nach Mexiko kommen konnten. Und in dieser anhaltenden, mittlerweile unerträglichen Ehekrise war plötzlich eine weiße Taube vorbeigeflogen. Zu allem Überfluss handelte es sich nicht um eine unerfahrene, junge Taube, der man das Leben erklären konnte, sondern um eine gestandene Frau mit ähnlichen Gewohnheiten, derselben Mentalität und demselben sozialen Niveau. Bequem. Dann verliebt sich dieser Mistkerl zufällig in sie und flüstert ihr schöne Worte ins Ohr. Am merkwürdigsten und unverständlichsten daran war, dass seine Frau darauf hereingefallen

360

war. Wo war ihr Realitätssinn geblieben? Wie auch immer Santiago sein mochte, eine Frau wurde schließlich nicht grundlos zur Alkoholikerin. Wer weiß, was Paula in diesen Jahren mit ihrem Mann alles auszuhalten hatte. Vielleicht Untreue jeglicher Art, Verachtung. In Wirklichkeit war Santiago sicher das typische Großmaul, das immer selbstsicher auftritt, so was gefällt den Frauen. Doch langfristig würde Victoria es bereuen, wenn nicht nach drei Monaten, dann spätestens nach sechs. Für Santiago stand nicht viel auf dem Spiel, weder eine stabile Ehe noch Kinder. Aber für Victoria schon, Victoria hätte dann alles verloren. Er bezweifelte, dass ihre Kinder Verständnis für diese Entscheidung zeigen und je wieder ein Wort mit ihr wechseln würden. Noch hatte er sie nicht angerufen. Er war unsicher, ob er es ihr überlassen sollte, ihnen dieses Geständnis zu machen, ihnen am Telefon eiskalt zu verkünden, dass sie ihr Heim und ihre Familie verlassen würde. Wann hatten die beiden wohl vor abzuhauen? Vermutlich bald, er glaubte nicht, dass sie es lange in dieser angespannten Atmosphäre aushalten würden. Außerdem waren sie räumlich getrennt und konnten nicht miteinander vögeln. Wo hatten sie sich anfangs getroffen und wie lange dauerte das Ganze schon? Wie lange schliefen sie schon miteinander? Er stellte sich seine nackte Frau zusammen mit Santiago vor, es war unerträglich. Dieses Bild musste er augenblicklich wieder verbannen und durfte es nie wieder heraufbeschwören. Es war unzumutbar, abscheulich, viel zu schmerzlich.

Überstürzt verließ er die Baracke, in der er arbeitete, und machte sich auf die Suche nach Adolfo. Er saß in seinem Büro über einem Stapel Papiere am Schreibtisch. Ramón trat, ohne zu klopfen, ein und sagte grußlos:

»Adolfo, wie ich sehe, bist du auf dem Laufenden, also brauchen wir uns nichts vorzumachen, einverstanden?«

361

Sein Tonfall war so aggressiv, dass Adolfo zusammenfuhr. Gut, sagte er sich, das war zu erwarten gewesen, jetzt musste er eben doch Stellung beziehen. Er bemühte sich, gelassen zu klingen.

»Bitte setz dich, Ramón.«

»Das ist nicht nötig. Sag mir, wie du es erfahren hast.«

»Santiago hat es mir gesagt. Er wird die Baustelle in vierzehn Tagen verlassen.«

»Donnerwetter, da weißt du ja mehr als ich! Wie heißt es doch so schön? Der Ehemann erfährt es immer zuletzt.«

»Sonst weiß niemand davon.«

»Sollen sie es doch erfahren, sie sollen wissen, dass dieser Hurensohn nichts Besseres zu tun hatte, als die Frau eines Kollegen zu verführen.«

»Ramón, setz dich und beruhige dich, bitte!«

Er setzte sich ungehalten. Adolfo konnte sich nicht daran erinnern, ihn schon einmal in dieser Verfassung gesehen zu haben.

»Du kennst ja seine Frau, eine Art chronische Säuferin, die ihm das Leben zur Hölle macht. Wie's scheint, fand er meine besser. So ist das eben.«

»Hör mal, Ramón, das ist ein harter Schlag, das bezweifelt niemand. Und alles, was ich dir sagen kann, wird dir nicht viel nützen. Aber es wäre mir lieb, wenn du eines nicht vergisst: Wir sind alle zivilisierte Menschen. Und damit du nicht irgendwann etwas Unbedachtes oder ein böses Wort bereuen musst, wäre es besser, wenn du dich zusammenreißt.«

»Keine Sorge, ich werde die Reputation unseres wunderbaren Unternehmens nicht beschmutzen.«

»Das meine ich nicht, Ramón, das Unternehmen interessiert mich im Augenblick einen feuchten Kehricht. Aber ich möchte verhindern, dass du unbedacht handelst, solange du so verletzt bist. Am vernünftigsten wäre, wenn du versuchst, dich zu beruhigen und das Ganze mit größtmöglicher Distanz zu betrachten. Und ich versichere dir, dass ich sehr gut verstehe, wie du dich fühlst.«

»Oh nein, erspar mir das, diese hohle Phrase hätte ich von dir wirklich nicht erwartet! Will dich Manuela etwa verlassen? Hat sie dir schon einmal damit gedroht? Noch nie, stimmt's? Bist du schon einmal in den Genuss gekommen, vor deinen Arbeitskollegen wie ein Blödmann dazustehen, weil man dir direkt vor deiner Nase Hörner aufsetzt? Sag du mir nicht, du wüsstest, wie ich mich fühle, denn das stimmt nicht. Du hast keine Ahnung, wie es sich anfühlt, ein Stück Scheiße zu sein, Adolfo, denn so fühle ich mich.«

Unvermittelt stand er auf und verließ das Büro. Adolfo versuchte nicht, ihn zurückzuhalten, es war sinnlos. Er seufzte und fuhr sich bekümmert übers Gesicht. Ruhige Männer, dachte er, schweigen und schlucken, bis die angestaute Aggression schließlich besonders heftig aus ihnen hervorbricht. Und niemand ist gegen Aggressionen gefeit, niemand. Wir sind uns alle ähnlicher, als wir glauben. Wir sind praktisch identisch. Ramón irrte sich, wenn er glaubte, dass er, Adolfo, nicht nachvollziehen könnte, wie er sich fühlte. Er konnte sich seinen Leidensweg sehr gut vorstellen. Wir sind doch alle gleich, ob Schwede oder Italiener, ob Chinese oder Senegalese. Ein Hilfsarbeiter reagiert genauso wie ein Ingenieur. Vielleicht fiel die Reaktion des Ingenieurs aufgrund seiner Erziehung gemäßigter aus. Der gesunde Menschenverstand des Hilfsarbeiters würde aber genauso einen blutrünstigen Racheakt verhindern. Unter normalen Menschen fließt nicht so schnell Blut. Er hoffte, dass ihnen in diesem Fall körperliche Auseinandersetzungen erspart blieben.

Er starrte auf die Unterlagen, die vor ihm lagen, die Kalkulationstabellen und Baupläne, den blinkenden Computer, die schwimmenden Fischchen des Bildschirmschoners. Das Arbeiten würde sich in den nächsten Tagen schwierig gestalten. Er hoffte, dass es nicht zu größeren Verzögerungen käme. Zwar war es nicht gelogen gewesen, dass ihn im Augenblick das Unternehmen einen feuchten Kehricht interessierte, aber eine Abmahnung wollte er auch nicht riskieren, wenn er den Monatsbericht nach Spanien schickte.

Verdammt, da kamen die Ingenieure, alle außer Don Ramón! Und das, obwohl sie montags nie ins El Cielito gingen! Auch egal, wie er in solchen Fällen immer festzustellen pflegte, schließlich hatte er Feierabend. Sie setzten sich an einen Tisch, und er hob sein Bierglas zum Gruß. Zum Glück kam keiner von ihnen an den Tresen, um ihn kumpelhaft ein wenig aufzuziehen. Wunderbar, so konnte er mit Rosita plaudern, ohne die Männer weiter zu beachten. Doch eine Stunde später tauchte auch Ramón Navarro auf und kam entgegen seiner sonstigen Gewohnheiten direkt auf ihn zu. Erst dachte er, er wolle sich nur etwas zu trinken bestellen und sich dann an den Tisch zu seinen Kollegen setzen, aber nein. Er bestellte einen Tequila und wollte mit ihm plaudern. Rosita zog sich zurück.
»Wie geht's, Darío? Was machst du so?«
»Wie Sie sehen, mach ich einen drauf.«
»Das ist das Beste, das man tun kann, mein Junge.«
Entweder fing er langsam an zu spinnen oder der Ingenieur war ziemlich betrunken. Das wunderte ihn sehr, er trank am wenigsten von allen, aber dann dachte er philosophisch, dass die Ausnahme die Regel bestätigte. Und er gab noch mehr Plattitüden von sich, was den Eindruck einer freundschaftlichen Unterhaltung erweckte.

»Ich meine ja, dass man hin und wieder einen draufmachen muss, zumindest, solange man noch Junggeselle ist, Don Ramón.«

»Und später wirst du ganz brav?«

»Selbstverständlich. Das hier ist für mich eine Art Urlaub vor der Ehe. Denn ich war nie ein Nachtschwärmer, glauben Sie ja nicht. In Spanien bin ich höchstens mal abends mit meinen Freunden was trinken gegangen. Es muss an diesem Land liegen, es bringt das Blut in Wallung.«

Sein Gesprächspartner starrte stumm auf sein Glas, als wäre es eine Kristallkugel, die ihm seine Zukunft vorhersagen könnte. Dann ging er zum Tisch der Kollegen. Er blieb vor Santiago stehen und starrte ihn wortlos an. Santiago stand auf und bekam im selben Augenblick, ohne Ankündigung, ohne die geringste Vorwarnung, einen kraftvollen Faustschlag mitten ins Gesicht, der ihn fast umwarf. Ein Raunen ging durch den Raum, und alle Gäste starrten zu ihnen herüber. Darío saß starr vor Schreck mit weit aufgerissenen Augen am Tresen und sah, dass Adolfo und Henry sofort aufsprangen und Ramón festhielten, obwohl der keine Anstalten machte, noch einmal zuzuschlagen. Santiago wischte sich über den Mund und sagte ganz ruhig zu Ramón:

»Hör mir bitte zu, ich bitte dich, lass uns reden.«

Seine Worte bewirkten, dass der Angesprochene sich erneut auf ihn stürzen wollte, aber von Henry und Adolfo daran gehindert wurde. Letzterer warf Darío einen wütenden Blick zu und bedeutete ihm energisch, ihnen zu helfen. Der junge Mann kam näher, aber plötzlich sackte Ramón in sich zusammen, es brauchte keinen dritten Mann, um ihn festhalten. Dann schnaubte der Chef mit fester, aber gedämpfter Stimme, damit er nicht im ganzen Lokal zu hören war:

365

»Meine Herren, es reicht! Ich will nichts mehr sehen. Jetzt
ist Schluss. Und wenn ihr reden müsst, dann tut das an
einem anderen Tag und an einem anderen Ort. Wir gehen
jetzt.«
Zusammen mit Henry schob er Ramón, der ganz zahm geworden war, zum Ausgang. Zu Santiago sagte er leise:
»Komm nicht vor einer Stunde ins Camp zurück.«
Der nickte, hob einen der umgefallenen Stühle auf, setzte
sich und bat Darío, der noch immer verdattert dastand:
»Würdest du mir ein Bier holen, Darío? Oder besser gleich
zwei ... und setz dich ein Weilchen zu mir.«
Seine Lippe war aufgeplatzt. Darío machte ihn mit einem
Zeichen darauf aufmerksam. Die mexikanischen Gäste hat-
ten sich wieder ihrem Kartenspiel zugewandt, plauderten
und tranken, ohne sich anmerken zu lassen, dass es eine
Unterbrechung gegeben hatte. Darío ging zum Tresen und
beim Einschenken der Biere fragte Rosita leise:
»Was war denn los, Schätzchen?«
»Nichts«, erwiderte er. »Eine Meinungsverschiedenheit
unter Spaniern.«
»Meine Güte! Das war eine Meinungsverschiedenheit?
Und was macht ihr, wenn ihr euch ernsthaft streitet? Und
da heißt es immer, wir Mexikaner seien Hitzköpfe!«

Henry und Adolfo brachten Ramón in seine Schlafbaracke
und halfen ihm, sich hinzulegen. Wahrscheinlich tat er aus
Beschämung über sein Benehmen im Lokal betrunkener,
als er in Wirklichkeit war. Sie ließen ihn allein und atmeten
die frische Nachtluft ein. Adolfo trocknete sich mit einem
Taschentuch den Schweiß von der Stirn.
»Verdammt noch mal!«, fluchte er leise.
Dann merkte er, dass er dem Amerikaner eine Erklärung
schuldig war.

»Also, die Geschichte ist etwas kompliziert...«

»Bemüh dich nicht, ich kenne die Geschichte.«

»Du kennst sie?«

»Susy hat vor einiger Zeit beobachtet, wie sich die beiden küssten.«

»Natürlich! Nicht mal dem Teufel kommt in den Sinn, in einem Mikrokosmos wie der Kolonie eine Affäre mit der Frau eines Kollegen anzufangen!«

»Offensichtlich hatte er auch nicht vor, es lange geheim zu halten.«

»Ja, ich weiß schon.«

»Aber sie hätten sich die ganzen Schwierigkeiten natürlich auch ersparen können.«

Adolfo sah Henry an und nickte flüchtig. Im Stillen dachte er: Ich weiß nicht, ob es daran liegt, dass er Amerikaner oder so jung ist, aber offensichtlich hat er noch nicht begriffen, dass sich die Liebe kaum vom Willen des Liebenden beherrschen lässt.

Manuela fand ihre Vermutungen schnell bestätigt. Von allen ihren Hilfsangeboten schien die Mitarbeiterin der NRO lediglich die des Geldsammelns zu interessieren. Alles andere wie Mitarbeit, Organisation oder Beitrag von Ideen wurde von der Frau erst gar nicht in Erwägung gezogen und kategorisch abgelehnt. Sie war so unverschämt gewesen, ihr ins Gesicht zu sagen, dass ihre Einrichtung keine Einmischung von Laien zulasse, denn erfahrungsgemäß seien Ehrenamtliche eher hinderlich. Diese Abfuhr hatte ihr außerordentlich missfallen, auch wenn sie so etwas befürchtet hatte. Es tat ihr in der Seele weh, aber sie würde sich keinesfalls darauf beschränken, bei den Koloniemitgliedern Geld zu sammeln. Kam gar nicht in Frage. Was hatte das für einen Reiz? Sie wollte, die Leute zu einem echten Beitrag für ihr

Gastgeberland anregen. Nur Geld zu sammeln war kein verdienstvolles Unterfangen. Außerdem konnte sie die Familien nicht drängen, einfach Geld zu spenden. Viele der Bewohner sparten und hatten diesen Auftrag im Ausland angenommen, weil er besser bezahlt wurde als in Spanien. Sie waren schließlich keine Potentaten. Deshalb fand sie es nicht angemessen, sie im Namen der Wohltätigkeit anzuzapfen. Einige würden sich dazu verpflichtet fühlen, nur weil *sie* das Ganze organisierte. Nein, sie würde sich was einfallen lassen, zum Beispiel ein großes Wohltätigkeitsfest veranstalten, für das die Gäste einen symbolischen Eintritt bezahlten. Außerdem würden sich bestimmt ein paar Institutionen anschließen und etwas herausrücken. Das spanische Konsulat von Oaxaca, das Bauunternehmen, die örtliche Bank, mit der es zusammenarbeitete ... Die Mitarbeiterin dachte einen Augenblick über diese Möglichkeit nach. Dann nahm sie Papier und Bleistift zur Hand und begann ungerührt zu rechnen.

»Das könnte funktionieren«, stimmte sie zu. »Wenn wir die Summe zusammenkriegen, die ich hier ausgerechnet habe, könnte sich die Veranstaltung auszahlen.«

»Sie muss nur gut organisiert werden, und es müssen genügend Gäste eingeladen werden. Ich glaube, wenn man ein wenig intelligent vorgeht ... Lass mich mit den Frauen in der Kolonie sprechen, mal sehen, was sie an Ideen beisteuern können. Wir werden ein Brainstorming veranstalten und sehen, was dabei herauskommt.«

»Einverstanden, Manuela, ich muss jetzt los. Ruf mich an, wenn die Organisation steht.«

Sie hatte sich nicht einmal bei ihr bedankt. Manuela folgte ihr mit dem Blick, als sie zur Tür ging. Sie hatte eine ziemlich maskuline Figur. Selbst die Missionsnonnen waren netter anzusehen in ihren weißen Trachten mit den Flügelhauben. Aber diese Leute von der NRO ... Na ja, das waren vermutlich die Zeichen der Zeit. Sie seufzte und goss sich einen Tee auf. Sie war müde. Ging ihr etwa langsam die sprichwörtliche Vitalität verloren? Schließlich war sie nicht mehr jung, und obwohl sie noch immer guten Willens war, begann sie angesichts der komplizierten Aufgabe ihr Durchhaltevermögen in Frage zu stellen. Das war ihr früher nie passiert, früher hatte sie sich Herkulesarbeit aufgehalst, ohne mit der Wimper zu zucken. Aber ihr Elan ließ eindeutig nach, und sie musste immer größere Willenskraft aufbringen. Und wozu das alles? Niemand schien ihre Bemühungen zu schätzen. Ihre Kinder riefen nur selten an, und die Leute aus der Kolonie nahmen ihr Engagement und ihren großen Eifer als selbstverständlich hin. Selbst Adolfo schien in ihr einen verlässlichen, funktionierenden Motor zu sehen. Aber auch Maschinen haben ihre Schwachstellen, selbst Motoren brauchen Treibstoff, zum Teufel noch mal! Sie müssen regelmäßig geputzt und geschmiert werden. Aber von ihr wurde erwartet, alles zu geben und niemals schwach zu werden. Was sollte sie denn tun? Sich in eine Ecke setzen und ihr Unglück beweinen? Kam gar nicht in Frage, das würde sie sich nie erlauben. Sie hatte genug Frauen kennengelernt, die ständig jammerten und sich über alles beklagten. Eines musste einmal deutlich gesagt werden: Sie war sich immer selbst treu geblieben. Ihr ganzes Leben lang hatte sie ihre Pflicht erfüllt und daraus Befriedigung gezogen, das hatte sie immer aufrechterhalten, und das sollte sich keineswegs ändern. Natürlich hätte ihr ein wenig Anerkennung gutgetan, aber wenn niemand dazu bereit war, musste sie eben allein weitermachen.

Sie seufzte wieder und trank einen letzten Schluck Tee. Gut, sie würde damit beginnen, Darío die Frauen zusammentrommeln zu lassen. Den Jungen brauchte sie für die logistischen Vorbereitungen. Sie würde ihn stark mit einbeziehen und ihm das Gefühl geben, dass seine Meinung für das Projekt entscheidend war. Etwas anderes fiel ihr nicht ein, um zu erreichen, dass sich der Bursche in Bewegung setzte. Er war ein typischer Vertreter seiner phlegmatischen Generation, er schleppte sich von einer Sache zur nächsten, als trüge er einen Haufen Steine in den Hosentaschen. Hätte sie sich solche Trägheit erlaubt, wo wäre sie dann heute? Etwa auch hier? Vermutlich nicht.

Darío sah sie näher kommen, ihre Silhouette zerfloss vor seinen Augen, als würde er von einer Außerirdischen besucht, und er konnte dieses Bild auch nicht verscheuchen, als sie ihm erläuterte, wie notwendig es sei, sich mit den einheimischen Bauern solidarisch zu zeigen und den benachteiligten Menschen zu helfen. Doch als er das mit dem Brainstorming hörte, wurde sein Erstaunen noch größer.

»Und was ist dieses Brainstorming, Doña Manuela?«

»Das ist ein englischer Begriff für ein Treffen, bei dem alle ihre Ideen zu einem konkreten Thema einbringen. Wörtlich bedeutet es Gedankenstürme. Siehst du den Zusammenhang?«

»Ich weiß nicht, ob ein Sturm unter den aktuellen Umständen ratsam ist...«

»Ja, ja, um dich in Bewegung zu setzen, braucht es einen Hurrikan oder einen Taifun. Aber ich möchte, dass dir eines klar ist: Das Ganze ist mir sehr wichtig und mein ganz persönliches Projekt, verstanden?«

»Ja, Doña Manuela, wie Sie meinen.«

»Gib den Frauen der Techniker und der Ingenieure Bescheid. Morgen um fünf Uhr nachmittags Treffen im Club.

Sag Pancho, er soll kalte und warme Getränke in den Clubsaal stellen. Ach, und auch einen Imbiss.«
Diese Frau war ein verrücktes Huhn. Bei dem momentanen
Tamtam fiel ihr nichts Besseres ein, als eine Benefizveranstaltung zu organisieren. Aber wahrscheinlich wusste sie
noch gar nichts davon. Ihm war es jedenfalls egal. Wenn
sie Sturm haben wollte, sollte sie ihn bekommen, und
ob sie ihn bekäme! Und als Zugabe ein wunderbares Gewitter.

Santiago rief Victoria täglich an. Er munterte sie auf und
versicherte ihr, dass alles gut laufe. Tat es das wirklich?
Sie würden von hier weggehen, ohne dass er eine feste
Stelle in Aussicht hatte, aber das war nicht so wichtig, er
würde ganz bestimmt eine Arbeit finden. Irgendetwas
blieb immer offen, wenn man eine folgenreiche Entscheidung fällte. Zuerst muss die Entscheidung getroffen werden und dann kommen die einzelnen Schritte. Er wollte
seinen Aufgabenbereich auf der Baustelle so geordnet wie
möglich hinterlassen, damit sein Nachfolger keine Probleme haben würde. Er hatte mehrfach versucht, mit Ramón
zu reden, aber der ging ihm unmissverständlich aus dem
Weg. Zwar wusste er nicht genau, was er ihm hätte sagen
sollen – vielleicht hätte er ihn irgendwie um Verzeihung
bitten sollen –, aber gewiss würde er keinerlei Erklärung
abgeben. Zum Glück war Ramón nicht mehr handgreiflich
geworden. Victoria hatte er von dem Faustschlag nichts erzählt. Ihre Telefongespräche sollten dazu dienen, dass sie
sich beruhigte und diese seltsame Übergangszeit so angenehm wie möglich verbrachte. Doch Victoria war traurig.
Sie hatte ihren Kindern ihre Entscheidung mitgeteilt, und
der vorübergehende Gefühlsausbruch hatte sie deprimiert.
In Wirklichkeit war Santiago alles andere als ruhig. Er hatte

immer größere Angst, dass sie nicht genügend Kraft aufbringen würde und doch noch einen Rückzieher machen könnte. Die Angst war so groß, dass er vorsorglich die Flugtickets nach Spanien gekauft hatte, eine halb unbewusste Handlung, um die Unwiderruflichkeit ihrer Pläne zu untermauern.

Sie war nicht bereit, sich mit ihm in ihrem gemieteten Zimmer zu treffen. Es war absurd, als wollte sie ausgerechnet jetzt, seit ihre Beziehung bekannt war, ihrem Ehemann treu bleiben. Aber er musste sie dringend sehen und hatte ihr für diesen Tag ein Treffen in San Miguel abgerungen.

Als er sie näher kommen sah, beruhigte er sich wieder. Sie war wunderschön. Wie war es möglich, dass ihm ihre Schönheit anfangs gar nicht aufgefallen war? Er hatte sich in sie verliebt, ohne dass ihr Aussehen auch nur die geringste Rolle dabei gespielt hatte. Sie hatte jetzt dunkle Schatten unter den Augen und ziemlich abgenommen, aber ihr schöner Mund lächelte ihn erfreut an. Sie umarmten sich fester denn je und waren so bewegt, dass sie kaum sprechen konnten.

»Bist du in Ordnung?«, fragte er törichterweise.

»Ich will, dass wir so schnell wie möglich abreisen.«

»Es läuft alles bestens. Ich erledige gerade die letzten Angelegenheiten auf der Baustelle, damit alles, was von mir abhängt, ordentlich hinterlassen ist. Es handelt sich nur noch um ein paar Tage. Hast du mit Ramón alles geklärt?«

»Er ist nicht wieder aufgetaucht und hat mich auch nicht angerufen. Ich vermute, er will mich nicht sehen und meint, dass es noch zu früh sei für eine offizielle Trennung.«

»Das könnt ihr auch später noch klären. Mit Paula ist es in meinem Fall dringender. Sie wird die Kolonie verlassen müssen, sie ist ja nur als meine Frau hier.«

»Sie muss mich ganz schön hassen!«

»Denk nicht darüber nach. Victoria, ich möchte mit dir schlafen. Lass uns in unser Zimmer fahren, und sei es nur für eine Stunde.«

»Ich habe Angst.«

»Es gibt nichts zu befürchten. Ich muss mit dir zusammen sein, dich spüren.«

»Na gut.«

Sie fuhren zu ihrem gemieteten Zimmer in Rosalitas Ranchito. Es war alles wie immer, im Hof pickten die Hühner und aus dem Vorderhaus drangen gedämpfte Stimmen. Sie liebten sich, sie suchten Trost beieinander, sie bestärkten sich gegenseitig. Dann lagen sie eng umschlungen im Bett.

»Sag mir, wovor du Angst hast.«

»Ich weiß es nicht. Das Schlimmste ist vorüber, aber manchmal wache ich mitten in der Nacht auf und glaube, dass nichts von alldem wahr ist.«

»Und wenn du feststellst, dass doch alles wahr ist, bekommst du Angst?«

Victoria lächelte traurig. Sie küsste ihn auf den Mund. Santiago flüsterte ihr zu:

»Weißt du, was ich hier in der Hosentasche habe? Unsere Flugtickets.«

»Du hast sie wirklich dabei?«

»Ich habe sie immer bei mir. Willst du sie sehen?«

»Wozu?«

»Damit du siehst, dass alles wahr ist.«

»Ich weiß schon, dass alles wahr ist.«

»Wer Angst hat, bin ich. Ich habe Angst, dich im letzten Moment zu verlieren.«

Sie setzte sich auf und sah ihm in die Augen.

»Ich werde mit dir gehen, Santiago, und wenn du willst, werde ich mein restliches Leben bei dir bleiben. Daran wird niemand etwas ändern können, verstehst du? Niemand.«

373

Santiago spürte fast körperlich, wie die Gespenster aus seinem Kopf verschwanden und er von großer Ruhe erfüllt wurde. Er wollte nur noch schlafen.

Darío klingelte dreimal. Erst dann öffnete Victoria. Sie hatte gezögert, weil sie dachte, es sei Ramón. Der junge Mann ignorierte ihr erschrockenes Gesicht.

»Verzeihen Sie die Störung, ich habe Sie schon angerufen, aber Sie haben nicht abgenommen, und weil ich Sie in letzter Zeit auch nicht in der Kolonie gesehen habe...«

»Tut mir leid, Darío, ich bin wohl ein bisschen durcheinander.«

»Ich wollte Ihnen nur diesen Brief geben. Es ist eine Einladung an alle Damen der Kolonie.«

»Aus welchem Grund?«

»Hier steht alles. Es geht um eine Solidaritäts- oder Wohltätigkeitskampagne ... ich weiß nicht genau, aber Doña Manuela wird Ihnen das erklären. Morgen um fünf Uhr, können Sie da?«

»Ja, vermutlich schon.«

Sie schloss die Tür und ging in die Küche. Es stimmte, sie benahm sich schon ein paar Tage lang wie eine Geächtete. Sie hatte Manuelas Vorschläge, Tennis zu spielen, abgelehnt, und nahm das Telefon nur ab, wenn das mit Santiago vereinbarte Klingelzeichen ertönte. Sie verließ kaum noch das Haus, im Grunde fürchtete sie, Paula zu treffen. Sie legte die Einladung auf den Tisch und seufzte besorgt. Sie konnte sich nicht weiter verhalten, als schämte sie sich, das war unwürdig. Aus Angst vor einer ernsthaften Konfrontation hatte sie sich in ihren sicheren vier Wänden verschanzt. Sie hatte sich sogar Strategien zurechtgelegt, um mögliche Angriffe zu parieren oder Paulas Wut zu besänftigen, denn sie hatte damit gerechnet, dass sie auftauchen würde. Aber

374

Paula war nicht aufgetaucht, deshalb war es bequemer, sich abzuschirmen und auf den Augenblick der Flucht zu warten. Genau das hatte Santiago verhindern wollen, aber jeder seiner Versuche, sie zu beruhigen, zerschellte an ihren Argumenten. Was sollte sie tun, ein vernünftiges Gespräch mit ihr suchen? Mit welchen Argumenten und in welchem Tonfall: von Frau zu Frau, von Geliebter zu Ehefrau? Sollte sie sie um Verzeihung bitten? Ihrer Meinung nach waren solche Versuche nur melodramatisch oder absurd. Sie war davon überzeugt, dass ihr nichts anderes übrig blieb als durchzuhalten, und sie würde erst dann entscheiden, wie sie sich verhalten würde, wenn Paula das Gespräch mit ihr suchte. Und sollte eine Flut von Spott und Hohn über sie niedergehen, würde sie es gelassen ertragen müssen. Sie hatte keine andere Wahl.

Sie las die Einladung. Um Himmels willen, schon wieder so ein Fest von Manuela, diesmal eine Benefizveranstaltung! Das bedeutete, dass sie noch nichts von der Sache wusste. Andernfalls wäre sie vernünftig genug gewesen, nicht ausgerechnet jetzt ein Fest zu planen. Na schön, dort würde Paula Gelegenheit haben, ihr ins Gesicht zu sagen, was sie von ihr hielt. Und an der Planung nicht teilzunehmen kam nicht in Frage. Damit würde sie nicht nur ein Zusammentreffen verhindern, sondern sich regelrecht verstecken, und das konnte sie sich nicht erlauben. Sie hatte sich in einen verheirateten Mann verliebt, das war ihr Vergehen. Aber es war nur dem Namen nach ein Vergehen, weil Paula ihren Mann nicht mehr liebte. Sie waren alle erwachsen, und jeder musste mit seinen eigenen Problemen fertig werden. Die schmerzlichen und kränkenden Konsequenzen dieser Liebe waren etwas, womit alle sich arrangieren mussten. Sie würde zu dem Treffen gehen, aus Respekt vor sich selbst. Es handelte sich nur darum, ruhig zu bleiben und komme, was da wolle, über sich ergehen zu lassen. Es würde geschehen, was geschehen sollte, daran konnte sie nichts ändern. Sie hatte nie an die göttliche Vorsehung geglaubt, doch jetzt zog sie diese Möglichkeit durchaus in Betracht. Sie fühlte sich besser, es nahm ihr eine schreckliche Last ab, es machte sie frei, glücklich zu sein.

Im großen Clubsaal waren zwei lange Tische gedeckt. Der Koch hatte sich mit den Kuchen und einem Plumcake größte Mühe gegeben. Die Krönung war eine gigantische Sachertorte. Manuela hatte es gerne üppig und mit internationalem Flair. Schließlich konnte man niemanden bitten, sich zum Nachdenken zusammenzusetzen, ohne ihm vorab ein paar erlesene Gaumenfreuden anzubieten. Doch bei dieser Gelegenheit wollte sie deutlich machen, dass es sich um eine Arbeitssitzung handelte. Deshalb würden sie erst Tee trinken und Kuchen essen und sich dann beraten. Darío war mit Notizblock und Kugelschreiber bewaffnet der einzige Mann in der Runde. Sie wollte der Zusammenkunft einen offiziellen Charakter geben. Darío sollte Protokoll führen, und Manuela würde eine kurze Einführungsrede halten, in der sie auf die Notwendigkeit aufmerksam machte, sich als Gäste mit den Einheimischen solidarisch zu erweisen. Sie war zufrieden und überzeugt von sich selbst, ja erleichtert, als wäre es am Ende doch wahr, was die Nonnen in der Klosterschule ihnen als Kinder eingetrichtert hatten: Den Bedürftigen zu helfen beschert größte Zufriedenheit. Und es funktionierte, aber sie würde es nicht dabei belassen, sie wollte ihr Scherflein dazu beitragen, selbst wenn die Ideen, die bei diesem Treffen zusammengetragen wurden, sehr viele Strapazen nach sich ziehen würden.

Nach und nach trafen die Frauen ein, und der Tee wurde eingeschenkt. Als alle versorgt waren und bevor sich plaudernde Grüppchen bilden konnten, bat Manuela um Ruhe, weil sie ihre kurze Einführung verlesen wollte.

Victoria schaute angestrengt nach vorn, nur so konnte sie Paulas Blick ausweichen, der unablässig auf ihr ruhte. Kaum hatte die Vortragende begonnen, hob Paula die Hand und unterbrach sie.

»Entschuldige, Manuela, aber ich habe eine Frage. Hast du nicht die Absicht, uns einen Drink servieren zu lassen?« Die Gastgeberin verstummte verblüfft. Dann lächelte sie gezwungen.

»Nein, Paula, es wird nichts weiter geben. Aber wenn die Versammlung beendet ist, wird die Bar geöffnet sein, wie immer.«

»Ich protestiere energisch! Wie sollen wir denn solidarisch sein, wenn sich keine von uns das Lebenselixier zu Gemüte führt, das uns zur Nächstenliebe anregt? Um wohltätig zu sein, muss man sich entsprechend einstimmen. Wenn ich höre, dass mein Nächster unter Entbehrungen leidet, brauche ich ein Schlückchen Alkohol, um meine Gefühle zu besänftigen. Nur so kann ich das Leid anderer ertragen.«

Im Saal breitete sich eisiges Schweigen aus. Als sie von Paula unterbrochen wurde, beabsichtigte Manuela noch, sich diplomatisch und geduldig zu zeigen, doch plötzlich waren ihre guten Vorsätze wie weggeblasen. Sie lief rot an vor Wut und konnte sich nur mühsam zusammenreißen. Energisch griff sie zu ihrer Lesebrille.

»Entschuldige, Paula, aber du hast kein Recht, die ganze Zeit hier für dich allein zu beanspruchen. Wir alle haben noch anderes zu tun, einige haben zu Hause kleine Kinder. Je früher wir also fertig werden, desto besser. Dann kannst du was trinken, wenn du es so nötig hast, und wir kümmern uns wieder um unsere Angelegenheiten.«

Sie wollte schon weiterlesen, aber Paula unterbrach sie erneut.

»Stimmt, es war mir entfallen, dass ich mich in Gesellschaft der Frauen mit den großen Herzen befinde! Alle sind so beschäftigt mit ihren Familien und Privatangelegenheiten ... doch wenn die Solidarität ruft, halten sie inne. Ich hoffe, ihr werdet mir meine Zerstreutheit verzeihen.«

Es war Zungenschnalzen und missbilligendes Gemurmel zu vernehmen. Manuelas Stimme übertönte alle, als sie trocken sagte:

»Es reicht, Paula, hör schon auf damit.«

»Ihr sorgt euch um die Armut dieser Menschen, liebe Genossinnen? Wie wollt ihr gegen sie ankämpfen: einen Debütantinnenball veranstalten, ein Laienschauspiel aufführen? Ach, ihr seid ja so entzückend, so gut erzogen und so große Heuchlerinnen, ihr seid wirklich großartige Schauspielerinnen! Fragt doch Victoria, ob sie die Hauptrolle übernehmen will, sie ist die beste Schauspielerin von euch allen. Sie hat sich so geschickt verstellt, als sie vor aller Augen einer anderen den Mann weggenommen hat. Ein leuchtendes Vorbild für Moral und Anstand!«

Victoria stand auf. Sie war blass und wollte gehen, aber Paula stand ihrerseits auf und hielt sie zurück.

»Mach dir keine Umstände. Bleib ruhig hier, bei diesen Heuchlerinnen bist du in bester Gesellschaft. Ich werde gehen, denn ich habe auf dieser Versammlung nichts verloren.«

Mit großen, ausladenden Schritten verließ sie den Raum und ließ die Frauen verdattert zurück. Susy eilte ihr hinterher. Manuela stand mit dem Papier in der einen und der Lesebrille in der anderen Hand regungslos da und wusste nicht, wie sie reagieren sollte. Victoria verließ ebenfalls schweigend den Raum. Es war nicht mal Gemurmel zu hören, es gab nur empörtes Schweigen. Schließlich sagte Manuela mit zittriger Stimme:

»Liebe Freundinnen, ich weiß nicht, was ich sagen soll. Wir haben gerade eine ausgesprochen unangenehme Szene erlebt. Ich glaube, es wird besser sein, das Treffen zu verschieben, bis wir uns wieder beruhigt haben.«

Diese Worte schienen den anwesenden Frauen ihre Stimme zurückzugeben, es wurde geflüstert und leise Kommentare ausgetauscht. Manuela tupfte die Schweißperlen ab, die sich auf ihrer Stirn gebildet hatten, faltete sorgfältig das Papier mit der umsonst vorbereiteten Rede zusammen und dachte erbittert: Gedankenstürme. Sie hätte keinen schlechteren Zeitpunkt für diese unselige Versammlung wählen können!

Schöne Bescherung! Wie zu erwarten war, enthielt diese verfluchte Geschichte alle Bestandteile einer veritablen Zeitbombe, die jeden Augenblick hochzugehen drohte. Und als Doña Manuela vor diesem ganzen Haufen Ehefrauen stand, war sie nun zu einem wirkungsvollen Zeitpunkt explodiert. Nachdem er den ersten Schreck überwunden hatte, machte sich Darío Gedanken über die Folgen, die der Skandal für ihn haben konnte. Erst die Schlägerei im El Cielito und jetzt dieser Auftritt. Jetzt war alles ans Licht gekommen und hatte sich obendrein noch zur Schmierenkomödie entwickelt. Würde das Konsequenzen für ihn haben? Schließlich hatte er den Kuppler gespielt. Im Augenblick war alles noch ein fernes Grollen, aber bald würde sich das Gewitter entladen, es würden Einzelheiten der Geschichte bekannt werden, und dann würde er als Vermittler des Liebesnests enttarnt werden. Zum Glück schien Don Ramón nicht wirklich gewalttätig zu sein, da er seinem Widersacher nur den einen Schlag verabreicht hatte. Er würde ihm wohl kaum an die Gurgel gehen. Aber vor dem Zorn der betrogenen Ehefrau würde ihn nicht einmal der liebe Gott bewahren! Verdammt, das war vielleicht ein Weib! Eigentlich hatte sie ihm schon immer Angst eingejagt, weil sie so unberechenbar war und sich den Teufel darum scherte, was die anderen von ihr dachten. Ja, sie würde bestimmt eine unvergessliche Nummer abziehen, und wie bei der Versammlung würde sie ihn bei einer günstigen Gelegenheit in aller Öffentlichkeit abwatschen. Würde sie ihn vor allen einen Zuhälter nennen? Das war noch zu zahm. Da sie wahrscheinlich getrunken hätte, würde sie noch weitergehen. Vielleicht würde sie ihn gar ohrfeigen? Allerdings war auch nicht auszuschließen, dass sie ihn unter vier Augen ins Verhör nahm: Wo haben sie sich getroffen und wie oft? Gehörnte Eheleute pflegen sich in ihrem Unglück zu suhlen, sie wollen in allen Einzelheiten über den Ehebruch Bescheid wissen, als würden sie ihn genießen. Das hatte er in Büchern gelesen und in Spielfilmen gesehen, selbst ein paar seiner Freunde, die wegen eines anderen Mannes von ihren Freundinnen verlassen wurden, hatten neugierige Fragen nach den Einzelheiten gestellt, um sich anschließend selbst zu quälen. Da hatte er sich was Schönes eingebrockt, denn was auch immer man ihm vorwerfen mochte, er konnte nichts zu seiner Verteidigung vorbringen, sondern nur schweigen, das Gewitter über sich ergehen lassen und abwarten, was geschehen würde. Wie hatte er nur so dumm sein können, sich darauf einzulassen? Denn es würde ihn teuer zu stehen kommen, oder hatte er etwa geglaubt, man würde die Sache auf sich beruhen lassen? Doña Manuela würde wahrscheinlich einen Schrei zum Himmel schicken, wenn sie von seiner aktiven Beihilfe zum Ehebruch erfuhr, und natürlich würde sie so lange auf ihren Mann einreden, bis er Maßnahmen ergriff, und diese Maßnahmen würden bedeuten, nach Spanien zurückgeschickt, oder schlimmer noch, wegen unmoralischen Verhaltens entlassen zu werden. Damit es nicht nach einer unzulässigen Kündigung aussähe, würden sie schon eine passende Formulierung finden, zum Beispiel, dass er sich in die Privatangelegenheiten eines Chefs eingemischt hätte oder Ähnliches. Diese Befürchtungen waren keineswegs übertrieben, sondern höchstwahrscheinlich die Konsequenzen, die gezogen werden mussten. Er fragte sich, was er tun sollte: Ruhig abwarten, bis der Zornausbruch über ihn niedergehen würde, oder den Geschehnissen zuvorkommen und die Sache selbst in die Hand nehmen. Aber das Selbst-in-die-Hand-Nehmen bedeutete nichts anderes, als seine Kündigung einzureichen und nach Spanien zurückzukehren. Und diese Entscheidung wäre ruinös, denn er würde keine Abfindung erhalten, und seine Ersparnisse reichten nicht für den Kauf dieser Wohnung, die Yolanda haben wollte, nicht mal für eine kleinere. Und wie sollte er ihr nach Verlust seiner Arbeitsstelle und ohne Kohle unter die Augen treten? Er verfluchte sich selbst. Das geschah ihm recht, weil er nicht an das Pech hatte glauben wollen. Sehenden Auges ins Unglück, jawohl. Er war ein gutes Beispiel dafür. Doch was hatte er eigentlich Schlimmes getan? Nichts, er hatte sich nur als entgegenkommend erwiesen und alles getan, um was man ihn gebeten hatte. Es war sein Fehler gewesen, er hatte nie seinen eigenen Willen durchgesetzt, weshalb alle glaubten, nach Gutdünken mit ihm umspringen zu können. Im Grunde waren die Frauen schuld. Er hatte früher schon alle Pläne, die seine Mutter für ihn geschmiedet hatte, gehorsam erfüllt. Und jetzt war er den Launen dieser Ingenieursfrauen ausgesetzt, was wirklich die Höhe war! Selbst seine eigene Freundin gestaltete die Zukunft für ihn, ohne ihn vorher nach seiner Meinung zu fragen. Auf der Suche nach der Ursache seines Pechs tauchten immer wieder Frauen auf, die verdammten Frauen. Ihr Machtstreben, ihre Launenhaftigkeit, ihre Zügellosigkeit, ihre Lust, ihm auf den Sack zu gehen, waren grenzenlos. Er fuhr sich verzweifelt übers Gesicht. Wie auch immer, diese Grübelei nützte ihm wenig, nichts klang im Augenblick hilfreich. Er beschloss, sich an den einzigen Ort zu begeben, wo man ihn nahm, wie er war. Zudem war es keine schlechte Idee, auf Distanz zu bleiben, bis die Wogen geglättet waren. Beim Verlassen des Hauses sah er sich in alle Richtungen um. Nachdem er sich davon überzeugt hatte, dass sich keiner der Bewohner im Park aufhielt, stieg er in seinen Wagen und fuhr ins El Cielito.

Victoria fühlte sich im eigenen Haus wie ein eingesperrtes Tier. Ihre Unruhe wuchs, und sie wusste nicht, wie sie dagegen ankämpfen sollte. Zunächst hatte sie Santiago anrufen und ihm erzählen wollen, was auf der Versammlung vorgefallen war. Und sie wollte ihn bitten, jetzt sofort nach Spanien zu fliegen. Santiagos Theorie mit dem Zeitlassen und Abwarten, dass geschah, was geschehen musste, ging ihrer Meinung nach zu weit. Nur deswegen hatte es zu der heftigen und peinlichen Szene bei dem Treffen kommen können. Was musste sie noch alles ertragen, bis er begriff, dass es besser war, so schnell wie möglich abzureisen? Sie wollte sich nicht wie eine wehrlose Puppe misshandeln lassen. Dieser Treppenwitz, sie hätte einer anderen Frau den Mann weggenommen, erschien ihr beleidigend, falsch, inakzeptabel. Wie konnten gebildete Menschen so etwas behaupten? Hatte sie etwa mit bösem Zauber einen arglosen Ehemann verführt, um eine glückliche Ehe zu zerstören? Purer Unfug! Doch was sollte sie tun, eine öffentliche Erklärung formulieren, in der sie aller Welt die Umstände ihrer Liebe schilderte? Bloß nicht! Noch heute zu verschwinden, das war die Lösung.

Sie griff zum Hörer, hielt dann aber inne. In diesem hysterischen Zustand konnte sie Santiago nicht anrufen. Zunächst musste sie sich beruhigen und dieses verzehrende innere Feuer löschen. Sie brach in Tränen aus. Es war alles zu viel für sie, sie konnte es nicht ertragen, sie würde nicht bis zum Ende durchhalten. Doch wenn sie es recht bedachte, wurde ihr klar, dass alles in schwindelerregendem Tempo passiert war: das Verlieben, die Entscheidung, zusammen wegzugehen, die jeweiligen Gespräche mit Ramón und Paula … Sie musste zur Ruhe kommen, alles würde gut, und überstürzte Aktionen waren eigentlich unangebracht. Santiago hatte recht, sie konnten sich nicht einfach aus dem Staub machen, sie ließen ein ganzes Leben hinter sich, und das ging nicht mit einem Fingerschnippen. Sie mussten sich damit abfinden, dass geschah, was geschehen musste. So war die Welt und nicht anders. Wenn sie Verständnis oder gar anerkennendes Schulterklopfen erwartet hatte, hatte sie sich eben gründlich geirrt. Wenn zutiefst menschliche Faktoren ins Spiel kamen, wurde das anerzogene Sozialverhalten außer Kraft gesetzt. Doch sie durfte sich nicht von der Angst, abgelehnt oder verurteilt zu werden, hinreißen lassen. Sie war immer eine ausgeglichene Frau gewesen und würde es sich nie verzeihen, dieses Gleichgewicht genau in dem Moment aufs Spiel zu setzen, in dem sie es am dringendsten brauchte. Sie verwarf den Gedanken, ihn anzurufen, weil sie damit lediglich den Mann beunruhigen würde, den sie über alles liebte.

Susy brauchte eine Weile, bis sie Paula eingeholt hatte. Ihr war nie aufgefallen, dass sie so große und schnelle Schritte machen konnte, sie hatte sie immer eher schlendern sehen, als habe sie kein konkretes Ziel. Sie war auf dem Weg nach San Miguel. Endlich kam sie keuchend bei ihr an.

»Renn doch nicht so, Paula.«

»Was willst du denn hier, verflucht noch mal?«

»Ich habe die Versammlung auch verlassen und bin dir hinterhergelaufen. Lass mich bitte mitkommen. Du bist jetzt besser nicht allein.«

»Warum? Was glaubst du denn, was ich tun werde? Mich umbringen? Mir eine Pistole kaufen und mich erschießen? Täusch dich nicht, meine liebe Gringa, das hier ist keine mexikanische Telenovela. Mir geht's bestens. Ich habe diese Szene hingelegt, weil ich Lust dazu hatte, und jetzt will ich nur noch meine Ruhe haben. Du musst nicht in allen Filmen die zweite Hauptrolle spielen.«

»Entschuldige, ich dachte, meine Gesellschaft würde dir guttun. Ich verschwinde schon.«

Sie machte kehrt, aber nach ein paar Schritten rief Paula ihr hinterher:

»Susy, wo willst du hin? Habe ich gesagt, dass du verschwinden sollst? Hab ich das gesagt?«

»Ich bin nicht dein Hund. Ich habe es satt, schlecht von dir behandelt zu werden.«

»Komm zurück, bitte.«

»Wenn du möchtest, dass ich zurückkomme, dann bitte mich angemessen darum, ich will eine Entschuldigung hören.«

»Susy, ich bitte dich. Ich habe eine schlechte Phase, und deine Gesellschaft wird mir guttun. Du bist die Einzige von dieser ganzen Bande, die ich ertrage. Komm und trink ein Glas mit mir.«

»Und die Entschuldigung?«

»Entschuldige.«

»Also gut, einverstanden.«

»Du bist der einzige Mensch hier, mit dem ich reden kann. Du siehst doch, dass ich ganz allein bin.«

»Ich bin auch allein.«

»Du hast deinen Ehemann.«

»Ich bin das, was er glaubt, das ich bin. Aber ich habe mich verändert.«

Paula verspürte plötzlich den Wunsch, sie möge sofort verschwinden. Wenn die Amerikanerin beabsichtigte, ihren Ausflug für einen Austausch von Vertraulichkeiten mit den dazugehörigen psychologischen Auslegungen zu nutzen, würde sie das nicht ertragen. Sie hatte zwar noch keine Ahnung, was sie tun oder wohin sie gehen wollte, aber sie würde keinesfalls zulassen, dass sie sich wie zwei unglückliche Ehefrauen gegenseitig bedauerten. Andererseits wäre es besser, in Gesellschaft zu trinken, und Susy war immer für sie da. Warum verfolgte diese Frau sie seit ihrer Ankunft? Bestimmt, weil sie glaubte, dass die Erfahrungen einer reifen Frau ihr nützlich sein könnten. Und das stimmte auch. Gehen wir, Susy, dachte sie, komm mit, und ich werde dir Hunderte einzigartige, unvergessliche Erfahrungen schenken. Diese Art Erfahrungen, aus denen wir gestärkt als menschliche Wesen, aber besonders als Tiere hervorgehen. Ja, Susy, das Leben ist nicht so anders, wie man uns weismachen will. Sieh genau hin. Wer Wind sät, wird Sturm ernten und all das. Und ich habe geerntet. Ohne Santiago wird es nicht viel anders sein. Ich lebe schon lange nicht mehr mit ihm zusammen. Natürlich habe ich auch nicht allein gelebt. Jetzt werde ich wirklich allein sein. Über die praktischen Angelegenheiten hatten sie noch nicht gesprochen. Wo würde sie wohnen? Wie sollte sie mit der Übersetzungsarbeit, die sie schon seit geraumer Zeit ruhen ließ, ihren Unterhalt bestreiten? Mein Gott, wie sie es hasste,

385

sich um diese Dinge Gedanken machen zu müssen, das war wirklich eine Demütigung! Sie wandte sich an Susy, die schweigend neben ihr herging, und lächelte sie mechanisch wie ein Roboter an.

»Weißt du, was ich glaube, liebe Freundin? Ich glaube, von jetzt an wird es mir besser gehen. Ich werde den Grafen nicht weiter übersetzen, sollen es doch seine Büttel tun. Ich werde selbst schreiben, wunderbare Romane, sprühende Kurzgeschichten. Sogar Gedichte! Mein Leben wird endlich einen Sinn bekommen.«

»Und du wirst bestimmt auch wieder eine neue Liebe finden.«

»Genau! Und wenn es so weit ist, werde ich sie nur zu meinem Besten nutzen statt sie im Fundbüro abzugeben.«

Susy lachte amüsiert auf und betrachtete sie voller Bewunderung.

»Du bist unglaublich, Paula! Du verlierst nie deinen Sinn für Humor, diesen schrecklich ätzenden Humor!«

»Warum sollte ich traurig sein? Ich habe einen Ehemann verloren, der schon lange außer Betrieb gestellt war. Ich finde das nicht so tragisch.«

»Was ich nie verstehen werde: Warum hast du ihn nicht selbst verlassen?«

»Ich glaube, wegen meiner zutiefst ökologischen Lebensauffassung. Hätte ich Santiago im Guten verlassen, hätte die Gefahr bestanden, dass er von niemandem mehr gebraucht würde. Und ich kann doch nicht zulassen, dass wertvolle Ressourcen so verplempert werden! Nun kann ich sicher sein, dass jemand die Überreste einsammelt und sie nachhaltig nutzt.«

Susy lachte wie eine Verrückte, immer aufgeregter und glücklicher. Sie waren auf die Spelunke zugesteuert, die ihnen der Reiseleiter gezeigt hatte. Paula blieb vor der Tür

386

stehen. Susy verzog das Gesicht, als sie den Ort wiedererkannte.

»Ist es wirklich gut für dich, jetzt zu trinken?«

»Ich werde trinken, Susy, du hast also zwei Möglichkeiten:
entweder gehst du mit mir rein und trinkst mit mir, oder
du machst kehrt. Versteh doch, meine Liebe, heute brauche ich es, nur das zu machen, wozu ich Lust habe. Das verstehst du doch, nicht wahr?«

»Ich werde dich begleiten.«

»Dir ist aber klar, dass es deine Entscheidung ist, ich habe
dich nicht darum gebeten.«

»Ich weiß schon, werd nicht so feierlich.«

In der Bar herrschte dasselbe deprimierende Halbdunkel
wie immer. Sie wurden vom Wirt und den fünf oder sechs
Gästen, die tranken und Karten spielten, kurz angestarrt.
Paula bestellte eine Flasche Tequila, und sie setzten sich ab-
seits an einen Tisch.

»Stoßen wir auf unser neues Leben an, Susy. Auf dass mich
eine glänzende Zukunft erwarten möge!«

»Auf deine Zukunft!«

Paula trank das Glas in einem Zug leer. Sie sah ihre Begleiterin an und schenkte sich nach.

»Noch etwas verstehe ich nicht, Paula. Wirst du böse, wenn
ich dich etwas frage?«

»Nur zu, heute ist dein Glückstag.«

»Warum hast du das vor allen Frauen zu Victoria gesagt?«

»Aus mehreren Gründen. Hauptsächlich, weil mich ihre
Heuchelei ankotzt. Dann wegen meinem Hang zum Thea-
tralischen, du kannst nicht leugnen, dass ich ein Händchen
dafür habe. Und auch, weil alle ein bisschen leiden sollten,
bis sie das Ersehnte bekommen …, und dieser Frau wurde
es viel zu leicht gemacht.«

»Wie willst du das wissen?«

387

»Wie es aussieht, hat mein Mann ihr gleich, als sie sich kennenlernten, seine Liebe gestanden. Ich bezweifle stark, dass er sich das zweimal überlegt hat. In Wirklichkeit wollte er mich doch nur loswerden und war zu feige, es allein zu tun.«

»Warst du so schlecht für ihn?«

»Für ihn wie für jeden anderen. Ich bin pures Gift.«

»Für mich nicht. Ich glaube, du bist was Besonderes, und es braucht auch jemand Besonderen, um dich zu verstehen.«

»Euch Amerikanern gefällt es anscheinend, was Besonderes sein, jemand, der besonders und anders ist als die anderen.«

»Weißt du wirklich, was du mit deinem Leben machen wirst, Paula?«

Paula trank ihren dritten Tequila und strahlte ihre Begleiterin an. War das der Augenblick, sie zur Hölle zu schicken, sie mit ein paar Worten abzukanzeln, damit sie wieder in Tränen ausbrach? Nein, nein, ganz ruhig, gerade hatte jemand das Lokal betreten, der den Ablauf des Abends verändern könnte. Dort stand der Reiseleiter, dieser mexikanische Hurensohn mit dem fiesen Charakter, der die Damen so entzückte, er kam gerade gelegen, wie vom Himmel gefallen. Es bestand kein Zweifel, irgendwer benachrichtigte ihn, wenn sie dieses Lokal betrat. Sie winkte ihm zu, und er winkte zurück, blieb aber am Tresen stehen.

»Hast du den gesehen? Der ist auch schon wieder da. Ich habe den Eindruck, jemand meldet ihm, wenn wir auftauchen. Er interessiert sich für uns, Susan, wir gefallen ihm. Und du fragst mich nach meiner Zukunft. Da hast du doch unsere Zukunft, die von uns beiden: Die Männer liegen uns zu Füßen, ohne dass wir es bemerken. Ich werde ihn an unseren Tisch einladen, hast du Lust darauf?«

»Vielleicht wird es amüsant.«

»Ganz bestimmt.«

Paula stand auf und ging zu dem Mexikaner.

»Wir haben uns gefragt, ob du Lust hast, ein Glas mit uns zu trinken. Natürlich nur, wenn du nichts Dringenderes zu tun hast…«

»Sehr gerne, Señora, es wird mir ein Vergnügen sein.«

Er hatte diesen hämischen Teufelsblick. Perfekt, dachte Paula, dieser erbärmliche Zuchthengst ist ein freundlicher, höflicher Mensch. Irgendwann werden die zukünftigen Generationen sagen, er habe eine ebenso stolzgeschwellte Brust wie Pancho Villa. Und alles dank ihnen, den kleinen Schicksalsbotinnen.

Er nahm seinen Hut ab und setzte sich.

»Wie ich sehe, gefällt Ihnen diese Cantina, die ich Ihnen empfohlen habe, Señoras.«

»Wir sind hier, um ein wichtiges Ereignis in meinem Leben zu feiern.«

Der Mann stellte keine Fragen. Er beschränkte sich auf ein Lächeln und sagte:

»Sehr schön, es ist mir eine Ehre, Ihnen dabei Gesellschaft zu leisten.«

Er strotzte vor Selbstzufriedenheit. Was für ein Scheißkerl, dachte Paula, der hat wahrscheinlich bei allen Lastern und Verbrechen dieser reizenden Gemeinde seine Finger im Spiel: Drogen, Prostitution, Hahnenkämpfe …? Was auch immer. Bestimmt verfügte er über ein gut funktionierendes Netz von Informanten und wurde immer benachrichtigt, wenn es etwas zu tun gab, wie zum Beispiel, wenn sie in der Bar auftauchten. Sah er in ihnen potenzielle Kundinnen oder wollte er nur das Spiel mit den herausfordernden Blicken spielen, das begonnen hatte, als sie sich kennenlernten? Sie sah ihn sich aufmerksam an: schwarzes glänzendes Haar, straffe, makellose braune Haut, kleine, ausdruckslose

389

Augen. Männer. Sie hatte die falsche Wahl getroffen. Sie hätte sich nie für einen Mann entscheiden sollen, der ihr wirtschaftliche, soziale und emotionale Stabilität bot. Um etwas zu schreiben, das wirklich die Mühe lohnte, musste man bereit sein, das eigene Leben im Klo runterzuspülen. Sie hätte den Reiseleiter heiraten sollen, den letzten echten Kerl auf dieser Welt. In der Literatur hatten fromme, jungfräuliche Priesterinnen keine Chance, sondern nur das Extremste, das Schlimmste. Keine weihevollen Opfer oder feierlichen Bitten, bloß keine unterwürfige Reinheit. Diesen Typen hätte sie nehmen sollen. Jemanden, mit dem man nicht zusammenleben und von dem man nichts erwarten konnte. Aber dafür brauchte es Mut, Mut, den sie nie besessen hatte. Sie sah Susy an, die ihr gegenübersaß und von ihrem Getränk nippte wie ein Vogel einen Tropfen Wasser. Susy hatte keinen Schimmer vom Leben, sie war wie ein totes Kätzchen. Wie ein totes Kätzchen würde sie viele Jahre so ausharren. Sie selbst hatte wenigstens eine Ahnung, eine Offenbarung gehabt. Sie war sehenden Auges gescheitert, im Wissen um die Sache, sie wusste in jedem Moment, dass sie ins Nichts abdriftete. Sie war als schöne kraftvolle Tigerin geboren worden und würde als räudige Katze am Straßenrand sterben. Nachts sind alle Katzen grau. Sie sah, wie das tote Kätzchen mit dem großen mexikanischen Schweinehund redete, hörte aber nicht, worüber. Der große Schweinhund bestellte noch eine Flasche Tequila, denn er hatte Lust, sie einzuladen. Warte nur ein Weilchen, dachte sie, warte nur, großer Schweinehund, und ich werde dir zeigen, was wirklich Lust macht. Das tote Kätzchen würde dem Schweinehund schon bald von ihren Problemen erzählen, von der schrecklichen Mutter, vom ehrbaren Ehemann, der sie nicht ernst nahm, davon, wie allein und traurig sie sich fühlte. Der tiefgründige mexikanische

Kommentar des großen Schweinehunds würde lauten: betrunkene Gringa-Hure. Er würde denken, am besten sollte man alle Gringos und Konquistadoren umbringen und ihre nackten Frauen mit weit gespreizten Schenkeln in der Sonne schmorend reihenweise der öffentlichen Schande preisgeben.

Sie fühlte sich gut. Sie konnte sogar sagen, sie war bester Laune, denn dank des Alkohols verschwammen die Konturen der Realität allmählich, nur die Gestalten konnte sie noch erkennen. Auch Susy schien langsam die Auswirkungen des Alkohols zu spüren. Sie hörte sie bei jedem Wort zögern, unvermittelt einen Satz auf Englisch einflechten, was sie sonst nie tat, sie sah, wie ihr die Augen zufielen und wie sie stumpfsinnig lächelte. Plötzlich wurde ihr klar, dass sie gehen sollten, bevor sie die Amerikanerin in die Kolonie zurückschleppen musste. Der Mexikaner hielt sich gut, er wirkte nicht einmal angetrunken. Er war an Alkohol gewöhnt. Das Fruchtwasser im Bauch seiner Mutter, in dem er geschwommen war, hatte gewiss aus Mezcal bestanden.

»Mein lieber Freund, ich glaube nicht, dass wir an diesem Ort weitertrinken sollten. Fällt dir auf, dass ich ‚an diesem Ort‘ gesagt habe? Wenn wir woanders weitertrinken, heißt das, wir ergeben uns in unser Los. Ich schlage vor, du bist so freundlich und lädst uns zu dir ein. Wir kaufen hier die Getränke, und du stellst die Gläser und die Wohnung zur Verfügung. So wäre alles gerecht verteilt, und dieses Treffen ein leuchtendes Beispiel der Kameradschaft und Zusammenarbeit.«

Der Mexikaner sah ihr nach diesem Vortrag in die Augen. Sein Grinsen war so mephistophelisch, als habe er die Galle des Teufels geschluckt. Wunderbar, er nahm die Herausforderung und alles, was da kommen möge, an.

»Sie müssen nichts kaufen, Señoras, ich habe zu Hause einen guten Tequila und auch einen guten Mezcal. Und Tee und Kaffee und sogar Kekse.«

»Die Kekse kannst du dir sparen.«

Susy lachte kreischend auf. Paula hoffte, dass sie an der frischen Luft etwas nüchterner würde. Sie durfte nicht das Bewusstsein verlieren, sie musste durchhalten.

Auf der menschenleeren Straße wirkten sie wie Kobolde. Drei unheilvolle Kobolde. Oder vielleicht Geschöpfe unterschiedlicher Herkunft und Spezies. Sie hatten nichts miteinander gemein, sie hatten mit dem Rest der Welt nichts gemein. Sie gingen stumm und konzentriert darauf, nicht zu stolpern, nicht zu straucheln, nicht zu schwanken. Von irgendwoher erklang wie immer Musik.

Ohne Zwischenfälle gelangten sie in die Höhle des Raubtiers. Sie erinnerte sich ganz genau daran. Gläser, Kissen auf dem Boden. Das Raubtier zündete zwei Kerzen an. Das war der Gipfel der Aufmerksamkeit, ein vorbildlicher Gastgeber.

»Ich nehme an, du hast ein wenig Stoff.«

»Wollen Sie Koks oder etwas Stärkeres?«

»Koks reicht.«

»Ich würde Sie gerne auch dazu einladen, aber Sie werden verstehen, das ist mein Geschäft...«

»Geschäft ist Geschäft. Mach dir keine Sorgen, ich habe Geld dabei.«

»Sie können es mir auch später geben.«

»Ich habe gesagt, dass ich Geld dabeihabe. Bring dir auch etwas mit, wir wollen dich einladen.«

Als er aufstand, klopfte es an der Tür. In diesem Land hatte man nie seine Ruhe. Sie konnte drei Männer erkennen. Er ließ sie nicht herein. Sie flüsterten hektisch miteinander. Er gab ihnen irgendwelche Anweisungen, nickte mit dem Kopf, und die Männer verschwanden wieder. Dann verschwand er selbst und kam mit mehreren Tütchen zurück.

»Beste Qualität, das kennen Sie ja.«

Susy schniefte automatisch. Paula sog das Pulver ein, wie ein sterbendes Wesen seinen letzten Atemzug macht. Sie dachte: Gott lebt! Jetzt war sie erleuchtet und wusste, was sie zu tun hatte. Sie ging zu dem mexikanischen Schweinehund-Teufel-Hurensohn und öffnete seinen Gürtel. Instinktiv packte er ihre Hand und hielt sie fest, aber Paula starrte ihm in die Augen, und er ließ sie wieder los. Langsam zog sie seine Hose nach unten. Plötzlich fiel der Mexikaner über sie her, zerrte ihr den Pulli über den Kopf. Sie begann, sein Hemd aufzuknöpfen. Wie in einem erbitterten Kampf zogen sie sich gegenseitig aus. Dann lagen beide nackt auf dem Boden. Susy beobachtete sie stumm. Der Mexikaner begann, Paula zu lecken. Sie rief mit heiserer Stimme:

»Komm, Susy, komm her.«

Susy zog sich aus. Sie konnte ihre Augen nicht von ihnen abwenden, sie war wie hypnotisiert. Der Mexikaner hatte braune, haarlose Haut. Sie kam näher. Paula sagte zu ihr:

»Gib's ihm, los, gib's ihm richtig.«

Susy kniete nieder und streichelte dem Mexikaner zaghaft über den Rücken. Er reagierte nicht. Paula wurde ungeduldig.

»Nicht so, nimm die Finger, mach schon.«

Susy schüttelte wie ein Zombie den Kopf und starrte auf das schmale, muskulöse Hinterteil des Mexikaners.

»Nein, ich kann nicht.«

Paula richtete sich auf und zog den Kopf des Mexikaners an den Haaren hoch. Dann zerrte sie Susy an dieselbe Stelle. Der Mann hatte nichts gegen diesen Wechsel, er öffnete Susys Schenkel mit beiden Händen und leckte sie langsam

393

von unten nach oben. Susy begann sofort zu stöhnen. Er nicht, Paula auch nicht, beide blieben stumm. Paula machte sich daran, das zu tun, was sie vorher befohlen hatte. Sie befeuchtete zwei Finger mit Speichel und drang in ihn ein. Er fuhr zusammen, saugte aber weiter an Susys fleischigen Lippen. Seine Atmung wurde langsamer, schwerer. Er richtete sich auf und drang ungestüm in Susy ein. Paula hockte hinter ihm und bearbeitete ihn mit rhythmischen Bewegungen weiter. Sie befahl leise:

»Schrei ein bisschen, Junge, schrei!«

Aus der Kehle des Mexikaners kam kein Laut. Paula hob die Stimme und drang brutaler in ihn ein.

»Schrei schon, du Arschloch!«

Dann ja, dann bog er sich wie eine Katze und aus seiner Kehle drang ein animalischer Laut, wie der Todesschrei eines Tieres. Susy stöhnte auf, Paula wandte sich ab, rollte sich wie ein Embryo auf dem Boden zusammen und blieb schwitzend und reglos liegen.

Die Männer kehrten wie jeden Freitag erst am späten Nachmittag in die Kolonie zurück. Manuela erwartete ihren Mann schon ungeduldig, und als sie im Garten Geräusche hörte, lief sie zur Tür. Sie gab ihm nicht einmal einen Begrüßungskuss, sondern ergriff seine Hand und zog ihn hektisch ins Wohnzimmer.

»Setz dich«, drängte sie ihn. »Ich hoffe, du bist ruhig und entspannt, denn was ich dir zu sagen habe, ist wirklich ein Ding.«

Adolfo schloss einen Moment die Augen, er war zu Tode erschöpft. Sie hatte es erfahren, natürlich. Sollte er irgendwann gehofft haben, dass es nicht geschehen würde, dann war das ziemlich töricht gewesen. So eine Sache ließ sich nicht geheim halten, und noch viel weniger in einem so abgeschlossenen Lebensraum wie dieser Kolonie. Er stellte sich auf den Wortschwall ein, der jetzt über ihn hereinbrechen würde.

»Erinnerst du dich daran, dass ich diese Versammlung einberufen habe, um ein Brainstorming für eine Wohltätigkeitsveranstaltung zugunsten der NRO zu veranstalten? Schön, es ist etwas Unglaubliches passiert: Paula hat Victoria beschuldigt, ihr den Mann weggenommen zu haben, und die hat es nicht geleugnet.«

Sie machte eine Pause und erwartete eine überraschte oder empörte Reaktion von Adolfo, der sich jedoch nur bedächtig übers Gesicht fuhr und schließlich matt sagte:

»Ja, kann ich mir vorstellen.«

»Wie, kannst du dir vorstellen? Du wusstest es?«

»Santiago verlässt uns und kehrt nach Spanien zurück.«

»Mit ihr?«

»Ja, mit ihr. Was gibt's zu essen?«

»Also noch mal, Adolfo, soll das ein Scherz sein? Es geschehen schreckliche Dinge, du weißt davon und erzählst mir nichts, und jetzt, wo du endlich den Mund aufmachst, fällt dir nichts anderes ein, als nach dem Essen zu fragen?«

»Was soll ich denn deiner Meinung nach tun?«

»Ich weiß nicht, mich zumindest über die Geschehnisse informieren. Außerdem musst du was unternehmen. Du bist der Chefingenieur, und in gewisser Weise unterstehen alle deiner Verantwortung.«

»Ich wiederhole meine Frage: Was soll ich denn deiner Meinung nach tun?«

»Irgendwas! Hier wird nur noch getratscht, und das Getratsche ist im Laufe der Woche immer schlimmer geworden. Die Frauen sind besorgt, die Harmonie ist dahin.«

»Wenn ihr euch alle um eure Angelegenheiten kümmern würdet, wäre das nicht passiert.«

»Soll das ein Ratschlag sein? Wir leben nicht in einer Groß-stadt, sondern in einer kleinen Gemeinschaft, wo sich alle kennen. Es ist doch normal, dass die Leute irritiert und aufgebracht reagieren. Die beiden hätten ihren Verstand benutzen sollen, bevor sie sich in diese Geschichte stür-zen.«

»Die beiden, wie du sie nennst, haben sich ineinander ver-liebt.«

»Dann findest du das also in Ordnung?«

»Findest du es denn schlimm?«

»Ich finde, dass sie sich gegenüber ihren Ehepartnern, auch gegenüber den anderen Koloniebewohnern respektlos ver-halten. Sogar sich selbst gegenüber! Wenn sie sich verliebt haben, dann hätten sie sich gedulden und abwarten kön-nen, bis der Staudamm fertig ist, und sie sollten wissen, dass man gegen diese Art Gefühle ankämpfen kann, wenn man verheiratet ist und etwas zu verlieren hat.«

»Es ist ihr Leben, nicht deins.«

»Ich fasse es nicht, Adolfo, also wirklich!«

»Darf man erfahren, warum nicht?«

»Wer dich nicht kennt, könnte glauben, du befürwortest diese Affäre.«

»Und du kennst mich, Manuela?«

»Wir sind seit über dreißig Jahren verheiratet. Wie sollte ich dich also nicht kennen?«

»Du kennst mich und glaubst, dass ich die Liebe dieses Paa-res verurteile.«

»Hör mir gut zu, Adolfo, seien wir realistisch …«

»Nein, jetzt hörst du mir mal zu! Ich bin es leid, realistisch und praktisch zu sein, mit beiden Beine fest auf der Erde zu stehen und nach den Regeln meiner Erziehung, meines Umfelds, meiner sozialen Stellung zu leben. Du findest das alles in Ordnung, oder? Unser ganzes Leben lang bemühen wir uns, uns wie vernünftige Menschen zu benehmen, aber ist dir noch nie in den Sinn gekommen, dass ich Zweifel daran haben könnte, ob du mich noch liebst?«

»Adolfo, du bist mein Mann!«

»Genau! Und manchmal habe ich den Eindruck, dass es auch jeder andere sein könnte. Wichtig scheint zu sein, eine Familie zu gründen, sich zu respektieren, seinen Platz in der Gesellschaft zu finden. Weißt du was, Manuela? Ich bewundere den Mut der beiden, mit allem zu brechen und zusammen wegzugehen. Ich finde, sie haben großes Glück, sich so leidenschaftlich ineinander verliebt zu haben. Nun ja, ich beneide sie. Sie können mit meiner Unterstützung rechnen.«

»Sie müssen gehen, je früher, desto besser!«

»Sie werden gehen, wann sie es für richtig halten!«

»Ich erkenne dich nicht wieder.«

»Das liegt daran, dass du mich seit geraumer Zeit nicht mehr ansiehst, Manuela. Wenn es dir nichts ausmacht, werde ich im Club was essen. Mir ist die Stimmung verdorben, und es lohnt sich nicht weiterzustreiten.«

Er stand auf und ging zur Tür, aber ohne die übliche Entschlossenheit nach einem hitzigen Streit, sondern mit schleppenden Schritten, als würde ein großes Gewicht auf ihm lasten. Manuela hatte sich umgedreht, damit ihr Mann sie nicht weinen sah. Ihr liefen keine großen kummervollen Tränen über die Wangen, sondern kleine heiße Tränen der Wut. Sich nach einem langen Eheleben das anhören zu müssen, obwohl sie so oft geschwiegen hatte, obwohl sie etwas hätte sagen können, mit all den Opfern, die sie auf dem Altar der Harmonie und des Friedens dargebracht hatte! Ganz zu schweigen von ihrem Verzicht auf eine Berufstätigkeit, weil sie ihrem Mann immer an die Orte folgen musste, zu denen er geschickt wurde ... Und die Kindererziehung! Wer hatte die Kinder erzogen, die prächtig, normal und fleißig gediehen waren, die ihren Platz in der Gesellschaft gefunden hatten? Und das, obwohl es heutzutage selbst in gut situierten Familien so viele drogenabhängige Jugendliche oder einfach nur Faulpelze gibt, die unfähig sind, etwas Nützliches für die Allgemeinheit zu leisten. Aber egal, in der Stunde der Wahrheit verbündete sich dieser Mann, dem sie alles gegeben hatte, mit ... Ehebrechern – das war das passende Wort – er spielte in diesem schlechten Liebesfilm mit und verlor wie ein Schulmädchen den Verstand. Wie bedauerlich, als würde das Eheleben aus liebevollen Blicken und Zärtlichkeiten bestehen, oder nur aus Sexualität. Apropos Sex, es könnte durchaus der Fall sein, dass ihr Mann diesen Nachtclub, den er einmal erwähnte, auch als Freier aufgesucht hatte. War das möglich? Nein, ganz ruhig, sie wurde schon hysterisch. Ihr Mann hätte das nie getan. Er steckte nur in so einer blöden Krise, wie sie Männer mittleren Alters gerne erleiden, in seinem Fall etwas verspätet. Eine Frau, die für ihn auf alles verzichten würde, das schien ihm zu gefallen. Was für eine Ungerechtigkeit, als hätte sie nicht genau das jeden Tag ihrer Ehe getan!

Ramón kehrte nicht mit den anderen Männern in die Kolonie zurück und tauchte erst auf, als alle schon gegessen hatten, und es überall still geworden war. Victoria, die erleichtert aufgeatmet hatte, als sie sah, dass ihr Mann nicht mitgekommen war, fuhr erschrocken zusammen, als sie ihn die Tür aufschließen hörte. Ja, was hatte sie denn erwartet?, fragte sie sich selbst. Ihn nie wieder zu sehen? War das ihre Reife? Ihre Überraschung konnte sie verbergen, aber sie hatte keine Ahnung, wie sie sich verhalten sollte. Sie wusste auch nicht, was er tun würde, was er sagen würde, wenn er überhaupt mit ihr spräche. Sie sah, dass ihr Mann sichtlich abgenommen hatte, dass sich unter seinen Augen dunkle Ringe abzeichneten und er sehr blass war. Doch das beruhigte sie auch nicht.

Er legte den Schlüsselbund auf den Tisch und sah sie an, sie saß mit einem Buch in der Hand auf dem Sofa.

»Wann gehst du weg?«, fragte er.

»Bald, nächsten Dienstag.«

Er erwiderte nichts, ging in die Küche und kam mit einem Glas Wasser zurück. Ihr fiel plötzlich ein, dass sein Auftauchen auch praktische Auswirkungen hatte.

»Ramón, verzeih, ich habe nicht daran gedacht. Aber wenn du das Wochenende hier im Haus verbringen möchtest, ziehe ich in ein Hotel. Ich habe das wirklich nicht bedacht.«

Er sah sie mit einem traurigen Lächeln an, doch plötzlich wirkte sein Gesicht heiterer und ausdrucksstärker.

»Weißt du, was ich will, was ich wirklich will? Dass du nicht gehst, Schatz, dass du bei mir bleibst, wie immer.«

Victoria spürte brennende Hitze im Gesicht aufsteigen. Sie sah zu Boden, hörte aber weiter diese liebevolle und vertraute Stimme, die jetzt etwas gezwungen und fremd klang. Er fuhr im selben Tonfall fort:

»Gestern Nacht bin ich plötzlich aufgewacht und habe gedacht: Will mich mein Mädchen wirklich verlassen? Aber das ist unmöglich, absurd. Mein geliebtes Mädchen, meine Frau und Gefährtin, meine große Liebe kann nicht mit einem Fremden so intim sein. Das war nur ein Albtraum, er ist vorüber. Es reicht, Victoria, du hast dein Abenteuer ausgelebt, und das akzeptiere ich, ich finde es sogar gut, aber jetzt musst du diese Geschichte vergessen. Siehst du nicht, dass sie zu nichts führt? Was willst du mit einem Mann, den du kaum kennst? Willst du unsere ganzen Ehejahre einfach so über Bord werfen?«

399

Victoria starrte stumm zu Boden. Ramón unterbrach sich und trank einen Schluck Wasser.

»Du und er, ihr habt doch nichts gemein. Außerdem ist die Beziehung zu seiner Frau kaputt. Er liebt dich nicht wirklich, du bist nur die einfachste Lösung für ihn. Ich gebe zu, dass ich in der letzten Zeit nicht sehr aufmerksam gewesen bin, ich habe unsere Liebe als selbstverständlich angesehen. Aber das bedeutet nicht, dass ich dich nicht mehr liebe, das weißt du sehr wohl. Ist je etwas Ernsthaftes zwischen uns vorgefallen? Nie! Wir streiten nicht mal so häufig wie andere Ehepaare. Alles war immer … wie soll ich es ausdrücken … vorbildlich! Wir haben wunderbare Kinder, die gerade ihr eigenes Leben aufbauen, wir haben genügend Geld, wir beide haben Erfolg in unserem Beruf. Von jetzt an wird alles besser, das verspreche ich dir. Wir haben noch eine wunderbare Zeit vor uns.«

Angesichts Victorias anhaltenden Schweigens redete er immer hastiger.

»Ich würde sogar behaupten, diese Krise wird unsere Liebe erneuern. Sobald ich meine Arbeit hier beendet habe, kehren wir in unser gewohntes Leben zurück. Wir werden zu zweit und frei sein, ohne Kinder, wir werden reisen und eine zweite Jugend genießen. Mehr noch, wenn du möchtest, kehren wir jetzt gleich zurück. Ich nehme wieder meine Stelle in Spanien an. Was sagst du dazu, wie findest du das?«

Victoria antwortete nicht und sah ihn nicht an.

»Victoria, was sagst du? Was ist mit dir, mein Liebling?«

Ramón sah, wie seiner Frau die Tränen übers Gesicht liefen, wie sie den Kopf schüttelte, unfähig zu reden.

»Du wirst bei mir bleiben, nicht wahr? Sag ja, Victoria, sag ja.«

Sie schüttelte weiter den Kopf, stumm weinend, ihre Hände lagen völlig reglos im Schoß. Ramón stand nervös auf. Er

400

rang die Hände, beugte sie zu ihr hinunter und schrie ihr ins Gesicht:

»Sag mir, dass du nicht gehen wirst! Ich wiederhole, sag es mir!«

Victoria sah ihm zum ersten Mal in die Augen und flüsterte mit kaum hörbarer Stimme:

»Ich kann dir das nicht sagen, ich kann nicht.«

Da sah ihr bisheriger Gefährte, ihr Ehemann, der Mensch, dem sie immer vertrauen konnte, sie mit hasserfülltem Blick an und sagte:

»Victoria, ich verfluche dich tausendmal, ich verfluche dich. Ich hasse dich und werde dir nie verzeihen. Ich will dich nie wiedersehen.«

Dann verließ er in größter Verzweiflung das Haus. Victoria rutschte zu Boden auf dieselbe Stelle, wo er gestanden hatte, und kauerte sich zusammen. Sie konnte so viel Schmerz nicht aushalten.

Adolfo war auf dem Weg zum Club, als er Ramón wie einen Blitz aus dem Haus schießen sah. Als er mit blassem und verzerrtem Gesicht, ohne ihn wahrzunehmen, an ihm vorbeirannte, sprach er ihn an:

»Ramón, warte mal. Wo willst du hin, warte doch!«

Er antwortete nicht. Irritiert stand Adolfo mitten auf dem Weg. In ihm stieg eine Welle der Empörung hoch. Das ist langsam wie im Irrenhaus, dachte er. Da sagte plötzlich Pancho, der Clubverwalter, zu ihm:

»Entschuldigen Sie die Störung, Don Adolfo, aber es ist so, dass ...«, hier brach er ab, als wüsste er nicht, wie er den forsch begonnenen Satz beenden sollte.

»Was ist los, Pancho?«

»Wir haben diesen Monat unser Gehalt noch nicht bekommen, Señor.«

401

Adolfo war überrascht. Stimmt, Darío hatte ihm diesen Monat die Gehaltsabrechnungen gar nicht zum Unterschreiben vorgelegt.

»Ihr habt also kein Geld bekommen. Ich werde mit Darío reden, er muss es vergessen haben. Ruf ihn bitte mal her.«

»Nein, Señor.«

»Wie?«

»Darío ist nicht da.«

»Was heißt das, er ist nicht da?«

»Dass er einfach abgehauen ist.«

»Und wohin ist er abgehauen, verdammt noch mal?«

»Das hat er mir nicht gesagt, Señor.«

»Ist gut, geh in den Club zurück und sag dem Koch, er soll mir etwas zu essen machen, damit ich heute Abend überhaupt was in den Magen bekomme.«

Als der Verwalter verschwunden war, holte er sein Handy aus der Hosentasche. Das war die Höhe, wahre Anarchie! Was glaubte dieser Bursche eigentlich? Er hatte nichts dagegen, dass er gerne zu den Huren ging, aber seine Arbeit zu vernachlässigen und seine Zeit im El Cielito zu verbringen, das war nicht zu tolerieren.

Darío meldete sich mit verschlafener Stimme. Sein Handy lag auf dem Nachttisch neben den Ohrringen der beiden Mädchen, die ihm Gesellschaft leisteten.

»Darío, darf man erfahren, warum du nicht in der Kolonie bist?«

»Guten Abend, Don Adolfo. Nun ja, es ist Freitagabend ...«

»Es ist Freitagabend, und die Monatsgehälter sind nicht abgerechnet. Kannst du mir erklären, warum nicht?«

Darío antwortete nicht gleich. Er sah die beiden Augenpaare neben sich im Bett. Dann nahm er allen seinen Mut zusammen.

»Don Adolfo, ich muss Ihnen ehrlich sagen, dass ich ein sensibler Mann bin und diese Situation unerträglich finde.«

»Diese Situation? Welche Situation?«

»Sie wissen doch, Señor, diese Liebesgeschichte und die angespannte Atmosphäre.«

Der Chefingenieur spürte, wie der Zorn in ihm hochstieg. Er bemühte sich, beherrscht und vernünftig zu klingen.

»Darío, hör mir gut zu. Morgen um zehn Uhr komme ich zu dir in dein Büro, und zwar um die fertigen Gehaltsabrechnungen zu unterschreiben. Hast du mich verstanden?«

»Ja, Señor, keine Sorge, ich werde da sein.«

»Gute Nacht.«

Das zu hören hatte ihm gerade noch gefehlt. Keine Sorge! Ein Chef sorgt sich nicht darum, ob ein Untergebener seine Arbeit macht. Er kontrolliert ihn und Punkt, und wenn er sie nicht macht, setzt er ihn auf die Straße und Schluss. Aber es war sinnlos, das würde dieser Pfeifenkopf nie verstehen. Schließlich musste man nicht sehr scharfsichtig sein, um zu bemerken, dass dieses Boot an allen Enden leckte. Es hatte seinen Kurs verloren, und man musste das Ruder energisch herumreißen. Besorgt? Nein, er war nicht besorgt, er hatte es einfach satt.

Als das Telefonat beendet war, seufzte Darío resigniert. Er wälzte sich auf den Rücken und starrte zur Decke. Die beiden Mädchen streichelten ihn.

»Ist was passiert, mein Liebling?«

»Ich fürchte, es kommen schlechte Zeiten auf mich zu.«

»Ganz ruhig, Schätzchen, wir sind doch auch noch da.«

»Wir werden nie zulassen, dass unserem Jungen etwas passiert.«

Als sich Victoria beruhigt hatte, stand sie auf und griff zum Telefon. Sie rief Santiago an. Da er nicht auf der Baustelle war, müsste er Empfang haben. So war es, und als er sich meldete, wurde Victoria bewusst, dass sie sich ihre Gelassenheit nur eingebildet hatte. Sie redete überstürzt, aber kraftlos, und bevor sie den zweiten Satz zu Ende sprechen konnte, hatte sie schon zu weinen begonnen. Santiago spürte, wie ihm der Boden unter den Füßen entglitt, er war starr vor Schreck.

»Was ist los mit dir, Victoria, was ist passiert?«

»Ich kann nicht mehr, Santiago, ich kann nicht mehr.«

»Ist was passiert? Antworte mir!«

»Ramón ist hier gewesen und …« Sie konnte nicht weitersprechen.

»Hat er dir was getan? Sag es mir, hat er dich geschlagen?«

Jetzt merkte sie, dass sie ihn unnötigerweise in Sorge versetzte, und sie gab sich größte Mühe, sich zusammenzunehmen.

»Nein, das ist es nicht. Wir haben nur geredet, aber es war so schmerzlich, es ist alles so schwierig in der Kolonie …«

»Ist etwas mit Paula passiert?«

Diese Frage hatte sie nicht erwartet, und ihre Antwort kam etwas zögerlich.

»Nichts Ernstes, wirklich.«

»Das heißt, es ist was passiert.«

Schon ein wenig ruhiger wählte sie ihre Worte sorgfältig.

»Manuela hat alle Frauen zusammengetrommelt, um was weiß ich für ein Fest zu organisieren, und Paula hat mir vor allen vorgeworfen, ihr den Ehemann weggenommen zu haben.«

»Mein Gott, ich kann es nicht glauben! Hat sie es jetzt mit billigem Schmierentheater?«

»Ist egal.«

»Nein, das ist nicht egal. Ich bin mit meiner Arbeit praktisch fertig. Es sind noch vier Tage bis zu unserem Abflug, aber du kannst dort nicht bleiben. Verlass sofort die Kolonie. Pack das Notwendigste und geh. Wenn Ramón noch einmal mit dir reden will, soll er dich anrufen, und ihr könnt euch in einer Bar in San Miguel treffen. Du fährst in unser Ranchito-Zimmer. Dort wird dich niemand suchen, und da kann dich auch niemand beschimpfen. Die Frauen werden dir was zu essen machen. Ich rufe Darío an, er soll sich um alles kümmern. Nimm Bücher mit und lies, geh spazieren, ruh dich aus. Ich komme jeden Abend und schlafe bei dir. Ist das so in Ordnung für dich?«

»Vielleicht ist es das Beste.«

»Du kannst nicht zu Hause sitzen und darauf warten, dass etwas passiert. Es ist fast geschafft, verstehst du, Liebling? Es ist fast vorbei. Komm, raff dich auf.«

»Wo bist du?«

»Im Camp, ich fahre aber später noch in die Kolonie, um ein letztes Mal mit Paula zu reden. Ich muss wissen, was sie vorhat. Vermutlich möchte sie auch nicht länger hierbleiben.«

»Santiago?«

»Ja?«

»Ich liebe dich sehr.«

»Ich dich auch, Liebling, ich dich auch. Ich liebe dich mit aller Kraft, zweifle bitte nie daran. Du wirst schon sehen, wir werden alle Zeit der Welt für uns haben, das ganze Leben.«

Sein energischer und entschlossener Tonfall tat ihr gut. Beim Auflegen konnte sie schon wieder lächeln. Ja, alle Zeit der Welt, nur mit ihm zusammen: die Stunden, die Tage, die Minuten, die Morgen und die Nächte. Schon bald würde sie ihre Ruhe haben, und in ein paar Jahren wären diese schrecklichen Wochen nur noch vage Erinnerung. Sie holte die Koffer aus dem Wandschrank und packte ihre Sachen. Im Augenblick würde sie nicht viel brauchen. Das

Auswählen der Kleidung brachte sie in die gewohnte, weniger besorgniserregende Realität zurück. Sie würde mit dem Geliebten fliehen, wie in einem Roman des neunzehnten Jahrhunderts. Die Vorstellung ließ sie wieder lächeln. Sie empfand größtes Vergnügen daran. Der Märchenprinz auf seinem weißen Pferd. Sie hätte diese ersten Momente der Leidenschaft ewig genießen können, aber diese Leidenschaft brachte auch viel Schmerz mit sich. Vielleicht war das immer so, dachte sie, kein großes Glück ist vollständig ungetrübt, besonders, in einem gewissen Alter, wenn du schon unzählige deutliche Spuren auf deinem Weg hinterlassen hast.

Ihr Mann stand früh auf, frühstückte und verließ das Haus. Er bemerkte, er sei mit Darío verabredet, mehr nicht. Es war ihr schnuppe, sie war auch noch verstimmt. Sie hatten kaum ein Wort gewechselt, besser so, es gab keinen Grund für weitere Streitereien. Als es klingelte, ging sie öffnen im Glauben, Adolfo hätte seinen Schlüssel vergessen, aber es war Victoria. Ihr Anblick verstimmte sie noch mehr, und sie wusste, dass sie das nicht verhehlen konnte. Sofort bereute sie den Gedanken und setzte ein breites Lächeln auf, das höflich wirken sollte.
»Komm doch rein, Victoria, bleib nicht in der Tür stehen.« Sie führte sie ins Wohnzimmer und forderte sie auf, sich zu setzen, während sie den Kaffee holte, den ihr Hausmädchen gerade gemacht hatte. Ihr übertrieben lebhaftes Geplapper brachte ihre Irritation deutlich zum Ausdruck. Victoria merkte es und dachte, sie müsse wirklich sofort die Kolonie verlassen. Nicht nur wegen ihr, sondern weil alle anderen es auch wünschten. Sie war unbequem geworden. Sie verstand das, sie hatte unbeabsichtigterweise die Harmonie der Gemeinschaft zerstört. Manuela kehrte sum-

mend zurück. Victoria fand sie so nervös, dass sie beschloss, gleich zur Sache zu kommen, um sie nicht länger als nötig mit ihrem Besuch zu belästigen.

»Probier mal diese Kekse, die hat das Mädchen gebacken, sie werden dir schmecken.«

»Nein danke, Manuela, ich muss gleich wieder gehen. Ich bin nur gekommen, um mich von dir zu verabschieden.«

»Verabschieden? Ich verstehe nicht.«

»Ich fliege in wenigen Tagen mit Santiago nach Spanien zurück. Bis dahin werde ich mich woanders einquartieren. Ich möchte vermeiden, dass sich so schreckliche Szenen wie kürzlich wiederholen. Das ist für alle nicht gut.«

»Werdet ihr zusammenziehen?«

»Ja, was Paula gesagt hat, stimmt.«

»Und deine Kinder?«

»Wir werden in derselben Stadt leben. In unserem Haus wird genug Platz sein, wenn sie mich besuchen wollen.«

»Hast du es ihnen schon gesagt?«

»Ich habe sie kürzlich angerufen.«

»Und wie haben sie es aufgenommen?«

»Das kann ich erst beurteilen, wenn ich sie wiedersehe, aber vermutlich nicht so gut. Das ist logisch, nicht wahr?«

»Victoria, hast du dir genau überlegt, was du tust? Ich weiß schon, dass mich das nichts angeht, aber schließlich haben wir eine ganze Zeit hier in dieser kleinen Gemeinschaft in einem fremden Land zusammengelebt ... Ich bin älter als du und fühle mich berechtigt, dir das zu sagen. Denk bitte gut darüber nach. Deine Ehe hat lange gehalten, ihr habt Kinder, einen Status, Bequemlichkeiten ... Und Ramón ist ein ernster, vernünftiger Mann ...«

Victoria blickte zu Boden. Sie spürte diffuse Angst in ihrer Brust. Manuela fuhr fort, jetzt schon ruhiger:

»Nicht, dass ich Santiago für eine schlechte Wahl halte. Er

ist ein sehr zuverlässiger und attraktiver Mann und ein ausgezeichneter Ingenieur, wie Adolfo mir einmal erzählt hat. Aber du siehst ja, wie seine Frau ist, ein bisschen verrückt, ein bisschen eigenwillig, vielleicht braucht er nur ... nun ja, verzeih mir, ich ...«

»Manuela, ich weiß schon, was du mir sagen willst. Ich habe lange darüber nachgedacht und ja, das klingt alles vernünftig, und jeder mit ein wenig gesundem Menschenverstand und Klugheit wird dasselbe denken. Aber ich ... Ich habe ehrlich gesagt keine Kraft, Santiago zu verlassen, ich ...«

Sie konnte nicht weitersprechen. Ihre Stimme brach, und sie weinte so bitterlich, wie Manuela noch niemanden hatte weinen sehen. Gerührt sah sie sie an und empfand unvermittelt unendliches Bedauern, das aus tiefsten Herzen kam und von dessen Existenz sie nichts gewusst hatte. Es war, als steckte sie in Victorias Haut, als wäre sie diejenige, die von sich selbst verlangte, den Mann zu verlassen, den sie liebte, den sie von ganzem Herzen und mit ihrer ganzen Kraft liebte. Diese Liebe erschien ihr plötzlich als etwas Grundlegendes, Erhabenes, und sie begriff, dass der Verzicht auf diese Liebe, bevor sie sich hatte entfalten können, bedeuten würde, das restliche Leben, einschließlich das schon gelebte, zu verlieren. Es bedeutete, alles zu verlieren.

»Du kannst nicht ablassen von Santiago, nicht wahr?«

Victoria schüttelte den Kopf und versuchte, sich wieder zu fangen. Da umarmte Manuela sie und begann ebenfalls zu weinen, mit echtem Schmerz, mit unendlichem Kummer, als wäre sie selbst betroffen von dieser traurigsten Geschichte der Welt. Und so saßen sie eine ganze Weile umarmt da und weinten zusammen ohne konkreten Anlass. Denn weder war die eine leidenschaftlich in einen anderen Mann verliebt, noch glaubte die andere, dass ihre Leidenschaft sie an irgendeinen Abgrund führen würde.

Als Manuela wieder allein war, wusch sie sich die Tränen ab. Dann puderte sie sich die Nase und ging durchs Haus, um zu sehen, ob alles in Ordnung war. Das pflegte sie in Momenten der Niedergeschlagenheit gewöhnlich zu beruhigen. Doch sie merkte gleich, dass es diesmal nichts nützen würde. Was war mit ihr los? Der Schmerz in ihrer Brust war ihr unbekannt, so hatte sie sich noch nie gefühlt. Sie ließ sich aufs Sofa sinken und betrachtete ihre Hände. So stark und jung sie für ihr Alter auch geblieben sein mochte, ihren Händen waren die vielen Jahre anzusehen. Sie war alt, älter als sie sich in der letzten Zeit hatte eingestehen mögen. Sie war genauso alt wie alle Frauen ihres Alters. Die Uhr ließ sich nicht zurückdrehen. Der Kummer hielt sie gefangen und machte es ihr gleichzeitig unmöglich, zur Erleichterung in Tränen auszubrechen. Ihr ganzes Leben war eine einzige Lüge, das hatte ihr Mann selbst gesagt. Eine verschenkte Gelegenheit, man lebte nicht zweimal. Absolutes Scheitern, die Ehe, die Kinder, das Heim, alles nur Trostpflaster für das Fehlen der großen Liebe. Sie würde in niemandem eine so große Leidenschaft wecken, wie es Victoria bei Santiago getan hatte. Und was noch schrecklicher war: Sie würde diese Leidenschaft nie erfahren, sie würde sterben, ohne zu wissen, wie sie sich anfühlte. Die wahre Essenz des Lebens – wenn du ihren Geschmack nicht gekostet hast, kannst du getrost behaupten, du bist tot, du warst es immer. Ohne eine derartige Liebe hast du dein Leben jenseits des Wichtigen gelebt, es ist verpfuscht, du gehörst nicht zum Kreis der Auserwählten.

Sie wanderte durchs Haus wie eine Löwin im Zoo. Sie betrachtete eines nach dem anderen die sorgfältig aufgereihten Familienfotos in Silberrahmen, die sie aus Spanien mitgebracht hatte: Ihre Kinder, als sie klein waren, Fotos von Skireisen, Adolfo in einem Restaurant in Paris, ihre kleine, neugeborene Enkelin ... Diese Fotos, die sie ab und zu austauschte, begleiteten sie überall hin. Sie hatte immer stolz lächeln müssen, wenn sie sie betrachtete, aber an diesem Tag fühlte sie sich völlig leer. Wozu sie weiter von einem Ort zum nächsten schleppen? Ihr Mann liebte sie nicht mehr, und ihre Kinder kamen wunderbar ohne sie zurecht. Hatte Adolfo sie wirklich jemals geliebt? Bestimmt nicht mit dieser verschlingenden Leidenschaft, die alles hinwegfegte, was sich ihr in den Weg stellte, sondern eher pragmatisch. Und ihre Kinder? Ihre Kinder hätten ein englisches College besuchen können, und man hätte keinen Unterschied festgestellt bezüglich der Arbeit und der Hingabe, die ihre Erziehung sie gekostet hatte. Es gab eindeutig kein nutzloseres Wesen als sie auf der Welt. Sie spürte eine Beklemmung in der Brust, die sie zu ersticken drohte. Sie zog sich eine leichte Jacke über und verließ das Haus.

Sie ging wie eine Schlafwandlerin durch den Park, aber so schnell, als hätte sie ein bestimmtes Ziel. Plötzlich stand Darío vor ihr. Sie starrte ihn an, als wäre er eine Erscheinung. Darío wirkte missmutig und übermüdet. Er hatte die ganze Nacht nicht geschlafen, weil er die Gehaltsabrechnungen machen musste und fürchtete, dass sich die Frau des Chefs wie üblich in Erklärungen über neue Projekte auslassen würde, für die sie seine Mitarbeit brauchte. Er war nicht in der Stimmung, ihr zuzuhören, und dachte, es wäre eine gute Strategie, ihr gleich den Wind aus den Segeln zu nehmen.

»Hallo, Doña Manuela, wie geht's? Ich bin gerade auf dem Weg zu einer Arbeitsbesprechung mit Ihrem Mann. Ich habe im Club gefrühstückt. Guter Kaffee! Wie Sie sehen, müssen wir auch am Wochenende noch arbeiten. Aber keine Sorge, es wird nicht lange dauern, Don Adolfo wird gleich zurück sein und mit Ihnen das Wochenende genießen.«

Er unterstrich seine Mitteilung mit einem dämlichen Grinsen. Trotzdem schien die Señora ihm gar nicht zuzuhören. Sie starrte ihn an, als dächte sie darüber nach, wer er sei. Plötzlich ergriff sie ohne jegliche Vorwarnung mit beiden Händen seinen Kopf und gab ihm einen wilden, innigen Zungenkuss. Als sie ihn losließ, wich er erschrocken zurück.

»Was tun Sie da, Doña Manuela? Sind Sie verrückt geworden?«

»Wäre ich es doch«, sagte sie. »Wäre ich es doch.«

Dann schüttelte sie den Kopf, als sei sie aus einem Traum erwacht und verschwand fast im Laufschritt. Darío stand mitten im Park, sah sich um und stellte erleichtert fest, dass niemand diese unerhörte Szene beobachtet hatte. Dann rieb er sich heftig das Gesicht und rief laut und verzweifelt:

»Das ist doch wohl ein Hammer, wirklich ein Hammer! Ich kann nicht mehr!«

Adolfo erwartete ihn in seinem Büro. Als der junge Mann mit erschrockenem Gesicht eintrat, empfand er Mitleid mit ihm. Vielleicht war er zu streng mit ihm umgesprungen. Er musste versuchen, wieder der großmütige Chef zu sein. Schließlich machte jeder mal einen Fehler, und Darío hatte bisher immer ausgezeichnete Arbeit geleistet. Er formulierte seinen Vorwurf nicht so scharf wie beabsichtigt.

»Setz dich, Darío.«

»Entschuldigen Sie, dass ich mich ein wenig verspätet habe, Don Adolfo, aber ich war noch frühstücken ...«

»Ist unwichtig, es sind ja nur ein paar Minuten.«

»Ja, aber ich weiß, dass Sie verärgert sind und ...«

»Einen Augenblick, bevor wir anfangen, muss ich dir sagen, dass ich immer sehr zufrieden mit dir war. Ich meine das ernst, und du weißt, dass ich meine Aufgabe sehr ernst nehme. Aber in letzter Zeit hat sich in deiner Arbeit ein gewisser Schlendrian breitgemacht, mein Junge. Ich würde sogar sagen, ein gewisses Desinteresse. Manchmal bist du nicht an deinem Platz, wenn du es sein solltest, andere Dinge bleiben liegen ... Und das mit den Gehaltsabrechnungen ist der Gipfel! Mein Gott, Darío, wir sind ein Team, und wegen deines Versäumnisses haben die Leute ihr Geld nicht bekommen.«

»Ich weiß, Señor, ich weiß es ja. Das ist unverzeihlich, und das ist mir auch klar. Zunächst möchte ich Ihnen die Gehaltsabrechnungen zum Unterschreiben vorlegen. Hier sind sie. Zweitens möchte ich Sie aufrichtig um Entschuldigung bitten. Und abschließend, Don Adolfo ... na ja, abschließend möchte ich kündigen.«

»Kündigen? Was zum Teufel soll das heißen, kündigen?«

»Dass ich die Kolonie verlassen will, Señor.«

»Aber mein Junge, ich weiß nicht, ob die Firma damit einverstanden sein wird. Deine Stelle in Spanien dürfte inzwischen wieder besetzt sein.«

»Ich habe mich falsch ausgedrückt. Ich möchte auch die Firma verlassen.«

Adolfo war wirklich überrascht und wurde unruhig. Vielleicht war in der Kolonie zu vieles passiert. Spannungen zwischen den Angestellten, irgendeine Auseinandersetzung, von der er nichts wusste ...

»Kannst du mir deine Gründe nennen?«

»Mir ist eine andere Stelle angeboten worden.«

Verdammt, dieser Darío!, dachte Adolfo, man musste wirklich ganz schön abgebrüht sein, wenn man aus solcher Entfernung heimlich einen Stellenwechsel betrieb. Sein

412

Wunsch, nach Spanien zurückzukehren, musste sehr groß sein.

»Gut, ich sehe schon, die Konkurrenz schläft nicht. Und du auch nicht. Hat es dir bei uns nicht gefallen? Vermisst du Spanien? Bevor du zu einer anderen Firma wechselst, hättest du zuerst bei unserer anfragen sollen. Vielleicht gibt es dort eine freie Stelle, vielleicht kann man dein Gehalt erhöhen.«

»Nein, Don Adolfo, ich habe mich wieder nicht richtig ausgedrückt. Ich gehe weder zur Konkurrenz noch kehre ich nach Spanien zurück.«

»Was dann?«

»Wenn Sie einen Moment Geduld haben, hole ich schnell zwei Flaschen Bier für uns.«

»Na dann los.«

Adolfo trank nicht gerne zu dieser frühen Morgenstunde, aber er war so sprachlos, dass es ihm guttat, einen Augenblick allein zu sein, um die Neuigkeit zu verdauen. Als Darío mit den Bierflaschen zurückkehrte, hatte er sich einigermaßen gefangen und ein Pokerface aufgesetzt, aber seine Neugier war nicht bezwungen. Der junge Mann schenkte ein, auch er brauchte Zeit für seine Erklärung.

»Es ist so, Don Adolfo, ich … Nun ja, Sie wissen ja, dass meine Freundin auf mich wartet, damit wir heiraten können.«

»Ja, natürlich weiß ich das.«

»Leider bin ich mir nicht mehr sicher, ob ich sie heiraten möchte, weder sie noch sonst eine andere, meine ich. Können Sie sich vorstellen, was es bedeutet, sich auf eine Ehe mit einer Frau einzulassen, die man von Anfang an nicht liebt? Denn das Eheleben mag ja ganz schön sein, wenn die Gefühle stimmen, doch wenn nicht … Die Ehe ist eine Lebensform ohne ein Minimum an Freiheit, und das macht keinen Spaß: Das Haus abbezahlen, nichts ausgeben, sondern sparen, sich für lange Zeit mit Kindern und Verantwortung belasten ... Und seine Tage beschließen, indem man die Enkel, die Schwiegermutter oder noch Schlimmeres erträgt. Wenn die Gefühle das nicht alles ausgleichen ... sehe ich wirklich keinen Vorteil darin.«

»Na ja, so gesehen ...«

»Ich kann es nicht anders sehen, so sehr ich mich auch bemühe. Und ich will weder meine Freundin noch mich ein Leben lang täuschen und mir einbilden, ich sei glücklich, obwohl ich es gar nicht bin. Verstehen Sie das?«

»Das verstehe ich. Du bist ja kein Kind mehr und hast dir das vermutlich genau überlegt.«

»Ich versichere Ihnen, dass es mir sehr schwer gefallen ist, diese Entscheidung zu treffen.«

»Bleibst du in Mexiko?«

»Ja.«

»Was hast du denn für eine Arbeit hier gefunden?«

»Ich werde in der Verwaltung arbeiten, wie immer.«

»In welcher Firma?«

»Im El Cielito, Señor.«

»Verdammt!«, entfuhr es Adolfo.

»Das Geschäft läuft sehr gut, aber die Buchhaltung ist ein einziges Chaos. Der Inhaber möchte, dass ich die Bücher führe und seine Steuern bezahle, was er noch nie getan hat. Er weiß, dass ich damit Erfahrung habe, und hat es mir deshalb angeboten. Ich werde nicht viel verdienen, dafür aber Kost und Logis gratis erhalten. Ich werde weder Probleme mit einer Wohnung noch mit dem Unterhalt haben, und meine Bedürfnisse sind eher bescheiden.«

»Aha«, stammelte Adolfo.

»Natürlich hat es auch mit den Mädchen zu tun, dass ich den Job angenommen habe. Sie werden mir Gesellschaft leisten und … nun ja, Sie ahnen gar nicht, wie glücklich sie mich machen, wie zärtlich sie zu mir sind.«

»Eine im Speziellen?«

»Drei oder vier von ihnen. Ich liebe sie alle, und sie lieben mich völlig uneigennützig, natürlich nehmen sie auch kein Geld von mir. Sie sind sanft und umgänglich, sie verlangen nichts von mir, sind weder hinterhältig noch erwarten sie zu viel vom Leben. Dort werde ich in Ruhe leben, ein bisschen arbeiten, eine Siesta machen, die Atmosphäre genießen … Und vor allem keine Zukunftspläne machen. Mit ein wenig Glück werde ich dort sterben. Mehr verlange ich nicht, das ist die Hauptsache, mehr verlange ich gar nicht. Finden Sie das schlimm, Don Adolfo?«

»Was soll ich sagen, Darío? Es ist ein absoluter Bruch mit deinem bisherigen Leben, mit deiner Familie, deiner Heimat …, aber ich vermute, es gehört auch eine ordentliche Portion Mut dazu zu tun, was du dir vorgenommen hast.«

»Danke, ich hatte schon Angst vor Ihrer Reaktion. Sie können sich natürlich darauf verlassen, dass ich alle Unterlagen ordentlich übergebe, und wenn Sie mich noch ein paar Wochen brauchen, bleibe ich auch länger.«

Na schön, dachte Adolfo auf dem Heimweg, dieser Duckmäuser Darío hat einen wichtigen Schritt getan, er wirft seine Fesseln ab und geht. Also war es nicht nur Sex, der ihn immer wieder ins El Cielito gezogen hatte, sondern etwas mehr. Natürlich war das ein Wahnsinn, eine Tollkühnheit und Schamlosigkeit, doch welcher Mann hatte nicht schon einmal davon geträumt, alles zum Teufel zu jagen? Dieser Bursche erteilte den Zwängen einer Ehe, den kleinen Erbärmlichkeiten des Alltagslebens, der Knechtschaft der Kinder und der damit einhergehenden Verantwortung eine Absage. Zugleich verzichtete er auf die angenehmen Begleiterscheinungen eines normalen Familienlebens: Haus-

415

herr und Grundpfeiler eines Grüppchens von Menschen desselben Blutes zu sein ... Nicht zu vergessen den beruflichen Ehrgeiz. Dieser junge Mann mit dem schwächlichen und etwas dümmlichen Gesichtsausdruck hatte begriffen, dass eine berufliche Karriere reine Eitelkeit ist. Denn so hervorragend qualifiziert einer auch sein mochte, war er doch immer zu ersetzen. War man eines Tages nicht mehr produktiv, bekam man einen mehr oder weniger direkten Tritt vom Unternehmen und Schluss. Daríos Entscheidung hatte etwas Philosophisches an sich. Nicht, weil die Tatsache, in ein Bordell zu ziehen, an sich philosophisch gewesen wäre, sondern weil er das damit einhergehende bescheidene Leben wählte. Und dann war da noch der Sex, denn das Leben wäre einfach, aber nicht klösterlich, und immer wieder mal die Frau zu wechseln war eine Art universaler Männertraum. Wie viele sexuelle Erlebnisse und Genüsse lässt sich ein verheirateter Mann unter normalen Lebensumständen entgehen? Viele, um nicht zu sagen, alle. Die Ehefrau steht nicht immer zur Verfügung, und die Eigendynamik des Ehelebens lässt das sexuelle Verlangen mit der Zeit in eine gewisse Interesselosigkeit münden. Ganz zu schweigen von der Arbeit! Die berufliche Laufbahn ist ein wahrer Hemmschuh für die Libido, der größte überhaupt: Verantwortung, Sitzungen, tägliche Probleme, lange stressige Arbeitstage, interne Machtkämpfe in den Unternehmen ... In diesem Teufelskreis vergeudet ein Mann viele Stunden, die er in ein zufriedenstellendes und aufregendes Sexualleben investieren könnte. Schlimmer noch, er verliert die Lust darauf, was die letzte Stufe des persönlichen Niedergangs markiert. Nein, man konnte keinesfalls behaupten, dass Darío verrückt war. Auch war seine Entscheidung keineswegs schändlich. In gewisser Weise ehrte sie ihn sogar.

Trotzdem stellten sie ihm nun die Baustelle auf den Kopf. Jetzt musste er in Spanien auch noch um einen Ersatz für die Verwaltung ansuchen, es gingen schon zwei, auch wenn Santiago einen anderen Status innehatte. Wenn die Neuen eintrafen, mussten sie sich erst einleben, sie mussten eingearbeitet werden, und wenn sie sich eingearbeitet hatten, mussten ihnen Höchstleistungen abverlangt werden … Ach, wenn doch auch er so hoch fliegen könnte! Aber für ihn war es zu spät, seine Flügel waren schon vor vielen Jahren gestutzt worden. Richtig bedacht war es, als hätte das mexikanische Klima sie alle gefühlsmäßig beeinflusst: Santiago floh mit seiner Geliebten, Ramón reagierte übertrieben heftig, Darío traf die Entscheidung seines Lebens und die ach so anständige Amerikanerin schien gerne zu intrigieren … Alle außer ihm spielten verrückt, er war der Kapitän, der dazu verdammt war, als Letzter von Bord des leckgeschlagenen Bootes zu gehen. Bah, das Leben, dachte er und erinnerte sich an den letzten Streit mit Manuela. Vielleicht war es weder lächerlich noch ungeheuerlich, sich in diesem Alter scheiden zu lassen. Was würde er damit gewinnen? Allein und in Frieden zu altern, sich nur um die eigenen Angelegenheiten zu kümmern, ohne sich Vorwürfe anhören zu müssen, die Tage zu gestalten, wie er Lust hatte, ohne die moralischen Beschränkungen, die er auf einmal in Frage stellte.

Ziemlich erleichtert stellte er fest, dass seine Frau nicht zu Hause war. Jetzt hatte er Lust auf etwas Hochprozentiges.

Henry saß neben seiner Frau und las eine US-amerikanische Zeitung. Sie hatten zu Abend gegessen und sich danach auf die Terrasse gesetzt. Er betrachtete sie verstohlen. Kein einziges Wort, sie hatte den ganzen Abend keinmal den Mund aufgemacht. Natürlich hatte sie etwas, und er fragte sich, was es sein könnte. Diesmal gab es offenbar keine der üblichen Ursachen: weder plötzliche Anrufe ihrer Mutter noch irgendwelche Vorkommnisse in der Kolonie ... Er hatte eher das Gefühl, sie hätte etwas gegen ihn. Ihre Stirn war leicht gerunzelt, und ihre Antworten auf seine Fragen fielen einsilbig aus und hatten einen vorwurfsvollen Unterton. Im Interpretieren von Susys problemgeladenem Schweigen war er Spezialist. Er hatte viel Geduld mit ihr gehabt, mein Gott, wie viel Geduld! So geduldig, wie er mit ihr in den Verlobungs- und Ehejahren gewesen war! Er hatte immer geglaubt, dass sie langsam zu einer erwachsenen Frau heranreifen würde, aber ihr Verhalten war hysterisch und kindisch geblieben. War etwas vorgefallen? Bestimmt nicht, es war dasselbe Problem, verkapselt, immer präsent, das ihr Leben wie eine Art allmächtige Gottheit manipulierte. Und dennoch fand er ihr Verhalten heute ärgerlicher, unerträglicher, schädlicher als je zuvor. Santiagos und Victorias Liebe warf ihren Schatten, und er war bestimmt nicht der Einzige, das hatte niemanden kaltgelassen. Im Camp herrschte eine merkwürdige Atmosphäre, alles lief wie gewohnt, dennoch konnte man allgemeine Unruhe unter den Männern spüren, als würden in Kürze einschneidende Veränderungen bevorstehen. Vielleicht wohnte dem Einbrechen der großen Leidenschaft in diese friedliche Atmosphäre eine Art Magnetismus inne, dessen Kraftfeld sich niemand entziehen konnte? Oder war es in Wirklichkeit womöglich nur der unschöne Vorfall, dass sich zwei verheiratete Menschen ineinander verliebt hatten, der sie alle in Alarmbereitschaft versetzt hatte?

Am Morgen hatte er mit Santiago gesprochen. Sie hatten immer einen herzlichen Umgang gepflegt, sodass es ihn überhaupt nicht wunderte, als er auf das Thema seiner Verliebtheit zu sprechen kam. Er versucht sich vor mir zu rechtfertigen, dachte er, als Santiago zu reden begann, aber dann wurde ihm klar, dass es etwas anderes war. Dieser Mann musste mit jemandem sprechen, er musste offen sprechen, und es war einleuchtend, dass er ihn vor etwas warnen wollte. Tatsächlich ähnelte das, was er ihm erzählte, verdächtig seiner eigenen Situation: eine von ihren inneren Konflikten zerrissene Frau, der man nicht helfen konnte und die einen mit in den Abgrund riss. Das Leben wurde zur Hölle. Das war seine Geschichte mit Paula, aber wies seine Ehe mit Susy nicht langsam ein ähnliches Muster auf? Er war davon überzeugt, dass Santiago ihn zum Nachdenken anregen wollte. Er hatte gesagt: »Ich konnte nichts tun, es gab keine Möglichkeit, positiven Einfluss zu nehmen. Anfangs hast du noch Hoffnung, dass du sie mit Geduld und Liebe aus dem Brunnen holst. Später siehst du dich gezwungen, die Verantwortung zu übernehmen, sie nicht alleinzulassen, und wirst gegenüber den anderen zu ihrem Beschützer. Erst am Ende begreifst du, dass wir alle erwachsen sind und nur ein Leben haben. Sie und nur sie kann ihre selbstzerstörerische Haltung aufgeben, doch wenn sie untergeht, hat sie das selbst zu verantworten.« Wenn Santiago beabsichtigt hatte, ihn zu warnen, dann nicht nur, weil er intuitiv Parallelen zu seiner Ehe erkannt hatte. Bestimmt hatte Susy Paula Dinge anvertraut und die hatte sie wiederum ihrem Mann erzählt. Ja, Santiago hatte sich klar und deutlich ausgedrückt, wahrscheinlich aus männlicher Solidarität.

Es war kein Zufall, dass die einzige Freundin, die Susy hier gefunden hatte, ausgerechnet Paula war. Nein, sie waren sich ähnlich, zwei Frauen, die sich aus keinem eindeutigen Grund selbst quälten, zwei Neurotikerinnen, die sich in ihrer Haut nicht wohlfühlten und ihr Leiden Konflikten zuschrieben, deren Ursachen aber in ihrem eigenen seelischen Ungleichgewicht lagen. Und es ist bekannt, dass man einen psychischen Schaden nicht heilen kann, wenn der Betroffene sich dessen nicht bewusst wird.

Er musste ehrlich zu sich selbst sein. Das alles bewirkte, dass er sein Leben mit einem Mut in Frage stellte, den er bisher nicht aufgebracht hatte. Er fragte sich oft: Bin ich nicht zu jung, um in eine solche Falle zu tappen? Susan hatte sich zwar in den letzten Tagen aufrührerisch und rebellisch benommen, aber im Grunde hing sie weiter an seinem Hals wie ein kleines Mädchen, das sich vor der Dunkelheit fürchtet. Wie lange würde es noch dauern, bis sie ihm die Schuld an all ihren Problemen gab und ihn ohne Vorwarnung angriff? Auch sie stand unter dem Einfluss dieser magnetischen Kraft, die diese Affäre ausstrahlte, aber das war nicht so wichtig: Wie auch immer sich der Gemütszustand seiner Frau entwickeln mochte, am Ende zählte doch nur das Ergebnis, und das ließ in ihm ernsthafte Zweifel an dem Fortbestand ihrer Ehe aufsteigen.

Er sah Susy an. Und was hatte sie jetzt wieder? Warum hüllte sie sich seit seinem Eintreffen in Schweigen? Unvermittelt faltete er die Zeitung zusammen und fragte trocken:

»Hast du was, Susan?«

»Nein.«

»Es wirkt aber so. Seit ich hier bin, hast du kaum den Mund aufgemacht.«

»Ich habe dir nichts Interessantes zu erzählen.«

»Dann erzähl irgendeinen Blödsinn, würde mich absolut nicht stören. So wüsste ich zumindest, dass du noch lebst.«

»Soll das heißen, dass mein Normalzustand ist, Blödsinn zu reden?«

»Nein, das wollte ich damit nicht sagen. Ich will doch nur,

dass meine Frau nach einer Woche Trennung mit mir spricht.«

»Bestimmst du etwa, wann man zu reden und wann zu schweigen hat?«

»Eine Ehe besteht aus zwei Personen, in unserem Fall bin ich eine davon. Ich habe doch vermutlich das Recht, dir meine Meinung zu sagen.«

»Und deiner Meinung nach sollte ich reden, wenn ich keine Lust dazu habe.«

»Es reicht, Susy, werd nicht albern!«

»Du bist albern, und du hast diesen albernen Streit angefangen!«

»Genau! Ich habe dir eine unglaublich beleidigende Frage gestellt, und du hast mir liebevoll geantwortet. Das ist passiert, oder?«

»Lass mich in Ruhe!«

Henry fuhr sich übers Gesicht und war bemüht, das Spinnennetz zu zerreißen, in dem er sich gefangen fühlte. Er sagte in gezwungen ruhigem Tonfall:

»Lass uns bitte noch mal von vorn anfangen, es hat keinen Sinn, sich zu streiten. Weil du so still bist und ich mir Sorgen mache, wollte ich wissen, ob etwas passiert ist, Susan.«

»Sprich nicht wie ein verdammter Prediger oder verständnisvoller Vater mit mir! Du hast mich gefragt, ob ich was habe, und ich habe nein gesagt. Was willst du noch wissen? Musst du immer über alles Bescheid wissen, was ich denke oder fühle? Warum glaubst du, mich beschützen zu müssen?«

Nun riss Henry der Geduldsfaden, er sprang auf und schrie glühend vor Zorn:

»Genau das will ich nicht, Susan, es belastet mich, ich halte das nicht mehr aus: dich beschützen, dir Papa und Mama sein, deine Stimmungsschwankungen und deine lächerlichen Erklärungen für lächerliche Probleme ertragen! Irgendwann musst du dich damit abfinden, nicht immer im Mittelpunkt zu stehen, und einfach und vernünftig zu leben wie alle anderen Menschen auch!«

Sie hatten noch nie so heftig gestritten, und wenn es doch mal passiert war, hatte Susy normalerweise verzweifelt zu weinen begonnen. Dann hatte er sie ein paar Minuten später um Verzeihung gebeten oder in den Arm genommen. Aber diesmal weinte seine Frau nicht, sondern blieb kühl, stand auf und machte Anstalten, die Terrasse zu verlassen.

»Susan, wo willst du hin?«

Sie drehte sich um und lächelte ihn ruhig an.

»Kürzlich habe ich mit einem Mexikaner gevögelt, Henry, aber richtig gevögelt, ohne Liebe und den ganzen verdammten Scheiß. Und weißt du was? Es hat mir viel besser gefallen als je mit dir. Also werde ich es wohl noch öfter tun.«

Sie verschwand, ohne dass das Lächeln in ihrem undurchdringlichen Gesicht erlosch. Henry hatte seine Frau noch nie derart beherrscht erlebt. Dass sie ihn angelogen hatte, konnte er sich nicht vorstellen, aber vielleicht wurde sie langsam verrückt ... Er setzte sich schwerfällig. Plötzlich war ihm schwindelig, als hätte er zu viel getrunken oder als hätte man ihm ins Gesicht geschlagen, ohne dass er Zeit zu einer Reaktion gehabt hätte.

Sie war noch nie zuvor in diesem Elendsviertel gewesen. Sie hatte nicht einmal gewusst, dass es existierte. San Miguel war ihr immer wie ein Bilderbuch-Dorf erschienen, wo jedermann zufrieden lebte. Natürlich hatte sie von der Armut in Mexiko gehört, sie aber in Wirklichkeit nie gesehen. Die schlicht gekleideten Indios auf dem Markt schienen keinen Hunger zu leiden oder krank zu sein. Doch die Armut existierte, Manuela entdeckte sie jetzt, als sie, wie ein Zombie, immer tiefer in das unbekannte Viertel eindrang. Die Häuser wirkten zunehmend düsterer und heruntergekommener, über die nicht asphaltierten Straßen liefen stinkende, schwarze Rinnsale, die Kinder gingen barfuß ... Aber selbst bei diesem Anblick fiel es ihr schwer, Mitleid mit den Leuten zu empfinden. Konnte sein, dass sie nur wenig zum Leben hatten, keinen Besitz, keine Ausbildung, aber sie alle wussten wenigstens, wozu sie auf der Welt waren: um zu überleben. Ihre Sorgen beschränkten sich darauf, am Leben zu bleiben, jeden Tag etwas zu essen zu haben und ihre Nachkommen aufzuziehen. Das war ein vordringliches und grundlegendes Streben, ihr Überlebenskampf ließ weder Zweifel noch Alternativen zu. Aber was hatte sie hier verloren? Bis jetzt hatte sie ihre Existenzberechtigung darin gesehen, für ihren Mann und ihre Kinder zu sorgen und stillschweigend ein harmonisches Umfeld zu gestalten, das mit den übergeordneten Regeln übereinstimmte. Doch jetzt wurde ihr klar, dass sie sich das alles nur eingebildet hatte – Ammenmärchen, die Mädchen aus gutem Hause von klein auf eingetrichtert wurden. Es gab keine universelle Harmonie, in der alles nach Vorschriften und Werten ablief, in Wirklichkeit gab es nur das Gesetz des Urwalds: sich zu helfen wissen, kämpfen, sich tapfer durchschlagen. Sie hatte nie um etwas kämpfen müssen, weder um ihren Unterhalt noch darum, am Leben zu bleiben. Nichts von alldem, was sie bisher getan hatte, setzte echten Mut oder Wahrhaftigkeit voraus. Sie kannte weder Hunger noch großen Schmerz noch Einsamkeit, aber auch keine unbändige Freude, Leidenschaft oder Lebenshunger. Alles in ihrem Leben war sorgfältig bemessen und ausgewogen, nichts war ursprünglich. Ihr Leben war wie eine gefriergetrocknete Tütensuppe, die laut Zutatenliste aus Gemüse, Huhn, Hülsenfrüchten, Schinken bestand ... Und wenn man die Tüte öffnete, konnte man nur undefinierbare Substanzen erkennen, die in Wasser aufgelöst alle absolut gleich schmeckten. Das war ihre Geschichte: Ehe, Kinder, Eigentum, Alltagsfreuden ..., und in der Stunde der Wahrheit entpuppte sich das alles als unansehnlicher Brühwürfel. Adolfo liebte sie nicht mehr, niemand brauchte sie mehr. Ihre kleine Enkelin – schon beim Gedanken an sie hätte sie weinen können – würde sie nicht mehr erkennen, wenn sie nach Spanien zurückkehrte, und was konnte sie zudem für dieses kleine Wesen tun? Nichts, sie hatte Eltern, die sie auf ihre Weise erzogen, unabhängig von ihrer Erfahrung oder ihrer Hilfsbereitschaft. Die ersten Tränen liefen ihr übers Gesicht. Die Leute starrten sie an. Sie fragten sich wahrscheinlich, was die elegant gekleidete und darüber hinaus auch noch weinende Señora hier verloren hatte. Obwohl es ihr schwerfiel, musste sie sich zusammenreißen. Ein kleiner Junge blieb mitten auf der Straße stehen und starrte sie an. Manuela ging gerührt auf ihn zu und strich ihm übers Haar. Er war so hübsch mit seiner braunen Haut und den schwarzen, glänzenden Olivenaugen. Sie blickte sich um, was macht dieses reizende Geschöpf an diesem erbärmlichen Ort? Sie hätte keine Minute gezögert, ihn mit nach Hause zu nehmen. Sie sah den stark abgeblätterten Putz der Häuser, die nichts anderes waren als Baracken am Wegesrand mit stinkenden Wasserpfützen davor. Zum ersten Mal in ihrem Leben sah sie die Behausungen, über deren Eingängen rote Glühbirnen hingen. Das müssen Bordelle sein, sagte sie sich, armselige Huren, die sich an armselige Freier verkaufen. Ob das Lokal, von dem ihr Mann gesprochen hatte, auch so aussah? Sie wollte nicht glauben, dass die Ingenieure sich in derart schäbigen Hütten zum Biertrinken

424

trafen oder dass der junge Darío dort Dauergast war. Das alles war so verkommen! Es ging dabei nicht um Moral und Anstand, sondern um die Rohheit der Männer aus dem Camp, die zur Schande dieser Mädchen beitrugen. Aber sie waren nicht die Einzigen, die unsensibel waren, auch die Gattinnen aus der Kolonie, sie selbst, sie alle waren beteiligt an der Schmach, die diesen Menschen in ihrem eigenen Land widerfuhr. Vom Glück verlassene Kreaturen, die bei Ausländern leben, ihnen dienen müssen und von ihnen erniedrigt werden, Ausländer, die skrupellos ihr Geld, ihr Luxusleben und ihre Verachtung für die Misere der anderen zur Schau stellen.

Jedoch nicht sie, nicht Manuela. Nein, sie war eine aktive, optimistische Frau, die nicht aufgab, und jetzt wusste sie, was ihre Berufung sein würde. Endlich hatte sie begriffen, wer sie wirklich brauchte, und diesen Menschen – denn es waren Menschen! – wollte sie von jetzt an ihre ganze Kraft opfern. Aber sie würde sich nicht mehr wie früher mit unpersönlicher aseptischer Wohltätigkeitsarbeit zufriedengeben. Keine frivolen Ausflüchte oder Benefizveranstaltungen mehr, ab jetzt würde sie selber, von Angesicht zu Angesicht, in die Gosse hinabsteigen. Wenn die Entwicklungshilfeorganisationen ihre Mitarbeit ablehnten, würde sie schon einen anderen Weg finden, wie sie zu den Bedürftigen vordrang, auch wenn sie dafür ganz Mexiko zu Fuß durchqueren müsste. Für Kinder kochen, kranken Alten ihre Medizin bringen, mit ihrem Auto die Krüppel transportieren ... Nein, die Arbeit würde sich nicht einfach gestalten, davon war sie überzeugt. Wie hatte sie sich bloß entmutigen lassen und glauben können, sie sei zu nichts mehr nütze? Gott zeigte ihr jetzt den Weg, und sie musste nichts anderes tun, als ihn zu gehen.

Er wollte ihr ursprünglich eine E-Mail schreiben, aber dann wurde ihm klar, dass der Computer für diesen Zweck ungeeignet war. Er musste mit der Hand schreiben und den Brief mit der Post schicken. Das war passender, und zudem verschaffte ihm der Postweg einen kleinen Aufschub. Das war zwar kindisch, aber die Sache war so heikel, dass er sich diese halbherzige Ausrede zugestand. Er griff zu Papier und Kugelschreiber und schrieb:

Liebe Yolanda,
manchmal denken wir, etwas geschieht wie von selbst oder
wird von anderen ausgelöst, aber das stimmt nicht. Manche Dinge geschehen, weil wir sind, wie wir sind, und selbst
wenn wir das wissen, wollen wir es nicht wahrhaben.

Konnte man verstehen, was er sagen wollte?, fragte er sich. Vielleicht war das zu abstrakt, egal. Er würde seine Erklärung so formulieren, wie er es am besten vermochte. Er schrieb weiter, schon weniger ängstlich.

Es ist beispielsweise meine Schuld, dass ich lange Zeit nicht
wahrhaben wollte, wie ich wirklich bin, und das nehme
ich auf meine Kappe. Du lässt dich vom Leben treiben, du
siehst, was die anderen tun, und du glaubst, das ist in Ordnung. Und du findest es in Ordnung. Glaub mir, ich finde das
Leben der anderen Menschen in Ordnung, aber das heißt
nicht, dass ich auch so leben kann wie sie, das war mein Irrtum.

Gut, das klang gut, Noah Gordon hätte es nicht besser und präziser formulieren können. Das Briefschreiben begann, ihm Spaß zu machen.

*Ich (entschuldige, dass ich nur von mir spreche, aber es ist
nötig) bin aus einem Stoff gemacht, wie die Psychologen
sagen, in dem ein bisschen von allem steckt: die Charakter-
eigenschaften, die Familie, die Erziehung und auch die Gene.
Aber ich könnte nicht sagen, welche dieser Komponenten
stärker auf mein Wesen Einfluss genommen hat. Meine
Familie nicht, das weiß ich genau, denn sie hat nichts damit
zu tun, und sie wird sehr bekümmert sein, wenn sie es erfährt.
Liebe Yolanda, jedenfalls merke ich, dass ich nicht aus dem
Holz eines Ehemannes geschnitzt bin, ich tauge nicht zur
Ehe. Du wirst sagen, das hätte ich mir früher überlegen
können, statt dich die ganzen Jahre hinzuhalten, aber ich
hatte wirklich die besten Absichten. Ich bin nach Mexiko gegangen, um mehr Geld zu verdienen und zu sparen, ich war
sogar damit einverstanden, dass du diese große Wohnung
gekauft hast, obwohl du es vorher nicht mit mir abgesprochen hattest, aber das ist jetzt unwichtig, denn wenn du
mich gefragt hättest, hätte ich bestimmt auch ja gesagt.*

Er wurde zu weitschweifig, aber diese Anspielung auf die
Umstände des Wohnungsankaufs war ihm wichtig. Wenn
er schon die ganze Schuld für seine Entscheidung auf sich
nahm, ließ er sich trotzdem nicht für dumm verkaufen. Er
konzentrierte sich wieder und kniff vor lauter Anstrengung
die Augen zusammen.

*Wie dem auch sei, ich tauge nicht als Bräutigam auf einer
Hochzeit – obwohl das noch das Wenigste wäre –, ich kann
mir einfach nicht vorstellen, verheiratet zu sein, weder
mit dir noch mit einer anderen Frau, damit wir uns nicht
missverstehen. Ich würde mich nicht wohlfühlen in dieser
Paarbeziehung, so schön unsere gemeinsame Zeit auch sein*

könnte, und das würde sie bestimmt. Und vor allem sehe ich mich nicht als Vater.

Kinder zu haben ist nichts für mich. Ich stelle mir vor, wie sie erwachsen werden und allein klarkommen, und ehrlich gesagt reizt es mich wirklich nicht, noch mehr Kinder in diese beschissene Welt zu setzen. Sie mir als Kleinkinder vorzustellen, reizt mich ebenso wenig. Kinder sind eine Last, und man muss sich ständig um sie kümmern. Dass Kinder einen für vieles entschädigen können, verstehe ich nicht, denn ich habe nie herausgefunden, welche Entschädigungen das sein sollen. Ich erzähle dir das alles, weil ich sehr gut weiß, wie wichtig es dir ist, Kinder zu bekommen.

Abschließend möchte ich dich bitten, mir zu verzeihen, Yolanda. Denk daran, dass es viel schlimmer wäre, wenn wir heirateten und es dann nicht funktionieren würde, wenn wir uns wieder trennen müssten, das ganze Theater mit den Anwälten, das die meisten Menschen abziehen, auch einige unserer Freunde. Das wäre doch sehr traurig.

Ich bitte dich nicht darum, mich zu verstehen, aber ich möchte, dass du mir verzeihst. Hoffentlich kannst du eines Tages, wenn du mit einem Mann verheiratet bist, der dich verdient, ohne Groll oder Verbitterung an mich denken. Wenn es dir hilft, mir zu verzeihen, kann ich dir versichern, dass ich nie heiraten und auch mit keiner anderen Frau zusammenleben werde. Ich werde noch ein paar Jahre in Mexiko bleiben, vielleicht für immer, also musst du keine Angst haben, mich irgendwo zu treffen. Die Zeit, die wir zusammen verbracht haben, war wunderbar, und ich habe dich nie belogen, als ich sagte, dass ich dich liebe. Ich würde sogar behaupten, ich liebe dich immer noch, aber ich weiß, dass das nicht reicht.

Hasse mich bitte nicht. Herzlichst, Darío.

Er war zufrieden mit seinem Brief. Er hatte alles geschrieben, was er zu sagen hatte, ohne beleidigend zu klingen und praktisch ohne zu lügen. Ja, das war ein aufrichtiger Brief. Die Behauptung, dass er mit keiner anderen Frau zusammenleben würde, war eine kleine Notlüge. Aber wie soll man seiner Freundin sagen, dass man in ein Bordell ziehen wird? Nein, das konnte er nicht laut aussprechen und noch viel weniger schreiben, selbst Noah Gordon hätte nicht gewusst, wie er das hätte ausdrücken sollen. So etwas durfte man nicht einmal denken.

Er steckte den Brief in einen Umschlag und schrieb die Adresse darauf.

Es war ein merkwürdiges Gefühl, an der eigenen Haustür zu klingeln, aber es war richtig, denn er wohnte hier nicht mehr. Als Luz Eneida öffnete, ließ sie ihn erst gar nicht zu Wort kommen, sondern fiel ihm um den Hals und flüsterte hektisch:

»Was ein Glück, dass Sie da sind, Señor. Die Señora will mich rauswerfen, stellen Sie sich vor. Ich habe nichts getan und mache meine Arbeit, aber sie gibt mir nicht mal eine Erklärung. Sie sagt nur, ich solle gehen, sie würde mich nicht mehr brauchen. Jetzt denken alle, ich habe schlecht gearbeitet, und niemand in der Kolonie wird mich mehr einstellen. Was soll ich denn jetzt machen? Und wer kümmert sich um die Señora? Seit Sie nicht mehr da sind, sitzt sie die ganze Zeit in ihrem Zimmer und trinkt Whisky und Tequila. Und ohne was zu essen, Señor, ohne was zu essen.«

»Beruhige dich, bitte.«

»Wie soll ich mich denn beruhigen, wenn sie gerade zu mir gesagt hat, sollte ich mich hier noch einmal blicken lassen, würde sie mir die Flasche auf den Kopf hauen?«

»Luz Eneida, beruhige dich. Ich werde mich um alles kümmern. Möglich, dass die Señora dich nicht mehr braucht, aber ich werde mit Don Adolfo sprechen, damit du in einem anderen Haus arbeiten kannst. Und wenn nicht dort, in einem Speiselokal, irgendwo, bestimmt.«

»Der Señor wird nicht daran denken.«

»Ich gebe dir mein Ehrenwort.«

Die junge Frau dachte einen Moment nach.

»Falls dir das Ehrenwort eines Spaniers genügt.«

»Señor...!«

»Ist ja gut. Du gehst jetzt besser nach Hause.«

»Aber...«

»Ich sage dir, was wir tun werden. Ich gebe dir meine Handynummer. Wenn sich Don Adolfo weigert, dir eine Arbeit zu besorgen, oder es irgendwelche Schwierigkeiten gibt, rufst du mich an, einverstanden?«

Sie dachte kurz über den Vorschlag nach und nickte dann.

»Und der Señora wird es gut gehen, wenn Sie wieder gehen?«

»Das wird es, mach dir keine Sorgen.«

»Ich danke Ihnen, Señor.«

»Ich hinterlege in Daríos Büro einen Umschlag mit Geld für dich. Du gehst in ein paar Tagen vorbei und holst es dir ab. Das ist zum Dank für deine gute Arbeit bei uns.«

»Gott wird es Ihnen danken.«

Sie hinterließ einen durchdringenden Geruch von Putzmitteln und Zwiebeln. Santiago drehte das Zifferblatt seiner Armbanduhr nach innen, das würde ihn daran erinnern, wie versprochen mit Adolfo zu reden. Er ging ins Schlafzimmer. Er war gelassen und gleichgültig, er fürchtete dieses letzte Gespräch mit Paula nicht.

Sie saß in ihrem Lesesessel und war mit einem Buch in der Hand eingenickt. Er hatte Schlimmeres erwartet. Sie erschrak nicht einmal.

430

»Ach, du bist's! Ich habe die Stimme von diesem Miststück gehört. Ich dachte, die führt schon Selbstgespräche.«

»Sie ist kein Miststück, sie macht sich Sorgen um dich.«

»Bist du hier, um mir das zu sagen?«

»Nein. Ich wollte mich verabschieden und erfahren, was du tun wirst.«

»Sehr rücksichtsvoll von dir.«

»Du weißt, dass du nicht in der Kolonie bleiben kannst.«

»Ich kann doch mindestens noch einen Monat bleiben, oder? Das ist die normale Kündigungsfrist.«

»Ich werde mit Adolfo reden.«

»Das mache ich schon selbst. Ich bin weder stumm noch geistig zurückgeblieben.«

»Wie du willst. Was das Geld anbelangt ... Ich lasse dir die Hälfte auf dem Konto. Und später, wenn deine Einkünfte zum Leben reichen ...«

»Ich möchte dieses Thema lieber den Anwälten überlassen. Vermutlich werden sie auch unseren Besitz auseinander-dividieren. Ich möchte, dass alles verkauft wird, auch die beiden Häuser. Ich werde wegziehen.«

»Einverstanden. Wenn du wieder in Spanien bist, lass mich wissen, wer sich darum kümmert. Du erreichst mich immer übers Handy.«

»Wann fliegst du?«

»Morgen.«

»Du hast bis zum letzten Moment gewartet, um dich zu verabschieden.«

»Ich hatte zu tun.«

»Aha. Du hattest Wichtigeres zu tun, als dich von der Frau zu verabschieden, mit der du die letzten fünfzehn Jahre zu-sammengelebt hast.«

»Glaubst du wirklich, es lohnt sich, jetzt darüber zu strei-ten?«

»Nein, du hast recht, es lohnt sich nicht.«

»Paula, ich möchte, dass du weißt...«

»Nein, ich bitte dich, keine Sonntagsreden. Du kannst gehen, die offizielle Abschiedszeremonie ist beendet.«

»Adiós, Paula.«

»Adiós.«

Er zog leise die Tür hinter sich zu. Trotzdem klang das Zuschnappen des Schlosses ebenso lapidar wie endgültig. In dem Augenblick empfand Santiago so tiefe Bitterkeit wie nie zuvor. Adiós, das war alles. Er musste angestrengt schlucken, Tränen liefen ihm unwillkürlich übers Gesicht. Er spürte einen heftigen Schmerz in der Brust und fürchtete, seine Beine könnten nachgeben. Er musste etwas tun, er musste diesen Schmerz in den Griff bekommen, wie man seine Wut beherrscht. Er musste augenblicklich etwas tun, etwas, das ihn zu den anderen Menschen gehören ließ. Da erinnerte er sich an Luz Eneida und machte sich schnell auf den Weg zum Clubhaus. Wahrscheinlich würde er Adolfo dort antreffen. Er würde ihm den Fall der jungen Hausangestellten schildern und ihn bitten, ihr in irgendeiner Familie in der Kolonie eine Anstellung zu geben. Er ballte die Fäuste, biss die Zähne zusammen und ging weiter.

Susy lief keuchend aus dem Haus, sie hatte das Gefühl zu ersticken. Sie konnte sich nicht daran erinnern, je so heftig mit Henry gestritten zu haben. Sie blieb einen Augenblick stehen, formte mit den Handflächen ein Oval und blies hinein. Langsam beruhigte sich ihre Atmung wieder. Ruhig, ganz ruhig, sie brauchte nichts zu überstürzen. Henry gefiel nicht, was hier vor sich ging. Was war denn los? Seine kleine Susy befreite sich aus der ehelichen Bevormundung. Und diesmal war es ihr ernst, zum Teufel mit Selbsthilfebüchern und psychologischen Ratgebern, die nur dazu dienten, dass alles beim Alten blieb! Jetzt würde sich alles radikal ändern. Ihr ganzes bisheriges Leben war eine einzige Lüge, eine Fessel, unter deren Bürde ihr nicht erlaubt war, sich weiterzuentwickeln. Jedermann hatte ihr eingeredet, sich mit der Realität abzufinden, wäre die einzige Lösung. Ganz einfach, dann gehörst du dazu und resignierst. Aber nein, jetzt wusste sie, dass ihr ganz andere Möglichkeiten offenstanden: Du kannst rebellieren, dich ausschließen, dich weigern, die Regeln zu befolgen, die dir aufgenötigt wurden und von denen du bisher glaubtest, sie seien der einzige Rettungsanker. Dafür braucht es Tapferkeit, Entschlossenheit, Kraft und genügend Kühnheit, um zu begreifen, dass die Zukunft ein weißes Blatt ist und du es selbst beschreiben kannst.

Der einzig logische Schritt war eindeutig die Trennung von Henry. Sie war davon überzeugt, dass es keine Tragödie für ihn sein würde. Sie war nicht die Frau, die er sich gewünscht hatte, auch nicht die, die andere sich gewünscht hätten. Und sollte sie es vorher gewesen sein, hatte sich das jetzt eben geändert. Ein Mensch ist nicht wie ein im Altertum gemeißelter Monolith, der jahrhundertelang gleich bleibt. Menschen ändern sich, entwickeln sich, unterliegen wahren Metamorphosen. Sie sind nicht aus Stein, sondern aus zerbrechlichen Knochen, aus elastischer Haut, aus flüchtigen unsteten Gedanken gemacht. Ihr Grundstoff ist die Luft. Und so fühlte sie sich, wie eine kräftige Windböe, die alles hinwegfegt.

Jetzt würde das Leben beginnen. Mein Gott, sie war im Begriff gewesen, für immer in einem Netz aus Verlogenheit, das andere um sie herum gesponnen hatten, gefangen zu bleiben. Sie hatte sogar geglaubt, ihre Bestimmung sei, Ehefrau zu sein und die viel gepriesene Reife zu erlangen, um die Probleme mit ihrer Mutter zu lösen. Man hatte ihr eingeredet, dass sie nicht davonlaufen könne. Der Psychiater hatte es tausendmal wiederholt: Man kann vor seinen Gespenstern nicht davonlaufen, man muss sich ihnen stellen. Das Gespenst ihrer Kindheit, ihrer Schwäche, ihrer Unfähigkeit, erwachsen zu werden, das Gespenst ihrer Mutter. Und dennoch, wer war ihre Mutter in diesem Moment ihres Lebens? Niemand, sie war einfach verschwunden. Sie erinnerte sich nicht einmal an ihr Gesicht. Gespenster sind nicht real, sie zeigen sich nur, wenn sie uns quälen, aber wenn sie aufhören, uns zu quälen, lösen sie sich in Luft auf. Sie würde sich weigern, ihre Mutter wiederzusehen. Oder vielleicht war das übertrieben, vielleicht würden sie sich gelegentlich zum Essen treffen und dann würde sie sie wie eine ehemalige Nachbarin behandeln, zu der man keinen näheren Kontakt hatte, die man aber nicht kränken will. Eines war völlig klar: Sie würde nie wieder auf ihre Anrufe reagieren. Damit war es vorbei, diese ach so dringenden, lächerlichen Anrufe würden im Orkus verschwinden und als Weltraumschrott enden.

Plötzlich machte ihr die eigene Euphorie ein wenig Angst, doch sie schob sie beiseite. Sie wollte nie wieder Angst haben, schon gar nicht vor ihren ureigensten Gefühlen oder Gedanken. Sie war selbstsicher genug, um ruhigen Gewissens was auch immer zu tun. Das sogenannte Gute und Schlechte war ohnehin eine Erfindung, um Menschen zu unterdrücken, zu vereinheitlichen und ihre Ängste fortdauern zu lassen.

Sie beschloss, erst einmal in sich zu gehen. Im Vergleich zu der verzweifelten Unruhe, die sie nach dem Streit mit ihrem Mann empfunden hatte, war sie jetzt fast in Jubelstimmung... Gut. Das musste gefeiert werden. Sie dachte, wie wunderbar es wäre, mit ihrer lieben Freundin, ihrer Schicksalsgefährtin, dem einzigen Menschen auf der Welt, der sie nie wie einen Plüschteddy, sondern wie eine richtige Frau behandelt hatte, darauf anzustoßen.

Auf dem Weg zu Paulas Haus sah sie Santiago herauskommen und sie verlangsamte ihre Schritte. Er schien sie nicht bemerkt zu haben. Er ging abwesend und ernst an ihr vorbei, als käme er von einer Beerdigung. Besser so, sagte sich Susy, diesem Kerl war es zu verdanken, dass ihre Freundin in den letzten Tagen deprimiert war. Jetzt war sie bestimmt am Boden zerstört. Eine gute Gelegenheit, um sie aufzumuntern. Paula war nicht leicht traurig zu stimmen, eigentlich stand sie über diesen kleinen menschlichen Schwächen. Vielleicht würde sie sie erfreut empfangen und wäre bereit, mit ihr auf ihr neues Leben anzustoßen.

Sie klingelte, und einen Augenblick später öffnete Paula die Tür. Ihre Vermutung stimmte, in Paulas Gesicht waren keine Spuren von Tränen oder Niedergeschlagenheit zu erkennen. Sie zeigte sich überheblich und unerschütterlich wie immer.

»Ach Susy, du bist's.«

»Du hast gedacht, es ist Santiago, nicht wahr? Ich habe ihn gerade weggehen sehen.«

»Er war hier, um sich endgültig zu verabschieden.«

»Macht es dir etwas aus?«

»Wollen wir hier zwischen Tür und Angel reden?«

»Ich dachte, du würdest mich vielleicht auf einen Drink einladen.«

»Komm rein.«

Sie fand Paula sehr elegant in ihrer weiten Hose aus weichem Stoff und dem schlichten grauen Hemd.

»Setz dich. Was kann ich dir anbieten?«

»Kommt drauf an, was wir feiern.«

»Du bist hergekommen, was schlägst du vor?«

»Wir könnten deine Trennung und meine spektakuläre Veränderung feiern, denn ich habe mich verändert, meine Liebe, und zwar sehr.«

»Ja? Das ist ja interessant, sehr interessant.«

Paula ging zum Barschrank und holte eine Flasche Whisky heraus. Dann schenkte sie zwei Gläser ein. Ihr Tonfall war zynisch und verächtlich, aber diesmal würde Susy sich nicht davon irritieren lassen. Sie kannte ihn schon, sie hatte sich fast an ihn gewöhnt und wusste, dass er nichts zu bedeuten hatte. Sie durfte sich nicht einschüchtern lassen, das würde sich schon geben, bei ihr benahm sie sich immer anders als bei den anderen. Sie setzten sich einander gegenüber. Paula schwenkte ihr Glas mit den Eiswürfeln.

»Du hast dich also verändert. Einfach so, oder hast du eine wohlüberlegte Entscheidung getroffen?«

»Man könnte fast behaupten, dass ich weder überlegen noch entscheiden musste, Paula, ich habe etwas begriffen, ich habe mich verändert, ich fühle mich anders. In diesem Moment sprichst du mit einer freien Frau, die im Begriff ist, alle ihre Zwänge abzustreifen.«

»Na so was, welch ein Zufall, dann sind wir ja schon zwei! Darauf stoßen wir an.«

Paula stand auf und setzte sich neben die Amerikanerin, sie stießen an. Dann tranken sie ihre Gläser in einem Zug leer.

»Ist Santiago gekommen, um dir zu sagen, dass er sich unsterblich in dieses Mauerblümchen Victoria verliebt hat?«

»So was in der Art. Es war sein offizieller Abschied.«

»Bedauerlich, sie sind doch alle gleich! Sie wollen alle nur den Schein wahren. Das hätte er dir auch ersparen können.«

»Ja, er hätte so rücksichtsvoll sein können und einfach verschwinden. Aber glaub ja nicht, dass mir das was ausmacht.«

»Das weiß ich schon.«

»Er hat mir etwas viel Beunruhigenderes mitgeteilt als seine Liebe zum Mauerblümchen.«

»Was?«

»Etwas, das ich andererseits schon erwartet hatte: Ich soll auch gehen. Ich genieße nur als Ehefrau das Recht, hier zu sein. Also ist mein Aufenthalt hier beendet.«

»Aber das ist unmöglich!«

»Unmöglich? Wie kommst du denn darauf? Sie schmeißen mich raus. Was uns hier leben lässt, ist ein Bauunternehmen und nicht die Wohlfahrt. Adolfo, Manuela, all diese Heuchler, die sich immer lächelnd nach meinem Wohlbefinden erkundigen, werden mir einen Tritt geben: Raus hier! Und zwar mit größter Genugtuung. Ein Problem weniger.«

»Was wirst du tun?«

»Nach Spanien zurückkehren, was denn sonst?«

»Und dort wirst du allein leben?«

»Wie eine Einsiedlerin.«

»Dann komme ich mit dir.«

Paula starrte Susy entgeistert an und fragte dann herablassend:

»Was? Ich habe dich nicht richtig verstanden.«

»Ich komme mit. Ich werde Henry verlassen. Das wird für beide das Beste sein.«

Paula erwiderte nichts. Sie lächelte nur. Dann stand sie auf und schenkte sich noch einen Whisky ein. Sie drehte sich wieder um. Susy plapperte aufgeregt weiter.

»Ja, das wäre eine geniale Idee, nach Spanien abzuhauen. Warum nicht? Ein neues, völlig anderes Leben beginnen. Schließlich spreche ich die Sprache fließend und würde als Sekretärin oder Lehrerin problemlos eine Arbeit finden.«

»Bist du wirklich bereit, deinen Mann zu verlassen?«

»Von jetzt an werde ich alles sein lassen, was meine Weiterentwicklung behindert, Paula.«

Sie sah Susy an, als sähe sie durch sie hindurch, und nickte dazu mechanisch. Da kam die Amerikanerin auf sie zu, ergriff mit beiden Händen ihr Gesicht und küsste sie leidenschaftlich auf den Mund. Gierig suchte ihre Zunge die der anderen, sie schob ihr Hemd nach oben, um ihre Brüste berühren zu können. Nach einem Augenblick der Reglosigkeit verspannte sich Paulas Körper, er wurde hart und vibrierte wie eine Stimmgabel. Sie packte Susy an den Handgelenken und fragte atemlos:

»Was tust du?«

»Paula, du weißt es, ich weiß es, wir sind an einem Punkt der Intimität angekommen, dass wir beide wissen, was los ist. Wir müssen uns nichts erklären, es ist auch nicht nötig, viele Worte zu machen.«

Paula stieß sie weg und wich zurück. Dann machte sie einen Schritt auf Susy zu und schlug ihr mit dem Handrücken auf den Mund. Es war ein dumpfer, unbeholfener, brutaler Schlag. Die junge Frau taumelte zurück und landete auf dem Sofa, ihre Augen traten aus den Augenhöhlen. Sie fasste sich an die Unterlippe, von der Blut tropfte. Paulas Gesicht war rot angelaufen, und sie hatte die Augen zusammengekniffen vor Empörung. Ihr Kinn zitterte.

»Was ich weiß? Was soll ich denn wissen, du verdammte billige Nutte? Hast du wirklich geglaubt, dass ich dich anziehend finde, weil ich dich ertragen habe, weil ich dich wie einen Hund hinter mir habe hertrotten lassen? Wie kann man nur so naiv und dumm sein! Oder hast du geglaubt, die Nummer mit diesem Typen hat etwas bedeutet? Verschwinde augenblicklich von hier, ich will dich nie wiedersehen! Präsentier deinen Arsch auf dem Jahrmarkt, du dumme Göre, vielleicht hast du dann Glück und es tut dir jemand einen Gefallen!«

Susy saß sprachlos, mit aufgerissenem Mund und erschrockenem Gesichtsausdruck da.

»Hast du mich nicht verstanden? Raus hier, verschwinde!«

Sie stand auf und lief zur Tür, vergeblich bemüht, einen lauten Schluchzer zu unterdrücken.

Paula ging ins Badezimmer. Sie hatte starke Kopfschmerzen. In ihrem Ohr war ein stechendes anhaltendes Pfeifen. Sie suchte im Medikamentenschrank nach einer Schachtel Schmerztabletten und kehrte ins Wohnzimmer zurück. Dort nahm sie drei Tabletten aus der Schachtel und steckte sie in den Mund, griff dann zur Whiskyflasche und setzte sie an die Lippen.

Er sah sie schon von weitem, sie saß im Schatten eines großen Baumes auf einem Stuhl und betrachtete zerstreut die Hühner. Ein großes Glücksgefühl stieg in ihm auf. Er lief auf sie zu und erschreckte damit die Hühner, die gackernd auseinanderstoben. Er umarmte sie und drückte sie fest an sich. Er hatte Lust, zu lachen, zu weinen, etwas kaputt zu machen, wie ein Verrückter einen Kosakentanz aufzuführen. Victoria blieb stumm und schmiegte sich an seine Brust. Er rückte ein wenig von ihr ab, um ihr Gesicht zu sehen.

»Hast du mich erschreckt, ich dachte, du weinst.«

»Ich weine nicht, aber es würde mir nicht schwerfallen, wenn ich es wollte.«

»Kommt nicht in Frage, jetzt wird nicht mehr geweint, das ist vorbei! Hast du deine Sachen gepackt?«

»Ja. Wer hat dich hergebracht?«

»Henry hat mich mit meinem Gepäck hergefahren.«

»Ich habe die Hausbesitzerinnen schon bezahlt und mich von ihnen verabschiedet.«

»Dann lass uns vors Haus gehen, Darío müsste gleich da sein. Er tut mir einen letzten Gefallen und fährt uns zum Flughafen.«

So war es, Darío traf pünktlich ein und brachte sie zum Flughafen von Oaxaca. Alle drei schwiegen fast die ganze Fahrt über und genossen die eigenwillige Stille.

Vor dem Terminal ließ Darío sie aussteigen. Santiago drückte ihm herzlich die Hand.

»Wir bleiben in Kontakt. Ich weiß noch nicht, wo ich arbeiten werde, aber wo auch immer das sein mag, ich kann dich in mein Team aufnehmen, wenn du willst.«

»Sie wissen doch, dass ich im El Cielito bleibe.«

»Ja, davon habe ich gehört. Aber solltest du deine Entscheidung bereuen ...«

»Ich habe diese Entscheidung zum Teil wegen Ihnen getroffen.«

»Im Ernst?«

»Als ich sah, dass Sie beide imstande sind zu tun, was Sie wollen, obwohl Sie alle Welt gegen sich hatten ... Na ja, da dachte ich, man muss seinen eigenen Schweinehund überwinden.«

»Genau, die Angst lähmt.«

»Ja. Werden Sie wieder nach Mexiko kommen?«

»Bestimmt, wir kommen bestimmt zurück. Vielen Dank für alles, Darío.«

Santiago klopfte ihm herzlich auf die Schulter, und Victoria küsste ihn auf die Wangen. Darío sah ihnen nach. Gut, dachte er, am Ende haben diese beiden sich durchgesetzt. Sie gehen und Schluss. Jeder ist sich selbst der Nächste und muss sich selber fragen, was er wirklich will. Darío war gelassen, auch wenn alle sagten, er sei ein Mistkerl, es war

440

ihm egal. Es interessierte ihn auch nicht, was Yolanda ihm auf seinen Brief antworten würde. Sein früheres Leben lag für immer hinter ihm.

Im Flugzeug setzte sich Victoria auf ihren Platz und beobachtete Santiago dabei, wie er mit dem Sicherheitsgurt und den Zeitungen auf seinem Schoß kämpfte. Wer ist dieser Mann?, fragte sie sich. Ich fliehe mit einem Fremden. Sie betrachtete seine männlichen Hände, seine silbernen Schläfen. Dieser Mann wird mein Partner sein, und ich weiß fast nichts von ihm, ich kenne weder seine Überzeugungen noch weiß ich, was er gerne isst. Aber nichts davon war wichtig, er war ein Mann mit starken Beschützerarmen, der lächelte und dieselbe Leidenschaft für sie empfand wie sie für ihn, sie würden den Stürmen des Lebens wie Felsen widerstehen. Rundum glücklich umarmte sie ihn und küsste ihn lachend auf die Wange.

»Worüber lachst du?«

»Es macht Spaß, vom Märchenprinzen entführt zu werden.«

»Ich habe leider kein weißes Pferd dabei, aber wenn wir in Spanien angekommen sind, kann ich eines besorgen und dich mit allem Drum und Dran entführen.«

»Es wird praktischer sein, wenn wir uns eine Wohnung besorgen, in der wir leben können.«

»Das sowieso. Machst du dir über etwas Sorgen?«

»Nein.«

»Ich mir auch nicht. Ich weiß, dass alles gut gehen wird.«

»Steht Gott uns bei?«

»Ganz bestimmt.«

Victoria lachte laut auf. War sie mit einem Verrückten auf der Flucht? Wahrscheinlich schon. Selbst noch in diesem fröhlichen und entscheidenden Moment hätte sie eine lange Liste der Gründe anfertigen können, die bewiesen, was für ein Wahnsinn das alles war. Aber es war ihr egal, das Vernünftige musste nicht zwangsläufig der Weg zum Glück sein. Außerdem war sie fest davon überzeugt, dass Santiago recht behielt: Alles würde gut gehen.

Ramón ging ins Haus. Zum Glück war sie schon weg. Er fand es keineswegs lustig, auch noch das Wochenende im Camp zu verbringen. Die Luft war rein, auch Santiago musste er nicht mehr aus dem Weg gehen. Die Peinlichkeiten waren vorbei. Er sah sich in den Räumen um und stellte fest, dass Victoria vieles zurückgelassen hatte. Er würde es in Kisten packen und an ihre Adresse in Barcelona schicken, dort könnte sie es dann abholen. Er wollte diese Dinge nicht ständig sehen müssen, solange er sich noch in Mexiko aufhielt. In gewisser Weise war es besser gewesen, die Trennung an einem fremden Ort zu vollziehen. Wenn er mit seiner Arbeit fertig wäre, würde auch er abreisen und könnte die unangenehmen Erinnerungen zurücklassen. Von jetzt an würde sein Leben wieder in normalen Bahnen verlaufen. Die Hausangestellte arbeitete weiter für ihn, also musste er sich am Wochenende um nichts kümmern. Die Atmosphäre in der Kolonie war angenehm, er hatte Freunde, er würde weiter Sport treiben und hin und wieder in den Club gehen. Es gab keinen Grund, seine Gewohnheiten zu ändern. Wunderbar.

Vermutlich würde auch Paula bald abreisen. Besser so, sie durch die Kolonie streifen zu sehen, würde ihn bestimmt nervös machen. Diese unberechenbare Frau war imstande, sich zu betrinken und ihm vor allen anderen irgendeine Unverschämtheit an den Kopf zu werfen.

Das Getratsche der Koloniebewohner interessierte ihn wenig. Niemand konnte etwas Gemeines oder Verleumderisches gegen ihn vorbringen. Er hatte sich in dieser Sache unmissverständlich und würdevoll verhalten. Außerdem hatten alle gesehen, was passiert war: Einem Mann, dessen Ehe mit einer Alkoholikerin gescheitert ist, bietet sich eine Gelegenheit, sie loszuwerden, und er nutzt sie, das war's. Und was Victoria anbelangte ... Eine Frau ohne eigene Welt, deren Leben aus ihren Seminaren und der Familie bestanden hatte, schmilzt bei den ersten verführerischen Worten dahin: Leidenschaft, große Liebe ... Groschenromanliteratur. Eine Liebesaffäre. Man würde ja sehen, wie lange sie hielt. Sollte jemand eine andere Version haben, interessierte sie ihn nicht, sie war ihm egal. Wer ihn suchte, wusste ja, wo er ihn finden konnte: Am selben Platz wie immer, wo er tat, was er immer getan hatte. Rechtschaffene Männer, denen man nichts nachsagen konnte, verhalten sich so: Sie erfüllen ihre Pflicht und bleiben an ihrem Platz.

Nach Beendigung seines Rundgangs überlegte er, ob er seine Kinder anrufen sollte. Er verwarf die Idee, das könnte er ein andermal tun, heute wollte er die wiedergewonnene Ruhe genießen. Die Ruhe liebte er mehr als alles andere, aber von jetzt an würde er sie noch mehr schätzen. In letzter Zeit war er nervös, unruhig und verzweifelt gewesen, sodass es ihm wie ein Privileg erschien, wieder über seine Zeit verfügen und seinen vertrauten Gewohnheiten nachgehen zu können. Darauf wollte er nie wieder verzichten.

Er ging ins Wohnzimmer und stellte in Zimmerlautstärke klassische Musik an. Dann legte er ein paar Berichte, die er zum Durchsehen mitgebracht hatte, aufs Sofa. Dazu noch die Tageszeitungen und ein Buch, das er danach lesen wollte. Er ging zur Hausbar und schenkte sich ein Glas Tequila ein. Oder war es vielleicht besser, nichts zu trinken? Auch wenn die Berichte nicht sonderlich kompliziert waren, las er sie vielleicht besser nüchtern. Blödsinn! Was sollte ein Glas schon ausmachen. Er wollte einfach einen

443

ruhigen Abend verbringen, mit einem Drink in der Hand und angenehmer Hintergrundmusik.

Er setzte sich auf das weiche Sofa und trank einen Schluck Tequila. Ein belebendes, geschmackvolles Feuer, beste Qualität. Er setzte die Brille auf und begann zu lesen, unterbrach die Lektüre aber sogleich wieder. Er nahm die Brille wieder ab, legte eine Hand über die Augen und brach in Tränen aus.

Es war zwei Uhr nachts, und Manuela war noch immer nicht zurück. Adolfo war allein zu Hause und machte sich langsam Sorgen. Die Tatsache, dass sie Streit gehabt hatten, vielleicht den heftigsten Streit in ihrer ganzen Ehe, gab ihr noch lange nicht das Recht, einfach ohne Nachricht zu verschwinden. Wo, zum Teufel, steckte sie bloß? Am wahrscheinlichsten war, dass sie in ihrem Ärger beschlossen hatte, die Nacht bei irgendwem in der Nachbarschaft zu verbringen. Merkwürdig war, dass sie ihm das nicht mitgeteilt hatte, damit er sich keine Sorgen machte. Nein, in der Kolonie war sie bestimmt nicht. »Verdammt!«, rief er laut. »Verdammte Hysterikerin! Eine Frau in ihrem Alter, und Großmutter! Und dann solche pubertären Spielchen!« Und natürlich tat sie das nur, damit er sich schuldig fühlte. Er hätte vielleicht nicht den Helden spielen und so viel Zeit vergehen lassen sollen, aber es war ihm nicht in den Sinn gekommen, dass sie so kaltblütig sein würde, ihn die halbe Nacht in Unruhe zu versetzen. Und jetzt, um zwei Uhr morgens, wen sollte er da noch anrufen? War ihr etwas zugestoßen? Sie befanden sich in Mexiko, nicht in Madrid, und zu allem Überfluss waren sie erst kürzlich vor Entführungen gewarnt worden. Vielleicht wäre es keine schlechte Idee, die Polizei von San Miguel anzurufen. Aber nach einem Streit ... Das gab es oft genug: Leute, die eine Vermisstenanzeige nach ihrem Ehepartner aufgeben, der nach einem Streit verschwunden war. Er würde sich doch nicht lächerlich machen! Und wenn sie im Club auf einem Sofa schliefe? Nein, ganz bestimmt nicht, seine Frau würde sich nie irgendwelchem Gerede aussetzen. Nein, ihr war etwas passiert, daran gab es keinen Zweifel mehr. Manuela steckte in Schwierigkeiten, und er saß tatenlos herum und machte sie darüber hinaus noch schlecht. Er fühlte sich elend. Einem spontanen Impuls folgend verließ er das Haus und spazierte durch die Kolonie.

Alles war still. Es herrschte absolute Dunkelheit. Er ging zum Club. Er war geschlossen. Das war zu erwarten gewesen, aus welchem Grund sollte er um diese Uhrzeit geöffnet sein? Er ging durch den Park, ohne zu wissen, was er suchte. Wie ein Echo hallte es in seinem Kopf wider: Mexiko ist ein gefährliches Pflaster, ein gefährliches Pflaster.

Da entdeckte er, dass in Susys und Henrys Haus noch Licht brannte. Und wenn seine Frau bei ihnen war? Nein, unmöglich, das war absurd. Sie würden wahrscheinlich noch lesen oder fernsehen. Jedenfalls schliefen sie noch nicht, also würde er sie auch nicht stören, wenn er klingelte. Es war normalerweise nicht seine Art, mitten in der Nacht jemanden zu belästigen, aber normalerweise hatte er auch keine Angst, und jetzt war er starr vor Angst. Er musste sofort mit jemandem reden. Trotzdem fand er es unverschämt und übertrieben, um diese Uhrzeit einfach an der Haustür zu klingeln. Er holte sein Handy heraus und wählte Henrys Nummer.

»Adolfo! Ist was passiert?«

»Nichts, erschrick nicht. Verzeih mir, ich weiß, es ist schon sehr spät, aber ich habe noch Licht bei euch gesehen ... und, es ist bestimmt blödsinnig, aber Manuela ist verschwunden, und ich bin ein wenig nervös.«

»Wo bist du?«

»Beim Springbrunnen.«

»Komm her, ich mache auf.«

»Kommt nicht in Frage, ich will euch um diese Uhrzeit nicht stören. Komm du heraus, und wir reden ein bisschen.«

Gleich darauf sah er Henry das Haus verlassen und festen Schrittes auf ihn zukommen, allein sein Anblick beruhigte ihn schon. Ein junger Mann beruhigt, dachte er sich und fühlte sich zum ersten Mal richtig alt.

»Adolfo, was ist los?«

»Tut mir leid, mein Junge, du weißt, dass ich sonst nicht zur Panikmache neige, aber verflucht, ich bin besorgt. Meine Frau ist nirgendwo zu finden und hat auch keine Nachricht hinterlassen. Ich mache mir langsam ernsthaft Sorgen.«

»Hast du sie schon angerufen?«

»Sie wollte nie ein Handy haben. Ich fürchte, es ist ihr was zugestoßen.«

»Beruhige dich. Hast du schon die Polizei in San Miguel angerufen?«

»Ich habe mich nicht getraut. Eigentlich ist sie ja erst seit heute Nachmittag weg.«

»Wo könnte sie sein?«

»Ich weiß es nicht. Wir haben uns gestritten.«

Der Amerikaner schien überrascht. Adolfo schämte sich, und das machte ihn obendrein wütend. Ein Mann in seinem Alter, der einem fast dreißig Jahre jüngeren Burschen, dessen Chef er auch noch war, von seinen Privatangelegenheiten erzählte. Verdammt, wenn Manuela wieder auftauchte, würde er ihr ordentlich den Marsch blasen! Er hatte genug vom sogenannten respektvollen Zusammenleben, von ehelicher Diplomatie und den ewigen Ratschlägen im Stile von: Eine Ehe muss alles aushalten können. Er hatte genug von gestandenen Frauen, die sich

446

wie verwöhnte Gören aufführten! In seinem speziellen Fall war dies das Problem: Er hatte seine Frau grenzenlos verwöhnt, er hatte sie von der hässlichen bösen Welt abgeschirmt, während er ihr die Stirn geboten hatte. Henry sah ihn besorgt an, und er durfte sich nicht erlauben, ihm gegenüber seine Wut zu zeigen.

»Ich glaube, ich gehe nach Hause und lege mich schlafen. Es ist sinnlos, sich verrückt zu machen. Vermutlich wird sie im Laufe der Nacht auftauchen, aber wenn sie bis morgen früh immer noch nicht da ist, werde ich zur Polizei gehen und eine Vermisstenanzeige aufgeben. Geh wieder rein, Susy wird sich schon Sorgen machen.«

»Ach was! Sie hat sich ins Schlafzimmer eingeschlossen. Sie sagt, sie will mich nicht sehen. Den ganzen Abend schon. Ich glaube nicht, dass sie öffnen wird.«

»Verdammt! Was ist denn los? Habt ihr euch auch gestritten?«

»Nicht direkt. Aber Susy ist ... Na ja, vielleicht sieht es nicht danach aus, aber es ist nicht einfach, mit ihr zusammenzuleben.«

»Mit ihr? Mit welcher Frau ist das schon einfach! Komm mit zu mir, trinken wir einen Whisky. Falls sie dich vermisst, kann sie dich ja anrufen.«

Sie setzten sich im Wohnzimmer einander gegenüber. Adolfo holte seinen besten Bourbon. Er schenkte ein und fühlte sich beim Anblick der bernsteinfarbenen Flüssigkeit auf den Eiswürfeln schon ein wenig erleichtert.

»Irgendwas ist los, mein Junge. Ist das in Amerika auch so?«

»Was meinst du damit?«

»Ich meine die ganzen Ehegeschichten, diese Krisen und so.«

»Bei uns lassen sich die Leute schon seit langem scheiden.«

447

»Ja, das scheint ansteckend zu sein. Man braucht sich doch nur hier in der Kolonie umzusehen.«

»Zusammenzuleben ist schwierig, Adolfo. Du bist viel länger verheiratet als ich und weißt das genau. Es ist mehr als eine Redensart. Wenn wir Menschen uns leichter ändern würden ... aber das tun wir nicht. Ich glaube inzwischen, dass man sich überhaupt nicht ändert. Am Ende kann keiner aus seiner Haut heraus und kann sich deshalb auch nicht an den Partner anpassen. Selbst wenn du geglaubt hast, dass es möglich ist, selbst wenn du dir kluge Strategien zurechtgelegt hast, um das, was dich am anderen stört, zu übersehen, um das zu vermeiden, was an dir störend sein könnte ...«

»Das wäre eine Erklärung, aber ich glaube, da steckt noch mehr dahinter. Es liegt an den Frauen, Henry, nur an den Frauen.«

»Sie sollen die ganze Schuld haben? Das finde ich übertrieben.«

»Nein, Tatsache ist, dass sie sich verändern, dass sie sich schon verändert haben. Die Ehe engt sie ein, sie fühlen sich unterdrückt, sie stinkt ihnen, sie wollen sie nicht mehr.«

»In dem Falle müsste man dafür sorgen, dass sich das Eheleben anders gestaltet als bisher.«

»Unmöglich! Die Ehe ist die Ehe und Punkt. Sie ist dafür gedacht, Keimzelle der Wirtschaft, der Verteidigung, des Besitzes zu sein, um Kinder zu haben, die zu jemandem gehören, die den Besitz übernehmen und in der Welt schöpferisch tätig sein wollen. Aber den Frauen passt diese Erfindung nicht mehr, sie sind sie leid, sie verweigern die ihnen zugedachte Rolle. Es ist eine Revolution, mein Junge, aber eine, die geradewegs in die Anarchie führt.«

»Warum?«

448

»Wenn du das jemandem erzählst, werde ich abstreiten, es je gesagt zu haben, aber jetzt mal ehrlich, welche Werte sind ihnen wichtig? Die Gefühle, die Freiheit, die Liebe, die Veränderung, das Neue, das Schöne, die Erforschung des Lebens … Nichts, was der Welt auch nur einen Funken Vernunft beisteuert, nichts, was sie bilden und formen kann, ihr als Motor dient. Beim bloßen Gedanken daran, wie die Gesellschaft aussehen würde, wenn Frauen das Sagen hätten, stehen mir die Haare zu Berge.«

»So gesehen …«

»So sehe ich es. Im Augenblick sind sie weit davon entfernt, etwas Grundsätzliches zu ändern, aber wir werden erleben, was passieren wird, wenn sie erst die Ehe abgeschafft haben.«

»Ich wusste nicht, dass du in dieser Frage so pessimistisch bist.«

»Ich wusste es auch nicht, glaub mir, ich wusste es auch nicht.«

Sie schenkten sich noch einen Whisky ein, noch weitere. Dieses theoretische Gespräch über konkrete Probleme, die sie bekümmerten, beruhigte sie zusehends. Der Whisky tat ein Übriges. Und so blieben sie sitzen, tranken und theoretisierten, bis sie am Ende erschöpft von der langen Nacht in ihren Sesseln einschliefen.

Das Telefonklingeln ließ sie beide hochschrecken. Adolfo stürzte ans Telefon. Henry wurde sich erst langsam bewusst, wo er sich befand.

»Don Adolfo, hier ist Darío.«

Er sah auf die Uhr. Es war acht Uhr morgens. Er konnte kaum sprechen.

»Was ist los, Darío?«

»Ist Doña Manuela zu Hause?«

»Nein, ist sie nicht. Warum?«

»Ich habe gerade den Briefkasten der Kolonie geleert und …
man hat einen Brief hinterlegt, in dem …«
»Ist sie entführt worden?«
»Das steht in dem Brief, Señor.«

Keiner der Wachleute hatte nachts jemanden in der Nähe
des Briefkastens gesehen. Es war, als wäre der verfluchte
Brief in den Kasten geflogen. Darin stand die Summe, die
verlangt wurde, aber weder Ort noch Art der Übergabe.
Das sollte zusammen mit dem Zeitpunkt in einem späteren Brief angekündigt werden. Nie waren Adolfo die Polizei von San Miguel und der private Wachdienst der Kolonie
ineffizienter und phlegmatischer vorgekommen als jetzt,
ebenso das Konsultat, das er sofort angerufen hatte. Auch
der Comisario von Oaxaca war informiert, doch das ganze
Land erschien ihm wie ein altersschwaches Auto, das nicht
anspringen wollte.
»Eine Entführung mit politischem Hintergrund? Nein,
nein, Señor, das sind nur Verbrecher. Wenn die Señora allein in diesem Viertel unterwegs war … Die wollen nur
Geld. Machen Sie sich nichts vor, das sind kleine Ganoven.«
Alle Bewohner der Kolonie wurden einer Routinebefra-
gung unterzogen: Wann hatten sie Doña Manuela zuletzt
gesehen? Mit wem war sie zusammen gewesen? Laut der
Polizei waren es zwar nur kleine Ganoven, aber die waren
nicht leicht zu erwischen. Angesichts dieser Bande passiver
und unorganisierter, vielleicht sogar korrupter Polizisten
fühlte sich Adolfo völlig hilflos. Er hatte den Eindruck, dass
niemand einen Finger rührte. Und ihm wurde klar, dass er
ganz allein auf der Welt wäre, wenn Manuela sterben sollte.

Henry begriff sofort, dass die Entscheidung seiner Frau
endgültig und unumstößlich war. Sie wollte für einige Zeit

450

in die Vereinigten Staaten zurückkehren, um besser nachdenken zu können! Susy ging mit der festen Absicht, Mexiko für immer zu verlassen, vielleicht auch mit der Absicht, ihn zu verlassen. Er hatte sich immer gewünscht und
es für dringend nötig erachtet, dass sie eine heilsame Krise
durchmachen würde, aber es war ihm nicht in den Sinn gekommen, dass eine solche Krise gefährlich für ihre Ehe sein
könnte. Was brütete sie aus? Er wusste es nicht, Susy wei-
gerte sich hartnäckig, mit ihm darüber zu sprechen. Stellte
sie ihre Beziehung, ihren Platz auf der Welt, ihr Selbstwertgefühl in Frage oder liebte sie ihn einfach nicht mehr? Ihm
wurde klar, dass dies ebenso traurig wie zu erwarten gewesen war. Hatte er wirklich geglaubt, dass sie sich zur idealen
Partnerin entwickeln würde? Wenn ja, dann nur, weil er
sich bemüht hatte, Einfluss auf ihre Entwicklung zu nehmen. Erstaunlich gelassen nahm er seinen Teil der Schuld
auf sich. Ob sein Fehler allgemeiner Natur oder ein per-
sönlicher Defekt war, war ihm jetzt egal. Nein, von nun an
würde er weniger über die Gründe nachdenken. Er würde
auch die Konsequenzen seines Verhaltens nicht mehr so
wichtig nehmen, da sie oft genug unvorhersehbar waren. Er
würde sich insgesamt weniger Sorgen machen. Im Grunde
hatte ihn die Beziehung mit Susan außerordentlich erschöpft. Die Ehe als *work in progress* aufzufassen war sehr
anstrengend. Sie, wie Adolfo, als eine Investition anzusehen, die sich irgendwann von selbst bezahlt machte, schien
ihm auch keine gute Einstellung zu sein. Wahrscheinlich
konnte man eine Ehe überhaupt nicht planen, sie funktionierte oder nicht, das hing von den jeweiligen Umständen
und dem Zufall ab. Und trotzdem würde er wieder heiraten, er wusste nicht genau, warum. Zum Beispiel, um Kinder zu haben. Er war noch sehr jung, und wenn er auf Kinder verzichten würde, hätte er das Gefühl, im Leben etwas

451

Wichtiges zu verpassen. Woher sollte man das wissen? Es war alles so kompliziert und gleichzeitig so einfach. Die Ereignisse überstürzten sich, und man analysierte sie immer erst im Nachhinein. Im Augenblick befand er sich in Mexiko und arbeitete, er sah, wie der Staudamm, den sie hier bauten, Tag für Tag Form annahm. Das und eine vielversprechende Zukunft waren schon zwei gute Voraussetzungen zum Leben. Über Susys Zukunft machte er sich keine Gedanken, er war davon überzeugt, dass sie gut zurechtkommen würde. Er hatte keine Vorstellung, welchen Weg sie einzuschlagen gedachte, aber er würde am Ende irgendwohin führen, und das war schon an sich gut. Jedenfalls ist jeder seines Glückes Schmied, oder zumindest gibt diese Einstellung Kraft, das, was geschieht, zu akzeptieren.

Ein schöner Aufstand war das, ein echter Kriminalfall! Ihre Ehetragödie war auf den zweiten Platz verdrängt worden. Was war schon eine verschmähte Ehefrau im Vergleich zu einer entführten? Wäre es später passiert, hätte sie das Spektakel glatt verpasst. Seit Santiagos Abreise war sie von dieser Gemeinschaft ausgeschlossen. Sie wollte ihren Monat Gnadenfrist trotzdem ausschöpfen. Und dann auf Nimmerwiedersehen, ihr Blödmänner, ihr bleibt hier zurück! Wegen der Entführung waren alle im Verfolgungswahn, es wurden noch mehr Wachleute eingesetzt und noch größere Sicherheitsvorkehrungen getroffen: »Vorsicht beim Verlassen der Kolonie!« Die Mütter nahmen ihre Kleinen, die süßen Produkte ihrer Leiber, unter ihre schützenden Fittiche.

Dass ausgerechnet Manuela entführt wurde, hatte sie wirklich nicht überrascht. Manuela konnte nie still sitzen, sie musste sich immer einmischen. Jetzt hatte sie ein wirklich gutes Werk getan und auch gleich erklärt, wie viel sie spen-

den wollte. Das Leben ist gerecht, am Ende bekommt jeder, was ihm gebührt. So verbuchte sie es denn auch als ausgleichende Gerechtigkeit, dass man sie zwar nicht mehr ansah, wenn sie durch die Kolonie ging, sie aber grüßte, als wäre nichts geschehen. Doch sie wusste genau, dass alle dachten: Das hast du dir selbst eingebrockt! Und es stimmte, sie hatte es sich selbst eingebrockt. Ihr wäre es natürlich lieber gewesen, man hätte sie angespuckt, statt sie heuchlerisch zu grüßen. Aber jetzt hatte ihr Manuela die Show gestohlen. Arme Manuela, ausgerechnet sie, die immer nur für die anderen da war! Alles nur ideologischer Müll, aber so war die Welt. Offenbar befand sie sich in den Händen der örtlichen Mafia, drittklassiger Verbrecher. Es war durchgesickert, dass das Lösegeld, das für sie gefordert wurde, nicht übertrieben hoch sei. Arme Entführer! Was für ein himmelschreiender Irrtum, ausgerechnet Manuela zu entführen. Sie machte sie bestimmt wahnsinnig mit ihrem freundlichen Geplapper, sie würde versuchen, sie auf den rechten Weg zurückzubringen, sie würde ihnen vorschlagen, sich anständig zu verhalten und der Gesellschaft nützlich zu sein. Sie würde versuchen, den völlig ungebildeten Entführern Moral und Anstand beizubringen. Sie würde ihnen Ratschläge für ihre Frauen und Kinder geben: Gehen sie zur Schule? Essen sie vernünftig? Hatten sie bedacht, welchen Schaden es ihnen zufügte, einen Entführer zum Vater zu haben?
Gott ist ewig und allgegenwärtig, deswegen herrscht auf der Welt überall Gerechtigkeit. Manuela wäre endlich wirklich jemandem nützlich. Die göttliche Gerechtigkeit offenbart sich auf vielfältige Weise, aber am Ende bekommt jeder, was er verdient, ohne dass dieses Wort in dem Fall einen schlechten Beigeschmack hätte.
Sie hatte noch eine kleine Reserve an Whisky und Kokain, die sie kurz vor ihrer Abreise aufbrauchen wollte. Damit

würde sie Mexiko noch ein wenig auskosten können. Sie schenkte sich einen kleinen Schluck ein, noch einen. Die Schuld ist gut verteilt, dachte sie, sie ist keine Flüssigkeit, die überall durchsickert, sondern eine solide Materie, die sich genau in Rationen einteilen lässt. Manuela kam im Grunde eine kleine Menge Schuld zu. Ihr nicht, ihr stand eine große Portion Schuld zu: Sie hatte im vollen Bewusstsein ihr Leben zerstört. Andererseits hatte sie sich als lebensuntüchtig erwiesen. Aber das war jetzt egal, gerade deshalb hätte sie niemandem zu nahekommen und schon gar nicht heiraten dürfen. Dafür gab es Klöster, Askese, Steppenwölfe und Verrückte. Untergehen muss man alleine. Das muss man auf sich nehmen, und das bedeutet wiederum nichts anderes, als einen Platz im Kopf zu finden, wo man das Grauen verstecken kann, das man selbst verursacht hat. Schlecht war nur, dass ihr Kopf schon voll besetzt war. Es gab keinen Winkel mehr, in den sie sich zurückziehen konnte. Es gab keinen Ort, an den sie flüchten konnte.

Sie stellte die Flasche zurück, weil sie so starke Magenschmerzen hatte wie noch nie. Es fühlte sich an, als hätte sie ein Magengeschwür in der Größe eines Vulkans. Sie musste tief schlafen, damit sie weder in Versuchung geraten noch von bösen Gedanken heimgesucht werden oder irgendein Teufel um sie herumtanzen konnte. Aber der Schlaf durfte sie nicht aufhalten, nein, es musste immer weitergehen, sie durfte nie wieder zurückweichen. Weiter, bis es keinen Schritt mehr zu tun gab, weil der Weg versperrt war.

Paula schniefte zwei breite Linien Kokain, behielt aber noch etwas übrig. Sie wusch sich das Gesicht mit kaltem Wasser. Sie würde sich etwas zurechtmachen und ihre Haltung wiederfinden. Noch brauchte sie sich keine Sorgen zu machen, noch war sie schön, sehr schön. Das Alter rückte immer weiter in die Ferne. Sie würde keine nutzlose Alte werden, die im Park die Tauben fütterte. Sie würde auch keine dieser einsamen, verbitterten Übersetzerinnen werden, die am Ende davon überzeugt waren, dass ihre Arbeit besser sei als das Original. Nichts davon würde sie sein. Die ganze, über Jahre hinweg angehäufte Feigheit würde sich am Ende in Mut verwandeln.

Sie zog sich elegant an und schminkte sich. Dann betrachtete sie ihr Abbild im Spiegel. Sie wirkte ernst und gediegen. Wenn die Wachen am Ausgang sie anständig und selbstsicher auftreten sähen, würden sie sie bestimmt durchlassen. Seit der Entführung war die Kolonie zu einer Art Festung geworden. Und die Sorge um Manuela wuchs jeden Tag, weil die Entführer kein weiteres Lebenszeichen gegeben hatten. Sie freute sich darauf, das Land zu verlassen. Santiagos Weggang war von der göttlichen Vorsehung bestimmt.

Die Wachleute fragten, wo sie hinwollte.

»Zur Bank«, antwortete sie.

Was sollten sie tun, sie festnehmen? Es war fast Mittag, es war nicht ausdrücklich verboten, die Kolonie zu verlassen. Sie wurde durchgelassen. In San Miguel ging sie zur Bank und hob das gesamte Guthaben ab. Santiago hatte ihr, wie versprochen, die Hälfte des Geldes auf dem Konto gelassen.

Dann machte sie sich entschlossen auf den Weg in das Lokal. Drinnen herrschte Halbdunkel, ein Trost nach der gleißenden Sonne, die einen regelrecht versengte. Der Wirt erkannte sie sofort wieder, sie sah es an dem boshaften Aufblitzen in seinen Augen. In einer Ecke wie üblich die Schatten von zwei oder drei Gästen. Sie sagte ernst und ruhig zu dem Wirt:

»Können Sie Juan, den Reiseleiter, informieren?«

»Über was informieren?«

»Dass ich ihn hier treffen will.«

»Er wohnt hier nicht, Señora.«

Sie bestellte Tequila und legte ein paar Pesos auf den Tresen. Der Mann sagte nichts und rührte auch das Geld nicht an. Sie setzte sich an einen Tisch. Dort lehnte sie sich an die Wand und trank. Sie fühlte sich gut. Zwanzig Minuten später tauchte der Reiseleiter auf, ihr braver, verkommener Mexikaner, raubtierhaft und kalt wie eine Schlange. Ohne sie anzusehen bestellte er am Tresen Tequila, trank einen Schluck und kam erst dann an ihren Tisch.

»Wie geht's Ihnen?«

»Setz dich.«

Er setzte sich mit seinem typischen zynischen Grinsen auf den Lippen. Sie begann langsam, aber bestimmt, zu reden.

»Du weißt, wo die Señora ist, die entführt wurde, stimmt's?«

Keine Antwort, keine einzige Regung in seinem sonnenverbrannten Gesicht. Paula öffnete ihre Tasche, holte das Bündel Geldscheine heraus und legte es auf den Tisch.

»Sie ist doch nicht etwa bei dir ...?

»Nein.«

»Aber du weißt, bei wem sie ist.«

»Wir sind nicht viele hier.«

»Das Geld gehört dir, wenn du mir sagst, wo sie ist.«

»Wollen Sie sie ganz allein retten?«

»Das geht dich nichts an.«

»Möglich, dass ich es Ihnen sage, aber Sie rufen nicht die Polizei, sondern Ihren Mann an, und Sie werden nie verraten, von wem Sie es erfahren haben.«

»Einverstanden. Sind die gefährlich?«

»Es sind zwei arme Schlucker, die von nichts eine Ahnung haben und nicht wissen, was sie tun. Sie haben eine Scheißangst, und das kotzt mich an. Wenn man schon so was macht, dann richtig.«

»Sag mir, wo sie ist. Ich bleibe bei dir, bis man sie gefunden hat, besser bei dir zu Hause.«

»Nicht bei mir. Ich bringe Sie zu meinem anderen Haus, etwas weiter weg. Wir erledigen unser Geschäft im Bett, das ist der andere Teil des Geschäfts.«

»Gut.«

»Sie ist in der Hütte der Brüder Alciano, der einzigen auf dem Hügel del Valle.«

Paula holte ihr Handy heraus und wählte Adolfos Nummer. Er war sofort dran.

»Adolfo, hier ist Paula, stell keine Fragen. Ruf die Polizei an. Manuela ist in dem einzigen Haus, das auf dem Hügel del Valle steht. Und ruf mich bitte an, wenn ihr sie herausgeholt habt.«

Der Mann nahm ihr das Telefon aus der Hand.

»Das reicht, gehen wir. Es ist ziemlich weit bis zu meinem Landhaus.«

»Ich rühre mich nicht vom Fleck, bis ich bestätigt bekomme, dass du die Wahrheit gesagt hast.«

Ohne ein weiteres Wort zu wechseln tranken sie weiter, eine Stunde, zwei. Die Gäste kamen und gingen. Aus der Ferne war Musik zu vernehmen. Endlich klingelte das Telefon.

»Señora Paula, hier spricht Sargento Contreras vom Polizeikorps Oaxaca. Wir haben die Señora, sie ist gesund und unversehrt. Wir haben sie gerade befreit. Sagen Sie mir, wo Sie sind?«

»Ich will mit der Señora oder ihrem Mann sprechen.«

Sie hörte deutlich Adolfos aufgeregte Stimme.

»Mein Gott, Paula, alles ist gut gegangen. Manuela ist bei uns. Wo bist du?«

Sie unterbrach das Telefonat und schaltete das Handy aus. Der Mexikaner nahm es ihr aus der Hand.

457

»Das werde ich einstecken, wir gehen jetzt, los.«

Auf der Straße stand sein Geländewagen, sie stiegen ein.

»Geben Sie mir das Geld«, sagte er.

Sie tat es. Dann fuhren sie in die Berge hinauf, immer höher. Jegliche Merkmale von Zivilisation waren verschwunden. Nur die Landschaft Mexikos, immens, üppig, und die Sonne. In einer Kurve warf der Mann ihr Handy aus dem Wagenfenster. Er hatte kein Haus auf dem Land, das wusste sie genau. Sie hielten an einer Weggabelung und gingen zu Fuß weiter. Er hieß sie vor einem großen Baum stehen zu bleiben, der, von zwei Felsen flankiert, ein ideales Liebesnest bot. Es ist nicht das erste Mal, dass dieser Hurenbock jemanden hierherbringt, dachte sie.

»Sehen Sie, das ist mein Landhaus. Sehr hübsch, nicht wahr? Und jetzt werden wir uns endlich vergnügen, Sie und ich, aber richtig vergnügen, nicht so wie neulich.«

Er riss ihr die Bluse herunter. Er saugte an einer ihrer Brustwarzen, bis es schmerzte, er biss hinein. Sein Mund fühlte sich kalt und nass wie eine Schnecke an. Dann ließ er sie niederknien, zog seine Jacke aus und begann langsam, seinen Hosenschlitz aufzuknöpfen, wobei er mit der anderen Hand ihren Kopf festhielt. Und da war er, am Gürtel, schön und zum Greifen nahe. Es war viel einfacher, als sie es sich vorgestellt hatte. Sie zog den Revolver. Es war der Augenblick der Entscheidung, auf wen sie schießen sollte: auf den Mexikaner, auf sich selbst? Sie lächelte glücklich. Der Schuss hallte zwischen den Steinen wider, und dann war nur noch Stille.

Da er nicht vor der Tür abgesetzt werden wollte, bat er den Taxifahrer, ihn fünfhundert Meter davor aussteigen zu lassen. Den restlichen Weg würde er zu Fuß gehen. Es war lächerlich, nachdem ihn alle Welt unzählige Male ins El Cielito hatte gehen sehen, aber jetzt hatte er Skrupel. Er wollte dem Taxifahrer keine Gelegenheit zum Schnüffeln geben, und noch viel weniger, dass er sah, wie zärtlich ihn die Mädchen willkommen hießen. Eine Frage des Stiles.

Er zahlte und ging langsam weiter. Seine zwei Koffer waren nicht besonders schwer, sie enthielten alles, was er besaß. Er war davon überzeugt, dass er nicht mehr benötigte. Es braucht nur wenig zum Leben. In seiner Hosentasche steckte Yolandas letzter Brief, ihr endgültiger Abschied.

Er beschleunigte seine Schritte. Eine Schweißperle lief ihm übers Gesicht. Er blieb stehen, um sie abzutrocknen, und vernahm in diesem Augenblick Gitarrenmusik aus dem El Cielito. Er musste lächeln.

*Gefährlich funkelnde Sommerkrimis aus der
Schatzkiste von Spaniens Krimi-Autorin Nr. 1 –*
pasiones negras *aus Barcelona*

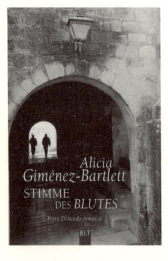

Alicia Giménez-Bartlett
STIMME DES BLUTES
Petra Delicado ermittelt
Aus dem Spanischen von
Sybille Martin
BLT
160 Seiten
ISBN 978-3-404-92298-7

Gleich viermal ist Spaniens berühmteste Ermittlerin Petra Delicado gefordert: vier Leichen in einem Massagesalon im Rotlichtmilieu, der Tod eines schönen litauischen Einwanderers, das grausame Sterben eines Fitnesstrainers im Sportstudio und ein verunglückter Lateinlehrer stören die sommerliche Idylle in Barcelona. Das kongeniale Ermittler-Duo Delicado und Garzón nimmt die Fährte auf …

*»Iberische Krimikost vom Feinsten:
lesenswert.«* HAMBURGER ABENDBLATT

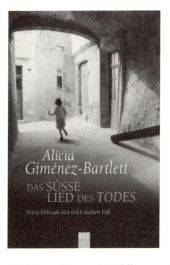

Alicia Giménez-Bartlett
DAS SÜSSE LIED DES TODES
Petra Delicado löst
ihren siebten Fall
Aus dem Spanischen von
Sybille Martin
Kriminalroman
BLT
400 Seiten
ISBN 978-3-404-92312-0

Nadelstreifen und Goldkette, niedergestreckt von einem hässlichen Schuss unter die Gürtellinie: Der Tote ist ein Zuhälter, wie er im Buche steht. Inspectora Petra Delicado nimmt die Ermittlungen auf und steckt schon bald mitten in einem Sumpf aus illegaler Einwanderung und Kinderprostitution. Und dennoch könnte es ein ganz normaler Mordfall für die Inspectora sein. Wäre da nicht die Tatsache, dass das Opfer mit ihrer eigenen Dienstwaffe erschossen wurde ...

BLT

»Spannende Geschichte, tolle Charaktere und eine freche Sprache – mehr davon!«
LAURA

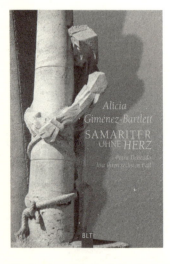

Alicia Giménez-Bartlett
SAMARITER OHNE HERZ
Petra Delicado löst
ihren sechsten Fall
Aus dem Spanischen von
Sybille Martin
BLT
416 Seiten
ISBN 978-3-404-92246-8

Ein Stadtstreicher wird auf einer Parkbank im »Parque de la Ciudadela« aufgefunden, brutal verprügelt und elend zugrunde gegangen – ein Verbrechen, so armselig und erbärmlich, dass selbst der schlagfertigen Inspectora Petra Delicado für einen Moment die Worte fehlen. Doch der Tote hat Spuren hinterlassen; sie führen mitten hinein in die bürgerliche Welt der »Gutmenschen« von Barcelona, deren Heiligenschein nicht ganz so hell strahlt, wie er sollte ... All das trifft die Inspectora im denkbar schlechtesten Moment: Sie selbst muss Entscheidungen von größter Tragweite fällen, denn ihr neuestes Liebesabenteuer macht Ernst und ihr treuer Subinspector Fermín Marquéz braucht dringend moralische Unterstützung ...

BLT

»Temporeicher Krimi mit Witz und Verstand über die Schattenseiten im Leben der Reichen und Schönen.«

FÜR SIE

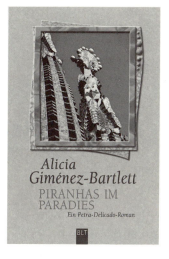

Alicia Giménez-Bartlett
PIRANHAS IM PARADIES
Ein Petra-Delicado-Roman
Aus dem Spanischen von
Sybille Martin
BLT
352 Seiten
ISBN 978-3-404-92205-5

Als hätte Inspectora Petra Delicado mit einer Familienfehde unter Zigeunern und der Sicherheitsüberwachung des Papstbesuches in Barcelona nicht schon genug zu tun, wird in der eleganten Vorort-Siedlung El Paradís der erfolgreiche Anwalt Juan Luís Espinet getötet. Leblos treibt seine Leiche im eigenen Swimmingpool. Ein untadeliger Ehemann, eine intakte Familie, ein treuer Freundeskreis – ein hinterhältiger Mord. Die Tat scheint so gar nicht in die heile Welt zu passen, doch Petra und Fermín finden schnell heraus, dass auch im Paradies die Dinge längst nicht so sind, wie sie scheinen.

Werden Sie Teil
der Bastei Lübbe Familie

Lernen Sie Autoren, Verlagsmitarbeiter und andere Leser/innen kennen

Lesen, hören und rezensieren Sie unter www.lesejury.de Bücher und Hörbücher noch vor Erscheinen

Nehmen Sie an exklusiven Verlosungen teil und gewinnen Sie Buchpakete, signierte Exemplare oder ein Meet & Greet mit unseren Autoren

Willkommen in unserer Welt:
www.lesejury.de